Hradčany

11 Haus Marcia Davenports, der Freundin Jan Masaryks
12 Statue Tomáš Garrigue Masaryks vor der Prager Burg
13 Ort des Verrats von Ottovalský
14 Hier stand die Kapelle des hl. Matthäus
15 Statue von Edvard Beneš

TOMAN • LOB DES OPPORTUNISMUS

Zur Aussprache tschechischer Buchstaben
mit diakritischen Zeichen:

á   langes a
Č, č   stimmloses tsch wie in Tschechische Republik
é   langes e
ě   je
í   langes i
ň   nj
ř   gerolltes r gleichzeitig mit stimmhaftem sch
Š, š   stimmloses Sch, sch wie in Schule
t'   tj
ú, ů   langes u
ý   langes i
Z, z   stimmhaftes S, s wie in Rose
Ž, ž   stimmhaftes sch wie in Journal

MAREK TOMAN

Lob des Opportunismus

Roman

Aus dem Tschechischen
von Raija Hauck

Wieser *Verlag*

Die Herausgabe dieses Buches wurde vom Kulturministerium
der Tschechischen Republik unterstützt.

Originaltitel: *Chvála oportunismu*
© Torst, Praha 2016

Wieser *Verlag* GmbH

A-9020 Klagenfurt/Celovec, 8.-Mai-Straße 12
Tel. + 43(0)463 370 36, Fax. + 43(0)463 376 35
office@wieser-verlag.com
www.wieser-verlag.com

Copyright © 2021 bei Wieser Verlag GmbH,
Klagenfurt/Celovec
Alle Rechte vorbehalten
Lektorat: Josef G. Pichler
ISBN 978-3-99029-450-5

Meiner Loreta

*Greif nie an, ohne dich zu verteidigen,
verteidige dich nie, ohne anzugreifen!*

A. Marozzo. Arte dell'Armi

I. Guardia di testa

Guardia di testa *ist eine hohe Position, die für den Schutz der oberen Körperhälfte und des Kopfes geeignet ist. Sie entsteht so, dass das Schwert in Schulterhöhe gehalten wird, sodass die Spitze über den Körper nach links oben zielt (nach A. Marozzo). Diese Stellung reizt den Gegner auch zum Angriff. Falls er einen Hieb auf euren Kopf ausführen will, könnt ihr ihn leicht abwehren und mit einem Stich gegen seine Waffe angreifen.* »*In dieser Position kann man sowohl Agente als auch Paziente sein*«, *sagt A. Marozzo.*

Wer, wenn nicht ich? Wann, wenn nicht jetzt?

Diesen Slogan lernte ich in den Dezembertagen des Jahres 1989. Menschen schritten in einer Reihe durch die Loretogasse, sie hielten sich wie Tänzer an den Händen. Aber, und ihr verzeiht mir das hoffentlich, es war auf den ersten Blick zu sehen, dass es gar keine Tänzer waren. Jeden Augenblick wurde einer langsamer, dann wurde er vom Vorhergehenden mitgezogen und stolperte unbeholfen hinterher. Und wenn er sich zum Nächsten umdrehte, fiel er schon wieder aus dem Rhythmus.

Wisst ihr, die Herkunft eines Menschen kann man daran erkennen, wie er sich bewegt. Diese hier taumelten wie Bauern auf einem Volksfest herum, so wie man es auf den Gemälden in der Galerie sehen kann. Ein paar tanzende Paare ganz ohne Formation, daneben quetscht einer den Dudelsack und ein anderer fiedelt auf der Geige herum und im Hintergrund schläft eine dieser Leuchten, wenn nichts Schlimmeres. Zu den »saftigen« Bildern gehört immer auch eine breitbeinig dastehende, vornübergebeugte Person in einer Ecke, der aus dem Mund ... nein, eine gewisse Erziehung besitze ich dann doch. (Heutzutage kann man diese bedauernswerten Szenen bei öffentlichen Veranstaltungen gut vermeiden. Alkoholfreies Bier ist eine wunderbare Erfindung. Aber ich greife vor.)

Sie erinnerten mich auch an eine andere Szene, die gut von Gemälden bekannt ist: den Blindensturz. Ihr kennt doch diese Bilder, wo der Erste mit dem Stock um sich herum tastet und die Übrigen in einer schiefen, krummen Reihe einander an den Schultern halten ... Diese Tänzer hier konnten aber sehen. Sie starrten mit weit aufgerissenen Augen euphorisch vor sich hin, in die Luft, in die Zukunft ... Sie waren sehend – aber was war es wohl, das sie vor Augen hatten? Dafür ratterten ihre Münder ohne Unterlass. Sie hatten viel zu viel mitzuteilen, als dass es, sagen wir, Soldaten sein konnten. Die hören nämlich einen Befehl und nehmen ihn schweigend hin, wie es sich gehört. Das weiß ich schließlich gut.

Das waren auch keine Pilger, die zum heiligen Ort kamen, um Kraft zu schöpfen und sich ein kleineres Wunder zu erbitten. Auch die kannte ich gut. Obwohl sie hier und dort eine Fahne dabei hatten, trugen sie sie nicht wie eine Standarte an der Spitze des Zuges. Auch Choräle sangen sie nicht.

Nein. Dieses Gewimmel. Diese Schwatzhaftigkeit. Wie sie sich hier an der Hand hielten, dort an der Schulter, völlig kulturlos, ohne Kinderstube (die war in den hiesigen Breiten sowieso nie recht ausgeprägt) ... nun ja.

Kurz gesagt zog in diesen Dezembertagen das Dienstvolk an mir vorbei. Ich hatte mich ja schon daran gewöhnen können, dass in der Gegenwart die Bediensteten – die man heutzutage Bürger nennt – das Sagen hatten. Nun, was heißt gewöhnen. Ein Fechter muss einen Hieb austeilen können, aber auch einen einstecken. Greif nie an, ohne dich zu verteidigen, verteidige dich nie, ohne anzugreifen! So sprach mein unsterblicher Landsmann Marozzo. Also bin ich dabei, mich zu gewöhnen, wie ich mich an vieles gewöhnte.

Ein etwas peinliches Gefühl bleibt allerdings. Aber urteilt selbst.

Sie hüpften in dieser ungeordneten, sogenannten lebendigen Schlange herum (existiert dafür wirklich kein elegantes italienisches Wort, vielleicht von den Tanzmeistern übernommen?). Sie atmeten Dampfsäulen wie Pferde auf dem Exerzierplatz, aber es wehte noch etwas anderes von ihnen herüber. Irgendeine Geruchsspur, die wahrscheinlich eher aus Schweißnoten als aus Parfüm bestand (daran musste ich mich auch gewöhnen, dass Parfüms mit meiner alten Welt zum Teufel gegangen waren, mit einer meiner vielen alten Welten). Sie glühten vor Begeisterung – wie Tänzer in diesem kurzen Augenblick, bevor der Kapellmeister den Taktstock hebt. Diese Haltung. Diese Spannung.

Und was mich am meisten überraschte: Auch nicht ein Hauch von Alkoholausdünstungen wehte zu mir herüber. Oh, die kenne ich sehr gut. Ich kann edle Weine unterscheiden … im Übrigen auch sofort den Geruch von Bier, das IN JENEM HAUS DORT RECHTS hemmungslos aus Halblitergläsern gesoffen wird. Nichts dergleichen deuteten mir meine zarten Nüstern an. Oho. Also, es wurde nicht gespielt – nicht getanzt – nicht getrunken? Warum? So, wie ich den menschlichen Charakter kannte, musste ich stutzig werden. Wenn das hier die Herrschaft wäre – vielleicht; ich erinnere mich an viele elegante Geselligkeiten, wo man nicht trinken musste (nun gut, ein Gläschen Champagner zu Beginn) ... und doch waren sie voller Energie, die sozusagen greifbar zwischen den rhetorischen Finessen, den Verbeugungen, den Bündnisvorschlägen und eleganten Schlägen unter die Gürtellinie hervorblitzten (die Wortwahl, ich weiß, aber vielleicht verzeiht ihr mir; wie jeder Fechter musste ich bestimmte Ausdrücke von denen übernehmen, die ich für meine Gegner halte). Hier amüsierte sich der Plebs und in dessen Vergnügungen war immer etwas Irdisches. Jedes Mal brauchen sie zum Beispiel einen Grund. Ich wartete auf den Schlüssel.

Sie zogen in ihren hässlichen Jacken aus glänzenden Kunststoffen vorüber, die für den Unsinn, den man »Sport« nennt, gedacht waren. Auf den Köpfen hatten sie sogenannte »Ski«-Mützen. Die Schuhe waren geschmacklos, weder für Gesellschaften noch fürs Militär geeignet ... aber was sollte man machen. Ein anderes Volk hatte ich einfach nicht zur Verfügung.

Ich hörte also lieber zu, was sie riefen. Vielleicht sollte ich sagen »brüllten«. Ohne Takt und ohne Schwung – aber natürlich fehlten ihnen auch die Trommler, die den Rhythmus vorgegeben hätten. Wie viele Jahrhunderte ist es her, dass diese schöne Tradition verschwand? Noch zu Zeiten meines geliebten Reinhards wurden Trommeln benutzt. Freilich zum letzten Mal während der traurigen Szene, als ... aber ich will nicht zu sehr in die Vergangenheit zurückschauen.

Und es fehlten auch die Lautsprechersysteme, die in der heutigen Zeit so beliebt sind und die ich zusammenfassend nur »Drähte« nenne, um nicht ein noch schlimmeres oder besser gesagt verächtlicheres Wort benutzen zu müssen. Vorn fingen sie an, irgendeine Losung zu rufen, die sich ungeschickt und langsam ans Ende der »lebenden Schlange« fortpflanzte.

»Einparteienherrschaft weg!«, grölten sie.

Aber meine Lieben, es wird hier immer eine herrschende Partei geben, lachte ich in mich hinein. Natürlich ahnte ich, welche Partei sie im Sinn hatten. Auch so blieb dieser Ausspruch aber hoffnungslos paradox.

»Jakeš in den Abfalleimer!«

Ich bin ja kein Ignorant. Ich wusste, wer Miloš Jakeš war. Noch einer dieser Herren, die sich so sehr von echten Herrschern unterschieden. Über seinen Hängebäckchen richtete er den hilflosen Blick eines vom Frühlingshochwasser überraschten Nagers in die Kamera. Die Lippen zu einem Mäulchen gespitzt, das aussah wie zwei zertrampelte Regenwürmer ... aber er hatte natürlich eine Position inne, und das muss man achten! »In den Abfalleimer«? Was ist das für ein Unsinn?

Man kann Jakeš natürlich zwingen, in den Abfalleimer zu kriechen, das geht – damit erniedrigt man ihn ordentlich – aber was weiter? Wollt ihr ihn in die Moldau tunken, so wie ihr es früher mit den betrügerischen Kaufleuten zu tun pflegtet? Aber meine Herren! Besinnt euch! Herr Jakeš kriecht aus dem Abfalleimer wieder heraus. »Jakeš an den Galgen!« – in Ordnung. »Jakeš an die Wand!« – auch mit dieser relativ neuen Metapher bin ich von Herzen einverstanden. »Jakeš auf die Guillotine!«, lasse ich weg, denn Herrscher sollten, wenn schon, dann mit dem Schwert gerichtet werden ... Wie wäre es einfach mit »Tod dem Jakeš«? Nein? Das schmeckt euch nicht?

»Unsere Hände sind leer!«

Das ist ja mal was zum Prahlen. Ich musste grinsen. Wenn ihr Veränderungen wollt, kommt ihr nicht ohne Waffen und Soldaten aus. Oder habt ihr etwa nicht das Werk eines weiteren meiner unsterblichen Landsmänner, Signore Machiavelli, gelesen? Dieser leere Schrei war schon vor ein paar Tagen auf der Zusammenrottung berühmt geworden – ihr würdet wahrscheinlich eher das Wort Demonstration benutzen. Meine Beamten unterhielten sich über dieses Ereignis; spöttisch und auch mit einem gewissen Entsetzen über diesen hohlen Idealismus. Seine Wehrlosigkeit zur Schau zu stellen, sie als Wert und auch als Instrument hervorzuheben ... Auch daran musste ich mich gewöhnen. Hier, unter diesen Menschen, unter denen es mir beschieden war zu leben.

Die dort vor mir waren natürlich Tschechen. Tschechen mit ihrem Basteltrieb, ihrer Unfähigkeit, sich in einer militärischen Formation aufzustellen, mit ihrer Abneigung gegen Befehle. Tschechen: Fantasten und Träumer, Ignoranten und Dickköpfe. Tschechen, die ihren Kopf auf den Block legen, und andere Tschechen, die das fanatisch gutheißen, schadenfroh zuschauen, oder auch sich beim Anblick eines kopflosen Körpers an einen genauso kopflosen Widerstand machen, obwohl sie vorher nicht gekämpft haben. Nicht einmal die Losungen konnten sie so gleichzeitig und ordentlich skandieren, dass es Donnerschläge wären. Sie riefen lasch, unkonzentriert, arhythmisch – jeder für sich allein. Mit einem Wort, es zog eine Ansammlung hoffnungsloser Zivilisten ohne die leiseste Fechtausbildung an mir vorbei.

Und dann erhob sich das Geschrei, das mir bildlich gesagt den Atem verschlug (ich *kann* mit Metaphern arbeiten, wie ihr seht). »Demokratie!«

Ich musste an die Zeit denken, als dieses Wort sehr häufig ausgesprochen wurde. Und sofort stand er mir vor Augen – Jan, Honza, der Herr Minister mit den traurigen Augen. Wie oft dieses Wort von seinen Lippen floss. Jetzt hörte ich es aus den Mündern der wild gewordenen Dienerschaft, und trotzdem erschauerte ich irgendwie, weil ich mir zum ersten Mal eingestehen musste, dass ich *kein* Volksfest beobachtete.

Die lebendige Schlange schaffte es weder Tempo noch Richtung zu halten, sie zuckte in zufälligen Schleifen von einer Seite auf die andere, aber irgendwohin bewegte sie sich. Von der Burg in Richtung Pohořelec und noch weiter. Wenn ich mich konzentrierte, hörte ich sie irgendwo beim Belvedere lärmen, Gott weiß, was sie dort erreichen wollten ... Etwas war im Gange.

Dieses Wort – »Demokratie« – hörte man natürlich auch in den vergangenen Jahrzehnten, aber immer mit einem Attribut. Zum Beispiel »Volksdemokratie«. Die Bedeutung war allerdings doch eine andere. Und nie wurde es so inbrünstig, so vertrauensvoll geschrien, nie wurde so danach verlangt ... Ich musste so vier, fünf Jahrzehnte zurückdenken und mir das Wort »Demokratie« vorstellen, wie es mich Minister Masaryk lehrte zu verstehen (und er hatte es dabei nicht leicht mit mir). Sofort war er selbst wieder in meinen Erinnerungen wach, und dann auch seine Causa, diese Akte, die im Archiv abgelegt und hoffentlich noch nicht vernichtet wurde.

Gleich darauf fühlte ich irgendwo tief in mir eine Ergriffenheit. Eine Spannung wie vor einem großen Ball, Hunderte Kerzen brennen, die Lakaien stehen bereit und die Herrschaften erwarten den ersten Tanz ... Ich stellte mir dieses längst vergessene Gefühl vor, wie sich ihre

Aufregung auf mich übertrug ... Jeder Tänzer kennt den Augenblick dieser lustvollen Ungewissheit, bevor er sich in eine Tanzposition begibt ... so wie ihn jeder Fechter kennt, vor einer Begegnung, die mit dem Sieg oder auch dem Tod enden kann.

Wenn die Demokratie ohne Beiwort zurückkam, hieß das, dass der Kampf weitergeht. Die Fechter erheben die Waffen und achten überhaupt nicht darauf, dass die Klingen verrostet sind. Wieder entscheiden Positionen, Hiebe und die Deckung. Und ich? Mir gebührt selbstverständlich die Rolle dessen, der die längst vergangene Akte öffnet.

Weil – wer sonst sollte diesen Fall lösen, wenn nicht ich? Wer sonst war dabei? Und wer sonst vergisst nie etwas?

Vermutlich seid ihr es gewohnt, eure Erzählungen sozusagen am Anfang zu beginnen. Wenn man aber eine wirklich lange Erfahrung mit Ereignissen hat – und ich will nicht prahlen, so ist es in meinem Fall einfach –, weiß man, dass der Beginn ein trügerisches, in seinem Kern selbst unwahres Wort ist. Schließlich beginnt nichts, alles ist verknüpft. Aber nun gut, ich versuche, mich an etwas zu erinnern, was der ersten Seite einer im Archiv gelagerten Akte gleichkommt ...

Vielleicht fragt ihr euch, wie ich etwas so Delikates wagen kann, wie nach den Gründen für den Tod meines einstigen Herrn zu suchen. Ihr stellt euch vor, dass mir die verschiedenen Mittel fehlen, wie ich Leute zum Gehorsam bringen könnte, Mittel, die ich mir über Jahrzehnte bei meinen Beamten abgucken konnte, nicht wahr. All diese unverwandten Blicke, die der Vorgesetzte mit steinerner Miene den ausweichenden Augen des Untergebenen zuwirft. Erhobene Stimmen und andere direkte Vorstöße.

Auch Angriffe in aller Heimlichkeit, still und einsam – mit einem Federstrich auf dem Papier. Ich habe so viele in all diesen Jahren gesehen! Oder habt ihr vielleicht den Schrecken im Sinn, den die Herren von der Polizei hervorrufen können? Auch deren Betragen kenne ich sehr gut. Ich habe ihre zackige Energie, die überraschend heftigen Bewegungen, oder im Gegenteil die übertriebene Ruhe und das unerträglich freundliche Lächeln vor Augen. Ich gebe zu, dass ich, obwohl Souverän, keine eigene Armee habe, was mir der hochverehrte Machiavelli ganz sicher vorhalten würde.

Ich habe etwas anderes. Meine Erinnerungen. Ich war schließlich jedes Mal dabei.

Ich muss nur nachdenken. Das heißt, mich auf mich selbst verlassen. Komplett ruhig werden, abwarten, bis irgendwoher aus der Tiefe der Gänge Regungen auftauchen, die dort einst hindurchliefen.

Alles ist vergänglich. Alles hat seine Zeit. Das sagt ihr Menschen. Alles bleibt und alles ist für immer – das weiß ich. Es genügt, sich etwas zu konzentrieren.

Auf dem Gelände vor mir war früher einmal ein Richtplatz, wo zwei Adlige hingerichtet wurden. Er diente der Halsgerichtsbarkeit über die Wohlgeborenen – der Plebs wurde auf der Brandstätte – Pohořelec – auf die andere Seite befördert. Obwohl der »Hals« hier gar keine Rolle spielte, denn die beiden Edlen wurden gepfählt, was nicht der angenehmste Tod ist. Damals, vor ein paar Jahrhunderten, war das aber Standard, wie man heute sagt (nicht zu verwechseln mit Standarten bei religiösen Prozessionen).

Eine Hinrichtung durch Pfählung verläuft so, dass man euch einen angespitzten Balken ins Arschloch einführt und dann tiefer in den Körper. Er muss sich unbedingt seinen Weg durch die inneren Organe suchen – diese Operation muss daher ein wirklicher Profi ausführen – und zwischen den Schulterblättern wieder hinauskommen. Der Balken mit dem Verurteilten wird aufgerichtet, in der Erde verankert und das entstandene Objekt, das ich »lebende Statue« nennen würde – begreift ihr, wie durchdacht diese Metapher ist? – dient als unübersehbares Symbol der Gerechtigkeit. Nach Belieben zieht es das erzieherische Moment hinaus und gestattet dem Gepfählten, sich alle Ereignisse durch den Kopf gehen zu lassen, die zu seinem traurigen Ende führten. Während ein Imperativ durch seinen Körper fährt, dem er nicht widerstehen kann. Allerdings geht es streng genommen nicht um die Verurteilten – die Hinrichtung darf wegen des Publikums nicht übereilt werden! Ums Publikum geht es in erster Linie, denn der Verurteilte auf dem Pfahl wird nie wieder sündigen. Repräsentation! Daran denkt man heutzutage häufig nicht, zu Ungunsten der Sache, dabei gelten ihre Prinzipien immer noch.

Ich sehe euch aber an, dass ihr empört seid. Warum denn? Das Wort »Arschloch«, ich weiß schon. Ihr müsst nicht denken, es passte nicht zu meinem Vokabular.

Auch die gut ausgearbeiteten Fechtpositionen können zur Entwaffnung des Gegners führen. Der Degen fällt zur Erde und einen Moment noch schwingen in ihm die gegensätzlichen Energien nach. Die Siegerseite tritt aber auf die gegnerische Waffe, hebt sie hoch und wirft sie weg. Und dann hat der Entwaffnete die Wahl. Auch jetzt hat er noch gewisse Möglichkeiten. Kurz gesagt, es kann noch zum Ringen kommen. Wie ihr seht, halte ich eine körperliche Begegnung nicht für etwas Niederes (und ich rümpfe auch nicht die Nase über die Knüppel, die das einfache Volk im Kampf benutzt). Und so, wie zum Zweikampf ein Ringen, ja eine Prügelei gehören kann, so gehört das Arschloch zum menschlichen Körper. Wodurch sonst wolltet ihr dieses Wort ersetzen? Oder habt ihr vergessen, dass auch durch meine Mauern Kanalisationsrohre führen? Ich könnte euch was erzählen.

Und das Arschloch spielt auch im kläglichen Ende des Ministers mit den traurigen Augen eine gewisse Rolle.

Nun also, beide Adlige steckten bedauernswert, aber gleichzeitig repräsentativ auf den Pfählen. Einer wählte einen anderen Weg, als die Spitze durch seine Eingeweide fahren zu lassen und auf die Agonie zu warten. Er begann auf dem Pfahl zu schaukeln. Vielleicht machte er sich bewusst, dass er den Schmerz nicht loswerden konnte, vielleicht war im Gegenteil sein Geist getrübt ... Der Pfahl mit ihm stürzte schließlich nieder. Und der Verurteilte begann sich wie ein höchst sonderbares Einhorn zu winden, dem die Spitze nicht aus der Stirn ragt. Er kroch bis zur Kirche, wo er beichtete, um zu sterben, wie es sich gehört. Eine rührende Geschichte, nicht wahr?

Im Übrigen findet ihr diese Szene auf der linken Seite der Loretogasse, wenn man vom Černín-Palast hinunter zur Burg geht, in der kleinen Kapelle der heiligen Barbara aufgemalt (sie ist von vergitterten Sichtfenstern in der Wand eingerahmt, mit einem Blick auf den Teich und das Gras im geheimen Garten, die jeder Tourist gern fotografiert. Er sollte Teil eines größeren, illusionistischen Areals sein. Diese Traumvorstellung deutet der Garten noch heute an, auch wenn wohl niemand versteht, was sie bedeuten soll).

Nun, in dieser Kapelle ist der Verurteilte abgebildet, bis jetzt rechtskonform auf dem Pfahl steckend. Seine langen Haare hängen ihm ins Gesicht, um die Hüften hat er einen Stoffstreifen. Die gebeugte Figur, nicht besonders perfekt erfasst (ganz und gar nicht Václav Vavřinec Reiner), drückt wohl überzeugend die menschliche Misere aus. Sicher bemerkt ihr, wie dünn der Balken ist. Noch dünner ist die Querlatte, die ihn hält. Aber wie dünn ist eine Schnur, die in der Lage ist, ein Leben einwandfrei zu beenden? Wie schmal ist das Degenprofil, das klingend durch die Eingeweide fährt und neckend auf euren Rippen klimpert? Gefallen euch diese Erwägungen über die Zerbrechlichkeit des Lebens nicht? Ich verstehe, dass sie mir irgendwie nicht zustehen. Ich werde das lassen.

Vom Aufgespießten kriecht in Richtung Zuschauer der Herausgewackelte. Und in der zentralen Szene sieht man ihn dann, wie er inmitten der versammelten, mitfühlenden Gruppe vor dem letzten Sakrament beichtet.

Über seinem Kopf tanzen die Engel um den Turm herum, der sich in die Wolken erhebt. Erinnert dieser Turm nicht zufällig an den unheilvollen, angespitzten Pfahl? (Wie ihr seht, habe ich im Verlaufe der Jahrhunderte gelernt, dass alles das Bild von etwas anderem sein kann … alles ist ein Abbild, und alles spiegelt sich wiederum in etwas weiterem … so wie ich gerade jetzt in euren Augen, während ihr diese Erzählung lest.)

Ich werde nicht erläutern, was ich von der Geschichte mit dem kriechenden Hingerichteten halte. Vielleicht hatten die Helfer des Henkers den Pfahl schlecht verankert – wer möchte sich schon mit einem Körper abgeben, der rutschig ist von Schweiß und Angst und dem stinkenden Inhalt des Arschs. Vielleicht waren sie professionell nicht ganz auf der Höhe. Damit will ich sagen, dass sie geschlampt haben. Der Verurteilte stürzte mitsamt seinem Pfahl zu Boden. Und was macht ein menschlicher Körper in Agonie? Er vollführt eine Reihe chaotischer, unsinniger Bewegungen ... (Nein, der Herr Minister vollführte keine derartigen Zuckungen auf dem Pflaster, da kann ich euch beruhigen.) Also konnte es gut so aussehen, als kröche er irgendwohin.

Bene. Aber als Geschichte ist es gut. Und wie ich in den Jahrhunderten lernte, hängt es gar nicht von der Geschichte ab, sondern von ihrer Auslegung. Die Auslegung ist noch besser, wie ich hier zu zeigen versuchte. Eine Häufung von Spiegelungen. Eine schöne Legende.

Und ich habe noch etwas Beweiskräftigeres als eine einfache Legende. Ich habe einen Nachweis, bei dem es gar nicht darauf ankommt, dass ich ihn schwerlich bei Gericht vorlegen kann. Es genügt, sich zu konzentrieren. Paradoxerweise habe ich die besten Ergebnisse, wenn ich mich nicht konzentriere. Man kann sagen, ich träume. Dieser Zustand ähnelt wenigstens am meisten dem, in den andere in der Nacht fallen. (Und manchmal auch am Tage. Auf einem Bürostuhl kann man einzigartige Positionen erreichen.)

Ich träume. Ich denke an nichts. Man kann seine Zweifel daran haben, ob ich überhaupt denke. Und dann beginnt es langsam aufzusteigen. Lichtspuren, so ähnlich wie Scheinwerferschlieren von vorbeifahrenden Autos auf Nachtfotografien mit langer Belichtung. Ich schaue sehr langsam, ich habe keine Eile. Und dann erscheinen sie.

Gelbe Pfade, als wäre eine Riesennacktschnecke dort entlanggekrochen. Oder als ob man dort etwas entlanggeschleift hätte. Etwas Löchriges, aus dem etwas herausfließt.

Und auf der Fläche vor mir, auf dem Loretoplatz und in der Loretogasse ist so eine Spur. Als wäre dort jemand entlanggekrochen, jemand, dessen Schmerz sich in die Erde fraß und eine leuchtende, immaterielle Ader hinterließ. Eine gezackte. Zittrige. Haftengebliebene.

Etwas war dort passiert. Ich weiß das.

(Ähnlich aussehende Blutspuren soll die Polizei heutzutage entdecken können, wenn sie einen bespritzten und dann gewischten Fußboden mit den entsprechenden Chemikalien untersucht. Alle Achtung vor dem Fortschritt. Allerdings sprechen wir hier über Ereignisse, die ein paar Jahrhunderte alt sind. Und im Todesfall des Ministers Masaryk geht es um Jahrzehnte. Da würden die Chemikalien wahrscheinlich nicht mehr helfen. Blut war übrigens sehr wenig auf dem Hof. Praktisch keins.)

Außerdem behaupte ich nicht, dass auf diesem Innenhof ein Verbrechen stattfand. Ich sehe nur eine Leidensspur. Wenn die Leute sich doch bewusst machen würden, dass ihr Schmerz nie verloren geht.

Und uns interessiert natürlich eben dieser Tod, nicht der des halbnackten Hippies auf dem Bild in der kleinen Kapelle.

Der Tod des Ministers Jan Masaryk.

Es genügt nachzudenken, oder besser gesagt aufzuhören, an ihn zu denken. Ich muss ihn aus dem Sinn lassen und mich in die Träumerei versenken, so wie andere in den Schlaf fallen. Als ob ich schlafen könnte …

Und dann sehe ich sie, diese Spuren. Diese schleimigen Unterschriften von Nacktschnecken. Diese Leidenszeichen. Diese energetischen Schrammen. Deutlich stehen sie zwischen Tausenden Kratzern hervor, die die Absätze von Herren und Dienern auf dem Parkett und den Teppichen hinterließen (die Beamtenschaft reihe ich in die zweite Kategorie ein). Es gibt sie im inneren Hof – und es gibt sie auf dem einen Fensterbrett, an dem Fenster, das ins Badezimmer der Ministerwohnung führt. Und sie sind auf dem Sims darunter. Auf diesem breiten Sims, der sengend aus meiner Erinnerung auftaucht. Diese lange, breite Linie, die so scharf im Kontrast zu den formlosen Leidenszeichen steht. Wohin führt sie mich? Und warum? Das kann ich mir nicht vorstellen.

Ich weiß, dass es die Nacht vom 9. auf den 10. März 1948 ist. Ich spüre die Schritte der Männer, die die Treppen nach oben eilen. Die sind anders als das ruhige, zurückhaltende Auftreten der Kammerdiener. Diese hier trampeln, es scheint, sie wollen gehört werden. Ich bemerke den Geruch ihrer Kleidung – nicht den feinen Geruch von edlem Wolltuch, sondern den Gestank von Lederjacken und -mänteln. Manche rauchen auch noch beim Treppensteigen. Wenn sie husten müssen, treten sie die Zigarettenstummel wütend in den Teppich. Diese Entschlossenheit gefällt mir, in der Beamtenschaft trifft man selten auf wirkliche Herrschernaturen. Sie erinnert mich an die Bewohner vor ein paar Jahren, denen man fehlendes Herrentum bestimmt nicht vorwerfen konnte. Und gleichzeitig spüre ich auch, wie unangemessen die ganze Szene ist.

Es ist doch Nacht.

In der Nacht werden keine Delegationen empfangen und die Delegationen würden außerdem nicht wie eine Herde die Treppe hochgejagt; man würde vielmehr würdevoll hinaufschreiten.

Dann begreife ich auf einmal, warum sie nicht den Fahrstuhl nehmen. Sie wollen sich nicht darauf verlassen – was, wenn er steckenbleibt. In dieser Hinsicht folgen sie derselben Logik, mit der gewöhnliche Delegationen auch die Treppe hinaufgeführt werden. Diese Männer aber treibt irgendein drängendes Ziel vorwärts, es zieht sie nach oben und lädt sie mit einer Spannung auf, die die Delegationen mit ihrer vorbereiteten Agenda niemals verspüren. Diese Männer haben eine besondere Aufgabe vor sich, die sie in dieser Nacht erledigen müssen.

Sie tauschen kurze Sätze mit nur ein paar Worten. So reden die Heizer unten im Keller miteinander, wenn sie sich mit einem verklemmten Schieber abplagen.

Kurze Flüche werden hingeröchelt.

Ich stelle fest, dass ich die Sprache, die sie sprechen, nicht kenne. Vielleicht ist das nicht einmal Tschechisch. Vielleicht eine verwandte Sprache, eine aus der Reihe der slawischen, die sich erst vor so kurzer Zeit in meine Geschichte drängten, dass ich mich noch nicht an sie gewöhnen konnte.

Das sind nicht die perfekt formulierten Anmerkungen französischer, britischer, deutscher Sekretäre, die die Vertreter ihrer Ministerien zu Verhandlungen begleiten und noch schnell auf dem Gang ihre Herren auf etwas hinweisen (ihr würdet euch wundern, wie oft das passiert).

Das ist eine Truppe, die mit sich selbst im Wettstreit liegt. Sie haben Mühe, alle ins Treppenhaus zu passen, weil sie keine protokollarische Ordnung einhalten. Das ist eine Meute.

Sie kommen immer höher, schon pfeift es in ihren verräucherten Lungen und ich rieche den scharfen Schweiß, unglaublich billige Parfüms und kalte Vaseline. Das sind sicher keine Ärzte. Ich kann auch das schwere Metall der Waffen unter der Kleidung erkennen.

Und sie gehen weiter nach oben.

Und mir ist klar, wohin sie gehen.

In die Dienstwohnung von Jan Masaryk.

Ich versuche mir klarzuwerden, ob die große Glastür, die zur Etage vor der Wohnung führt, geschlossen ist. Ich habe nicht viel Zeit. Sie sind schon vor der Tür.

Seht ihr, was ich mir alles vorstellen kann. Ich muss nur ein bisschen träumen.

Und das Rudel, das nach oben trampelt, wird von anderen Bildern verdrängt. Immerhin, Jan Masaryk ... ich verhehle nicht, dass ich mich an ihn gewöhnen musste. Sein Name erschien mir zu Beginn kurios, und diese Manieren ... Genauso, wie ich mich ans Tschechische gewöhnen musste. Bärtige, behaarte Köpfe mit morschen Zähnen sprachen auf der Baustelle in einer Sprache, die mich an das Geräusch von Mörtel erinnerte, wenn er in Wannen gegossen wird. Oder auch aufgeschichteter Ziegel. Eventuell den Aufprall von Balken, aus denen dann das Gerüst gebaut wird, aber zunächst tragen die Maurer sie zu den Fundamenten und werfen sie auf die Erde. Die Sprache, die ich hörte, schien mir von diesen verdorbenen, unvollständigen Gebissen geformt zu sein.

Wie ich mich nach einer anderen Sprache sehnte! Der singenden, lieblichen, die alle Feinheiten des Herzens und des Geistes ausdrücken kann! Nicht, dass ich sie nicht gehört hätte. Der Architekt Caratti kam regelmäßig auf die Baustelle. Er konnte ordentlich böse werden, wenn die Arbeiten nicht nach seinem Gusto vorangingen (aber hier haben wir wenigstens ein Wort, das uns ans Italienische erinnert). Und wisst ihr, dass Italienisch auch in den Beschimpfungen schön ist?

Und dann der Herr Architekt Caratti und der grandiose Palastherr Humprecht Jan Černín z Chudenic (Hört ihr den Unterschied? Gegen das schneidende, kurze und irgendwie leicht ordinäre Masaryk? Hört einmal Humprecht – Jan – Čer-níín – zChudenic! Das ist wie eine Canzone! Sogar mit dem Trommelrasseln am Ende: zChudenic! Dagegen Masaryk ... das klingt ja wie Krähen! Masse rück? Meine Herren?!?) Humprecht Jan konnte ausgezeichnet Italienisch. Er hatte ja auch eine italienische Gemahlin, Frau Diana Maria Gazoldo. Das ist ein Name, wie es sich gehört, hört ihr nicht auch das Wort *Gazelle* darin?

Und das ist kein Wunder, denn der Gazellenjäger diente als Gesandter Seiner Majestät des Kaisers Leopold I. am Hof von Venedig. *Venezia*! Die Stadt, in der ich gezeugt wurde von Herrn Humprecht Jan und seiner zarten Gazelle (ich bin keineswegs eifersüchtig auf seine zwei Söhne, es handelte sich um eine geistige Empfängnis). Von der diplomatischen Mission des Herrn Humprecht Jan weiß ich nur vom Hörensagen – das müsst ihr verstehen –, aber meinen Geburtsort kann ich nicht verleugnen, und will es auch nicht.

Seine Gesandtschaft war erfolgreich, aber vielleicht wisst ihr, wie das läuft. Die Mission ist beendet und der Diplomat erwartet eine weitere, natürlich auf höherem Niveau. Rom? Paris wäre auch nicht schlecht, oder? Kaiser Leopold dachte aber an keine weitere Entsendung Humprecht Jans. Kompliziert sind die Wege der Akkreditierung, wovon ich mich in der Kaiserzeit und in der Republik überzeugen konnte. Dabei waren ihre Beziehungen, die Beziehungen des Diplomaten und seines Herrn, soweit ich weiß, ausgezeichnet. Humprecht Jan diente, seit er 22 Jahre alt war, als Kammerherr an Leopolds Hof, schon als der Kaiser noch ein Kind war, von dem man nicht wusste, dass es Kaiser werden würde. Kaiser sollte sein Bruder werden, der Thronfolger Ferdinand.

Wie alt war denn Leopold? Ganze zehn Jahre. Welches Jahr schrieb man? 1650. Leopold schaute zu Humprecht Jan, dem schon erwachsenen Adligen, wahrscheinlich ein bisschen auf. Und Humprecht Jan schaute zu ihm auf. Es gibt keinen schöneren Anblick, als wenn sich in amtlichen Dingen beide Seiten respektieren (zum Beispiel, wenn sie etwas über den anderen wissen). Erst dann können sie sich gleichberechtigt auseinandersetzen. Das ist dann ein Duell genau nach den Schrittvariationen des unsterblichen Marozzo. Und dass eine Beziehung zweier Menschen kein Duell wäre? Ach, geht doch.

Bene. Humprecht Jan erschien an Leopolds Hof und ein Jahr später lachte ihm das Glück, denn sein reicher Uronkel starb, ohne männliche Erben zu hinterlassen (und ihr könnt sicher sein, dass diese Information eine Beziehung zu unserer Geschichte *hat*. Ich sage nie einfach etwas umsonst!). Humprecht Jan erbte nämlich von seinem Uronkel Heřman das Besitztum und gleichzeitig den Grafentitel. Humprecht Jan wurde also damals Graf, während dem vierzehnjährigen Leopold der ältere Bruder Ferdinand starb. Leopold wurde zunächst zum ungarischen König gekrönt und später zum böhmischen, und nach gewissen unausweichlichen Scherereien wurde er im Jahr 1658 Kaiser.

Wie ihr vielleicht ahnt, kann der Tod, der grausam das Leben des einen abreißt, ein Segen für den anderen sein. Was das mit dem Tod Jan Masaryks zu tun hat? Nur Geduld, liebe Fechter.

Im Jahr 1659 wurde also Humprecht Jan zum kaiserlichen Gesandten in Venedig ernannt. *O bella Venezia*, mein geliebter Geburtsort, *o sole mio*. Ich muss nur etwas ins Träumen geraten, dann spüre ich den salzigen Duft der Kanäle – nennt es ruhig Gestank –, das übermütige Geschrei der Gondoliere und das Taubengeflatter auf dem Markusplatz.

Wartet, wartet. Fragt ihr euch, woher ich all diese Informationen habe? Es erscheint unglaubwürdig, an was ich mich alles erinnern kann, ich weiß. Aber es ist genauso wie mit den gelben Pfaden, die das Leiden hinterlässt.

Jedes Gespräch, das den Černín-Palast betraf, blieb irgendwo in mir erhalten. Genau wie jeder von Beamten verfasste Bericht über den Palast. Und im Verlaufe der Jahre mussten sich viele mit ihm befassen, um die wohlgeborenen Besucher zu informieren. Die Jahreszahlen konnten sich mir nicht *nicht* einprägen.

Und der süße Gestank der Kanäle?

Viele tschechoslowakische und tschechische Diplomaten dienten schon in Italien und gerieten nach ihrer Rückkehr am geöffneten Fenster des Janák-Anbaus, in den von unten die Düfte (oder der Gestank) aus der Betriebskantine drangen, ins Träumen ...

Ich weiß alles. Ich vernichte keine Akten. Mit den diplomatischen Missionen ist das kompliziert. Jede ist nämlich eine Vorbereitung für die nächste, und jeder rangniedere Diplomat wie auch ein Botschafter träumt immer davon, dass beim nächsten Mal, wenn sein jetziger Erfolg gewürdigt wird, endlich das Richtige kommt ... Nur kam Humprecht Jan nach drei Jahren nach Prag zurück und eine weitere Gesandtschaft wollte und wollte nicht kommen. Nach einiger Zeit musste er sich eingestehen, dass der Kaiser sich nicht erklärte und auch nicht erklären würde, und die Situation eine Lösung erforderte. Wie viele ehemalige Gesandte und Botschafter ich demütig durch den Diensteingang hereinkommen sah! Reiter ohne Pferd, Fechter ohne Degen, Raufbolde, denen selbst der volkstümliche Knüppel fehlte. Ja, ein Botschafter kann nur noch Botschafter sein.

Es geht nicht nur um Ambitionen. Immer ist mit ihnen die nüchterne Einschätzung der eigenen Fähigkeiten verbunden! Er weiß doch! Er kennt doch! Eine Botschaft kann er mit dem kleinen Finger leiten. Am liebsten würde er die verknöcherte Maschinerie der zentralen Behörde gar nicht mehr beachten und sich seine eigene Botschaft gründen ... und so ähnlich handelte auch Humprecht Jan.

Kurzum, er beschloss, sich so eine Botschaft zu bauen. Zuerst erwog er den Ankauf des Wallensteinpalais, dieses weitläufigen, überbewerteten Gesindehauses mit den sinnlosen künstlichen Felsen, geschmacklosen Volieren, der überdimensionierten *sala terrena* und den kreischenden Pfauen, die mir selbst auf diese Entfernung auf die Nerven gehen ... Dann bewertete er ganz richtig den geforderten Preis, nämlich 400 Tausend Gulden, als übertrieben.

Er begann ein passendes Grundstück zu suchen. Und fand es. Also dieser gesegnete Platz (zu den problematischen Aspekten kommen wir noch) war aus baulicher Sicht eigentlich ungeeignet (da haben wir sie schon). Das Grundstück war abschüssig ... seine oberen Teile lagen allerdings höher als die unweit gelegene Prager Burg, dieses übergroße, ungemütliche, uncharmante Bauwerk, chaotisch um die Kathedrale herum versammelt, die die lieben Tschechen ein paar Jahrhunderte lang nicht in der Lage waren fertigzustellen.

Mir gefiel der Ort von Anfang an.

Und Humprecht Jan erteilte klare Anweisungen: groß. Noch größer. Am größten. Eine lange Giebelfassade.

Noch länger. Länger könnt ihr euch das schon nicht mehr vorstellen. Ein Tanzsaal. Salons im ersten Stock, denn der erste Stock bildet in so einer Residenz das sogenannte *piano nobile* – das Herz des Hauses. Und seine Gazelle wusste sofort, wie die Salons aussehen sollten. Man sprach von Spiegeln, Gobelins, Lüstern und Bildern. Denn von Anfang an war es sonnenklar, dass der Palast eine Gemäldegalerie beherbergen würde, die berühmte Černín-Gemäldegalerie, deren Grundstein in Venedig angeschafft wurde. Deshalb wurde ein gesonderter Saal dafür vorgesehen, der noch heute Galerie heißt, allerdings, weil das Schicksal nicht günstig war, heute nur noch mit Gobelins behängt ist. – Aber darauf kommen wir noch zurück. Raum gab es hier und Raum gibt es, Herrschaften, das würde ich gern hervorheben!

Jener Raum wurde gefüllt, sobald die Kisten mit den in Venedig sorgfältig verpackten Bildern ankamen. Beim Öffnen hätten sie einen salzigen Hauch von den Ufern meiner Heimat ausatmen können … aber leider! Ich holte tief Luft, als sie geöffnet wurden, ob ich ihn spüre … aber nichts! Stattdessen roch ich den Schweiß der Handwerker, die an den Wänden der Galerie entlangkletterten und Haken hineinklopften. Ich konnte mich nicht an diesen salzigen Gestank gewöhnen, der von leisen Flüchen begleitet wurde, wenn die Leitern auf dem Parkett rutschten. Aber was konnte ich tun. Ich streckte die Brust heraus. Wenn der Stahl in die Wände drang, ertrug ich das leicht, weil ich wusste, dass ich auserwählt war. Zu stolzem Dienst. Als sie mich mit diesen Bildern bekränzten, fühlte ich mich wie ein Ritter, dessen Rüstung vor dem Kampf geschmückt wird.

Die Bilder aus den Kisten atmeten im Gegenteil diesen spezifischen Geruch von Ölfarben, Lacken und Leinwänden. Er erinnerte an italienisches Essen, vielleicht machte das diese Andeutung von Olivenöl. Wundervoll, was ein Künstler alles mit diesen Breien erschaffen kann!

Und dann bekleideten die bemalten Leinwände die Mauern schon vom Fußboden bis zur Decke, denn so wurde damals in Galerien gehängt. Es waren an die dreihundert Werke. Ich könnte sie noch heute aufzählen, so oft schaute ich zu, wenn sie katalogisiert und manchmal kontrolliert wurden, ob noch alle am Platz waren.

Humprecht Jan hatte sie in Venedig zu sammeln begonnen, wo sich zu seiner Zeit zahlreiche Maler niederließen. Ich glaube, am besten gefielen ihm die Bilder von Johann Karl Loth. (Im Übrigen bestellte bei dem selbst Kaiser Leopold I., was eine Versicherung guten Geschmacks ist! Mir wiederum gefiel, dass er sich so italienisierte, dass er Lotti genannt wurde, manchmal Carlotti – putzig, oder?) Weitere Glückliche, bei denen Humprecht Jan systematisch Bilder erwarb, waren Pietro della Vechia und Cavaliere Pietro Liberi. Landsmänner!

Und die Sujets? Edel, wie es sich damals gehörte. Sie gingen von der griechischen Mythologie aus, es gab Darstellungen alttestamentarischer Szenen und solche, die aus der neuzeitlichen schönen Literatur bekannt waren. Humprecht Jan bestellte sie selbst, denn in jenen Jahren herrschten noch glückliche Zeiten, in denen der Aristokrat selbst wusste, was auf den Bildern in seinem Haus dargestellt sein sollte.

Nein. Keine Angst, er verlor natürlich keine Zeit in den leichtlebigen Werkstätten angetrunkener, in Erwartung der Honorare zuvorkommend geschwätziger Künstler ... er beschäftigte nämlich ein Netz von Kunstagenten. Er sprach doch nicht mit jedem, Gott bewahre.

Die Welle dieses vereinten Bemühens schwappte also aus den Kisten und brandete die Wände hoch.

Und Humprecht Jan selbst! Das war einmal eine Person. Wie die mythischen Helden auf den Bildern – fast. Wenn ihr euch sein Porträt anschaut, seht ihr wohl nichts, was euch besonders edel anmuten würde. Blutreiches Gesicht, runde Äuglein, schüttere Haare zu einem Scheitel gekämmt, ein Schnauzbart wie ein Musketier und ein Kinnbart ... und dieser Ausdruck. Diese leicht verächtlich geschürzten Lippen. Bei allem Respekt, geistiges Übergewicht strahlte er nicht gerade aus, wenn ihr versteht, was ich meine.

Aber nicht das Gesicht macht den Fechter. Den macht die fein abgestimmte Konstellation seiner Waffe und der perfekt beherrschten Kunst. Und Humprecht Jan verfügte über ein Rapier, das Degen und Florett übertraf – nämlich sein Geld, das konnte stechen, hauen und decken. An seiner Seite hopste Diana Maria Hippoliti di Gazoldo, seine Jagdtrophäe, eine dunkelhäutige Italienerin, die als schönste Frau ihrer Zeit galt und die er gegen den Willen seiner Mutter wählte. Die wünschte, er möge sich eine Tschechin aus reichem Geschlecht wählen, aber das Söhnchen nahm eine unbemittelte Schönheit. Ich nannte sie zarte Gazelle (die rabiaten tschechischen Dienerinnen allerdings Gazellentier), und diese zarte Gazelle, sensibel für sein finanziell-fechterisches Können, erhöhte also seinen eigenen Anmut und auf dem abschüssigen Gelände erhob sich ein Bau, der ihn für immer berühmt machte.

Wie beschwingt seine Konversation mit dem Architekten Caratti verlief, wenn großzügig die Höhe der Säle besprochen wurde! Etwas nüchterner wurde über Steinhaufen und Geldhaufen gesprochen. Wenn auch die zarte

Gazelle dazukam, wurde über Interieure und den Park geschwatzt. Ja, damals waren die Frauen noch Frauen. Verletzlich, charmant, ihren Fechttanz so dezent ausführend, dass der Gegner so manches Mal nicht merkte, dass Klingen gekreuzt wurden.

Zwei Stirnseiten des Palasts gewannen damals ihren eindeutigen Sinn ...

Habe ich euch reingelegt? Hoffentlich doch nicht! Kann ein Bau denn zwei Stirnseiten haben? Das ist, als ob ein Mensch zwei Stirnen hätte. (Und die hatte nur Janus, der doppelgesichtige Gott.)

Nun also, die echte Fassade des Černín-Palasts zeigt zur Seite, zum Garten und zu den Bastionen, die Prag befestigen. Dem Loretoplatz zeigt der Palast eigentlich seine Seite. Hier hatte sich jemand die Belehrungen des teuren Landsmanns Marozzo zu Herzen genommen ... Ein Fechter führt schließlich seine Schrittkombinationen zu allen Seiten aus, sodass ein ganzer Kreis abgedeckt wird. Auf diese Weise entstand also der Eindruck, der Palast habe zwei Fronten.

Jene offene, weitläufige, etwas einförmige, aber imposante Fassade zum Loretoplatz – sein männliches Gesicht.

Und die zerklüftete, schmückende, mit Statuen durchwobene, liebliche Fassade zum Garten – sein weibliches Gesicht.

Wie ihr seht, weiß ich alles. Egal, ob ihr Mann oder Frau seid, ich kenne eure Gefühle. Ich bleibe in der Mitte.

Und das *piano nobile*, die Salonräumlichkeiten des Hauses, zieht sich über die gesamte erste Etage hin, das heißt hinter beiden Fronten.

(An Janáks Anbau erinnert mich bitte lieber nicht. Es dauerte lange, bis ich mich mit ihm ausgesöhnt hatte. Es möge bitte niemand mit Theorien kommen, dieser Anbau sei mein Sprössling! Das ist nicht einmal ein Bastard, ein ehrloser Bankert, den der Herr im Stall belässt, weil er sich das erlauben kann ... Vielleicht gerade noch ein adoptiertes Kindchen, aus dem dann höchstens ein Lakai wird.)

Alles sah also strahlend aus.

Allerdings passierte etwas, womit ich nicht gerechnet hatte.

Humprecht Jan starb mit nur 54 Jahren. Nicht einmal mehr die Gemäldegalerie konnte er sich anschauen; sie wurde erst nach seinem Tod mit Bildern ausgestattet. Traurig. Sogar peinlich, oder? Wer sonst sollte bei ihrer Eröffnung anwesend sein? Als er starb, schrieb man das Jahr 1682, wie ich später erfuhr. Mein Interesse an Jahreszahlen erwachte erst vor relativ kurzer Zeit. Der Tod von Jan Masaryk weckte es und das Bedürfnis, mir die Fakten zusammenzuzählen. Wieder ein Tod. So ist das also? Ihr Menschen seid in einem Moment da, und dann auf einmal nicht mehr? Große Pläne werden gesponnen, mit Architekten wird verhandelt, Rechnungen werden bezahlt ... und dann Schluss? Unwiderruflich? Ein für alle Mal? Aber was ist mit mir? Wie komme ich dazu?

Haltet ihr wirklich weniger als die Simse an der Fassade aus? Meine tragen locker einen Menschen, das sind so eine Art Gehwege, Pfade, Schiffsbrücken, die um mich herum führen ... Und euch kann man nicht reparieren? Auch nicht von Grund auf neu bauen? Auch keinen melodisch schnaubenden Caratti hinzuziehen, damit er auf die Arbeiter aufpasst, die sich dabei unüberhörbare, rasselnde, tschechische Schimpfwörter zuflüstern (wie gern ich die überhören würde, aber ich bin auserwählt und verflucht, immer alles zu hören).

Ich konnte zuerst nicht begreifen, dass die Menschen nie allein sind. Sie treten immer als Teil einer Abfolge auf, einer Zahlenreihe, einer Buchstabenkette. So wie die Felder auf der Fassade, der längeren, zum Loretoplatz. Das verringert etwas ihre Bedeutung, nicht wahr? Aber ihr, ihr seid ja daran gewöhnt. Ich musste mich erst daran gewöhnen.

Nach einem resignierten Minister kommt immer ein neuer; das ist ein Trost. Nach dem Abgang des Ministers entsteht ein spezifisches Zittern in seinen Vorzimmern, das sich in mächtigen Zuckungen in den Büros der Höchstgestellten zeigt, und nach unten schwächer wird. Es wird erkennbar stärker, wenn der neue Minister erscheint. Die Amtsmuskulatur führt ihre rituellen, kontrollierbaren Bewegungen aus. In ein paar Tagen, ein paar Wochen ist alles wieder beim Alten. Und Humprecht Jan hatte zum Glück zwei Söhne.

Zarte Gazelle! Ich hatte mehr von dir erwartet. Konntest du Humprecht Jan nicht am Leben erhalten? Seit dieser Zeit ist die Gartenfassade immer etwas in sich versunken.

Mit dem Tod Francesco Carattis söhnte ich mich leicht aus. Bald löste ihn nämlich ein anderer Architekt ab. Und ein weiterer. Manche von ihnen waren Italiener, das wurde eine schöne Tradition.

Aber der Herr. Es gibt immer nur einen wirklichen Herrn. Ich habe immer noch Humprecht Jan vor Augen, wie er mit hervorquellenden Augen den wachsenden Bau betrachtete. Er weiß, dass er bei diplomatischen Verhandlungen nicht alles auf einmal preisgeben darf, sondern Information gegen Information, deshalb sieht er sich um, nickt mit dem Kopf und lässt sich Zeit, bevor er etwas sagt. Gleichzeitig brennt in ihm das Feuer der Befriedigung, deren Kamin der Palastbau ist. Dafür ist hier die zarte Gazelle, um begeisterte Ausrufe zu produzieren, damit der Baumeister sich geschmeichelt verbeugt und Humprecht Jan schließlich lächelt, was das Signal ist, dass die Rechnungen für Material und Arbeitsleistungen, auf denen kolossale Zahlen prangten, über die ganz Prag flüsterte, akzeptiert werden.

Allein diese Zahlen machten schon klar, dass hier auf dem Loretoplatz der größte Palast in Prag entstand.

Der Palast der Paläste.

Der Wohlgeborene Herr, Herr Palast von Palastien.

Ich.

Und so ein Palast braucht natürlich einen großen, würdigen Herrn. Humprecht Jan in seinem Festgewand aus goldglänzendem Stoff, unten reich am Saum bestickt (der von den Waden bis zu den Knöcheln reichte, damit wir uns verstehen) und am Kragen. Mit roten gefälteten Ärmeln, die aus dem Überwurf hervorragten. Unter seinem eckigen Kragen, der an ein Kollar erinnerte, fiel eine goldene, mit Diamanten besetzte Kette hervor auf seine Brust! Was für Gesten er vollführen konnte! Wie nachlässig er mit dem Zeigefinger der Rechten winken konnte, während er die Linke auf der Sessellehne liegenließ!

Diese Gesten waren in der Lage, seinen etwas zu konzentrierten – manche sagten schwülstigen – Gesichtsausdruck zu verschleiern.

(Solche Urteile hörte ich natürlich erst vor seinem Porträt, vor dem lebenden Herrn hätte niemand gewagt, so etwas auszusprechen!)

Ich ganz sicher nicht.

II. Guardia d'intrare

»*In dieser Position müsst ihr euch mit Geduld wappnen, denn wenn wir lieber angreifen als geduldig warten wollen, entstehen nur wenige Angriffe aus ihr. Ich mahne euch, zu warten, bis euer Gegner angreift, und euch dann entsprechend zu parieren ...*«, *rät A. Marozzo. Da Marozzo andeutet, dass ein Fechter aus dieser Position nicht viel angreifen kann, dient* guardia d'intrare *als Endposition für einen Gegenangriff, der in einen Ausfall gegen das Gesicht des Gegners mündet, mit einem angedeuteten Schrägschritt nach links.*

Während Jan Masaryk ein ganz anderer Kaffee war. Oder in seinem Fall wohl eher Tee, da er lange Jahre auf den Britischen Inseln engagiert war. Oder vielleicht auch ein Cocktail mit Martini, den er so gern zubereitete? – Nein, wir wollen ja nicht um jeden Preis Lebemänner sein. Nun gut, also Sliwowitz. Volkstümlicher Sliwowitz passt. Den mochte der Herr Minister auch. Über Jan Masaryk hatte ich so einiges gehört. Seit 1934, als sich das angesehene Ministerium für auswärtige Angelegenheiten der Tschechoslowakischen Republik meiner annahm, und mich so aus den Klauen der Soldateska befreite. (Mit den Soldaten, denen ich seit der Mitte des 19. Jahrhunderts gehörte, fand ich als Fechter natürlich eine gemeinsame Sprache, aber die Interieure büßten das.)

Und ich hörte nichts Gutes.

Dass sich die niederen Beamtenränge über die höheren unterhalten, ist ja nichts Ungewöhnliches. Diese Tatsache verurteile ich keineswegs. Ich muss doch genau wissen, was ich von den Chefs zu erwarten habe und wie ich ihnen nützlich sein kann. Für mich ist das eine wertvolle Informationsquelle. In diesem Falle tratschten leider nicht nur die niederen, sondern auch die höheren.

Sie beschweren sich, dass Jan Masaryk ausgezeichnet in den Sozialkontakten war und in der Propagierung des guten Namens der Tschechoslowakei, aber sonst ... organisatorisch ... sagen wir, seine Schwächen hatte. Ich werde nicht um den heißen Brei herumreden. Hinsichtlich seiner Fähigkeiten, Kontakte anzuknüpfen, fielen auch Wörter wie »Playboy«. Was seine Talente betraf, das Büro in Gang zu halten und dabei den letzten Wortlaut der geltenden Vorschriften zu berücksichtigen, hörte man Wörter wie »Liederjan«. Es tut mir leid, aber wenn wir die Realität verschleiern, kommen wir nicht weit. Und wir wollen hier doch etwas über Masaryks rätselhaften Tod herausfinden, das stimmt doch, oder? Nach diesem Tod hörte man Wörter wie »Mord«, »Selbstmord« und »unglücklicher Zufall«. Also entschuldigt ihr sicher, wenn ich zuweilen etwas undiplomatisch bin.

Wegen seiner spezifischen Stimmungslage (seht ihr, ich komme schon zu offiziellerem Vokabular zurück) berief man ihn nach einem Jahr aus Washington ab, Jans erstem diplomatischen Posten. Was soll's, dass nach seinem Weggang zwanzig weitere Menschen aus eigenem Entschluss die Mission verließen. Und das Personal beschwerte sich nach dem Antritt des neuen Gesandten, dass die tägliche intensive gesellschaftliche Tätigkeit nachließ.

Seine Kritiker fügten meistens etwas in der Art wie »Na ja, aber Sie wissen doch, er ist der Sohn ...« an. Anstelle eines Namens hörte man wörtlich die drei Punkte. Zuerst wusste ich nicht, was ich denken sollte. Jeder Mann ist jemandes Sohn, nicht? Nur ich kann wohl eine gewisse Ausnahme darstellen ...

Aber allmählich begriff ich. Masaryk. Jan war natürlich der Sohn von Tomáš Garrigue, dem ersten Präsidenten der Tschechoslowakei! Und das war ein anderes Format! Der geliebte Schöpfer des tschechoslowakischen Staats, ein Mann von internationalem Ruf, Führer von Legionen, Träger des Masaryk-Hutes mit der Trikolore! Nun ja, diese Mütze erinnerte an die Mützen aus dem Judenschtetl, aber wenn sich der alte Herr weiß kleidete und aufs Pferd schwang ... da konnte Humprecht Černín nicht mithalten!

Nur residierte Masaryk der Ältere leider auf der Burg. Und für mich blieb der Jüngere übrig. Und dann kam er auch nicht so ganz einfach zu mir. Nach einem Jahr in den Vereinigten Staaten war er im diplomatischen Handwerk einigermaßen geschult (dieses Selbstbewusstsein der ersten tschechoslowakischen Diplomaten, dass man Diplomatie erlernen kann!), dann wurde er nach London entsandt, wo er dreizehn lange Jahre verbrachte. Dann kam der Krieg. Gründlicher lernten wir uns erst nach dem Krieg kennen.

Ich erinnere mich, wie er damals im Juni 1945 zum ersten Mal ins Vestibül kam. (Es wurde nicht einmal der Prunkeingang geöffnet, ich sage ja, so ganz kann man Diplomatie nicht erlernen.) Er lächelte, das gefiel mir, aber in seinen Augen stand eine seltsame Scheu, oder sogar Trauer. Er sah sich um – das war in Ordnung – und dann blieb sein Blick an den Gesichtern der einzelnen Anwesenden hängen, von denen er nicht wissen konnte, wer sie waren. Er begann sie zu begrüßen, einen nach dem anderen. Ich war entsetzt! Er konnte doch nicht wissen, ob das nicht vielleicht einfache Lakaien waren! Nun gut, Lakaien gab es damals eigentlich nicht mehr. Dann stellte sich heraus, dass er mit ihnen bekannt war. Er erinnerte sich an die Lakaien – woran nichts Schlimmes wäre, das gehört zum guten Ton – aber er schüttelte ihnen die Hände, als wären sie die besten Freunde! Und das war nicht mehr in Ordnung.

Der erste Eindruck war also ziemlich armselig.

Was sollte ich auch denken? Ein protegiertes Söhnchen, dem sein Vater den Weg geebnet hatte. Jemand, der gekonnt mit den Herzen der Menschen in seiner Umgebung umgehen konnte, aber nicht mehr. Jemand, der sich über die Menschen erheben sollte, aber stattdessen sich zu ihnen herabließ. Wer sich herablässt, wird häufig erniedrigt ... Nun gut, ein tüchtiger Redner, ein gewandter Spaßmacher, ein großer Esser ... etwas fehlt aber, nicht? Wie wäre es mit Mut? Unnachgiebigkeit? Und wie mit Autorität? Alles das, was bei einem Fechter unabdingbar ist! Für die heutige Zeit würde ich noch konzeptionelles und strategisches Denken hinzufügen. Nein, anders. Niveau. Mit diesem Wort kann man alles erfassen, was nicht zu kaufen ist.

Erst als mein Schock, der leichte Verdruss und die Welle der Erinnerungen an Humprecht Jan abklangen, begannen andere Erinnerungen zu keimen.

Diesen Mann hatte ich doch schon einmal irgendwo gesehen. Damals war er schlanker, hatte aber auch schon wenig Haare und die traurigen Augen, die konnte man nicht übersehen. Ich bemerkte ihn, als an der Vorderfront (zum Loretoplatz, damit wir uns verstehen) am Beginn der Fahrbahn, die hinunter zur Loreta führte, ein offenes Cabriolet anhielt. Ein paar Herrschaften stiegen aus – fast nur Männer, hier und dort auch eine Frau dabei, die sich so typisch steif hielten, wie es das Merkmal eines offiziellen Besuchs ist, und dabei den brennenden Wunsch unterdrückten, etwas anderes als nur Verhandlungen zu erleben.

Der junge Mann führte sie zu dem rundlichen Platz, an dem früher die Matthäuskirche stand und der noch heute bei Fremdenführern sehr beliebt ist.

Er stellte sich vor die Gäste – aber nicht wie ein Fechter, der sich einem ehrenwerten Kampf mit einer Übermacht stellt. Seine Körperhaltung war weich, gebeugt und in einer freundlichen Geste bot er offene Arme an; Marozzo kämen die Tränen. Er hatte nicht einmal einen Dolch am Gürtel. Und dann begann er zu erzählen. Über mich natürlich, über wen sonst. Dann auch über die Loreta, selbstverständlich.

Seine Sprachbegabung musste man ihm lassen. Englisch sprach er perfekt, er wechselte leicht vom britischen Englisch ins amerikanische und flocht gern Slangausdrücke in seine Sprache ein (er selbst würde sagen, er »spickte sie« damit). Im Deutschen war er wie zu Hause. Polnisch und Ungarisch sprach er so tüchtig wie ein Offizier der österreichisch-ungarischen Armee mit deren gründlich gemischten Mannschaften. (Wie ich das alles erkannte? Über die Jahrhunderte lernt der Mensch so einiges ... und von seinem Sprachenrepertoire sprachen selbst seine Kritiker in den ministerialen Fluren mit Hochachtung.) Fröhlich wechselte er auch in eine Sprache, die anders sein soll als Tschechisch, mir aber ganz gleich vorkommt – ins Slowakische (früher verstand ich »Slawisch« und dachte, es handelte sich um eine irgendwie universelle Sprache, bis ich begriff, dass die Slawen sich zu so etwas nie aufraffen werden.)

Trotzdem hielt ich ihn für einen Touristenführer und widmete ihm keine besondere Aufmerksamkeit.

Die anderen interessierten mich. Sie genossen meinen Anblick, wie es nur Ausländer vermögen. Und ich musste feststellen, dass sie ähnliche Verehrung auch dem jungen Mann zuteilwerden ließen. Oh, das war kein Reisebürovertreter. Das musste ein größeres Unternehmen sein. Nach den Manieren zu urteilen, handelte es sich weder um einen Geschäftsmann noch um einen Soldaten. Es war gleichzeitig etwas Musisches an ihm, die perfekte Sprachmelodie erinnerte mich an die einstigen italienischen Architekten; leider bekam ich Italienisch nie von ihm zu hören. Musikalisches Einfühlungsvermögen, das als Einziges ermöglicht, eine Fremdsprache perfekt zu erlernen, Sprachgefühl und Redetalent musste ich ihm zugestehen. Aber da war noch etwas mehr und das provozierte mich. Ihre Verehrung durchleuchtete ihn, als glitte euch ein Rapier durch die Rippen (nicht so ein ganz genauer Vergleich, das stimmt). Und verständlicherweise fällt so eine Achtung durch den Spiegeleffekt auch auf mich.

Nach Jahren begriff ich, dass diese Verehrung seinem Vater galt.

Jan Masaryk hatte, kurz gesagt, die Verantwortung für die Besucher seines Vaters aus dem Ausland, die er durch Prag führte. Damals, am Beginn der Republik, als man improvisieren musste. Dann verschwand er aus meinen Augen, ich hörte nur, was er am St.-Jakobs-Markt in London anstellte. Das Außenministerium hatte bis zum Jahr 1934 außerdem seinen Sitz auf der Burg, sodass ich ihn auch bei seinen gelegentlichen Besuchen nicht sehen konnte. Er fehlte mir überhaupt nicht. Ehrlich gesagt, vergaß ich ihn ganz und gar.

Ab der Mitte der 30er Jahre wurden für uns alle außerdem die allgemein bekannten Ereignisse interessant. Es war offensichtlich, dass sich die Geschichte wieder über Prag wälzen würde, ähnlich wie bei der französisch-bayrisch-sächsischen Stadteroberung im Jahr 1741 (der trotzten österreichisch-ungarische Einheiten), bei der österreichischen Belagerung im Jahr 1742 (mit Franzosen und Bayern als Verteidiger) oder bei der preußischen Belagerung im Jahr 1757 (damals verteidigten die Österreicher Prag, Pardon, eigentlich die Böhmen; der Teufel soll sich da auskennen). Die Geschichte trat traditionell in Form von Geschützbatterien auf, die dort aufgestellt waren, wo sich heute Střešovice befindet, die Schussbahnen durchkämmten die Gebäude um den Loretoplatz herum mit einem eisernen Kamm. Da ich von jenem letzten Zusammenstoß ein Ornament von ungefähr 150 Kanonenkugeln in meiner Rückwand hatte (vom Einfluss des anwesenden Militärs auf mein Interieur berichtete ich bereits), war auch ich auf der Hut.

Den jungen Masaryk hatte ich ein bisschen vergessen. Kritik an ihm hörte ich in den Gängen weiterhin. Sie war immer seltsam persönlich. Als würden ihn die Leute aus der Nähe kennen, oder als redeten sie über ihn vor allem deshalb, wie er war, und nicht wegen seiner Funktionen.

Interessant.

Denkt bitte nicht, ich könnte grundsätzlich kein Verständnis für Gefühle haben. Wenn ihr wüsstet, was ich alles durchlebe!

Jetzt ist wohl die Zeit gekommen, euch von meinen eigenen Gefühlen zu erzählen. – Keine Angst, nichts wird vergessen, nichts geht verloren. Alle Akten, die Jan Masaryk betreffen, alle Erinnerungen an ihn und alle Aussagen über ihn, alle Ermittlungsprotokolle über seinen Tod sind sicher in den Archiven meines Gedächtnisses verwahrt. Das ist ein Konvolut in der Größe eines Minensuchbootes, wenn nicht eines Kreuzers, und so einen Körper an die Oberfläche zu heben, braucht immer Zeit. Und bis alles hochgeschwemmt wird, kann ich euch meine eigene Geschichte erzählen.

Euch geht es darum, zu verstehen, wie Jan Masaryk war. (Nehme ich an.) Mir wiederum geht es darum, euch mitzuteilen, wer ich bin.

Noch bevor ich anfange, von mir zu sprechen – was mir keine Schwierigkeiten bereitet, wie ihr sicher schon festgestellt habt –, muss ich euch von der Geschichte eines gewissen Hauses in Kenntnis setzen. Ich schaue nicht gern in diese Richtung. Es steht rechts von der Vorderfront des Černín-Palasts (zum Loretoplatz). Es schließt jenen Platz nach Süden ab, das kann man nicht abstreiten. Muss es sich dabei aber so gebärden, dass ... so, dass man aus seinem Ausdruck nichts ablesen kann? Ist es nötig, immerzu so zu schauen, als ob nichts wäre?

Das Haus U Drahomířina sloupu – Zu Drahomíras Säule.

Drahomíra war die Frau des Fürsten Vratislav. Sie entstammte einer heidnischen Sippe, trat aber unter dem Einfluss des Zeitgeists zum Christentum über (wie ihr seht, waren Konfessionswechsel schon im neunten, zehnten Jahrhundert üblich; ja, wir sind hier in einer so weit entfernten Vergangenheit, dass auch die Palastarchive sie nicht erfassen können). Im Inneren blieb sie aber eine verbissene Heidin, was sie auf einen teuflischen Weg führte. Sie bekam nämlich den Eindruck, dass ihre Schwiegermutter, die heilige Ludmila, einen zu großen Einfluss auf ihre Kinder hatte. Václav wurde Christ und Ludmila wirkte in ähnlicher Weise auch auf den jüngeren Boleslav ein.

Drahomíra ließ also Ludmila auf der Burg Tetín mit einem Tuch erwürgen. Ein Tüchlein ist nicht gerade die gewöhnlichste Duellwaffe, zur Entschuldigung der Angreiferin muss gesagt werden, dass sie es nicht selbst benutzte. Mit der mörderischen Mission betraute sie zwei Bedienstete, es sollen angeblich Waräger gewesen sein (etwa der erste Fall östlicher Einflussnahme auf die tschechische Geschichte? Keinesfalls die letzte, keinesfalls die letzte …). Wegen des Unwillens der christlichen Umgebung oder aus Gewissensbissen – die Legende ist hier ganz charakteristisch nicht in der Lage, mit sich selbst in den verschiedenen Versionen übereinzukommen – beschloss sie, in ihr Herkunftsland zurückzukehren.

Sie fuhr also aus der Prager Burg ab und als der Wagen an der Matthäuskirche vorbeikam (wohl an der Stelle der späteren Schenke Zur Goldenen Kugel, dann der Kapelle des Heiligen Matthäus und schließlich der Statue von Edvard Beneš; wir kommen noch zu allen Punkten, nur Geduld), läuteten sie zur Wandlung. Der Kutscher, ein heimlicher Christ, glitt vom Kutschbock und kniete nieder.

Drahomíra regte sich auf. Drahomíra erhitzte sich (diese Metapher ist nicht umsonst). Diesen Teil des Geschehens kann ich mir sehr gut vorstellen. Nicht einmal die zarte Gazelle war immer ein liebes Mädchen, das sich nur um Humprecht Jan drehte. Sie hatte auch ein gewisses Temperament, nicht zu Unrecht uns Italienern zugeschrieben. Es genügt, wenn ihr euch die Dynamik meiner Fassade anschaut …

Sie tobte, raste wie ein Teufel …

Und als der Kutscher sich umdrehte, stellte er fest, dass anstelle seiner Herrin und ihres Wagens ein Loch in der Erde gähnte, aus dem Rauch aufstieg. Diese Passage mag ich am liebsten – es ist am wirkungsvollsten, wenn der Hörer oder Leser *nicht weiß*, was im Schlüsselmoment passierte. Warum sonst wäre der Tod Jan Masaryks so pikant? Im Zweikampf wird gewöhnlich eine Seite besiegt, oft verwundet, manchmal getötet. Es war kein Zweikampf, meint ihr? Geduld, meine Lieben.

Die Fürstin Drahomíra trug der Teufel in die Hölle hinab, und wer von den Leuten der Grube zu nahe kam, wurde noch am selben Tag von einem Unglück getroffen. Die Stelle soll von einem kleinen Holzzaun geschützt worden sein, und als der verfaulte, wurde dort eine steinerne Säule aufgestellt, auf der die Ereignisse aufgeschrieben waren. Sie stand noch im 18. Jahrhundert, ich erinnere mich noch gut an sie. Abgebaut wurde sie in einer Zeit, die Unglücke nur auf objektive Gründe zurückführte. Zu ihrem eigenen Schaden, würde ich sagen.

Angeblich war der, der sich diesem Ort näherte, für sieben Jahre verflucht ...

Die Stelle ist noch immer da: Beim Kanalgitter am Ende des Übergangs, wenn man durch die Loretogasse von der Burg zum Palast geht und die Fahrbahn in Richtung der Statue von Edvard Beneš überquert. So viele Angestellte des Außenministeriums gehen jeden Tag unwissend über diesen dunklen Ort!

Aber ich will euch keine Angst einjagen. Und objektiv betrachtet? Drahomíra soll Ludmila in Wahrheit gar nicht haben umbringen lassen, sie war eine gottesfürchtige Christin, sie soll auch nach Boleslav gereist sein, wo der heilige Wenzel ums Leben kam, und sich um seinen Leib gekümmert haben. So geht das normalerweise mit den Legenden.

Jede erzählt eine Geschichte, wiederholt sie halsstarrig, am liebsten würde sie sie hinausschreien, hätte sie einen Mund ... und zum Lauf der Welt gehört es, dass kaum jemand sie versteht.

Die Geschichte von Drahomíra ist keine Geschichte über sie (mit aller Hochachtung vor der einstigen Fürstengattin). Schließlich wird die Legende gewöhnlich auch Drahomíras Abgrund genannt. Sie erzählt von bestimmten Orten, von denen man nicht offen sprechen kann. Nicht aus Feigheit; ich habe keine Angst mehr. Grund ist die Tatsache, dass sie sich dem menschlichen Verständnis versperren.

Der Eingang in die Hölle ist keine einmalige Angelegenheit. Die Quelle des Bösen bleibt reich gefüllt, sie trocknet nicht aus. Das Böse steigt unaufhörlich an die Oberfläche. Das Böse ist hier bei uns.

An einem Ort, den entlang die Angestellten am Morgen zur Arbeit eilen und am Nachmittag entspannt fortgehen. An einem Ort, den entlang die Herrschaft zu mir zu Verhandlungen in den Palast kommt. Genau dort, wo die Kolonnen mit hochgestellter Besatzung entlangjagten, zu Verhandlungen in die Burg. Denkt darüber nach. Immer weht sie der Pestgeruch aus den Tiefen an. Ohne dass sie es bemerken, ziehen sie ein paar Rauchfäden in die Lungen. Und das Haus Zu Drahomíras Säule tut, als wäre nichts. Das nehme ich ihm übel.

Ein weiterer Eingang in die Hölle soll unter dem Černín-Palast sein. Habt ihr bemerkt, wie distanziert ich von ihm spreche? *Soll sein.* (Ansonsten würdet ihr mich, bei allem Respekt, wahrscheinlich nicht verstehen.)

Er ist da.

Das weiß ich sehr gut.

Ich ruhe wie ein ungeheurer Spund, wie ein Briefbeschwerer für Titanen, ein edler Sarkophag auf jenem Ort.

Ich weiche nicht von der Stelle, keine Angst. Aber ich nehme wahr, was da aus der Tiefe aufsteigt. Dieser Druck, diese Wärme, dieser Geruch. Das, was immer wieder von Zeit zu Zeit durch die Betonfußböden dringt, die so passend die vormals steinernen dort unten in meinen Kellern ersetzt haben. Es quillt nach oben durch. Zum Beispiel in Form einer Horde Männer, die in der Nacht vom 9. auf den 10. März 1948 ohne protokollarische Ordnung über die Treppe nach oben in die Wohnung von Jan Masaryk trampelten.

Das Böse ist hier.

Das Haus Zu Drahomíras Säule täuscht lieber etwas vor; in Ordnung. Ich nenne die Dinge gern bei ihrem Namen. Ich umtanze sie mit Schrittkombinationen genau nach den Anweisungen des verehrungswürdigen Marozzo, und dann mache ich einen Ausfall.

Ich schilderte meine eigene Legende. Und wie bei jeder Legende sprach ich eigentlich von etwas anderem. Ich wollte von einer gewissen Frau sprechen, tat aber so, als interessierte mich etwas anderes. Ach wo. Viel mehr als die nichtsnutzige Miene des Hauses Zu Drahomíras Säule liegt mir ein anderes Gesicht am Herzen. Ein anderes Haus und eine andere Frau.

Als ich wuchs – also gierig mit den Säulenfingern in den Himmel griff – schaute ich mich auch um. Zuerst sah ich nur Waden und die Oberarme der Steinmetze oder diesen grenzenlosen Himmel über mir. In dem Moment, in dem mir die ersten Fenster eingesetzt wurden, begann ich meine Umgebung zu erforschen. Natürlich suchte ich nach ähnlichen Palästen.

Man muss sagen, ich war enttäuscht.

Die Nordseite des Loretoplatzes: das Kapuzinerkloster. Nun gut, ein Mönch kann Humprecht Jan als geistige

Unterstützung dienen, aber machen wir uns nichts vor – auf dem Niveau der Dienerschaft. Das Kapuzinerkloster sandte eine Art freundliches Gebrabbel zu mir aus, so etwas wie ein gemurmeltes Gebet. Auf der Südseite: das Haus Zu Drahomíras Säule. Es tut, als sei nichts. Seine Fenster sind unerträglich regelmäßig. Die Geschichte von Drahomíras Abgrund musste ich von anderen in Erfahrung bringen. Als sei es seine Aufgabe vorzutäuschen, es gäbe keine Tiefen. Da können wir uns nicht verstehen. Auf der Ostseite: der Černín-Marstall. In Ordnung, aber wieder handelt es sich um Dienerschaft. Und dann ist da noch unten, unter dem Abhang, ein gewisses Haus. Ein steinernes Haus. Das Heilige Haus!

Die Heilige Loretokapelle. Loreta.

Ich bewunderte ihre schlichten Formen, diesen einfachen Quader mit den reich geschmückten Wänden. Sie ähnelte einem Kasten, dessen Wände mit Elfenbeinintarsien geschmückt waren, deren Schönheit auf den kostbaren Inhalt verweist. Sie sah aus wie ein Reliquienschrein oder ein Schatzkästchen. Was verbarg sich in ihr? Ich wusste es nicht. Wenn ich scharf hinschaute, erfasste ich einen Schein, der von innen herausstrahlte, sonst nichts. Es genügte mir, ihre niedergeschlagenen, weißen Augenlider zu sehen, und ich war verloren.

Sie war so elegant! So zart. Ich war verzaubert von ihr und hatte das Gefühl, sie vor der Welt beschützen zu müssen. Sie erinnerte mich ein bisschen an die zarte Gazelle mit ihrer Subtilität, dem strahlenden Gesicht und den komplizierten, im Inneren versteckten Gefühlen.

In Loreto steht das Heilige Haus, in dem die Jungfrau Maria lebte. In diesem Haus erfuhr Maria, dass sie Mutter des Edelsten der Edlen, des Allerhöchsten werden würde.

(Auch wenn ihm bestimmt war, einfacher Zimmermann von Beruf zu sein, und sein Ende an einem Zimmermannserzeugnis ein jammervolles werden sollte ...) Der Engel verkündete es ihr – für die Übermittlung einer diplomatischen Depesche ein Bote von Format, das muss man anerkennen.

Santa Casa della Madonna di Loreto – die Jungfrau Maria – Loreta.

Loreta war einfach eine Frau. Mehr noch – eine junge Frau. Eine Jungfrau. Vergesst bitte nicht, dass ich damals noch ein junger Mann voller Saft und Kraft war. Und dazu kam sie noch aus dem Gebiet von Ancona.

Loreta war eine Landsmännin.

Loreta sprach italienisch!

Und außerdem war sie ...

Du mächtige Jungfrau, wie es in der Litanei stand, die an der Decke ihres Kreuzgangs aufgemalt war.

Du gütige Jungfrau (was vielleicht nichts ist, was mir in erster Linie wichtig wäre, aber es schickt sich eben so.)

Du getreue Jungfrau. Schau an. Ganz sicher aus guter Familie. Wohl eine Aristokratin, wenn ich das zusammenfasse.

Kaum hatten sie mir Fenster eingesetzt, ließ ich nicht mehr die Augen von ihr und blendete sie spielerisch. Immer morgens, wenn die Sonne auf meine Stirnseite schien (die zum Platz). Am Abend richtete ich das Licht aus meinen Fenstern auf sie, das hörte nie auf zu brennen. (Das schaffe ich. Genauso wie andere Dinge. Ich kann zum Beispiel Akten verschieben. Sie umordnen, sodass die unterste oben auftaucht. Ich kann Fensterläden öffnen. Kann die Türen verriegeln. Alles Kleinigkeiten, sagt ihr euch, aber ich kann ins Geschehen eingreifen, wenn ich will.)

Damals brannten meine Fenster die ganze Nacht und die Diener verstanden gar nicht, wie sie vergessen haben konnten, das Licht zu löschen. Der Ölverbrauch stieg in astronomische Höhen. Die Herren nahmen an, die Diener würden stehlen, und entließen sie gnadenlos. Ich hatte kein Mitleid mit ihnen.

Die Fenster, die die Sonne in Richtung *ihrer* Fassade spiegelten, ließen sich morgens nicht öffnen. Man erklärte es damit, dass der Bau, der in der Fertigstellung war, noch »arbeitete«. Sie hatten recht. Etwas tat sich in mir, der trocknende Putz gab Laute wie leise Küsse von sich, die Balken bewegten sich ein wenig, die Fliesen traten auseinander. Die Schutthalden vor meiner Fassade rutschten abwärts. Das schrieb man der Gravitation zu und dem abschüssigen Grund. Wie sehr sie sich irrten. Ich konnte nicht besser stehen. Aus den rutschenden Steinhaufen schuf ich in der Nacht in der eleganten, verschlungenen Schrift der Aristokraten Briefe.

Und sie?

Versteckte sich im Inneren. Ich mochte den Mantel, mit dem sie Leib und Gesicht bedeckte. Aber sie blieb verhüllt. »Denkt an den Glauben, Landsmann«, erreichte mich manchmal nachts gegen drei ihr Flüstern, wenn der Loretoplatz ganz und gar still war.

»Ich denke doch daran, Landsmännin!« Es dröhnte so in mir, dass sich die Nachtwächter erschrocken umschauten. »Wir sind eines Glaubens in diesem ketzerischen Land, das sich noch vor ein paar Jahrzehnten gegen die katholische Kirche stemmte. Wir sprechen eine Sprache. Hört Ihr mich? Ich glaube – ich glaube an Euch und unsere gemeinsame Zukunft.«

Ins Gesicht konnte ich ihr nicht schauen, aber ich konnte es mir nach ihren Worten vorstellen. Die Vokale waren die Noten, nach denen die Symphonie ihres Liebreizes gespielt wurde. Weiße Lider, demütig gesenkt. Sanfte Wangen über sanft geschwungenen Lippen, die sich in entwaffnendem Lächeln kräuseln. Haarsträhnen, die wie Metall glänzen, und dabei warm und geschmeidig sind. Ach, Loreta. Ich muss, ich will dir ins Gesicht schauen.

Ich verschob Steine, um bis zu ihr zu gelangen. Ich schmiedete Pläne, über die selbst Caratti staunen würde – und dann müsste er wohl oder übel ihre Großartigkeit bewundern. Der Palast sollte mit der Loretokapelle, der Loreta, durch einen überdachten Gang verbunden werden, reich geschmückt, der prunkvollste meiner Räume. Man wäre von der Seite eingetreten, vom Loretoplatz, und dann hätten die Besucher sich entschieden, ob sie die Černíns oder die Loretokapelle besuchen. Den Gang an ihrem Ende hätte ich zu einer Wand verbreitert. Damit wollte ich sie umgeben, damit sie nur noch mir gehörte. Und zwischen der Wand und Loreta? Ein Garten sollte dort natürlich sein – ein illusionistisches Barockparadies, in dem niemand mehr an aufgespießte Adlige denken würde ... an Eingänge zur Hölle... an den heidnischen Begräbnisort, der unter dem Parkplatz am Hang liegt (das habe ich euch noch nicht verraten, nicht wahr?).

»Du mühst dich ganz umsonst«, hörte ich von der südlichen Seite. Dort tat das Haus Zu Drahomíras Säule, als sei nichts gewesen. »So etwas wie Liebe gibt es nicht«, fügte es stumm hinzu. »Also glückliche Liebe«, ergänzte es gnadenlos. »Schau dich doch nur an«, sprach es ohne Aufforderung weiter. Ich verstand das nicht. Ich wusste, wie ich aussehe. Den Giebel in Kolossalordnung gebaut, alle Säulen ziehen sich vom Fuß bis zum Dach, unter dem sie mit wunderschönen Kapitellen abgeschlossen sind, ohne eine einzige Unterbrechung, auf der Fassade beeindruckendes Bossenwerk ... »Glaubst du, sie weiß nicht, was du für einer bist?«, stichelte das Haus.

Das Haus Zu Drahomíras Säule soll mal keine Reden halten! Warum bekennt es sich nicht dazu, dass die verwitwete Hana Benešová bis zu ihrem Tod im Jahr 1974 dort lebte? Das wusstet ihr auch nicht, oder? Diese repräsentative Wohnung wurde ihr angeblich überlassen – genauso wie die Villa in Sezimovo Ústí – damit das Regime sie aus dem Weg hatte und gleichzeitig auch unter Aufsicht. Andererseits lebte sie über der Stelle, an der ein paar Jahrzehnte nach ihrem Tod eine Statue ihres Mannes errichtet werden würde. Diese seltsame Statue, die an einen verlegenen Schuljungen erinnerte, oder einen schüchternen Verehrer unter dem Fenster der Geliebten. Schaut doch der Herr Minister, der scheue Edvard, nicht auf seine einstige Behörde. Gebeugt, unsicher steht er vor einem anderen Haus, das die südliche Seite des Platzes abschließt. Und das Haus Zu Drahomíras Säule tut, als hätte es diese Beziehung nicht gegeben. Als könnte keine Beziehung erfolgreich sein, als gäbe es so etwas wie Liebe nicht.

Und dann ertönten noch härtere Kommentare, stumm von einem anderen Haus ausgesprochen. JENEM HAUS, von dem ich am liebsten vergessen würde, dass es existiert. Die Stimme müsste heiser sein, wenn sie von einem Menschen käme. Grob, tief und irgendwie verschleimt. (Damals wusste ich noch nicht, wie es klingt, wenn Betrunkene eine Lippe riskieren.)

»Das Mädel ist Jungfrau! Entjungferst du gern?«, johlte jemand neben dem Haus Zu Drahomíras Säule (ab hier einfach Drahomíras Säule; in den Ministerialaufzeichnungen werden Namen zu Initialen verkürzt, aber so weit will ich nicht gehen).

Ja, natürlich, die Kneipe Zum Schwarzen Ochsen. Dieses zweifelhafte Haus, nach hinten durchgefallen, zurückgezogen von der Front der Loretogasse, als fürchte es sich, wie ein Kavalier zur Verteidigung der Ehre seiner Dame reagieren könnte. Ein sonderbares Haus mit ein paar illusionistischen Fenstern, nur aufgemalt auf die Fassade.

Und auch mit dem plastischen Bild des heiligen Lukas, des Patrons der Maler, über dem Eingang. Nun ja, Maler, das sind Bohemiens. Lukas zeigt auf diesem Bild der Jungfrau Maria mit dem Jesuskind auf dem Arm, wie er sie malte. Der bärtige Maler sitzt da hingelümmelt, den Blick irgendwo über die Dächer gerichtet und insgesamt wirkt er wie jemand, der zum Mittag anstelle eines Biers gleich fünf halbe Liter hatte, wobei ihn überhaupt nicht störte, dass er edlen Besuch erwartete. Was für ein Niveau. Kein Wunder, dass die Jungfrau Maria, die im Profil zu sehen ist, sich mindestens reserviert gibt! Respektlosigkeit gegenüber Regeln, gegenüber Werten – was drückt das aus, wenn nicht Respektlosigkeit sich selbst gegenüber!

Ich war mir unsicher, was entjungfern bedeutete. Im Tschechischen fühlte ich mich noch lange nicht zu Hause.

Cornuto! Schrie der Schwarze Ochse hilfreich. *Stupido*! (Was eben ein Wirtshaus alles so lernt.)

»Du willst die Loreta flachlegen? Das ist, als würdest du mit der Jungfrau Maria bumsen wollen. Und das kann nur ein Verrückter wollen!«, wurde er heftiger. »Obwohl, sich so eine Muschi nach eigenem Geschmack zu erziehen, da kann was dran sein«, schnalzte er mit der Zunge.

»Wie niedrig«, antwortete ich, um nicht das Gesicht zu verlieren. Für einen Adligen ist es immer schwer, auf Vulgäres zu reagieren. Wenn ich doch den Schwarzen Ochsen zum Duell fordern könnte! Die letzten Betrunkenen wankten in die Laubengänge hinaus, das Wirtshaus schloss und der Schwarze Ochse verstummte. Drahomíras Säule schwieg weiter provokativ.

Erst gegen drei Uhr morgens meldete SIE sich.

»Wir sind nicht gleich«, flüsterte sie, und ich hielt mich mit Zähnen und Klauen am Mitleid fest, das ich in ihrer Stimme zu hören meinte. »Sie sind zu weltlich. Zu groß. Und ahnen gar nicht, was unter Ihrem Fundament ist. Wir haben einen anderen Lebensstil. Andere Werte. Und vor allem diese Ausmaße. Stellen Sie sich doch uns einmal nebeneinander vor.«

»Sie müssen sich nicht ... fürchten.«

»Das würde nicht funktionieren. Ich bin für mich allein. Von außen nach innen. Und Sie wollen im Gegenteil Vorstoß, Angriff, Expansion, Sie brauchen das.«

»Von außen nach innen? Nun ja, vielleicht ist gerade das ...«

»Von außen nach innen ziehe ich mich zur Meditation zurück. Sie zielen aus sich heraus nach außen.«

»Ich werde keine Steine mehr zu Ihnen rollen.«

»Das meine ich nicht. Sie müssen verblüffen, das liegt in Ihrer Natur. Ich möchte meine Einsamkeit.«

»Aber ich ...«

»Nur Umstände mit den Weibern«, murmelte der Schwarze Ochse im Schlaf. Drahomíras Säule schwieg, als wüsste es etwas, das es für sich behalten wollte, provozierte damit aber noch mehr als mit seinen kalten Tiraden. Das Kapuzinerkloster betete wahrscheinlich. Es war an der Seite mit einem überdachten, auf Bögen ruhenden Gang direkt an die Loretokapelle angeschlossen. Ich wusste, dass der Korridor dazu diente, dass die Mönche sich um die Loreta kümmern konnten, aber ... warum konnte das Kapuzinerkloster ihr so nah sein, und ich nicht?

Und nach einiger Zeit stellte ich fest, dass um die Loreta herum die Kreuzgänge verbreitert wurden und eine Giebelwand errichtet wurde. Kilián Ignac Dientzenhofer erbaute dort schließlich auch einen Turm mit einem Glockenspiel. Das geht mir auf die Nerven, aber wenigstens übertönt es das Schweigen. Denn dort vor der Kirche, einem weiteren Dientzenhofer-Werk, ist sie immer noch, geduckt und verhüllt. Glaubt also nicht, mir seien Emotionen fremd. Ich habe meinen Teil erlebt. – Als ich im Jahr 45 Jan Masaryk in das Dienstvestibül treten sah, erkannte ich sofort, dass auch er etwas Ähnliches durchgemacht hatte.

Schon damals, als Jan Masaryk in Washington diente und dann in London, vernahm ich von seiner Ehe. Er heiratete Frances Crane, die Schwester des ersten amerikanischen Botschafters in Prag, Richard Crane. Charles Richard Crane d. Ä. war Besitzer einer Gießerei in Bridgeport, wo Jan Masaryk während seines Amerikaaufenthaltes arbeitete. Der folgte auf die Geschichte mit dem Zylinder, da dürft ihr mir nicht böse sein, die muss ich euch erzählen.

Keine Angst. Zu meinen eigenen Erlebnissen kommen wir auch noch. Und ich habe so einiges erlebt.

Nun also, Jan Masaryk besuchte das Gymnasium in der Hellichova. Obwohl er in der Grundschule gute Noten hatte, ging es mit ihm in der Mittelschule bergab. Seine Noten wurden immer schlechter. Wisst ihr, ich glaube, dass das die Unzulänglichkeiten der modernen Zeit sind. Die Söhne von Humprecht Jan hatten verständlicherweise Hauslehrer. Und die Kinder der Dienerschaft? Die gingen natürlich nicht zur Schule. Wo steht geschrieben, dass jeder gebildet sein muss? Das ist, als legte jemand fest, dass jeder Herrscher sein kann! So eine Ära haben wir erlebt und wir wissen alle, wie das ausging. Nein, ich streite nicht. Aber ich habe doch wohl das Recht auf eine eigene Meinung, oder?

Nun also, der Gymnasialdirektor aus der Hellichova war ein Freund des Schulinspektors, der einmal kam, um sich am Anblick einer perfekt geführten Schule zu erfreuen. Er traf sozusagen in voller Rüstung ein, so wie es der Dresscode der damaligen Zeit verlangte. In gestreiften Hosen, Cutaway, hellgelben Handschuhen und Zylinder. Im Sportsaal, modern mit allen möglichen Geräten ausgestattet (wo sind die Zeiten geblieben, als es zur Ertüchtigung des Körpers – und des Geistes – genügte, die Schrittkombinationen des unsterblichen Marozzo einzuhalten und die einzige nötige Ausrüstung flinke Gliedmaßen und ein Rapier waren!). Der Inspektor setzte sich auf den bereitgestellten Stuhl und legte den Zylinder auf das zuvorkommend beigestellte Tischchen.

Die Turner standen in einer Reihe, Jan Masaryk, weil er so groß gewachsen war, ganz hinten.

Nach den Übungen vermisste der Inspektor seinen Zylinder. Das Diensttischchen blieb unschuldig leer. Dem Direktor traten Schweißtropfen auf die Stirn, als hätte ihm jemand plötzlich eine zottelige Kosakenpapacha aufgesetzt. Er spann seine Entschuldigung mit demselben verzweifelten Einfallsreichtum wie die dümmlichen Gymnasiasten, wenn sie geprüft werden und feststellen, dass ihre Kenntnisse nicht ausreichen.

Fechterisch könnte man sagen, dass der Direktor eine Finte versuchte.

Den Zylinder, meinte er, habe sicher der Schuldiener in das Direktorzimmer getragen, wohin der Herr Inspektor sowieso eingeladen sei. Der zitternde Direktor stieg neben dem verfinsterten Inspektor die Treppe hoch. Dieser wusste sehr gut, dass die Erhabenheit seiner Person, verlängert in seinen Zylinder, so eine Aktion eigentlich ausschloss, selbst wenn es in demütiger Subordination geschah.

Natürlich war im Direktorzimmer kein Zylinder.

Der Direktor schoss eine schnelle, wirre Entschuldigung hervor, die etwas in dem Sinne bedeuten sollte, dass er noch eine andere Möglichkeit sah. Er lief die Treppe hinunter, fiel in den Sportsaal ein, wo die Turner sich gerade in ihre Sakkos zwängten. (Damals wurde noch niveauvoll geturnt, in Kleidung, die der Tageszeit und einer gewissen gesellschaftlichen Bedeutung der Aktion entsprach – also in Hemden und Hosen.) Er fiel in einer Art über die Klasse her, an die ich ein paar Jahrzehnte später wieder erinnert wurde, als andere Herren Prag übernahmen. Mitsamt der Argumentation.

Wenn die Klasse nicht zugibt, wer den Zylinder entwendet hat, wird allen die Betragensnote herabgesetzt und allen das Stipendium entzogen. Die Ärmeren begannen zu murren. (Ginge es ihnen nicht besser, würden sie im Pferdestall spielen, diese Dienstbotennachkommen?)

Im Lichte der späteren Ereignisse war es eine Erleichterung, dass er keine Geiseln einsperren und die dann hinrichten ließ (ich weiß, ich greife vor).

Schließlich stellte sich heraus, dass Jan Masaryk sich unbeobachtet des Zylinders bemächtigt hatte.

Er ging damit auf die Straße hinaus, wo er versuchte, ihn einem Fiaker zu verkaufen. Erfolgreich. Der Fiaker verkaufte dann den Hut einem Wirt. Der Zylinder wurde für einen Preis gerettet, der den Gewinn von Jan Masaryk weit übertraf ... Der größte Turner (physisch, leider nur physisch) gab folgende Erklärung ab: Das Geld wollte er angeblich dem Fonds armer Studenten übergeben.

Wie bitte?

Noch heute, beim Erzählen dieser Geschichte, wird mir schwindlig. Solches Handeln kommt einem Attentat gleich. Hätte Jan Masaryk im Turnsaal eine Pistole herausgezogen, sie dem Inspektor an die Schläfe gehalten – und das Parkett und die nahe stehenden modernen Sportgeräte und die kleineren Turner mit dem Blut und dem Gehirn des Inspektors besprizt – DAS WÄRE AUF DASSELBE HINAUSGEKOMMEN!

Wir sprechen von Symbolen.

Ja, *nur* von Symbolen.

Nur – was wären wir ohne sie? Ohne genau definierte Fechtpositionen wird ein Zusammenstoß zu einer zufällig ausgetragenen Prügelei, bei der man nicht einmal feststellen kann, wer eigentlich gewonnen hat!

Ich verstand die Erbitterung des Inspektors ganz gut. Noch jetzt läuft es mir kalt den Rücken hinunter, wenn ich mich an den Moment erinnere, in dem ich zum ersten Mal diese Geschichte erzählen hörte, und zwar als witziges Histörchen. Mir kam sie unwürdig vor, unappetitlich und erniedrigend für den Erzähler und den Zuhörer. Und hinsichtlich ordinärer Attacken erwarteten uns noch schlimmere Dinge, wenn ich an das Schicksal eines der weiteren Herrn des Černín-Palasts denke ... ach.

Immer überlief es mich heiß, wenn ich die niederen Beamten des Außenministeriums sich flüsternd über diese Geschichte austauschen hörte. Sie erzählten sie lächelnd! Sie hatten sogar Sympathie für Jan Masaryk. (Warum können die Tschechen nur so schwer zwischen Humor und Lästern unterscheiden?)

Nun ja, der Inspektor machte kein Hehl daraus, dass er dafür sorgen würde, dass Jan Masaryk in keiner Mittelschule in ganz Cisleithanien mehr studieren konnte (das war die Hälfte von Österreich-Ungarn, ihr Ignoranten). Die Mittelschule müsste er irgendwo in Budapest abschließen, wie sein ehrwürdiger Vater trocken bemerkte, als er am Nachmittag zu Hause erfuhr, was passiert war. Das weitere Vorgehen von Masaryk d. Ä. verstehe ich aber nicht. Auch wenn ich zugeben muss, dass er dazu jedes Recht hatte. Und schließlich kann man es vielleicht als Beispiel herrschaftlichen Benehmens auslegen ... ich bemühe mich aus Kräften darum, denn nicht einmal ich konnte dem Zauber des Masaryk-Huts, der weißen Uniform, des alten Herrn im Sattel, der mit seinem Zwicker, dem weißen Gebiss und dem schneeweißen Schnauzbart glänzte, widerstehen ... ja, ja, da konnte einer bei seinem Anblick das Gefühl bekommen, die alten Zeiten kehrten zurück.

Ein Reiter! Ein Reiter ist jemand, der hoch über den Köpfen der anderen sitzt. Und dem die Fußgänger ehrfürchtig dienen.

Unser Reiter packte die Uniform eines Abgeordneten des Reichsparlaments ein – das die Tschechen zu dieser Zeit boykottierten – fuhr nach Wien, sprach mit dem Vorsitzenden und erwirkte, dass der Filius nur aus dem Gymnasium in der Hellichova ausgeschlossen wurde.

Und mit einem Handstreich setzte er für ihn das prestigeträchtige Akademische Gymnasium in der Stephansgasse durch.

Sehr pädagogisch war das nicht. Dem Charakter des jungen Delinquenten war es auch nicht sehr förderlich. Als Jan seine Maturaprüfungen nicht bestand – er hatte mehrere Versuche; zu dem letzten ging er nicht einmal hin –, schickte ihn die Familie in die Vereinigten Staaten. Mit ein paar Dollar in der Tasche und ohne Empfehlungsschreiben, die der Vater leicht hätte schreiben können. Professor Tomáš Garrigue Masaryk, Ehemann einer Amerikanerin, freundlich aufgenommener und respektierter Kämpfer für die Sache des Slawentums! Leicht hätte er seinem Sohn den Weg ebnen können!

Doch die Briefe blieben ungeschrieben.

Sodass am Ende Professor Masaryk doch so handelte, wie ich es mag. Er gab Jan etwas zu erkennen. Was? Nun, dass Zylinder nicht gestohlen werden, Zylinder werden RESPEKTIERT!

Für mich ist das ganz eindeutig.

Bene. Masaryk d. J. verspielte die anvertrauten Dollar auf dem Schiffsdeck mit den deutschen Mitreisenden. In den Vereinigten Staaten begann er dann eine Karriere, wie sie sich damals Zehntausende emigrierender Naivlinge vorstellten … genauer gesagt, er wurde Bote. Er, ein damals schon zwanzigjähriger junger Bursche, machte eine Arbeit, die zwölfjährige Knaben verrichteten. Sein Lohn war so gering, dass seine amerikanischen Verwandten ihn unterbringen mussten.

Dafür hatte er sich aus Prag seine stutzerhaften Anzüge mitgebracht, mit denen er seine Chefs beschämte! Und die Familie in Prag versorgte er in seinen Briefen mit so unsinnigen Wünschen, wie zum Beispiel, sie mögen ihm seine Schlittschuhe über den Ozean schicken. Kurz und gut, er wollte sich mit den Schlittschuhen auf das Glatteis begeben, wie man so sagt, und auch ich kann diese Metapher nur amüsiert belächeln, denn sie entspricht der Realität.

Aus dem Wunsch, ihm zu helfen – oder ihn loszuwerden? –, entsprang eine Empfehlung an einen gewissen Mr. Crane, einen Fabrikbesitzer in Bridgeport ungefähr 80 Kilometer von New York entfernt. Dort verbrachte Jan die nächsten sechs Jahre, und wie es schien, schob man ihn von Stelle zu Stelle, weil Rücksichtnahme sie daran hinderte, ihn hinauszuwerfen. Nur aus Mitleid, gebunden durch die Verpflichtungen, brachte man ihn schließlich in einer Anstalt für geistesschwache junge Burschen und Mädchen unter. Da hatte er es weit gebracht. Seht ihr, wohin Respektlosigkeit vor Zylindern führen kann?

Das also ist die akademische Historie des zukünftigen Außenministers.

Er verschleierte sie. In den Papieren, die auch er für die Personalabteilung des Ministeriums ausfüllen musste, führte er zum Beispiel an, er habe das Gymnasium absolviert. Klar, aber ohne Abschluss.

Wir alle hier wussten das und es unterschied sich nur der Ton, in dem davon gesprochen wurde – er konnte neidisch sein (dass er alles seinem Vater zu verdanken hatte), wohlgefällig (was für eine originelle Figur wir als Minister hatten) oder auch bewundernd – was mit dem komplizierten Verhältnis von Tschechen zu Autoritäten zusammenhängt, wozu ich noch kommen werde.

Nun also, mit dieser Reputation begann er sich dann um die Tochter des Fabrikbesitzers Mr. Crane, die Schwester des ersten amerikanischen Botschafters in Prag, Seiner

Exzellenz Richard Crane, zu bemühen. Eine etwas schwächliche Ausgangsposition, was meint ihr? Kein Wunder, dass man ihm abgeneigt war. Aber Jan Masaryk schaffte es zu zeigen, dass etwas in ihm steckte; mindestens Zungenfertigkeit. »Der kann einen toten Gaul überreden«, so sagt man doch, oder? Schließlich gewann er sie (nachdem sie geschieden wurde), heiratete sie, und reiste mit ihr ab nach London. Nach fünf Jahren wurde allerdings diese leider kinderlose Ehe geschieden. Unter anderem auch wegen der unterschiedlichen Lebensstile der reichen, weitgereisten Frau aus der amerikanischen Geschäftsaristokratie und des tschechoslowakischen Diplomaten. Oh ja, unsere Diplomatie ist bescheiden, was die Mittel angeht. So sehr, dass ich mich manchmal frage, ob sie irgendetwas erreichen kann.

Vielleicht sollte ich noch zu diesem rätselhaften Moment zurückkehren, ab dem die Karriere von Jan Masaryk zu der eines Problemstudenten wurde. Als Kind war er nämlich ein ausgezeichneter Schüler. Und dann – die Wende, der Umbruch, der unaufhaltsame Fall.

Nun denn, die idyllische Kindheit in der Villa Osvěta – Aufklärung – im Prager Stadtteil Vinohrady wurde vom Streit über die Echtheit der Handschriften beeinträchtigt. Und Herr Masaryk d. Ä. wusste nichts Besseres zu tun, als sich auf die Seite der Zweifler zu stellen. Schaut einmal – ich bin auf meine Art ein Beamter, könnte man sagen, aber ein Fachmann für die Echtheit alter Schriften bin ich nicht. Und wer kann von sich schon behaupten, er sei einer?

Ist es wirklich klug, sich gegen alle zu stellen?

Ich erinnere daran, dass nicht einmal der geniale Marozzo mit so einer Alternative rechnete!

Ging es hier vielleicht um ein einfaches Beispiel für tschechische Verbohrtheit (ihr könnt auch »Starrsinn« sagen), mit der sich die Tschechen in von vornherein verlorene Kämpfe stürzen?

Die Handschriften waren schließlich wichtig, damit sich die tschechische Staatlichkeit konstituieren konnte, also der tschechische Stolz. Sie anzuzweifeln war etwa so, wie auf die Fahne zu spucken. Auf der Fahne können einige übertriebene Losungen stehen, zum Beispiel von der siegreichen Wahrheit, aber wir müssen sie doch nicht unbedingt in Frage stellen, oder?

Und über den neunmalklugen Professor Masaryk ergoss sich der berechtigte Hass der tschechischen Öffentlichkeit, der unter anderem darin mündete, dass die Masaryks aus der Villa Osvěta ausziehen mussten, deren Besitzer ein Verfechter der Echtheit der Handschriften war. So wie sich die Leidenschaften ins Volk übertrugen, so übertrugen sie sich auch in eine spezifische Gruppe, nämlich die Kinder. Und der kleine Jan musste auf dem Schulweg von seinem älteren Bruder Herbert begleitet werden, der ihn gegen die Angriffe der patriotisch gesinnten kleinen Jungen verteidigte.

Wisst ihr, da frage ich mich, ob damals in Jan etwas zerbrach. Ob die paar Ohrfeigen, Tritte, Schubser und Spuckeladungen (die tun doch nicht weh!) ihn nicht für immer verunsichert haben. Ob sie ihn vielleicht dazu brachten, sich darum zu kümmern, was die sogenannten einfachen Leute sich dachten. Oder die Dienerschaft. Und ob das zu der Unsicherheit führte, wer er eigentlich war und wohin er gehörte.

Wenn die Welt damals am Ende des neunzehnten Jahrhunderts noch in Ordnung gewesen wäre, hätten Diener den jungen Herrn Masaryk in die Schule begleitet und den kleinen Plagegeistern mit dem Stock erklärt, dass sie nicht übermütig werden sollten. Die falschen Vorstellungen von Gleichheit begannen allerdings schon damals zu überwiegen. Echte Herrschaft hätte außerdem einen Hauslehrer für das Söhnchen eingestellt. Aber Masaryk d. Ä. war eigentlich Kutschersohn. Aber nun genug davon. Das führt ja zu nichts.

Vielleicht zeigte sich schon damals sein schwacher Willen? Seine eingeschränkte Lust, Widerstand zu leisten? Sein Verlierertum? Da bin ich ganz schön ins Psychologisieren gekommen, nicht wahr ... Wegen eines Menschen, der mir wirklich nicht besonders imponierte. Gleichzeitig sah ich natürlich den Eindruck, den er machte, und versuchte jahrzehntelang das Rätsel zu lösen, warum das so war.

Zuerst konnte ich noch denken, dass jener Bruch in der Kindheit nicht unüberwindbar war.

Jan Masaryk bewährte sich nämlich in diplomatischen Diensten und in London begann sein Stern zu steigen. So wie er es schaffte, Frances Crane zu gewinnen, so säte und erntete er jetzt Anerkennung für die Tschechoslowakische Republik. Es wurde ein Mann aus ihm, der perfekt mit der britischen Situation und dem britischen Charakter vertraut war (Verständnis für die Amerikaner hatte er noch in der Reserve). Er war redegewandt, gesellig, beliebt ... mit den Worten der Klatschbasen aus den Gängen des Černín-Palasts ein »westlicher Lebemann«. (Interessanterweise fehlt für diesen Slogan irgendwie das Pendant – »östlicher Lebemann«. Der würde dann wohl ein Bauernhemd und Birkenrindenschuhe tragen? »Östlicher Bauerntölpel«? Nein, nein, ich verstehe euch, meine

Lieben. Der Gegensatz zu dem »westlichen Lebemann« ist – der unsere. In verwaschenem Hemd mit ausgefransten Hemdsärmeln, in Halbschuhen mit abgetretenen Hacken, weil er es sich nicht leisten kann ... wann *werden* sich die Tschechen endlich etwas leisten *können*? Entschuldigt. Ich hab mich hinreißen lassen ...)

Ich sah etwas in ihm, etwas entwickelte sich da, der Keim eines künftigen Herrn, wie ich ihn zuletzt ... nun, sagen wir in Humprecht Jan kennenlernte. Sodass ich ihm auch den gestohlenen Zylinder verzieh. Fast.

Außerdem sah ich in ihm jemanden, der einen ähnlichen Verlust wie ich erlitten hatte. Seine Exgemahlin konnte ihre Reiselust nicht bändigen. Meine geliebte Loreta blieb sozusagen in Reichweite, aber versteckt hinter der Fassade dieses verdammten Dienzenhofer'schen Kreuzgangs.

Ich weiß, wie unerwiderte Liebe schmeckt. Und Jan Masaryk erlebte sie nicht nur einmal. Denn es gab noch eine Person, die er liebte. Er hatte sie scheinbar in Reichweite, aber das ganze Leben lang entglitt sie ihm. Wisst ihr, es gibt Beziehungen, für die nicht das gleiche Geschlecht entscheidend ist – denkt bloß nicht Gott weiß was! Es gibt Beziehungen, bei denen auch nicht die verwandtschaftlichen Bindungen bestimmend sind – und jetzt denkt erst recht überhaupt nichts! Na sicher, ich meine seinen Vater. Jan wollte sich unablässig bewähren, beweisen, was in ihm steckt, ständig im Bewusstsein des Unterschieds zwischen ... nun ja, einem Reiter und dem Fußvolk. Für seine Komplexe als Sohn hatte ich natürlich nicht solches Verständnis.

Ich spielte zeitlebens nur für mich selbst.

Und als sich Loreta vor mir verschloss, schmiedete auch ich Pläne. Ein Hindernis ist so etwas wie die Verteidigung des Gegners – man muss die Schwachstelle darin finden. Ich nahm die Grundposition des Fechters ein.

Ich konnte natürlich nicht mit gezogener Waffe in die Loreta einfallen. Aber irgendetwas musste getan werden. Irgendetwas musste passieren.

Meinen Gegner fand ich aber doch noch.

Die zwei alten Buden, die den Loretoplatz direkt vor mir verschandelten. Das Kumerovsky-Haus und die Schenke Zum Goldklumpen.

Die Kneipe entstand der Legende nach so, dass bei ihrem Bau genau das gefunden wurde, was dann den Namen gab. Die erwähnte Geschichte kommt mir nicht sehr wahrscheinlich vor. Auch nicht gerecht. Ich soll also unter mir ein Tor zur Hölle haben und die Wirtschaft soll auf einer Goldader stehen?

Wer sollte hier Gold vergraben haben? Oder sollte der angebliche Fund mit dem ehemaligen Begräbnisort zusammenhängen?

Nein, nein. Ich sehe mich schon länger in der Welt um und weiß, wie man dort lebt. Über Jahrhunderte verfolgte ich die finanziellen Probleme der Familie Černín und ihre Bemühungen, die Ausgaben für den Palastbetrieb aufzubringen. Was haben sie nicht alles probiert! Es gab eine Seidenfabrik, vermietete Wohnungen, ein Militärlazarett und Quartiere der Armee… die zwar ihre Kosten beglich, aber als Nebenprodukt Schäden verursachte. Dann kam die Bildergalerie der Gesellschaft patriotischer Kunstfreunde! Vielleicht sagt ihr euch, dass die doch an die einstmals berühmte Černín-Galerie anknüpft. Aber habt ihr irgendwo mal eine Galerie gesehen, die es schafft, für sich selbst genug zu verdienen? Seht ihr?

Und womit kann man im Gegenteil verdienen?

Wir müssen nicht weit gehen. Um in die Loretokapelle zu gelangen, muss man Eintritt zahlen, einen ordentlich hohen Eintritt, das ja. Ob das aber ausreicht für die Instandhaltung, weiß ich nicht. Die Loreta bleibt hinter dem Bollwerk der Dietzenhofer'schen Fassade versteckt wie eine beleidigte Ehefrau, *cara mia*. Auf alle meine Versuche, mit ihr zu sprechen, antwortet sie mit ihrer stereotypen Glockenspielmelodie. Davon geht mir schon das Messer in der Tasche auf. (Um wie viel lieber würde ich den Degen ziehen! Nur gegen wen? Wenn euch die Feinde von allen Seiten umgeben ... ansonsten existiert nur noch eine einzige schlimmere Variante – dass ihr nicht wisst, gegen wen ihr ziehen sollt. Aber machen wir es nicht unnötig dramatisch.)

Nun, der am meisten gewinnbringende Ort auf dem Loretoplatz ist jenes Bierlokal, das feige hinter der Häuserlinie auf der Südseite zurücktritt. Der Schwarze Ochse. Und er verdient umso mehr, je armseliger sein Sortiment und je gröber sein Wirt ist. (Das drängt mich zu der Erinnerung, wie sich dieses Land zu seiner Aristokratie verhielt und wie es sich zu den Eliten verhält ... und wenn ich sehe, dass diese Einstellung Geld einbringt, da könnten einem schon die Tränen kommen.)

Der Strom der Trunkenbolde in den Schwarzen Ochsen reißt nicht ab, und dann stören sie die Nachtruhe.

Was ich schon für Geschrei hörte! Grausam intonierte Säuferlieder, die normalerweise nur aus Refrains bestehen. Wundersame Chorauftritte von Besoffenen, die im besten Fall wenigstens versuchen, dasselbe Lied zu singen! Bepinkelte Wände, bekotzte Bürgersteige, pfui, eine Schande, das macht mich traurig. Das Wort »Arschloch« wiederhole ich gern hundertmal für euch – wenigstens können wir mein richtig schön vibrierendes »rrrr« im »Arrrrsch« bewundern – aber sich auf Denkmäler erbrechen?

Ich muss doch bitten.

Allzu oft staunte ich, was die Gäste des Schwarzen Ochsen eigentlich erbrechen konnten, schließlich gab es da nur die eingelegten Würste – utopenci, nicht einmal Sülze.

Und das Pinkeln auf das Grab des sowjetischen Soldaten, das als patriotische Handlung ausgegeben wurde? Das, meine Damen und Herren, ist erbärmlich. Obwohl mich selbst nicht gerade freut, dass ich diese beschmutzte Analogie einer heidnischen Begräbnisstätte und eines christlichen Friedhofs vor Augen habe. Ein Soldat gehört ins Massengrab, schön mit Kalk bestreut und fertig! Aber lassen wir das.

Die prosperierende Schenke vor meinen Augen reizte mich einst genauso wie jetzt der Schwarze Ochse. Das war dieser Goldklumpen. An der menschlichen Sucht, sich den Verstand zu vernebeln, kann man offensichtlich nicht nicht verdienen.

So begann ich meine geheime, minutiöse Arbeit. Die Beschwerden der Mönche, die sich um die Loreta kümmerten, dass die Schenke die frommen Pilger stört, verschob ich nach oben auf einen Haufen Akten, die auf ihre Erledigung warteten. Ich öffnete die Fenster etwas, damit die vulgären Essensgerüche die delikaten Mägen der Herrschaft und der Beamtenschaft reizen konnten und das betrunkene Geschrei sich in ihren Ohren festsetzte. Günstig war für mich hier, dass sich immer auch solche finden, die schon vor dem Mittag im Gasthof sitzen und so schnell so sehr bezecht sind, dass sie noch in den Amtsstunden anfangen zu stören.

Ich manipulierte mit den Fensterscheiben, damit die sich spiegelnde Sonne die Hässlichkeit des Ausschanks unterstrich.

Ich konnte auch den Umlauf der Akten beeinflussen, die dank meiner unauffälligen Assistenz ein sehr viel größerer Kreis der Černín-Beamten zu sehen bekam, als vorgesehen war.

Kurz gesagt *verstärkte* ich den Effekt der Töne, Bilder und Gerüche. Ich nahm mich des Energieflusses an, der dank der Aktivitäten seiner Bewohner und Besucher jedes größere Gebäude durchläuft und lenkte ihn in eine einzige Richtung. Ich muss zugeben, dass meine Gründe nicht nur positiv waren. Ich fürchte mich nicht zu sagen, dass sie vor allem negativ waren.

Loreta sprach nicht mit mir. Der Schwarze Ochse schrie mir von hinter der Ecke übermütige Dinge zu. Drahomíras Säule gebärdete sich überheblich, als ob es auch ein Adelspalast wäre und nicht nur ein Mietshaus. Das Kapuzinerkloster käute seine Gebete wieder, so wie jemand zu hartes Armeleutebrot mit einem unvollständigen Gebiss zerkleinert. Ich *musste* etwas tun, wenn ich nicht die Achtung vor mir selbst verlieren wollte.

Die Schenke Zum Goldklumpen duckte sich ängstlich unter meine Fenster, das Kumerovsky-Haus flüsterte erschrocken mit ihm, aber nicht eines dieser Häuser wagte, zu mir herüberzuschauen. Sie wussten, dass sich ihr Schicksal erfüllt. Es dauerte, aber ich entdeckte damals die Wonne behördlicher Geduld. Man muss nicht radikal sein. Es reicht abzuwarten, nicht nachzulassen und sich auf die menschliche Schwäche zu verlassen (eventuell auch auf die Erbärmlichkeit mancher Häuser, die irgendwie aus Versehen auf den Loretoplatz gelangt waren).

Die Schenke Zum Goldklumpen und das Kumerovsky-Haus wurden abgerissen.

Allerdings wusste ich damals noch nichts von bürokratischer Trägheit. Die Dauer und Kontinuität von Amtshandlungen können nämlich ungeahnte Folgen haben. Alle stimmten überein, dass eine Kneipe nicht mitten auf dem Loretoplatz stehen darf. In der Verlängerung dieser Überlegungen begannen sie aber zu planen, dass sie durch einen anderen Bau ersetzt wird. Eine Kirche. Sakra nochmal. Hier half es mir nicht, mit Mangelhaftigkeit zu argumentieren. Besonders, weil an dieser Stelle früher schon einmal die Matthäuskirche stand, genau dort, wo Drahomíras Kutscher betete, während seine Herrin hinter seinem Rücken vom Teufel geholt wurde.

Mit Unbehagen sah ich zu, wie die Kapelle gebaut wurde, die mich schmerzlich an die hässliche Fassade erinnerte, die mich von meiner geliebten Loreta trennte.

Da konnte man nichts tun. Ich machte mich wieder an die Arbeit. Ich wusste schon, wie es geht, und die Matthäuskapelle hielt nur ganze vierzig Jahre auf dem Platz aus. Ich hatte Erfahrung und konnte überraschend schnell handeln. Auch wenn Schnelligkeit in Behördenangelegenheiten keine Priorität hat. Ähnlich wie beim Fechten. Ziel und Mittel ist ein adäquates Tempo. Von der Matthäuskapelle blieb nur ein im Pflaster angedeuteter Grundriss zurück, auf dem die Fremdenführer so gern ihre Klienten versammeln, um ihnen von mir zu erzählen. Eigentlich ist das recht passend. Bei so einem Vortrag sollte es »still wie in der Kirche« sein, oder? Seltsam, dass die Tschechen, diese Ungläubigen, sich diese Metapher erhalten haben ...

Und natürlich ragt jetzt anstelle des ehemaligen Altars die Statue von Edvard Beneš auf. (Fühlt ihr, wie unpassend das Wort »aufragen« ist? Sie ist nämlich ziemlich klein. Kleiner, als sie sein sollte. Wahrscheinlich unter Lebensgröße gegossen. Ein gewisser tschechischer Diplomat merkte an, er hätte jedes Mal, wenn er sie sieht, das Gefühl, Beneš ließe die Luft ab. Leider treffend. Beneš an der Stelle des Altars. Das ist alles irgendwie unpassend, was nicht nur mit der Platzierung der Statue an diesem Ort zusammenhängt. Dieser ganze Beneš. Ist es nicht charakteristisch, dass es eigentlich niemanden stört, dass seine Statue gerade dort aufgestellt wurde? Es interessiert einfach niemanden. Es reicht nicht einmal für ordentliche Blasphemie. Und dabei ... Wer setzte sich für die Renovierung des Černín-Palasts durch den tschechoslowakischen Staat als sein Außenministerium ein? Ja, Edvard Beneš, der tschechoslowakische Außenminister. Ich sollte ihm also dankbar sein, und das bin ich auch. Beneš Verdienste erkenne ich in jedem Fall an. Weiß vielleicht jemand von euch, wie man eine Statue ganz aufbläst?)

»Was stört dich an der Kneipe, Černín? Willst du den Alkohol verbieten?«, grinste frech der Schwarze Ochse. Leider war er außerhalb meiner Reichweite. Wenn ich nämlich damit argumentierte, man brauche keine zwei Wirtshäuser auf dem Loretoplatz, ergab sich daraus gegen meinen Willen, dass man eine Schenke brauchte.

»Alkohol gehört natürlich zum gesellschaftlichen Leben«, antwortete ich (einigermaßen trocken). »Das heißt aber nicht, dass man sich wie das Vieh besaufen muss.«

»Nach Haauuse, nach Haauuse, nach Haaauuse geeehn wir nicht, bis dass der Taaag anbricht ...«, sagte der Schwarze Ochse die Störung der Nachtruhe höhnisch voraus.

Drahomíras Säule tat erhaben über die Sache, ja verstand nicht einmal, warum mich die pöbelhaften Reden des Schwarzen Ochsen so reizten. Zwischen diesen Häusern gab es irgendeine stille Verschwörung. Sie hatten offensichtlich einiges gemeinsam. Mindestens lehnten sie sich mit den Seitenwänden aneinander.

Und obwohl ich im Wettstreit mit den Gegnern unter meinem Niveau – als ob ein Fechter mit einem Gibbonpärchen kämpfen würde – erfolgreich war, klappte es in der Hauptsache nicht so richtig. Loreta ließ der Abriss der Schenke kalt, obwohl ich mich *auch* ihretwegen an diese Aktion machte. Konnte sie denn nicht würdigen, dass die Pilger nicht mehr vom vulgären Goldklumpen provoziert wurden? Vielleicht nicht, denn die waren es gewohnt, dort zu essen, während der Schwarze Ochse traditionell eher auf das Durstlöschen ausgerichtet war …

Drahomíras Säule ignorierte mich sowieso. Und das Kapuzinerkloster konnte man gerade noch als Beichtvater nehmen, nur konnte ich ihm so etwas Intimes anvertrauen, wenn hier doch alles immer so breitgetragen wurde?

Von meiner liebsten Nachbarin bekam ich kein Lob.

»Warum? Warum, mein Freund?«, sprach sie mich in der Nacht an, nachdem die alten Hütten, die uns trennten, zu Boden gesunken waren.

»Damit wir näher beieinander sind!«

»Diese Häuser störten uns doch keineswegs! Unser Worte konnten sie überwinden.«

»Ich sah Sie nicht richtig.«

»Ich muss aber verborgen bleiben«, sang Loreta ihr altes Lied. »Ich brauche meine Privatsphäre.«

»Ich verstehe … Sie können aber nicht immer allein sein.«

»Ich bin nie allein«, erwiderte sie, und noch bevor ich mich entrüstet erkundigen konnte, wer es sich erlaubte, sie zu belästigen – als Ersten würde ich mir natürlich den Schwarzen Ochsen vornehmen – fuhr sie mit einer Frage fort. »Wie steht es bei Ihnen mit dem Glauben, mein lieber Černín?«

Der Abschluss der Frage gefiel mir, ihr Beginn, Gott weiß warum, nicht besonders.

»Ich bin natürlich Katholik!«, erklärte ich stolz.

»Ich frage nicht nach der Konfession; mich interessiert der Zustand Ihres Herzens.«

Wie eine Glocke, wie eine Glocke! (Ich antwortete nicht.)

Ich musste darüber nachdenken. Wisst ihr, Humprecht Jan konnte beim Palastbau leicht fordern, eine Kirche möge dazugehören. Diesem Zweck hätte ein ganzer Flügel geweiht werden können – Platz gab es genug. Ein privater Sakralbau gehörte außerdem häufig zu Palästen. Nun, auch hier entstand eine Kapelle. Eine ziemlich kleine im Vergleich mit dem Hauptsaal und den Empfangssalons, platziert im Erdgeschoss, in der äußersten Ecke, so weit wie möglich vom Prunkeingang entfernt. Eigentlich sehr klein. Und an die Rückwand verschoben.

»Wie viel Raum widmen Sie dem Gebet?«

»Wie jeder ...«, versuchte ich vorzutäuschen, dass ich mich keinesfalls von Loreta unterschied. Ich wusste, dass wir uns in diesem Punkt unterschieden. Ich bin Fechter, ein Krieger. Als solcher war ich an ein schnelles Gebet zu Beginn eines Duells gewöhnt, ein paar Worte, ein flüchtiges Bekreuzigen vor dem Angriff. Diese Routinehandlungen waren nichtsdestotrotz immer aufrichtig und inbrünstig. Die Spannung vor dem Kreuzen der Klingen hatte diese Wirkung. Aber ... dass ich die Nacht kniend im Gebete verbrachte, das gerade nicht.

»Ein Gebet ist eine innere Angelegenheit«, wählte ich eine Phrase aus, die es mir ermöglichte, das Vehikel der Konversation wieder etwas voranzutreiben.

»Es ist aber fraglich, wie laut es im Inneren erklingt«, war sie scheinbar einverstanden. »Ich weiß gut, wie es bei Ihnen steht. Mir ist klar, was für Sie wichtig ist. Und was nicht. Für mich ist das Gebet die Mitte. Ein Ort, von dem alles ausgeht und wohin alles zurückkehrt – die Achse, um die sich alles dreht. Ich jage es nicht in einen Schuppen irgendwo an der Rückwand.«

»Das Herz ist im Vergleich zum restlichen Körper nicht groß; es kommt darauf an, welch reines Gefühl es beherbergt«, versuchte ich im Schweiße meines Angesichts ihren durchdachten Angriff abzuwehren. Ich musste ihr zugestehen, dass sie die Oberhand hatte. Ich kam mir vor, als würde ich mit einem Degen die Hiebe eines schweren Dragonersäbels abwehren.

»Gestehen Sie nur, lieber Černín, dass da nie sehr viel gebetet wurde bei Ihnen!«

Ich musste mit den Schultern zucken und den Kopf senken. Humprecht Jan ging regelmäßig in die Kapelle, das ja. Er widmete ihr aber nur kurze Besuche, als wollte er sich überzeugen, dass Gott immer noch da sei. Mir schien, er funktionierte für ihn etwa so wie ein Buchhalter, dem man zuruft, ob die Kasse ausreichend gefüllt ist, und auf die Antwort wartet man lieber nicht. Im Reitstall verbrachte er wesentlich mehr Zeit. Und damit gab er den Ton an, die Kapelle spielte wirklich nie eine große Rolle. Die meisten Leute wissen nicht einmal, dass es im Palais eine gibt.

»Auch wenn ich wohl dem Kriegsschrei den Vorzug vor den Worten eines Gebets gebe, schwächt das mein

Gefühl für Sie in keiner Weise!«, platzte ich heraus. Jetzt wurde es ernst. Jetzt mussten wir zum Kern der Sache kommen.

»Es ist aber die Frage, wie Sie dieses Gefühl zeigen. Wenn deshalb andere Häuser fallen müssen, handelt es sich offensichtlich um ein anderes Gefühl, als ich in der Lage bin anzunehmen.«

Zum Teufel mit diesen alten Buden! Hatte ich die wirklich nur besiegt, damit Loreta mir jetzt ihre Anschuldigungen mitten ins Gesicht schleudern konnte?

Das war, als ob sie zwischen uns stehengeblieben wären.

Nein, dort ragte eine Mauer auf, die ich nicht einmal mithilfe von Pionieren und Mineuren oder der schwersten behördlichen Artillerie überwinden könnte! Und ich wusste, worauf sie ruhte! Diese Weiber! Da will man ihnen eine Freude machen, und sie …

»Versuchen Sie zu beten, lieber Černín. Erforschen Sie Ihr Herz. Vielleicht erkennen Sie, ob noch etwas anderes als das Äußere Sie an mir verzaubert. Und wenn ja, wie gut Sie mein Inneres kennen.«

Und ich versuchte es. Auf einen Vorstoß muss man mit einem Vorstoß antworten, ansonsten gerät man in die Defensive. Ich versuchte, mich auf meine Kapelle zu konzentrieren, ich versuchte, in sie einzutauchen. Herabzusteigen, mich kleinzumachen und in sie hineinzuzwängen. Besonders gut ging es mir da nicht. Ich konnte mich nur ganz gebeugt da hinhocken. Ich, der ich an raumgreifende Gesten und elegante Figuren gewöhnt war, in denen ich mich bisher ausdrückte. Was für einen Sinn hatte das? Ich ließ die Worte des Gebets wie Sand rieseln, aber nichts passierte. Loreta bezog vielleicht ihre Kraft aus der geistigen Welt, ich allerdings aus den vollblütigen Befehlen meiner Herren, aus ihren Ambitionen, großartigen Plänen und ihren Pleiten. Ich konnte nicht auf Knien warten. Ich musste aufstehen, aus mir herausgehen, ausholen – und dort vor meinen Mauern erst feststellen, wer ich war und was ich wollte.

Mein Gott, ich mühte mich so sehr um eine Verständigung mit Loreta. Ich schickte ihr meine Gedanken, stille Worte in der Nacht; ich nötigte meine herausgeputzten Herren, nachdem sie aus meinen Toren getreten waren, den Hang hinabzugehen und die Santa Casa zu besuchen.

Die Degen baumelten um ihre Beine, die Federn auf den Hüten ragten wie Rauchsäulen über verbrannten Dörfern auf ... oder wie Blumensträuße für die geliebte ... Aber was nutzte das alles? Unsere Gespräche wiederholten sich stereotyp. Bis ich eines Tages sah, wie Fuhrwerke mit seltsamer Fracht vor ihr anhielten.

Handwerker liefen herum. Arme wurden in die Luft geworfen, auf den Turm gezeigt, der über dem erhöhten Kreuzgang aufragte. Zuerst freute ich mich, dass sie ihn abreißen wollten, diese ganze erhöhte Fassade ginge zum Teufel, und ich könnte wieder bis zur Santa Casa schauen. Nein. Sie begannen, irgendwelche nicht besonders großen, aber offensichtlich schweren Teile nach oben zu bringen. Sie erinnerten mich an Munition, Kanonenkugeln. Also willst du dich mir entgegenstellen, mein Mädchen?

Man brachte sie aber nicht zu den Fenstern, aus denen man Schießscharten machen könnte. Sie gingen damit in den Turm. Und die schwersten Stücke wurden mithilfe von Gerüsten und einem Flaschenzug nach oben gebracht.

Dort oben wurde leise und fachkundig an irgendetwas gearbeitet, das nichts mit dem Postieren von Kanonen in

Feuerstellungen gemein hatte. Im Übrigen fehlten auch die Wehrgänge für die Artillerie, die Brustwehr ... seht ihr, wie leicht man den Kopf wegen eines Weibsbilds verliert?

Und dann hörte ich es zum ersten Mal.

Ein metallenes Pling, das in der Luft erzitterte. Dann folgte ein zweites. Und noch eins. Ich riss die Augen auf und sah, dass diese Dinger den offenen Raum oben im Turm ausfüllten und dort hingen wie Fledermäuse. Das waren Glocken. Ich schaute genauer hin – sie klangen, aber bewegten sich nicht. Und unten versammelte sich die Herrschaft, denn jede Glocke hatte einen eigenen Patron. Die größte erfreute sich der Gunst des Kaisers Leopold I. selbst. Die gesellschaftliche Aufmerksamkeit, die auf Loreta gerichtet war, erhitzte mich noch mehr. Aristokratische Versammlungen sollten sich doch dem Wesen der Sache nach in meinen Salons abspielen. Die hartnäckig klingenden Glocken rissen mich aus meiner Versunkenheit.

»Was haben Sie sich denn da für ein Spielzeug angeschafft?«, rief ich Loreta zu, obwohl wir normalerweise unsere Gespräche für die Nacht aufhoben. Sie schwieg, aber sie musste mich gehört haben. Im Gegensatz zum nächtlichen Austausch von Komplimenten bemäntelte ich jetzt nichts. Meine Worte flogen wie Kugeln aus schweren Geschützen über den Platz.

»Wer läutet denn diese Mörser da bei Ihnen?«, machte ich mich über die Glocken lustig, die wirklich so aussahen, vor allem die größeren. »Irgendwelche Bergmännchen? Und dann heißt es, nur um mich würden sich Legenden ranken!«

Sie antwortete nicht. Wieder hörte man dieses Gebimmel, und diesmal begriff ich, dass es von einem System aus Hämmerchen kam, die auf die festen Glocken einschlugen. Ich war noch nicht fertig mit dem Gedanken, was für ein geschickter Mechaniker dahinterstehen musste, als das Geklimper einen Zusammenhang zu ergeben begann. Da wurde eine Melodie gespielt.

»Was für ein Lied klimpern Sie mir denn da?«, warf ich gutmütig hin.

»Tausendmal stets wollen wir dich grüßen«, ließ sich schließlich ihre feste, selbstsichere Stimme hören.

»Sie grüßen mich?«, wunderte ich mich. Wollte Loreta mir etwas andeuten? Hatte sie etwa eine so komplizierte Art gewählt, um mir zu zeigen, dass sie meine Schmeicheleien erwiderte?

»Es ist ein Marienlied«, bemerkte sie trocken.

Also war das kein Kompliment. Tatsächlich nicht. Die Hämmerchen unterstrichen das mit einem vierfachen Ton, denn die volle Stunde schlug. Und die Melodie erklang von neuem. Mit Schrecken wurde mir klar, dass ich sie Jahre hören werde, Jahrzehnte, Jahrhunderte und dass mir Loreta auf diese Weise mitteilen wird, wen sie grüßt. Und wen ich zu grüßen habe … Und dass ich mich von ihrem Gesicht mit den gesenkten Lidern lösen muss. Dass ich ihren Liebreiz vergessen soll. Sie nicht als Gefährtin verstehen – sondern als reine Dienerin von jemand anderem. Der Jungfrau Maria. Auf die ich mein Gefühl und meine Redegewandtheit richten soll, am besten durch ein Gebet, eventuell ein religiöses Lied.

Ich knirschte mit den Zähnen. Mir so ein Klingeling vor die Nase zu bauen … einen Gassenhauer zwischen uns setzen? Also ich muss doch bitten!

Und dann ließ ich den Kopf hängen.

Ähnelte das Lied nicht dem, das die zarte Gazelle gegen Humprecht Jan anwandte? Wenn sie verärgert war, kam sie nicht zum Frühstück. Die zu ihrer Tür ausgesandten Bediensteten kehrten unverrichteter Dinge wieder zurück. Es half nicht einmal, die Kinder als Parlamentarier zu senden. Angeblich war ihre Tür abgeschlossen. Und wenn sich dann endlich Humprecht Jan unter vielen Flüchen selbst auf den Weg zu ihrem Schlafzimmer machte, wurde auch ihm der Zutritt verwehrt.

Da stand er auf dem Gang, als sei er ein Lakai und müsse von außen im Ofen nachlegen.

Von innen drangen unterdessen die leicht zögerlichen Töne des Spinetts hervor, die etwas misstönend, aber deutlich zeigten, dass die Gedanken der Gazelle außerhalb dieser Welt schwebten.

Humprecht Jan klopfte – manchmal hämmerte er ganz undiplomatisch, auch den ein oder anderen Tritt gegen die Tür musste ich ertragen.

Das nützte alles nichts. Das Spinett schwieg immer einen kleinen Augenblick, um sich dann wieder an sein unheilvolles Werk zu machen. Humprecht Jan hörte der stolpernden Melodie zu und lief rot an. Dann kühlte er sich wieder ab.

Er musste eine Entschuldigung hervorbringen. Ansonsten könnten sie nicht frühstücken und seine gesamte Autorität wäre fatalerweise dahin. In meinen Grundmauern würden sich Stollen öffnen, Risse über die Wände laufen, die Dachstühle sich lockern und ich würde mitsamt meinem Herrn einstürzen. Die Höllengrube, abgedichtet durch den Pfropfen der Konvention, würde hungrig den Schlund aufreißen. (In den Fundamenten jeder Ehe befindet sich so eine ...) Das musste man verhindern.

Ich weiß nicht, was er ihr eigentlich sagte. Durch die Tür und die Spinettschluchzer konnte sie ihn nicht verstehen. Den Tonfall begriff sie aber absolut. Das quälende

Spinett wurde still, einen Augenblick später hörte man den Schlüssel im Schloss. Es wurde das Frühstück gereicht und die Welt, wie wir sie kannten, war gerettet.

Kannten sich Loreta und die zarte Gazelle etwa? Diese Idee hatte ich sofort. Aber ich behielt die Frage für mich. Ich musste warten, bis der Tag zur Ruhe kam. Damit sie gut hören konnte, in welchem Tonfall ich sage, was ich sagen musste.

Am Ende war es ganz einfach. Ich wusste, dass es nicht so sehr um den Inhalt des Gesagten ging. Allein wenn ich mich schon verlegen räusperte, hörte ich eine entgegenkommende Stille.

»Ihr Glockenspiel spielt sehr anmutig, meine Teure.«

»Nicht wahr, Černín? Es dient dazu, die Zeit zu messen. Wir werden immer die Uhrzeit wissen«, zwitscherte sie begeistert, als hätte sich zwischen uns nichts abgespielt. Ich hörte ihre Erklärung über die unterschiedlich gelochte Metallwalze an, in die Stifte gesteckt werden, die die Struktur der Melodie ablesen, die dann die Hämmerchen spielen. Man nennt es *pantomusos*. »Und auf dem Glockenspiel kann man auch mithilfe einer Klaviatur spielen!«, beschrieb sie eifrig. Ich hätte nicht gedacht, dass dieses Frauenzimmer sich so für Technik begeistern würde. Es gab keine andere Möglichkeit, als höflich zuzuhören. Und sich damit abzufinden, dass das Glockenspiel mich immer daran erinnern würde, dass ich ein Mann war und Loreta eine Frau, was ich nur zu gut wusste.

Mit einer gewissen Genugtuung verfolgte ich, wie sich um das Glockenspiel Legenden zu ranken begannen. Dass angeblich eine Witwe die Glocken gestiftet haben soll, eine nach der anderen, als ihre Kinder an der Pest starben. Im Jahr 1680 schlug die Pest in Prag tatsächlich zu. Und als dann die Witwe selbst im Sterben lag, soll sie sich gesorgt haben, welche Glocke ihren Tod ankündigt, und das Glockenspiel fing von allein zu spielen an. Da bleibt kein Auge trocken. Zählt einmal mit mir. Wie viele Glöckchen gibt es insgesamt? Siebenundzwanzig, nicht wahr? Eine Witwe mit 27 Kindern? Ich würde vor Lachen prusten, wenn es nicht eigentlich traurig wäre. Was für ein Bedürfnis die Leute haben, sich selbst zu betrügen! Sich etwas vorzuspiegeln! Also vor allem die Frauen, würde ich sagen.

Dabei weiß man, dass der reiche Kleinseitner Kaufmann Eberhard z Glauchova der Loretokapelle das Glockenspiel verehrte. Schöpfer des Glockensatzes war der Amsterdamer Glocken- und Kanonengießer Claudy Fremy. In die Kirche, für die er ursprünglich bestimmt war, passte er nicht hinein, und kam als Ware aus zweiter Hand nach Prag. Und seht ihr? Kanonengießer! Ich erkenne doch den Klang von Kriegsgerät! Dem Metall ist es egal, ob es für eine Kanone oder eine Glocke benutzt wird.

So ist das also. Eine ziemlich banale Geschichte. Das einzige Glück dabei ist, dass ich wie jeder, der im Palast arbeitet, die Melodie von den Hämmerchen nicht mehr höre. Natürlich ist mir das Geklimper bewusst, aber ich höre nur die ersten paar Töne. Und dann nichts mehr. Mir ist die Melodie so ins Gedächtnis gebrannt, dass ich ihr nicht mehr folgen kann. Du hast dich verrechnet, Teuerste.

An Sonntagnachmittagen werden auf dem Glockenspiel allerdings Konzerte gegeben. Und dann höre ich es viel zu gut. Das zaghafte Geklimper der Hämmerchen auf den Glocken beherrscht die ganze Gegend. Der Platz wird still, durchsichtig, passt sich dem langsamen, irgendwie holprigen Spieltempo an. Ob man will oder nicht, muss man sich demütig unterwerfen. Zufällige Fußgänger erstarren gewöhnlich auf dem Platz. Sie werden zum Publikum im offenen Raum, treten von einem Bein aufs andere und haben das Gefühl, nicht fortgehen zu können. Als würde ihnen jemand etwas über sie selbst erzählen, was man nicht überhören darf. Wie kann ein Klopfen des Hämmerchens auf das Metall der Glocke lauter sein als, sagen wir, ein Pistolenschuss? Ist es nicht. Aber es hört sich so an. Diese Melodien kann man nicht überhören. Kein Orchester dröhnt sie hervor, sie geben keinen Rhythmus vor wie eine Militärkapelle ... sie erzählen leise.

Und dann kann ich mich nicht des Gefühls erwehren, dass Loreta sich nicht verrechnet hat. Dass sie mir so das mitteilt, was sie mir früher einmal sagte und seitdem immer wiederholt. Dass ich ein Mann bin, sie eine Frau, und außerdem – dass wir beide schicksalhaft anders sind.

Die Andersartigkeit kann man überwinden – wie das Kampffeld bei einem Angriff; wie eine Entfernung, die den Fechter von seinem Gegner trennt ...

»Nein, nein«, klimpern die Hämmerchen. »Auch wenn etwas überdeutlich ausgesprochen wird, heißt das nicht, dass der andere versteht«, sage ich mir in Gedanken.

»Versteh mich, meine Teure«, bitte ich demütig, denn niemand hatte sich die Mühe gemacht, in meinen Mauern ein Orchestrion zu installieren.

Und Loreta widmet mir immer zur Viertelstunde einen, zwei, drei Schläge, als gäbe sie mir zu verstehen, sie habe mich nicht vergessen ... bevor sie wieder ihre Melodie spielt.

Diese Töne klopfen an mein Herz und bewirken einen schmerzhaften Widerhall. Das ist eine Musik, die nur im Inneren klingt. Wie die Worte, die ich nicht schaffe zu sagen, auch wenn sie mir ständig auf der Zunge liegen.

Was sind das für Worte, meine Teure?

»Ich will dich grüßen?«

III. Guardia alta

» Wenn sich euer Schüler in dieser Position befindet, zeigt ihm, wie viele Hiebe er darin ausführen kann, dabei weist ihr in aller Nachdrücklichkeit darauf hin, dass diese Position vor allem dem Angriff dient«, erklärt A. Marozzo. Guardia alta *ist eine Angriffsposition, in der man darauf vorbereitet ist, zuzuschlagen, sobald sich der Gegner nähert. Es lassen sich starke Hiebe nach unten ausführen. Falls der Gegner einen Ausfall gegen euren Oberkörper unternimmt, könnt ihr leicht einen Gegenangriff gegen seine Waffe ausführen.*

Es kamen auch Zeiten, in denen mir das alles wie lauter Nichtigkeiten vorkam. Bis jetzt habe ich noch gar nicht die eigentliche Gefahr erwähnt, die mich ein paar Mal schon viel stärker bedrohte als die unbezahlten Rechnungen der Černíns. Mit der Schenke Zum Goldklumpen, dem Kumerovsky-Haus, aber auch der geliebten Loreta – *chiedo perdono*, Teuerste! – konnte ich mich nur in Friedenszeiten beschäftigen. In Kriegszeiten musste ich mich selbst auf dem Herzen haben. Nämlich meine Selbsterhaltung, mein Überleben …

Und gleichzeitig verlor ich nicht die Hoffnung, die irgendwo tief in mir versteckt war (so wie meine Kapelle). Nun, ich bin eben kein Pfaffe. Dafür bin ich ein Krieger, meine Liebe. Du wirst sehen, was ich kann, und es müsste doch mit dem Teufel zugehen, wenn meine mutigen Taten auf dem Felde der Ehre und des Ruhms keinen Eindruck auf dich machen. Säbelrasseln und Schusswechsel übertönen das Klingling des Glockenspiels und das Flüstern der Gebete. (Ich weiß, dass man den Satz auch umgedreht lesen kann, mit umgedrehter Bedeutung – aber wir alle wissen, dass das Schießen lauter IST als das Glockenspiel.) Das Kriegsgetümmel dringt nach innen, wie ein Trupp Grenadiere durch eine durchbrochene Wand, und dahinter tritt hoffentlich auch das Gefühl ein.

Ich war überrascht, als ich erfuhr, dass Jan Masaryk auch eine militärische Vergangenheit hatte. Man darf sich nur nicht die Geschichte eines Fechters mit vielen erfolgreichen Duellen vorstellen. Nein, Jan Masaryk lebte in einer Zeit, die immer mehr ohne fein beherrschte Blankwaffen auskam, zum Nutzen der Schusswaffen und zu ihrem eigenen Schaden. Wenn ein Individuum auf den Lauf reduziert wird, den es bedient … wie soll man da von Stil sprechen? Von Eleganz? Kurz gesagt, wo bleibt da Raum für Persönlichkeit?

Von den einstigen Legionären, die dann tschechoslowakische Diplomaten wurden, hörte ich genug Histörchen über das Kriegsführen in der modernen Zeit. Sie erzählten von Feldspaten, die in den beengten Schützengräben zum Kampf Mann gegen Mann benutzt wurden. Für edle Hieb- oder Stichwaffen war dort kein Platz. Manchmal auch von Angriffen, die mit dem Bajonett geführt wurden – welch Verfall. Was für Figuren konnte man sich mit so einem klobigen Bastard ausdenken, der eigentlich aus zwei selbstständigen Waffen bestand? Ja, in Marozzos Schule wurden Dolche benutzt, aber die wurden ganz bestimmt nicht mit einem Draht auf einem Stock befestigt.

Im Übrigen hatte Jan Masaryk zu meinem Bedauern keinen höheren Dienstrang. Nicht lange nach seiner Rückkehr aus den Vereinigten Staaten nach seiner »Karriere« in der Gießerei und seinem Aufenthalt in der Anstalt für geistesschwache junge Burschen und Mädchen begann eine Auseinandersetzung, die die moderne Zeit mit ihrem typischen Hang zur Übertreibung und Verallgemeinerung dann als den Ersten Weltkrieg bezeichnete.

Jan Masaryk rückte zum Tross oder auch Train ein, also zu denen, die die Aufgabe hatten, der Armee Munition, Lebensmittel und andere Versorgung zu transportieren.

Wenigstens etwas! Zumindest ähnelte es dem Reiten! Auf jeden Fall gab es da Pferde! Ich musste mich damit abfinden, dass Jan Masaryk nicht im Sattel eines edlen Schimmels dahinjagte, mit einer Schärpe über der Brust und Gewehren in den Satteltaschen, mit gezogenem Schwert und einem Kriegsschrei auf den Lippen. Wisst ihr, es geschah etwas Bemerkenswertes.

Die österreichisch-ungarische Armee hatte ihn im Grunde zum Tross abgeschoben. Schließlich war er der Sohn eines damals schon bekannten Widersachers des Kaisertums, der für den landesverräterischen Nationalstaat brannte und zu Beginn des Krieges emigrierte, um hinter den feindlichen Linien hochverräterisch gegen das Reich zu konspirieren.

Welches sich aber vernünftig verhielt – und menschenfreundlich. Es setzte Jan Masaryk nicht der Gefahr in der ersten Reihe aus, sondern versteckte ihn zwischen den Fuhrwerken. *Certamente.* Er kam also nicht ums Leben und wurde kein Märtyrer der slawischen Rebellen; im großen Krieg gab er nicht einen Schuss ab. Ich knirsche deswegen etwas mit den Zähnen – dass er nicht ein einziges Mal die Klinge zog, versteht sich in der modernen Zeit von selbst – aber ich kann den tieferen Sinn sehen. Das Reich setzte ihn nämlich nicht der Versuchung aus, zu desertieren, wie es Zehntausende von Jans Landsleuten taten, aus denen dann die tschechoslowakischen Legionen entstanden.

Damit wir uns richtig verstehen. Ein Kriegsgewinn rechtfertigt eine vorausgegangene Taktik, das ist offensichtlich. In der jungen tschechoslowakischen Diplomatie gab es viele Legionäre, weil sie ihre Ergebenheit für den noch nicht existierenden Staat ohne jeden Zweifel bewiesen hatten. Dank der Tschechoslowakischen Republik wurde auch der Černín-Palast großzügig instandgesetzt. Die Republik machte sich verdient darum, dass ich hier so stehe wie seit eh und je. Vielleicht überrascht euch das, aber ich bin ein Tschechoslowake. Im Prinzip.

Und doch kann ich nicht einfach die Tatsache vergessen, dass die Tschechoslowakei jenes Reich demontierte, dem Humprecht Jan als Botschafter am venezianischen Hof diente ...

Kehren wir lieber zu Jan Masaryk zurück.

Beim Train wurde er Unteroffizier; er trug einen kurzen Pelz, der ihm hervorragend stand. Interessant war, dass er seine erste erfolgreiche Zeit im Leben in der Armee erlebte. Aus seinen Briefen nach Hause strahlte Selbstbewusstsein, mit Vergnügen beschrieb er Erfolge (selbst wenn sie sich nur um Pferde und Fuhrwerke drehten, ließen sie sich nicht leugnen). Er kam mit den Soldaten unterschiedlichster nationaler Herkunft zurecht; er lernte dort außer Englisch, Deutsch und Slowakisch, die er zu Hause und in den Ferien in der Slowakei erwarb, auch Polnisch und Ungarisch. Er stellte fest, dass er mit Pferden handeln konnte. – Ich sage nicht, dass das mit seiner zukünftigen diplomatischen Karriere zusammenhing, aber mit seinem Selbstbewusstsein zweifellos. Er bestätigte sich selbst, dass er außer mit Pferden auch mit Menschen unterschiedlichen Ranges und Charakters auskommen konnte.

Auch in den Vereinigten Staaten war nicht alles nur ganz schwarz. Er brachte den anderen Arbeitern dort nach Feierabend Englisch bei; er spielte Klavier im Kino, wo er Stummfilme begleitete. Herzlich sein; mit jedem eine gemeinsame Sprache finden; improvisieren; musisch eine Konversation führen; ihre Melodie nach der Stimmung des Diskussionspartners entwickeln – sind das nicht diplomatische Fertigkeiten?

In diesem jungen Mann steckte etwas.

Schade, dass er keine Uniform anhatte, als ich ihn das erste Mal ausländische Gäste begleiten sah. Ich denke, wir hätten uns besser verstanden. Aber es läuft einem nichts weg, das habe ich in den Jahrhunderten gelernt. Es genügt zu warten. Nach dem nächsten Krieg, genauso übertrieben Zweiter Weltkrieg genannt, hatte ich ausreichend Gelegenheit, die Qualitäten Jan Masaryks kennenzulernen – und seine Schwächen. (Jeder Fechter hat welche, aber er muss sie kennen und mit ihnen arbeiten, genauso wie er den Charakter seiner Waffe kennen muss.)

Es gereicht Jan Masaryk zur Ehre, dass er den Eid, den er dem Kaiser geschworen hatte, nicht brach. Schmollt nicht, meine lieben Patrioten. Ich untergrabe doch die tschechoslowakische Staatlichkeit nicht, ich bin nur fähig, die historische Realität in einem breiteren Kontext zu sehen. Im breitesten. Vergesst nicht, dass ich die längste Fassade in ganz Prag habe. Das gibt einem einen gewissen Maßstab … und aus Prinzip bin ich für die Vereinigung von Gebieten, für den Aufbau und die Zusammensetzung des Reiches aus sprachlich und kulturell ganz verschiedenen Gebilden, die sich gegenseitig bereichern. Auch ich bin Patriot. Als Teil meiner Heimat sehe ich auch Italien – schmälert das etwa meine Qualitäten?

Die Tschechoslowakei erschien mir als ein bisschen zu gewagter Ausfall. Ein Angriff, der den stärkeren Feind überraschen soll. Was das bedeutet? Kriegsgeschrei, eine durch die Adern fließende Mischung aus Begeisterung und Angst (so beschreiben sie das) und eingeschränkte Erfolgschancen.

In jedem Fall verblieb Jan Masaryk bis zum Ende in der österreichisch-ungarischen Armee. Wie er selbst zugab, hatte er gegen Kriegsende die Möglichkeit zu desertieren, aber er nutzte sie nicht, weil man denken könnte, er wollte sich die Verdienste anderer aneignen. Und das lobe ich. Ihr meint, ich gebe hier ein Urteil ab, das mir nicht zusteht? Was habe ich schon zu sagen, denkt ihr?

Ich habe etwas zu sagen, und nicht nur, weil ich Landsmann von Marozzo selbst bin. Ich habe die Kriegführung an der eigenen Haut erfahren – ihr werdet sehen, wie treffend diese Metapher ist. Und das gleich zweimal während der Kriege um die österreichische Erbfolge. In der Mitte des 18. Jahrhunderts, nicht lange, nachdem mein Bau feierlich beendet wurde.

Damals zeigten sich gewisse Nachteile meines Grundstücks. Nicht nur, dass es schmal und abschüssig war, es lag auch noch direkt am Rand der damaligen Stadt. Als also in Prag die französisch-bayrische Garnison belagert wurde, geriet ich direkt in die Frontlinie. Gleich hinter mir ragte das Prager Befestigungswerk auf, leider noch immer nicht vollendet.

Man hatte nichts aus dem Verrat von Ottovalský gelernt, der eben in dieser Gegend Früchte trug, vielleicht 200 Meter nordwestlich von meiner Stirnseite, oder verständlicher gesagt »hinteren« Fassade entfernt. Kennt ihr diese Geschichte? Nein? Aber bestimmt kennt ihr sie, nur sagt euch der Name Arnošt Ottovalský nichts, und ihr ahnt nicht, welche Rolle er in dieser Geschichte spielte.

Nun also, dieser Offizier war im Dreißigjährigen Krieg einer der Befehlshaber der kaiserlichen Armee. Die Heere des Gegners vernichteten sein nordböhmisches Herrengut und nahmen so dem Oberstleutnant Ottovalský und seiner Familie die Mittel zum Lebensunterhalt. Er selbst musste das zersplitterte Schultergelenk kurieren, das er in einem Kriegsscharmützel in den kaiserlichen Farben davongetragen hatte. Nach der Heilung (die betroffene Rechte ließ sich allerdings nicht mehr bewegen) machte er sich nach Prag auf, trug dem Kaiser sein Begehr vor und wurde freundlich angehört. Der Kaiser entschied, dass ihm eine Einheit übertragen werden sollte und damit auch Sold. Die kaiserlichen Beamten hielten die Ausführung der Entscheidung zurück. Ottovalský wartete 25 Wochen in Prag, während seine Familie ohne Mittel hungerte.

Das ist nicht neu. Ich habe auch in den folgenden Jahrhunderten viele solcher Situationen gesehen. Die Materie des Behördenlebens ist unglaublich reich und vielfältig.

Arnošt Ottovalský hatte allerdings andere Möglichkeiten als die untertänigen Staatsdiener und bot einfach dem Feind seine Dienste an. In der damaligen Zeit handelte es sich um eine übliche Praxis bei professionellen Kriegern. Fürs Kaisertum und für Prag bedauerlich war, dass gerade unter General Hans Christoph von Königsmarck, einem der zwei Hauptbefehlshaber der schwedischen Armee, der letzte Versuch derselben, Prag und Böhmen zu besetzen, im Gange war. So sollte die Entwicklung rückgängig gemacht werden, die durch die unglückliche Schlacht am Weißen Berg, die Exekution der böhmischen Herren und die folgende Katholisierung des Landes entstanden war. Es war offensichtlich, dass der Krieg sich seinem Ende näherte, dass ein Friedensschluss drohte (eine widersprüchliche Formulierung, nicht wahr, aber für die böhmische Emigration ganz passend) – und in diesem Augenblick erschien Ottovalský bei den Schweden und bot ihnen seine Dienste an, eingeschlossen die Besetzung der Kleinseite, ohne einen Mann zu verlieren.

Der Angriff spielte sich dort ab, wo das Tal der Brusnice in den Hirschgraben eintritt. Heute rattert ihr dort in der Straßenbahn drüber, diesem unwürdigen Kutschenersatz (ich will nicht provozieren, aber was soll ich mir beim Anblick der armen Stehenden denken, die sich an den Stangen festhalten, starr, wie mumifiziert, einer auf den anderen gepresst und unfähig, eine leichte Reisekonversation zu betreiben ...). Ihr seht die abgenagten Wände der Befestigung zwischen den Bastionen (dort haben sie den Erdboden entfernt, hinter dem sich die Kanonen verstecken sollten), und das ist alles.

Ihr macht euch gar nicht bewusst, wie hoch ihr euch befindet. Vielleicht 20 Meter über dem Tälchen.

Die Fortifikation war damals noch nicht fertiggebaut. Zu diesem Abschnitt führte ein Pfad, über den das Arbeitsvolk kam und Baumaterialien gebracht wurden. Ottovalský kam mit einer Hundertschaft Männer um halb drei am Morgen hierher. Er fand die Stelle, wo unter der unfertigen Schanze nicht abgefahrene Erde aufgehäuft war. Ich möchte keine billigen Anmerkungen über den typischen tschechischen Schlendrian machen, aber vermutlich werdet ihr zugeben, dass sie hier angemessen wären.

Er kletterte dort an der Spitze der Soldaten nach oben, wo die Wachpatrouille ganz richtig fragte »Wer da?«, aber Ottovalskýs Soldaten warfen zwei davon in den

Graben und die anderen beiden liefen fort. Die Angreifer waren im Nu beim Strahov-Tor. Die Wache begann zu schießen, war aber sofort geschlagen und Ottovalskýs Männer öffneten das Tor, ließen die Brücke herab, auf die unser Oberstleutnant hinaustrat, um den wartenden Schweden das Zeichen zu geben. Die wälzten sich wirklich ohne Mannverlust in die Kleinseite, wie es ihnen Ottovalský versprochen hatte. Was allerdings nicht für die Einheimischen zutraf – die Schweden mussten die strategischen Positionen besetzen, bevor die Prager zu sich kamen; deswegen wurde jeder, der auf die Straße hinaustrat, erschlagen. Und erschossen wurde auch der, der ans Fenster trat, um zu schauen, was los war. Ganz vernünftig und militärisch richtig. Über den Hohlen oder Tiefen Weg – Úvoz – die passendste strategische Verbindung – kamen sie erfolgreich auf den Kleinseitner Ring.

Gefällt euch daran etwas nicht? Wisst ihr, ich habe Verständnis für Ottovalský. Er verzehrte sich nicht in dem missgünstigen Schicksal, sondern entschloss sich zu handeln. Das zählt. Und die Schwachstelle der Verteidigung ist immer eine Gelegenheit für den Angreifer, bitte um Verzeihung. Ein überraschender Ausfall, die Degenspitze klopft auf die Rippe ... und das war's, in Ordnung.

Kommt euch diese Geschichte nicht bekannt vor? Unrecht. Versprochene Wiedergutmachung, die nicht stattfand. Jemand gab sein Wort und ein anderer hielt es nicht. Hier haben wir allerdings einen Mann, der sich aufzulehnen wusste.

Nur die dreitätige Plünderei der Kleinseite hielt die Schweden auf, deswegen konnten sie nicht das Überraschungsmoment ausnutzen und die ganze Stadt besetzen. So geschehen im Jahr des Herrn 1648.

Sie rechneten auch damit, dass in den Pragern das alte protestantische Empfinden und eine Sympathie für die Schweden erwacht. Der Bevollmächtigte des schwedischen Königs erhob in den Verhandlungen über die friedliche Ordnung Europas übrigens die Forderung, den böhmischen Exulanten möge eine Rückkehr ins Land erlaubt und dort die protestantische Religion gestattet werden. Genau damals, nach der Besetzung der Kleinseite. Wovon die Prager zwar nichts wussten, aber schon aus Prinzip hätten sie die Schweden als Befreier begrüßen sollen … Was nicht geschah. Ist daran nicht etwas Symptomatisches? Warum gebt ihr Tschechen so leicht eure Überzeugungen preis? Warum wendet ihr euch so geschmeidig der Gegenseite zu? Warum bietet ihr einem von außen Kommenden so häufig ein überraschendes Schauspiel, weil ihr schon woanders steht, als er erwartete?

Es kam natürlich auch zu Akten persönlicher Tapferkeit, von der die Tschechen sich so gern einreden, sie rechtfertigen das Verhalten der Feiglinge. Oberstleutnant Schmidt lief auf die Karlsbrücke, um die Altstadt zu warnen – und wurde erschossen. Auf die andere Seite schaffte es der junge Bannerträger Příchovský, wenn auch verletzt. Und der Befehlshaber der Prager Garnison, Graf Rudolf Colloredo floh aus seiner Kleinseitner Wohnung nur im Hemd, um über Smíchov auf das andere Ufer zu gelangen. So gefällt euch das, nicht wahr? Ein Herr in Unterwäsche! Endlich erwischte es auch die Herrschaft! Daran, wie er sich durch die Seitenstraßen schlich, war etwas Komisches und Heroisches zugleich, genau nach eurem Geschmack, nicht wahr?

Jemand, der durch Improvisation das Versagen anderer wiedergutmachen kann, das ist euer Held …

Es folgten Szenen, die man kennt. Der Kampf um die Karlsbrücke; Studenten, die sich heldenhaft den Schweden entgegenstellten; die ganze Geschichte ... Die Studenten spielten hier zum ersten und bei weitem nicht zum letzten Mal ihre Rolle in der tschechischen Geschichte. Ihren Anführer, den Juristen Jan Kauffer wählten sie (wie eindrucksvoll, wie unprofessionell – einfach unmilitärisch). Woher aber stammten diese Verteidiger? Aus dem Jesuitenkolleg, dem Clementinum. Mit ihnen kämpften aber auch Priester, katholische, damit wir uns verstehen. Der Jesuit Jiří Plachý wurde freiwillig zum Beichtvater für die Studenten und agitierte geschickt unter ihnen für den Krieg ... Wegen seiner Zwei-Meter-Figur war er unübersehbar und den Schweden gut bekannt, denn er fehlte in den Verteidigungslinien der Prager nie ... was für ein Enthusiasmus, nur um sich immer an der rechten Stelle zu bewähren. Die Einschätzungen der Emigranten bezüglich der Stimmung in der Bevölkerung erfüllten sich nicht; bei weitem nicht zum letzten Mal. Nur 30 Jahre reichten den Einheimischen aus, sich an die neuen Herren zu gewöhnen und für sie und die neue Religion ihr Leben einzusetzen. (Wie leidenschaftlich die Studenten unter der Losung kämpften, die die Jungfrau Maria anrief!) Kurz und gut, die Situation war jetzt eine andere – 300 Jahre später hatte ich die Gelegenheit, noch einmal mit eigenen Augen etwas Ähnliches zu sehen.

Und das nicht fertig gestellte Befestigungswerk?

Auch das sollte sich wiederholen, auch wenn es sich beim nächsten Mal um kleine Betonfestungen im Grenzgebiet handelte ...

Ist das eine örtliche Besonderheit? Ein individueller tschechischer Stil? Könnt ihr einfach keine Festungen bauen, die diesen Namen verdienen würden? Anders gesagt, könnt ihr sie nicht von Anfang bis zum Ende bauen? Muss im Graben immer Erde liegenbleiben, die nicht abgefahren wurde, auf die einfach jemand gepfiffen hat und über die die Angreifer dann nach oben kommen können?

Vielleicht spricht das Befremden eines Palastes aus mir, der fast ein Jahrhundert lang gebaut, aber doch vollendet wurde.

Und vielleicht sehe ich die Trennung zwischen Bösewichten und Helden nicht so eindeutig. Ich stelle mir immer diesen Mann vor, der aus dem Strahov-Tor auf die heruntergelassene Brücke tritt. Er macht ein paar Schritte, bleibt stehen. Vielleicht zögert er – gerade wirft er sein ganzes bisheriges Leben in hohem Bogen in den Graben, in der unsicheren Hoffnung, er könne neu beginnen. Jemand, der es schaffte, auf ein Unrecht zu antworten – wenn auch nur mit einem Unrecht ...

Wenn er lange dort stehen bleibt, können ihn die wartenden Schweden mit einem Wächter verwechseln. Dann schießen sie vielleicht auf ihn und laufen zum offenen Tor. Er muss sich entscheiden. Seine Wahl ist doch schon getroffen. Er hat beschlossen, nicht zu denen zu gehören, die sich ungerecht behandeln lassen.

Und so hebt er die behandschuhte Hand.

(Die Linke. Die Rechte hängt unbeweglich an der Seite.)

Womit er sich einem Verräter gleichmacht. Und diese Bezeichnung wird er nicht mehr los. Vergeblich wird er nach dem Krieg mit einer gedruckten Erklärung versuchen, sich zu verteidigen und zu erklären, er habe nicht anders gehandelt als andere Berufsoffiziere, die es gewohnt sind, die Seiten zu wechseln. Schließlich geht er mit seiner Familie nach Schweden und ändert seinen Namen. Oh ja, wenn die Tschechen meinen, jemand sei ein Verräter, dann haben sie kein Mitleid.

Nun, in Anbetracht der Geschichte über den Verrat von Ottovalský und den Überfall auf Prag, die ich oft erzählen hörte, war ich gespannt auf die französischen Soldaten, die damals im Jahr 1742 in den Palast eintraten. Würden sich diese Verteidiger besser aufführen? Vergessen wir nicht, dass die schicksalhafte Schwachstelle der Prager Befestigung damals gleich hinter mir lag, hinter meinem Garten!

Der erste Eindruck war gut. Die Offiziere gefielen mir, als ich sie das erste Mal sah. Sie gingen mit echtem Interesse durch meine Säle und Gänge. Ich hörte so gern das Französisch, das mich ans Italienische erinnerte. Und ich verstand ihr Vorgehen, denn es war Krieg und ich war zu einem Teil des Krieges geworden. Auch ich sollte, bildlich gesprochen, mein Rapier ziehen.

Die Dienerschaft der Černíns brachte die Wertgegenstände, also die Bilder, Gobelins, Tafelsilber und viele andere Kleinigkeiten in die Keller. Das edle *piano nobile* stand jetzt gähnend leer da wie ein Klavier, dem man die Saiten herausoperiert hatte. (Hätte ich gewusst, wie oft ich diese Szenen noch erleben sollte! Auch bei der größten Achtsamkeit leiden immer die vorspringenden Teile der Möbel; die Kronleuchterarme werden beschädigt; die Bilderrahmen werden zerstört ... und die Mauerecken. Ich seufzte, presste mannhaft die Zähne zusammen, nicht ahnend, was mich noch erwartete.)

Als sie anordneten, Schießscharten in meine Westwand zu brechen, begriff ich es. Ich wusste, dass ich dieses Potenzial hatte. Dass ich eine Festung werden konnte, wenn es nötig würde. Im Übrigen war die Westwand – mein Rücken – blind, ohne Schmuck.

Den Garten ließen sie mit Schützengräben durchziehen. Das ärgerte mich mehr, aber ich konnte akzeptieren, dass es sich um einen anderen Kriegskonflikt handeln würde, als das noble Aufeinandertreffen zweier Fechter.

Und dann begann es.

Hinter den Prager Befestigungen hervor, von den Höhen in Břevnov und Střešovice, hörte man Kanonendonner. Geschosse fingen an, auf uns niederzuprasseln. Damit wir uns verstehen, für einen Palast ist das nicht fatal. Ich hielt ihnen den Rücken hin, von dem die Kugeln teils abprallten, teils im Mauerwerk steckenblieben. Das war keine Bedrohung für mich. Im Grunde erheitert übernahm ich meine Rolle und verteidigte die Träger der romanischen Sprache, die sich in mir niedergelassen hatten. (Die Bayern, die den anderen Teil der Garnison bildeten, sprachen wiederum die Landessprache des Reichs; auch in Ordnung.)

Ich wurde etwas unsicher, als die Offiziere über die Möglichkeit sprachen, der Feind könnte Brandgeschosse benutzen. Zum Glück kam es nicht dazu. Der Krieg wurde damals aristokratisch geführt, wenn es möglich war. Hier vor dem Palast wurde noch auf alte Weise gekämpft. Allerdings begann der Blick auf das Kampffeld, wie er sich mir dank meiner Stirnseite zum Garten bot, etwas stereotyp zu werden. Schützengräben voller Gewehrläufe, von denen alle Augenblicke einer angelegt wurde; die heiseren Stimmen der Unteroffiziere bei jedem neuen Angriff, der die Erde wieder mit Blut tränkte – das führte zu nichts. Unnütz, mir die Fechtpositionen von Marozzo aufzusagen; aus dem Garten roch es nach Schießpulver.

Das war kein Ziergarten mehr, kein Raum für Meditation, sondern ein Becken voller Leiden.

Wenn ihr den Garten des Černín-Palasts besucht, überrascht euch vielleicht seine seltsame Leere. Im Schatten von Baumreihen führen geometrisch angeordnete Wege entlang, unter den Sohlen knirscht Sand. Unwillkürlich hält man den Atem an. Im Garten und in der unmittelbaren Umgebung sollen einige Tausend Männer gefallen sein. Alle sind sie noch hier. Wohin sollten sie gehen. Wohin sollte man sie fortbringen und warum. Am Abhang über der Neuen Welt gedeiht heute der Gartenbau, warum wohl. Angeblich muss man nicht einmal viel düngen. Perfekt geschnittener Rasen im Garten maskiert die Totenstille; es genügt, ganz genau hinzuhören, dann bemerkt man sie.

Und ihr immer mit eurem Jan Masaryk. Ich komme noch zu seinem Tod, keine Angst. Versucht aber, die Dinge ein bisschen im Zusammenhang zu sehen. Er war nicht der Einzige, der hier starb.

Ich weiß, was Krieg heißt. Ich habe begriffen, dass ein Festungswerk mit einer einzigen Schwachstelle zu nichts nütze ist. Auch ich habe meine Problemstellen, wenn ich als Festung dienen sollte. Wie ist die Meute bis in die Wohnung Jan Masaryks gelangt? Ich kenne meine Unzulänglichkeiten, schäme mich dafür und stelle mir immer wieder vor, was passierte. Drängt mich nicht zur Eile, bitte.

Ich weiß, wie es ist, wenn eine nicht perfekte Befestigung überwunden wird ... wenn man das Kriegsgeschrei der Angreifer und die hastigen Befehle der Verteidiger hört. Zuerst kommen die aufgeregten Aufforderungen der Unteroffiziere, dann folgt, erst unwillig und verspätet, das Gebrüll der Gemeinen. Die Stimmen zersplittern, sobald durch den Geschosslärm der Klang der aufeinandertreffenden Rapiere zu hören ist. Damals in der Mitte des 18. Jahrhunderts wurden Säbel immer noch benutzt. Die Soldaten waren nicht extra im Fechten ausgebildet, aber die grundlegenden Positionen konnte man in den Kämpfen erkennen.

Ich weiß auch, wie der befehlshabende Offizier die Gefechte erlebt, wie er in einem vom Kampfplatz abgewandten Salon sitzt; wie er dort hin und her läuft; wie er erstarrt und versucht, Ruhe vorzugaukeln, wenn ein Soldat mit einer Nachricht über die Entwicklung der Situation an die Tür klopft. Die Mannschaft darf nichts von der Unsicherheit des Befehlshabers erfahren.

Jan Masaryk geriet in der Nacht vom 9. auf den 10. März 1948 in die vorderste Linie. Von den Befehlshabern wird das nicht erwartet, aber es sollte sie nicht überraschen, wenn es passiert.

Ich weiß auch, wie eine lange Belagerung schmeckt, die zu keinem überzeugenden Ergebnis führt. Tod und Verwundungen verlieren ihren Wert, werden zu einer unangenehmen Last, sind kein Beweis für Heldentum mehr, sondern ein Symbol für Beschwerlichkeiten. Die Kultur geht verloren und mit ihr die Distanz. Damals in der Hälfte des 18. Jahrhunderts begannen sie die übrigen Möbel direkt in meinen Salons zu verbrennen. In einer Atmosphäre allgemeiner Verwüstung nahm niemand mehr auf irgendetwas Rücksicht. Ich atmete den Rauch aus den zersplitterten Fenstern aus und war wieder zurück im Gefühl der Unfertigkeit, das ich während der Jahrzehnte des Bauens schon zur Genüge erleben durfte. In den Nächten hörte ich gereizt zu, wie die Patrouillen sich müde Parolen zuriefen, und hätte gern gewusst, wann das Ganze endet. Da wurde mir ein ganz bestimmtes Merkmal des Krieges bewusst. Er dauert immer länger, als die Menschen denken. Und erschöpft sowohl die siegreiche als auch die unterlegene Seite. Die Ausgaben für meinen Wiederaufbau waren hoch. Als ungefähr zehn Jahre später wieder meine Nutzung durch die Armee drohte, konnten sich die Černíns leicht zusammenzählen, was günstiger war, und es gelang ihnen, die Armee zu bestechen, damit sie vor den Toren blieb. Bei aller Hochachtung vor der Kriegskunst und der Meisterschaft des Fechtens – damals begann ich an die Diplomatie zu glauben.

Die Kriege um die österreichische Erbfolge hatten noch einen Vorteil für mich. Die Franzosen bauten endlich das Prager Befestigungswerk fertig. Die Schwachstelle dort im Tal der Brusnice verschwand, die Wunde wurde geschlossen. Damals verstand ich eine andere Erkenntnis über das Kriegswesen noch nicht: Dass auch die perfekteste Befestigung den Verteidiger niemals vollständig schützt. Auch diese Illusion sollte ich ein paar Jahrhunderte später verlieren. Und mit mir auch Jan Masaryk.

Die Franzosen, Bayern und Sachsen zogen ab, denn auch der längste Krieg hat irgendwann sein Ende. Der Palast wurde wiederaufgebaut und der Palast wurde fertiggestellt. Ich erntete große Bewunderung – damals gewöhnte ich mich an die staunend zurückgelegten Köpfe vor meiner Fassade, die höchst ordentlich durch Säulen gegliedert war. Im unteren Teil dringt das diamantene Bossenwerk in den menschlichen Geist und alle diese Elemente vermählen sich mit meinen Ausmaßen.

Ich bin. Und ich bin groß. Ich bin, wie ich bin, weil ich groß bin.

Ich schweife ab, ich weiß.

Ich schweife nicht deswegen ab, weil ich vielleicht den Kopf in den Windungen der galanten Konversation verloren hätte. Ich schweife ab, weil ich bei dieser Geschichte bis jetzt Scham fühle, Scheu – und das Bewusstsein einer verpassten Gelegenheit.

Ich hatte nämlich die Nachbarin nicht vergessen, die mir am nächsten war. Nicht nur topographisch, sondern auch emotional. Mich und Loreta verband schließlich mehr, als dass wir denselben Platz umschlossen.

Deshalb, nur deshalb schickte ich ihr wieder die Haufen beschädigter Steinblöcke, kleinen Schotters und verbogener Balken, die sich an meinem Fuß angesammelt hatten. Alles das, was nach der Instandsetzung liegen blieb. Ich schob es wie eine Lawine den Hang hinunter, wie eine zurücklaufende Flut, wie einen steinernen Sturm. Wie einen steinernen Strauß, der in der Eile recht unordentlich gebunden wurde.

Ich bekam nur ihr Schweigen zurück – und offizielle Beschwerden. Ich verließ mich auf die aristokratische Gottgleichheit der Černíns, so konnte ich ein paar Jahrzehnte meine Steinblöcke umordnen, damit mein Bouquet an Schönheit gewann – jedoch wurde eines Tages die Unordnung beseitigt. Diese Unordnung, die wir hier auch *bordel* nennen, ein Wort von dem ich hoffte, dass seine romanische Herkunft Loreta etwas erweichen könnte. Oder ihr wenigstens bekannt vorkommen könnte.

Gegen drei Uhr in der Früh flüsterte ich ihr leise Grüße, Komplimente und kleine Geständnisse zu. Meistens ohne Antwort. Und als mir der nächtliche Windhauch ihre Worte zutrug …

»Sie mühen sich umsonst, teurer …«, erklang es und mein Herz fing an, höher zu schlagen.

»… Landsmann«, schloss sie unbarmherzig. »Wir sind nicht aus demselben Holz geschnitzt.«

»Aber wie das?«, staunte ich.

»Sie sind aus den Überlegungen Ihrer wohlgeborenen Herren entstanden, aus der Geschicktheit der Architekten, die den Traum aufzeichnen konnten, der hinter ihren Stirnen verborgen lag, und dank den Muskeln der Arbeiter, die Sie mauerten.«

»Ich habe noch immer das Gerüst vor Augen, als Ihr Kreuzgang gebaut wurde.«

»Aber als Sie das erste Mal die Augen öffneten, stand ich schon.«

Das konnte ich nicht leugnen. Mich besänftigte nur das Wissen, dass es bei uns Palästen anders war als bei den Menschen. Ein Unterschied von ein paar Jahren, ja sogar ein paar Jahrzehnten ist wirklich bedeutungslos. (Im Übrigen seht ihr? Ich halte sie für einen Palast. Wir sind doch vom selben Geblüt.)

»… überführt«, flüsterte Loreta, während ich mich an meinen Gefühlen ergötzte.

»Entführt?«, verstand ich nicht und wollte schon mit aller Verve gegen die Entführer eingreifen.

»Hergebracht, wenn Sie wollen. Die ursprüngliche Santa casa stand in Nazareth. Eben dort wurde der Jungfrau Maria verkündet, sie würde unbefleckt empfangen. Und dorthin kehrte sie nach ihrer Flucht nach Ägypten zurück. Als sich das Christentum über ganz Europa verbreitete und die Stadt Rom in unserem gesegneten Land der Sitz des Papstes wurde, wurde das Heilige Haus nach Loreto bei Ancona überführt.«

»Überführt – aufgebaut …?«, versuchte ich zu verstehen. Ich habe schon einiges erlebt, aber dass man Häuser transportierte, das nicht.

»Überführt, getragen von Engeln«, fügte Loreta hinzu.
Ich sah mich um. Das Kapuzinerkloster verweilte in Gebeten, die Ärmel der Kutte über die Handgelenke gezogen und die nackten Füße unter dem Habit versteckt. Der Schwarze Ochse rülpste. Drahomíras Säule schaute abwesend, aber ich war mir fast sicher, dass es im Gesicht einen Anflug überheblichen Lächelns hatte. Respekt sah ich da keinen. Und außerdem wurde dieses Haus ja mit etwas in Verbindung gebracht ... Ich hatte immer das Gefühl, dass unter seinen Fingernägeln etwas Heidnisches zurückgeblieben war. Auf welcher Seite in dieser uralten Geschichte von der christlichen Heiligen und ihrer heidnischen Mörderin lagen wohl seine Sympathien – wenn nicht bei der Fürstin Drahomíra? Ob es wohl wartete, dass die christliche Epoche vorübergeht? Im Jahr 48 war es fast so weit, würde ich sagen ...

»Aber ich bin ein reiner Katholik ... ein echter Kavalier ... der die Bedürfnisse des Glaubens und die Gefühle der Damen achtet ...«, mühte ich mich, etwas anzuwenden, was ich mir aus den galanten Konversationen in meinen Wänden abgehört hatte.

»Das ist hübsch gesagt, aber wir verstehen uns nicht. Ich spreche nicht von äußeren Dingen. Ich spreche über die Angelegenheiten des Inneren.«

Aber ich doch auch, verdammt nochmal, sagte ich nicht, denn so viel Selbstbeherrschung besaß ich noch. Langsam bekam ich das Gefühl, dass, obwohl meine verbale Degenspitze wie gewöhnlich bei der Konversation eine vollkommene Ellipse beschrieb ... sich der Faden irgendwie verfitzt hatte.

»Auf meinen Wänden ist die Spur des Blitzes zu sehen, der das Heilige Haus einmal getroffen hatte. Und auf der gegenüberliegenden Seite bildete der abgefallene Putz ein Herz. Verstehen Sie mich, Teuerster?«

Ich hatte keine Ahnung, was sie mir mitteilen wollte. Das Herz verführte natürlich zu romantischen Vorstellungen, selbst der Blitz, aber irgendetwas sagte mir, dass es wohl nicht um Amors Pfeil ging.

»Meine Verzierung bedeutet kurz gesagt die frohe Botschaft – Treue des Herzens – Treue der Mission. – Was haben Sie auf Ihren Wänden?«

Hier stutzte ich. Die Sache war die, dass meine innere Ausschmückung nie abgeschlossen wurde. Das Geld reichte einfach nicht. Trotzdem führte ich eine schnelle Inspektion meiner Räume durch, um abzuwägen, womit ich mich brüsten konnte. Ich suchte etwas, was nicht zu subtil wäre. In komplizierten Bedeutungen würde ich mich nur verheddern. Ich brauchte etwas Eindeutiges.

»*Kampf der Titanen* von Václav Vavřinec Reiner über dem Treppenhaus vor dem Hauptsaal!«, sagte ich triumphierend.

»Sehen Sie?«, flüsterte sie. Der Schwarze Ochse gab einen Schnarcher von sich und bewegte sich, als wolle er sich auf die andere Seite drehen. »Kampf – eine Auflehnung gegen das geistige Prinzip – Gewalt! Und bei mir? Demut, innere Einkehr, Treue für das geistige Prinzip. Auch ich habe in der Christi-Geburt-Kirche ein Fresko von Václav Vavřinec Reiner. Darauf ist allerdings ...«

Aber ich bin doch ein Kavalier, der für den Glauben kämpft! Hätte ich am liebsten gerufen. Bedeutet Ihnen denn ein ordentlicher Bizeps wirklich gar nichts, meine Teure? Diese Frage behielt ich auch für mich. Imponieren Ihnen ein betender Krüppel, ein primitiver Säufer oder eine distanzierte Lady mit Hang zum Heidentum mehr?

Ich machte mich nicht damit unmöglich, dass ich versuchte, unsere Nachbarn unmöglich zu machen.
»Verstehen Sie?«
Ich verstand nur eins: Dass der steinerne Blumenstrauß von beachtlichem Ausmaß zu nichts nütze war.
»Wie Sie sicher wissen, mein Teurer«, fuhr sie unerbittlich fort, »wurde die ursprüngliche Loreto-Kapelle nur teilweise aufgebaut. Sie schloss sich an eine Grotte an. Das ist der Teil, wo ich heute meinen Altar habe. Die Grotte – gibt es etwa ein größeres Symbol für das stille Reich des Herzens? Während Sie, soweit ich weiß, Höhlen absperren. All die angeblichen Eingänge zur Hölle, die Sie überdeckt und beschwert haben. Sehen Sie, Teuerster? Ich bemühe mich um innere Erkenntnis, während Sie die Dinge nicht wahrhaben wollen.«
Ich begriff eine weitere Sache. Dass sie meinen Stolz als Hochmut auffasste. Und meine mannhafte Selbstverleugnung sah sie so, dass ich mir in die Tasche lüge.
Ebenso begriff ich, dass auch die Bemühungen in meinen Kriegszeiten unnütz waren. Ganz umsonst riet ich den Offizieren im Stillen, wo in meinen Mauern sie Schießscharten ausbrechen sollten. Vergeblich flüsterte ich den Unteroffizieren zu, wo entlang sie in den Gärten die Gräben ziehen sollten. Und nutzlos war auch meine Anstrengung, als die Belagerer anfingen, Prag zu beschießen. Ich stellte mich auf die Zehenspitzen, atmete tief ein, streckte die Schultern und dann fühlte ich nur noch, wie die Kanonenkugeln an meine Rückwand trommelten. Dem Kapuzinerkloster blieben auch ein paar im Pelz stecken, aber ich sah ordentlich gespickt aus. Sollte ich ihr das sagen? Würde es nicht aussehen, als wollte ich prahlen?
Aber irgendwie musste ich es einrichten, dass Loreta begreift. Den steinernen Strauß nahm sie nicht an – nun

gut. Ich sah die Damen oft die Nase über ein Bouquet rümpfen, weil die Blumen nicht die richtigen symbolischen Farben hatten. *Bene.* Ich kann ihr aber erklären, dass ich nicht nur so ein Haufen Mauerwerk bin, der ihr die Aussicht versperrt.

»Alles, was ich will, meine Teure, ist, Sie zu schützen.« Das war hoffentlich nicht ganz vergeblich. Gleichzeitig wies ich auf die unübersehbare Masse meines Mauerwerks hin, meines Körpers.

»Nichts davon brauche ich. Ich bin unter höchstem Schutz«, flüsterte sie.

»Meine Liebe, ich habe beim Bombardement alle Kugeln für Sie aufgefangen.« Ich schaffte es doch nicht, das zurückzuhalten. Bestimmt war das ein Fehler, aber ich hatte genug von den Höflichkeiten. Manchmal muss man einen überraschenden Ausfall wagen.

»Jeder bringt seine Opfer. Wissen Sie nicht, was meiner Glocke passierte?«

Ich schüttelte den Kopf.

»Sie wurde bei dem Beschuss getroffen und vernichtet. Vielleicht kommt Ihnen das nicht wie ein großer Schaden vor«, – *Ihnen als gefühllosem Kerl*, hörte ich deutlich in ihren Worten. »Aber mir war es, als hätte man mir ins Gesicht gespuckt. Und das haben Sie nicht verhindert.«

Neblig kam die Erinnerung hoch, dass es im Getöse des Beschusses wirklich einen metallenen Knall gab und gleich darauf ein seltsames Stöhnen, wie es nur eine Metallmasse von sich geben kann. Ein ziemlich schiefer Ton. Ein Schluchzer aus der Tiefe der Seele. Der traf auch mich, etwas zwang mich, mich umzusehen, aber die Feinde gingen in dem Moment zum Ausfall über, überschütteten meine Leute in den Gräben mit Granaten, Himmel nochmal, deswegen musste ich mich natürlich darauf konzentrieren, das Gegenfeuer anzuleiten ... das kann mir doch wohl niemand vorwerfen ...

»Ich will Ihnen nichts vorwerfen«, fuhr sie fort, als könnte sie meine Gedanken lesen. »Sie sehen doch aber das Missverhältnis. Sie denken, dass all die Schüsse, die Sie eingefangen haben – wofür ich sehr dankbar bin –, wichtiger sind als eine zerschossene Glocke. Das ist eine männliche Weltsicht. Die Überzeugung, dass die Muskulatur mehr bedeutet als das Wort. Der Degen mehr als ein Gedanke. Prestige mehr als der Glaube ... Wir kommen nicht überein. Gute Nacht, lieber Freund.«

Die letzten vier Worte sollten mich trösten, aber ich kam mir vor, als hätte jetzt mir jemand ins Gesicht gespuckt. Was wollte sie mir eigentlich sagen? Was sollte diese zerschossene Glocke bedeuten? Wo war ihr Herz, wohin ist es gefallen? Irgendetwas habe ich nicht richtig gemacht, irgendetwas bin ich nicht gerecht geworden ... aber was? Was wollte sie von mir? Ach, diese rätselhafte Sprache der Damen ...

Wenn ich könnte, würde ich den Kopf hängen lassen und vielleicht zu einer Weinkaraffe greifen. Wie oft habe ich Humprecht Jan heimlich im Salon etwas trinken sehen ... was ich natürlich niemandem verrate. Ich habe meinen Stolz. Paläste können sich nicht betrinken und sich dann den Bettzipfel übers Gesicht ziehen.

Anstatt mich zu verzehren, blies ich mich auf. Machte mich gerade. Nun gut, die Loreta wird noch sehen, was ich kann. Ich fantasierte von bedeutenden Herren, die in mir wohnen werden, von diplomatischen Treffen, auf denen über die Geschicke der Welt entschieden wird, von Konferenzen, die Kontinente teilen und wieder zusammenfügen, von politischen Allianzen, von Ruhm und Siegen.

Und in einen der kleineren Salons schloss ich die Befürchtung ein, dass das alles auf Loreta vielleicht denselben Effekt haben wird wie der steinerne Blumenstrauß, hoffnungsvoll nach unten gereicht, auf die andere Seite des Loretoplatzes.

Ich bin groß. Ich bin gewaltig. Ich bin verblüffend.

Dieses Gefühl hilft mir, bestimmte nicht ganz korrekte Kommentare zu vergessen, die ich mir anhören musste. Ich erinnere mich an den Besuch Kaiser Leopolds I., des jüngeren Freundes von Humprecht Jan, dem er zu der Karriere des Gesandten in Venedig verhalf ... und ihm dann keine weitere diplomatische Mission anvertraute. Bestimmt blieb er Humprecht zugeneigt – bei den Höhergestellten müssen wir das immer voraussetzen, ansonsten kämen wir nirgendwohin.

Für den Kaiser wurde sorgsam ein kleiner Bretterfußweg gelegt, damit er in mein Inneres gelangen konnte, wo der große Saal wuchs. Humprecht Jan begleitete ihn an seiner linken Seite, hinterher trippelte die zarte Gazelle und stolperten Humprechts Söhnchen. Nur mit Mühe unterwarfen sie sich den Vorschriften der Etikette; ich sah, wie sie ungeduldig hüpften und immer wieder versuchten, ihre Energie zu bändigen. Der Kaiser betrachtete die wachsenden Wände, nickte mit dem Kopf. Er ging durch Gänge, besah sich die zukünftige Galerie. Wieder kein Kommentar. Er verweilte im Garten, ging mit seinen Begleitern hinaus vor das Kapuzinerkloster und ging wieder nach oben auf den Loretoplatz. Vor meiner Vorderfront blieb er stehen (die zum Platz zeigt, das muss ich euch nicht mehr erklären).

Ich suchte einen Ausdruck von andächtigem Erstaunen in seinem Gesicht, oder wenigstens Überraschung. Humprecht Jans Gesichtszüge spannten sich an, die zarte Gazelle schmiegte sich an ihn und warf ihm verständnislose Blicke zu, die er professionell ignorierte. Des Kaisers Gefolge und auch das Humprecht Jans blieb in ehrfürchtiger Entfernung stehen, aber mit gespitzten Ohren.

Der Kaiser ließ die erhabenen Augen über meine Fassade gleiten.

»Das ist wie eine Scheune, es hat nur kein Tor.«
Bitte?
Bitte?? *Per favore?*
Ich teilte Humprecht Jans Gefühle. Überdies neigte sich die zarte Gazelle mit fragend hochgezogenen Augenbrauen zu ihm. Ich begriff, dass sie den Ausdruck »Scheune« nicht kannte und dass Humprecht Jan sich nicht an den italienischen erinnern konnte. Oder nicht wollte.

Der Kaiser verabschiedete sich flüchtig von Humprecht Jan, stieg in die eilig bereitgestellte Kutsche. Aus dem Fensterchen winkte die behandschuhte Hand so obenhin, dass es beleidigend war.

Humprecht Jan blieb mit der Gazelle allein zurück. Die Bediensteten wagten nicht, sich zu nähern.

»Was hat er eigentlich gesagt?«, fragte Humprechts liebreizende Gattin.

»Dass der Palast ... groß ist. Sehr groß«, mühte sich Humprecht Jan und ich drückte ihm die Daumen. Schließlich hatte er recht.

»Nun es ist ja auch der größte in Prag, das hast du ihm doch gesagt, *caro*?«, bestürmte sie Humprecht spielerisch.

»Das war gar nicht nötig«, antwortete Humprecht Jan. Beide schauten in Richtung der Prager Burg, dorthin, wo man über den Dächern den Turm des Veitsdoms sehen konnte, und beide konnten sich vorstellen, wie sehr sich die Burg im Vergleich mit dem Palast verkleinern würde.

»Wo sind die Jungen?«, riss sich Humprecht Jan aus seinen Gedanken. Die Gazelle stieß eine Reihe schneller italienischer Ausrufe hervor. Die Dienerschaft schwärmte aus, was wenigstens etwas Hoffnung machte, dass sie den Ausspruch über die Scheune nicht gehört hatten.

Ich hörte auch auf, darüber nachzudenken, denn ich konzentrierte mich auf das Getrampel der jungen Černíns. Sie jagten wie durchgegangene Pferde im großen Saal herum, provozierten mit ausgelassenem Geschrei das Echo der noch feuchten Wände, schlitterten Gänge entlang und liefen um die Wette zum anderen Ende. Als ich ihre wilde Energie fühlte, vergaß ich selig des Kaisers Ausspruch, der sich nur unter gesamter Aufbietung der Etikette als nicht beleidigend auffassen ließ, sondern – neutral? *Porca miseria*!!

Ich konnte mich auf die jungen Černíns verlassen, dass sie sich um mich bemühen werden, dass ich ohne Rücksicht auf die Gefühle beleidigter Monarchen wachsen würde. Die Jungen wurden natürlich bald von der Dienerschaft eingefangen. Und als ich hörte, was die Lakaien sich bei der Jagd auf das herrschaftliche Wild zuzischelten, begriff ich, dass der Ausspruch über die Scheune nicht unbemerkt geblieben war.

Damals wusste ich noch nicht, dass nichts je in Vergessenheit gerät, was die Dienerschaft hört. Sie erzählen sich das immer und immer wieder. »Eine Scheune – aber ohne Tor!« Und von ihnen gelangt dieser beleidigende Ausspruch auch auf die andere Seite des Platzes. Loreta wird tun, als hätte sie nichts gehört, verständlicherweise. Damit macht sie die Situation noch schlimmer, weil ich das Gefühl haben werde, dass sie nur aus Rücksicht etwas vortäuscht. Es konnte nur eins getan werden – ein Gegenangriff musste her.

Von jedem Palastherrn erwartete ich also, dass er die destruktive Macht jenes Ausspruchs abschwächt, weil er einen Wirbelsturm lobender bis vergötternder Aussprüche herbeiruft. Oder wenigstens an den Ausspruch des Grafen Mikuláš Colloredo erinnert, der sagte: »Der Palast wird das schönste Schmuckstück Prags sein, seine Architektur und seine Platzierung sind ein Beweis für die hohe Urteilskraft des Kavaliers, der so einen Bau ausführen ließ.« Also bitte. Ich muss aber zugeben, dass sich diese Aussage nicht durchsetzte und sie kaum jemand kennt. Warum interessiert sich niemand für so gut formulierte Worte? Hängt das etwa mit dem tschechischen Nationalcharakter zusammen? Muss alles in der Form eines Sinnspruchs daherkommen? Muss in allem euer verdammter Humor stecken? Wir kommen einfach nicht ohne solche Geschichtchen wie vom Schwarzen Ochsen aus?

Und Jan Masaryk ... einmal erwartete er einen offiziellen Besuch. Sein Wagen fuhr trotzdem im selben Moment vor dem Palast vor, in dem die Gäste eintrafen. Nein, das war kein humoriges Zusammentreffen. Das war eine protokollarische Nachlässigkeit, denn der Gastgeber ist verpflichtet, die Besucher an der Tür zu begrüßen. Dieser Masaryk war einfach ein Bohemien! Solche Eigenschaften sollten doch bitte Volksmusikanten auf den Barockbildern zeigen, denn dort war es ihre einzige Aufgabe, den Kontrast zu einem Heiligen oder einem Magnaten herzustellen! Aber im Palast hatten sie nichts zu suchen!

Das brachte mich zum Kochen. Wir kennen uns ja schon ein bisschen, also wisst ihr, dass ich das einzig und allein *bildlich* meine. Aber zurück zu Seiner Exzellenz Minister Jan Masaryk.

Er sprang aus dem Auto, holte die Gäste vor dem Eingang ein, und ich konnte schon ahnen, was kommt. Irgendein Späßchen. Zur Lockerung der Situation. Ein Witzchen, eins von der Sorte, für die ihn das Volk liebte. Das Volk. Beachtet diesen Terminus. Das Volk, das sind nicht die Menschen, jedenfalls nicht alle.

Er breitete die Arme aus, zeigte irgendwie entschuldigend auf meine Fassade (zum Loreto-Platz).

»Also hier ist meine Hütte!«, sagte er.

»Hütte!« »HÜTTE!« Ich glaube, das war der Augenblick, in dem ich es im tiefsten Herzen bedauerte, dass ich diese seltsame lokale Sprache gelernt hatte.

Hütte. Scheune. Weit gebracht habe ich es.

Nein, er mochte mich nicht, der Herr Minister. Er beschwerte sich oft, wie ungemütlich meine Säle seien. – Moment mal, da verstehen wir uns wohl nicht, hätte ich ihm gern gesagt – repräsentieren wir, oder erschaffen wir häusliche Wärme?

Oben in seiner Wohnung richtete er sich im kleinsten Zimmer ein, in dem er auch die Dienerschaft empfing, will sagen, die Untergebenen, und Besucher. Er ließ sich hören, wie viel lieber er irgendwo in einer »Zwei-Zimmer-Wohnung mit Bad« wohnen würde. Da hätten sie keine Massagedusche, Herr Minister! Auch keine Malereien an der Decke. Nur, was für unzufriedene Blicke er darauf warf ... Und ich diente Ihnen immer bereitwillig, Herr Minister. Bis zum Tod.

Ich diente, aber die Erinnerungen an andere Zeiten konnte ich nicht loswerden – mit anderen Worten, die Ehre eines Palastes bedeutet, nicht zu vergessen. Wo sind die Zeiten geblieben, als das gräfliche Schlafzimmer in einem der heutigen Salons war, die sich selbstverständlich im *piano nobile* befanden, nicht irgendwo unter dem Dach. Die Diener traten mit hochachtungsvollem Gesichtsausdruck ein, beugten demütig das Knie, und dann erwartete sie der Weg zum herrschaftlichen Bett. Sie schritten langsam, vorsichtig dahin und mit jedem Schritt – auf der ganzen Länge von zehn, fünfzehn Metern – wuchs ihr Respekt auf natürliche Weise.

Selbstverständlich wurde in einem anderen Salon getafelt, in einem weiteren war das Arbeitszimmer, es wurden auch Herren- und Damenzimmer unterhalten, Raucherzimmer und Gemächer, die den Brettspielen vorbehalten waren …

Jan Masaryk würfelte alle Zwecke der einzelnen Räume in seiner Dienstwohnung zusammen.

Was will man vom Enkel eines Kutschers erwarten!

Ich bitte um Entschuldigung. Aber früher oder später musste das raus. Außerdem kann ich immer behaupten, ich hätte nur zitiert. Und leider hörte man diesen Spruch nicht nur aus den unbedeutenden Mündern der Lakaien. Woher denn, so sah die Situation so manch einer, der sich als ausländischer Diplomat mit Vertretern der neuzeitlichen Tschechoslowakei traf. Musstet ihr wirklich den Adligen das Tragen ihrer Titel verbieten und sie mit der Bodenreform um den Großteil ihres Besitzes bringen? Wer wäre geeigneter für die Repräsentation des Staates als sie? Nicht wahr, Humprecht Jan?

Ich lasse mich zu sehr hinreißen. Dabei bin ich es gewohnt, positiv zu handeln. Meine Figur zu tänzeln, einen Ausfall des Gegners abzuwehren.

Trotzdem denke ich, dass ich Jan Masaryk doch nicht gleichgültig war. Gegenseitiges Wohlgefallen ist aber nicht der Grund für meine Ermittlungen – und kann es auch nicht sein. Auf dem Hofpflaster zu sterben ist schließlich so unpassend – so unanständig – genauso wie mich … zu nennen (das Wort lasse ich aus). Der Wahrheit auf den Grund zu gehen, schulde ich der Stellung des Herrn Ministers – und mir selbst.

Ich kann aber nicht leugnen, dass das Wort *Hütte* – verzeiht, dass ich noch einmal darauf zurückkomme – etwas leicht Verdächtiges an sich hat. Besser gesagt, Dörfliches. Ganz sicher nichts Respektables.

Ach, die Tschechen. Sie haben Probleme, die Rolle von Lakaien einzunehmen, obwohl es ihr Lebensunterhalt ist. Sie behelfen sich mit Witzchen, Klatschgeschichten … anstelle sich einzugestehen, dass die natürliche Achtung vor der Herrschaft ihr Leben einfacher machen würde.

Was habe ich mich mit ihrer Begriffsstutzigkeit herumgequält!

Zum Beispiel diese Legende von der Gräfin in Schuhen aus Brotrinde.

Der Legende nach (das betone ich) stach eine gewisse Herrin des Černín-Palastes (den Namen nennt die Legende nicht – verdächtig – oder?) der Hafer (gefällt euch meine Sprachfertigkeit?) und ließ sich für den Ball Schuhe aus Brotteig backen.

Mit der ländlich-tschechischen Hochachtung vor Brot ist das so etwas wie ein Sakrileg. (Aber warum erfreuen sich etwas delikatere Speisen nicht größerer Hochachtung? Zum Beispiel Austern. Nun gut.) Oder geht es um einfachen Neid? Hand aufs Herz, liegen die Beweggründe für den abfälligen Tonfall der Legende vielleicht gerade darin?

Sie wartete auf ihren Tänzer, da tauchte ein unbekannter feiner Herr auf, der sie aber in den Keller brachte und von dort in die Hölle. Die Tanzschuhe gingen dabei in Flammen auf. Bis heute soll sie des Nachts darin durch die Gänge huschen.

Unsinn.

Ich hoffe, ich kann die Sache auch denen verständlich erklären, die nicht Gott weiß wie viel Erfahrungen mit gehobener Küche und niveauvollem Tafeln haben.

Bei gesellschaftlichen Ereignissen ist nicht nur die Qualität des Essens wichtig, sondern auch die Art, wie es serviert wird. Bei einer gewissen Gelegenheit (die Namen der Gäste belasse ich diskret in meinem Gedächtnis, das versteht ihr sicher) entstand wirklich dieser Plan, Einmalgeschirr aus Brotteig zu kreieren. Es ist interessant, dass Dosen in Tierform nicht solche Entrüstung hervorriefen. Auch nicht die Schüsselchen, die wie Hüte aussahen. Dafür die Schuhe schon. Und sagt euch Flambieren etwas? Ein Essen wird mit einem Getränk mit hohem Alkoholgehalt übergossen, angezündet und in Flammen serviert. So war das hier. Flambiertes Eis in Brotschühchen.

Muss ich euch das wirklich so dechiffrieren?

Das Eis verwies zweifellos auf die Müdigkeit, die ein Tänzer nach einer durchwirbelten Nacht verspürt – die Füße schmerzen ganz einfach. Die Kälte symbolisiert Erleichterung, die Flammen die entzündeten Muskeln und Sehnen. Klar?

Aber es gibt da noch eine delikatere Botschaft. In Liebesdingen existieren raffiniertere Methoden als ein Mädel auf einen Heuhaufen zu wälzen, meine Herren! Wir haben so etwas wie Courtoisie zur Verfügung, langsame Veredlung der Begierde, vorsätzliches Hinauszögern ihrer Erfüllung.

Ja, die Schuhe waren Damenschuhe.

Weder Reitstiefel wie bei den Kurieren noch Holzschuhe vom Gesinde.

Und verwiesen auf ihren normalen, liebreizend erregenden Inhalt. Auf einen Damenfuß. Und wenn euch ein Damenfuß in der heutigen Zeit der kompletten Entblößung nichts sagt – euer Schaden.

Die Glut des verdeckten Füßchens einer Schönheit! Die Flamme der erfüllten Begierde! Der eisige Schauder beim Überwinden gesellschaftlicher Fallen! Muss ich fortfahren?

Sie begriffen es nicht. Ich meine die Diener. Sie verstanden die Nachricht nicht, die natürlich auch nicht ihnen galt. Empört leierten sie etwas vom »Gottesgeschenk«.

Ist die gesellschaftliche Noblesse nicht auch das gleiche Geschenk von oben – damit wir uns zueinander nicht wie die Schweine benehmen? Nun, und ein bisschen Rokokoverspieltheit ... die macht das Leben doch nur frischer.

Sie begriffen nichts.

Der gleiche seltsame Schleier aus Tratsch, neidischem Glucksen der Magensäfte und Desinterpretationen – will sagen, Birnen mit Äpfeln vermischt – verhüllt auch die traurige Todesszene Jan Masaryks.

Selbstverständlich sind Verleumdungen nichts Neues. Sie gehören zur Kultur des höfischen und auch des diplomatischen Lebens dazu. Wenn man den Gegner nicht in einem direkten Zusammentreffen besiegen kann, glauben manche, dass sie ihn damit schwächen, dass sie einen Anschein seiner Schwäche erschaffen. Und die Tatsache, dass ich nicht zu jenen gehöre, ändert daran nichts.

Jetzt fällt mir gerade wieder so eine nette Klatschgeschichte ein. Sie bezieht sich auf eine gewisse Legende ...

Keine Angst. Ich bin gleich mit den Legenden fertig und werde mich nur noch dem Tod Jan Masaryks widmen, versprochen. Also fast. Ich wollte nur, dass ihr »im Bilde« seid.

Die Legende hat mit der berühmten Černín-Galerie zu tun.

Der Černín, der ihre Rekonstruktion beauftragte, soll vor ihrer Vollendung gestorben sein (hm, das stimmt). Der Baumeister, der sie ausführte, fand sich bei seiner Witwe ein. Er hatte aber keinen Vertrag, da er sich auf das gegebene Wort verließ (etwas naiv, aber sei's drum). Die Witwe lehnte es ab, ihm ohne Dokumente Geld zu zahlen (ganz richtig).

Der Baumeister war verzweifelt. Schließlich wandte er sich an die Freimaurerloge, deren Mitglied der Graf war. Sie riefen den Geist des Grafen herbei, der seine Handfläche auf das Papier drückte. Also, ins Papier brannte. Was zu interessanten Überlegungen führt, wo wohl dem Grafen der Passierschein ausgestellt wurde. Die Gattin war betroffen und entsetzt, das Geld wurde ausgezahlt.

So weit die Legende. (Nach einer anderen Version ging es nicht um die Galerie, sondern einfach um die Fertigstellung des Palastes.)

Meine Herren! Was für ein Unsinn! Die Černíns hielten ihr Wort immer ... Ihre Zahlung konnte sich verspäten, die dazugehörige Note konnte sich verirren, konnte irgendwo ganz unten unter einen Papierstoß gelangen. Was sollte ein Mann dann tun? Sich in Erinnerung bringen, sanft, geduldig. Schicklich. Diplomatisch. Und im Gegenteil nicht solche Verleumdungen verbreiten.

Ich leugne nicht, dass nicht immer alles den Vorschriften entsprechend abläuft (und erst gar nicht rechtskonform).

Ihr habt ja keine Ahnung – seid froh –, aber ich bin mir bewusst, was sich unter meinen Fußböden in den

Kellern befindet. Manchmal heben sich die Flammen des Bösen, ich bemerke ihren Ansturm, aber ich muss ihm widerstehen. Ich weiche keinen Fußbreit zurück. Die giftige Lava schwillt an, verstärkt ihren Druck – und ich? In größter innerer Konzentration schicke ich meine ganze Schwere dorthin, nach unten. Der Eingang zur Hölle bleibt verschlossen. Versiegelt. Unzufrieden knurrend ziehen sich die teuflischen Magensäfte wieder zurück.

Manchmal aber auch nicht. Durch irgendeine Spalte, von der ich nicht einmal etwas wissen muss, entfleuchen ein paar Fetzen Höllendämpfe. Die teuflische Feuchtigkeit steigt an die Oberfläche. Die Hölle rülpst.

Und dann passiert etwas Böses im Palast. Jemandem wird kein Genüge getan, jemanden wird etwas zuleide getan. So ein bisschen Unrecht eben.

Für alle »Opfer« habe ich folgenden Rat – geht aus dem Palast hinaus und schaut euch die Fassade an. Bewundert die Säulen, die sich in Kolossalordnung aus dem Sockel des Bossenwerks erheben. Lasst die perfekte Einteilung der Fenster auf euch wirken. Bewundert den eleganten Schwung der Simse über den Eingängen. Und messt euer Unrecht mit dieser Herrlichkeit. Unvergleichbar, nicht wahr?

Natürlich weiß ich, wie viele Risse in meinen Fundamenten sind. Ich weiß nicht, ob ein paar Tropfen herausspritzen, oder eine ganze Quelle. Meistens passiert aber nichts so Schreckliches. Hier möchte ich mich gern an alle im Palast wirkenden Angestellten wenden. Falls euch der faulige Atem des Bösen ins Gesicht weht – beschrieben wie der zu starke Geruch einer südamerikanischen Orchidee –, lasst ihn nicht auf euch einwirken. Blast heftig die Luft durch die Nase, schnaubt aus, öffnet das Fenster und holt Luft.

Falls ihr den bösen Geifer annehmt und aufsaugt, werdet ihr ihn verbreiten und vermehren. Und dann taucht in den Palastgängen eine unsichtbare Leidensspur auf. Die ich dann manchmal in der Nacht als gezackten, phosphoreszierenden Pfad sehen kann.

Ein gewisses Risiko besteht hier, kurz gesagt.

Nun gut, ich sollte wohl ehrlicher sein. Jetzt werde ich offen sprechen, wie die Diplomaten sagen. Was bedeutet, dass sie gerade anfangen zu lügen. Aber ich sage jetzt wirklich die Wahrheit.

Ja, manchmal heben sich die unterirdischen Quellen höher als gewöhnlich. Sie überraschen mich. Die unzuverlässigen Steine da unten treten auseinander. Nur für einen Augenblick, bevor ich mir klarmachen kann, wo die betroffene Stelle ist, und ich sie wieder schließen kann.

Und dann passiert etwas wirklich Böses.

Wie damals, als auf den Stufen zu Jan Masaryks Wohnung das Getrampel dieser Meute zu hören war.

Noch eine Anmerkung zum angeblichen Unwillen der Černíns, zu zahlen: Ja, natürlich, es zeigte sich, dass der Palast mit Kosten verbunden war, die sich nur unter Schwierigkeiten begleichen ließen. Das Familienvermögen verkleinerte sich auch im Laufe der Jahre – nicht durch eigene Schuld, darin stimmen die Quellen überein. Die Černíns unternahmen verschiedene Schritte dagegen, und an manche davon erinnere ich mich nicht gerade mit Begeisterung.

Zum Beispiel diese Seidenfabrik – aber immerhin verbreitete sich in den Gängen der Geruch vornehmer Stoffe und kämpfte gegen den Hauch aus dem Untergrund.

Wohnungen für die Armen, das war wirklich ein Abstieg, auch wenn ich ihre Bewohner mit einer gewissen Selbstverleugnung einfach für Bedienstete halten konnte.

Im Gegensatz dazu betrachtete ich das Militärlazarett als meine Pflicht. Wo sonst als in meinen gastfreundlichen Räumen unter adliger Aufsicht sollten die Verwundeten hingelegt werden? Kämpfern fühlte ich mich immer nahe. Ich wusste gut, dass zur Fechtkunst auch die Möglichkeit gehörte, dass man seinen Ausfall nicht ausreichend deckt und verwundet wird.

Ich hatte dabei aber ein besonderes Ziel. Und es war nicht ganz unschuldig. Ich legte die Soldaten mit den stinkenden Wunden nicht einfach so in meine Säle. Ich hatte großes Vertrauen in sie.

Sie waren eine Aufklärungseinheit, eine Rotte Grenadiere, die in den Gräben so weit vorgeschickt wurden, dass sie die feindlichen Positionen angreifen konnten. Deshalb öffnete ich meinen Prunkeingang, damit die geschlossenen Wagen mit den Verwundeten bis nach innen fahren konnten. Und deshalb ließ ich die leicht Verwundeten durch die anderen beiden Eingänge ein. Damit sie zu sehen waren. Von der anderen Seite des Platzes.

Die nächtliche Stille wurde vom Wehklagen eines kleinen Soldaten untermalt, der nicht genügend aristokratische Erhabenheit in sich hatte und sich mit seinem Martyrium nicht abfinden konnte.

Ich musste etwas lauter werden: »Ich bin so ein bisschen ein Spital geworden, meine Teure.«

»Das habe ich bemerkt. Ich freue mich, dass Ihre weitläufigen Räumlichkeiten endlich genutzt werden.«

Hm. Das war nicht eben das, was ich erwartet hatte.

»Sicher ist es gut, dass die Menschen in der Not einen Platz haben, wo sie ihr Haupt betten können.«

Jetzt musste ich doch wohl reagieren?

»Ich weiß, wie Sie sich fühlen, lieber Freund. Biete ich doch schon eine Reihe von Jahren Pilgern ein Dach überm Kopf an.«

»Notleidenden Unterschlupf zu bieten, ist eine der Tugenden eines Aristokraten«, wagte ich mich an einen vorsichtigen Ausfall.

»Und genau darin verstehen wir uns nicht«, antwortete sie mit einem angedeuteten Lächeln.

»Aber warum denn?«

»Mir kommt es nämlich völlig natürlich vor.«

Das war nicht gelungen. Der stöhnende Soldat unterbrach die Zwischentöne ihrer geflüsterten Worte, sodass ich nicht erkennen konnte, ob in ihrem Lächeln mehr Mitgefühl oder mehr Spott war. Ich wusste aber, dass mir weder an dem einen noch an dem anderen etwas lag. Die Aktion war also kein Erfolg. Na und. Ich musste die Gedanken über die Erhabenheit gewisser Damen bezähmen – da war nichts zu machen. Und dann musste ich jahrelang diese Lahmen in meinen Wänden ertragen. Wenn sie sich dann erholten, trieben sie sich auch noch im Schwarzen Ochsen herum, was uns in ungewollter Weise verband. Ich wollte mich gern verschieben, mein Mauerwerk vorwärts schicken – aber auf die andere Seite des Platzes, woher das Glockenspiel zu hören war.

Währenddessen konnte ich die beobachten, die ihre Schritte dorthin lenkten. Haufenweise Pilger, die den Marienort besuchen kamen. Sie tauchten gebeugt, staubig, müde, mit durchschwitzten Hüten oder im Gegenteil regennass auf dem Platz auf.

Sie kamen unter Kirchenstandarten, ihren Pfarrern hinterher, oder einzeln.

Man konnte ihnen nicht leicht ins Gesicht schauen, weil sie es häufig zum Boden neigten – sei es in Demut oder vor Erschöpfung. Ihr schwerer Gang sagte alles. Das waren keine Edelleute. Das war keine Armee. Und wenn ja, dann höchstens eine besiegte.

In den Nächten drangen die Laute zu mir, die die Menschenmenge machte, die in den Kreuzgängen lagerte. Kinderweinen, tröstende Frauenstimmen, das Gekoller der Männer, manchmal Streit, der natürlich genau an dem heiligen Ort ausbrechen musste. Manchmal biss mich Rauch in die Nase von den Feuerchen, die sie sich machten – bald darauf hörte ich gewöhnlich die erbosten Kapuziner schimpfen, die angelaufen kamen, um die Lagerfeuer löschen zu lassen.

Der Rauchgeruch war noch recht erträglich. Ich roch aber auch verschiedene durchdringend stinkende Lebensmittel. Mächtige Dunstwolken von den abgelegten, gut durchgelaufenen Schuhen und weitere Duftmarken, die die abgewetzten und durchgesessenen Hosen aufsteigen ließen. Spuren von Joppen mit salzigen Flecken unter den Armen. Den Duft von Windeln, die eine unerwünschte Ladung zusammenhielten.

Ich ertrage es nicht, wenn sich Demut als Stolz ausgibt, Armut als Reichtum, Krankheit als Stärke. Ich mag diese Koketterie nicht, mit der sich manche ihres Unglücks versichern. Mir kommt das vor, als sei das etwas – Tschechisches. Sich an der eigenen Kleinheit und Armseligkeit zu weiden. Sollen sich etwa alle, denen es gut geht, Vorhaltungen machen? Pah!

»Haben Sie das nötig, Teuerste?« Ich musste einfach fragen.

»Ich verstehe Sie nicht, teurer Černín«, antwortete sie so demutsvoll, dass ich ihr fast glaubte.

»Diese Gäste da.«

»Aber Sie empfangen doch auch oft jemanden.«

»Sehen Sie den Unterschied nicht?«

»Ach, das liegt Ihnen auf dem Herzen. Wir sind schließlich alle von der gleichen Mutter geboren worden!«

»Also ich nicht!«

»Nun gut, aber warum Unterschiede zwischen den Menschen machen? Oder doch, ja, das können wir tun. Wissen Sie, welcher Unterschied zwischen Ihren und meinen Gästen besteht? Nein? Dass Ihre sich in jedem beliebigen Gasthof einquartieren könnten, oder die Verwandten können ihnen ein Zimmer im Palast anbieten. Meine Pilger haben keine solche Möglichkeit. Würde ich ihnen nicht den Kreuzgang anbieten, müssten sie ihr Lager auf dem Platz aufschlagen.«

Das war ein Treffer. Mit einem Schlag erschienen ihre Gäste wertvoller als die meinen. Sie spielte auf die Kavaliersehre an, die in der Gastfreundlichkeit gegenüber den Notleidenden besteht. Nun gut. Grimmig suchte ich nach einer Antwort.

»Vielleicht … vielleicht könnte ich auf meine Herren einwirken, sie mögen an Ihre Pilger denken. Ihnen möglicherweise ein paar Speisen aus der Küche senden, oder vielleicht Decken …«

»Diese Gefälligkeit wird nicht nötig sein. Wir haben alles – aus Almosen. Die Černíns unterstützen die Loretokapelle übrigens schon seit langem – wussten Sie das nicht?« Etwas in ihrem Ton verriet mir, was für ein Gesicht sie wohl machte. Ihre blendendweißen Lider, diese Blütenblätter schneeweißer Tulpen fuhren nach oben. Die Wangen färbten sich rosa, als schiene der junge Morgen auf Elfenbein. Die fein ziselierten Lippen spielten in einem Lächeln.

Dieses Frauenzimmer betreibt mit mir nicht einfach Konversation!

Sie ficht mit mir, zum Henker. Und jetzt hat sie mich in diesem Duell erwischt. Da konnte ich mich abmühen wie ich wollte, neben ihr sah ich immer wie ein Schuft aus. Das war aber das Wesen unserer Beziehung – immer sah ich wie der Schlechtere aus. Warum musste das so sein?

Ich, ich wollte etwas mehr sein als ein Asyl für Pilger, Zuflucht, Hospiz. Mich hatte man schließlich zu einem anderen Zweck gebaut. Da konnte man nichts machen, wenn ich Eindruck auf Loreta machen wollte, dann nur mit dem Grund, warum man mich gebaut hatte. Ich musste der sein, der ich war.

Und ich war riesig. Repräsentativ. Ich erwartete nämlich ungeduldig meine weitere Mission.

Deshalb störte es mich nicht, als der Graf Černín meine Räumlichkeiten der Gesellschaft patriotischer Kunstfreunde anvertraute. Barmherzigkeit überlassen wir den Profis, dachte ich mir ein bisschen schadenfroh, weil ich schon wusste, wie es ist, wenn in der Nacht endlos immer jemand herumläuft, der trinken möchte (im besten Falle). Mich störte zwar ein bisschen, dass die Gesellschaft patriotischer Kunstfreunde im Palast eine Auktion veranstaltete, aus der ihre Tätigkeit finanziert wurde – aber auf der anderen Seite braucht man einfach die Mittel für den laufenden Betrieb, wie ich sehr gut weiß. Und die Galerie knüpfte natürlich an die einstige berühmte Černín-Galerie an.

Angesichts meines Verständnisses für den Militärstand störte mich zuerst auch nicht, als die Armee sich des Palastes annahm. »Annahm« ist vielleicht nicht so ganz treffend. Kurz, die Černíns verkauften mich im Jahr 1851 dem österreichischen Kaiserreich, und das vertraute mich den Händen des Militärs an. Ich würde diese Situation gern als Auszeichnung ansehen, als Beweis, dass ich mit einer Mission zum Wohle des Reiches betraut wurde. Die Wirklichkeit sah leider viel trauriger aus. Die Abfahrt der Černíns war schmählich. Rückwirkend wird mir klar, dass sie sich über Jahrzehnte aus dem Palast stahlen. Wo war der stolze Blick von Humprecht Jan geblieben, mit dem er die noch feuchten Wände betrachtete? Wo die närrischen Einfälle und Forderungen seiner zarten Gazelle? Die kleinen Černíns jagten schon lange nicht mehr durch die Palastgänge. Der Sohn Humprecht Jans baute die Galerie zu Ende ... und jetzt wurde ihr Reichtum von den eichenholzverkleideten Wänden genommen, in Kisten gepackt und nach Wien gebracht.

Die Einrichtung wurde nicht in die Keller getragen, so wie in Kriegszeiten, sondern in Wagen. Genau dorthin wanderte auch das Tafelzeug. Kronleuchter. Urkunden. Papiere, die meine Existenz belegten! Ich war etwas in Panik, aber im Grunde hatte ich Vertrauen in die Armee. Interessiert verfolgte ich, wie die Offiziere mit auf dem Rücken verschränkten Händen würdig durch meine Gänge schritten und den anwesenden Schreibern die nötigen Anpassungen diktierten. Was? Anpassungen? Nun ja, das kann man verstehen, ein neuer Herr muss sich den Palast passend machen.

Aus den Salons wurden Büros und Mannschaftszimmer. Ach.

Der Garten wurde mit Schutt aufgefüllt, damit ein Reitplatz entstehen konnte. Auf die Köpfe der Toten aus dem österreichischen Erbfolgekrieg wurde Gestein geschüttet. Das drückte sie aber nicht tiefer in die Erde, sondern bewegte sie im Gegenteil zu noch lauteren Äußerungen. Aus den alten Massengräbern strahlte eine Stille, die man nicht überhören konnte. Und nicht einmal die Befehle der Offiziere konnten sie übertönen.

Der große Saal wurde als Schießstand benutzt, was ich mit zusammengebissenen Zähnen noch hinnehmen konnte, weil ich mir selbst vormachte, es handelte sich um eine Art von Fechtübungen. Aber was für ein Gegner kann einem eine Zielscheibe sein. Und überall dort, wo die Schützen nicht trafen, flog der Stuck ab.

Dann unterteilten sie den großen Saal. Oh und ach. Sie hatten nicht verstanden, was der große Architekt Francesco Caratti mit den drei Fensterbändern mitteilen wollte. Die störten von außen nicht die große Ordnung des Palastes und innen ließen sie die Besucher vor Staunen erstarren. Und überfluteten sie mit Strömen, Stollen und Adern aus Licht.

Sie nahmen die versteckte Botschaft, die scheinbar von drei Etagen sprach, wörtlich.

Sie durchbohrten mich auch von oben nach unten mit drei zylinderförmigen Türmen. Ich verstand nicht, was ihr Zweck war. Den begriff ich erst, als an ihren Rändern blasse Soldatenhintern auftauchten. Einst verband mich der Gedanke großer Architekten vertikal – nun waren es drei riesige Latrinen. Ein Prinzip aus Feldzügen, übertragen ins Interieur. Meine Herren! Also bitte!!! Das hätte ich gerufen, wenn ich gekonnt hätte.

Die Armee ruht natürlich nicht auf subtiler edler Konversation.

Akten auf den Militärtischen zu verschieben, hatte auch keinen Sinn. Ich konnte einfach nicht mithalten mit den Befehlen, die energische Kehlen ausgaben. Ich verschloss mich in mir selbst und in meinen Überlegungen, ich drehte mir selbst den Rücken zu, ich zog aus mir aus in mich hinein, wenn man das so sagen kann. Wie im Traum spürte ich, dass das voranschritt, wofür eine Armee bestimmt war. Angriff. Besetzung. Unterwerfung. Zur Zielscheibe der Armee wurde ich, der ich ihr Verbündeter sein sollte.

Wer weiß, warum eine Armee ihre destruktiven Methoden spontan für alle und jeden in Reichweite anwendet. Die Kanten und Ecken verabschiedeten sich; sie überließen den Platz dem Ziegelzahnfleisch. Der Stuck fiel von den Wänden und hinterließ bucklige Flechten. Auf den Fresken tauchten spöttische Malereien und Erinnerungssprüche der Soldaten auf, bis ein feinfühliger Offizier sie mit Kalk weißen ließ.

Die Armee, schien es, ertrug aus Prinzip keine Öffnungen, solange sie nicht als Schießscharten dienten. Die Türen wurden bis ins Unendliche verkleinert oder ganz zugemauert. Dasselbe Schicksal fanden viele meiner armen, noblen Fenster. Die Treppenstufen bröckelten, als ob mit Eisen beschlagene Pferde darübergetrampelt wären. Und dabei liefen Schuhsohlen hinauf und hinab, nun gut, gröbere als bei Gesellschaftsschuhen, außerdem häufiger, als wenn nur die Herrschaft und die Diener durch den Palast wanderten, aber immer noch einfache Ledersohlen.

Noch lebten hier menschliche Wesen – nur benahmen sie sich anders.

Was immer sie auf meine Fußböden legten, wurde eigentlich hingeschmissen. Peng, landete es auf dem Parkett und den Fliesen. Kisten mit Munition, Proviant und Papieren. Bums, hörte man hohl die Gewehrkolben, die von den Schultern genommen wurden. Rums, schepperten Fässer, Eimer, Töpfe ... als ob die gesamte Armee ständig umzöge: einpacken, wieder auspacken, und das alles am selben Fleck.

In mir.

Wie von weit her erreichten mich Bemerkungen der Offiziere über eine gewisse Zuschrift, die die Ämter in Wien durchlaufen haben soll. Der Černín-Palast sei schon so devastiert, dass es notwendig erscheine, dass die Staatskasse seine Rekonstruktion veranlasst. Soweit ich mich zu einer Reaktion aufraffen konnte, war das eher ein ironisches Mundverziehen. Armee und Rekonstruktion? Die Armee zerstört – und zieht dann ab. Wenn sie bleibt, fährt sie mit der Zerstörung fort. Eine andere Möglichkeit gibt es nicht.

Wie im Traum erinnerte ich mich an die französischen Offiziere, wie sie das Durchbrechen von Schießscharten in meiner Westwand anordneten. Rückwirkend kamen sie mir wie Freunde vor, ja sogar Wohltäter. Ihr Aufenthalt schien nur einen Lidschlag gedauert zu haben. Während die österreichische Armee blieb. Und ich konnte ihr eigentlich nichts übelnehmen – schließlich gehörten wir zueinander. Gott erhalte ... Ja, ich bin Patriot. Nichtsdestotrotz musste ich mit einer gewissen Bitterkeit feststellen, dass ein Fechter nicht unbedingt ein Soldat ist.

»Wie geht es Ihnen, Teuerster?«, drangen leise Worte von gegenüber an mein Ohr, als die Wachen vor dem Eingang für einen Augenblick stehen blieben und ich nicht dem sich endlos wiederholenden Geräusch ihrer Sohlen auf dem Pflaster zuhören musste. Diese monotonen Schritte waren zum Verrücktwerden.

»Ich wurde wieder angeworben, Teuerste!«, versuchte ich optimistisch zu klingen.

»Ist es sehr unangenehm?«, wollte sie wissen. – Wollte sie mich etwa verärgern?

»Ich bin an so einiges gewöhnt.« Das war frei erfunden. »Da kann einer ein gutes Gefühl haben, weil er die anderen schützt.«

»Es kommt mir so manches zu Ohren. Werden Sie sehr umgebaut?«

»Hier und da die eine oder andere Trennwand.«

»Ich will sagen, wird viel abgerissen?«

»Sie bauen auch«, redete ich es ihr recht verzweifelt aus und versuchte dabei, nicht an die Toilettentürme zu denken.

»Versuchen Sie doch, Ihre Soldaten zu uns zu schicken«, forderte sie mich auf. »Sie kommen zu Kräften, haben Zeit nachzudenken, finden vielleicht unter den Pilgern Nachbarn aus ihrem Heimatdorf ...«

»Die Uniform hat immer die Oberhand über einen Zivilisten!«, versuchte ich wenigstens Reste meiner Würde zu erhalten.

»Sehen Sie denn nicht, mein Lieber, wohin diese Uniformen Sie gebracht haben?«, warf sie mir sanft vor und ich wusste nichts zu antworten.

»Jetzt halt die Klappe und schlaf endlich!«, blökte der Schwarze Ochse.

Dann gab es einen Umsturz, das gute alte Österreich verflog wie Herbstlaub im Wind. Natürlich halfen ihm die Einheimischen, böhmische Straßenkehrer. Ich verstand diese nationalistischen Sachen nie, ich, ein Österreicher mit italienischen Wurzeln. Warum konnten die Tschechen nicht mit ihrem Reich harmonieren? Ein größerer Staat ist immer mächtiger als ein kleinerer, das ist eine elementare Überlegung.

Von meinem Platz aus konnte ich keine revolutionären Erhebungen bemerken, deshalb kann ich darüber nicht berichten. Wenn ich den Umsturz irgendwie durchlebte, dann in der Befürchtung, dass er das Ende der geplanten Rekonstruktion bedeutete. Wie könnte die Staatskasse sie zahlen, wenn sie sich gerade in die Geschichte verabschiedet hatte? – Was dann auch eintrat. Auf dem Loretoplatz tauchten ein paar Studenten aus der Gegend auf, die versuchten, das Wappen mit dem zweiköpfigen Adler, das neben dem Mitteleingang hing, herunterzureißen. Der Soldat, der den Eingang bewachen sollte, schloss sich ihnen an. Natürlich stellte sich heraus, dass das auch ein Tscheche war. Sie versuchten das Wappen mit seiner Waffe herunterzureißen – schweigend stöhnte ich über diese Abwertung von allem und allen.

Zuletzt ging der Soldat hinein und kehrte mit einer Leiter zurück. Einer der Studenten stieg mit dem Bajonett des Soldaten hinauf. Dass sie mit der Tafel auch ein Feld meines Diamantbossenwerks herausrissen, verwunderte mich nicht. Die Revolution verlangt immer Opfer. Freilich war ich keine Kaserne mehr dank einer Aktion, die mit einem Bajonett Seiner Kaiserlichen Hoheit ausgeführt wurde. Darin sah ich eine gewisse Ironie.

Ich werde nicht so tun, als sei ich in Trauer versunken. Ich konnte mir nicht vorstellen, was für eine Rolle mir unter den neuen Verhältnissen zukommen würde. Mir kam es so vor, als sei ich nicht für die Republik gebaut. Die Erinnerungen an Überlegungen meines genialen Landsmannes Machiavelli brachten mir keine Erleichterung. Die Jahre der nagelneuen Tschechoslowakei vergingen, aber für mich änderte sich nichts.

Und dann trat dieser Mann in mich ein. Ich würde sagen, eher ein Männchen – aber vielleicht ahnt ihr, dass beim Fechten die Körpergröße nicht entscheidend ist. Nein, woher denn, ein Zweikampf ist Tanz, Rhythmus halten, perfekte Drehungen ... nicht, dass dieser Mann irgendwie besonders musisch wirkte. Er sah sich um, und der trockene Beamtenausdruck verschwand dabei nicht aus seinem Gesicht. Erst als ich mich in die Konversation einhörte, begriff ich, worüber er mit dieser emotionslosen, pedantischen Stimme meditierte. Über meine Eignung für bestimmte Zwecke.

Keinesfalls unerhebliche Zwecke. Im Gegenteil – grundlegende. Sehr. Groß wie – ein Hochverrat. Hochwichtige, wollte ich sagen.

IV. Coda lunga e distesa

»In dieser Position bringt ihr euren Schüler dazu, sich auf Angriffe vorzubereiten (besonders mit dritti falsi *oder, falls die Spitze genutzt wird,* roveri)*. Dann muss man ihn aber lehren, die Ausfälle zu parieren, denn die Kunst des Ausfalls ist weniger bedeutsam als die erlesene und nützliche Kunst, sich dagegen zu schützen«, empfiehlt A. Marozzo. Das linke oder rechte Bein ist nach vorn gerichtet und die Waffe hinter dem Körper gezogen. Das Gewicht ruht auf dem vorgestellten Fuß, der flach auf dem Boden aufliegt, der hintere Fuß hingegen steht auf dem Fußballen.*

Ich sollte das Außenministerium der Tschechoslowakischen Republik werden!

Humprecht Jan! Endlich kam die erwartete Mission! Und genau hier, im Herzen der Monarchie, ähm, der Republik! Ich spitzte die Ohren, weil unausweichlich der Name meines großen Erbauers fallen musste ... nun, er fiel nicht. Ich wollte mich nicht ins Gespräch mischen. Wir Paläste haben dezentere Manieren, als wie ein Feldwebel herumzuschreien.

Jener Mann schrie im Übrigen gar nicht. Er war kaum zu hören. Ich musste mich daran gewöhnen, dass jemand so Unauffälliges auch befehlen konnte. Und dass durch meine Säle der Außenminister Dr. Edvard Beneš selbst ging. Ich schrieb das den Eigenheiten der Republik zu und schwor mir, dass ich die neuen Gegebenheiten schnell erlernen werde.

Es wurde nicht über den Einbau neuer Toilettentürme oder weitere Abtrennungen in den Sälen und wiederholtes Verkleinern der Fenster gesprochen. Nein. Es fielen Worte, die mir weit besser gefielen. Worte wie »repräsentativ«. Die benutzten die Soldaten nur, wenn sie sich über ihre Uniformen unterhielten und ob sie beim Ausgang damit Weiber aufreißen konnten.

Repräsentativ! Das war ich immer. Wie im Traum verfolgte ich, wie Edvard Beneš den Kopf hinaus auf den Exerzierplatz streckte, wo einmal der Garten war, und leise bekannt gab, dass auch er erneuert würde. Die Bemerkungen über den Bau neuer Büros überhörte ich. Ich maß ihnen keine große Bedeutung bei.

Damals tauchte ein weiterer wichtiger Mann in meinem Leben auf: der Architekt Pavel Janák. Zuerst drängte mich alles, ihn mit dem unvergleichlichen Francesco Caratti zu vergleichen, allerdings ... Wisst ihr, Caratti wusste, dass er selbst ein bisschen wie ein Palast aussehen musste, wenn er Gehör finden wollte – und Finanzmittel. Er winkte mit dem Hut, wenn er die Ausmaße des Baus andeutete, zögerte nicht, den Degen zu ziehen, um meine Konturen in die Luft zu zeichnen. Das waren Zeiten!

Pavel Janák war ein unauffälliger Mann mit dünnem Haar und einem liebenswürdigen Lächeln. Ich musste mich daran gewöhnen, dass die jetzige Herrschaft mit einer Aktentasche ankommt, die sie sich selbst trägt, und bittet – keinesfalls befiehlt – einen Tisch vorzubereiten, um darauf die ersten Entwürfe selbst auszubreiten. Gierig schaute ich hinein.

Er kam allein und auch mit verschiedenen Kommissionen, und ich begann Gefallen an seiner Liebenswürdigkeit zu finden. Schließlich hatte das etwas. Es entschied nicht ein einziger Herr, also hingen wir auch nicht von seinen Launen ab, sondern es wurde mit weiteren Herren zusammen überlegt. In Eintracht. Ich fühlte mich in den demokratischen Geist ein, bis ich begriff, worauf sich Pavel Janák vorbereitete. Außer der Rekonstruktion. Nämlich – auf einen Anbau.

Was bitte?

Wie bitte?

Ein neuer Flügel? Was für ein neuer Flügel? Könnt ihr euch einen Adler mit *drei* Flügeln vorstellen? Der zweiköpfige Adler hatte sich ja nicht bewährt, meine Herren, ist es nicht so? Könnt ihr mir ein Rapier mit *zwei* Spitzen zeigen? Ein Pferd mit *fünf* Beinen? Eine Gräfin mit *drei* Schuhen? Meine Herren!

Und dann begriff ich, dass es nicht um einen *neuen Flügel* ging.

In meinem Rücken sollte dieser Steinblock landen. Besser gesagt der Quader, kurz, ein Grabmal, ein unsinniger Obelisk. Etwas wie ein Mausoleum, wie ein Bahnhof, vielleicht ein Wasserwerk! Was für ein Graus! Als ob ich Selbstmord begehen wollte, und dieser Klotz sollte mich unter die Wasseroberfläche ziehen (bitte um Verzeihung für den ziemlich expressiven Ausdruck). Aber ich werde nie Selbstmord begehen! Und von meinen Herren auch keiner, hört ihr? In jedem Kampf hat man eine Chance und Erfolg! Wir sind Tschechen, wir ergeben uns nicht! Niemals, hört ihr? *Niemals?* – woher habe ich das nur?

Die Pläne für ein Gebäude in Quaderform wurden dann zum Glück abgeschmettert; ich beglückwünschte die neue Republik zu ihrer Sparsamkeit, wenn auch natürlich ironisch. Ein Anbau entstand aber dennoch. Der Janák-Anbau. Kein Obelisk mehr, der mich auf den Grund ziehen würde, sondern so ein kleiner Dolch, der mir in den

Rücken stach. Ich kam mir wie ein gesunder Mann vor, dem eine Prothese angesetzt werden sollte.

Wartet ihr immer noch auf die Aufklärung des Schicksals von Jan Masaryk? Und mein eigener Trouble ist wohl unwichtig? Noch ein Weilchen Geduld. Ich komme schon zum Ende dieses langen, repräsentativen Ganges meiner Erzählungen.

Hinter meinem Rücken (wie charakteristisch) fing man an zu bauen. Dort erhob sich eine Stahlbetonkonstruktion, verdächtig schnell. Wenn ich daran denke, wie einst mit Hilfe seltsamer Maschinen, in denen das Holz krachte, das Metall federte und die Seile starr wurden, meine eigenen Säulen aufgerichtet wurden... damals herrschte noch das ehrliche Handwerk.

Der Architekt Pavel Janák lief über die Baustelle und sein nettes Lächeln ließ nicht nach. Janáks maßvolles Auftreten hatte im Vergleich zu Carattis Geschrei etwas Positives, das muss ich ihm lassen. Und noch einen Vorteil gab es hier. Es entfielen die Überlegungen, wofür Humprecht Černíns Geld reichte und welche Rechnungen er noch bezahlen konnte. Hier zahlte der Staat. Und die Verlässlichkeit der Tschechoslowakischen Republik beeindruckte mich.

Weniger aber die Konstruktion, die sich von hinten an mich drückte. Die sah doch aus wie ein Kaninchenstall. (Meine eigene Metapher vom Ende der 20er Jahre, als sich am Prager Horizont noch lange keine Kaninchenställe erhoben. Es genügte, den Stahlbetonkasten mit den Ställen für die Nager zu vergleichen, die ein Wächter in einer Ecke des damaligen Gartens, jetzt des Reitplatzes, aufgebaut hatte.)

Nun, womit werdet ihr diese Leere wohl anfüllen, meine Täubchen? Und was ist mit der Fassade? Das sieht nicht nach einem großartigen Plan aus, nicht wahr? Solche stummen Fragen stellte ich über die Schulter hinweg und bemühte mich dabei, mich nicht aus der Fassung bringen zu lassen.

Wie bitte? Was wird auf der Fassade sein? Sichtmauerwerk?

Bitte? *Non capisco.*

Irgendwelche matten roten Ziegel? Wirklich?

Die wollen wohl einen Fabrikschornstein bauen, oder was? Und über den Fenstern bleiben die Betonstürze sichtbar? Eine Schachtel. Ein Kasten! Nein, nein, Leopold I. würde etwas Spitzeres anmerken. Das lang verhallte Wort »Scheune« wäre da noch eine Schmeichelei.

Am Ende ließ ich es sein, ich richtete meinen Blick von der einen Stirnseite auf den Loretoplatz, auf der anderen in den Garten. Der erblühte sehr tröstlich, während dort hinten ganz trostlos der Beton aushärtete. Hier griff ich unbeobachtet in die Pläne ein, begünstigte eine Variante ...

Weil das eine Gelegenheit war. Sollen sie sich doch hinter meinem Rücken eine Ziegelei bauen – vom Loretoplatz aus wird sie nicht zu sehen sein. Und ich kann sie schließlich und endlich ignorieren. Wer weiß, ob die Verbindungsgänge nicht irgendwann wieder zugemauert werden oder der Anbau nicht abgetrennt wird ... in meiner Lazarettzeit habe ich die Militärchirurgen ganz andere Kunststückchen vollbringen sehen. Jetzt hatte ich die Möglichkeit vorwärts zu schreiten. Aus meiner Seitenfassade herauszutreten, die ich in diesem Moment auch selbst als meine Stirnseite betrachtete, die zum Loretoplatz.

»Eine neue Zeit, meine Teure!«, ließ ich meine Stimme in der Nacht erschallen.

»Mir ist ganz seltsam von all diesen Veränderungen. Was für eine Republik denn, lieber Černín? Ist das nicht schon eine überholte Angelegenheit? Solche ähnlichen kleinen Staaten gab es früher in unserem teuren Italien, allerdings habe ich das Gefühl, dass die Zeit sie schon lange fortgetragen hat.«

Die ist aber ins Reden gekommen, die Puppe! Und während ich das so dachte, konnte ich gleichzeitig nicht umhin zu bemerken, wie sie mich anredete. Nun ja, die Zeit historischer Herausforderungen verlangte nach einem Mann, einem Soldaten und Profi. Und das war ich. Außerdem rührte es mich, dass sie mich mit meinem Namen ansprach.

»Keine Sorge! Mir erscheint das Konzept des Nationalstaates interessant zu sein. Gestehen wir uns ein, dass es ein bisschen ahistorisch ist, aber warum soll man es nicht nochmal versuchen?«

»Wie wird wohl die Republik das religiöse Empfinden der Menschen beeinflussen?«

»Fühlen Sie nicht diese Energie in der Luft, meine Teure? Etwas Neues entsteht«, versuchte ich ihr ein wenig Optimismus zu vermitteln, obwohl ich wusste, worauf sie anspielte. Der neue Staat war scharf gegen die katholische Kirche ausgerichtet, die er beschuldigte, sie habe das österreichisch-ungarische System zu erhalten geholfen. Ich musste mich selbst damit irgendwie aussöhnen. Am Ende konnte ich mich überzeugen, dass die Abkehr vom Katholizismus genauso legitim war wie die Hinwendung zu ihm nach der Schlacht am Weißen Berg. Der Sieger bestimmt auch das, was der Mensch denkt und woran er glaubt; wenigstens in Böhmen pflegte es so zu sein. Mit meinen Zweifeln musste ich selbst klarkommen. Dem

Schwarzen Ochsen war alles egal, denn in die Kneipe werden die Leute immer gehen. Drahomíras Säule erinnerte sich wieder an die heidnischen Zeiten und freute sich darauf, was für althergebrachte Götzenbilder auf dem Platz auftauchen werden.

»Ihre Schönheit wird sicher alle wie immer anziehen«, sagte ich und dabei musste ich nicht einmal übertreiben, wobei ich natürlich nicht an diese Vagabunden dachte, die sich in ihr trafen. »Wir sollten allerdings die neue Zeit nutzen.«

»Wie denn, mein Lieber?«

»Wie Sie sicher bemerkt haben, bauen wir um.«

»Ja.«

»Nun, ich könnte mich an meine Architekten wenden ... hier einwirken, dort ein wenig Druck machen ... und mich schließlich sozusagen von der Stelle bewegen.«

»Ich bin nicht sicher, ob ich Sie verstehe.«

»Die Leere zwischen uns kommt mir wie ein Abgrund vor.«

»Aber wir verstehen uns doch so gut. Ich versichere Ihnen, dass ich die Nähe eines Landsmannes sehr schätze.«

»Ich meine diesen Platz zwischen uns.«

»Der ist doch nicht besonders weitläufig.«

»Und dennoch! Wie leicht ließe er sich veredeln. Stellen wir uns, sagen wir, Treppen vor, umgeben natürlich von Terrassen ...«

»Wohin sollten sie führen?«

Ich gestehe, dass ich das Signal überhörte. Das Schwanken in ihrer Stimme, das nicht Unsicherheit bedeutete, sondern Befürchtungen. Ich blies in diesem Moment Feldtrompeten, ordnete Formationen, sattelte Pferde und ging zum Angriff über. Oder anders: Ich wollte dieses Signal nicht hören.

Es gibt Momente, in denen ein Soldat – ein Mann, ein wohlgeborener Mann, denn der Befehlshaber ist im Wesen wohlgeboren – nicht auf die Taktik und die Instinkte achten darf, weil mehr auf dem Spiel steht. Seine Ehre.

Oder sein Herz.

Ich skizzierte Loreta meinen Plan eines großzügigen Verbindungsgangs, der unsere Fassaden verbinden würde. Ich erwartete, erklärte ich, diplomatische Delegationen zu empfangen, und sicher wäre es schön, wenn sie nach den Verhandlungen die Loreta besuchten. Sie können sich dort erholen, vielleicht auch geistlichen Trost finden, oder sich wenigstens an den touristischen Sehenswürdigkeiten erfreuen. »Zum Beispiel diese bärtige Heilige bei Ihnen, das ist mal ein Unikat«, schwärmte ich und bemerkte gar nicht, dass ich anstelle begeisterter Zustimmung nur Schweigen hörte.

»Mich freut Ihre Sorge, lieber Herr«, sagte sie endlich (warum nicht Černín?), »ich bin froh, dass Ihr gesellschaftlicher Status sich verbessert, aber ...«

»Denken Sie an die Zukunft, Teuerste, an unsere gemeinsame Zukunft«, schickte ich das Fußvolk der Worte gegen die Bastionen weiblichen Denkens.

»... ich meine, dass die Sitze weltlicher und geistiger Macht getrennt bleiben sollten.«

»Wir müssten nicht mehr auf die nächtliche Stille warten, um uns zu hören. Wir würden nicht mehr verloren in uns selbst dastehen. Wir könnten alles teilen, was wir erleben. Und nicht nur das. Sie ahnen nicht, wie gern ich Ihnen endlich die Hand küssen würde. Selbstverständlich würde ich mit den Lippen über der Hand schweben bleiben und sie nicht berühren, so wie es sich gehört.«

»Halten Sie ein, Teuerster! Wollen Sie unsere wundervolle Freundschaft zerstören?«

Dreihundert Jahre litten wir – und jetzt das? Wollte ich schreien.

»Sie wollen doch nicht, dass das *Männliche* in Ihnen das *Aristokratische* überwiegt?«

Es ist eine neue Zeit! Weiß der Teufel, was aus den Titeln wird! Die neue Republik wollte sie verbieten und ihren Trägern den Besitz fortnehmen. Die Republik ist es, die in Zukunft die Macht und das Prestige haben wird! Ich fühlte ihre Energie in der Luft, sie war fast greifbar!

»Die Pfaffen dürfen zu Ihnen, wann immer es ihnen in den Kopf kommt, und ich, Ihr alter Freund, soll abseits hocken bleiben wie irgendein Invalide?«, griff ich den geschlossenen Gang an, der seit Jahrhunderten das Kapuzinerkloster mit der Loretokapelle verband.

»Die Brüder Kapuziner spenden mir geistigen Trost«, wehrte sie meinen Ausfall ab, wie schon tausendmal vorher.

Wach endlich auf, Liebling! Wollte ich brüllen.

»Und sie bewachen meine Schatzkammer«, fügte sie trotzköpfig hinzu. Ich gebe zu, dass mir schwarz vor Augen wurde. Direkt vor sich hat sie einen Profi, und da wendet sie sich um Schutz an einen rachitischen Kuttenträger? Ich hätte lieber schweigen sollen.

Anstelle dessen tat ich das, was ich nicht hätte tun sollen.

»Schließlich brauche ich zu baulichen Veränderungen des Platzes nicht Ihre Zustimmung«, sagte ich brüsk. »Ich hoffte, wir könnten uns so einigen, dass es uns beiden passt. Wenn aber nicht ... glauben Sie bloß nicht ... ich habe meine Hebel ... dieser verbreiterte Kreuzgang da bei Ihnen, danach hat mich auch niemand gefragt ...«

»Haltet ein, Teuerster!«, rief sie erschrocken, aber ich ließ mich nicht stoppen.

»Sie wollen weltliche Macht? Die werden Sie bekommen!«

»Verscheuchen Sie nicht das Gute, das Sie im Herzen tragen!«

»Ich, ich bin Soldat, Frauchen. Gefühlsduseleien sind unbedeutend für mich! Einem Befehl gehorcht man. Und *basta*!«

»Der hast du es aber gegeben«, brummte der Schwarze Ochse und erst da wurde mir klar, dass ich übers Ziel hinausgeschossen war. Ich konnte mich aber nicht bremsen. Es war einfach zu viel Energie, die in mir anschwoll (als bräche der Damm der Begeisterung der neuen Republik). Ich musste ihr eine Richtung geben. Investieren. Ansonsten würde vielleicht meine Fassade platzen. Die Liebe, meine Herren, kann schrecklich sein. Und die Liebe von Palästen, den allergrößten Palästen, die erst recht.

Ich begann, auf die Architekten einzuwirken. Ich verfolgte sie, sobald sie auftauchten, und konzentrierte mich auf ihre Pläne, wenn sie sie auf den Tischen liegen ließen. Schließlich brach ich auf, Loreta entgegen – aber in Militärformation. Das muss ausgesehen haben, als hätte ich Blöcke von Infanterie mit Musketieren zu den Seiten und Lanzenknechte in der Mitte ausgeschickt. Und diese Quader bildeten am Abhang unterhalb von mir eine Wand. Das war kein unbeholfener Steinstrauß mehr, kein holpriges Schreiben aus Quadern, die nicht zusammenpassten. Über dem Abhang, der von meinen Füßen auf den Loretoplatz herabreichte, erhob sich die Rampe eines Parkplatzes. Seine äußere Kante reichte bis in die Höhe der Kreuzgangdächer.

Ich nahm nicht wahr, was sie dazu meinte. Ich beachtete sie nicht. Ich übersah sie und hoffte, dass der Parkplatz sie vor meinen Augen versteckt.

Ich bemerkte nicht einmal, dass andere sich dabei ihr Süppchen kochten. Ach, der Schwarze Ochse, der öffnete einfach weit seine Türen für die Arbeiter, die nach der Schicht zu ihm auf ein Bier gingen. Aber Drahomíras Säule; dieses Haus überraschte. Jahrhundertelang tat es unbeteiligt, wie so ein fremdländischer Diplomat versunken in seinen eigenen Gewohnheiten, und dann zeigte es sich.

Der Teufel weiß, wo diese Steinblöcke gefunden wurden. Wahrscheinlich dort am Abhang, wo früher der slawische Begräbnisplatz war. Und was konnten sie damals in der slawischen Vergangenheit dargestellt haben. Grabsteine waren das wohl nicht, die damaligen Sippschaften schütteten gerade einmal Grabhügel auf. Dann wollen wir uns das doch mal eingestehen – das waren sicher Götzenbilder. Und diese Steinklötze wurden in die Wand eingelassen, die die aufgerichtete Parkplatzmasse begrenzte.

Und diese Wand stand der Loreta gegenüber.

Heute kommt es euch bestimmt so vor, als sei der Parkplatz schon ewig vor dem Palast. So ist es aber nicht. Es sieht jetzt natürlich aus, alle haben sich daran gewöhnt ...

Außer einer gewissen Dame.

Sie sagte mir zwar nie, was sie von diesen heidnischen Idolen hielt, die sich plötzlich vor ihren Augen erhoben, aber ich konnte es mir vorstellen.

Jedenfalls schwieg sie ein paar Jahrzehnte.

Nein, ich gab nicht nach und wurde nicht weich. Zu guter Letzt griff ich zu einer zivilisierten Lösung. Wir werden doch sicher nicht so tun, als kennten wir uns nicht. Nein, ich entschuldigte mich nicht – ich schickte einen Boten. In das Mäuerchen, das den übriggebliebenen Hang zwischen der Parkplatzrampe und dem Kapuzinerkloster abgrenzte, ließ ich einen Löwenkopf einlassen. Er stellt eigentlich den Wasserspeier eines kleinen Brunnens dar. Er schaut zur Loreta und hält in seinen gespitzten Lippen die Düse. »Ich möchte mit dir reden, meine Teure«, sagte ich mit diesem Löwen. Das königliche Tier wurde mein Bote. Aber es ist natürlich kein Dschungelkönig, eher so ein kleiner Löwe – ein Haustier zum Schmusen, ein diskreter Postbote. Wann immer du mir etwas mitteilen möchtest, kannst du es ihm zuflüstern. Und aus seinen Lippen wird ein Strom süßer Worte rinnen, so ähnlich wie wohlschmeckendes Wasser daraus hervorsprudelt.

Loreta ignorierte den Löwen konsequent. Vielleicht bekamen seine Lippen deshalb mit der Zeit diesen leicht ironischen Ausdruck. In seinem Gesicht setzte sich die Grimasse von einem fest, der viel redet, dem aber niemand zuhört.

Rampe hin, Rampe her. Ich wusste doch, wie Loreta aussah, auch wenn der Parkplatz sie mir teilweise verdeckte. Ich durchbohrte meine schöne Gegnerin mit den Augen, aber ihre schneeweißen Lider bekam ich kaum zu sehen. Nach einiger Zeit verflog mein Triumph über die militärisch perfekt ausgeführte Besetzung eines strategisch wichtigen Terrains, und mir wurde klar, dass ich eine Antwort von ihr erwartete. Soll sie mir doch zum Beispiel meine Hitzköpfigkeit vorwerfen. Nur soll sie sich um Gottes willen melden.

Vielleicht habt ihr bemerkt, dass Loreta an ihrer Fassade in Richtung Loretoplatz – ja, in Richtung einer anderen Fassade ... – am Sockel des Turms ein Feld hat, das mit einem gelben Stuckrahmen umrissen ist. Ein Rechteck, das zweifellos für ein Fresko bestimmt ist. Und eine Malerei an so einer privilegierten Stelle hat nur einen Sinn – ein Signal zu senden. Eine Mitteilung zu machen. Auf künstlerische Art die Mission des Baus ins Gedächtnis zu rufen.

Für wen ist diese nicht existierende Malerei bestimmt? Was meint ihr? Wer hat sie die ganze Zeit vor Augen? Wer wartet immerfort, dass dort etwas erscheint?

Ich kenne die Sprache der Symbole, ich bin in der Lage, mir diese Nachricht zu übersetzen. Es ist eine Botschaft, deren Sinn darin besteht, dass sie noch immer nicht erklingt. Das Stuckfeld bleibt beklagenswert leer und mein Löwe sieht im Vergleich mit ihm wie ein vergessenes Kinderspielzeug aus.

Mir blieb nichts übrig, als mich umzuschauen, um meine Gefährtin nicht ständig mit den Augen zu fixieren, was die Etikette für unhöflich hält. Ich begann, die Rekonstruktion meiner Innenräume und das stille Gewimmel im Stahlbetonskelett hinter meinem Rücken zu verfolgen.

Dort entstanden Korridore mit breiten Fenstern zum Hof, der sich jetzt hinter meiner Rückwand erstreckte, die damals den Artilleriebeschuss ertrug. Auf der den Fenstern gegenüberliegenden Seite setzte man Türen für die einzelnen Büros ein. Ich staunte ein bisschen über diese Anordnung. Sollte das wie ein Kloster sein? Oder etwa ein Gefängnis? Ist eine moderne Behörde so ein bisschen eine Kombination von beidem?

Ich schätzte das mächtige Treppenhaus. Es führte durch einen offenen Raum und sah ziemlich imposant aus. Verglaste Geländer mit Scheiben in Stahlrahmen – warum nicht? Vom Hof wurde es durch eine Wand aus Glasbausteinen abgetrennt. Mit der konnte ich mich zuerst nicht aussöhnen (wenn ich auch zugab, dass das nicht mein Problem war). Sie kam mir zu streng vor. Aber Licht ließ sie durch, wenn auch anders als die überwältigende Wand mit den drei Fensterreihen im Hauptsaal, in dem die teilenden Etagen wieder entfernt worden waren ...

Und im Anbau wurde außer dem Treppenhaus noch etwas ganz Lächerliches gebaut. In einem Schacht wurden Kabinen nach oben gezogen, eine nach der anderen, um in einem parallelen Schacht wieder nach unten zu sinken. Der entscheidende Punkt, an dem sie sich umdrehten, blieb hinter einer hölzernen Verschalung verdeckt und warf Fragen auf. Was, wenn ein Passagier in der obersten Etage in der Kabine bliebe? Führe er kopfüber wieder nach unten? Ich staunte über die Verspieltheit der neuen Palastherren, die mit Repräsentation nichts zu tun hatte. Dieser Mechanismus erinnerte an eine astronomische Uhr, in der die Reisenden die Apostel darstellen.

Ich wartete, wie sich die Bauherren mit meinen eigenen Räumlichkeiten behelfen werden. Ehrlich gesagt, erwartete ich eine Truppe italienischer Stuckateure, die sich laut auf Italienisch unterhalten, das Gasthaus Zum Schwarzen Ochsen besuchen und staunen werden, was für armseliger Wein dort angeboten wird. Ich sah den Architekten mit weit ausholenden Gesten, auf den Gerüsten herumkletternde Maler, vielleicht auch den neuen Palastherrn, mit einem Degen an der Seite, einem federgeschmückten Hut ... Jedenfalls einen ganz anderen als dieses pedantische Männchen, das übrigens den stattfindenden Arbeiten gar keine Aufmerksamkeit zollte ...

Nun also. Bald begann man über die ungefähre Rekonstruktion meiner Interieure zu sprechen. Und allmählich begriff ich, was Janák im Sinn hatte. Wo sich Schlangen reichhaltiger Ornamente wanden, zog sich jetzt ein einziges, wenn auch abgestuftes Sims dahin. Anstelle verzweigter Kronleuchter wurde Beleuchtung in der Deckenuntersicht angebracht. Maler brauchte man nur in ihrer armseligeren Form, es kamen nämlich lauter Restauratoren – um das Fresko *Kampf der Titanen* von Václav Vavřinec Reiner über dem Treppenhaus zu erneuern. Das wurde wieder ausgestellt, aber nach einem neuen Plan, weil man nicht feststellen konnte, wie das ursprüngliche aussah.

Zum Glück kamen auch freudigere Momente. Das war, als die Arkaden vom Hof und vom Garten wieder durchbrochen und die Bögen entlang des Wintergartens im zweiten Stock erneuert wurden. Ich atmete aus, saugte frische Luft ein und begrüßte das Licht. Die Türen wurden wieder verbreitert und höher gemacht. In den repräsentativen Sälen bekamen sie ihre richtige Höhe zurück, also doppelte menschliche Höhe, wodurch sie angemessen andeuteten, wie ein Sterblicher sich fühlen sollte, wenn er durch sie hindurchging.

Die innere Ausstattung musste ich leider verschmerzen – die italienischen Stuckateure kamen nie an. Wer weiß, ob es sie überhaupt gab. Ob sie nicht genauso verschwanden wie vor Kutschen gespannte Pferde, die durch stinkende, sich zuckend bewegende Monster mit Kabinen ersetzt wurden, die mit den einstigen Equipagen keinesfalls mithalten konnten, was die Bequemlichkeit anbetraf.

Am Ende musste ich mich damit aussöhnen. Mir reichten die staunend in den Nacken gelegten Köpfe. Genauso benahmen sich die ersten Besucher; ganz wie damals, in den Zeiten meines größten Ruhms. Sogar der Außenminister Edvard Beneš lächelte ein bisschen unter seinem schmalen Bärtchen, das aussah, als sei damit die Oberlippe zusammengenäht. Ich ahnte schon, dass ich von ihm nicht mehr erwarten konnte. Ich gewöhnte mich an die Nüchternheit, die jetzt herrschte. Ich kam auch nicht umhin zu bemerken, dass meine neue Form auch bestimmte Vorteile hatte. Dort, wo sich früher die Aufmerksamkeit der Besucher aufteilte, blieb sie jetzt konzentriert. Die Augen ermüdeten nicht mehr über den Hunderten Leinwänden in der berühmten Galerie. Jetzt war ich hier. Nur ich. Ich war zu einem Bild geworden.

Anstelle von Humprecht Jan (und besonders seiner zarten Gazelle) erschien in den Salons und Gängen Viktor Stretti, der meine Innenausstattung zu besorgen hatte. Ich weiß nicht, welches Wunder ihm half, ein paar Stücke aus der ursprünglichen Ausstattung zu entdecken. Aber auch, wenn er improvisieren musste, hatte er ein glückliches Händchen. Die Salons kleideten sich in Farben – Gold, Blau ... Polsterungen und Vergoldung der Möbel machten ihrem Namen Ehre. Die Wände wurden von riesigen Gobelins mit mythologischen Motiven gewärmt. Eine Serie aus sechs Stück mit Darstellungen der Tierkreiszeichen (immer zwei) stammte sogar aus dem Originalbesitz der Černíns. Kurz, ich konnte mir sicher sein, dass ich repräsentieren werde. Ich jedenfalls ja.

Mit dem Janák-Anbau versöhnte mich schließlich ein großes rundes Fenster, das den inneren Gang des Anbaus dort verschloss, wo einst meine Außenmauer endete. Ohne Schwierigkeiten konnte ich erkennen, dass es von Bullaugen inspiriert war. Genau so wirkten auch die runden Deckenlichter in den Gängen. Der Funktionalismus benutzte mit Vorliebe maritime Motive, wie der Architekt Janák einmal erklärte, als er Gäste durch den vollendeten Palast führte. Und ich begriff, woher der Wind wehte: Aus Venedig doch. Vom dortigen Hafen. Wieder verspürte ich die salzige Luft, die einst Humprecht Jan voller Wonne einatmete.

Und noch eine Tatsache versöhnte mich mit dem Eindringling, der mir jetzt von hinten in den Nacken atmete.

Der Anbau sollte die Dienerschaft aufnehmen, die jetzt Personal genannt wurde, während die Räume des alten Černín-Palastes der Herrschaft vorbehalten blieben. Richtig so. Wenn der Herr Minister so viel Lakaien, Pardon, Personal hatte, hieß das nur eins: Seine Bedeutung wuchs. Und mit ihm auch meine.

Ich konnte ruhig sein, denn die Befestigung Prags, die die Tschechen nicht zu Ende bringen konnten, hatten die Franzosen in der Zwischenzeit fertiggestellt. Mich umgaben Bastionen, die Angreifer von den Seiten mit verdecktem Feuer zermalmen konnten. Und dort, wo einst Ottovalský durchschlüpfte, erhob sich eine solide Zwanzigmetermauer. Auf den Abhängen gegenüber, die früher einmal voller Geschützläufe der auf Prag gerichteten Artilleriebatterien waren, war ein angesehenes Villenviertel entstanden. Das war in Ordnung. Ich konnte mich sicher fühlen.

Allerdings durfte ich mich nicht an alles erinnern, was ich in den unendlichen Archiven meines Geistes lagerte. Ich dürfte nicht ich sein – nicht der Kavalier, der überzeugt war, dass man den Degen beherrschen musste und dafür auch mit ihm trainieren. Und dass jede Übung nur einem Ziel diente – dem künftigen Duell.

Ich wusste, dass Frieden nur eine Pause zwischen zwei Kriegen war.

Und wenn es aufs Neue beginnt?

Dann werden die Häuser von Musketieren geplündert, die Pioniere bauen Gräben, bedeckt mit Strohgarben, um so nah wie möglich an die Bastionen heranzukommen ... nachts werde ich die Spaten der Mineure hören, die Gruben ausheben, die sie mit Schießpulver füllen, um die Schanzmauern in die Luft zu jagen ... aber mein Rücken wird diesmal gedeckt sein. Die Geschützkugeln bekäme diesmal der Janák-Anbau ab, dessen war ich mir sicher. Und so söhnte ich mich mit meinem unansehnlichen, armen Stiefverwandten, diesem Ziegelhaus in meinem Nacken, gänzlich aus.

Vielleicht widmete ich deswegen der Nervosität, die sich in den 30er Jahren im gerade fertiggestellten Palast zu verbreiten begann, nicht besonders viel Aufmerksamkeit. Das waren nicht die Schwingungen geflüsterter Informationen, geteilter Andeutungen und bedeutungsvoller Sprechpausen, die zum Leben eines Außenministeriums dazugehörten, wie ich schnell lernte (in dieser Hinsicht unterschied sich die Situation überhaupt nicht vom Umlauf verbürgter Nachrichten unter dem Personal, wollte sagen den Lakaien Humprecht Jans). Das Geflüster stimmte diesmal mit den offiziellen Nachrichten aus tschechoslowakischen Botschaften und Konsulaten überein. Und diese Nachrichten waren manchmal so schwerwiegend, dass die Kommentare in den Gängen mit diesem Kaliber nur schwer konkurrieren konnten. Die halblauten Bemerkungen der Angestellten blieben hinter den Explosionen der offiziellen Telegramme einfach hoffnungslos zurück.

Konnte man das glauben? Eine neue Militarisierung des besiegten Deutschlands? Der Machtantritt irgendeines Männchens in seltsamer Uniform? Eine weitere Gelegenheit, zu der ich wieder Sehnsucht nach gefältelten Kragen, Schärpen über der Brust, malerischen Hüten mit Federbüschen und Degen an der Seite bekam. Imperiale Pläne, politischer Druck, platte Bedrohungen. Das alles kannte ich. Meine Herren, das wird nur bloße Politik werden! Eine Drohung anzugreifen kann doch als tatsächliche Attacke dienen! Angetäuschte Ausfälle – das kennen wir!

Die Kollegen (ein neuer Terminus; bisher gab es die Herrschaft oder die Dienerschaft), die auf den Korridoren herumliefen, waren anderer Meinung. Das Hauptgewimmel fand zum Glück im Janák-Anbau statt; ich schickte ihm einen stillen Dank, dass er den elementaren Betrieb auf sich nahm. Informationen drangen aber zu mir durch.

Und ich war derjenige, der sie ordentlich annehmen, sie einordnen und abwägen konnte.

Vielleicht sind den grauen Büromäusen aus dem Anbau die Verteidigungsarbeiten entgangen, die im Grenzgebiet begannen – mir nicht. Bastionen und andere Fortifikationen – darin fühlte ich mich zu Hause. Überlasst es uns Soldaten, dann gibt es Ruhe.

Man musste sich nur die ewigen Kommentare zur Situation anhören, die der Außenminister Beneš bei Beratungen abgab. Sein Gesicht nahm einen noch neutraleren Ausdruck an als früher, man kann sagen, es wurde bündiger. Der Schnauzer ähnelte einer Bartbinde, wie sie die Stutzer noch zu österreichischen Zeiten nachts im Bett trugen. Aber er hielt sein Gesicht gut zusammen. Sollte die neue Zeit darin bestehen, dass die Staatsmänner nicht mehr wie Kavaliere aussahen, sondern wie Beamte – dann war die trockene Selbstsicherheit von Beneš beruhigend für mich. Vielleicht war er die richtige Medizin gegen das eher kleinere Männchen, das mir persönlich zwar nicht charismatisch erschien, aber auch so ganz Deutschland beherrschte.

Der Minister Beneš trat im Jahr 1934 in meine Hallen ein, als der Umbau gerade abgeschlossen war, und wurde schon im Jahr 1935 tschechoslowakischer Präsident und zog um auf die Burg. Eine nützliche Bekanntschaft, sagt ihr vielleicht ... Natürlich, sein stärker werdender Glanz fiel auch auf mich. Von hier aus geht man in die höchste Politik, lautete die Botschaft seiner Karriere (und natürlich schmeichelte es mir, dass er in eine höhere Funktion in die *tiefergelegene* Burg wegging). Im Übrigen behielt Edvard Beneš einen entscheidenden Einfluss auf die tschechoslowakische Außenpolitik, so als ob er bei den Beratungen immer noch anwesend wäre. Auch nach seinem Weggang war er einfach – ein Kollege, um es mal so zu sagen. Ohnehin tat es mir leid, ihn nicht mehr regelmäßig zu sehen. Wenn sich einer dem Männchen in der Uniform entgegenstellen konnte, dann war er es, wie mir schien. Wer anders als der langjährige Außenminister, der schon an der Wiege der Tschechoslowakei stand, konnte sich mit der verflixten internationalen Situation zu helfen wissen? Wer folgte auf ihn? Milan Hodža und Kamil Krofta. Seht ihr, die kennt ihr nicht. Und auch ich erinnere mich kaum noch an sie.

Und auch wenn die Situation immer verwickelter wurde, versuchte ich, meinen Optimismus nicht zu verlieren. Ich wollte mich auf die Professionalität des jetzigen Präsidenten Beneš verlassen, die sich in einer Unmenge internationaler Konferenzen bewährt hatte. Ich hoffte, dass er das entscheidende, letzte Wort haben konnte, wie schon sein Vorgänger T. G. Masaryk. Und außerdem ... als Soldat wusste ich natürlich, dass Worte nicht immer reichten.

Ich verließ mich auf den Gürtel der Stahlbetonfestungen, die in schnellem Tempo im Grenzgebiet wuchsen. Allerdings waren sie nicht mit zusammenhängenden Wällen verbunden wie die barocke Befestigung Prags, was ich ihnen gern vorgeworfen hätte. Alle versicherten sich aber die Feuerkraft der tschechoslowakischen Geschütze und Maschinengewehre, die die Lücken zwischen den einzelnen Befestigungen schlossen. Man sprach von gegenseitiger Deckung.

Das war gut.

Ich wusste, worum es ging. Ganz genau.

Schließlich hatte auch ich so eine Festung in meinem Rücken, obwohl nur das Skelett des Janák-Anbaus aus Stahlbeton war. Diesmal werden in seinem Rücken Schießscharten herausgebrochen. Und die Schützengräben verschieben sich etwas weiter vom Garten weg.

Ich hatte keine Angst vorm Krieg. Letztlich ist er eine legitime Fortsetzung der Politik, wie jemand einmal sagte. Außerdem hatte ich so einige Histörchen von den ehemaligen Legionären unter den Ministerialbeamten gehört, und davon gab es eine Menge! Bachmatsch und die Namen anderer Nester in Russland kannte ich besser als der Territorialreferent, der die Sowjetunion auf seiner Agenda hatte. Das war ein Gedicht, wie sich ihre selbstbewussten Urteile anhörten.

Dem zeigen wir es, darin waren sie sich hinsichtlich des Männchens in der seltsamen Uniform einig. Morgens, wenn sie auf die Arbeit kamen, tauschten sie ein paar beruhigende Worte, und nach dem Mittagessen planten sie schon die Vorstöße nach Deutschland. Die Haupteisenbahnlinien werden besetzt und gehalten, wie damals an der Magistrale. Natürlich fängt man im Grenzgebiet an, die Sudetendeutschen erledigt man eins zwei, genauso wie die Polen im Gebiet Těšín und die Ungarn in der Slowakei. Und von den kleinen Eisenbahnstationen im

Sudentenland laufen sie dann ein paar Kilometer hinüber zu den kleinen Stationen auf der anderen Seite. Die kleinen Bergdörfer besetzen sie im Handumdrehen, danach wird eine Stadt nach der anderen erobert. Die Hauptsache ist, dass genug Munition zu Verfügung stehen muss, eine gründliche Panzerung der Güterzüge und Pelze bis zur Erde, weil es in Russland ordentlichen Frost geben kann. In dieser Phase der Konversation schauten sie sich gegenseitig an und kamen überein, dass sie die Pelze bei dem deutschen Feldzug weglassen würden.

Und die Wehrmacht? Sie ließen geringschätzige Bemerkungen über die Leistungen deutscher Einheiten gegen Ende des Ersten Weltkriegs im revolutionären Russland fallen.

Als die Taktik besprochen war, bekamen ihre Reden einen vertrauteren Tonfall und sie erörterten mit nüchternen Stimmen, die geschickt die Emotionen verdeckten, die militärischen Ränge, auf die sie jetzt nach den vielen Jahren Anspruch hätten. Das Ministerium war mit einem Schlag voller zukünftiger Generäle, und aus dem Rest sollten Oberste werden. Noch vor ein paar Jahren spekulierten sie in ähnlicher Weise vor der Abreise in ausländische Missionen über die diplomatischen Ränge …

Dann schlich sich immer wieder Schweigen in die selbstbewussten Reden. Es gab eine Waffenart, die die Legionäre nie hatten und nicht beherrschten. Die Luftwaffe. Ich meine nicht Ballons und Luftschiffe, ich spreche von diesen plumpen Konstruktionen aus Stäben, die mit Stoff bespannt waren und in ihrem Aussehen irgendwo zwischen Malerstaffelei und Krankentragen lagen, oder auch Blumengestellen aus Bambus. Aha, sie sollen jetzt anders aussehen. Schaut einmal, ich habe über Jahrhunderte die Entwicklung der Blankwaffen verfolgt. Unterschiede in der Länge, der Elastizität, im Stichblatt – ganz zu schweigen von den Unterschieden zwischen Hieb- und Stichwaffen – sind sicher wichtig, aber das Entscheidende ist die Fechtkunst. Wahrscheinlich hatte ich deswegen den Flugapparaten keine besondere Aufmerksamkeit gewidmet und verstand nicht, warum alle ihretwegen so entsetzt waren.

Aber es war etwas passiert.

Etwas war verändert. Die genialen Waffenschmiede in ihren verräucherten Werkstätten mit den Ambossen, wo sie vor den demütigen Augen der Lehrjungen eine fertige Klinge auf der Fingerspitze balancierten, spielten plötzlich keine Rolle mehr. Die Szene wurde jetzt von Arbeitern beherrscht, ähnlich wie die, die in den Palastwerkstätten früher die Kutschenräder, den Antrieb, die Federung und die Bremsen reparierten. Den Fortschritt hält man nicht auf ... nun gut. Ich konnte mir aber nicht vorstellen, dass Flugzeuge genau so entstehen und eine wichtigere Rolle spielen könnten.

Seht doch einmal, wie viel kann denn so ein Flugzeug tragen? Ein paar Granaten, wie sie die Angreifer schon im Kampf um die österreichische Erbfolge auf die Mauern schleuderten? Angeblich Bomben? Bomben nannte man die Geschosse mit Sprengstoff damals schon. Sie kommen angeflogen und explodieren. Gegen eine ordentliche Befestigung aber ... Wie denn, eine unvergleichlich größere Wirkung? Sagt bloß, so ein Bombardement könnte ein ganzes Haus vernichten? Könnte es? Auch ein sehr großes, das größte seiner Art? Angeblich eine ganze Stadt?

Wartet mal. Was heißt Luftkrieg? Was sind das für unfaire Taktiken, für Schläge unter die Gürtellinie, die die jahrhundertealten Kriegsregeln ignorieren? Das wäre ja, als würde man ein Netz über einen Fechter werfen. Was für eine Schande, meine Herren! Was für eine Schmach! Diese Flugzeuge überfliegen die Grenzbunker, als gäbe es sie nicht? Wirklich? Da sind wir ja weit gekommen.

Auf einmal war ich mir der Leistungsfähigkeit der tschechoslowakischen Armee nicht mehr so sicher. Und auch nicht des Schutzes, den mir der Janák-Anbau bieten konnte.

Und ich erinnerte mich an das preußische Bombardement Prags im Jahre 1757, das ein Viertel der Häuser zerstörte. Dieser strategische Beschuss, der überhaupt nicht darauf zielte, die Wälle zu durchbrechen, sondern den Geist ihrer Bewohner zu schwächen. Die Preußen beschossen die Stadt so dicht, dass man von den Straßen das Pflaster entfernen musste – die Geschosse prallten nämlich davon ab und bewirkten einen noch größeren Kahlschlag. Zum ersten Mal richtete sich hier ein zerstörerischer Krieg gegen die Zivilbevölkerung. Dieser damalige barbarische Akt kam mir auf einmal wie ein Vorspiel, eine Vorbereitung vor.

Ich erfuhr auch, dass der Gürtel der Grenzbefestigungen nicht rechtzeitig fertig wird (das ist wohl ein tschechischer Fluch, dass nie etwas fertig wird?), und auch wenn er es wäre, hätte Deutschland nach dem Anschluss Österreichs einen unmittelbaren Zugang zu der tschechischen Grenze, die dort nur schwach befestigt war. Die Unfähigkeit, Projekte zu Ende zu bringen, erschafft gemeinsam mit der ungenügenden Voraussicht eine explosive Ladung für die historische Kausalität, das ist klar.

Das Finden einer Kompromisslösung erschien mir nun höchst wünschenswert. Am Münchner Abkommen schätzte ich das Wort »Abkommen«. Ich hatte genug eigene

Erfahrung, was eine Armee im Interieur bewirkte. Wenn ich mir all die kaputten Wandkanten, die zerbrochenen Fliesen und das Parkett, die angeschlagenen Treppenstufen vorstellte ... Den Garten wieder zu einem Reitplatz gemacht ...

Nun sagt doch, was wir hätten tun sollen.

Uns verteidigen?

Wenn sich ein einsamer Fechter vor eine Kanonenmündung stellt, wie kann das wohl ausgehen?

Und wie sah Jan Masaryk im Jahr 38 diese Sache? Damals war er schon das dreizehnte Jahr Gesandter am St.-Jakobs-Markt in London. Am Ende der 30er Jahre begann eine hektische Zeit für ihn, als er versuchte, die Briten zu überreden, sich für uns einzusetzen, sobald Deutschland angreift. Er machte das mit Tatkraft und Witz, das muss man ihm lassen.

Während der Premierminister Chamberlain von der Tschechoslowakei als einem Land sprach, das die Briten nicht kennen, führte Masaryk klassische Konzerte mit dem Bonmot ein, dass die Namen Smetana und Dvořák *natürlich* in England unbekannt seien. Er erhielt Applaus. So viele gedrückte Hände, aufmunternde Anspielungen, so viele charaktervoll feuchte Augen wegen des Schicksals der Tschechoslowakei! Seine Telegramme sprachen eine klare Sprache. Unterstützung gab es, eine gewisse. Ich fürchte aber – ich will nicht illoyal sein, ich wiederhole nur die Ansichten, die die Kollegen verbreiteten – dass die analytische Seite der diplomatischen Arbeit nicht zu Masaryks Vorzügen zählte.

Und die stilistische Form diplomatischer Texte respektierte er auch nicht. »Das Volk des heiligen Wenzels und von Jan Hus wird kein Volk von Sklaven«, so lehnte er zum Beispiel das Münchner Abkommen ab, als wir uns noch versuchten dagegenzustemmen. So formuliert man Noten doch nicht! Außerdem dieser Inhalt ... Hand aufs Herz – waren diese beiden Herren etwa relevante Persönlichkeiten in der tschechoslowakischen Innenpolitik? Beileibe nicht. Ich kenne die Sprache von Symbolen, doch als ich mit der Republik verschmolz, konnte ich mir auch ihren nüchterneren Stil zu eigen machen. Ganz sachlich: Man kann doch keine historischen Gestalten ins Feld schicken. Nicht einmal die größten Fantasten im Generalstab rechneten damit, dass die Reiter von Blaník bei der Verteidigung der Grenzen helfen werden.

Und das Resultat? Er setzte sich wie kein anderer für unsere Sache ein – allerdings gaben die Briten deutlich zu verstehen, dass sie nicht für uns eintreten werden.

»Wenn Sie den Weltfrieden um den Preis gerettet haben, dass mein Land geopfert wurde, bin ich der Erste, der Ihnen applaudiert«, soll er zu den britischen Politikern gesagt haben. »Aber wehe, wenn Sie sich geirrt haben!«

Gerade das gefällt mir nicht besonders. Ich bin kein Freund von verbalem Austausch bei Kämpfen. Den Gegner mit einer Beleidigung zu treffen, oder ihn emotional zu bedrängen, zu versuchen, ihn aus dem Gleichgewicht zu bringen, scheint mir gegen jede Regel zu sein. Hier muss das Rapier sprechen – gegen ein Rapier.

Warum setzten die Legionäre keine Bajonette auf die Gewehre und machten sich nicht zur Westgrenze auf?

Die Rufe der auf dem Hof der Prager Burg versammelten Menge, Beneš solle das Abkommen nicht annehmen, waren bis hierher zu hören. Da standen nur die Gemeinen, werdet ihr sagen. Die Generalität erklärte währenddessen ihre Expertenansicht über die Unmöglichkeit, die Grenzen unter der gegebenen internationalen Situation zu verteidigen. Motivierte Soldaten zu haben, ist aber nicht unnütz. Früher machte man das mit in Aussicht gestellter Beute, die man in einer eroberten Stadt machen konnte. Wenn die Demokraten anstelle des Raubs Worte anbieten können, die den Zweck erfüllen, bin ich nicht dagegen. Erst recht, wenn wir auf der anderen Seite keinen galanten Fechter vor uns haben, müssen wir die Mannschaft ausschicken, das ist offensichtlich.

Nur gab Beneš nach und dankte ab.

Jan Masaryk nahm persönlich in der Gesandtschaft das Porträt seines Vaters ab, als das Ministerium so eine Anweisung gab. »Ich wollte meine Untergebenen nicht der Peinlichkeit einer solchen Aufgabe aussetzen«, schrieb er ins Zentrum. Aber Herr Gesandter ... Nun gut. Eine gewisse emotionale Anspannung kann das Ende langjährigen Wirkens in einem Land begleiten, erst recht, wenn es nicht gerade erfolgreich zu Ende geht. Wir verstehen Sie.

Und weiter?

Jan Masaryk trat zurück und akzeptierte den Vorschlag des Zentrums, einen einjährigen Urlaub anzutreten und danach den Dienst des Außenministeriums der Tschechoslowakischen Republik zu verlassen. Ein korrekter Vorschlag, angemessen formuliert. Jan Masaryk bot der Republik im Übrigen seine Dienste auch unter den neuen Verhältnissen an. Das war wohl überkorrekt von seiner Seite, konnte man aber als Fortsetzung anerzogener Loyalität, sozusagen bis zum Grab, verstehen, wie es manchen Angestellten passiert ... Bevor aber das Jahr endete, war aus der Republik sowieso schon das Protektorat geworden.

Edvard Beneš' Verschwinden konnte ich verschmerzen – obwohl man sich an diesen Schnauzbart gewöhnen konnte, als ob wer weiß was daran hing; ich söhnte mich mit dem Gedanken aus, dass ich nichts mehr von den Abenteuern des westlichen Lebemanns hören werde.

Schließlich und endlich – auch wenn die Leute wechseln, der Dienst bleibt, nicht wahr? So viele Herren hatten sich in mir schon abgelöst ... Und ich bin immer noch höher als die Burg.

Die Regierung siegt, und es gibt immer irgendeine Regierung, stimmt das etwa nicht?

Ein Luftkrieg fand nicht statt. Und der auf der Erde ähnelte denen, die ich am eigenen Leib erlebt hatte, kein bisschen. Die Wehrmacht marschierte ein. In ordentlichen Viererreihen, beziehungsweise in Feldwagen sitzend, die man damals noch nicht Jeep nannte, auf Motorrädern mit Seitenwagen und in Lastwagen. Die Gummimäntel schützten die Besatzungen perfekt vor dem Schneetreiben. Das Wetter *cajchnete sich* damals, an diesem 15. März 1939, nicht gerade aus. Mit einem schönen Germanismus, von denen es in der tschechischen Sprache einige gibt, wollte ich die damaligen neuen Herren begrüßen, die durch ihre Anwesenheit auf die Bedeutung der uralten tschechisch-deutschen Bindungen verwiesen und die ihre unübersehbare Hoffnung ausdrückten, sie mögen sich auch weiterhin im Geiste fruchtbarer Zusammenarbeit entwickeln, wie es gewöhnlich in Glückwunschtelegrammen steht, die aber damals niemand formulierte. Sie fehlten mir nicht.

Ich wurde nicht von Flugzeugen mit Bomben überschüttet – ich glaube, ich atmete auf, wie praktisch alle anderen auch.

Und darüber hinaus war ich in der Lage, die Situation in einem größeren Kontext zu sehen. Die böhmischen

Länder gehörten über Jahrhunderte in einen bestimmten Rahmen, als Königreich und als Teil des Kaiserreichs. Vielleicht war die Republik ein Fehler? Vielleicht war das nur eine Episode? Ein kurzer Schauer an Nationalstaaten, nach dem das imperiale Pflaster schon zu trocknen begann. Also Hitlerdeutschland war im Grunde auch ein Nationalstaat, aber seine Ambitionen waren nicht zu übersehen.

So dachten viele. Das begriff ich anhand der Erlässe des Außenministeriums. Die erste Schwalbe war das Entfernen des Porträts von Tomáš Garrigue Masaryk aus den ausländischen Vertretungen, die letzte Schwalbe war der Befehl, die Gesandtschaften und Konsulate den Deutschen zu übergeben – der Befehl wurde gleich am 16. März ausgegeben.

Schon lange vorher verfolgte ich aufmerksam die Entwicklungen. Auch ein Minister muss manchmal aussprechen, was er erlebte und was ihn irgendwie traf. Und wem erzählt er das? Seiner Frau beim Abendessen natürlich. Nur passieren die Dinge gewöhnlich am Tag und nicht jedem gelingt es zu warten. Dann beginnt der Herr Minister vor seinen Sekretären zu sprechen. Man muss nur zuhören. Und ich bin ein guter Zuhörer.

Dem Außenminister Chvalkovský war an jenem Februartag im Jahr 1939 gleich anzusehen, dass ihm nicht wohl war.

»Das war mir vielleicht eine Versammlung!«, bellte er los, sowie er sein Sekretariat betrat. Die Sekretäre hoben die Köpfe, grüßten, fragten aber nichts. Sie wussten genauso wie ich, dass der Herr Minister sich wieder einmal aussprechen musste.

»Dieser Moravec! Das ist aber auch ein Spinner! Stellen Sie sich vor, dass er heute mit einem unglaublichen

Hirngespinst ankam: Angeblich sollen uns am 15. März die Deutschen besetzen!«

Die Sekretäre sahen sich an.

»Das soll ihm sein zuverlässigster Agent in Deutschland übermittelt haben! Der wichtigste unserer Agenten überhaupt! – Mit Superlativen war er nicht gerade sparsam. So ein Unsinn! Wir verfolgen doch die Situation bis ins Einzelne, nicht wahr?«

Eine weitere Frage, die keine Antwort verlangte. Die Sekretäre bohrten ihre Blicke in die Akten.

»Also sagte ich ihm klar und eindeutig: ›Das Außenministerium weiß von der Meldung unserer Berichterstatter, dass Deutschland die Zerschlagung des tschechoslowakischen Staates vorbereitet und Hitler angeblich die Slowaken gegen die Tschechen aufwiegelt und sie anstiftet, die Republik zu zerschlagen. Diese Nachrichten sind unwahr. Sie sind genauso unwahr, wie es die Nachricht vom angeblichen Plan Deutschlands war, im Mai vergangenen Jahres die Tschechoslowakei zu überfallen. In dieser Zeit riefen wir verfrüht die Mobilisierung aus und brachten Hitler gegen uns auf. Jetzt würden wir denselben Fehler auf Grundlage ähnlicher Meldungen wiederholen.‹«

Minister Chvalkovský schaute seine Sekretäre an, die schwiegen aber immer noch, weil sie richtig verstanden hatten, dass sie jetzt die Rolle der Herren auf der Beratung spielten, zu denen Chvalkovský sprach. Und die konnten sicher nach einer so genau formulierten Behauptung auch nichts sagen. Der Minister ließ die Wirkung seiner Sätze nachklingen und holte wieder Luft.

»Und als sich Moravec verteidigte, ließ ich den Legationsrat unserer Botschaft in Deutschland rufen, der gerade in Prag weilt. – Aber den haben Sie mir ja ans Telefon geholt.«

Die Sekretäre erwarteten vielleicht ein Dankeswort, aber sie zeigten es nicht. (Zur Amtsdisziplin gehört auch, dass es für erfolgreich ausgeführte Anweisungen keinen Dank gibt, dafür wird bei den fehlerhaft ausgeführten ordentlich gedonnert.) Und der Herr Minister fuhr fort.

»Ich fragte den Herrn Legationsrat, ob er auf der Reise von Berlin auf der deutschen Seite irgendwelche Einheiten bemerkt habe. Und das Resultat? Keine Menschenseele. Überall herrscht Ruhe. Gestern sprach der Herr Rat in Berlin mit Göring, und der war angeblich ›sehr freundlich!‹, ich zitiere. Nur dieser Moravec! Ich weiß nicht, ob diesem Menschen sein Ego in die Quere kommt, oder ob der einfach so ein Fantast ist ... der bestand auf seiner Aussage. Man kennt ja diese Hitzköpfe ... Und wissen Sie, was ich ihm sagte? ›Herr Oberst, sicher meinen Sie es gut, aber wenn so etwas in der Vorbereitung wäre, müsste ich als Außenminister davon wissen. Beruhigen Sie sich und bringen Sie uns beim nächsten Mal bessere Nachrichten.‹ Glauben Sie, er nahm die so freundlich angebotene Hand an, damit wir diese Konversation beenden konnten, die nirgendwohin führte? Aber woher denn! Er begann etwas über das Verbrennen der Archive und die Sprengung des Generalstabsgebäudes zu erklären ... können Sie sich das vorstellen? Wir richten hier eine Verwüstung an, und die Deutschen kommen gar nicht. Wie würde es Ihnen gefallen, sprengte man uns den Černín-Palast weg?«

Mir würde das gar nicht gefallen, darin stimmte ich mit dem Herrn Minister überein.

»Und die Regierung solle den bewaffneten Widerstand anordnen, wenigstens symbolisch, und sollte nach Paris oder London fliehen ... und er sollte sich untersuchen lassen! Wenigstens unterstützte mich der Minister – General Syrový. ›Die Regierung tut doch alles, was Deutschland von ihr verlangt – warum sollten sie uns besetzen?‹ So knapp drückte er sich aus, und von einem General, einem Legionär, dem Verteidigungsminister, sitzt das, nicht?«

»Herr Minister, sollten wir nicht aber ...«, einer der anwesenden, bis jetzt schweigsamen Männer sprach nicht zu Ende – mit der typischen Andeutung eines Sekretärs, der Vorgesetzte sollte den Satz beenden.

»Zur Sicherheit«, ergänzte ein zweiter.

»Nichts da! Und ich muss Sie bitten, dass das, was Sie gerade hörten, in den Wänden dieses Büros bleibt«, sagte Chvalkovský nachdrücklich, mit einem Stachel des Bedauerns, so vor ihnen ins Reden gekommen zu sein. »Ich sage Ihnen, was ich Moravec sagte: ›Wenn wir solche Spekulationen in die Welt setzen, bedeutet das, Alarm zu schlagen.‹«

Damit verstummte der Minister, sah abwesend das Postbuch an, ließ es auf der Registratur liegen und ging in sein Arbeitszimmer.

Die Sekretäre schauten sich an.

»Also was machen wir?«

»Ich werde wohl meine Ersparnisse abheben.«

»Ich meinte eher, ob man nicht etwas unternehmen sollte ... ich weiß nicht ... mit dem Ministeriumsarchiv?«

»Du hast den Alten gehört.«

»Und glaubst du ihm?«

Oberst Moravec, dem Chef des Geheimdienstes, und seinen Agenten gelang es nur, eins zu erreichen, wie Chvalkovský seinen Sekretären zufrieden mitteilte: General Syrový erteilte den Befehl, dass »im Falle«, dass die deutsche Armee in die Tschechoslowakei einmarschiert, unsere Einheiten in den Kasernen verbleiben, den deutschen Einheiten keinen Widerstand leisten und keine Anlagen und Archive vernichtet werden sollen.

Ich aber verstand die Absicht. Die Umsicht. Den Kontext. Wem hilft es, wenn Barockpaläste in die Luft gesprengt werden? Wir würden unser kulturelles Erbe irreversibel beschädigen, außerdem wegen der Deutschen – so eine Kulturnation … und wir würden sie noch reizen. Wenn sie denn, rein zufällig, kommen.

Unmittelbar nach dem 15. März 1939, gleich am 16. März, wurde in alle Gesandtschaften folgendes Telegramm des Außenministers geschickt: »*Ordnen Sie sich unter STOP Stellen Sie alle Akten zur Verfügung und erfüllen streng die Anweisungen der deutschen diplomatischen Mission STOP Gleichfalls alle Konsularabteilungen verständigen STOP Chvalkovský.*« Schon in der Nacht vom 14. auf den 15. März beschloss die tschechoslowakische Regierung die Auflösung unseres diplomatischen Dienstes. Ich begriff das als nüchterne Einschätzung der Situation und das Veranlassen entsprechender Schritte. Das Tempo, mit dem das Telegramm abging, das die Diplomaten zur Zusammenarbeit mit Deutschland aufrief, war – ich traue mich das zu sagen – vorbildlich.

Aber es begriffen nicht alle, wohin der Lauf der Geschichte sich drehte, und zeigten eine menschlich wohl verständliche, aber trotzdem unzulässige Saumseligkeit. Und wenn es nur das wäre!

Der Gesandte in Tokio, obwohl er in einer Achsenmacht diente, also einem Deutschland verbündeten Staat, verzögerte die Übergabe der Gesandtschaft so lange, dass es ihm gelang, den Großteil des Vermögens auf die Exil-»Patrioten« in London zu übertragen. Manche Diplomaten nahmen sich absichtlich Urlaub, um nicht abberufen werden zu können. Der Gesandte Kopecký in Genf weigerte sich, seine Gesandtschaft zu übergeben, und es fanden sich weitere, die sich so unverständlich benahmen. Die haben sich der Weisung ihres Vorgesetzten widersetzt! Auch in schwierigen Zeiten müssen wir die Subordination einhalten, ja einzig sie bleibt uns! Wenn wir den Werten treu bleiben wollen, denen wir Treue schworen, ist es gerade in solchen Augenblicken die richtige Gelegenheit! Und wenn von den Werten nur dienstliche Treue übrig ist – soll wenigstens sie respektiert werden. Vermeiden wir aber unbedachte Gemütsbewegungen, emotional gefärbte Entscheidungen und überhaupt unprofessionelles Verhalten! In diesem Sinne möchte ich gern an euch, verehrte Kollegen und Leser, appellieren …

Der Großteil der Anweisungen und Reaktionen auf das Telegramm, soweit es welche gab, lief schriftlich ab. So soll es sein. Telefonischer Kontakt sollte dringenden Sachen vorbehalten bleiben. Minister Chvalkovský führte in diesen Tagen sehr viele Telefonate, aber an eins davon erinnere ich mich genau.

»Ja?«, hob der Herr Minister den Hörer ab. »Jan Masaryk? Haben Sie ihm gesagt, dass alle Anweisungen im Telegramm eindeutig erteilt wurden und dass es nichts zu spekulieren gibt? Ja? Warum also … Wie bitte? Er besteht darauf? Nun gut, geben Sie ihn mir.«

Er setzte ein erhabenes Gesicht auf und stützte sich im Sessel ab.

»Servus, Honza!«, sagte er freundschaftlich. Der Mann auf der anderen Seite sprach laut. Und diesmal benutzte er sein Redeorgan nicht dazu, musikalisch die Sätze zu formulieren, Bedeutungen zu unterstreichen, mit unerwarteten Wortverbindungen zu überraschen, Pausen zu machen, wo welche hingehörten, kurz und gut, den Zuhörer wie an einem Seil hinter sich her zu führen. Diesmal sprach er vor allem laut, als läge am meisten daran, dass ihn der andere hörte. Auch ich schnappte jedes Wort aus dem Hörer auf.

»Schönes Telegramm hast du mir geschickt, Franta. Dass ich die Botschaft den Deutschen übergeben soll. Ich hab mich hingesetzt und mich an einer Antwort versucht, aber du kennst mich ja, das Schreiben ist ja weiß Gott nicht meine Stärke. Dann sagte ich mir: Das ist doch Franta, der das unterschrieben hat. Der Franta, der in Washington auf deiner Hochzeit Trauzeuge war. Also hab ich mir gesagt, ruf ich lieber an.«

Dem Herrn Minister merkte ich an, dass ihn die Erwähnung der Hochzeit und seiner eigenen Rolle dabei überhaupt nicht erfreute. Ehrlich gesagt, wurde sie auch nicht in sentimentaler Erinnerung an eine alte Freundschaft erwähnt, nicht einmal andeutungsweise.

»Weißt du, auf so etwas, was du mir geschickt hast, kann man nur auf eine Art antworten.«

Chvalkovský öffnete den Mund, sagte aber nichts. Er hielt den Hörer starr ans Ohr.

»Leck mich am Arsch, Franta!«, dröhnte Masaryks Stimme, und dann hörte man den Hörer klacken. Der tschechoslowakische Gesandte in Großbritannien musste den Hörer auf die Gabel geknallt haben, aber der Apparat hatte den Schlag barmherzig gedämpft.

Euch beeindruckt das vielleicht, genauso wie Masaryks Zuhörer sich häufig von seinen unfeinen Witzchen angesprochen fühlten. Ich aber war angeekelt. Benahm sich so ein Gesandter? Konnte er denn die Anweisung des Ministers nicht in größeren Zusammenhängen sehen? Verstand er nicht, dass man jetzt mit den Deutschen zusammenarbeiten musste? Ich erwartete, dass der Minister Chvalkovský den Kopf schüttelte, vielleicht mit den Schultern zuckte. Das wäre eine angemessene Geste. Aber er starrte auf die Tischplatte und rutschte im Sessel nach unten, als ob er den Anblick der Amtsakten nicht ertragen könnte.

Ich würde ihn nicht aufmuntern, selbst wenn ich könnte.

Ich begeistere mich für Kämpfer. Und ein Mensch, der nicht zu seinen eigenen Worten stehen kann, verdient nicht, getröstet zu werden.

Aufmerksam hörte ich dem Geflüster zu, das sich wieder in den Gängen des Janák-Anbaus ausbreitete. Zu der Zeit hatte ich mich schon perfekt an ihn gewöhnt und war zufrieden, dass ich von ihm abgeteilt war – und gleichzeitig mit ihm verbunden. Ich konnte mich der Repräsentation widmen, der schöpferischen Arbeit – das heißt dem Durchdenken der Konzeptionen der Außenpolitik – und der Reflexion von Informationen, die aus dem Anbau zu mir drangen. Auf den Gängen des Palasts schritt man nämlich würdig dahin, aber getratscht wurde dort nicht.

Ich erfuhr, dass der Gesandte in Tokio nicht der Einzige war, der es ablehnte, seine Behörde den Deutschen zu übergeben.

Ich muss mich nur konzentrieren, dann kann ich mir die Liste der Gesandtschaften vorstellen, die viele Male durch die Hände der Kollegen ging, sodass ich die Möglichkeit hatte, alles in mein umfangreiches Gedächtnis einzulagern. Zum 15. März 1939 hatte die Tschechoslowakei 74 aktive Vertretungen: 35 Gesandtschaften und 38 Konsulate (davon 15 Generalkonsulate, 22 Konsulate, 1 Mission und 1 Pressestelle in Genf). Nach dem 15. März wurden 22 Vertretungen nicht übergeben (6 Gesandtschaften, 15 Konsulate und 1 Pressestelle). Den Deutschen übergeben wurden 52 Vertretungen. Von 74 Amtsvorstehern blieben 41 im Ausland, davon gingen 38 in den Dienst des zweiten ausländischen Widerstands. Von den 52 Amtsvorstehern, die ihre Vertretungen den Deutschen übergaben, schlossen sich 17 dem ausländischen Widerstand an; 32 kehrten dann ins Protektorat zurück (sie wurden in andere Ministerien versetzt oder pensioniert; einer trat in das Außenministerium des neuen slowakischen Staates ein); drei blieben mit Erlaubnis der deutschen Behörden im Ausland.

Verständlicherweise bestand bei den Missionen auf deutschem Gebiet die Frage ihrer Herausgabe überhaupt nicht, weil die deutschen Organe sie einfach beschlagnahmten. Staaten, die keine ausgeprägte Haltung zur Okkupation der Tschechoslowakei hatten, oder solche, die Verbündete Deutschlands waren, schufen gewöhnlich auch die passenden Bedingungen für die Übergabe der Behörden im Sinne der ergangenen Weisung.

In Großbritannien, Frankreich, den Vereinigten Staaten und der Sowjetunion herrschte im Gegensatz dazu eine Atmosphäre, die in keiner Weise zur Erfüllung der Weisungen aufforderte, um es mal so zu sagen.

Das sind aber Gegebenheiten, die ein disziplinierter Angehöriger des auswärtigen Dienstes analysieren muss, sich jedoch nicht unterwerfen.

Wenn ich untersuche, wie die verbindliche Weisung erfüllt wurde – und seid mir bitte nicht böse, dass ich keine Tabellen zeichnen werde, wie die neue Zeit sie liebt – sehe ich auf den ersten Blick, dass sie in einem Drittel der Fälle nicht erfüllt wurde! Und mehr noch, die Beamten wechselten durchweg ins feindliche Lager! Wie trist! Wie ehrlos! Und dass das allen erdenklichen, bis jetzt gültigen und von niemandem widerrufenen, beziehungsweise neu angenommenen Vorschriften des Deutschen Reichs zuwiderhandelte … das war offensichtlich.

Ich war betrübt von dieser Geste verratener Loyalität, die darüber hinaus allen Grundsätzen eines gesunden Menschenverstands widersprach. Wen, wen nur hatten wir da ins Ausland entsandt? Wie sollten wir uns auf Leute verlassen, die die Situation so widersinnig bewerteten? Während doch ihre Aufgabe nur darin bestand, einer Anordnung zu gehorchen!

Wieder musste ich dem tschechischen Eigensinn ein paar Gedanken widmen. Er bricht da und dort aus und zeigt alle Unsitten einer zu jungen Nation. Ich dachte mir etwas wie: Dörfliche Beschränktheit. Holzköpfe.

Was wollen sie damit erreichen? Das fragten sich eindringliche, wenn auch flüsternde Stimmen, die aus Lippen drangen, die sich umsichtig nah ans Ohr des Kollegen neigten.

Verstehen die nicht, dass sich die Situation geändert hat?

Wollen sie *damit* alle anderen gefährden?

Verstehen sie nicht, dass wir hier als Geiseln zurückblieben?

Und Hand aufs Herz, leugnet das nicht alle Prinzipien der Kontinuität des auswärtigen Dienstes und der Loyalität, die sich von unten nach oben beweist? Die Deutschen sind schließlich ein Kulturvolk und verhalten sich bislang korrekt. Sie haben nicht einmal einen Teil des Reichs aus den böhmischen Ländern gemacht, es entstand ein Protektorat.

Wir sind geschützt. Verderben wir uns das nicht.

Es muss betont werden, dass einige Leiter von auswärtigen Missionen sich im Gegenteil beispielhaft verhielten, ganz im Zeitgeist. Der Gesandte Veverka in Bukarest ließ bei der Übergabe seiner Behörde die nationalsozialistische Flagge aushängen und veranstaltete eine feierliche Zeremonie. Der Gesandte Ibl übergab die Gesandtschaft in Kopenhagen inklusive aller geheimen Codes und Informationen und versuchte, in den deutschen diplomatischen Dienst einzutreten. Ein ähnliches Interesse zeigte auch der Generalkonsul Toušek in Kalkutta. Der Konsul Moravec wollte in Lille das Konsulat übergeben, obwohl er sich in einem Staat befand, in dem ihn nichts dazu zwang. (Organisatorische Ungereimtheiten und andere Umstände führten aber dazu, dass ihm die ganze Aktion misslang und die Behörde trotz all seiner Bemühungen in tschechoslowakischen Händen verblieb.)

Das waren Männer, die sich verhielten, wie es sich gehörte! Das waren die, die treu und diensteifrig zu den Prinzipien standen, die über die momentane Situation hinausgingen! Das waren Kollegen, die begriffen hatten, dass neue Zeiten anbrachen.

Die entstandene historische Ordnung, auf die viele – ich fürchte mich nicht, das auszusprechen – etwas hysterisch reagierten, hatte dabei für das tschechische Volk eine Reihe unbestreitbarer Vorteile. Die Deutschen führten zum Beispiel im Handumdrehen ein, dass Fahrzeuge fuhren, wie es in zivilisierten Ländern üblich war. Nämlich auf der rechten Seite. Bisher fuhr man links. Diese Reden, warum man die tschechischen Vorschriften nicht an den Westen anpassen konnte! Diese Ausreden! Dieses Zögern! Diese Eingeschränktheit, wage ich zu sagen! Diese jammervolle Kleinheit! Dieser Trotz an Stellen, wo er berechtigteren Anlässen gewidmet werden sollte! Diese Weigerung zu verstehen, wo der Platz der böhmischen Länder in Europa ist! (Ich bin etwas in Wallung geraten. Verzeihung. Aber in der Tschechoslowakei war während der ersten Republik nicht alles so ideal, wie wir uns das einredeten. Ja, das Fahren auf der rechten Seite wollte die tschechoslowakische Regierung einführen, und das schon am 1. Mai 1939. Wer setzte es aber am Ende durch? Taten entscheiden, meine Freunde, nicht Worte.)

Die Deutschen kamen – und am nächsten Tag wurde rechts gefahren. Und ohne Probleme.

Ihr könnt einwenden, dass auf dem Loretoplatz und in der Loretogasse nicht so ein Verkehr gewesen sein kann, dass ich das überhaupt bemerkte. Nein, nein, meine Herren. Ich verfolgte die deutschen Kolonnen mit dem Auge eines erfahrenen Soldaten und ihre Disziplin konnte mir nicht entgehen. Und auch nicht die Seite der Fahrbahn, auf der sie sich hielten. Sie rückten voran, unerschütterlich voran – und wenn sie ein tschechisches Auto trafen, musste das einfach ausweichen. Zu Zwischenfällen kam es nicht.

Also ... es fanden sich natürlich auch solche, die ihre Emotionen nicht beherrschen konnten. Ich sah, wie sie sich auf den Bürgersteigen in der Loretogasse zusammenscharten, wie sie ungläubig die Fahrzeuge beobachteten, die in vollendeter Ordnung vorbeifuhren, und wie sie sich bückten, als suchten sie nach Steinen (die sie natürlich in dem perfekten Pflaster nicht fanden). Und wie sie sinnlos

171

den frisch gefallenen Schnee aufhoben, ihn mit zitternden Händen zu Bällen formten und dann auf die Soldaten warfen. Man muss den Deutschen lassen, dass sie nicht mit der Wimper zuckten. Sie ließen die Schneebälle auf den Motorhauben oder auch den Stahlhelmen zerplatzen. Mit ihrer würdevollen Ruhe entwürdigten sie die Angreifer.

Es begaben sich nicht nur solche – Proteste kann ich das fast nicht nennen, auch das Wort »Ausschreitung« ist etwas übertrieben. Vielleicht kindliche Neckereien und Provokationen der Reichswehrmacht, hervorgerufen von verantwortungslosen, unreifen Einzelpersonen? So ungefähr. – Auf den Bürgersteigen tauchten auch Menschen auf, die begeistert riefen und die rechte Hand zum deutschen Gruß erhoben. Auch in Prag lebten schließlich Deutsche! Aber die Ballwerfer konnten diesen demokratischen Ausdruck von Zustimmung nicht ertragen und begannen, die Zivilisten zu bewerfen. Die ließen sich das nicht gefallen ... und alles endete in einer schönen Schneeballschlacht. Nichts weiter. Mein Gott! Das war doch nur so ein Spiel, oder nicht? Die Besetzung Prags verlief ganz friedlich.

Kurz und gut, an Missbilligung dachte keiner. Natürlich fanden sich ein paar Einzelne, die sich nach dem 15. März 1939 nicht am Arbeitsplatz einfanden, und man konnte davon ausgehen, dass sie als verräterische Elemente heimlich über die Grenze flohen, um so etwas Unsinniges wie Widerstand zu versuchen. Wogegen? Gegen die historische Notwendigkeit?

Und wie bezahlten sie das? Mit den Mitteln anderer natürlich. Diese verkäuflichen Seelen, diese Söldner.

Der auswärtige Dienst als Ganzes blieb aber, wie ich stolz mitteilen kann, bemerkenswert konsolidiert.

V. Coda Lunga e stretta

»Sagt eurem Schüler, er solle das rechte Bein vorstellen, Säbel und Schild dem Gegner ordentlich entgegengestreckt, und er solle seine rechte Hand schön außerhalb des rechten Knies, mit dem Daumen nach unten gestreckt halten. Diese Position wird coda lunga e stretta *genannt und dient sowohl für Ausfälle als auch zu ihrer Abwehr. Dem Schüler soll auch vorgeführt werden, wie seine eigenen Ausfälle pariert werden«, empfiehlt A. Marozzo. Der obere Körperteil ist aufgerichtet oder um zehn Grad nach vorn geneigt, mit dem Gewicht auf beiden Beinen. Das rechte Bein ruht mit der Fußsohle auf dem Boden, das linke steht hinten auf dem Ballen. Das ist eine Verteidigungsposition, die auch eine Reihe Hiebe und Ausfälle ermöglicht.*

Ich musste nicht lange warten. Die neuen Herren erschienen gleich in den ersten Tagen nach der Einführung der neuen Ordnung in der Eingangshalle des Černín-Palastes. Offensichtlich waren die üblichen Schritte unternommen worden, also offizielle Telefonate geführt, die der grundlegenden Veränderung der Situation entsprangen. Es gab keine peinlichen Szenen durch uninformiertes Personal. Der Pförtner tat nicht, als könne er kein Deutsch, zuckte nicht die Schultern und lehnte nicht ab, die betreffenden Stellen anzurufen.

Die Vertreter der Ministeriumsleitung (Edvard Beneš und Jan Masaryk waren das selbstverständlich nicht – die hatten sich ihre Seite und ihren Platz schon selbst gesucht) erschienen fast augenblicklich in der Eingangshalle, als hätten sie irgendwo in der Nähe auf diesen Moment gewartet. In perfektem Deutsch begrüßten sie die Gäste und drückten ihre volle Bereitschaft zur Zusammenarbeit aus.

Während ihrer kurzen, recht farblosen Begrüßungsrede verfolgte ich den Inhalt und die Diktion der Redner. Nur ein erfahrenes Ohr (wie das meine) konnte in ihrem Tonfall einen gewissen fragenden Unterton erkennen. Eine gewisse Nervosität. Das Bemühen, unauffällig die Realität zu formen, die noch im Urnebel schwebte. Was natürlich zu einer diplomatischen Verhandlung dazugehörte.

Die Deutschen zeigten sich ... – eigentlich hatten sie keinen bestimmten Gesichtsausdruck. Es sah aus, als hätten sich ihre Gesichter untersagt, der anderen Seite auch nur die leiseste Andeutung zu geben. Welcher anderen Seite eigentlich. Sie sahen sich in der Halle um, klopften sich mit den Handschuhen auf die Oberschenkel. Ach, diese sich wölbenden Reithosen, die so ein bisschen aussahen wie die Flossen eleganter Meereslebewesen, wie ich sie von meinen Gobelins kannte! Wie geschmeidig sie unter den Knien enger wurden, wo sie in die gewienerten Stiefel glitten, so ähnlich wie bei der Ausstattung römischer Soldaten!

Diese Mützen, die sich vorn in die Höhe erhoben wie die Stirnseite eines Gebäudes, das in Kolossalordnung erbaut wurde.

Diese Schultern, die unerbittlich vom Kragen nach rechts und links liefen und den Hals trugen; Schultern, die aussahen, als könnten sie jede Last tragen!

Die neuen Herren sagten nur ein paar Worte und auch die eher nebenbei. Es seien gewisse Abänderungen nötig. Der Deutsche mit dem niedrigsten Rang entspannte sich etwas und sagte in seiner groben Soldatenstimme einen kurzen Satz, aus dem ich mir nur die Wortgruppe »tschechische Schweinerei« merkte. Wahrscheinlich ging ihr das Verb »auskehren« voraus.

Seine Vorgesetzten sahen ihn mit vorgetäuschtem Nichteinverständnis an, aber ihre Mundwinkel verzogen sich verstehend. Er hatte für sie alle gesprochen. »Amtssprache ist ab sofort Deutsch, was wohl sicher keiner besonderen Erwähnung bedarf«, erklärte der Höchstrangige. Die Vorgesetzen aus dem Ministerium standen in angespannter Haltung da, sie nickten zwar nicht, aber es war klar, dass ihre Körperhaltung eindeutige Annahme ausdrückte – der ... Empfehlungen? Eher der Befehle. Wie eine diplomatische Verhandlung sah das nicht aus. Aber vielleicht wird man ab sofort in den flossenartigen Hosen miteinander sprechen und nicht mehr in Gesellschaftsanzügen. (Die haben keine Rangabzeichen, also ist auch nicht klar, wer von den Anwesenden befiehlt, was die Uniform deutlich leichter macht.) Der Stil des behördlichen Vorgehens änderte sich vermutlich genauso rasant.

»Alle derzeitigen Maßnahmen sind sowieso nur vorübergehend«, hörte man noch. »Das Außenministerium wird verständlicherweise abgeschafft und seine Aufgaben von den entsprechenden Reichsbehörden übernommen. An den Akten und dem Archiv darf nichts verändert werden, jegliche Manipulation wird als feindlicher Akt ausgelegt. Die Übernahme des Gebäudes erfolgt sofort, die Angestellten werden entsprechend den geltenden Gesetzen entlassen.« Die Worte sickerten in die tschechischen Ohren. Niemand setzte sich zur Wehr.

Also hatten die Optimisten, die flüsternd zum Realismus aufforderten, nicht so ganz recht? Waren die Verzweifelten, die über die Grenze flüchteten, etwa doch nicht ganz verrückt? Und ich hatte mich so auf die neue Außenpolitik gefreut. Es war kein Geheimnis, dass Mussolinis Italien ein Verbündeter Hitlerdeutschlands war. Wie begeistert ich mir die Besuche von Landsleuten ausmalte!

Dann verlangten die Deutschen eine Besichtigung des Gebäudes. »Besichtigung« ist vielleicht nicht das richtige Wort, denn schon dabei überlegten sie, wie sie die Arbeitszimmer im repräsentativen Gebäudeteil verteilen würden. Bevor sie die Halle verließen, riefen sie vom Platz noch Soldaten herbei, die ihnen auf dem Fuße folgend das Gebäude besetzten. Die Anordnung, die Akten zur Verfügung zu stellen, erwies sich jetzt als zu ... rücksichtsvoll. Auch einem weniger begnadeten Beamten würde wohl aufgehen, wie die Dinge standen, träfe er auf dem Gang einen Soldaten mit Gewehr an. Wo sollte er die Akten im Büro wohl verstecken? Wie sollte er sie hinaustragen? Und wohin eigentlich ...?

Ich kam nicht umhin zu quittieren, dass etwas vom alten Geist im Palast zurück war.

So verschwand vor allem der peinliche Stil, in dem die Untergebenen bisher an den Minister in seinem Arbeitszimmer herantraten. Sie neigten sich nicht mehr vor, machten den Rücken nicht krumm, versuchten nicht mehr, den weiten Raum zwischen den hohen Türen und den Klubsesseln mit schnellen Schritten zu durchqueren, als liefen sie vor dem Regen davon. Die Sekretäre schlugen jetzt beim Eintreten zackig die Hacken zusammen und ließen die Rechte vorschnellen – sie mussten also die Akten perfekt geordnet haben, damit sie sie mit der Linken an die Brust drücken und dann die verbleibende Entfernung im Marsch zurücklegen konnten. Weder langsam, noch schnell. Im Respekt vor den anderen muss der Respekt vor sich selbst vorhanden sein, *jawohl*?

Es tauchten gewisse Störmomente auf, ohne die wahrscheinlich kein historisches Ereignis auskommen kann.

Am 20. März fand auf dem Wenzelsplatz eine großangelegte Militärparade der Deutschen statt, die ich mit eigenen Ohren verfolgen konnte. Es wurden mehrere Rundfunkempfänger im Gebäude angeschaltet und so konnte ich gemeinsam mit den anderen den Bericht des populären Reporters Franta Kocourek anhören.

Franta! Diese Tschechen ... der hieß schließlich František. Wollte er wirklich so volksnah sein? Er war schließlich promoviert, hatte an der Sorbonne studiert ... schämte er sich etwa dafür? In manchen Dingen kann ich die Tschechen wirklich nicht verstehen und werde es wohl auch nie. Das war das erste Störmoment. Die erste Note, die nicht richtig klang. Bislang war es aber nur eine Andeutung, vielleicht so wie jemand in der heiligen Stille vor dem Konzertbeginn hustet.

Franta Kocourek hielt seine Rede sehr sonderbar. Er stand neben einem deutschen Offizier auf dem Balkon und fragte ihn alle Augenblicke nach verschiedenen Details bezüglich der vorgeführten Technik. Und der Ton seiner Fragen traf mich wieder ganz seltsam. Er ließ einen frieren wie eiskaltes Wasser, das anstelle des erwarteten körperwarmen aus dem Wasserhahn schießt. Er stach wie eine Degenspitze, die bei einem Duell den Arm ankratzt. Er wühlte auf, warum soll ich es nicht aussprechen.

»Jetzt fahren gerade riesige Flugabwehrgeschütze vorbei. Das sind Traktoren auf wie vielen Rädern? Herr Kollege, bitte helfen Sie mir doch zu zählen, zwei – vier – acht – also ungefähr neun Räder auf jeder Seite«, zählte er genauso strebsam wie in der Schule, »Traktoren, besetzt mit drei Reihen, das sind zwölf Männer auf jeder

Seite, die in einer Höhe von ungefähr zwei Metern sitzen.« So beschrieb er die Kriegsmaschine, die aber dadurch wirkte wie eine seltsame lebende Pyramide aus dem Zirkus. »Und dahinter auf vier Rädern, die, wenn ich mich nicht täusche, aus Gummi sind, das sind Pneus, aber doppelte«, unterstrich er eifrig, »fahren Flugabwehrgeschütze, deren Konstruktion sich deutlich von unseren Flugabwehrgeschützen unterscheidet, wie mir Herr Ingenieur Wornstern sagt, der hier als Dolmetscher fungiert zwischen den tschechischen Reportern und dem Herrn ... Rittmeister ...«

Franta wunderte sich nicht nur übertrieben über die Parameter der Fahrzeuge und Waffen, sondern verfiel auch in rhetorische Pirouetten. »Das alles ist ein bisschen wie ein Traum. Wer von uns hätte gedacht, dass wir so eine Truppenschau hier auf dem Wenzelsplatz sehen würden, noch vor einer Woche, noch am Sonntag, in der Woche vor dem Sonntag?«, fragte er ein bisschen zu erstaunt, und gleichzeitig ohne Fragezeichen.

Noch ein anderer Zweifel erhob sich in mir. Ich bemerkte nämlich etwas Seltsames in der Abfolge der Fragen. Kocourek stellte seine Fragen sofort, wenn der Dolmetscher übersetzt hatte – es fehlte da das kurze Zögern, diese Pause von ein paar Sekunden, die der Mensch im Gespräch meistens braucht, um zu überlegen, wie es weitergehen soll. Plötzlich begriff ich, dass Franta Kocourek Deutsch konnte. Warum also täuschte er Unkenntnis vor? Warum bestand er darauf, dass das Gespräch auf Tschechisch geführt wurde? Wäre es nicht ein Ausdruck der neuen Zeiten, wenn gleich Deutsch gesprochen würde? *Eins, zwei*, so wie man gleich rechts fuhr? Bestimmte Dinge muss man einfach mit einem Schlag erledigen, *verstehen Sie?*

Und dann hörte ich den seltsamsten Teil aus Kocoureks Bericht.

»Gestatten Sie mir, ein ganz unmilitärisches Detail zu erwähnen«, begann er sachlich, aber jeder musste bei so einer Einführung aufhorchen. »Irgendwoher aus der Ferne kam eine große schwarze Krähe nach Prag angeflogen, sie segelte vom Museum über die fliegenden Scheinwerfer und Abhörgeräte der deutschen Armee hinunter zum Můstek. Sicher wunderte sie sich über das Getöse, das sie hörte, und das Bild, das sie unter sich sah.«

Sollte diese Krähe seinem Bericht Würze verleihen? Wisst ihr, ich habe schon viele Reden gehört, und ein bisschen Persönliches ist nicht verkehrt, aber in diesem Fall … Oder sollte der Herr Kocourek eine nicht zu unterdrückende künstlerische Ader haben? Ich verstehe Kunst sehr gut. Im Palast gab es viele Konzerte und andere edle Vergnügungen … Aber für eine poetische Einlage war das doch ein bisschen zu wenig poetisch. Er beschrieb diese Krähe mit einer anders gefärbten Stimme, einem anders intonierten Erstaunen. Als könnte er selbst nicht glauben, was er da sieht. Und als sähe er noch etwas anderes als das, was er da vor sich hatte.

Auf einmal war da etwas Interessantes im Benehmen der Beamten, die sich in den Büros um die Apparate versammelt hatten. Vielleicht dass sie sich so darüberbeugten, dass sie sich an den Schultern berührten. Dann bemerkte ich auch die Blicke, die sie tauschten. Grimassen. Und hörte die halblauten Bemerkungen.

»Der zeigt's denen aber ordentlich, diesen Deutschen!« Wie denn …?
»Und Klein-Hitler steht dumm daneben.«
»Der Trottel versteht einen Dreck.«

Also eine Beleidigung der Reichswehrmacht? Und niemand tut etwas? Ich erwartete, dass der Offizier aufwacht, die Soldaten unten anschreit und die ihre Haubitzen zuerst gegen die Krähe und dann gegen Kocourek richten. Aber es passierte nichts. Die Krähe, die sich einfach ihrer historischen Rolle nicht bewusst war, segelte ruhig fort und der Offizier antwortete weiter auf die idiotischen Fragen des vorwitzigen Reporters.

»Wer weiß, ob da überhaupt ein Vögelchen war!«, bemerkte einer der Beamten spöttisch, worauf alle lachten.

Diese Tschechen. Diese Spielkinder, die biegen sich die Realität wie falsche Teile im Metallbaukasten zurecht, damit sie zusammenpassen. Alles verstellen sie, passen sie an, friemeln sie sich auf ihre Weise zurecht. Diese kleinen Jungs. Diese kleinen Kater, die nicht groß werden wollen. Diese Schlaumeier. Witzbolde. Diese Kämpfer aus dem Hinterhalt. Diese Soldaten, die anstelle von Bajonetten Witze haben. Und damit stechen, stechen, stechen sie, solange sich jemand das Kitzeln gefallen lässt. Ich verstand sie nicht. Und ich war neugierig, wie die Deutschen sie verstehen werden. Wie lange es dauert, bis ihnen aufgeht, dass man diese Witzbolde mit aller Ernsthaftigkeit behandeln muss.

Ich fühlte mich geehrt, dass der Reichsprotektor selbst seinen Sitz im Palast nahm. Nicht etwa in der Burg. Als ich nachlässig in diese Richtung schaute, schienen mir die Türme der Kathedrale etwas kleiner geworden zu sein. Als wäre das ganze Burgareal plötzlich abgesackt und rutschte immer weiter. Diese besondere geologisch-psychologische Erscheinung konnte auf Überlegungen anspielen, ob die Staatlichkeit der Tschechoslowakischen

Republik nicht nur ein bedauernswerter, vorübergehender Fehler war.

Im Übrigen wurde kein Fremder Protektor. Einer der Unsrigen trat an und den warfen die großartigen Räumlichkeiten des Palastes nicht so um, wie es anderen passierte. Er nahm sie einfach als angemessene Räumlichkeiten für staatsmännisches Arbeiten zur Kenntnis. Als er durch den Diensteingang hineinkam, verbeugte er sich leicht, als hätte er einen Riss im Marmorboden entdeckt; ich verstand diese Geste aber. In solch einem Moment ist es unpassend, sich an der Stuckverkleidung der eroberten Räumlichkeiten zu ergötzen. Den Besiegten würde das unangenehm überraschen, eventuell auch unangemessene Hoffnungen in ihm wecken. Es ist nötig, nur die angemessene Ehre zu erweisen, was Konstantin von Neurath tat, und ich nahm seinen Gruß hochachtungsvoll an.

Auf den ersten Blick erkannte ich den Kollegen, wenn ich das so sagen darf. Ein Profi. Ein Veteran des Ersten Weltkriegs und in Friedenszeiten Diplomat, der eine Reihe von Posten durchlaufen hatte. Als ich sein edles Gesicht ansah, das von einem Schnauzer geschmückt war (im Gegensatz zu Beneš »Bartbinde« ganz natürlich aussehend), war ich beruhigt.

Ähnlich natürlich besetzte er ein Büro im *piano nobile*, wo auch sonst?

Die Sache war in guten Händen.

Dieser Mann wusste alles über behördliche Vorgänge – und Abstand. (Ich meine damit eine gesunde Entfernung zwischen Vorgesetztem und Untergebenem, keinesfalls etwas Technisches.)

Ich konnte davon ausgehen, dass die Dinge entsprechend den Vorschriften und in den gesetzlichen Fristen erledigt werden. Und darum ging es. Für die Zeit der Unsicherheit und der Korridorängste bezüglich der deutschen Brutalität.

Mit Konstantin von Neurath trat in den Palast der Glaube an das korrekte Vorgehen des deutschen Volkes ein, das in historisch nötiger Weise sein Territorium vergrößerte. Und so nahmen das auch die ministerialen Mitarbeiter wahr, sofern sie sich nicht von Emotionen irremachen ließen. Das Bewusstsein historischer Notwendigkeit ist ein sehr nützliches amtliches Instrument. Es half ihnen, sich an die neue Situation zu gewöhnen, und das bis zum Jahr 1940, als das tschechoslowakische Außenministerium liquidiert wurde.

Was im Übrigen auf eine kultivierte, geordnete Weise geschah, die ich erwartete und auf die ich mich verließ – auf der Grundlage von Entscheidungen, die ordentlich von den entsprechenden führenden Mitarbeitern ausgefertigt und signiert wurden, wogegen kein rechtschaffener Beamter (bei entsprechender persönlicher Integrität) etwas einzuwenden haben konnte.

Wie sich dann aber erstaunlicherweise zeigte, fanden sich welche, die Einwände hatten. Natürlich waren das die im Ausland, die nicht wissen konnten, wie geordnet die Machtübernahme bei uns ablief. (Mit den Ereignissen nach dem Jahr 1918 ließ sich das nicht vergleichen – wie damals gewartet wurde! Wie improvisiert wurde! Wie kompliziert die Entscheidungen um die Rekonstruktion des Palastes waren! Meine Erinnerungen kamen mir plötzlich peinlich vor und ich bedauerte, dass ich mich von Leuten verwirren ließ, die sich im professionellen außenpolitischen Sinne als armselige Amateure erwiesen.)

Hatte Edvard Beneš etwa jemals als Diplomat gearbeitet? War er wenigstens einmal Botschafter? Seht ihr. Und trotzdem gelangte er an die Spitze des betreffenden Ressorts. Da hatte Seine Exzellenz Herr von Neurath eine ganz andere berufliche Karriere.

Zu den Einwänden. Wieder begann ich, auf alte Bekannte zu treffen. Edvard Beneš und Jan Masaryk. Natürlich nur mittels der Nachrichten über ihre Aktivitäten, aber an die indirekte Rede der amtlichen Dokumente war ich ja lange gewöhnt. Edvard Beneš brachte seine Taktik aus der vorherigen, untergegangenen Welt mit. Er versuchte in Großbritannien so etwas wie eine Exilregierung zu schaffen und meinte, er könne über ihre Außenpolitik sprechen. Selbst nannte er sich einen Präsidenten, besser gesagt, behauptete er, er habe nie aufgehört, es zu sein. Nur, wie soll man regieren, wenn man kein Land hat? Und wie will man Diplomatie machen? Der Außenminister eines nicht existierenden Staates ist Unsinn an sich, im Wesen, von Anfang bis Ende. Und diesen Posten bekam unser westlicher Lebemann. Wenn ich könnte, würde ich ironisch die Augenbrauen hochziehen.

Haben Sie das nötig, meine Herren?

Die neuen Palastherren sahen die Tätigkeit der Abenteurer hinter dem Kanal ähnlich. Nichts währt ewig, könnten sie sagen, wenn sie sich etwas gehobener ausdrücken wollten. In den Momenten übergroßer Freude über das Vorrücken der deutschen Truppen gaben sie sich Überlegungen hin, ob Beneš und Masaryk nach der Eroberung der Britischen Inseln in Deutschland oder in Prag vor Gericht kommen. Prag gäbe der Sache die richtige symbolische Bedeutung, schlossen sie gewöhnlich. Ich stimmte aus tiefer Seele damit überein. Also, damit ich richtig verstanden werde, ich bin ein Tschechoslowake wie alle anderen – zu der Zeit eher nur noch Tscheche, nach dem unrühmlichen Ende unserer slowakischen Gebiete ... konnte ich aber die Zukunft des Volkes wegen der Abenteuer einiger seiner ehemaligen Vertreter riskieren?

Ich, ich sympathisierte tief im Herzen mit ihnen.

Aber es lagen Deutschland und der Kanal zwischen uns. Und genauso tief die widersprüchliche Sichtweise auf die Rolle der böhmischen Länder in Europa und ihrer Zukunft. Mir erschien die Vorstellung eines geeinten Kontinents überhaupt nicht schlecht. Insofern sich die slawische Gemeinsamkeit als Chimäre erwies – übrigens hatte Deutschland doch mit der Sowjetunion einen Freundschaftsvertrag abgeschlossen –, warum sich nicht perspektivreicheren Führern zuwenden, die die Zänkereien der kleinen Völker überwinden können?

Trotzdem gelang es den Deutschen immer noch nicht, den Kanal zu bezwingen. Die Sprache ihrer Dokumente aus den Büros des Protektors nahm zusehends einen beunruhigenden Tonfall an. Es gab darin zwar kein Anzeichen, dass das großartige Kriegsunternehmen nicht erfolgreich sein könnte; nur das triumphierende Fanfarenschmettern des Beginns verschwand und machte nüchternen Beschreibungen Platz. Der Luftkrieg war wohl nicht das absolute Mittel zur Lösung der internationalen Situation.

Das warf ein besonderes Licht auf meine Vorkriegsansichten.

Also kann man Flugzeugen wirklich widerstehen?

Und die Nachrichten erwähnten auch Tschechen, die in den Flugzeugen der britischen Armee kämpften. Also hätten wir eine Chance haben können? Wir hätten uns verteidigen sollen?

Damals war es, dass ich wieder von Jan Masaryk hörte.

Zuerst erfuhr ich, was er sagte. Die deutschen Behörden verfolgten, wie ihre Politik von den Staaten eingeschätzt wurde, mit denen das Reich Krieg führte – sie widmeten ihnen zwar nachsichtige, aber doch auch sorgfältige Aufmerksamkeit. Allmählich begriff ich, dass die Kämpfe nicht nur in der Luft mit den Flugmaschinen geführt wurden, sondern auch mithilfe einer noch seltsameren Erfindung – den Radiowellen. Die interessierten mich, ich verglich sie mit der Elastizität eines Degens, der bei vollkommener Fechtkunst die Luft auch irgendwie immateriell durchschneidet. Ohne dass der Gegner es sich vorstellen oder bemerken könnte … Es werden Geschichten von Zweikämpfen erzählt, in denen der Besiegte nicht bemerkte, dass er getroffen war – so blitzschnell und überraschend war der Ausfall –, bis ihm die Waffe aus der Hand fiel und er zur Erde sank.

Nun ja, es ist ein überraschendes Eingeständnis, aber der westliche Lebemann in seinem perfekten Anzug offenbarte sich als ähnlich verlässliche Waffe. Ein tschechoslowakisches Rapier, vielleicht wirksamer als die Maschinengewehre Bren, die im Ausland mit den von der Brünner Waffenfabrik verkauften Lizenzen hergestellt wurden. BREN. Waffenfabrik BRno – und Waffenfabrik ENfield, *understood?*

Die Nachrichten, die auf den Schreibtischen landeten, beschäftigten sich mit wachsendem Interesse mit Masaryk. Von den geringeren Beamten wanderten sie nach oben, vervollständigt mit übersichtlichen Materialien über die Stimmung der Bevölkerung. Sie führten aus, dass Jan Masaryk gekonnt die Sentimentalität der Slawen nutzt und sie mit seinen Erinnerungen an die Heimat berührt. Das mussten die Deutschen nicht ernst nehmen, aber dieser subversive Rundfunkredner in Großbritannien schaffte es, auch andere Saiten zu berühren. Er nutzte seinen

Witz, seine Schlagfertigkeit und seine Sprachkunst, um klarzustellen, was er von den Deutschen und der Protektoratsregierung hielt. Und da drückte er sich, zugegeben, ganz undiplomatisch aus.

In einem Winkel meines Herzens war ich glücklich, dass er in keinem Dienstverhältnis mehr zum Außenministerium stand, denn das hätte vielleicht ein unangenehmes Verfahren gegeben, das niemandem etwas Gutes eingebracht hätte. Ich meine natürlich das Reichsaußenministerium, das die tschechoslowakische Agenda erbte. Ich fühlte die Kontinuität und blieb weiter loyal. Das Hauptquartier des Reichsprotektors zu werden, erschien mir keine kleine Mission …

Aber das waren nicht nur Worte. Besser gesagt, waren Masaryks Worte in der Lage, sich unangenehm zu materialisieren. Es wurde ein Anwachsen aufrührerischer Ansichten und konkreter Aktionen vermerkt, mit denen unbekannte Saboteure die wirtschaftlichen Anstrengungen des Protektorats unterwanderten.

Jan Masaryk modulierte wehmütig die Stimme, als spielte er ein romantisches Stück auf dem Klavier, das seinen Höhepunkt in donnernden Bässen fand. Das hörte sich nicht wie ein Aufruf zum Angriff an, hatte aber genau so eine Wirkung.

Die Deutschen versuchten, seinen Namen, diese Erinnerung an seinen Vater und die kurze Geschichte eines Fehlers, der sich Tschechoslowakische Republik nannte, auszumerzen. Bei den Namen von Straßen und Plätzen ging das ziemlich leicht, man musste nur die Schilder entfernen, wie ich es selbst beim Umsturz im Jahr 18 erlebte, als ich plötzlich keine österreichisch-ungarische Kaserne mehr war.

Gegen Funkwellen kämpft es sich schlechter. Sie überwinden Grenzen genauso leicht wie Flugzeuge, Stahlbetonbefestigungen sind kein Hindernis für sie und die Flugabwehr kann ihnen nicht schaden.

Die Deutschen ordneten an, dass alle Rundfunkempfänger obligatorisch so verändert werden mussten, dass sie keine Kurzwellen aus London empfangen konnten.

Die Tschechen antworteten mit ihrem sprichwörtlichen Erfindungsgeist von Lakaien, die immer wissen, wie sie das gerissene Geschirr zusammenbasteln, wenn die Herrschaft mit der Kutsche ausfahren will, oder wie man ein verrutschtes Türschloss zum Gehorsam zwingt oder wie man eine verklemmte Fensterklinke in Bewegung setzt. Nun also, sie kamen mit einem sogenannten Tschertschilek. Dieses Dingelchen wurde in den Empfänger eingelegt und ermöglichte, Kurzwellen zu empfangen, und dann wurde es wieder herausgenommen.

Tschertschilek! Natürlich nach dem britischen Premierminister genannt. Die Sprachfertigkeit musste ich anerkennen. Bei einem Duell ist es nicht statthaft, den Gegner mit ironischen Bemerkungen durcheinanderzubringen, weil ein Wort gefährlicher sein kann als ein Dolch ... Nur, was blieb den Tschechen übrig, da sie doch jegliche Ausrüstung der Wehrmacht abgegeben hatten. Und Waffen, die in ihren Fabriken hergestellt wurden, gingen wieder an die Deutschen. In sprachlicher Hinsicht schlugen sich die Tschechen wacker.

Ansonsten brachten sie es nur zu symbolischen, peinlichen Gesten. Wie zum Beispiel den einwöchigen Boykott der Protektoratspresse. In Prag soll der Absatz um 70 Prozent gesunken sein. Eine ähnliche Farce war der Boykott des öffentlichen Nahverkehrs, der in diesen Tagen wirklich leer fuhr. Wenn die Exilregierung nur solche »Widerstands«-Aktionen hervorbrachte, war das eher ein negatives Zeugnis für ihre Handlungsfähigkeit. Über solche Nachrichten lachte der Protektor von Neurath. Der Krieg wird nicht damit gewonnen, dass sich jemand keine Zeitung kauft, konnte ich an seinem perfekt geschnittenen Schnauzbart ablesen.

Nicht alle teilten seine Sicht der Dinge. Ich hörte so einige wissenschaftliche Standpunkte über die moderne Art, Krieg zu führen, in dem der Propagandakrieg ein wichtiger Bestandteil ist! Wenn ich so darüber nachdachte, bekamen nichtgekaufte Zeitungen eine ganz andere Bedeutung.

Auf jeden Fall wurde beschlossen, zu Untersuchungszwecken den Rundfunk zu hören. In das Büro eines höhergestellten Beamten wurde das amerikanische Radio gebracht, das einst in Edvard Beneš' Büro stand. In dem schönen Kasten aus hellem Holz waren die Kurzwellen nicht entfernt worden, weil so etwas unter dem Schutz der Reichsbehörden und -waffen nicht nötig war.

Die Herren, die sich vor halb zehn am Abend im Büro versammelten, nahmen das als notwendige Überschreitung der Amtsstunden. Einen Anflug von Zweifel konnte ich in ihren korrekten Mienen aber lesen. Konnte Jan Masaryk wirklich so viel Schaden anrichten?

Ein niederer Beamter bereitete Papier und Stift vor – einen Reservestift hatte er wie einen Dolch in die Brusttasche gesteckt; der tschechischkundige Beamte räusperte sich, damit das, was er übersetzen sollte, nicht in seinem Hals stecken blieb.

Und dann, dann hörte ich Jan Masaryk mit eigenen Ohren. Es reichten ein paar Worte, schon war die Erinnerung an seine Stimme da, wie ich sie von seinen Besuchen beim Außenminister während seiner Mission in Großbritannien kannte. Diese weiche, irgendwie rücksichtsvoll klingende Stimme, die die eigenen Zweifel und Unsicherheiten mit Gefühl überwand – und mit Witz. Scheu kam er den Zuhörern entgegen, schlug Haken, schweifte ab, wich scheinbar zurück – und plötzlich sagte er herzlich, wenn auch irgendwie nebenbei, das Wichtigste.

Der Dolmetscher übersetzte halblaut, die Herren schauten sich verdutzt an.

Was sollte dieser sentimentale Kram? Stand in ihren Gesichtern. Hören diese Tschechen nie auf, uns zu überraschen? Lassen sie sich wirklich zu solcher Oberflächlichkeit herab?

Dann kamen die Schmähungen gegen die Protektoratsregierung und daran angehängt gegen die Deutschen.

Die Herren neigten sich dem Rundfunkempfänger zu.

Der Dolmetscher lief rot an, suchte mit den Augen den höchsten Beamten, um schweigend um Verzeihung zu bitten, dass er solche Beleidigungen aussprach. Sein Vorgesetzter schüttelte den Kopf, sein Gesichtsausdruck beherrscht. Er wollte wohl andeuten, dass man die Übertragung sachlich anhören musste – Beleidigungen aus solchem Munde können uns doch nichts anhaben ...

Die Sendung war am Ende, als Masaryks Stimme plötzlich emotionaler wurde: »Also Kopf hoch, meine Lieben! Und gute Nacht!«

Die Anwesenden tauschten ungläubige Blicke. Konnte der Abschluss wirklich so plebejisch sein? Wen wollte der Sprecher damit erreichen? Waren die Protektoratsbewohner wirklich neugierig auf seine Kumpeleien? Der Sekretär schloss die Aufzeichnung mit einem langen waagerechten Strich ab, als wollte er andeuten, dass es sich nur um eine von vielen ähnlichen handelte.

Die Köpfe wandten sich dem höchstgestellten Beamten zu.

Er beugte sich im Sessel vor, verschränkte die Finger, um zu zeigen, dass er der Angelegenheit die entsprechende, wenn auch nicht übertriebene Aufmerksamkeit widmete.

»Das ist peinlich«, erklärte er und die Anwesenden waren vollkommen einverstanden. »Nur das Gebell eines streunenden Hundes, der vor dem Tor bleiben muss.«

Allgemeines Nicken.

»Außerdem diese Wortwahl! So etwas würde kein Deutscher je über die Lippen bringen. Begreift dieser Mensch nicht, dass er sich durch solche armseligen Beleidigungen nur selbst erniedrigt?«

Besser hätte ich das nicht sagen können.

»Die Tschechen waren niemals echte Gegner für uns.«

Jetzt müsste gleich ein grundlegenderer Gedanke kommen; alle begriffen das und der Sekretär beugte sich mit seinem Block dem Vorgesetzten zu, um zur Aufzeichnung auch den Kommentar hinzuzufügen.

»Wir dürfen allerdings nicht die zersetzende Wirkung dieser ›Ansprachen‹ auf die Stimmung in der Bevölkerung unterschätzen. Auch das Wort kann eine Waffe sein.«

Genau.

»Auf Deutsche hätte so etwas zwar keine Wirkung – ich sah in Ihren Gesichtern ein gewisses Unverständnis, wie so etwas funktionieren kann – aber auf die hiesige niedere Rasse wirkt das offensichtlich.«

Er schwieg einen Moment, die Gesichter blieben ihm aufmerksam zugewandt. Einige Herren berührten unbewusst ihre Brusttaschen, als ob sie prüfen wollten, ob sie einen Stift haben, um sich eventuelle Aufgaben aufzuschreiben.

»Wir werden diese Sendungen regelmäßig verfolgen, aufzeichnen und analysieren. Besonderes Augenmerk soll auf die Beziehung zwischen der Haltung der Bevölkerung und diesen Ansprachen gelegt werden. Gegen verbotene technische Veränderungen an Empfängern soll mit ganzer Härte vorgegangen werden. Ich danke Ihnen, meine Herren, dass Sie dieser unangenehmen Angelegenheit Ihre Freizeit widmeten. In Kriegszeiten erwartet und verlangt das Reich das natürlich von uns. Von den Soldaten in den Schützengräben genauso wie von uns in den Büros.«

In den anwesenden Gesichtern las ich Erleichterung, dass aus der Sitzung keine weiteren Aufgaben entstanden. Andererseits nahm ich einen Dunst von Beunruhigung im Raum wahr, der wie der Zigarettenrauch von gestern in der Luft hing.

Konnte man mit diesem Geschwätz wirklich nichts machen? Mussten wir wirklich warten, bis die Britischen Inseln erobert waren und Jan Masaryk vor Gericht gestellt werden konnte? Falls wir nicht die schnelleren Methoden der Gestapo bevorzugen, die sich vielfach bei der Beseitigung gefangener Gegner bewährten.

Aha, gewisse Schwierigkeiten beim Angriff auf Großbritannien zu erwähnen, würde bedeuten, die Realität der Kriegsbemühungen des Reichs anzuzweifeln. Verständlich. Dann kämpfen wir doch lieber gegen die Rundfunkempfänger.

Irgendwann damals setzte sich eine neue Bezeichnung für Jan Masaryk fest. Kein westlicher Lebemann mehr, auch keine anderen Spitznamen – da hätte ich einiges zu erzählen! Nein. Sein Vater, die Familienmitglieder und auch Edvard Beneš nannten ihn vertraulich Jenda. Auch das änderte sich jetzt. Jetzt wurde er im Volk Honza genannt. Unser Honza. Die Deutschen brauchten kein besonderes Sprachgefühl, um zu begreifen, was das hieß. Dass die Propaganda wirkte und Masaryks Ansprachen auf fruchtbaren Boden fielen. *Unser Honza.* Der Klavierspieler aus London klimperte geschickt auf den Saiten tschechischen Plebejertums, die die Deutschen gut kannten.

Weiter wurde der Rundfunk zu Untersuchungszwecken nicht mehr abgehört. Der Vorgesetzte bevorzugte zweifellos, dass sich beim nächsten Mal einer der Sekretäre (mit der entsprechenden Sprachkompetenz) die Beleidigungen gegen das Reich in der Abgeschlossenheit seines Hauses anhörte und ihnen nicht so eine Wichtigkeit zugesprochen wurde, dass eine ganze Versammlung dazu einberufen werden musste.

Die ganze Angelegenheit schien abgeschlossen.

War sie aber nicht. Das hing mit der Entwicklung der Feldzüge zusammen, die das Reich führte, und mit der Haltung der Bevölkerung in den unterworfenen Gebieten. Nach einer Zeit wurde von einer Eroberung Großbritanniens überhaupt nicht mehr gesprochen. Ich begriff, dass die Lösung der Zeit und den diplomatischen Methoden nach dem siegreichen Krieg überlassen wurde. Für mich selbst war ich zufrieden. Warum sollte man Leute verschwenden und Material, wenn man nach dem Krieg mit Großbritannien als Großmacht sicher eine Einigung finden konnte?

Bis dahin war alles in Ordnung. Vor meinem Eingang stand immer noch in vorbildlicher Haltung eine Zweiergruppe bewaffneter Soldaten, die allein durch ihr Aussehen jedem die Lust austrieben, beleidigende Bemerkungen fallen zu lassen. Wie zum Beispiel über eine »Scheune, die keine Türen hatte«.

Die Fahnen wehten, Autos fuhren vor und ließen Funktionäre aussteigen, in der Eingangshalle herrschte anstelle einer gewissen Lockerheit und Nachlässigkeit, die ich mit der Tschechoslowakei verband, eine schneidige Genauigkeit.

Irgendetwas war aber nicht, wie es sein sollte.

Ich konnte aus halblauten Bemerkungen, aus dem Tonfall, dem Stil, in dem sich die Kollegen einander zuwandten, lesen; oft erfuhr ich so mehr als aus amtlichen Dokumenten. Das war meine Rundfunksendung, die man nicht mit technischen Mitteln unterdrücken konnte. Sie hing nicht mit »Drähten« zusammen, weil der Sender die Leute selbst waren, und ich war ein außerordentlich sensibler Empfänger.

So erfuhr ich von der Existenz verbrecherischer Gruppen, die entsprechend den Befehlen der nicht existierenden tschechoslowakischen Regierung – dieses Häufchens Schiffbrüchiger irgendwo in London – im Protektoratsgebiet Aktionen durchführten, die den Reichsinteressen schadeten. Darin wirkten ehemalige Soldaten mit und trotz ihrer relativen Unschädlichkeit musste man das beobachten. Die Stimmung der Bevölkerung änderte sich, sie war nicht mehr überzeugt, dass die Deutschen auf die Erfüllung ihrer Interessen achteten. Es tauchten idealisierte Erinnerungen an die Tschechoslowakische Republik auf; die Anerkennung der historischen Notwendigkeit, mit der die böhmischen Länder Teil des Reichs wurden, schwächte sich ab.

Der Abschaum, der auf dem Territorium des Protektorats agierte, war nur minimal bewaffnet, trotzdem durfte man seine Gefährlichkeit nicht unterschätzen. Er konzentrierte sich auch auf die Sabotage der tschechischen Wirtschaft, womit die bewaffneten Anstrengungen des Reichs unterlaufen wurden.

Sie begriffen nicht den Großmut des Reichs, mit dem es sich des Schutzes anderer Länder annahm. So rückten die Deutschen in Dänemark und Norwegen nur ein, um ihre Okkupation durch Großbritannien zu verhindern. Das ist doch klar, oder? Der höchste Führer sagte eindeutig, dass dieser Krieg Deutschland aufgezwungen wurde, weil die westlichen Staaten nicht seine berechtigten Interessen anerkannten. Und dass es ein Verteidigungskrieg sei. Auch die böhmischen Länder genossen doch den Schutz des Reichs, wie die Bezeichnung »Protektorat« selbst sagte.

Darüber wurde in meinen Gängen nicht gescherzt. Auch nicht über Deutschland und die Deutschen. Es gab überhaupt bedeutend weniger Witze. Ich konnte mich nicht mehr an halb ausgesprochenen Sätzen orientieren, an Zwischen- und Untertönen ... Die Geschwätzigkeit der Mitarbeiter wurde jetzt durch die Kultur der Tat ersetzt.

Ich war Zeuge von Aktionen wie zum Beispiel Metallsammlungen zur Unterstützung der Waffenindustrie. Mit einem gewissen Stolz muss ich zugeben, dass die Palastbeamten sich auszeichneten und der mitgebrachte Krempel sogar von Lastwagen abgeholt werden musste. Ähnlich triumphal lief die Sammlung Winterhilfe für die Wehrmacht ab. Vor lauter Skiern sah es in meinen großartigen Korridoren wie in einer Berghütte aus! Das war ein Anblick! Dort, wo einst in Kriegszeiten Gewehre und Partisanen lehnten, sträubten sich jetzt gebogene Bretter!

Wenn aber einer näher über diese Aktivitäten nachdachte, musste er bemerken, dass sich die Kriegsbemühungen nicht so entwickelten, wie wir uns wünschen würden.

Und dann trat ein neuer Herr in den Palast.

Wisst ihr, der gefiel mir. Auf den ersten Blick konnte man sehen, dass da nicht einfach irgendeiner daherkam. Und ich meine nicht nur das Äußere; die hohe Gestalt mit dem länglichen, schmalen Gesicht, das mich sofort an ein paar Gestalten von den Gobelins an meinen Wänden erinnerte. Also, ehrlich gesagt, dachte ich zuerst an eins der Lieblingspferde von Humprecht Jan ... aber als ich den kalten, herrschaftlichen Blick dieser Befehlshaberaugen sah, verging mir der ganze fragwürdige Humor. Ich bitte nachträglich um Verzeihung. Vielleicht behaltet ihr das für euch. – Dieser Mann trat an jenem Septembertag des Jahres 1941 durch den repräsentativen Eingang, als wäre nichts – aber er strahlte etwas noch Stärkeres aus als die Herren, die den Palast damals im Jahr 1939 übernahmen.

Er musste nichts über das »Auskehren der tschechischen Schweinerei« sagen. Es war offensichtlich, dass er Unordnung beseitigen konnte, egal, welchen Ursprungs.

Voll und ganz wurde mir das klar, als er bei der Besichtigung des Gebäudes in die Kantine geführt wurde. Sie ist im Souterrain; die gesamte Kamarilla unseres Mannes (deren Angehörige natürlich sehr viel wichtiger taten als er selbst, dem seine eigene Würde genug war) musste sich in einer langen Reihe aufstellen, um nacheinander einzutreten. Er ging als Erster in den Speisesaal, umfasste den gesamten Raum mit einem Blick und sprach ein kurzes Lob aus, dass so gut für die Bedürfnisse der Mannschaft gesorgt wird. Es schien, dass er seine Mitarbeiter als Armeeangehörige betrachtete – und so war es ja damals auch!

Mit energischen Schritten ging er zur Rückwand des Speisesaals, aus der seit der Ankunft der Deutschen ein Sockel ragte. Darauf ruhte die Büste unseres Führers mit seinem charakteristischen aufmerksamen Blick, voller Interesse für sein Volk, egal ob es gegen die Bolschewiken oder innere Feinde kämpfte oder in Frieden zu Mittag aß. Der stellvertretende Reichsprotektor Heydrich stellte sich vor den Mann, der ihn nach Prag geschickt hatte, um hier die widerständlerische Stimmung der Bevölkerung zu unterdrücken.

Er schaute kurz in des Führers Gesicht. Es war nicht nötig, den Arm zum Gruß zu erheben. Es war nur ein schneller Blicketausch, wie eine starke elektrische Entladung. Die Szene war umso merkwürdiger, als die Augen des Führers nur aus Metall waren – kurz, es ging um ein Symbol. Um ein sehr bedeutsames Symbol. Heydrich gab mit diesem kurzen Blick zu verstehen, dass er den Willen des Führers in den böhmischen Ländern restlos erfüllen wird.

Das war das letzte Mal, dass er im Speisesaal erschien. Er hatte es nicht nötig, sich sein Herrentum zu bestätigen, indem er sich erlaubte, volksnah zu sein.

Von dort aus ging er hinauf ins *piano nobile*, in sein Arbeitszimmer im allerheiligsten Revier des Palastes, wo er verblieb.

Er musste auch nicht zu Untersuchungszwecken den Rundfunk abhören, um festzustellen, was sein Gegner hinter dem Kanal sagte. Leider war Jan Masaryk zu dieser Zeit schon Außenminister der Exilregierung geworden, die Großbritannien in seiner historischen Blindheit, oder Kurzsichtigkeit, um gegenüber der europäischen Macht rücksichtsvoller zu sein, anerkannte. Und außerdem widerrief es seine Anerkennung des Münchner Abkommens, auf dessen Grundlage dem Reich rechtmäßig die tschechische Grenzregion abgetreten wurde – mitsamt den Stahlbetonbefestigungen.

Ich verstand nicht, was die Briten damit erreichen wollten, und ich überlegte mir manchmal ein bisschen schadenfroh, wie sie nach dem Krieg das Münchner Abkommen wieder anerkennen werden müssen. Soweit das überhaupt nötig sein wird. Großbritannien wird es wahrscheinlich nicht mehr geben. Nein, ich vergesse ihre Luftwaffe nicht, deren Piloten unter anderem tschechische Abenteurer waren. Falls das Vereinigte Königreich existieren wird, dann als Teil eines Staatenbundes, der vom Reich gelenkt wird, aus dem die Gültigkeit des Münchner Abkommens von selbst folgt. So.

Jan Masaryk setzte sich also als Außenminister eines nicht existierenden Staats ans Mikrofon. Lächerlich.

Und in dieser seiner etwas theatralischen Rolle nahm er sich sozusagen kein Blatt vor den Mund.

Ich sah Reinhard Heydrich an, dass er die Abschriften von Masaryks Reden las, weil er sich immer leicht über das Papier beugte. Er hob das Blatt näher an die Augen. Manchmal sah er forschend zur Tür, ob sein Adjutant nicht hereinkam, stand vom Tisch auf und machte ein paar energische, fast tänzerische Schritte zwischen Tisch und Fenster.

Diese Beleidigungen waren fast nicht zu glauben.

»Engerling.« »Olm.« Und mehr und mehr Wörter, denen man einen gewissen Erfindungsgeist nicht absprechen konnte. Heydrich fühlte, wie diese Ausdrücke die schwankende, melancholische Seele des unterworfenen Volkes unter seinem Schutz aufreizte. Wenn Masaryk von den Deutschen als »Robotern« sprach, konnte man das als unbewusstes Kompliment für ihre Disziplin nehmen. Aber »Olm«? Heydrich widerstand dem Wunsch, sich den entsprechenden Sekretär zu rufen und zu fragen, ob das richtig übersetzt war. Bei der Professionalität seiner Untergebenen verstand sich das von selbst.

Nein.

Wenn sich jemand nicht von Masaryks Pöbeleien aus der Ruhe bringen lässt, dann er.

Diese Schmähungen gehören zu derselben Sorte Dreck, Verleumdungen und Phantasmagorien, die die Errichtung einer neuen Ordnung mit sich bringt. Das Wasser war aufgewühlt und der Bodensatz stieg an die Oberfläche; das war alles. Masaryks Ausführungen sind moderne Märchen für die unwissenden, schwächlichen tschechischen Menschlein – etwa so wie die Legende vom Pérák.

Heydrich kehrte an seinen Tisch zurück und beugte sich über die Aktenmappe, um das entsprechende Material zu finden. Er freute sich fast, sie sich gründlich durchzulesen, weil er sich auf eine gewisse Weise darüber amüsierte. Also die Tschechen glaubten, dass im Protektorat ein Mann auf Federn sein Unwesen trieb, der damit auch ein Haus überspringen konnte. Angeblich kämpft er gegen die Deutschen. Heydrich hätte fast den Kopf geschüttelt – dann, als hätte er sich bewusst gemacht, dass ihm jemand zusah – ich danke für das erwiesene Zartgefühl, Herr Stellvertretender Protektor! – blieb er bei seinem klassischen unbeweglichen Gesichtsausdruck.

Auch so las ich seine Gedanken. Ein Volk, das sich einen Pérák, einen Mann auf Sprungfedern, ausdenken musste, war wohl wirklich schlimm dran.

Jan Masaryk ist auch so ein Pérák. Heydrich legte das Blatt, das Péráks Profil ziemlich ungenau und nebulös beschrieb, wieder in den Ordner. Er konnte das Bündel nicht zuklappen. Ihm war nämlich bewusst, dass das nicht so einfach war. Für die Leute war Pérák Unterhaltung wie im Kino, und Unterhaltung musste man den Arbeitern in den Waffenfabriken zum Beispiel gönnen, daran gab es keinen Zweifel. Pérák gab ihnen die verrückte Hoffnung auf eine Änderung der Verhältnisse ohne eigenes Zutun, was sie eigentlich in wohltuender Ruhe wiegte. Masaryks Aufrufe stellten etwas anderes dar. Allein schon, dass er diese schmutzigen Dinge ungestraft im Rundfunk verbreiten konnte, erinnerte an die Tschechoslowakische Republik und gab eine gewisse Hoffnung, sie könnte erneuert werden. Wenn sich die Tschechen und Slowaken daranmachen.

Außerdem erkannte Heydrich mit der Sensibilität des Musikers, der seit seiner Jugend Geige spielte, die Untertöne von Masaryks Ergüssen. Entgegen der Disziplin berief er sich auf Emotionen. Gegen die frische neue Ordnung stellte er die uralte Muffigkeit einer traditionellen Ordnung. Nicht das Reich – sondern die Familie. Nicht die nationalsozialistische Gemeinschaft, geleitet von den Besten, sondern eine absurde Gesellschaft von Lakaien mit einer unsinnigen Sprache, die es geschafft hatten, sich einen Staat zu gründen. Nicht eine einzige Partei, sondern parlamentarisches Geschwätz. Nicht der Triumphbogen, sondern das Wohnzimmer. Nicht die Uniform, sondern Hauspantoffeln. Sofa. Porzellan auf dem Tisch. Weiße Tischdecken. Kerzen. In Sabbatleuchtern. Wisst ihr, wohin das führt? Den Juden gegenüber war man hier viel zu tolerant, bis jetzt. Das musste anders werden.

Masaryk spielte auf den schwächlichen Saiten der Menschen, die anstelle eines großangelegten Zuges nach

Osten lieber zu Hause beim Kuchen saßen. Oder beim Strudel. Sie vergessen, dass auch der Strudel eine deutsche Erfindung ist. Manche behaupten, eine österreichische. Aber das ist egal. Diese Waschlappen – so dachte Heydrich über die Tschechen. Wie soll man mit Leuten kämpfen, die sich gegenseitig auf die Schulter klopfen und sich sentimental zublinzeln? Angeekelt klappte er den Ordner zu.

Gegen solche Feinde muss man gut abwägen, welche Waffen man wählt.

(Und ich erkannte in seinen Erwägungen die Überlegungen des großen Marozzo – sehr gut, Herr Stellvertretender Reichsprotektor!)

Mit Stärke einzuschreiten, birgt das Risiko, sich lächerlich zu machen. Wenn die Gestapo zu auffällig nach Pérák sucht, wird dadurch sein Einfluss nur gestärkt. Pérák wird als subversives Element eingeordnet und wir holen ihn uns mit denselben Mitteln wie subversive Elemente, Saboteure und Schieber. Unauffällig. Rational. Punkt.

Masaryk ist eine historische Anomalie. Gegen den Olm, der feige in Großbritannien hockt, kann man im Moment nichts machen. Pfui, jetzt übernehme ich schon seine Ausdrücke, betrübte sich Heydrich über sich selbst. Der Mensch muss sich hier mit diesen Schweinereien beschäftigen und riecht am Ende selbst danach. Nein. Gegenüber Masaryk die gleiche Herangehensweise. Die Propaganda in den tschechischen Medien muss aus der Feder von Tschechen kommen, die die Logik der neuen Ordnung begriffen haben. Wir Deutschen werden uns nicht direkt engagieren, damit würden wir Masaryk nur mehr Gewicht einräumen. Wir gehen gegen die vor, die in unserer Reichweite sind. Es reicht, nicht mit den Hinrichtungen für das Hören des ausländischen Rundfunks nachzulassen.

Dann ließ es ihm doch keine Ruhe und er öffnete die Abschriften noch einmal. Außer Beleidigungen musste da doch noch mehr sein, wenn die Leute das unbedingt hören wollten. Einfache Beschimpfungen könnten doch die Aufmerksamkeit nicht so lange festhalten.

»Das gegenwärtige Problem ist es, sich gegen den Teufel aufzulehnen. Ehrlichkeit, Gerechtigkeit und Freiheit steigen siegreich empor, wenn man die Tschechoslowakei unter der Regierung von T. G. Masaryk und die Tschecho-Slowakei unter der Kontrolle des abnormen Hitlers und seines stümperhaften Außenministers vergleicht. Es ist ein Vergleich zwischen Himmel und Hölle. Das, was jetzt in der Tschechoslowakei passiert, ist unbeschreiblich. Das ganze Volk ist ein Opfer des piepsenden Gänsemarschs eines kulturlosen Preußentums.«

Gott und Teufel – das sind große Worte, denkt sich Heydrich zufrieden, weil sein Gegner sich offensichtlich nicht zu mehr aufschwingen konnte. Diese überholten bürgerlichen Kategorien – hört darauf überhaupt jemand? Vielleicht die Bürger, aber die Arbeiterschaft wird auf die Peitsche des Herrn Reinhard hören, und dann bekommt sie auch ihr Zuckerbrot. Der angeblich »abnorme« Hitler! Eigentlich ist das eine Anerkennung seiner Außergewöhnlichkeit. Und der »stümperhafte« Außenminister? Das ist ein ziemlich stümperhaftes Argument, zuckt es in Heydrichs Mundwinkel, ein Argument, das niemanden überzeugt. Beim »Gänsemarsch« hat er Schwierigkeiten zu verstehen, was Masaryk eigentlich meint, fast hebt er schon die Hand, um seinen Sekretär zu rufen, aber er will keine Schwäche zeigen. Schließlich begreift er. Es ist ein ironischer Begriff für die Reihen, in denen die SS-Männer so perfekt marschieren. Heydrich schüttelt den Kopf, weil er nicht versteht, wie so ein oberflächlicher Vergleich auf jemanden wirken kann. Sind diese Tschechen genetisch, rassisch und kulturell wirklich so anders, dass sie sich von so etwas beeinflussen lassen? Das ist doch nicht einmal witzig. Das funktioniert einfach nicht, legt Heydrich erleichtert die Abschrift der Rede zur Seite.

»Fort mit dem Pessimismus. Heben wir stolz die Köpfe. Unsere Sache ist rein und unser Ziel unentbehrlich – für die Erhaltung der Zivilisation. Um jeden Preis müssen wir uns den Sinn für Humor bewahren – das fehlt den Preußen. Das ist eine der wichtigsten Komponenten, um den Sieg zu erringen. Gott anstelle des Teufels!«

Humor? Was für Humor? Marschierende Helden mit Gänsen zu vergleichen – mehr könnt ihr nicht? Und wie kann Humor dort helfen, wo vor allem Gewehr- und Geschützläufe entscheiden – nun gut, in den Diensträumen der Gestapo auch Knüppel und Fäuste. Was für eine Feuerkraft hat ein Witz? Wie stark ist der Panzer, den er durchschlägt? Seht ihr?! Und mit Gott und Teufel gibt dieser Masaryk einfach keine Ruhe.

»Man kann nicht sagen, der Krieg sei zu Ende, solange nicht der letzte Reichsbeamte und der letzte Soldat des *Reichs* aus der Tschechoslowakei geworfen wurde, tot oder lebendig – aber lieber tot.«

Aber, aber, der Herr ist irgendwie blutrünstig? Nichts dergleichen wird passieren. Wir sind gekommen, um diesen Raum für immer zu beherrschen, polemisiert Heydrich mit dem unsichtbaren Gegner und er wundert sich über sich selbst, mit welcher Vehemenz.

»In Böhmen und Mähren passiert heute das, wovon wir ahnten, eigentlich wussten, dass es kommen musste;

wir wussten nur nicht genau, wann. Der ruhige, kultivierte und unbeirrbare Widerstand der Unseren zu Haus, den man nicht in lauten Demonstrationen oder in Pseudoheldentum sieht, reizte die Berliner Mistkäfer schon lange. Die Wut dieses sadistischen Abschaums kulminierte noch abartiger, als wir befürchteten. Heydrich, das Unterste, was Europa zu bieten hat, wurde durch einen Befehl in seinem *blutbad* gestört, in dem er lasziv in Norwegen herumlümmelte. Der Befehl lautete: ›*Sofort nach Prag, abgehen und dort weitermachen.*‹ Er wischte sich nicht einmal das Blut der Widerstandskämpfer von seinen abstoßenden Gliedmaßen, und schon befriedigt er sich an dem Blut der Unseren zu Hause.«

»Die Berliner Mistkäfer« übergeht Heydrich einfach. Es ist offensichtlich, dass dieser Vergleich kein bisschen passt. Die Hauptakteure des Reichs haben immerhin den Charme arischer Athleten. Nun gut, die Funktionäre nahmen nach dem Sieg der nationalsozialistischen Revolution etwas zu, schließlich sind sie schon ungefähr zehn Jahre in ihren Funktionen. Und wenn man an dieses Breitmaul Göring denkt … nun, aber das Muster ist klar. Die Vision. Das Ideal, klügelt Heydrich und streicht sich über den flachen Bauch, der durch stundenlanges Fechten in Form gehalten wird. Dann rückt er darauf den Gürtel zurecht. Also weiter. Der Anblick seines eigenen Namens schmeichelt ihm – gut, dass die Tschechen ihn ernst nehmen. Über dem Ausdruck *blutbad* bekommt seine Stirn Falten und er ruft fast den Sekretär, um den Übersetzer für die schlechte Arbeit herunterzuputzen, bevor ihm klar wird, dass Masaryk das wahrscheinlich wirklich auf Deutsch sagte. Es ist sicher gut, dass die tschechische Soldateska wenigstens gelegentlich das Deutsche benutzte … Und dann verfinsterte sich Heydrich. Glauben die Tschechen wirklich, er unterzeichne gern Todesurteile? Das ist seine Pflicht, sein Dienst an der historischen Notwendigkeit – aber das war es dann auch. Masaryk spielt hier einfach mit den niederen Instinkten des Volkes, dem die Dienstpflicht nicht viel sagt, weil es einfach ein Volk von Tagedieben ist. Heydrich nickt dazu, mit dem bitteren Gefühl, ihm geschehe Unrecht.

»Neurath ist abgetreten – das Blut der Prager Studenten an seinen dicken, manikürten Fingern ist getrocknet, aber nicht verschwunden. Wenn Neurath das Resultat seiner junkerhaften Femegerichtsbarkeit erreicht – wir kommen uns ihn holen. Ich kenne ihn schon lange und weiß sehr gut, dass sich hinter seiner vierschrötigen, lächelnden, preußisch freiherrlichen *faux-bonhomie* die verfressenste Sorte des teutonischen *herrenvolks* verbirgt. Heydrich ist ihm ein würdiger Nachfolger.«

Blut an den Händen! Das sind Ausdrücke aus Groschenromanen. Wie viele Studentenführer wurden da eigentlich nach den Demonstrationen im Oktober und November 1939 erschossen? Nicht einmal zehn, oder? Das kann man wohl kaum Repressionen nennen. Das sind nur betrieblich bedingte Maßnahmen. In Zeiten, in denen Tausende Deutsche im Osten ihr Leben für das Reich lassen, wollen wir hier wegen ein paar fehlgeleiteten jungen Köpfen sentimental werden? – Heydrich musste noch über die fremden Wörter grinsen, die Masaryks verweichlichte Kultiviertheit verrieten. Da soll sich einer wohl ein Wörterbuch holen! Diese Phrase kam ihm in den Sinn, die gern von den Gestapoleuten benutzt wurde, wenn ein Verhörter nicht zur Sache antwortete und sich auch noch hinter unverständlichen Termini verstecken wollte. Das Kompliment am Ende des Absatzes erfreute ihn aber.

»Ich bin mir sicher, dass es in Deutschland viele Deutsche gibt, die unglücklich sind und die die lebenden Karikaturen, die sie ins Verderben führen, nicht mögen oder sogar hassen. Aber wenn die Zeit kommt, wenn Schafe von Wölfen getrennt werden müssen, wird das eine schwierige Frage werden. Ich bin überzeugt, dass unter den Soldaten anständige Menschen sind, im Bürgertum und natürlich in der Arbeiterklasse, aber in allen diesen Gruppen gibt es auch viele, die sich irren.«

»Du kennst die Deutschen nicht«, antwortet Heydrich Masaryk mechanisch. Und der Begriff »anständige Menschen« macht ihn wütend. Das ist für ihn ein noch schlimmeres Klischee als Gott und Teufel zusammen. Anständige Menschen sind die, die das Maul halten und für das Reich arbeiten, und niemand anderes! Anständige Leute als eine spezielle, verdiente Kategorie zu nehmen … das ist ein Aberglauben aus der Vorzeit vor dem Antritt des Nazismus, der in die Versenkung der Geschichte gehört. Anständigkeit ist gleich Folgsamkeit. Und die bringe ich euch bei, verspricht Heydrich sich selbst.

»Als Goebbels nach Prag kam, ordnete er dem Nationaltheater an, es solle Smetanas Verkaufte Braut spielen, und er saß in dem Sessel, in dem zwanzig Jahre lang mein Vater saß. Das erzürnte unsere Leute. Als ich selbst aufhörte, mich zu ärgern, wurde mir klar, dass er uns damit einen guten Dienst erwies. Goebbels, der in Masaryks Sessel sitzt, während auf Tschechisch Die verkaufte Braut gesungen wird – das ist eine perverse Karikatur.«

Hier lehnt sich Heydrich erheitert zurück und streckt sich. Sieh einer an, wie empfindlich die Tschechen auf Musik reagieren. Das könnte man ausnutzen – durch seinen Kopf geistert eine unbestimmte, aber verlockende

Vorstellung eines Konzertes mit Werken deutscher Meister. Oder gleich eines Konzertzyklus. Wie ihr meint – aber mit Smetana werden wir uns nicht anbiedern.

Der stellvertretende Reichsprotektor beherrscht sich gleich wieder, weil seine Zeit kostbar ist. Man muss das Gelaber von Masaryk analysieren und einschätzen, wie gefährlich es ist.

Und ehrlich gesagt, außer ungenauen Metaphern und peinlichen Scherzen sieht Heydrich keine Gefahr darin – es bringt keine Prioritäten, beschreibt keine Pläne und kein Vorgehen, ist ganz und gar zahnlos. Es fordert nicht zum Aufstand auf. Spricht nicht vom Vorrücken der Alliierten (die von dieser lächerlichen ausländischen Armee der nichtexistierenden Tschechoslowakei begleitet werden) auf die Protektoratsgrenzen. Nichts. Null. Lächerlich sind hier allein die Tschechen.

Aber Heydrich hat gleichzeitig das feine Ohr eines Musikers und deswegen kann er die Abschriften nicht so einfach aus der Hand legen. Da ist so ein Unterton in ihnen versteckt. Eine Unterströmung, die sich da durchzieht. Ein Wirbel unter der scheinbar ruhigen Oberfläche. Er versteht, dass Masaryk zwar nichts Konkretes sagt, aber die Worte so aneinanderreiht, als hätten sie einen Inhalt. Besser gesagt, er kommt ohne ihn aus. Er zaubert mit Worten, malt mit Worten, benutzt Worte, als seien sie einzelne Töne einer Melodie. Heydrich hört plötzlich diese sentimental werdende Stimme, die an irgendwelche Saiten in der menschlichen Seele appelliert, die alle anständigen Menschen für eine Schwäche halten. Das sind gefühlsduselige Saiten. »Anständige Menschen« – der hat mich mit seinem Vokabular angesteckt, denkt sich Heydrich verächtlich. Er klappt die Akte zu, ohne eine klare

Meinung zu haben, was damit werden soll. Dann stellt er sich vor, dass sie einmal Bestandteil der Anklageschrift sein wird, wenn die Gestapo sich in aller Stille Masaryk aus dem eroberten London nach Prag bringt. Endlich gelingt es ihm, den sentimentalen Redner hinter dem Kanal aus dem Kopf zu bekommen.

Heydrich schloss mit einer gewissen Befriedigung die Mappe mit der aktuellen Post. Dann öffnete er sie wieder und unterzeichnete Dokumente. Schau einer an, eins von ihnen bestimmte das Schicksal des Rundfunkreporters Franta Kocourek. Diesen Kerl erwartete eine interessante Reise ins *Konzertlager*, wie die Männer des Reichs es unter sich nannten, wo er die deutsche Wehrmacht höchstens noch dem Stacheldraht beschreiben kann. Da vergeht dem Witzbold der Humor. Heydrich erinnerte sich nicht umsonst an das Wortspiel mit dem *Konzert*lager. Auch die Deutschen konnten scherzen, fiel ihm ein. Aber auf eine Art, dass niemand lachte. Zufrieden bemerkte er, dass neben Kocoureks Namen stand »Rückkehr unerwünscht«. Da musste er wenigstens diese feststehende Wendung nicht mehr anfügen. Er stand wieder auf und ging zum Fenster.

Prag lag vor ihm, anmutig, ergreifend … bloß kein emotionaler Ballast! Das schwor er sich. Er erinnerte sich an die Reaktion seiner Frau auf diesen Anblick, als sie das erste Mal in die Stadt kam. Von der Burg herunter sah sie auf die Stadt – und irgendwelche »erhabenen Gefühle« überschwemmten sie, wie sie es beschrieb. Sie war »kein Mensch« mehr, sondern eine »Prinzessin in einem märchenhaften Land«. »Es gibt keinen Krieg, keine Feinde, keine Unterschiede«, flüsterte sie Heydrich später im Schlafzimmer ins Ohr. »Ich stehe mitten in Gottes Garten und darf erleben, erschauen, genießen.« Diese kindliche Begeisterung erheiterte ihn – eine Frau eben. Für manchen wird dieses Böhmen kein Paradies mehr sein, dafür wird er selbst sorgen, sagte er sich damals im Bett neben ihr. Für manche nicht. Und dann umarmte er sie, weil man mit den Frauen manchmal ein bisschen schmusen musste, auch wenn einem staatstragende Gedanken durch den Kopf gingen.

Er blätterte wieder in der Post und dabei war ihm bewusst, dass er mit Masaryk bislang nicht abschließen konnte. Er musste zugeben, dass unter den Dächern dieser Stadt, die seine Frau für märchenhaft hielt, Menschen lebten, die das Geschwafel von Masaryk anspricht. Die sind anders, sagte er sich kalt. Man musste deshalb zu radikaleren Lösungen kommen, als es dieser (im Grunde lächerliche) Kampf gegen die Kurzwellen war.

Das ist er dem Führer schuldig, der ihn mit einem klaren Auftrag in diesen Raum schickte. Der Reichsprotektor von Neurath ist zu schwach, zu sehr in den Methoden der schon überlebten Salondiplomatie verwurzelt. Er begreift nicht, dass die Tschechen seine sogenannte »Korrektheit« als einen Beweis deutscher Schwäche betrachten. Nun, es kommt eine Zeit, in der wir die tschechische Frage ein für alle Mal gelöst haben werden. Wie die jüdische. Dabei überwinden wir natürlich objektive Schwierigkeiten, die die Endlösung mit sich brachte – ob nun in der psychischen Belastung der Einheiten, die sie im Osten persönlich verwirklichen, oder in der Notwendigkeit, ein Netz von Lagern aufzubauen, in denen sie zwar ohne psychischen Schaden für die Wehrmacht, aber viel zu langsam durchgeführt wird. Schließlich muss man mit den Tschechen nicht so radikal vorgehen, außer bei Menschen vom

Typ Masaryk, die eine wirkliche Gefahr darstellen ... Aber ausgesiedelt wird, denn Böhmen wird deutsch.

Heydrich schob mit einer gewissen Befriedigung die Mappe zur Seite. In seiner Position konnte er sich schließlich nicht mit den kleinen, aktuellen Aufgaben überhäufen lassen. Es war nötig, vor allem konzeptionell zu denken. Er begann sich die Hauptgedanken für eine zusammenfassende Rede zu skizzieren.

»Herr Stellvertretender Reichsprotektor«, klang es von der Tür herüber. Etwas in der Stimme seines Sekretärs bewegte Heydrich, den Kopf zu heben. Der Mann in der Tür sprach irgendwie zum Fußboden, mit gesenkten Augen. Das sah nach einer kommenden Peinlichkeit aus.

»Nun?«, schoss Heydrich ein einziges Wörtchen hervor, das trotzdem die Knie seines Untergebenen erzittern ließ.

»Es gab einen Akt von verwerflichem Vandalismus. – Im Grunde geht es nur um eine Kleinigkeit.«

Im langen Gesicht des Stellvertretenden Reichsprotektors zuckte kein Muskel und trotzdem wurde die Stille im Raum bleischwer.

Vor dem angelehnten Fenster piepte ein Vogel. Als sei ihm die drückende Situation bewusst geworden, piepte er kein zweites Mal.

Der Sekretär wagte, den Mund zu öffnen, erinnerte sich aber, was Heydrich nach seiner Ankunft entfesselt hatte. An die Frontlinie auf seinem Schreibtisch. Die gepanzerten Divisionen seiner Befehle, die Luftwaffe der kategorischen Forderungen, das Bombardement an Fragen, die sofort bei Zielberührung detonierten. An seine ersten drei Sekretäre, die er innerhalb der ersten rasenden Woche förmlich zu Tode hetzte. Er zog sich nicht einmal aus. Er ließ erst nach, als er sich sicher war, sein Büro, die Agenda und das gesamte Protektorat fest in den Händen zu haben. Die Atmosphäre im Raum erzitterte nervös durch die Erinnerung an diesen administrativen *Blitzkrieg*. Die Tinte floss damals in Strömen. Oder besser wie Blut. Der Sekretär musste jetzt aber etwas sagen, damit es ihm nicht im Hals stecken blieb.

»Es kam zu einer kleineren Beschädigung – eher eine Miniatur-Sabotage ...«

»Kommen Sie bitte zur Sache.«

»Die Transparente mit dem V an der Fassade ...«

»Was ist damit?«, fragte Heydrich. Das große V schmückte viele Fassaden öffentlicher Gebäude zu Ehren der Siege der deutschen Armeen – V wie Victoria. Zwei davon hatte ich die Ehre auf meiner Fassade zu beherbergen. Es war offensichtlich, dass der Stellvertretende Reichsprotektor jeden Angriff gegen sie als Ausfall gegen die historischen Kriegsanstrengungen auslegen würde. »Hat sie jemand beschädigt?«

»Das nicht gerade. Eher – etwas hinzugefügt«, hob der Sekretär nicht den Blick vom Teppich.

»Sprechen Sie deutlich!«, befahl Heydrich und seine Stimme fuhr meckernd nach oben.

»Etwas dazugeschrieben«, fuhr er in seinem halsbrecherischen Erklärungsversuch fort.

»Diese Vs sind doch ein paar Meter hoch.«

»Jemand hat zwei Buchstaben hinzugefügt.«

»Etwas konkreter?«

»E – n.«

Der Stellvertretende Reichsprotektor musste sichtbar kämpfen, um seine berühmte Ruhe zu bewahren. Was sollen diese Rätsel? Las ich in seinem unbeweglichen Gesicht.

»Zusammen ergibt das ›ven‹. Also auf Deutsch *raus*.«
Aus der Haltung des Sekretärs las ich eher eine gewisse Entspannung. Es war ausgesprochen. Jetzt musste er nur noch auf das unausweichliche Donnerwetter warten.

Es passierte aber etwas ganz Unerwartetes. Heydrich lächelte. Im Gegensatz zur gebieterischen Anspannung wirkte diese Miene jetzt fast entsetzlich. Auch der Sekretär spürte, dass sich das Klima geändert hatte, und hob den Kopf. Als er den Gesichtsausdruck seines Vorgesetzten sah, senkte er schnell wieder die Augen.

Heydrich verlor keine Zeit mit Fragen, für wen dieses *raus* bestimmt war.

»Die Buchstaben übermalen. Stellen Sie auch in der Nacht eine Wache vor den Palast. Da sind sie ja sicher aufgetaucht, nicht wahr? Ja natürlich. – Wer festgenommen wird, soll als Feind des Reichs behandelt werden. Fügen Sie die Beschädigung unserer Transparente mit dem Buchstaben V als Begründung einiger Todesurteile hinzu und stellen Sie fest, ob die Zeitung darüber berichtet. Wegtreten.«

Der Sekretär glitt erleichtert aus dem Raum; doch konnte ich an seinem schnell verschwindenden Rücken noch bemerken, dass die Entschlossenheit des Stellvertretenden Reichsprotektors ihn beeindruckte. Trotz dieser etwas prekären Situation blieb das Ansehen des Reichs gewahrt.

Wieder allein beugte sich Heydrich über seinen Text, hob aber dann den Kopf. Diese Spielkinder, überlegte er. Man kann geneigt sein, die Tschechen überzubewerten – man versucht ihre Stimmung für Widerstand und Sabotage vorauszusehen, und sie bringen es nur auf billige Scherze. Klarer Beweis ihrer Degenerierung, bewirkt zweifellos durch das vergiftete jüdische Blut und den minderwertigen Humor. Nie stellen sie sich einem von Angesicht zu Angesicht. Sie flüchten sich höchstens in solche Stückchen, wie das Nichtbenutzen des öffentlichen Nahverkehrs.

Aber da werdet ihr schon noch mitfahren. Wir können auch Scherze machen. Nur härter, auf Soldatenart; entsprechend der historischen Notwendigkeit. Ihr werdet in Waggons fahren, nach Herzenslust und keinesfalls in netten, hölzernen Straßenbahnen, sondern in Eisenbahnwaggons – wenn wir euch erst einmal nach Osten aussiedeln werden. Ihr bekommt euer *raus*. Wie war noch das tschechische Wort? Was können zwei an das großartige V angefügte Buchstaben ändern? Heydrich unterdrückte den Wunsch, sich das geschändete Transparent ansehen zu gehen. Seine Aufgabe ist es, über die Zukunft zu entscheiden. Würde er sich für die malerischen Leistungen dieser heimtückischen, degenerierten Leute interessieren, bekäme das nur zu viel Bedeutung.

Lassen wir das.

Er zog sich den Saum der Uniform zurecht, beugte sich über den Tisch und machte sich mit erneuerter Energie und dem Bewusstsein des kommenden Sieges an die Arbeit.

Die Vorlage, der er sich jetzt widmete, zielte darauf ab, mit den Benachrichtigungen über die Rundfunkausstrahlungen Jan Masaryks fertig zu werden. Heydrich begnügte sich nicht mit dem Verdruss seiner Vorgänger, sondern war entschlossen zu handeln. Einer Meldung zufolge tauchten in der Stadt sogar Zettel in den Fenstern auf, die mitteilten *Honza am Mittwoch*. Oder *Heute Abend mit Honza*. Eine Anzeige mit diesem Wortlaut erschien sogar in der Gesellschaftsrubrik der Zeitung. In den Hauptstraßen Prags gibt es immer mehr gleichlautende Kreideaufschriften. Die Bürger erzählen sich dann in derselben Weise über die gehörten Sendungen: »Also habe ich gestern mit Honza geredet ...« Diese tschechische Vereinsmeierei! Dieses gegenseitige Zuzwinkern, womit sie sich aufmuntern! Dieses flüchtige Händedrücken, so anders als das heftige Schütteln der Rechten, das eine echte *Kameradschaft* auszeichnet! Der Stellvertretende Reichsprotektor sah sich jetzt die Ergebnisse seiner Befehle an. Das Amt des Ministers Emanuel Moravec, eines der hiesigen Kollaborateure, der wenigstens ein gewisses Niveau hatte, lieferte eine ausgearbeitete Analyse. Heydrich vertiefte sich darin und musste anerkennen, dass wenigstens das Deutsch des Berichts nicht nutzlos war. Der Inhalt befriedigte ihn nicht ganz so.

Honza soll angeblich die Umgangsform für *Jan* sein und ein behördliches Verbot dieser Verhunzung würde sicher nicht zu den erwünschten Ergebnissen führen, sondern im Gegenteil die Protektoratsbehörden der Lächerlichkeit preisgeben. Festzustellen, in welchen Kontexten *Honza* bei Gesprächen der Bürger oder auf Aushängen vorkommt, ist praktisch unmöglich. Die Bevölkerung für die Nutzung dieses Namens zu verfolgen, ist keine vielversprechende Taktik, weil ein Beschuldigter immer ohne Probleme behaupten kann, einen anderen *Honza* gemeint zu haben. Von der Protektoratsgendarmerie kann man auch nicht erwarten, dass sie aktiv gegen das Aussprechen des Namens *Honza* eingreift, da viele von ihnen auch *Honza* heißen. Die Gestapo wiederum kann nicht so gut Tschechisch, dass sie *Honza* in Gesprächen nachspüren könnte. Moravec schlägt schließlich eine Kampagne vor, die den Namen *Honza* verdammen soll, gerade weil es der Vorname Jan Masaryks ist. Und hier erspürt Heydrichs empfindsamer Geist eines Polizeioffiziers ganz sicher, dass der leidenschaftliche Agitator Moravec sich etwas zu sehr vom eigenen Schwung mitreißen lässt. Agitation muss sein, aber wenn sie übertrieben wird, kann sie das Gegenteil bewirken.

Er selbst hat schließlich ein Gefühl für Agitation, für symbolische Mitteilungen – nicht umsonst trat er seine Protektoratsfunktion am Vorabend des Namenstags des heiligen Wenzels an, den man für den ersten vernünftigen böhmischen Herrscher halten konnte, der die historische Notwendigkeit begriff, mit der die Tschechen sich der deutschen Herrschaft unterwerfen sollen.

Heydrichs analytischem Gehirn fällt auf, dass die Tschechen offensichtlich irgendwelche Symbole brauchen, die in einer metaphorischen Sprache zu ihnen sprechen.

Wenn das keine Worte sind, könnten es vielleicht …?

Ja, natürlich.

Töne. Das Gesindel hier hält sich doch für ein Volk von Musikern, oder nicht?

Heydrich schiebt sich ein leeres Stück Papier herüber und beginnt einen Konzertzyklus ernster Musik zu planen. Im Titel müsste natürlich Prag auftauchen, denn die Stadt ist ohne Zweifel das Herz des Protektorats. Im Übrigen hat er selbst sein Büro hier und beabsichtigt bei den Konzerten zu glänzen und seinen Einfluss zu stärken.

Dann sollte Regelmäßigkeit im Titel auftauchen – *Wir schaffen es nicht nur anzufangen, sondern auch, nicht aufzuhören*. So etwas teilt ein passend gewähltes Adjektiv mit. *Wir bringen die Dinge zu Ende*, ziehen die Gedanken durch Heydrichs Kopf. Ich lese sie und stelle sie der tschechischen Unfähigkeit, etwas zu Ende zu bringen, gegenüber (zum Beispiel einen Befestigungsring).

Und endlich sollte klar ausgesprochen werden, um was es geht, nähert sich der Stellvertretende Reichsprotektor einem triumphalen Ende.

Die »Prager Musikwochen« sind auf der Welt. Reinhard Heydrich baut ihr Repertoire mit demselben Einsatz auf, als plante er einen Polizeieinsatz. Er denkt über Taktik und Logistik nach – welche Komposition am Anfang stehen soll, was in die Reserve kommt. Die Komponisten marschieren vor ihm entlang wie Befehlshaber von Einheiten. Die Kompositionen werden zu Ketten von Noten – Soldaten, Polizisten und Agenten, die Waffen halten.

Die Prager Musikwochen enden mit einem Konzert von Militärmarschkapellen. Das wird so etwas wie eine Herausforderung: Wir haben uns an der Kultur erfreut und jetzt wird es wieder ernst.

Heydrichs Tatkraft und seine Distanziertheit machen die Sekretäre nervös. Dazu begleitet ihn der Ruf eines Menschen, der gnadenlos mit jeder Opposition abrechnet. Auch mit der inneren. In den Tagen vor seiner Ankunft gingen sie emsig alle Unterlagen zum Protektorat durch, um auf jede hypothetische Frage antworten zu können.

Jetzt quält sie der Stellvertretende Reichsprotektor mit Fragen zu passenden Konzertsälen.

Auf dem vor ihm liegenden Papier tauchen Namen von Musikstücken auf, deren Reihenfolge er sorgsam immer wieder ändert. Die Sekretäre fragen sich verzweifelt, ob es sich dabei um kodierte Nachrichten handelt. Niemand hat sie auf so etwas vorbereitet. Und eine Lösung ist nicht in Sicht, denn Heydrich wahrt meistens

Schweigen. In seinem weitläufigen Büro – der Sekretär steht starr in angemessener Entfernung vom Tisch – hört man nur die Feder schnell dahinsausen, wie sie sich ihren Weg durch die Seiten bahnt, und das etwas weichere Rascheln der zur Seite gelegten, erledigten Papiere.

Sie sind erleichtert, als der Stellvertretende Reichsprotektor mit einem konkreten Plan für die Prager Musikwochen einschließlich einer Liste der Einzuladenden herausrückt, und kehren zu den normalen Amtsgeschäften zurück. Aber eigentlich fragt sie der Reichsprotektor nicht viel. Es scheint, er habe die überaus seltsame Fähigkeit, Informationen irgendwo aus der Luft aufzufangen oder aus Quellen, die er geheim hält. Mit Ausnahme der Musikepisode ist er immer konzentriert, hinter seiner weißen Stirn arbeiten die Gehirnwindungen dynamisch und aus dem geraden Mund kommt ein genau formulierter Befehl nach dem anderen.

Auf eine gewisse Art ist das auch ein Konzert.

Und Heydrichs Vorbereitung auf seine Grundsatzrede sah ähnlich aus, vor allem, als er der finalen Form näher kam. Sobald ich ihn im großen Saal sprechen hörte, wusste ich, dass es sich um einen historischen Augenblick handelte.

Um die gebührende Einführung kümmerte sich der Untersekretär SA-Brigadeführer von Burgsdorf. Es war bekannt, dass Heydrich immer pünktlich begann. Es war auch bekannt, dass pünktlich bei ihm wirklich pünktlich hieß. Fünf Minuten vor der Eröffnung waren deshalb alle am Platz. Von Burgsdorf erwartete ein gespanntes Schweigen, das schon dem Star des Vormittags galt.

»Ich bin befugt zu erklären«, wandte er sich an die Anwesenden, die erstarrten, denn der Tonfall war so, dass nichts ausgeschlossen schien – nicht einmal ein Wechsel auf den höchsten Posten? Hatte der Führer etwa auf die Schnelle den Stellvertretenden Reichsprotektor ausgetauscht? Doch wohl nicht ... Nach den folgenden Worten breitete sich deshalb eine gewisse Erleichterung aus: »dass alle Aussagen unseres Redners geheime Reichsangelegenheiten von höchster Bedeutung betreffen werden. Sie sind verpflichtet, sie als Staatsgeheimnisse im Sinne des Paragraphen 80 des Reichsstrafgesetzbuches zu betrachten. Jegliche Weitergabe von Tatsachen, die auf der heutigen Sitzung mitgeteilt werden, wird als Hochverrat mit dem Tode oder Zuchthaus bestraft.«

Die Erleichterung im Saal ließ wieder deutlich nach. Die Herren wären am liebsten auf den Stühlen herumgerutscht – aber sie wussten, dass alle sich gegenseitig beobachten. Das Resultat war eine starre Masse von Körpern und ausdruckslosen Gesichtern.

»Nach Abschluss der Zusammenkunft muss jeder vor dem Verlassen des Saals die angenommene Verpflichtung mit seiner Unterschrift auf dem Protokoll bestätigen. Ich muss sicher nicht daran erinnern, dass jegliche Mitschriften verboten sind.«

Hier werden die Herren ein bisschen unsicher. Sollen wir uns wirklich alles merken? Heydrich gilt auch nicht als sonderlich begnadeter Redner. Von seinen Zielen sprach er aber immer deutlich, das musste man ihm lassen. Es wird uns ja wohl kein komplizierter Vortrag erwarten ... die Herren lockern sich noch um ein Zehntel Grad, aber dann erstarren sie definitiv. Da kommt nämlich schon der Stellvertretende Reichsprotektor selbst in Begleitung des Staatssekretärs K. H. Frank. Der führt ihn zum Rednerpult, zögert einen Moment, als wolle er im

Präsidium bleiben – aber vorn gibt es kein weiteres Tischchen, keinen weiteren Stuhl. Deswegen lässt er seinen langen Körper in der ersten Reihe nieder, dem Redner am nächsten. Er schlägt ein Bein über das andere, und auch wenn er das sicher nicht beabsichtigte, wirken seine langen Glieder wie ein Vorwurf. Schließlich ist er schon viel länger als Heydrich in den böhmischen Ländern, er hat seine Verdienste ... aber Reichsprotektor ist er nicht geworden.

Heydrich schaut durch die Reihen der Versammelten. Kaum jemand kann vor seinem Blick bestehen, ohne sich irgendwo innerlich zu ducken. Und fast alle haben das Gefühl, Heydrich sähe ihnen an, was sie gerade denken und fühlen. Die Augen des Stellvertretenden Reichsprotektors durchkämmen den Saal nur flüchtig, als suchten sie nichts Konkretes. Das macht einen noch größeren Eindruck.

Heydrich weiß nämlich immer, was er sieht und was er sehen möchte.

Er vergewissert sich, ob die Stenografin anwesend ist.

Wie bitte? Eine Stenografin? Auf einer geheimen Besprechung? Wo ein Verrat nach dem Paragraphen 80 bestraft wird ...

Das gehört zu Heydrichs Taktik. Natürlich wird es eine Aufzeichnung der Sitzung geben. Aber er wird sie selbst in den Händen und unter seiner Kontrolle haben.

Und wo hat der Stellvertretende Reichsprotektor die Stenografin versteckt, die schon auf den ersten Blick von den Herren in Uniformen zu unterscheiden ist, aus denen das Kölnischwasser schon verdunstet ist. Nun, lasst mir dieses Geheimnis. Sie musste irgendwo direkt vor Augen sein, dabei aber auch unsichtbar ... Nein, fragt mich nicht. Habt ihr denn kein Verständnis für die elementarste

Loyalität? Und außerdem, so ein Trick ist immer gut und kann auch einem der zukünftigen Palastherren zupasskommen.

Heydrich spricht nach einigen einleitenden Worten, in denen er beschreibt, wie der Führer ihn damit betraute, den »erkrankten« Reichsprotektor von Neurath zu ersetzen, das Publikum direkt an.

»In mir sehen Sie im Allgemeinen den Chef der Sicherheitspolizei und des SD.« Alle sehen ihn an und stellen sich im Stillen dieselbe Frage. Was sollten wir sonst in ihm sehen?

»Sie sehen im Allgemeinen darin ... den Mann der Exekutive, der alles nach Möglichkeit nur exekutiv zu lösen beabsichtigt.«

Hier glauben einige, sich verhört zu haben, was auf die Anspannung zurückzuführen ist. Sie hören »Mann der Exekutionen«. Und logisch führt sich der Satz fort mit »der alles nach Möglichkeit nur mit Exekutionen zu lösen beabsichtigt«. Die Reaktionen schwanken, weil manche das als Hinweis auf erprobte Methoden verstehen – andere überlegen, wen diese Exekutionen betreffen werden.

»Diese Auffassung ist irrig und falsch«, beruhigt Heydrich sowohl die, die sich verhörten, als auch die, die richtig hörten. Dann spricht er über seine »Auffassungen, mit denen ich als Chef der Sicherheitspolizei, mit denen ich als SS-Mann und Mitarbeiter des Reichsführers-SS, mit denen ich als Nationalsozialist an meine Aufgaben gehe«.

Wieder läuft eine Welle unmerklicher Erleichterung durch den Saal. Ja natürlich. »Als SS-Mann.« Das ist sicheres Territorium, sagen sich alle. Also erwarten uns nicht Gott weiß was für Rätsel.

Heydrich macht darauf aufmerksam, dass sein Wirken in Prag zeitlich begrenzt ist. Vielleicht »auf Wochen oder Monate«. Viele im Saal wünschen sich beim Blick auf die hohe Gestalt mit dem eisigen Gesichtsausdruck, es mögen lieber Wochen sein. Ach was, auch Monate lassen sich überleben. Wenn man sie überlebt ...

Aber das betrifft sicher nur die anderen – Heydrich charakterisiert in diesem Moment die zum Teil slawisch besiedelten Osträume als die, in denen Güte als Schwäche ausgelegt wird und »... der Slawe selber gar nicht will, dass er gleichberechtigt behandelt wird, wo er gewohnt ist, dass der Herr sich nicht mit ihm gemein macht.« Der Stellvertretende Reichsprotektor wendet in seinem Flug über Osteuropa und landet in einem Bogen in Böhmen, geradewegs im Saal des größten Palasts in Prag (der Vollständigkeit halber. Grandiose Pläne benötigen die entsprechende Platzierung, etwa nicht?)

»... dass man diesen böhmisch-mährischen Raum auf die Dauer nie in einer Gestalt lassen darf, die es überhaupt dem Tschechentum ermöglicht, zu sagen, dass es ihr Raum sei ...« Niemand hatte auch nur im verstecktesten Winkel seiner Seele etwas dagegen einzuwenden; wer wollte schon in dieser schönen zugeteilten Wohnung seiner Ehefrau erklären wollen, sie müsse packen. (Egal, ob für eine Reise nach Westen, in die bescheidenen Verhältnisse, aus denen sie kamen, oder für die noch schlimmere Variante – nach Osten, wo gekämpft wurde.) Den Herren im Publikum wird es warm ums Herz. Sie sind für immer hier. »Wir müssen uns klar sein, dass in der deutschen Geschichte Böhmen-Mähren ein Herzstück des Reiches war, ein Herzstück, das in positiven Zeiten stets ein Bollwerk des Deutschtums war.« Die Herren fühlen, dass die günstige Zeit jetzt hier war. Sie werden lockerer, während die versteckte Schreiberin sich die Finger wundschreibt, um diese Weissagungen für die Zukunft aufzuzeichnen.

»In den Jahren deutscher Geschichte, die wir einmal übersehen wollen, kommen die Dolchstöße für den Niedergang des Reiches in den meisten Fällen aus diesem Raum heraus«, lässt Heydrich keinen Zweifel daran, dass nicht nur gerühmt wird. Cyrill und Method werden gleich darauf als die charakterisiert, die »unter religiös-kirchlichen Gedankengängen der Ostkirchen diesen Raum loslösen, auf kirchlichem Wege ihn an den bycantinischen Gedanken bringen wollten«, was nach Heydrichs Worten irgendwie der »Versuch ist, durch illegale Widerstandsbewegungen das Reich zu gefährden und in seinem entscheidenden Schicksalskampf gegen den Bolschewismus nun hier dem Reich in den Rücken zu fallen«. Der Stellvertretende Reichsprotektor nennt gleich darauf Sabotagen und die Existenz terroristischer Gruppierungen. Die Herren fühlen sich zum Teil beruhigt, weil sie jetzt sicher auf Polizeiboden waren, zum Teil beunruhigt, weil sie überlegen, wer wohl an der beschriebenen Lage Schuld hat. Die zweite Gruppe ist der Wahrheit näher.

»... die Schuld liegt auch bei uns Deutschen«, (da haben wir es), »weil in diesem Raum nicht alle Deutschen, die hier hineinkamen, von dem Gedanken beseelt waren, dass das ein Kampfgebiet, ein Kampfraum ist. ... dass wir zunächst einmal den Tschechen zeigen, wer hier der Herr im Hause ist, dass er genau weiß, hier diktiert das deutsche Interesse und hier ist letzten Endes entscheidend das Reich. Das Reich, vertreten durch seine Führung in diesem Gebiet, also auch durch Sie, meine Herren.« Weiß der

Teufel, wie der Kerl das macht, aber in diesem »auch durch Sie« klingt etwas mit, das einer Drohung ähnelt.

»Das Reich lässt nicht mit sich spaßen und ist eben Herr im Hause, das heißt, dass auch nicht ein einziger Deutscher dem Tschechen etwas vergibt, etwa in derselben Art wie im Reich beim Judentum, dass es keinen Deutschen gibt, der sagt, *der* Tscheche ist aber anständig.«

Mir persönlich gefiel dieser Vergleich von Tschechen und Juden kein bisschen und ich musste mich etwas krampfhaft versuchen, selbst davon zu überzeugen, dass das nur so ein Bild war.

Und weiter, »dass man im Moment für die Nahzeit des Krieges den Tschechen klarmacht: Ob Du uns liebst oder nicht, ob Du später an eine eigene Staatlichkeit denkst oder nicht, wichtig ist, dass Du wenigstens jetzt einsiehst, dass es im Augenblick nur schädlich für Dich ist, wenn Du einen Aufstand machst oder Widerstand leistest.«

Das Publikum ist damit einverstanden, weil jeder der Herren einschätzen kann, was für ihn schädlich wäre. Warum sollten die Tschechen das nicht kapieren?

»Wir werden die Leute nicht gewinnen – das wollen wir nicht und es wird uns auch nicht gelingen«, erklärt Heydrich. Womit er zur Kenntnis gibt, dass auch die Kenntnis von Vorteilhaftigkeit oder Unvorteilhaftigkeit einer Handlung ihre Grenzen hat.

»Ich brauche also Ruhe im Raum, damit der Arbeiter, der tschechische Arbeiter«, verbesserte sich der perfektionistische Heydrich, »für die deutsche Kriegsleistung hier vollgültig seine Arbeitskraft einsetzt und damit wir bei dem riesigen Vorhandensein von Rüstungsindustrien hier den Nachschub und die rüstungsmäßige Weiterentwicklung nicht aufhalten. Dazu gehört, dass man den tsche-

chischen Arbeitern natürlich das an Fressen geben muss
– wenn ich es so deutlich sagen darf, dass er seine Aufgabe erfüllen kann.«

Genau, wollte ich rufen. Endlich sprach einmal jemand über die Dienerschaft als Dienerschaft, ohne diese falsche tschechoslowakische Vorspiegelung, dass »wir gemeinsam Gänse hüteten«. Also ich nicht. Was für eine Erleichterung im Vergleich mit den emotionalen Ergüssen von Jan Masaryk!

»Aber die Grundlinie muss für all dieses Handeln unausgesprochen bleiben, dass dieser Raum einmal deutsch werden muss, und dass der Tscheche in diesem Raum letzten Endes nichts mehr verloren hat.«

Die Schnelleren kommen vielleicht auf den Gedanken, wer denn arbeiten wird, wenn nicht die Tschechen, aber Heydrich wird schon von seinem akademischen Feuereifer fortgerissen.

»Da gibt es folgende Menschen: Die einen sind gutrassig und gutgesinnt, das ist ganz einfach, die können wir eindeutschen. Dann haben wir die anderen, das sind die Gegenpole: schlechtrassig und schlechtgesinnt. Diese Menschen muss ich hinausbringen. Im Osten ist viel Platz. Dann bleibt in der Mitte nun eine Mittelschicht, die ich genau durchprüfen muss. Da sind in dieser Schicht schlechtrassig Gutgesinnte und gutrassig Schlechtgesinnte.« Einige stutzen jetzt, denn sie haben das Gefühl, dass der Stoff sich zu verheddern beginnt. Wenn Heydrich den noch weiter verkompliziert, werden sie ihm vielleicht nicht mehr folgen können. Und Heydrich verhält sich genau so, wie sie befürchteten. »Bei den schlechtrassig Gutgesinnten – wird man es wahrscheinlich so machen müssen, dass man sie irgendwo im Reich oder irgendwie einsetzt und nun dafür sorgt, dass sie keine Kinder mehr kriegen … Dann bleiben übrig die gutrassig Schlechtgesinnten. Das sind die gefährlichsten, denn das ist die gutrassige Führerschicht … Bei einem Teil der gutrassig Schlechtgesinnten wird nur eines übrig bleiben … sie endgültig an die Wand zu stellen.«

Und schon ist es heraus. Die Reden vom »an die Wand stellen« hören sich immer besser an, wenn sie jemand anderen betreffen. Hat Heydrich sich ein bisschen in seinen Kategorien verfangen? Nun, man wird aus seiner Rede ein zwei Sätze aussuchen müssen. Zum Beispiel »Der Tscheche hat hier nichts mehr verloren« oder »an die Wand zu stellen«. Eine logische Verknüpfung bringt die Losung »Den Tschechen an die Wand stellen« hervor, die im Übrigen beide Sätze sinnvoll verbindet. Das kann man sich dann schon wirklich gut merken.

Ich kann nicht verbergen, dass ich auf Heydrich stolz war.

Ich denke, dass gleich nach den ersten Worten seine hohe Stimme – überraschend für einen so athletischen Mann, aufhörte, schneidend und unangenehm zu wirken. Im Gegenteil, sie drang wie der Appell des höheren Gesetzes ins Gehirn. (Ganz sicher erinnerte sich niemand an seinen schmählichen Spitznamen – »Ziegenbock« –, den sich die Angestellten nur zuflüsterten. Genau wie an die Erfindung seiner angeblichen jüdischen Vorfahren, was sicher nur eine Verleumdung war, ein schäbiges Mittel der Feinde eines großen Mannes …)

Und dann konnte ich verfolgen, wie er seine Pläne verwirklichte.

Das Grüppchen, das der Sekretär etwas verlegen in Heydrichs Arbeitszimmer führte, sah recht seltsam aus.

Sie hatten ihre besten Kleidungsstücke an, aber mich konnten sie nicht täuschen.

Ich erkannte die groben Hände; die dicklichen Finger waren in den Handflächen versteckt. Vor allem aber erkannte ich die Neigung des Kopfes, den vorgebeugten Nacken und das linkische Füßescharren. Ich hatte Musterexemplare der tschechischen Dienerschaft vor mir. Lakaien. Allerhöchstens Hausknechte aus den Ställen.

»*Einen Moment, meine Herren!*«, rief der Stellvertretende Reichsprotektor vom Tisch her. Eine Weile noch beugte er sich über die Akten, wobei er genau den Eindruck machte, den er wollte. Der Hausherr ist übermäßig beschäftigt, aber in seiner Großmut nimmt er sich ein bisschen Zeit.

»Setzen Sie sich doch!«, bot er so herzlich an, dass er sie wieder beschämte. Sie verteilten sich am Tisch, an dem normalerweise Beratungen stattfanden. Den Platz am Kopf ließen sie frei und Heydrich besetzte ihn mit einem angedeuteten Lächeln.

»Meine Herren. Sie wissen, was das Reich von Ihnen erwartet. Es ist etwas, das Sie perfekt beherrschen, in dem Sie herausragend sind. Und genau das möchten wir von Ihnen.«

Die Männer am Tisch beugten sich vor – mit der angespannten Aufmerksamkeit einfacher Menschen, die vermeiden wollen, dass ihnen etwas entgeht, falls zu kompliziert geredet wird. Oder vielleicht konnten sie einfach nicht besonders gut Deutsch.

»Arbeit. Deswegen habe ich Sie, die Vertreter der tschechischen Arbeiterschaft, eingeladen. Und ich sage es Ihnen geradeheraus.«

Zweifellos wirkte die dramatische Pause.

»Solange der tschechische Arbeiter für das Reich arbeiten wird, wird es ihm gut gehen!«

Die Männer am Tisch nickten.

»Aber ich werde nicht allein reden. Wir sind eigentlich zusammengekommen, damit ich fragen kann, ob Sie etwas brauchen. Es versteht sich von selbst, dass man bei der Arbeit auch eine bestimmte Absicherung haben muss.«

Einer der Männer räusperte sich. »Wir schätzen sehr, dass Sie uns eingeladen haben, Herr Reichsprotektor (Heydrich und ich bemerkten zufrieden, dass er das unpassende Wörtchen »stellvertretender« wegließ). »Wir schätzen sehr, dass das Reich unser Land unter seinen Schutz genommen hat.« Die Männer am Tisch schauten sich an, aber der Satz war offensichtlich ein Teil einer vereinbarten Rede, also lenkten sie ihre Blicke gleich woandershin. »Wir Arbeiter wollen keine ... Provokationen. Keine Unruhen. Wir halten nix davon, dass uns jemand von außen irgendwelchen Unsinn hereinträgt.« (Auch im Deutschen, das nicht seine Muttersprache war, schaffte er es, nichthochsprachliche Formen zu benutzen.)

»Das ist eine gesunde Herangehensweise«, antwortete Heydrich.

»Wir leben hier und uns liegt nix an Weisheiten von jemandem, wer weiß von wem, der von wer weiß von wem bezahlt wird ...« Der Mann verfitzte sich in den komplizierten Pronomen und verstummte. »... Sie wissen ja«, fügte er bittend hinzu und der Stellvertretende Reichsprotektor nickte langsam und ernst.

»Die soll'n mal bei denen bleiben, die sie bezahlen. Wir sind hier und ...«, es schien, der Satz könnte mit einer Überlegung weitergehen, wer die Arbeiter bezahlt, aber der Mann mit der verschwitzten Stirn wich dem aus, »und wir brauchen Ruhe für unsere Arbeit.«

»Und sicher noch etwas«, forderte Heydrich ihn freundlich auf.

»Unsere Arbeit ist anstrengend. Wir müssen etwas haben, woraus wir schöpfen können. In der Fabrik zu schuften, ist nicht wie im Büro am Schreibtisch sitzen ...«, der Mann stockte wieder, für einen kurzen Augenblick trafen sich die entsetzten Blicke der anderen.

»Ich verstehe«, erstickte Heydrich die unangenehme Situation im Keim. »Der tschechischen Arbeiterschaft werden die Zuteilungen erhöht werden, insbesondere an Fett. Ihr Einsatz verlangt Energie, und wir haben wissenschaftliche Kenntnisse, wie wir sie bereitstellen. Sie brauchen auch Erholung. Nun, ich werde veranlassen, dass der Arbeiterschaft Erholungsaufenthalte in Kurorten zugänglich sind. In Luhačovice, sage ich das richtig?« (Alle nicken heftig bejahend, und anscheinend habe nur ich das Gefühl, Heydrich habe diese Unsicherheit und gleichzeitig den Respekt vor der tschechischen Sprache nur gespielt.) »Das Reich schätzt, dass Sie sich nicht von nationalistischer Hysterie eines Teils der tschechischen Intelligenz irreleiten lassen – die könnte für Ihr Volk selbstmörderisch sein. Meine Herren, Sie verstehen sicher, dass ich beschäftigt bin. Im Falle, dass sich Ihre Bedingungen nicht verbessern, können wir uns wieder treffen. Und jetzt entschuldigen Sie mich bitte.«

Unter lautem Stühlerutschen standen die Männer auf, gleichzeitig führten sie ein breites Repertoire an Lakaienverbeugungen vor, das offensichtlich genetisch vorgeprägt war.

Ihr Sprecher begriff, dass man sich nicht die Hände reichen würde. Er machte sich gerade, als wolle er die Hacken zusammenschlagen, aber dann krümmte er sich wieder wie die anderen. Der Stellvertretende Reichsprotektor führte sein Lächeln vor, das darin bestand, dass er nicht lächelte. Die Arbeiter hinterließen den Geruch billiger Seife. Der Stellvertretende Reichsprotektor überlegte, ob er die Fenster öffnen solle, zog sich aber schließlich in die Sicherheit seines Schreibtischs zurück.

Fette, überlegte er. Merkwürdigerweise stellte er sich nicht Margarine vor, sondern Öl. Öl, mit dem man Waffen schmierte. Wir schmieren die tschechischen Waffenfabriken, damit sie laufen wie geölt. Und wenn ihr euch uns entgegenstellt, benutzen wir die Waffen gegen euch. Aber das wird nicht nötig sein. Wir zeigen euch, wo euer Platz ist.

Das war ein Redner. Ein Stratege. Ein Führer. Nicht dieser peinliche K. H. Frank, der sich bei mir im Palast als Staatssekretär des Protektorats einnistete. Er stammte aus den Sudeten, also der Provinz, und vor dem Antritt des Nationalsozialismus arbeitete er als Buchhändler. Wenn er wenigstens Schriftsteller wäre! Das bedeutet etwas, zumindest ist das jemand, der mit Worten fechten kann! Oder wenigstens ein Verleger, also jemand, der den Mut hat, mit seinen Büchern ins Feld zu ziehen! Aber ein Buchhändler! Ein peinlicher Beruf. Dieser Herr überzeugte mich nicht. Ich kannte seine hohe Gestalt gut – aber im Vergleich mit Heydrich empfand ich ihn als lange Schlenkerpuppe; eine Vogelscheuche. Ich stelle mir sein Gesicht aus lauter Falten vor – gegenüber Reinhards eiskaltem, glatten Gesicht wirkte er immer wie ein gutmütiger Hund, der bei der ersten Gelegenheit sein Herrchen sentimental abschleckt. Und sein kleinlicher Versuch, Reichsprotektor zu werden, beeindruckte mich auch nicht sonderlich. Ich will nicht von ihm sprechen. Ich habe nicht die Absicht, mich an ihn zu erinnern.

Ach, Reinhard, Mann mit dem eisernen Herzen. So nannte ihn der, dessen Kopf freundlich auf die unten in der Kantine Speisenden aufpasste ... Leider war das Herz des Protektors nicht ausreichend aus Stahl! Oder vielmehr seine Milz.

Er war sich so sicher, das Protektorat perfekt zu beherrschen, dass er in einem Wagen mit heruntergelassenem Dach und ohne bewaffnete Begleitung ausfuhr. Ihm entgegen leuchteten unaufdringlich rote Plakate mit den Namen derer, die er gleich in den ersten drei Tagen seiner Herrschaft in den Tod geschickt hatte. Ja, Reinhard gelang es, der Bevölkerung bestimmte Botschaften ganz eindeutig zukommen zu lassen. Wie zum Beispiel dem Ministerpräsidenten des Protektorats, dem General Alois Eliáš, oder dem Prager Oberbürgermeister Dr. Otakar Klapka ...? Sie hätten sich bewusst machen sollen, dass man kein Doppelspiel treiben kann. Verbindungen mit der Exilregierung in London und mit Präsident Beneš? Was für ein Unverstand. Sie sind schließlich im Protektorat.

Der Stellvertretende Reichsprotektor bewies außerdem einen unglaublichen Sinn für den richtigen Zeitpunkt. Er ließ Eliáš zwar zum Tode verurteilen – aber nicht hinrichten. Damit gewann er eine sehr gut sichtbare Geisel und verbreitete das Gefühl, das Leben aller hinge an einem Haar. An einem der perfekt frisierten blonden Haare, die Heydrichs Schädel bedeckten. Dr. Otakar Klapka wurde dagegen ein paar Tage nach Heydrichs Amtsantritt hingerichtet.

Der mächtige Mann verschmähte die Dienstwohnung oben im Palast. Die bewohnte eigentlich der Reichsprotektor von Neurath, von dem man sich flüsterte, er sei nicht hart genug. Aus Prestigegründen wurde er aber nicht abgesetzt. Heydrich ließ sich in einem Schlösschen in Jungfern-Breschan nördlich von Prag nieder, deswegen musste er fahren. Aber so konnte er wenigstens die große Ordnung meiner Fassade im Vergleich mit irgendeiner Dorffestung würdigen!

Die Architektur blieb im Übrigen nicht außen vor. Der Mann, den Reinhard Heydrich in seinem Arbeitszimmer begrüßte, sah recht unauffällig aus. Er hatte keine Uniform an, und als man ihn vom Diensteingang nach oben führte, ging er locker hinter dem Sekretär her. Forschend betrachtete er die Disposition meiner Gänge, schätzte die Deckengewölbe ab und besah sich die Ausstattungsdetails. Das war erquickend. Es war unschwer zu erraten, dass der Betreffende Architekt war, und nicht irgendeiner. Ob mich wohl ein Umbau erwartete? Warum nicht.

Der Stellvertretende Reichsprotektor stand vom Schreibtisch auf und ging dem Ankömmling entgegen, was eine große Seltenheit war. Der Mann überbrachte ihm die Grüße vom Führer selbst und Reinhard deutete ein gefühlvolles Kopfnicken an. Dann führte er den Architekten am Ellbogen zum Fenster. Unter ihnen ausgebreitet lag Prag.

»Wir werden mit dem Herrn Staatsminister Frank durch die Stadt fahren und dann unterhalten wir uns später über das, was Sie sehen.«

Der Architekt von Speer kam noch am selben Vormittag zurück. Diesmal führte er Heydrich zum Fenster und begann zu reden. Die Aufgaben, die ausgeführt werden mussten, purzelten nur so aus ihm heraus: Das Repräsentationshaus am Pulverturm abreißen. Ein neues Viertel in Holleschowitz bauen. Eine neue deutsche Universität errichten. Eine Untergrundbahn graben. Den Flughafen in Ruzyně ausbauen und die Untergrundbahn bis dahin führen. Das Nusle-Tal mit einer Brücke überspannen, die Autobahn bis in die Stadtmitte führen.

»Und dort dieser Abklatsch«, erklärte Speer unerwartet energisch, und ich wartete gespannt, wohin er zeigen würde – sein Finger zeigte nach vorn und ich bekam einen Riesenschreck. Er durfte nicht auf die Loreta zeigen, das könnte ich nicht ertragen. Ich weckte meine mentale Energie, entwickelte den Druck, der Fenster öffnen und Akten verschieben und umgruppieren kann; in meinen Eingeweiden begann eine Welle anzusteigen; die Luft sättigte sich so mit Sauerstoff, dass es in den Lungen schmerzte; die Heizer hoben an diesem Dezembernachmittag im Jahr 1941 die Köpfe, weil es in den Kesseln auf einmal brauste; die sensibleren Personen im Gebäude hatten das Gefühl, sie bekämen einen Herzanfall, der Kopf drehte sich ihnen und Ohnmacht drohte ... vor den Augen vieler sprühten Funken wie die Sterne auf dem Heiligenschein der Heiligen in der Loreto-Kapelle ... aber die, die unbewegt bleiben mussten, widerstanden diesem Ansturm natürlich ... die Wachen am Eingang umfassten ihre Maschinenpistolen fester ... und der Architektenfinger verschob sich nach rechts ..., »muss abgerissen werden.«

Ahaa, Schwarzer Ochse? Ahaa, Drahomíras Säule? Dachte ich mir.

Aber von Speer schnaubte: »Dieser unsinnige Eisenhaufen, dieser Kitsch.«

Heydrich Gesichtsausdruck verriet höfliches Interesse gemischt mit Unverständnis.

»Dieser ... dieser Turm!«

Aha, der Aussichtsturm auf dem Petřín, dachte ich mir mit einem Hauch Erleichterung in Richtung von Drahomíras

Säule (unsere Beziehungen waren zwar kühl, aber korrekt) und mit einem Stachel des Bedauerns, was den Schwarzen Ochsen anging.

»Wir stellen fest, ob er eine militärische Bedeutung hat«, bemerkte der Stellvertretende Reichsprotektor und deutete so unauffällig an, dass er hier das Sagen hatte.

»Diese peinliche Nachahmung des Eiffelturms«, erklärte von Speer jetzt schon ohne Ausrufezeichen.

»Sagen Sie nicht, Sie ließen sich nicht einen Ausflug ins süße Frankreich gefallen?«, scherzte Heydrich mit kaum sichtbarem Unterton persönlichen Interesses, den nur ich erkennen konnte. Also war doch etwas Wahres daran, dass, wenn er die böhmischen Länder auf Kurs gebracht hat, Frankreich auf ihn wartete, wo der Widerstand gefährlich das Haupt erhob.

»Den Eiffelturm in Paris würde ich natürlich nicht abreißen«, antwortete von Speer jetzt plötzlich wieder gutwillig.

»Alle Städte in deutscher Hand wird man an unsere Bedürfnisse anpassen müssen«, warf Heydrich ein.

»Natürlich. Da sind wir uns einig. Immer zu Ihren Diensten«, antwortete von Speer, der jetzt ganz auf die Beziehung Architekt – Klient umschwenkte. Wie sehr ich den unaufdringlichen Druck schätzte, mit dem der Stellvertretende Reichsprotektor klarstellte, wer der Herr im Hause war! Endlich! Endlich, nach den vielen Jahren, oder besser Jahrhunderten, gab es hier so einen!

»Und was wird damit?«, fragte Heydrich lässig und umschrieb mit einer gleichgültigen Geste im Bogen meine Wände.

»Hiermit kann man nichts machen ...«, antwortete von Speer augenblicklich und ich erfreute mich an dem

Gefühl, er sei ein ausreichend großer Fachmann, um die Vollkommenheit meiner Aufgliederung zu schätzen, die eine weitere Verbesserung nicht mehr vertrüge, »... als abzureißen.«

Ich glaubte, meinen Ohren nicht trauen zu können. Besser gesagt – so eine Bemerkung konnte ich nur ignorieren, denn sie entwürdigte uns alle, wie wir hier standen.

»Das ist aber der größte Palast in der Stadt, auf seine Weise ein Unikat«, wandte Heydrich ohne großes Interesse ein.

»Ja, natürlich, er kann Ihren Zwecken dienen, bis wir ein neues, repräsentatives deutsches Prag bauen«, war von Speer einverstanden.

»Ich würde ihn stehenlassen. Vielleicht als Hotel für Gäste aus dem Reich«, sagte der Stellvertretende Reichsprotektor. Danke, Reinhard, dachte ich. Meine eigenen Pläne, nicht nur die baulichen, hatte ich natürlich nicht vergessen.

»Prag wird anders aussehen, meine Teure!«, sprach ich Loreta in dieser Nacht optimistisch an.

»Ich sah sie«, entgegnete sie. »Diese beiden. Wie sie aus dem Fenster seines Arbeitszimmers schauten.«

»Es wird sich in eine beispielhafte Reichsstadt verwandeln!«

»Sie haben offensichtlich nicht deren Gesichtsausdruck gesehen, mein Lieber. Das waren keine Architektenaugen.«

»Und neben den modernen Gebäuden, die das deutsche Volk in diesem Raum brauchen wird, treten die historischen Gebäude hervor. Erstrahlen. Werden jünger!«

»Sie hatten Augen von Gewalttätern, Černín. Auf ihre Rücksichtnahme auf das historische Erbe würde ich mich keineswegs verlassen.«

»Seien Sie nicht so eine Pessimistin, meine Liebe!« Wie gern würde ich sie zum Leben erwecken! Wenn ich sie doch dazu bringen könnte, aus sich herauszutreten, mit dieser Frömmelei aufzuhören und endlich den Kopf zu heben. Eine große Zukunft erwartete uns, und wenn es eine nationalsozialistische sein sollte, was war daran falsch? Die Geschichte würdigte Energie, und die spürte ich jetzt. Ich musste sie hinauslassen in den Raum. Ich wollte sie weitergeben.

»Endlich ist die Zeit für einen radikalen Schnitt gekommen. Für die Endlösung der Frage des Loretoplatzes. Dieser Raum bleibt seit Generationen unabgeschlossen.«

»Haben Sie sie denn richtig verstanden, lieber Černín?«, wandte sie zweifelnd ein, mit einem Anflug von Ironie, was mich natürlich erboste.

»Übrigens muss ich keine Rücksicht auf Ihr Urteil nehmen. Ich setze den Umbau des Platzes entsprechend den historischen Notwendigkeit in Gang. Und alle unterwerfen sich, oder ...«

»Oder Sie lassen jeden Zehnten von uns erschießen? Černín ...«, ihre Stimme wurde dringlicher. »Ihre Sehnsüchte« (sollte sie nicht lieber sagen ›Pläne‹?) »kenne ich schon lange. Wissen Sie, Sie sind ...«, sie verstummte und ich wartete mit angehaltenem Atem, was kommt, »... imposant.« (Ja! Ja! Es jauchzte die innere Stimme in mir.) »Verblüffend. Und auch riesig. Ich habe einfach Angst, dass, wenn unsere Mauern sich verbinden – wenn Ihre männliche Kraft mich bedrängt, Ihre alle Grenzen sprengende Männlichkeit ...«

Was natürlich ein Kompliment war. Entsprechend blies ich mich auf. Und gleichzeitig kam ich mir ganz natürlich vor – warum sprach sie nicht jedes Mal so mit mir? Mein Fehler war das nicht.

»... ein bisschen zu viel für mich sein wird. Ich habe ein bisschen Angst vor Ihnen, mein Lieber.«

Welchen Kerl würde nicht aufmuntern, wenn seine Vorzüge so ins Licht gerückt werden?

»Und dann fürchte ich noch ...«, scheu verstummte sie.

»Seien Sie nicht schüchtern, meine Kleine. Und seien Sie versichert, dass ich zart wie mit einem Täubchen mit Ihnen umgehen werde«, spielte ich weiter, als wäre es auf einer Viola da Gamba.

»... dass keine Pilger zu mir kommen können, wenn der Platz eingemauert ist.«

»Eingemauert«, so brutal, so dörflich sagte sie das. Also betrachtete sie unsere Vereinigung, die sich schon seit Jahrhunderten abzeichnete, als »Einmauern«. Und ich begriff endlich, was die Ziererei sollte. Sie hatte Angst, was mit den Leuten wird. Was alle diese armen Schlucker, die alten Weiber, die Pfaffen, die Knechte und die schimmligen Kerle mit den verkrümmten Gliedern dazu sagen werden. Na ja, die zarte Gazelle überlegte auch immer, was jemand aus ihrem Kreis zu dieser oder jener Robe, oder auch zu dieser oder jener Laune sagen würde. Ich verstand einfach nicht, warum sich die Loreta nach den Meinungen dieses Gelichters richten sollte, aber diese Frage behielt ich lieber weise für mich. Wehmütig erinnerte ich mich an das Gespräch der zwei Herren am Arbeitszimmerfenster des Protektors. Sie sahen Prag genau so wie ich. Ohne Menschen. Nein. Ich musste mich darauf konzentrieren, was uns einander näherbrachte. Und das waren sicher Loretas Komplimente bezüglich meines Körperbaus.

»Ich werde Ihnen gegenüber immer delikat vorgehen!«, versprach ich.

»Auch wenn der Platz eingemauert wird?«, piepte sie. (Was hatte sie nur immerfort mit diesem Einmauern?)
»Natürlich.« Das musste ich sagen.
»Und wenn hier ein Gang oder eine Treppe entsteht ... stürzen Sie sich nicht auf mich?«
»Was denken Sie von mir?«
»Und wenn wir miteinander verbunden werden ... wird das nur so ein bisschen am Rand sein?«
»Also wenn man euch beiden zuhört«, platzte der Schwarze Ochse heraus. Und unterließ nicht hinzuzufügen: »Wenn du am Rand bist, bist du auch schon drin, Černín!«

Ich schrie ihn an, aber im Grunde war ich froh, dass unsere galante Konversation mit Loreta beendet war. Ich hätte nicht mehr gewusst, was ich antworten soll.

Die energische und harmonische Herrschaft Reinhard Heydrichs setzte sich fort, wenn auch mit einigen störenden Untertönen. So wie an jenem Tag im Mai 1942, als er in seiner Postmappe auf dem Cyclostyle vervielfältigtes Material fand. Er beugte sich darüber, las die beigelegte Nachricht, dass der Druck in Smíchov sichergestellt worden war, und begann darin zu blättern.

Er war tschechisch beschrieben. Ich begriff aber, warum keine deutsche Übersetzung dabei war und warum ihm niemand das Blatt persönlich vorlegte.

Für den Titel »Vor dem Černín-Palais« reichte es auch mit dem nichtexistierenden Tschechisch.

Und für die Bildchen auch.

Der Stellvertretende Reichsprotektor verfügte über keinen besonderen Sinn für Humor. Diese Prädisposition machte ihm jetzt sehr zu schaffen. Widerwillig begann er sich Gedanken zu machen, was die Leute daran so spaßig finden konnten. Also die Tschechen.

Die Drucksache bestand aus irgendwelchen Reimen, in denen die Namen der Minister der Protektoratsregierung auftauchten. Und auch Bildchen, in denen diese Minister sich vor Männern in nationalsozialistischen Uniformen duckten. Leicht konnte er K. H. Frank erkennen. Dem hatte der Zeichner ein paar mehr Falten hinzugefügt und seine Fresse in ein noch breiteres Grinsen verzogen – und dann fand er sich. Bin ich wirklich so mager und so mollig an den Hüften? Sieht mein Hitlergruß wirklich so hölzern aus? Und was ist mit dem Gesichtsausdruck? Schaue ich wirklich so eiskalt in die Welt? Das überlegte er, aber dann beruhigte er sich und ein Anflug von Lächeln lief über seine dünnen Lippen.

Schließlich – wenn es so ist, ist alles in Ordnung. Die Tschechen haben Respekt vor mir, also werden sie Ruhe halten und wie es sich gehört fürs Reich arbeiten, bevor wir mit ihnen endlich definitiven Prozess machen. Aber was, wenn die Flugblätter einen anderen Eindruck machen? Er rief den Sekretär zu sich, schob ihm die offene Mappe mit dem Flugblatt hin. Der Mann beugte sich darüber und wich mit dem Blick aus, als hätte man einem Schüler aus einer puritanischen Familie eine anstößige Fotografie gezeigt.

»Keine Angst, Karl«, sprach ihn Heydrich gutmütig an – und dann sage noch einer, ich könne nicht auftauen, erfreute er sich selbst. »Kommen Ihnen diese Bildchen komisch vor?«

»Der Druck ist miserabel.«

»Natürlich ist er das, wenn er irgendwo im Keller vervielfältigt wird. Ich habe nach etwas anderem gefragt.«

»Sie ... Sie sind fast nicht zu erkennen.«

»Sie glauben, die Tschechen erkennen mich nicht?«

»Hmmm ... wissen Sie ...«

»Ich habe doch wohl eine deutliche Frage gestellt. Wirken diese Bildchen komisch?«

Der Sekretär beugte sich über die Mappe und fixierte sich eine Weile auf die Flugschrift, als könnte er seinen Blick nicht davon losreißen. Heydrich studierte währenddessen aufmerksam seine Gesichtszüge. Jetzt, jetzt kommt es, jetzt zuckt gleich ein Muskel in seinem Gesicht, der Beginn eines Lächelns ... und der Stellvertretende Reichsprotektor gibt den Befehl aus, dass die Gestapo die Urheber der Schrift scharf verfolgen soll, auch wenn sie das wahrscheinlich von selbst machen. Das Gesicht des Sekretärs blieb aber starr wie ein unvollkommenes Abbild des Gesichts seines Herrn.

»Nein, Herr Reichsprotektor.«

»Da sieh mal einer an. Diese Tschechen. Wirkliche Kabarettisten, aber am Ende lacht niemand, nicht wahr?«

»Nein, Herr Reichsprotektor.«

»In Ordnung. Wegtreten.«

Als die Tür hinter dem Sekretär zufiel, spitzte Heydrich die Ohren, ob er von draußen eine Lachsalve hörte. Ach woher denn. Die Polsterung war perfekt. Und überhaupt, im Stillen winkte er ab. Seine Reaktion auf diesen Vorfall war übertrieben. Solche Schmierereien bedeuteten nichts, überhaupt nichts, vor allem nicht, wenn niemand darüber lachte.

Erst auf der Fahrt zurück nach Jungfern-Breschan erinnerte er sich wieder an diese Sache, den ganzen Tag über konnte er die Gedanken daran erfolgreich unterdrücken. Diese Tschechen, grübelte er. Kämpfen können sie nicht, aber sich über jemanden lustig machen, das ja. Typisches Volk von Dienstboten mit den Tuscheleien im Stall oder den verstohlenen Blicken und wie sich gegenseitig vorsichtig vorschicken, damit irgendjemand das macht, wozu eigentlich keiner Lust hat. Ein Volk von Dienstboten, das einen Herrn braucht, schloss er für sich.

Schließlich wurde ihm auch klar, was ihn wohl am meisten an der Sache ärgerte. Der Titel. Die Tatsache, dass der Černín-Palast darin eine Rolle spielte. Wie können sie es überhaupt wagen, sich diesen Ort höchster Reichsmacht auf diese Weise anzueignen? Was nehmen sie den Černín-Palast ins Maul? Für einen Augenblick überlegte er, ob er nicht aus der ganzen Burg und der Umgebung eine Sonderzone machen sollte, zu der nur Deutsche Zutritt hätten? Dann beruhigte er sich wieder. Wir werden ihnen nicht auf diese Art zeigen, dass wir Angst vor ihnen haben. Man muss nur warten, nach einer gewissen Zeit wird es keine Schmähbildchen mehr geben, denn es wird nicht einmal mehr Tschechen geben.

Er sah irgendwelche jungen Männer im Straßengraben hocken, die sich vor ihm verneigten, was im Sitzen etwas übertrieben wirkte. Wie geschmacklos. Dieses kriecherische tschechische Gesindel. Wieder kochte die Wut in ihm hoch.

Und am nächsten Morgen befahl er, es möge rasch nach den Urhebern der Flugschrift gefahndet werden. Auch seine Geduld hatte Grenzen, unterstrich er. Wir wollen nicht wieder übertrieben großzügig sein. Es geht nicht so sehr um peinliche Malereien, betonte er, aber jede Andeutung von Widerstand muss im Keim erstickt werden. Und ich war ihm dankbar. Mir gefiel es auch nicht, dass der Name des Palasts in so einem armseligen Druckerzeugnis auftauchte.

Damit war die Sache für den Stellvertretenden Reichsprotektor erledigt. Wie viele solche Spötter, die zu Taten bereit waren, konnte es denn geben? Vielleicht eine Handvoll. Die meisten Tschechen respektieren mich, weil es ihnen unter meiner Herrschaft gut geht. Das Flugblatt ist eigentlich ein Beweis für das, was sie sich maximal trauten. Spöttische Zeichnungen, wie sie sich die Kinder in der Schule schickten.

Und dann kam der Schicksalstag. Vergeblich forsche ich in meinem Gedächtnis, ob ich die Explosion hörte.

Im Grunde mache ich mir selbst vor, dass ich sie hätte hören können. Das war schließlich ohne Übertreibung ein Schlag, der die Geschichte Europas veränderte. Auch wenn eine zurechtgemachte Panzerabwehrgranate nicht so großen Krach machen konnte. Vor allem, wenn sie ein paar Kilometer entfernt explodiert.

Sicher wisst ihr, wie der Überfall auf den Wagen des Stellvertretenden Reichsprotektors ablief. Ich hatte die Ehre, die polizeiliche Mitteilung, die in meinen Salons verhandelt wurde, mehrfach anzuhören. Ich vernahm sie mit Entsetzen, Bestürzung, voller Schmerz. Und eigentlich konnte ich sie nicht glauben. Konnte das wirklich passiert sein? Die Anwesenden bewegten dieselben Gefühle. Das erkennt man. An den Schwankungen in der trockenen Amtsstimme. Aus einem kurzen Schweigen, während die Hand die Brille auf der Nase zurechtschiebt. – Was hörten wir da nur?

Der Stellvertretende Reichsprotektor hielt sich mit seiner Familie im Schlösschen in Jungfern-Breschan auf. Wie immer ließ er sich rasieren, las dann die Zeitung und setzte sich zum Frühstück hin. So ein Frühstück mit der Familie! Vielleicht wisst ihr, wie leicht sich das hinzieht, wenn die Atmosphäre von einem so warmen Gefühl getragen wird wie bei den Heydrichs!

Im Übrigen gründet sich so eine gefühlvolle Atmosphäre in jeder Familie auf bestimmte Erlebnisse wie auf Säulen. Aber angenehm müssen die nicht unbedingt sein. Reinhard war so beschäftigt, dass er sich seiner Familie im Grunde nicht widmen konnte. Und jeden Morgen ging er so aus dem Haus, dass er genau um acht Uhr im Büro war. Er und Lina erinnern sich aber genau an den Moment, in dem seine Gattin feststellte, wie sein Tag begann. Nach der Ankunft um acht Uhr begab er sich nämlich mit seinem Fechtlehrer in die Turnhalle, um ein paar Zweikämpfe zu fechten. Sie erfuhr das, als sie ihn einmal gleich am Morgen im Amt anrief.

»Kannst du diese Zeit nicht uns widmen?«, fragte sie damals.

Worauf man schlecht antworten kann, selbst wenn man ins Meisterteam der Fechter des Deutschen Reichs gehört. Fechten und Familie sind zwei ganz unterschiedliche Disziplinen.

Beide erinnern sich an diesen Moment; jedenfalls Reinhard ist sich sicher, dass sie ihn nie vergessen hat. Es schadet nicht, einmal guten Willen zu zeigen. Schließlich hatte er sein Amt als Stellvertretender Protektor so rasant in Angriff genommen, dass er sich jetzt, nach zehn Monaten, erlauben konnte, etwas später zu kommen. Diese Verspätung wird paradoxerweise seine Leistungsfähigkeit unterstreichen, tröstete sich Reinhard. Aber jetzt ist es genug. Das sollte reichen.

Als er sich endlich vom Tisch erhob und die Aktentasche mit den geheimen Dokumenten nahm, begleitete ihn die gesamte Familie. Seine Jungs, Klaus und Heider, hatten sich im Gebüsch Ruten abgerissen und begannen damit scherzhafte Ausfälle gegen den Vater. Die Mutter wollte sie tadeln, aber es genügte ein Blick auf den Stellvertretenden Reichsprotektor, damit sie verstummte. Schließlich hatten die Jungen auch schon ihren Fechtlehrer, also musste man ihre Begeisterung unterstützen.

Reinhard ermunterte sie und kommentierte kennerisch ihre Ausfälle. Dabei nutzte er die Aktentasche zur Deckung. Wer hätte gedacht, dass schon in einer dreiviertel Stunde sich jemand anderes mit einer Aktentasche das Gesicht verdecken würde – der Attentäter.

Diese Männer! Sie bleiben große Jungs, dachte sich Frau Lina mit sanftem Vorwurf, aber auch mit Stolz.

Aber wir haben jemanden vergessen! Töchterchen Silke watschelte ihnen hinterher und sekundierte den Brüdern wenigstens damit, dass sie den Vater von hinten an seinen Reithosen packte, die von den Oberschenkeln abstanden.

Das Pfeifen der Ruten erinnerte Lina an eine andere lustige Geschichte. Als die Nationalsozialisten in Bayern, wo Reinhard wirkte, schon die Macht ergriffen hatten, führten sie den Juden Lewy vor, einen führenden Funktionär der Münchner Gemeinde, und »spielten« ein bisschen mit ihm. Sie jagten ihn mit einer Hundepeitsche hin und her, befahlen ihm, die Schuhe und die Socken auszuziehen und brachten ihn so in Begleitung der SS nach Hause zurück, wo sie ihm in der Zwischenzeit alles gründlich »ausgeräuchert« hatten. Das brachte Lina sehr zum Lachen, wie sie in einem Brief an ihre Eltern schrieb ...

Am Auto angelangt beugte sich Reinhard zu den Kindern herunter, zog sie heran und umarmte sie (womit er wirkungsvoll weitere Ausfälle mit der Rute verhinderte), dabei hielt er sie mit der Aktentasche fest, die er keinen Augenblick aus den Händen ließ.

Dann richtete er sich auf.

»Wie drei Löwenkinder!«, sagte er mit einem Blick auf die Kinder. »Und bald werden es vier sein«, fügte er mit einem Blick auf seine Gattin und ihr schon ziemlich vorstehendes Bäuchlein hinzu.

Sie wurde rot. Sie wusste sofort, worauf er anspielte.

Gleich zu Beginn ihrer Beziehung erlebten sie in Halle so einen Moment. Sie trafen sich dort als Verlobte, aber Reinhard hatte schlechte Nachrichten für seine Zukünftige. Sie wollten ihn aus der Marine entlassen! Als Unterleutnant hatte er eine junge Dame bei sich übernachten lassen – sie hatte sich ihm förmlich aufgedrängt – und das stand im Gegensatz zum strengen Ehrenkodex. Fräulein Lina von Osten wusste nicht, ob sie sich über die starren Militärstatuten empören sollte, oder aber eher ihren Zukünftigen verdächtigen, der sich niemals etwas gegen seinen Willen aufzwingen ließ. Aber Reinhard konnte sie beruhigen. Er gab ihr zu verstehen, sie seien Verbündete. Und dass sie gemeinsam in dieser Situation bestehen würden, selbst wenn er die Marine verlassen müsste. Weil er für Höheres geboren war.

Dort beim Löwenkäfig sagten sie sich das. Und darin wackelten vier Löwenkinder herum. Irgendetwas zog sie zu diesem Käfig hin, sie kamen noch einige Male während ihres Aufenthaltes in Halle dorthin zurück ...

Ja, jetzt wird es bald vier Löwenkinder geben!

Reinhard umarmt Lina – auch sie spürt die kühle, aber irgendwie beruhigende Berührung der Aktentasche im Rücken – und setzt sich in den Mercedes. Seine Frau winkt ihm, er antwortet, herzlich, leger, nicht ein bisschen ähnelt das der gespannten Linie, in der er die Rechte zum Hitlergruß erhebt – er spannt sich etwas, als der Mercedes schon fast am Tor ist, und ihm liegt daran, dass Lina seine letzte Geste noch sieht.

Frau Lina kehrt, umgeben von ihren Kindern, zum Schloss zurück. Die Jungen ziehen die Ruten hinter sich her. Sie werden sie beim Gärtner abgeben müssen, denn so kann man nicht wirtschaften. Es darf nichts nutzlos zerstört werden. Vielleicht sollte ich ihnen mit diesen Ruten eins überziehen, überlegt Frau Lina. Nur, was würde Reinhard dazu sagen. Töchterchen Silke hält sich hinten an ihrem Rock fest, aber auch das kleine Kind fühlt, dass dieser leicht gebauschte Stoff ganz anders ist als der kompromisslose Stoff von Reinhards Reithosen. Etwas hat sich geändert. Etwas ist unwiederbringlich fort.

Lina gibt die Kinder beim Personal ab und tritt in ihr Zimmer. Und das Zimmermädchen Margot, das ihre Verabschiedung aus dem Fenster verfolgte, wischt sich mit dem Zeigefingerknöchel die Feuchtigkeit aus dem Augenwinkel: »Ach, was für eine Familie!«

Wundert ihr euch, woher ich alle diese Details kenne? Ich bestätige gern eure Vermutung, dass ich bei der Szene nicht anwesend war und auch nicht gut sein konnte. Die Erinnerungen von Lina Heydrich sind aber als Buch erschienen, in der tschechischen Fassung nur unter dem sittsamen Titel *Mein Leben mit Reinhard*, im Deutschen auch als *Leben mit einem Kriegsverbrecher*. Da ist das alles beschrieben. Über die Löwenkinder in Halle und andere Geschichtchen unterhielten sich auch zwei meiner Beamten beim Mittagessen und ich hörte begierig zu. Ich kehre auch gern in vergangene Zeiten zurück.

Nun gut, das mit den Ruten habe ich mir ausgedacht. Auch an mich grenzt schließlich ein Park – mein Garten. Und obwohl er Gott sei Dank für die Öffentlichkeit geschlossen ist, gelangte im Laufe der Jahrhunderte eine Menge kleiner Jungen da hinein. Und alle benahmen sich mehr oder weniger gleich.

Der Herr Stellvertretende Reichsprotektor genoss also den herrlichen Maimorgen im offenen Mercedes. Er war ohne bewaffneten Begleitschutz unterwegs, eine Geste reinen Vertrauens gegenüber dem tschechischen Volk. Ich hörte selbst, wie er seinen Sekretären antwortete, als sie ihn fragten, ob er nicht lieber mit Leibwache fahren sollte. Mit Soldaten ums Auto herum soll mal dieser alte Sack von Neurath fahren, das zeigt nur, dass er sich in seine diplomatischen Hosen macht.

Ich? Wovor sollte ich Angst haben? Meine Tschechen werden mir doch nichts tun. Die sind froh, dass sie mich haben.

Nun also, dieser glänzende Maimorgen ist getränkt vom Blütenduft und dem optimistischen Summen fröhlicher Insekten.

Der Morgen ging in den Vormittag über, weil der Herr Stellvertretende Reichsprotektor sich mit seiner lustigen Kinderschar aufgehalten hatte. Und dann setzte er sich neben seinen Fahrer Klein in den schwarzen Mercedes 320 C.

Klein ist dabei eigentlich nicht einmal Fahrer, sondern der Chef von Heydrichs Leibwache. (Sein eigentlicher Fahrer Willy fährt nämlich das Gepäck des Stellvertretenden Reichsprotektors zum Flugplatz, von wo der große Mann an diesem Nachmittag zu einem Treffen mit dem Führer abfliegen soll.) Klein bleibt aber nichts als den Rang eines Fahrers irgendwie auszufüllen.

Da habe ich mich etwas fortreißen lassen.

Johannes Klein, SS-Oberscharführer, sagt Heydrich natürlich zur Begrüßung nicht das, was er denkt: *Hier hat aber einer Zeit!* Sondern brummt: »*Morgen, Herr Reichsprotektor!*« Das Wort »stellvertretender« lässt er umsichtig weg. Eine Antwort erwartet er nicht.

Dann ist die kurze Sonate der Blumen und Insekten an der Reihe.

Darin beginnt ein anderes Musikmotiv zu klingen, immer stärker ... Natürlich, es geht um das Klavierquintett des Komponisten Bruno Heydrich, des Vaters des Stellvertretenden Reichsprotektors. Reinhard hörte diese Komposition – zusammen mit dem geliebten Violinstück von G. F. Händel – auf dem gestrigen Konzert im Wallensteinpalais an. Das war ein Teil der Prager Musikwochen, die der Stellvertretende Reichsprotektor persönlich geplant und zu deren Eröffnung er die Gäste persönlich eingeladen hatte. Es verdrießt mich etwas, dass diese stimmungsvolle Kulturveranstaltung in der Ausführung des Streicherquartetts von Arthur Bohnhardt, begleitet vom Pianisten Kurt Sanke, nicht im Černín-Palast stattfand – ich verstehe natürlich, dass der für solche Zwecke viel zu imposant war. Würdig war es aber. Es kamen alle von Bedeutung. Die mediale Begleitung war sorgfältig vorbereitet worden, sodass einen Tag später, am 27. Mai 1942, in den Zeitungen dieser Nachricht die entsprechende Aufmerksamkeit gewidmet und Rücksicht darauf genommen werden konnte, dass keine anderen Ereignisse sie überdeckten.

Dem Reichsprotektor fliegen einige Motive aus der Komposition seines Vaters durch den Kopf, aber er pfeift sie nicht, er ist ja schließlich kein Maurer oder Schlosser. Dafür erinnert er sich an das wärmende Bein und die Hüfte seiner Lina, die neben ihm den Duft ehelicher Intimität ausstrahlten. Jetzt hat er allerdings zu seiner Rechten die Mercedes-Tür und auf der linken Seite den Brummbär Klein.

Da lässt er sich lieber weiter von der Kirsch-Bienen-Sonate berauschen. Recht gewaltsam übertönt er diesen

Kirschschaum mit der Erinnerung an den Schaum, den sein Barbier jeden Morgen methodisch in einem Schüsselchen vorbereitete und ihm aufs Gesicht aufträgt, um ihn dann bedächtig und gründlich zu rasieren. Reinhard fühlt dabei immer, wie ihn der Dienstgeist durchdringt. *Papa* Heydrich wird in diesem Moment der *Reichsprotektor*.

Das musikalische Motiv lässt sich aber nicht so einfach vertreiben. Schließlich spielte Heydrich seit er fünf Jahre alt war Geige und noch als Marineoffizier übte er regelmäßig. Er beachtete die spöttischen und verständnislosen Bemerkungen nicht, die im Übrigen nicht nur seine Geige betrafen. Auch seine Stimme. Und seine Herkunft. Diese unangenehme Geschichte mit seinem angeblich jüdischen Vorfahren! Lieber nicht daran denken. Was ihm dadurch gelingt, dass er sich der Musik um ihn herum hingibt.

Noch ist Zeit, der Kirsch-Sonate die Möglichkeit zu geben, wieder zu erklingen.

Die blühenden Kronen flimmern wie Noten am Wagen vorbei. Zu große Noten – gegen die grünen Felder sehen sie eher wie Wölkchen aus. Rauchwolken, wenn eine Granate detoniert. Nein. Jetzt muss er sich nicht mit dem Krieg beschäftigen, der ist weit weg.

»Alles, was mein Reinhard Heydrich an Unverständnis erlebte, was ihm fremd war, und was er ablehnte, aber auch alles, was er liebte, wonach er sich sehnte und keinem Menschen sagen zu können meinte, vertraute er seiner Geige an«, wird Lina einmal in ihren Erinnerungen schreiben. Aber jetzt ist noch nicht die Zeit für Memoiren. Jetzt ist die Zeit für Taten.

Der Stellvertretende Reichsprotektor entspannt sich völlig, so wie er es immer vor einem Duell macht. Er stellt sich vor, dass er selbst das Musikstück spielt. Natürlich spielt er die erste Geige. Dabei führt er aber ein ganzes Orchester. Er ist der Dirigent, der Interpret und auch der verzauberte Zuhörer. Die ganze Erde erklingt unter seiner schlagenden, genauen, aber gerechten Hand. Die Hinrichtungen zu Beginn waren nötig. Es ist nötig, »vieles nicht Gutes zu tun«, um dann »leichter und erfreulicher regieren« zu können, wie er es damals zu Lina sagte. Ich kann mir nicht helfen, eine Hinrichtung als etwas »nicht Gutes« zu bezeichnen, kommt mir – sehr gut vor. Poetisch rücksichtsvoll gegenüber einer schwachen Frau. Auf Frauen nimmt ein Kavalier ohnehin immer Rücksicht, nicht wahr? Also solange es sich nicht um zum Tode verurteilte Frauen handelt.

Zwischen den Häusern der Prager Vorstadt verklingt die Sonate, bis sie von einem unterwarteten Kontrapunkt unterbrochen wird. Das ist, als der Mercedes in der Kurve auf der Kirchmayerstraße langsamer werden muss. Ein Mann, der auf dem Bürgersteig steht, wirft seinen Mantel ab und in seinen Händen taucht eine Maschinenpistole auf.

Der Mercedes ist sehr schwer; das ist ein robustes Fahrzeug, das für mindestens zwei dickere Hauptmänner, die sich hinten breit machen, und einen schlanken Adjutanten auf der Beifahrerseite bestimmt ist, wo Heydrich sitzt. Das mächtige Automobil erstarrt trotzdem in der Zeit. Dafür laufen die Gedanken des Passagiers und des Fahrers los.

Der Stellvertretende Reichsprotektor und Gestapogeneral wendet die beste Polizeilogik an. *Wer ist das?* Zuerst fallen ihm die alten Feinde aus der ausgemerzten SA ein und dann die gegenwärtigen Feinde aus der SS. Jemand, dem er die Karriere verbaut hat? Jemand, dem er einen Verwandten hinrichten ließ? Nein, das wären zu viele Möglichkeiten. So kommt er nicht weiter. Die Liste der Verdächtigen hebt er sich für später auf. Jetzt muss gehandelt werden.

Er ordnet sich das Bild des Mannes mit der Maschinenpistole im Kopf um. Er sieht seine Gesichtszüge und seine Körperhaltung, oder besser gesagt, er analysiert im Bruchteil einer Sekunde das Bild vor seinen Augen.

Der Kerl sieht angespannt aus, so wie es sich für einen Attentatsversuch auch gehört. Die Lippen sind zusammengepresst, die Wangen in den Mund gezogen, auf der Stirn perlt wahrscheinlich Schweiß (wenigstens wäre das nur recht und billig). Er steht leicht gebückt, über die Waffe gebeugt. Etwa ein Amateur?

Und dann konzentriert sich Heydrich auf das seltsame Ding in seinen Händen. So etwas hat er noch nicht gesehen. Als ob er dieses Ding liegend halten würde, mit der linken Hand umklammert er nämlich sein Magazin. So etwas wird in den tschechischen Waffenfabriken nicht hergestellt, das weiß der Stellvertretende Reichsprotektor ganz sicher. Also ist der Terrorist aus dem Ausland gekommen, das war zu erwarten. Irgendein britischer Spion wahrscheinlich. Das mentale Bild wird wieder umgeordnet, weil der Polizeiverstand auf höchster Geschwindigkeitsstufe arbeitet. Heydrich hat den Mund des Verbrechers vor Augen.

Er ist zusammengepresst. Und jung. Der Mörder dort auf dem Bürgersteig ist eigentlich ein ganz junger Bursche.

Nicht einmal sein gestresster Ausdruck kann eine Sache verbergen: einen irgendwie melancholischen, oder eher lyrischen Zug um den Mund herum. Der Teufel hol' die Dichter. Er hat nicht diese konzentrierte, grimmige Überheblichkeit, die ein Mensch der höheren Rasse auch bei so einer verachtungswürdigen Tat zeigen würde. Im Stellvertretenden Reichsprotektor rattert es, denn seine Gedankenturbine kommt jetzt zum unausweichlichen Schluss. Der dort auf dem Bürgersteig ist ein Tscheche. Also doch.

Der Polizeiblick des Stellvertretenden Reichsprotektors schafft noch, die Kleidung des jungen Burschen zu erfassen – wenn er die angehabt hätte, mit der sie ihn in London ausgestattet hatten, wäre Heydrichs Aufmerksamkeit noch größer gewesen. Die Agentur des Oberst Moravec kaufte nämlich in London Kleidung aus tschechoslowakischer Herstellung von jüdischen Flüchtlingen auf. Allerdings hatten Moravec' Leute Probleme mit ihrem Stil. Die flüchtenden Juden bereiteten sich auf die Herausforderungen des Lebens in der Fremde vor, indem sie sich feste Schuhe anschafften und sportlich geschnittene Kleidung, die dann in den Londoner Straßen unpassend waren. Moravec und den tschechischen Widerständlern gelang es aber, die Attentäter mit normaler ziviler Kleidung auszustatten, also steht Heydrich wenigstens kein Tramp oder Pfadfinder gegenüber. Es handelt sich um einen recht gewöhnlichen, nichtsnutzigen Arier.

Er greift allerdings nicht nur den höchsten Mann dieses ihm überantworteten Reichsraums an.

Es geht gleichzeitig um einen Angriff auf die Ehre des Protektors.

Und auch auf seine Fähigkeit der Einschätzung.

Seine Professionalität, seine Aufgabe, die ihm vom Führer übertragen wurde, sein allerinnerstes Ich.

Also doch – ein Tscheche.

Und der Fahrer? Dem Fahrer läuft nur eins durch den Kopf. Subordination, genau, wie es ihm beigebracht wurde.

Er wartet, dass Heydrich einen Befehl gibt; er wünscht sich, dass er irgendeinen Befehl gibt; und dann betet er nur noch ganz ungläubig, er möge sich beeilen.

Die Sekunden laufen verlangsamt, aber unausweichlich. Beide Männer könnten das Gefühl haben, im Inneren eines unerbittlichen Uhrwerks gelandet zu sein. Natürlich nur, wenn sie an so etwas wie dichterischer Vorstellungskraft leiden würden. Die Uhrzeiger bewegen sich, die Zahnräder stützen sich aufeinander, der schwere Mercedes kann nicht für immer in der Zeit erstarren. Aber hier tickt kein abstraktes Uhrwerk. Das ist der Terrorist auf dem Bürgersteig, der rasend auf den Abzug der Maschinenpistole drückt.

Klack, klack, klack hört man ganz deutlich, denn Klein hatte vor der Kurve in den Leerlauf geschaltet.

Der Lauf der Waffe folgt Heydrichs Gesicht, das auch in dieser außerordentlichen Situation konzentriert bleibt (in scharfem Widerspruch zu den verwässerten Gesichtszügen des jungen Burschen auf dem Bürgersteig).

Der Reichsprotektor wünscht sich für einen Augenblick, dass der Schuss endlich kommen möge und diese gesellschaftlich unerträgliche Situation beendet. Ist dieser tschechische Pöbel nicht einmal fähig, ein Attentat durchzuführen? Können diese britischen Plutokraten die nicht ordentlich ausbilden? Es handelt sich aber nur um ein leichtes Flattern der überreizten Nerven. Sofort stoppt er dieses im Grunde unwürdige Herumgetappe; natürlich weiß er die ganze Zeit, was zu tun ist.

Den Vorschriften entsprechend müsste er Klein anschreien, damit der Gas gibt. Aber wie würde das denn aussehen? Der Stellvertretende Reichsprotektor rettete sich bei einem Attentatsversuch durch Flucht?

Er konnte sich die Witze vorstellen, die ihm diese Nachricht einbringen würde. Eine dieser erfindungsreichen Metaphern, mit deren Herstellung sich der tschechische Widerstand wohl vorrangig beschäftigt, schießt ihm durch den Kopf. Wie war das noch gleich? Wie ging der Witz über die Deutschen, die eines Tages aus dem Protektorat fliehen werden müssen? Irgendwas über brennendes Werg und einen Arsch.

Also so nicht.

Der Stellvertretende Reichsprotektor ist Fechter, vergessen wir das nicht. Ich zum Beispiel schätze diese seine Eigenschaft sehr, weil ich weiß, wie gefährlich es ist, einen Hieb nicht zu decken. Reinhard Heydrich entschließt sich, die Herausforderung zum Duell anzunehmen. Er macht sich klar, dass ihm nichts anderes übrigbleibt. Nur so kann er wenigstens etwas von seiner Würde zurückerobern, von der der klackende Bursche dort mit jeder Sekunde, die diese inakzeptable Situation andauert, etwas wegnimmt.

»*Halt!*«, schreit Heydrich mit dieser aufgeregten Fistelstimme.

Durch Kleins Kopf und Körper fährt, als er diesen unangenehmen und im Grunde lächerlichen Ton hört, ein Wirbelwind widersprüchlicher Gefühle. *Der meckert wie eine Ziege*, fällt ihm ganz unstaatsmännisch auf (aber Klein ist kein Führer und das weiß er, was wir ihm zugutehalten). Den Vorschriften entsprechend müssten wir abhauen, als hätten wir Feuer unterm Hintern ... Und dann erleichtert, wenn auch etwas respektlos: *Endlich bewegt der sich. Der Ober sticht den Unter.* Und tritt auf die Bremse.

Unter normalen Umständen sollte in diesem Moment jemand mit einer respektvollen Verbeugung an die Autotür herantreten und sie mit zum Bürgersteig geneigten

Gesicht öffnen, um nicht Augenzeuge des privaten Moments zu werden, in dem sich der protektorale Giraffenkörper beginnt aufzurichten und aus dem Wagen zu schälen. Von dem Burschen auf dem Bürgersteig kann man allerdings nicht erwarten, dass er Klein vertritt.

Der Attentäter schmettert sein seltsames Maschinengewehr auf den Boden. Er läuft ein kleines Stück nach unten, dann dreht er sich um und versucht mit hektischen, kleinen Bewegungen seine Hand unter das Sakko zu bekommen. Irgendwo dahin, wo normale Leute ihre Zigarettendose tragen. Und in dem sorgfältig geordneten Protektoratsraum sollte er auch seine *Kennkarte* dabeihaben, also seinen Personalausweis. Der Bursche will sich aber offensichtlich nicht legitimieren, das würde wahrscheinlich nicht einmal Klein denken. Das, wonach er unter dem Sakko fischt, ist schwarz, aus Metall und unterscheidet sich von einer *Kennkarte* unter anderem durch eine runde, gefährliche Mündung.

Auch ein weiterer Fußgänger dort auf dem Bürgersteig verrenkt sich in einer Serie krampfhafter Bewegungen. Er fischt nach etwas in der Aktentasche, in der normale Menschen gewöhnlich ihr Vesperbrot tragen. Das, was er herauszieht, könnte theoretisch eine Thermoskanne sein. Wenn es nicht kürzer wäre und er es nicht in einem Bogen von unten zum Mercedes werfen würde. Dann hebt er gleich die Aktentasche vors Gesicht, um sich zu decken.

So werfen Mädchen, würde Klein sich angewidert denken, wenn sein Kopf hinterherkäme. Der Stellvertretende Reichsprotektor ist einen Schritt voraus und ahnt schon, dass er keinem Malzkaffeeangriff ausgesetzt ist. Durch den wundervollen Maihimmel streift ein Schatten, als flöge ein Vogel vorbei.

Die Aktentasche, denkt Heydrich. Er fasst sie fester, die Dokumente darf er nicht verlieren, und wie er sie so an sich drückt, denkt er an die Rücken seiner Kinder. Das geheimnisvolle Ding fällt nicht in den Wagen, sondern auf den Tritt, dann läuft aber alles so schnell ab, dass für Erleichterung keine Zeit bleibt.

Die Explosion reißt die Beifahrertür heraus und wirft den Ledermantel vom Rücksitz auf den Draht der Stromleitung, die den Himmel über dem Wagen durchstreicht wie die energische Feder eines hohen Beamten, der das vorgelegte Material für entbehrlich hält.

Alle Anwesenden erstarren, wie man erwarten kann, und dann kommen sie wieder in Bewegung. Sie haben sich schon eingespielt. Jetzt ist es klar, wer wer ist. Die zwei auf dem Bürgersteig haben zweifellos Militärausbildung, wodurch die ganze Szene gesellschaftlich etwas akzeptabler wird. Heydrich hebt sich die Erleichterung und den unverständlichen Drang, einer höheren Macht zu danken, für später auf. Ist es schließlich nicht nur natürlich, dass einer der höchstgestellten Männer im Reich unter dem Schutz der höchsten geschichtlichen Mächte steht?

Er kommt auf die Beine und versucht die Pistole aus dem Halfter zu ziehen. Dasselbe versucht Klein. Auf dem Bürgersteig hält einer der Burschen schon eine Waffe, der zweite hat die Aktentasche auf den Boden geworfen und auch sein größter Feind ist in diesem Moment das Jackenfutter. Bald zeigt sich, dass auch er sich nicht zu legitimieren beabsichtigt.

Zwei gegen zwei. Das ist mal ein schönes Duell. Hauptsache, die Fechter aus einem Team behindern sich nicht gegenseitig! Sie sollen sich nur nicht gegenseitig in die Schussbahn laufen!

Leider läuft dieser Tag unter irgendeinem Pechstern ab. Oder ist das etwa dieser verflixte Protektoratsraum, der von diesem feigen, lächerlichen Stamm bewohnt wird, der nicht einmal ein Attentat zustande bringt, wie es sich gehört? Vielleicht liegt hier so etwas einfach in der Luft. Etwas, weswegen alles irgendwie schiefgeht. Ein bisschen anders als gedacht. Und natürlich komisch.

Verzeiht. Ich habe mich ein bisschen von meinen eigenen Beobachtungen hinreißen lassen. Nichts dergleichen kann man aus der Mitteilung von Pannwitz ersehen. Bleiben wir also noch bei den Duellanten in der Vorstadtkurve.

Klein entsichert seine Waffe, aber das Magazin fällt ihm heraus. Zum zweiten Mal hört man ein metallenes Scheppern auf Stein, diesmal schleudert der Schütze sie zwar nicht zu Boden, aber ohne Magazin nützt sie ihm sowieso nicht. Wir wollen aber nicht ungerecht Klein gegenüber sein. Die neue Waffe bekam er erst vor kurzem, noch hatte er sich wohl nicht daran gewöhnt, wo man sie sicherte, und so löste er aus Versehen beim Entsichern das Magazin. Seine Qualitäten, seine Entschlossenheit und seinen Einsatz schmälert das nicht. Obwohl er jetzt vornübergebeugt auf dem Pflaster herumtastet und Flüche zwischen seinen zusammengepressten Zähnen hervorkommen, die keinesfalls in ein Duell gehören.

Heydrich steigt in der Zwischenzeit so würdevoll wie möglich aus dem ramponierten Mercedes. Er spürt zwar einen Schmerz im Rücken – der wörtliche Dolchstoß im Rücken des Reichs, ausgeführt schon immer aus Böhmen, hätte er vielleicht gedacht, wenn jetzt die Zeit für Metaphern wäre – jetzt jedoch beruhigt er sich blitzschnell, bislang ging es noch gut, er macht sich bereit für den Zusammenstoß.

Die Terroristen haben mehr Glück mit ihren Waffen, setzen unserem Paar mit knallenden Schüssen zu. Irgendwie sind sie aber nicht in Form, die Explosion hat sie offensichtlich erschüttert. Einer hat einen Splitter abbekommen, deswegen rinnt Blut über sein Gesicht. Heydrich geht in Aktion; die Aureole der Unverletzbarkeit, die er immer um sich herum fühlte, hat sich wieder über ihm geschlossen. Die Burschen sind aufgeweicht, der Misserfolg des Attentats hat ihre Moral untergraben. Sie schießen zwar vehement weiter, aber nur Löcher in die Luft.

Der Stellvertretende Reichsprotektor reißt die Waffe aus dem Halfter, der verletzte Rücken beschert ihm dabei ordentliche Stiche. Er zielt, drückt den Abzug – und nichts passiert. Das stille Konzert der Waffen, die nicht schießen, sondern nur mit ihren Abzügen klacken können, geht weiter. Heydrich wirft sich auch so dem Bombenwerfer entgegen, als könnte er ihn mit seiner bloßen Erscheinung überwältigen. Er umklammert die Pistole, die nicht geladen ist; der junge Mann dreht sich trotzdem um und flieht.

Da hat Klein schon sein Magazin ertastet, aha, es ist hinter das linke Vorderrad des Mercedes gerutscht. Er richtet sich auf. Jetzt hat er die Gelegenheit zu zeigen, dass seine Gutmütigkeit nur gespielt war. Ein aufrecht stehender Klein ist jeder Zoll ein Krieger, der seine Chancen, im Duell zu siegen, auch ergreift.

Die Schüsse des Fahrers treiben den anderen Burschen hinter einen Mast am Bürgersteigrand. Manchmal schaut er dahinter hervor, gibt einen Schuss ab und Klein versucht, seine Schüsse mit diesem Kopf zu synchronisieren, der sich wie die Blechzielscheibe auf dem Schießstand vorbeugt. Dann macht der Bandit etwas gegen jede Regel, aber was wollte man auch von ihm erwarten; er springt hinter dem Mast hervor, aber nicht etwa, dass er sich auf Klein wirft, dazu fehlt ihm natürlich die Courage. Er verzieht sich im Galopp. Dieser Anblick weckt den Jagdinstinkt in Klein, er beugt sich vor, drückt sich an den Pflastersteinen ab und läuft los.

Dass er den Stellvertretenden Reichsprotektor beschützen sollte, ist ihm komplett entfallen. Wir haben doch gewonnen, oder? Der Feind flüchtet.

Heydrich ist es in der Zwischenzeit gelungen, zu laden und ein paar Schüsse in Richtung des Bombenwerfers zu senden. Er traf nicht, was ihm wohl niemand übelnehmen kann. Ja, wenn er einen Degen und den Gegner in Reichweite gehabt hätte, dann hätte er ihn schon gezeichnet. Dass er nicht gut zielen konnte, lag an der Bombenexplosion in unmittelbarer Nähe natürlich. Und auch am stärker werdenden Schmerz im Rücken von diesem Kratzer. Heydrich macht trotzdem ein paar energische Schritte. Der Bombenwerfer flüchtet schmachvoll.

Der Stellvertretende Reichsprotektor geht langsam zur fortgeworfenen Maschinenpistole. Er hebt sie auf und betrachtet sie verächtlich. Die Waffe weist Nähte auf, an denen sie zusammengelötet wurde. Die Briten müssen schlecht dran sein, wenn sie die tschechischen Banditen mit solchem Schund ausstatten. Das Magazin hängt absurd aus der Waffe heraus und auch die rätselhafte Körperhaltung des Angreifers erklärt sich: Dort, wo ein Kolben sein sollte, ist nichts.

Das nennen wir mal Niveau.

Es wäre geradezu komisch, wenn dieser lächerliche Angriff nicht die Interessen des Reichs in seinem strategischen Gebiet bedrohen würde.

Ob sich der Schütze dieses Gerät selbst hergestellt hatte? War das etwa ein Arbeiter? Heydrich überlegt langsam, denn ihm schwindet das Bewusstsein. Vielleicht ein Installateur, fällt ihm beim Blick auf den Lauf ein, der aussieht, wie aus einem Stück Rohr hergestellt. Nebenbei gesagt ist seine Idee nur eine Kopie der Phantasie der Briten, die die Sten Gun den »bösen Traum eines Installateurs« nennen.

Waren also die Erhöhungen der Fettrationen umsonst? Bissen sie in die Hand, die ihnen das Fressen anbot? Dieser Selbstmitleidsanfall, der durch die steigende körperliche Schwäche erklärbar ist, wird von einem Wutanfall abgelöst. Heydrich schmettert diese Amateurwaffe wütend auf die Erde. Die Maschinenpistole dient heute, wie es scheint, vor allem dazu, sie auf die Erde zu schleudern.

Wieder hört man Schüsse. Der Stellvertretende Reichsprotektor hebt den Kopf. Die Protektoratsbürger strömen aus der Straßenbahn, die mit von der Explosion herausgebrochenen Fenstern in der Kurve stehenblieb. Zweifellos werden sie versuchen, den Terroristen aufzuhalten. Heydrichs beschädigte Meinung von den Tschechen beginnt sich zu bessern. Dann wird ihm aber klar, dass die Passagiere – ob nun bewusst oder unbewusst – dem Burschen bei der Flucht nur im Weg stehen. Der schießt, und zwar in die Luft. Dabei schreit er aus vollem Halse. Und auch wenn Heydrich die Worte *Uhni, dědku, nebo tě střelím* – aus dem Weg, Alter, oder ich schieße – nicht versteht, ist der Inhalt klar. Und natürlich tritt die tschechische Soldateska bereitwillig auseinander. Der Bandit schlägt dazwischen seine Haken und sein Rücken in dem Sakko verschwindet zwischen den Kleidern der anderen. Zwischen Sommeranzügen, Röcken und Blusen, von denen manche Kirschblütenträume zeigen.

Der Stellvertretende Reichsprotektor muss sich in diesem Augenblick seine nachlassenden Kräfte eingestehen, weil er sonst umfallen würde. Er setzt sich in den Wagen. Ihm ist klar, dass er seine gewohnte Würde jetzt nur noch spielt.

Gekreisch dringt durch den Maitag, das das aufgeregte Stimmengewirr um die Straßenbahn herum übertönt. Der verwirrte Heydrich denkt an das Geräusch einer fallenden Bombe – aber das doch hoffentlich nicht, die Terroristen können doch nicht noch einen Bomber geschickt haben! Trotzdem hebt er den Kopf. Er sieht diesen sonnigen Maivormittag, der etwas von einem Ledermantel auf einem Draht verdeckt wird. Dann fällt ihm ein, dass ein Wachmann gepfiffen haben könnte. Das Geräusch würde er begrüßen. Das Gepfeife hat aber so eine Kadenz, die kein Polizist schaffen würde. Vor ihm taucht ein von perfekten Locken gerahmtes Gesicht auf und der ohnmächtig werdende Heydrich begreift, dass er den Urheber dieses Geräuschs vor sich hat.

Die junge Dame hört zum Glück auf zu kreischen, als sie erkennt, wem das Attentat galt, und fängt an zu organisieren. Jemanden wie sie brauchte es in dieser Szene, denn die anderen stehen nur um die Straßenbahn herum und machen sich allem Anschein nach bereit zu verschwinden, dem Verbrecher hinterher.

Der Verletzte versucht zu erkennen, ob die Dame da vor ihm Deutsche oder Tschechin ist. Die Frau wechselt fließend von einer in die andere Sprache. Und vor allem handelt sie. Wie im Nebel sieht der Stellvertretende Reichsprotektor, dass sie einen Lieferwagen anhält. Dabei spricht sie ein Tschechisch, das ihm tadellos erscheint. Also doch. Also mögen sie mich doch, beschließt er für sich. Die Frau hilft ihm in die Kabine, aber Heydrich bemerkt nach ein paar Metern, dass das so nicht geht. Die einfache Kabine ist zu klein für ihn. Er kennt dieses Gefühl aus Augenblicken des Triumphs, wenn ihm zum Beispiel so ein Černín-Palast wie ein intimes Schlösschen vorkommt, aber jetzt ist diese Empfindung höchst unangenehm. »*Halt!*«, ruft er mit wesentlich zittrigerer Stimme als vorhin in der Kurve. Sie müssen ihm auf die Ladefläche helfen, wo er sich auf dem Bauch zwischen die Dosen mit Poliermittel legt. Der Maihimmel schwebt jetzt über seinem Rücken, der Maihimmel, den er nie wiedersehen wird.

Im Angesicht der abgewetzten Planken auf der Ladefläche kommt eine unbestimmte Erinnerung hoch. Gesichter tauchen auf, die er schon einmal irgendwo gesehen hat, und ordnen sich den Angreifern zu. Dann weiß er auf einmal, wo er die zwei Burschen schon gesehen hat. Die saßen doch im Graben an der Straße nach Jungfern-Breschan. Ein paar Mal sah er sie da und dachte immer, er müsste sie überprüfen lassen. Interessant war, wie sie sich verneigten, aber ihn dabei nicht aus den Augen ließen. Sein Polizeiherz erbebte damals. Nur, wenn er sich mit jedem Herumtreiber beschäftigen würde, wo käme er da hin.

Nun sieh einer an.

Das war eine geplante militärische, also terroristische Attacke. Er prägt sich ein, dass er später den Ermittler darüber informieren muss.

Dann schwört er sich, dass die Tschechen dafür bezahlen werden. Wir nehmen Zuckerbrot weg, und geben mehr Peitsche dazu. Zuerst entscheidet er sich, alle zu erschießen, die in Straßengräben sitzen. Aber noch hat er genug Kraft, um diesen Gedanken als nicht systemrelevant zu bewerten, und überlegt realer. Er stellt sich das Verhältnis zwischen Erschossenen und denen, die zunächst am Leben gelassen werden, vor. An mein erstes Standrecht werden sie noch liebevoll denken, spinnt er den Gedanken weiter. Dann fällt ihm ein, dass er alle Einwohner Prags erschießen lassen könnte. Es überwiegt aber der befriedigende Gedanke, dass er das als Profi natürlich nicht tun wird, denn das würde die Produktion im Reich gefährden. Vielleicht würde jeder Zehnte reichen.

Er beginnt, sich auf die Arbeit zu freuen, die auf ihn wartet – aber dann wird ihm der Poliermittelgeruch bewusst, kein angenehmer Duft, der da aus den Brettern steigt, und dann ist da noch der stechende Schmerz im Rücken.

Ich bin froh. Ich bin glücklich, dass der Stellvertretende Reichsprotektor nicht sehen musste, was er ganz sicher nicht sehen sollte. Zum Beispiel die Situation, als der Bombenwerfer zur Straßenbahn kommt. Er will zwischen den Wagen durchschlüpfen, aber auf der anderen Seite steht der tschechische Polizist Bedřich Zálesky. Er breitet die Arme aus und es ist klar, dass er den Burschen nicht umarmen will. Der Attentäter windet sich also zwischen den Leuten durch und rennt im Galopp in Richtung Zentrum von Libeň. Die Situation ist klar. Ein Verbrechen ist geschehen und der Täter flieht. Der Polizist läuft ganz richtig hinterher. Zuerst in einem ganz ordentlichen Tempo, er läuft fast genauso schnell wie der junge Mann, der die Fäuste vor der Brust hält und durchtrainiert atmet. Ein verdammter Athlet, der sich offensichtlich regelmäßiges Training gönnt.

Was bei dem Polizisten nicht der Fall ist. Aber es hält ihn gar nicht so sehr die vernachlässigte Kondition auf, als vielmehr etwas, was sich in seinem Kopf abspielt. Bedřich Záleský spielt nämlich durch, was er da gesehen hat, und überlegt, was das heißen könnte. Er begreift, dass es ein Angriff auf einen hohen Vertreter des Reichs war und die Absicht ganz sicher keine diebische.

Des Polizisten Gehirn produziert emotionalen Kram, der mit Masaryks Tschechoslowakei zu tun hat, die natürlich schon lange nicht mehr existiert und auch nicht mehr auf die Bildfläche zurückkehrt. Vor seinen Augen erscheint Masaryk in der weißen Uniform und der Mütze mit der Trikolore, die Sokol-Turner machen Freiübungen, die Grenzbefestigungen wachsen, weil wir uns nie ergeben werden. WIR WAREN UND WERDEN SEIN. Solche und andere Gedanken jagen dem Mann durch den Kopf, der vom Virus des unechten Patriotismus befallen ist. Der Wachtmeister Záleský wird jedenfalls langsamer. Ihm fließt noch nicht einmal Schweiß von der Stirn, aber schon hat er das Tempo deutlich verringert. Schließlich greift er zu einer Taktik, die eine Schande ist. Er tut nur so, als würde er laufen, aber in Wirklichkeit kommt er kaum vom Fleck. Als ob er dem Burschen damit Rückenwind gegeben hätte – der ist bedeutend schneller geworden, springt auf ein Rad und ist fort.

Ich soll mir die Szene nur ausgedacht haben?

Und wie kann es dann sein, dass der Polizist, den die anderen an der Straßenbahn sahen, sich nicht bei seinen Vorgesetzten mit der entsprechenden Zeugenaussage meldete? Dass er sich im Gegenteil begann zu verstecken? Aha? Schande über Schande. Solche Leute wollen dem Reich, das ritterhaft kämpft, ihre Taktiken unter der Gürtellinie aufzwingen.

Jetzt sind nur noch zwei Duellanten übrig – schauen wir einmal, ob Klein den Gegner zu einem Kampf von Angesicht zu Angesicht zwingen kann. Es fallen ein paar Schüsse, aber eher aus Höflichkeit, denn beim Laufen kann man schlecht zielen. Dieser Läufer schafft es nicht, seinen Verfolger abzuschütteln, denn Klein spukt kein Papachen Masaryk im Kopf herum. Die Bewegung macht die wünschenswerten Endorphine frei und der Fahrer stürmt mit Riesenschritten die Straße entlang. Das ist auf eine Art eine Erleichterung, dass er nicht gutmütig seinen abweisenden, etwas gruseligen Chef angrummeln muss. Und auch nicht irgendwie Haltung hinter dem Lenkrad sitzend annehmen. Jetzt liegt es an ihm. Und er wird auf keinen Fall einen Lauf auf der Stelle vortäuschen.

Dem jungen Mann ist klar, dass er nicht entkommen kann. Die Seitenstraßen sind menschenleer und nicht gerade voller Ecken, hinter denen man verschwinden könnte. Der Attentäter wechselt aber jäh die Richtung und läuft hinunter in ein Geschäft im Souterrain. Klein erfasst blitzschnell das Schild: *Franta Brauner, Řezník – Fleischer*. Sofort begreift er, warum der Bursche gerade da hinein will. Der Fahrer ist nicht gerade ein toller Linguist, aber er versteht, dass er es mit so einem tschechischen Patrioten zu tun hat. Der Vorname *Franta* führt ihn in eine bestimmte Richtung, den *Fleischer* nicht übertrumpfen kann. Dieser Fleischer maskiert vielleicht mit seinem deutschen Aushang seine landesverräterische Ausrichtung und mit Hilfe von *Franta* zwinkert er den Tschechen zu, wie er das eigentlich meint. Wäre Klein nicht so ausgepumpt, würde ihm vielleicht heiß werden. Ist das vielleicht ein Stützpunkt des Widerstands und innen erwartet ihn ein Duell mit einem Metzgermesser? Wenigstens.

Unbeirrt schreitet er aber zum Eingang. Aus dem Geschäft stürzt jetzt ein Mann heraus, zum Glück unbewaffnet, wirft sich Klein irgendwie vorgebeugt entgegen und lässt reinstes Deutsch vom Stapel. Dieser Bursche, den der Herr Offizier verfolgt, ist da drin. Das Geschäft hat keinen zweiten Ausgang, worauf der Flüchtige offenbar hoffte. *Bitte schön*, beendet Brauner seine kurze Rede, als hätte er gerade ein halbes Pfund Gehacktes abgewogen.

Klein begreift, dass er es mit einem Stammesgenossen zu tun hat, der unter der tschechischen Soldateska bestehen musste, und deshalb rettende Mimikry einsetzte. Franta ist natürlich Frank.

Aus dem Laden kommt gleich darauf ein weiterer Mann gelaufen. Es wäre schön, wenn es der Lehrjunge mit einer würdigen Verspätung hinter dem Herrn Chef wäre. Nur ist das leider der Bandit, der zweifellos auch die Nichtexistenz eines zweiten Ausgangs festgestellt hat. Er hält sich nicht mit Reden auf, schießt auf Klein, trifft ihn ins Bein, der Fahrer fällt zu Boden und das tobende Blut trägt jetzt keine Endorphine mehr durch seine Adern, sondern Schmerz. Klein widmet sich nicht mehr dem verschwindenden Rücken im Sommeranzug, er denkt nicht einmal daran, dass so ein Duell unfair ist, nein, all seine Gedanken konzentrieren sich auf das durchschossene Knie, was natürlich eine verständliche Reaktion ist, denn nicht jeder hat so ein Stehvermögen wie der Stellvertretende Reichsprotektor.

Die Frage, ob ihn der Terrorist aus dem Kampf ausscheiden lassen oder töten wollte, ist nicht auf der Tagesordnung. In den Laden kommt man über Stufen nach unten. Der Angreifer zielte auf die Brust oder den Kopf, nur hob er die Waffe nicht genügend. Ritterlichkeit kann man von denen nicht erwarten.

Klein hört wie von Ferne das Geschwätz des Fleischers Brauner, was denn passiert sei und ob das alles mit dem furchtbaren Knall zusammenhing, von dem die Fenster klirrten. Brauner begreift offensichtlich nicht einmal beim Anblick von Kleins blutigem Hosenbein, was los ist, oder aber er ist als Fleischer an Blut gewöhnt.

Klein muss schließlich versuchen, den Tonfall seines Chefs nachzuahmen und Brauner aufzurufen, das Maul zu halten und ihm einen Krankenwagen zu besorgen. Einen deutschen. Das verletzte Bein sendet so wütende Signale, dass Klein die Ernsthaftigkeit der Situation begreift. Das ist wohl nicht nur ein Muskeldurchschuss. Wer weiß, ob er sich noch jemals ordentlich auf diesen Fuß stellen wird, geht ihm durch den Kopf. Und jetzt schätzt Klein die Situation endlich realistisch ein.

Dann beginnt alles wieder in die Normalität zurückzukehren. Auf der Bühne vor der Fleischerei erscheint ein Krankenwagen. Aus den Autos, die rasant beim Mercedeswrack bremsen, springen Gestapoleute. Eine ihrer ersten Handlungen ist das Abnehmen des Ledermantels von den Drähten, der wirkt da ausgesprochen peinlich. Dazu brauchen sie eine Leiter und klopfen deshalb an die Tür des nächstgelegenen Hauses. Dort wird sie ihnen gern ausgehändigt. Jetzt weiß die Bevölkerung schon, wie sie sich zu benehmen hat, der Moment der zögerlichen Unsicherheit ist vorbei.

Die Gestapoleute sammeln die Radkappen ein, die die Explosion aus den Mercedesrädern gerissen hatte.

Die Würde wurde wieder hergestellt.

Sie nehmen auch die Maschinenpistole vom Bürgersteig auf, aber solltet ihr glauben, dass sie sie auf den Boden schmettern, irrt ihr euch. Diese Herren bemerken zwar auch die primitive Konstruktion, betrachten sie aber mit Interesse und einem gewissen Respekt. Sie sind Profis. Vielleicht denken sie auch, dass sie beim nächsten Mal vor so einer Waffe stehen könnten. In diesem Fall schoss sie nicht. Aber sie wissen, wie es in Fällen von Konstruktionsfehlern der Waffe weitergeht. Der Grund des Versagens wird festgestellt und bei der nächsten Serie abgestellt. Wenn beim nächsten Mal aus dieser seltsamen Waffe geschossen wird, wird sie nicht mehr klemmen. Vorsichtig legen sie sie in einen Kofferraum ihrer Wagen, als könnte sie jetzt doch noch loslegen.

Und dann beginnen sie, systematisch die Szene des Attentats von allen Seiten zu fotografieren, sodass sie für die nachfolgenden Generationen erhalten ist.

Und wie ergeht es in der Zwischenzeit dem Haupthelden unserer traurigen Geschichte?

Der sitzt halb ausgezogen im Bulovka-Krankenhaus auf einem Tisch, der Rücken blutet und die Schwestern kühlen seine Stirn und die Schläfen mit Eis. Der Chefarzt Walter Dick erklärt Heydrich, dass umgehend operiert werden muss. Der will sich nur von einem Reichsdeutschen operieren lassen, den man ihm aus Berlin schickt. Endlich begreift er, dass keine Zeit dafür ist – auch wenn das einige zögerliche Minuten kostet – und trifft die Entscheidung, dass ihn Professor Josef Hohlbaum, der Chef der Chirurgischen Abteilung der Karlsuniversität, ein schlesischer Deutscher, operieren wird. Der Professorentitel machte offensichtlich Eindruck, dass der Operateur deutsch war, einen noch besseren. Zweifellos hatte es auch eine gute Wirkung, dass Dr. Dick die Hacken zusammenschlug und den rechten Arm erhob.

Für die Operation bereitet aber örtliches Personal Heydrich vor. Als der große Mann auf dem Operationstisch liegt, beugt sich der Anästhesist Alois Vincenc Honěk über ihn: »Haben Sie einen Zahnersatz oder vielleicht einen lockeren Zahn, Herr Reichsprotektor?«

Obwohl er übersorgfältig formuliert und spricht, so als wollte er ein Staatsexamen in Deutsch ablegen, ist klar, welcher Mangelhaftigkeit er den Patienten verdächtigt. Glaubt er etwa, der perfekte Mann hätte kein makelloses Gebiss? Heydrich antwortet mit keinem Wort. Mit diesem tschechischen Gesindel werde ich mich nicht unterhalten, sagt sein Gesichtsausdruck.

»Verzeihen Sie«, spricht Honěk ihn überaus freundlich an und beugt sich mit einem glänzenden Gerät über ihn. Er packt ihn am Kinn und zieht leicht daran. Und nun zeig dich mal, du deutsches Schwein, denkt er sich. (Also so sähe das natürlich nur aus, wenn Dr. Honěk ein Held wäre – in Wahrheit zittert er vor Angst und sieht sich schon vor dem Hinrichtungskommando stehen. Dazu käme es aber sicher, würde der Protektor an seiner eigenen Brücke ersticken.)

Heydrich spürt den leichten, aber nicht nachlassenden Druck an seinem Kinn. Sein Gehirn überprüft blitzschnell die Subordination. Honěk hat zwar an seinem weißen Kittel keine Rangabzeichen, aber es ist klar, dass er in dieser Abteilung die Befehle gibt. Und so ist es im Sinne einer erfolgreichen Durchführung der Operation – interessant, wie die militärische und die medizinische Terminologie hier übereinstimmen, fällt Heydrich auf – nicht unmöglich, sich zu fügen. Es ist im Gegenteil empfehlenswert. Und richtig.

Der große Mann lässt den Kiefer locker.

Dr. Honěk untersucht den Zustand des Gebisses. Dabei muss er aufpassen, dass er nicht vor lauter Begeisterung den Patienten überschwänglich lobt, wie er es bei einem Kind machen würde.

Braver Junge! Sagt er sich im Stillen.

Dann beugt er sich mit einer Gesichtsmaske in der Hand über den Stellvertretenden Reichsprotektor. Der zuckt, sein Gesicht nimmt einen unnachgiebigen Ausdruck an. Man kann ihm ansehen, dass er am liebsten befehlen würde – aber was, wenn er nicht weiß, was eigentlich passiert? Schließlich sendet er Dr. Honěk einen halb fragenden, halb befehlenden Blick.

Der begreift sofort.

»Die Maske benutzen wir für eine vollständige Anästhesie. Wir benutzen Äther. Der Herr Protektor wird nichts Unangenehmes spüren, nicht das Gefühl haben zu ersticken ...«

Dr. Honěk tritt Schweiß auf die Stirn, weil er sich auf einmal an die Munkeleien über den Mord an Juden durch erstickende Gase erinnert. Der Protektor reagiert glücklicherweise nicht so pfeilschnell wie es sich die tschechischen Bewohner des Protektorats in Bezug auf alle Gleichnisse, Parallelen und Anzeichen angewöhnt hatten. Dr. Honěk beeilt sich, das Thema zu wechseln: »Die Maske ist an ein modernes Gerät angeschlossen, das wir gleichzeitig dazu benutzen, einen positiven Druck auf Ihre rechte Lunge auszuüben, während Sie schlafen.«

»Sie schlafen«, ist eine sehr besänftigende Formulierung, lobt sich Dr. Honěk und bringt sich in dem Augenblick, weil seine Aufmerksamkeit nachließ, in die Bredouille. »Wir haben hier einen speziellen Apparat – Magill Endotracheal Apparatus. Ein britisches Erzeugnis auf höchstem Niveau.«

Der Patient dreht sich etwas, tastet mit seiner Rechten an der Seite herum, als suchte er seine Pistole. Er dreht den Kopf und wirft dem unschuldigen Gerät einen forschenden Blick zu. Und dann erhebt er gebieterisch die Stimme. Er tut, was er gleich am Anfang hätte tun sollen. Jeder muss wissen, wer hier in diesem Operationssaal der Herr ist. »Auf gar keinen Fall« (er wiederholt das zweimal, was auf seine Adjutanten immer vernichtend wirkte), »lasse ich mich mit Hilfe eines britischen Geräts operieren!«

Vor seinen Augen taucht diese zusammengelötete, geschweißte Maschinenpistole auf dem Bürgersteig in Libeň auf. Die sah aus, wie von einem Installateur in seiner Werkstatt angefertigt. Aber eine Waffe war es und Heydrich zweifelt keinen Augenblick daran, dass er hier Dr. Honěk nicht die Zähne zeigen müsste, wenn sie funktioniert hätte. Weiß Gott, was sie jetzt mit ihm vorhatten!

»Auf keinen Fall!«, er rutscht auf dem Tisch herum und tut, als wolle er aufstehen, aber das verhindert der Schmerz im Rücken.

Dr. Honěk – schon wieder bricht ihm der Schweiß aus – dreht sich zu Dr. Dick um, einem Sudetendeutschen, der seit 1940 Chef der hiesigen Chirurgie ist. Wenn Dr. Honěk jemals Vorurteile gegen seinen Vorgesetzten hegte, so lässt er die jetzt gerne fallen. Gott sei's gedankt für diesen Sudetendeutschen. Der war in der Zwischenzeit nicht dem eisigen Blick des Protektors ausgeliefert und konnte eine Weile überlegen. Geschützt von Dr. Honěk wie von einem lebenden Schild.

»Herr Reichsprotektor, Sie müssen nichts befürchten. Die Apparatur wurde im Jahr 1932 hergestellt und lange vor Kriegsausbruch im Saal installiert. Also in einer Zeit, als Deutschland sich noch ausgezeichneter Beziehungen mit Großbritannien erfreute.«

Heydrich scheint das nicht sehr zu beruhigen.

»Und zuletzt wurde das Gerät bei einer Gasterektomie benutzt, die wir durchführten, bevor man Sie brachte. Die mussten wir schnell beenden, damit wir den Saal für Sie zur Verfügung haben. Niemand ist zwischen den beiden Operationen im Saal gewesen und der Patient war übrigens Tscheche.«

Das ist einer der seltenen Momente, in denen Heydrich eine positive Emotion überflutet, als er das Wort Tscheche hört. Schau an. Ein Tscheche. Sicher ein guter Tscheche. Ein loyaler, versucht er sich selbst zu überzeugen. Der Schmerz im Rücken bringt ihn dazu, diesen kurzen Exkurs in die Medizintechnik zu beenden.

Er bleibt jetzt ruhig, hält sein Gesicht mit den verkrampften Muskeln hin. Dr. Honěk begreift erst mit einer gewissen Verspätung, dass es sein Einverständnis mit der Benutzung der Maske bedeutet. Erst als der Patient wegtritt, schaut er Dr. Dick dankbar an. Ihm fällt auf, dass der Doktor nicht gesagt hat, wer bei der vorhergehenden Operation der Anästhesist war. Das war nämlich Dr. Honěk. Dr. Dick war zweifellos bewusst, dass man die gereizte Phantasie des Polizeigenerals auf dem Tisch nicht noch mehr provozieren sollte.

Wie gut, dass Heydrich nichts mehr spürt. Als nämlich Professor Hohlbaum mit der Operation beginnen soll, stellt er erst im Saal fest, dass er in der Aufregung seine Brille vergessen hat. Nachdem man ihm seine Brille brachte und er mit der Arbeit beginnt, fängt er furchtbar an zu schwitzen. Dr. Dick beweist wieder seine Qualitäten, denn er flüstert höflich: »Herr Professor, Ihnen ist nicht gut; gestatten Sie, dass ich übernehme.« Das Werk wird also größtenteils vom örtlichen Personal vollbracht und das fehlerfrei. Das wird von dem Fakt erleichtert, dass sie nicht mehr die Verdächtigungen des Reichsprotektors zerstreuen müssen. Jetzt ist er ein Patient wie jeder andere. Dass ihre Arbeit perfekt war, beweist die Tatsache, dass die Obduktion nach Reinhards Tod keine Verfehlungen feststellen konnte. Vielleicht ist ein noch größerer Beweis, dass niemand aus dem Bulovka-Krankenhaus Heydrich nach seinem Tode in die Ewigkeit begleitete.

Und dann kam diese düstere Feier, der Abschied vom Stellvertretenden Reichsprotektor. Der Katafalk mit dem Sarg wurde im ersten Hof der Prager Burg aufgestellt, vor dem Matthiastor. Man schrieb den 7. Juni 1942.

Ja? Ich verstehe eure Reaktionen. Warum nicht vor dem Černín-Palais? Eure Frage klingt überrascht, vielleicht auch etwas gekränkt. Ich danke euch für euer Mitgefühl.

Aber ich verstand das. Wo sonst sollte der große Entschlafene ruhen? Um zu zeigen, wem die böhmischen Länder gehören, ungeachtet des Todes eines einzelnen, wenn auch außergewöhnlichen Menschen …

Im Übrigen waren die Deutschen immer gut darin, symbolisch zu beweisen, wer hier der Herr war. Wenn ihr glaubt, die Prager Musikwochen seien durch das Attentat gestört worden, seid ihr im Irrtum. Die Tschechen bekamen den Ausnahmezustand erklärt, aber die Deutschen konnten sich am 31. Mai 1942 in den Gärten der Prager Burg am Konzert deutscher Militärkapellen erfreuen. Nur Deutsche, damit das klar ist. Es handelte sich zwar um die letzte Veranstaltung im Zyklus, aber auch der neue Stellvertretende Reichsprotektor SS-Oberst-Gruppenführer Kurt Daluege nahm daran teil. Schneidige Töne von Militärblaskapellen wurden über das erstarrte Prag getragen.

Dann in der Nacht vom 6. zum 7. Juni 1942 drang Trommelwirbel zu mir, und der Wind wehte Fackelrauch herüber. In der mitternächtlichen Dunkelheit flackerte es auf. Da wurde der Stellvertretende Reichsprotektor auf einer Geschützlafette vom Bulovka-Krankenhaus auf die Prager Burg gebracht. Das Matthiastor wurde von einem riesigen teutonischen Kreuz ausgefüllt. Als ob es andeuten wollte, dass hier keine Maus durchkommt. Der große Mann sorgt mit seinem eigenen Körper dafür, sogar in dieser horizontalen Lage, denn der Katafalk stand vor dem Kreuz! Am 7. Juni konnte ich die Massen verfolgen, die bewegt über die Loretogasse zur Burg gingen. Darunter viele Familien mit Kindern – nun ja, in Heydrich ist auch ein Vater entschlafen! – Dörfler in Trachten, viele mit Kränzen, mit Blumen ... es war ein rührender Anblick.

Und dann stellten sich auf dem Burgplatz die Soldaten auf. Sie nutzten eine Reihe aus Pflastersteinen, die eine schräge Linie vom Tor mit den Titanen bis hinunter an die Einmündung der Nerudagasse bildete. Diese Linie ist noch immer dort, geht sie euch doch anschauen. Die Soldaten erhielten Weisungen, wie viele Steine zwischen ihnen sein sollten, damit die Abstände exakt waren. Dort standen sie dann still und begrenzten den breiten Weg, den der Zug nehmen würde. Sie waren sehr viel eindrucksvoller als die flattrigen Riesen auf dem Tor, die einfach nicht die Schläge austeilten, zu denen sie schon seit Jahrhunderten ausholen.

Der Zug strotzte von Offiziersmützen, aber es zeigten sich auch barhäuptige Köpfe. Ein paar Herren in Zivil gingen mit unsicheren Schritten, sie waren schwarz gekleidet, hielten die Hüte in der Hand. Die Minister der

Protektoratsregierung, für die die Teilnahme verpflichtend war.

Von der Burg führte der Weg meines einstigen Herrn auf der Lafette durch anteilnehmend stille Straßen, um dann in einem Eisenbahnwaggon nach Berlin gebracht und dort beerdigt zu werden.

Die Reaktion des Mannes, dessen Kopf still auf dem Sockel in der Kantine ruhte, kam auch mir zu Ohren. Wieder breitete sich aufgeregtes Flüstern im Janák-Anbau aus. Wie bitte? Der Führer hatte die Hinrichtung von Zehntausend Tschechen befohlen? Durchführbar wäre das natürlich, aber so ein Schlag würde den Willen der Bevölkerung, in den Fabriken für das Reich zu arbeiten, untergraben und würde im Endergebnis die Kriegsanstrengungen schwächen, die dem großen Reinhard so viel bedeuteten ...

Der Staatssekretär K. H. Frank erwies seinem großen Kameraden Loyalität – und geben wir es zu, auf der Karriereleiter auch seinem Gegner – und handelte genau entsprechend seiner Intentionen. In einem Telefonat mit Adolf Hitler gelang es ihm, den Führer zu überzeugen, so eine Strafe nicht zu fordern. Was würde das nützen? Aus den Tschechen würde ein Volk von Märtyrern und Ruhe würde im Protektorat nie wieder einkehren. Und wie würden wir vor der Welt dastehen? Anders gesagt, es wäre Material für die Hetzagenturen der britischen und amerikanischen Plutokraten.

Die Aufgabe muss Profis übertragen werden, tönte Frank in Hitlers Ohr und ich war aus vollem Herzen einverstanden.

K. H. Frank begnügte sich nicht mit dem Telefonat mit dem Führer, um einen Widerruf des drakonischen Textes zu erreichen. Er hing ständig am Telefon, rief alle Höhergestellten an, die einflussreichen, und auch alle niedriger Gestellten, tönte freundschaftlich, stellte drohende und kameradschaftliche Fragen, bettelte und gab vor, ihm läge an der Funktion des Protektors eigentlich nichts.

Auch der alte Herr von Neurath erwachte zum Leben. Der Reichsprotektor, der nie aus der Stellung abberufen wurde, entschloss sich jetzt, sie wieder auszufüllen. Es machte ihn gar nicht stutzig, dass ein neuer Stellvertretender Reichsprotektor benannt wurde. Im Rahmen seiner Schritte – die bis jetzt im Schreiben langer, geschliffener Briefe bestand, in denen er die Machtrückgabe forderte – lud er sich nach etwa drei Wochen einen unauffälligen Menschen ein.

Dieser Muschik machte keinen besonderen Eindruck auf mich. Als man ihn die Treppe empor in die Wohnung des Protektors brachte, schaute er sich forschend um. Das allein war auffällig an ihm, ansonsten war er einfach nur ein Kerl in Zivil, mit unauffälligem Gesicht.

Ein Kommissar soll das sein? Und wovon, bitte? Neben all diesen Führern klang dieser Rang ziemlich unbedeutend. Trotzdem hörte ich mir die Gespräche an.

»Wir alle müssen aus unseren Fehlern lernen«, begann von Neurath freundlich. Der Mann versteifte sich, er versuchte sein Gegenüber mit Blicken abzuschätzen. »Ich meine damit zum Beispiel den Schutz von Reichsfunktionären auf den Straßen im Protektorat«, beruhigte von Neurath ihn. »Sie haben die Detektivarbeit ganz und gar professionell durchgeführt ...«

Aha, also ein Detektiv! Der Muschik entspannte sich geschmeichelt.

»... wir müssen uns aber eingestehen, dass der verschiedene Herr Stellvertretende Reichsprotektor«, (von

Neurath ließ es sich angelegen sein, den Titel in der ganzen Länge zu benutzen), »den Attentätern ihre Aufgabe, sagen wir, erleichtert hat, nicht wahr.«

»Herr Protektor, darf ich offen sprechen?«, begann Kommissar Pannwitz unerwartet bitter.

»Natürlich, mein Freund! Nur so können wir wirklich aus den Fehlern lernen!«, ermunterte ihn von Neurath väterlich. Aha, ich war also Zeuge einer weiteren Strategie, wie man sich des Protektorats annehmen konnte. Von Neurath erwartete offensichtlich eine vollendete Analyse der Fehleinschätzungen, die zum Attentat führten – mit der er dann auf den Führer selbst einwirken könnte.

»Beblechung der Sitze!«, platzte Pannwitz heraus und hieb sogar auf die Armlehne seines Sessels. Ich wunderte mich nicht, dass von Neurath verständnislos schaute.

»Warum waren am Auto – will sagen am Dienstwagen des Herrn Stellvertretenden Reichsprotektors – die Sitze von hinten nicht mit Blech bedeckt?«

Wenn von Neuraths Ausdruck etwas verriet, dann lediglich höfliches Interesse an der Ausführung dieser geheimnisvollen These.

»Im Falle eines Bombenangriffs verhindert das, dass die Splitter im Innenraum streuen! Das ist eine elementare Vorkehrung! Gut bekannt und funktional! Das hätte schon lange eingeführt werden sollen! Und das ist nur ein Detail, Herr Protektor. – Warum ist der Stellvertretende Reichsprotektor nicht mit einem bewaffneten Geleitschutz gefahren?«

Von Neurath konnte ich ansehen, dass er nicht die Absicht hatte, die Worte des Stellvertretenden Reichsprotektors zu wiederholen, dass ihn die Tschechen liebten und ihm nie etwas antun würden. In die Analyse für den Führer nimmt er das aber sicher auf. Als Beweis für die fehlende Urteilskraft des Mannes, der ihn zu Unrecht zur Seite schob, war das ausgezeichnet geeignet.

»Und was am Ort geschah! Warum um Himmels willen hat dieser Klein angehalten? Heydrich konnte doch rumschreien, was er wollte«, (der Name unseres großen Verstorbenen erklang zum ersten Mal ohne Titel, wie von Neurath voller Genugtuung feststellte), »die Vorschriften sind eindeutig. Sowie sie die Banditen sahen, hätten sie Gas geben und verschwinden müssen. Die Täter sind in diesem Fall auch unsere eigenen Leute, Herr Protektor!«

Also auch Heydrich?

»Und was dann folgte!«, ereiferte sich Pannwitz. »Klein verfolgte den einen Angreifer und lieferte Heydrich den anderen auf Gedeih und Verderb aus. Was, wenn das Ziel der Aktion eine Entführung gewesen wäre? Dann hätten sie Heydrich in der Hand. Und was, wenn dieser Lieferwagen mit dem Poliermittel dem Widerstand gehört hätte? Dann könnten wir in diesem Moment Heydrich beim Verhör in London haben.«

Der Gesichtsausdruck beider Männer zeigte deutlich, dass sie bevorzugten, Heydrich in Berlin zu haben – und zwei Meter unter der Erde.

»Als wir ins Bulovka-Krankenhaus kamen, waren sie nicht in der Lage, uns zu sagen, ob der Stellvertretende Reichsprotektor dort war. Dieser Pförtner hätte was verdient! Sicher so ein Patriot in Anführungszeichen! Na gut, er musste den Verletzten auf der Ladefläche nicht bemerkt haben. – Dann haben wir ihn gefunden, die haben sich gekümmert, nur … Niemand hat ihn bewacht!«

Von Neurath hebt nur höflich die Augenbrauen und ändert dezent das Thema: »Gestatten Sie, dass ich Ihnen zum perfekten Einschreiten gegen die Banditen in der Kirche gratuliere!« Ich verstand ihn. Die Analyse, die er vorbereitete, durfte auch nicht von Heydrichs Versagen überladen sein. Das würde Misstrauen beim Führer wecken.

Pannwitz winkte ab.

»Es gab weitere Fehler«, bemerkte er kurz.

»Sie konnten die Bevölkerung zur Mitarbeit ermuntern«, wollte von Neurath ihm eine Freude machen.

»Teilweise.« Der düstere Profi ließ sich nicht zu einer anderen Tonart bewegen.

»Wie das?«

»Unsere Nachforschungen konnten zuerst keine einzige Spur aufnehmen. Die Absperrung Prags, die Durchsuchung zehntausender Wohnungen, die Ausstellung der Ausrüstung der Angreifer auf dem Wenzelsplatz beim Kaufhaus Baťa, die Aufrufe ... das brachte alles nichts. Am Ende wirkte erst eine zweitätige Amnestie. Ich sage noch einmal, dass man alles professionell machen muss. Den Leuten die Gelegenheit geben ...«

»... dass sich das Beste in ihnen zeigt?«, philosophierte von Neurath und ich hörte in seiner Stimme das Echo lang vergangener Konversationen auf Diplomatenempfängen.

»Nein, dass sie begreifen, woran sie wirklich sind. Wie tief sie in der ...«, und der Kommissar verstummte, denn sein trainiertes Gehör hatte von Neuraths Kultiviertheit aufgeschnappt, die aus einer anderen Zeit zu stammen schien.

»Innerhalb dieser zwei Tage haben Sie doch Tausende Briefe bekommen, oder?«

»Tausende Anzeigen, nennen wir das doch beim richtigen Namen. Das schon. Nur leider ausschließlich von der deutschen Bevölkerung. Die Tschechen blieben schändlich gleichgültig. Ich sage Ihnen, Herr Protektor, ich weiß nicht, wie weit wir mit dieser ihrer Einstellung kommen.«

Beide Männer dachten jetzt über die Zukunft nach und beide Gesichter zeigten die gleiche trübe Stimmung.

»Ihre Informationen bekamen Sie aber«, raffte sich von Neurath auf.

»Zum Glück fand sich ein ... verantwortungsvoller Tscheche. Als man ihn mir brachte, stotterte er so, dass ich ihn fast nicht verstand. Alle diese irrigen Vorstellungen, dieser falsche Patriotismus hatten ihn komplett verwirrt. Wir haben ihm einen Kaffee und eine Zigarette angeboten und dann hat er endlich geredet.«

»Beim Einsatz in der Kirche haben Sie sich auch wieder ausgezeichnet.«

Pannwitz dreht die Augen hoch, was in seinem ausdruckslosen Gesicht auffällig hervorsticht. Und dann machte er sich ans Erzählen. Von Neurath neigt sich ihm zu, er macht ein fast liebenswürdiges Gesicht, aber ich sehe darin die Befriedigung eines alten Diplomaten, dass ein professionell geführtes Gespräch immer noch funktioniert. Pannwitz, stellt sich heraus, schwärmt ähnlich für Gespräche, die man unter bestimmten Umständen Verhör nennt. Jetzt handelt es sich aber um eine freundschaftliche Unterredung – und der Kommissar widmet sich mit Vergnügen den Details.

Um vier Uhr morgens ist es in den Straßen um die Kirche hl. Karl Borromäus, wie die Deutschen aus hartnäckigem Widerwillen gegen alles Slawische die St.-Cyrill-und-Method-Kirche nannten, noch still. Die gepflasterte Fahrbahn sieht breiter aus, als sie eigentlich ist. Den Kommissar Pannwitz macht die Größe nervös. Und die Straßen kann man noch recht einfach unter Kontrolle bekommen.

Die eigentliche Gefahr liegt im Untergrund der Stadt, sicher völlig durchlöchert mit alten Gängen und der Kanalisation wie ein Emmentaler. Die Gebäude, die die Straße säumen, sind ihm verdächtig und unangenehm. Am liebsten würde er ihnen befehlen, Haltung anzunehmen und verdächtige Personen herauszugeben. Das ist natürlich Unsinn, höchstwahrscheinlich einfach eine Folge der Überarbeitung. Die Nacht geht zu Ende und er hat kein Auge zugetan.

Die einzigen amüsanten Momente in dieser Nacht waren die Gesichtsausdrücke der Historiker, Architekten und Meister der Künste, die sie aus den Betten zogen. Sie dachten natürlich, sie würden verhaftet, weil sie das Attentat guthießen. Die undeutlich hingeworfene Erklärung, die Gestapo benötigte eine fachliche Konsultation, glaubten sie nicht. Konsultationen in der Gestapo hatten in diesen Tagen häufig nur einen Zweck. Und zwar den, dass euer Name auf den roten Plakaten mit den Namen der Erschossenen auftauchte.

Nur als sie sich endlich beruhigt hatten, waren sie zu nichts zu gebrauchen. Bei konkreten Fragen zu Plänen für den Untergrund und die Kanalisation laberten sie los – aber alle diese Reden sollten nur den Fakt verschleiern, dass Pläne einfach nicht vorhanden waren. Pannwitz ließ wenigstens die in die Moldau abfließenden Kanäle besetzen. Der Raum um die Kirche musste in einigen Ringen geschlossen werden, das war klar. Dazu brauchte man natürlich die Wehrmacht. Die Beratung verlief korrekt, aber angespannt. Der militärische Befehlshaber ließ erkennen, dass der Gestapozivilist ihn nicht besonders beeindruckt, Pannwitz wiederum läuft eine unbestimmte Befürchtung kalt den Rücken hinunter: Hauptsache, hier will niemand Krieg spielen und verdirbt damit alles! Und wirklich, in dem Moment, als Pannwitz mit seiner Truppe in die Kirche eindringt, ist die Absperrung noch nicht ganz geschlossen. Die Eroberung hat doch noch nicht angefangen ...

Hätten die Attentäter fliehen wollen, hätten sie das in dieser Morgenstunde versuchen können. Warum sind sie eigentlich in der Kirche geblieben, obwohl die Schritte der Hunderte von Soldaten nicht zu überhören waren? Pannwitz fällt etwas ein, aber schnell unterdrückt er seinen Gedanken und fährt mit der Erzählung fort, weil er immer noch voll von den Ereignissen in der Kirche ist.

Vom Chor aus wird er nämlich mit seinen Männern angegriffen, gemein aus dem Hinterhalt.

Dabei wirkte der Geruch in der Kirche so tröstlich – irgend so ein Weihrauch, oder was die da in den Kirchen verbrennen ... dann ertönen Schüsse. Die Gestapoleute ziehen sich zurück und als sie wiederkommen, schleppen sie den hiesigen Pfaffen mit. Natürlich behauptet der, er wüsste von nichts, aber das bekommen sie schon noch aus ihm heraus. Erst einmal dient er ihnen als lebender Schutzschild.

Der Mann ist eine Bohnenstange, viel Deckung bietet er nicht, andererseits zappelt er nicht unnötig herum und es sieht nicht so aus, als sei vom ihm irgendeine unangenehme Überraschung zu erwarten.

Wieder knallen Schüsse, irgendwo von oben. Pannwitz' Truppe zieht sich wesentlich ungeordneter zurück, als sie in den Raum einrückte, und auch schneller. Einer der Kollegen hat eine durchschossene Hand. Der Frater schaut ausdruckslos, aber Pannwitz liest dennoch in seinem Gesicht erfreute Skepsis.

Also so nicht.

Zu den Attentätern müssen sie vordringen. Sie festsetzen, ihnen auf die Pelle rücken und sie so kitzeln, dass sie anfangen zu singen. Die Soldaten machen sonst was aus dieser Aktion, aber für Pannwitz hat diese Aktion nur ein einziges Ziel – die Verdächtigen zum Verhör fortzubringen und sie sich professionell vorzunehmen.

Sie schnappen – das ist es, was Pannwitz möchte. Einer der Attentäter deckt die schmale Treppe zum Chor, die anderen schießen vom Umgang unter der Decke. Leider muss man die Armee doch um Kooperation bitten; ihrem Befehlshaber, dem SS-Brigadeführer Karl Fischer von Treuenfeld schwillt die Brust, so als ob er schon eine Medaille erwartete. Jetzt ergießen sich für Pannwitz' Geschmack zu viele Waffen und Stahlhelme in das Kirchenschiff. Noch bevor sie sich orientieren können, werden sie von automatischem Feuer überrascht. Das Echo vervielfältigt das Maschinengeratter, der Putz rieselt herunter, Glas splittert und Pannwitz versucht festzustellen, wer woher schießt, während die Wand hinter ihm ordentlich was abbekommt.

Ob den Angreifern jemand ein Maschinengewehr hierhergeschafft hat? Sind sie etwa auf ein tschechisches Widerstandsnest gestoßen? Ist ein Aufstand ausgebrochen und sie befinden sich im Epizentrum?

Er ist erleichtert, als er begreift, dass der Beschuss von draußen hereindringt. Er rast auf die Straße hinaus und sieht – natürlich – in den Fenstern der Schule gegenüber Stahlhelme über Maschinengewehrläufen. »Feuer einstellen!«, brüllt er noch auf dem Bürgersteig; jedoch, was geht die Soldaten irgendein wutentbrannter Zivilist an, deswegen muss er den Befehlshaber suchen, und da kocht er schon ganz schön.

»Wollen Sie unsere Leute erschießen?«, fragt er rhetorisch, jegliche polizeiliche Distanz ist dahin. Der Befehlshaber leiert irgendetwas von Kreuzfeuer, der begreift einfach nicht, dass er hier nicht an der Front ist, aber Pannwitz ist selbst in seiner Erregung klar, dass er ohne die Soldaten wirklich nicht auskommt. Der düstere Gedanke, der ihn zu Beginn der Aktion überfiel, wird stärker. Vertrieben wird er vom Befehlshaber, der ihn mit der unerwünschten Erklärung nervt, dass der gegenseitige Beschuss eigener Einheiten eine Erscheinung sei, die manchmal an der Front vorkäme. Ein weiterer Versuch, in das Kirchenschiff vorzudringen, trägt dennoch Merkmale von Fronttaktik. Die Soldaten schleichen sich geduckt, einer nach dem anderen, hinein und werfen unter den Stahlhelmen entschlossene Blicke nach oben. Hat denen überhaupt jemand gesagt, dass sie die Attentäter lebend fassen sollen?

Jetzt verfolgen sie die Schützen, die ihre Kameraden angeschossen haben; die nüchtern ausgeführte Operation verwandelt sich in einen Zusammenstoß. An die Stelle von Kalkül tritt jetzt Heldentum. Auch Pannwitz reißt die Logik des Schusswechsels mit, das Erwidern von Schüssen, das Suchen nach schlecht gedeckten Stellen beim anderen. Dieses Spiel, das von einem gewissen Moment an seine eigene Ordnung hat. Die Männer auf dem Chor und die Männer unten bilden ein Ganzes, in dem die Rollen aufgeteilt und erprobt sind und nicht aufgegeben werden können. Der Kommissar sollte die Attentäter aufrufen, sich zu ergeben, aber irgendwie kommt er nicht dazu. Dafür steht dem Führer der Wehrmachtseinheiten der Mund nicht still: Ungefragt gibt er Kommentare ab, beruft sich auf seine Erfahrung von der Ostfront und aus dem Kampf gegen Partisanen, entwickelt die Taktik und Pannwitz muss ihn wohl oder übel ernst nehmen. Seine eigenen Leute haben keine Maschinenpistolen. Und als ihnen die Granaten ausgehen, weigern sich die Soldaten mit ihnen zu teilen. Den Gestapoleuten fehlt sowieso die Übung, mit der die Soldaten in das Schiff hineinlaufen, in immer genauerem Bogen die Granaten auf den Chor werfen und sich zurückziehen.

Die Attentäter verstecken sich in den Durchgängen zwischen den Pfeilern; durch die sind sie aber nur von vorn gedeckt. An den Seiten sind sie verwundbar. An beiden Seiten.

Als das Schießen oben aufhört, versucht Pannwitz als Erster nach oben zu gelangen. Dazu muss er einen breitschultrigen Soldaten mit Maschinenpistole wegstoßen, dessen Ellbogen ihm den Weg versperrt. Der Mann gibt recht willig nach. Alle glauben, dass sie die Militäroperation Gott sei Dank hinter sich haben. Was, wenn aber doch noch jemand am Leben ist?

Pannwitz steigt hinauf zum Chor, wo er seinen ersten Mann findet. Auf dem Umgang liegen zwei weitere. Überall dasselbe Bild – Blut sickert in Putzbrocken. Er bemerkt die von Granatsplittern durchlöcherten Schuhe. Und die Hand, die zur Schläfe gehoben ist, eine Hand mit einer Pistole.

Der Kommissar hat seine Männer vor sich – aber sie sind zu nichts zu gebrauchen. Selbst wenn er die brutalsten und durchdachtesten Methoden anwendet, werden sie nicht mehr sprechen. Der, der bislang noch zu leben schien, stirbt vor seinen Augen.

Er schöpft Hoffnung, als er feststellt, dass einer doch noch atmet. Pannwitz organisiert seinen Abtransport ins

Krankenhaus mit solcher Energie, als sei das sein Verwandter. Die Krankenwärter befördern die Trage mit so düsteren Gesichtern hinunter, dass es wie eine professionelle Prognose wirkt, auch wenn sie sich vielleicht nur vor dem Abstieg auf der Wendeltreppe fürchten. In jedem Fall ist der Kommissar nicht überrascht, als er etwas später erfährt, der Mann sei während des Transports gestorben.

Da ist er schon mit etwas anderem beschäftigt.

Jetzt wird es professionell zugehen. Nicht militärisch professionell – jetzt reicht es nicht mehr, kopflos um sich zu schießen und sich im Granatenweitwurf zu üben (im Kommissar wächst in diesem Moment die Überzeugung, dass er am Ende doch gut ohne die Soldaten ausgekommen wäre).

Jetzt muss geschaut und überlegt werden. Er teilt seine Leute auf, ein Teil macht sich an Schnellverhöre der festgenommenen Geistlichen, ein Teil läuft aufmerksam durch die Kirche. Erfolgreich. Sie finden einen vierten Anzug – weder staubig noch durchlöchert von Schüssen oder blutgetränkt. Also war das alles nur das Vorspiel. Das ungute Gefühl, das Pannwitz die ganze Zeit beherrscht, wird wieder etwas stärker. Aber mit ihm auch die Hoffnung. Den fehlenden Mann lässt er sich nicht entgehen. Jetzt muss man überlegt vorgehen.

Die Kirche und die anliegenden Räume haben sie schon durchsucht; es ist klar, dass der Schädling sich irgendwo in der Nähe versteckt. Oben nicht – da hat der rasante Einsatz der Wehrmacht schon den Raum gesäubert und jede Chance, etwas zu untersuchen und herauszufinden, zunichtegemacht. Also unten. Die Gestapoleute finden den schmalen Eingang zum Lüftungsschacht der Krypta. Der Krypta, deren langgezogenes Fenster auf die

Straße mündet. Die Geistlichen tun zwar so, als wüssten sie nichts, aber eine Information kann ihnen doch entlockt werden. Die Krypta hat keinen weiteren Ausgang. Der Kommissar kann sein Glück kaum fassen. Aber sowie sich jemand über den Schacht beugt, knallen von unten Schüsse. Pannwitz fühlt, wie ihm der Boden unter den Füßen schwindet, weil die Situation jetzt der bei der Eroberung des Chors und des Umgangs zu ähneln beginnt.

Nein. Diesmal wird mit größerer Umsicht vorgegangen. Er tritt an die Schachtöffnung. Die Schüsse fallen augenblicklich in solch schnellem Tempo, dass sie nicht von nur einer Waffe abgegeben worden sein können.

Erste Schlussfolgerung. Die Attentäter werden aufgefordert, sich zu ergeben, im Plural.

Zweite Schlussfolgerung. Angegriffen wird auch über das Fenster zur Straße.

Nur führt das seitlich in die Krypta, so dass ein konzentriertes Feuer zu nichts führt. Das Maschinengewehr im Fenster der gegenüberliegenden Schule kann jetzt schon ohne Probleme eingesetzt werden, aber im Ergebnis bringt das gar nichts. Kaum schweigt es, steigen die unten mit Hilfe einer Leiter zum Fenster hoch und eröffnen das Feuer. Sie treffen zwar niemanden, unterstreichen aber, dass sie vorerst noch sehr entschlossen sind.

Pannwitz ordnet an, Granaten mit Tränengas einzusetzen. Prompt erscheinen sie wieder auf der Straße, von den Verteidigern der Krypta durch das Fensterchen hinausgeworfen. Die Soldaten ziehen sich vor den stickigen Wolken von der Kirche zurück. Das Gas dringt außerdem aus der Krypta hoch in die Kirche und behindert die Gestapoleute, die den Lüftungsschacht bewachen. Nun brauchen die auf einmal weinenden Kraftprotze ihre ganze Selbstbeherrschung, um sich nahe an der Öffnung zu halten. Das ist zwar keinesfalls eine Niederlage, aber wie ein Sieg sieht das wirklich nicht aus.

Pannwitz ordnet an, die Feuerwehr zu rufen. Sie kommt an, dirigiert von den Soldaten, um nicht den Verteidigern ins Schussfeld zu geraten. Verständnislos sehen sie sich die Fassade der Kirche an, aus der natürlich keine Flammen schlagen. Zum Glück haben sie einen fähigen Kommandanten, einen gewissen Klouček – aber vielleicht ist er eher Kloutschek, denn deutsch spricht er einwandfrei. Er erfasst die Situation augenblicklich und seine Männer, seine Männer fügen sich einfach seinen Befehlen.

Sie ziehen die Schläuche heran und beginnen, Wasser in den Untergrund zu pumpen.

Die einzige unmittelbare Folge ist, dass der Anführer der Soldaten laut zu zweifeln anfängt, ob das Ganze einen Sinn hat. Das Wasser kann schließlich über irgendeinen unterirdischen Gang abfließen. Wer weiß, ob man die Attentäter nicht gerade darauf aufmerksam macht.

Pannwitz ist sich zwar sicher, dass seine Männer auf Booten die Kanalaustritte in die Moldau überwachen, muss sich aber unwillig eingestehen, dass etwas daran ist. Die Attentäter schaffen es darüber hinaus, sich gegen die Wasserschläuche zu wehren, sie schieben sie mit der Leiter aus dem Fenster und wiehern dabei gottlos. Kloutschek beweist seine patriotische Gesinnung, als er seine Männer anweist, ihnen mit einem Sturmhaken die Leiter abzunehmen.

Die Schläuche werden wieder in das Fenster geschoben, das jetzt gegen die Schüsse der Verteidiger mit einer Matratze verdeckt ist. Nur ändert sich nichts.

Der Bürgersteig vor der Kirche füllt sich mit Ausrüstung. Da gibt es Ständer für Scheinwerfer, Lautsprecher und anderes Gerät. Pannwitz muss den Vorschlägen des Befehlshabers der Soldaten widerstehen, der die Krypta mit Granaten zuschütten und »ein Ende mit dieser Farce machen« möchte. Er geht ans Telefon, weil seine Untergebenen ihm die passenden medizinischen Kapazitäten gefunden haben. Er verlangt von ihnen Informationen über berauschendes Gas, das man dort hinunterschicken könnte und damit die Attentäter einschläfern. Er stellt sich schon vor, wie seine Männer die regungslosen, aber lebenden Körper heraustragen. Das wäre eine im Grunde lustige Szene – so als ob Männer bei einer Tanzveranstaltung die Kumpel an die Luft schleppen würden, die einen zu viel hatten.

Leider existiert so ein Gas nicht. Die Wissenschaft im Dienst des Dritten Reichs hat schon Erfahrungen mit erstickenden Gasen, die die Attentäter zuverlässig töten würden ... aber an so etwas liegt Pannwitz nicht.

Hier braucht es eine Idee.

Pannwitz weist schließlich den Kaplan an – der heißt Petřek, noch so ein tschechischer Name, an dem man sich die Zunge zerbrechen kann – die Attentäter aufzufordern, sich zu stellen. Petřek behauptet zwar, mit der Sache nichts zu tun zu haben, aber das hält Pannwitz für ausgeschlossen. Die Kerle da unten erkennen sicher seine Stimme. Die Gestapoleute haben jetzt Petřek zwischen sich genommen, stoßen ihn zu der Öffnung, ziehen sich zurück, lassen ihn aber nicht aus den Augen und den Zielvorrichtungen. Er beugt sich hinunter und sagt ein paar Worte.

Pannwitz muss sich diese Herausforderung nicht einmal von einem der Gestapoleute, der aus den Sudeten ist und Tschechisch kann, übersetzen lassen. Petřeks Tonfall verrät alles.

»Ich soll euch sagen, dass ihr euch ergeben sollt. Also sage ich euch das«, sagt Petřek so lakonisch, dass die Verachtung nur so aus ihm heraussprüht.

»Wir sind Tschechen. Wir ergeben uns nicht. Niemals, hört ihr? Niemals!« Das sind die Worte aus der Krypta und sollte Pannwitz zufällig nicht den Tonfall verstanden haben, was auch diesmal nicht der Fall ist, so würden es ihm die wütenden Schüsse von unten ausreichend erläutern.

(»My jsme Češi. My se nikdy nevzdáme. Nikdy, rozumíte? Nikdy!«, flüstert von Neurath in gebrochenem Tschechisch die Worte, die im Polizeiprotokoll stehen. Wohl, um auszuprobieren, wie sie klingen. Dann liest er schnell die deutsche Übersetzung. »Wir sind Tschechen. Wir ergeben uns nicht. Niemals, hört ihr? Niemals!« Er schüttelt den Kopf. Als wäre wieder der Diplomat erwacht, der immer überlegt, was die Sprache eines Gastlandes ausdrückt. Ob die ausgesprochenen Sätze wirklich nur das heißen, was sie heißen, oder ob ein versteckter Sinn darin enthalten ist. Sollte man ihnen das in Großbritannien eingeimpft haben? »Nikdy«, versucht er auszusprechen. »Ni«, spricht er natürlich wie »ny« aus, und beim »kdy« verrenkt er sich fast den Kiefer. Es ist zu sehen, dass die Sprache, die er bislang für einen unverständlichen slawischen Schmäh hielt, ihn plötzlich beeindruckt.)

Dieser Petřek! Pannwitz verfolgt angeekelt die dürre Gestalt des desinteressiert schauenden bärtigen Priesters. Diese orthodoxe Kirche! Was soll man von ihr erwarten, als dass sie auf der Seite der Russen ist. Wenn schon die Pfaffen an einem Strang mit den Bolschewiken ziehen ... Pannwitz führt diesen inneren Dialog mit der Überzeugung dessen, dem Unrecht geschieht (und übersieht den

Fakt, dass die tschechischen Angehörigen der orthodoxen Kirche aus dem Kreis der Ehefrauen bestehen, die sich die Legionäre nach dem Ersten Weltkrieg aus Russland mitbrachten, und mit dem Bolschewismus hat das nun wirklich nichts zu tun).

Was die Männer dort unten angeht, kommt Pannwitz zu dem Schluss, dass er es mit dem schlimmsten Typ Widersacher zu tun hat – dem Idealisten. Den kann man nicht bestechen, nicht einschüchtern, und selbst wenn man alle rundherum hinrichtet, der ist nicht zu brechen. Pannwitz kann Idealisten nicht leiden. Für ihn sind sie das ganze Gegenteil von Profis, zu denen er sich selbst rechnet.

Es ist an der Zeit, eine andere professionelle Methode anzuwenden – eine gründliche Durchsuchung. Wenn sie bis jetzt nichts gebracht hat, wird man es eben noch einmal machen und gewissenhafter. Und die bewährte Methode bringt den Erfolg. Pannwitz' Männer finden die Steinplatte, die den Eingang zur Krypta verschließt.

Die herbeigerufenen Feuerwehrleute schauen verlegen darauf und murmeln schließlich, dass es Stunden dauern würde, sie zu entfernen.

Kloutschek berichtigt eilig die Meinung seiner Untergebenen – Pannwitz hat sie vielleicht wegen ihrer unzureichenden Deutschkenntnisse nicht richtig verstanden. Ja, die Steinmetze bräuchten Stunden, um sie herauszuholen, aber wegsprengen könnte man sie innerhalb weniger Minuten.

Der Kommissar ist nicht besonders erbaut, dass er schon wieder die Wehrmacht rufen muss, aber er braucht ihre Sprengstoffe.

Eine Explosion hallt durch das Kirchenschiff, der Eingang zum Treppenhaus in die Krypta ist frei. Wieder überwiegt der militärische Charakter der Operation. Ein Stoßtrupp wird zusammengestellt, der militärische Befehlshaber SS-Brigadeführer von Treuenfeld lebt sich wieder in seiner Rolle aus. Den Gestapokommissar hält er offensichtlich für einen bedeutungslosen Zivilisten – schließlich behauptet er, den Angriff habe K. H. Frank angewiesen. Und er sagt das in einem Tonfall, den Pannwitz – bei aller Zurückhaltung und Loyalität – Neurath gegenüber als »sehr unkameradschaftlich und arrogant« bezeichnet. Pannwitz muss Treuenfeld wohl oder übel den Platz räumen. Er weiß selbst, dass alle seine Aufforderungen zu nichts führten. Er läuft aber los, um den Staatssekretär K. H. Frank zu finden, der sich in sicherer Entfernung von der Kirche aufhält. Er erfährt, wie von Treuenfeld argumentierte. Wenn die Soldaten nicht angreifen, »blamieren wir uns hier«.

Pannwitz interessiert die Blamage nicht, ihn interessieren lebende Agenten.

Den Rest kann er sich denken. Der Zivilist K. H. Frank ließ sich von dieser zweifelhaften militärischen Argumentation überzeugen, und jetzt ist es ihm peinlich, den Befehl zurückzunehmen. Dieser Buchhändler hätte beim Teufel bleiben sollen, denkt Pannwitz, als er zurück zur Kirche eilt. Eigentlich muss er sich nicht mehr beeilen, denn der Befehl bleibt bestehen.

Die Soldaten werfen sich erwartungsvoll in den Eingang, überzeugt, dass sie mit diesen Ratten schnell fertig werden. Zuerst hört man ihre vorsichtigen Schritte auf der Treppe, dann hört man einen wilden Schusswechsel. Als sie wieder an die Oberfläche kommen, ziehen sie Verwundete mit sich und schnappen nach Luft. Da unten soll die Hölle los sein – ein weitläufiges Labyrinth aus unterirdischen Gängen voller Wasser und aufgewirbeltem Staub, wo hinter den Ecken hervor die gut gedeckten Verbrecher angreifen. Dem Befehlshaber fällt nichts Besseres ein, als den Angriff zu wiederholen. Pannwitz hat auch keine andere Variante mehr anzubieten. Schließlich ertönen vier Schüsse aus dem Untergrund – dann ist Stille.

Die Routinearbeiten sind unerquicklich: Wasser abschöpfen, die Körper der Verbrecher hinaustragen, wozu sich die Kirchenteppiche hervorragend eignen, und die Dinge, mit denen sie ihre Höhle ausgestattet hatten. Die ganze Zeit wird Pannwitz von diesem unangenehmen Gefühl begleitet, das er schon zu Beginn hatte.

Ihn beruhigt auch nicht, dass sich jetzt dieser Fallschirmagent, der von selbst in den Petschkov-Palast kam, über die auf dem Bürgersteig vor der Kirche liegenden Attentäter beugt. Jetzt stottert er zwar nicht mehr, er nennt die vollen Namen der Toten – aber was nützt das jetzt noch.

Als ironischen Kontrapunkt erhält Pannwitz eine halbe Stunde nach dem Tod der Fallschirmjäger eine Fernschreibdepesche von Himmler: Die Attentäter seien auf alle Fälle zu beruhigen und zu vertrösten, um sie lebend zu fassen. Pannwitz schießt durch den Kopf, dass jemand anderes hätte beruhigt werden müssen, vor allem der von Treuenfeld. Er unterdrückt die Versuchung, ihm nachzugehen und ihm am besten gerade, wenn er sich vor K. H. Frank aufplustert, diese Depesche ins Gesicht zu schleudern. Er tut es nicht, weil man den Befehl nicht zurücknehmen kann, weil die Fallschirmjäger in ihren wasser- und blutgetränkten Sachen sowieso nicht mehr von den Teppichläufern aufstehen werden.

Pannwitz beruhigt auch nicht, dass auf einem Tisch im Kirchhof alle Töpfe, Essschüsseln, Flaschen, sogar Schaufeln und andere Dinge der Attentäter, allen voran ihre Hüte, aufgereiht werden. Die elf Pistolen, die man bei ihnen gefunden hat, werden nicht ausgelegt. Die sind schon bei der Gestapo. Vielleicht kann man feststellen, wo die Hüte hergestellt wurden, aber Pannwitz ist sich fast sicher, dass es gewöhnliche tschechische Marken sind, also führt diese Spur nirgendwohin.

Sein unangenehmes Gefühl materialisiert sich. Bekommt Konturen. Wird inhaltsschwerer.

Weil das nicht einfach ein paar Patrioten waren. Das war kein Trüppchen fehlgeleiteter Idealisten wie dieser peinliche Kaplan. Das waren auch keine gut bezahlten ausländischen Söldner. Nein, diese Männer bewegten sich wie ein professionelles Kommando. Das waren Soldaten der tschechoslowakischen Armee in Großbritannien. Hier, im Hinterland der Front, wo Pannwitz herrschen sollte und die Soldaten ihm höchsten Granaten leihen dürften, nötigten ihm die Attentäter ihre Art zu kämpfen auf. Und Pannwitz weiß sehr gut, dass nicht er der Gewinner ist. Das, was folgen sollte – erste Verhöre, wiederholte Verhöre, verschärfte Verhöre – wird nie passieren.

Er schaut in die verblassenden Gesichter, folgt ihren ins Leere gerichteten Blicken und weiß sehr gut, dass Sieger zu seinen Füßen liegen.

Und wenn sie nicht die Einzigen sind? Wenn sich unter den Tschechen, den noch vor kurzem passiven, friedliebenden Gevattern und Muhmen, weitere und weitere verstecken? Und was, wenn es so viele sind, dass auch die sorgfältigste kriminalistische Arbeit sie nicht entdecken kann? Was, wenn Pannwitz anstelle einer Handvoll Verbrecher eine ganze Armee gegen sich hat, die nur auf ihre Gelegenheit wartet? Voller Hass erinnert er sich an Petřek. Wenn alle Tschechen sind wie der ... Diesen Gedanken unterbindet er lieber sofort. Er muss sich selbst zügeln. Als er mit von Neurath spricht, hat er darin zum Glück schon Praxis.

»Was denken Sie Kommissar, warum die drei auf dem Chor schliefen?«, fragt der Reichsprotektor.

»Unten in der Krypta war ihnen kalt, also haben sie sich nach oben geschlichen, um es bequemer zu haben«, urteilt Pannwitz verächtlich. Er weiß, dass er nicht recht hat. Dort oben sah er keine Ersatzschlafstelle, sondern eine bedacht ausgewählte militärische Stellung. Seine Männer überraschten die Attentäter nicht – im Gegenteil, sie wurden selbst überrascht.

»Es ist sicher gut, dass sie alle unschädlich gemacht wurden«, bemerkt von Neurath tröstend.

Indes verstärken seine Worte Pannwitz' unheilvolles Gefühl nur wieder. Diese drei hätten schließlich in dem ersten Durcheinander verschwinden können. Die militärische Absperrung war noch nicht vollständig. Aber die haben gekämpft, mutig und unsinnig, vielleicht in der Hoffnung, die Aufmerksamkeit von ihren Gefährten unten abzulenken. Und fast hätten sie es geschafft. Als der Kampf in der Kirche zu Ende war, wollten die Soldaten sich schon zur Erinnerung fotografieren lassen…

»Ich muss leider feststellen, dass die Bedingungen für eine professionelle Durchführung der Aktion nicht ideal waren. Ständig haben da störende Elemente eingegriffen.«

Von Neurath hebt fragend die Augenbrauen.

»Ich meine politische Einflüsse. Während wir um jeden Preis den militärischen Sieg erringen sollen, auch wenn unsere professionelle Arbeit vereitelt wird …«, beide Männer versinken in Gedanken, worauf sich Pannwitz' etwas voreilige Behauptung alles beziehen könnte.

»Ich verstehe Sie, Kommissar«, sagt der Reichsprotektor, was einerseits heißen kann, dass man nicht konkreter werden muss; andererseits, dass er mit der nicht beendeten Aussage völlig übereinstimmt. »Ich stelle mir auch manchmal die Frage, ob professionelle, diplomatische Methoden bei der hiesigen Bevölkerung nicht mehr bewirken könnten als ...«, und auch der Reichsprotektor vollendet den Satz nicht.

»Ich war nach dem Attentat bei K. H. Frank, als er uns die Entscheidung des Führers mitteilte, als Vergeltung Zehntausend Tschechen zu erschießen.«

Von Neurath hat sichtbar nicht einmal Zeit zu bedauern, dass er bei so einem wichtigen Treffen nicht anwesend war, und schluckt trocken. Vielleicht denkt er eher, dass er Glück hatte, dass er nicht teilnehmen musste.

»Ich sah den Kollegen an, dass alle dasselbe dachten. Niemand wagt sich aber, dem Befehl des Führers zu widersprechen. Ich bemühte mich, die Sache kriminalistisch zu betrachten – die Mentalität der anderen Seite abzuschätzen. Und mir wurde klar, dass erst mit der Ausführung des Führerbefehls das Attentat für die Alliierten zum Erfolg wird. Massenhinrichtungen würden im tschechischen Volk sicher andauernde Unruhen hervorrufen. Wegen der Folgen so eines Aktes wusste ich, dass ich mich melden musste, aber geschickt. Aufmerksamkeit wecken, aber keinen Verdacht. Ich nutzte deswegen eine Taktik, die ich bei Verhören gelernt habe. Manchmal muss man den Verdächtigen überraschen.«

Von Neurath lauscht gespannt.

»Warum sollen nur Tschechen erschossen werden? Warum nicht auch Deutsche?«

»Wie bitte?!«

»Der Herr Staatssekretär reagierte noch schärfer als Sie. Er forderte mich auf, die unappetitlichen Scherze zu unterlassen.«

»Und was ... was haben Sie ihm geantwortet?«

»Dass ich keinesfalls scherze. Die Attentäter benutzten englische Sten Guns, Pistolen mit englischer Munition, eine Bombe mit englischem Sprengstoff mit englischer Isolierung. Wo steht geschrieben, dass das Tschechen waren? Das konnten auch deutsche Emigranten sein, die aus England hierhergeschickt wurden, oder britische *commandos*.

»Ist so etwas wirklich möglich?«

»Der Herr Staatssekretär fragte mich genau dasselbe. Ich legte ihm die ersten Untersuchungsergebnisse vor. Er rief den Führer an und erwirkte die Rücknahme des Befehls.«

»Sie haben einer Menge Menschen das Leben erhalten.«

»Ich bemühe mich nur, den Sinn meines Berufs zu erhalten«, wies Pannwitz die lobenden Worte zurück. »Würde die politische Führung die Kriminalisten vor vollendete Tatsachen stellen, könnten wir nicht mit ihr zusammenarbeiten. Ein professioneller Einblick in die Motivation eines Täters ist grundlegend. Das tschechische Volk hat von den Legionären während des Ersten Weltkriegs gelernt, wie man überlebt. Das waren Deserteure aus der österreichisch-ungarischen Armee, die den Gedanken einer unabhängigen Tschechoslowakei unterstützten. Und tatsächlich wurden sie im neuen Staat mit hohen Funktionen belohnt. Aus diesem Grund lehnt noch heute kein Tscheche die Hilfe für einen Verfolgten ab. Deshalb konnten die Täter so lange entkommen.«

Von Neurath hört Pannwitz' Schlussfolgerungen an. Sie kommen ihm interessant und gewagt vor. Auf jeden

Fall recht rasant vorgetragen. Wäre das wahr, überlegt von Neurath, was würde das eigentlich bedeuten?

»Schließlich brachte nicht das Standrecht Fahndungserfolge, sondern seine zweitägige Unterbrechung. Erst als die Leute sich nicht mehr um die Zukunft sorgen mussten, begannen sie zu kooperieren. Und da bekam ich Besuch von diesem Fallschirmagenten, der beschlossen hatte, das Angebot der Straflosigkeit auszunutzen.«

Von Neurath nickt anerkennend. Angebote, Treffen, Verhandlungen ... das alles erinnert ihn an diplomatisches Vokabular.

»Ich überlege, um Versetzung zu bitten«, erklärt der Kommissar plötzlich.

»Und wohin?«, fragt von Neurath geradeheraus. Ihm ist schon klar, dass er mit Pannwitz wohl nicht länger zusammenarbeiten wird. Der Kommissar scheint – diplomatisch gesagt – schwer einsetzbar. Sie können jetzt ehrlich sein. Außerdem kann er das, war er hier gerade hörte, sowieso nicht gut in seiner Analyse benutzen. Der Führer vergötterte schließlich seinen Reinhard, und eine zu scharfe Kritik des großen Mannes würde von Neurath keine positiven Punkte einbringen.

»In den Osten«, sagt Pannwitz. »Dort wird man sicher Profis brauchen. Die Soldaten kämpfen da an der Front, die Gestapo im eroberten Gebiet. Dort ist das eindeutig.«

»Ich bewundere Ihre Entscheidung.«

»Darf ich fragen ...«, wagt sich Pannwitz, auch wenn das Maß an Verständnis und Intimität zwischen beiden Männer schon recht hoch ist, »was Ihre weiteren Pläne sind?«

»Ich bin der Reichsprotektor«, lächelt von Neurath, »und bis jetzt hat mich niemand von der Funktion abberufen.«

Pannwitz lässt sich die Treppen hinabführen und überlegt dabei, warum von Neurath ihn eigentlich zu sich gerufen hat. Auch wenn es klar ist: Er will Protektor bleiben, denkt der Kommissar und ist gleich erleichtert, dass ihn das alles nichts mehr angeht. Er geht im verglasten Gang an dem Innenhof vorbei, wo sechs Jahre später der Körper Jan Masaryks liegen wird. Diese Tschechen, überlegt er. Wäre es nicht besser gewesen, sie hätten sich 38 verteidigt? Wäre das nicht besser für sie gewesen – aber auch für uns? Das ging hier alles zu einfach. Die Front ging hier nicht durch, nur dass sie sich jetzt eine Front mitten in der Stadt einrichten. Pannwitz ist erbittert wegen dieser Verwirrung in den Regeln und Vorgehensweisen – wie soll man sich professionell verhalten, wenn man einem Volk von wild improvisierenden Amateuren gegenübersteht, klagt er. Alles chaotisch, sagt er sich und sähe sich am liebsten irgendwo weit fort, wo die Dinge klar liegen. Diese Tschechen. Als er durch den verglasten Gang geht, hat er wieder das gleichgültige Gesicht von Petřek vor Augen, und dann gleich die zufriedenen Gesichter der vor der Kirche für Erinnerungsfotos posierenden Soldaten. Die verstehen alle nichts, beschuldigt Pannwitz irgendwie alle um sich herum.

Hinsichtlich der Vergeltung für die Ermordung des Stellvertretenden Reichsprotektors überwog am Ende die Rationalität und die exemplarische Bestrafung für das Attentat betraf nur Einzelne. Also Hunderte Einzelne, um genau zu sein. Männer, Frauen und Kinder. Zwei Dörfer.

Wir haben die Duellregeln nicht gebrochen.

Von Neurath schaut trotzdem häufiger aus dem Fenster, als erwartete er dort ein Flugzeug mit britischen Hoheitszeichen und herausspringenden Fallschirmagenten. Halb erwartet er, Fußgetrampel auf den Treppen zu hören und halblaute Befehle in einer unbekannten Sprache. Er reibt sich die Stirn. Nein, das ist nur ein Trugbild, hervorgerufen wohl von der schwierigen internationalen Situation und der nicht einfachen Stellung des Reichs. Er atmet auf. Der Himmel über Prag ist himmlisch ruhig. Vielleicht gelingt es ihm ja doch noch, an die Diplomatentische zurückzukehren, wenn die Atmosphäre der Gewalt vorbei ist. Er sieht sich selbst auf einem Botschafterposten in irgendeinem ruhigen Land nach eigener Wahl. Die Schweiz wäre schön! Oder vielleicht Böhmen? Er weiß nicht. Er überlegt, ob man die hiesige Politik nicht etwas versöhnlicher gestalten könnte. Wie ihr seht, ist Konstantin von Neurath kein Fechter.

Sonst wüsste er, dass, wenn man sich verteidigt, man zugleich auch angreifen muss.

Deutschland stand sich nicht gut im Krieg und man begann wieder von Luftangriffen zu reden, nur im Unterschied zum Jahr 38 sollten sie diesmal von den Alliierten kommen. Ich spürte dieselbe Unsicherheit. Nun also gut, ihr könnt auch Angst sagen. Wie will man seine Degenspitze gegen Artilleriebeschuss führen? Noch dazu gegen Schläge von oben? Gegen Bombardierungen? Seht ihr. Ihr würdet wie alle anderen in Deckung gehen. Ich war froh, dass meine Keller zu diesem Zweck dienen konnten. Allerdings nahm mir das nicht die Angst um die oberen Stockwerke.

Damals kam der bewährte Stahlbeton zu Wort. Ich begann, dieses Material zu mögen. Als sie es aus Sand,

Zement und anderen Zusätzen auf meinem Innenhof anrührten, sah es wie unappetitlicher Matsch aus. Aber ich wusste jetzt, was es konnte. Und mir gefiel, dass sie auf meinem Dachboden eine Eisenbetondecke einziehen wollten, um mich vor Schlägen aus der Luft zu schützen.

Zuerst entstand ein statisches Gutachten, natürlich pro forma; meine Bewohner wussten, dass sie sich schützen mussten. Ich konnte ihnen nicht andeuten, dass alle fachlichen Erwägungen hier überflüssig waren. Ich war entschlossen, diese Platte zu tragen.

Dann endlich hörte ich ihn. Den Lärm, den die Maschinen der Feiglinge machten, die sich in den nächtlichen Wolken versteckten und die für die wehrlose Bevölkerung bestimmte verderbenbringende Last trugen.

Glaubt niemandem, der behauptet, er würde sich bei Bombardierungen nicht fürchten. Ein bisschen Angst gehört auch zu einem Fechtkampf. Man muss die Muskeln straffen, die Nerven anspannen und sich konzentrieren. Egal, ob es Angst oder Erregung ist, die Willenssaite in euch muss gestimmt sein. Nur so könnt ihr dann auf dem unsichtbaren Grundriss der obligatorischen Schritte tanzen – und einen Ausfall unternehmen.

Als ich aber die hängenden Schultern von Neuraths beobachtete, sah ich, dass hier keine unerwarteten Fechterfinessen drohten. Er blieb Reichsprotektor, aber die Macht hielt de facto der Stellvertretende Reichsprotektor, der nach Heydrich erschien. Kurt Daluege! Das hörte sich fast adlig an! Zuerst überkam mich die vorsichtige Hoffnung, dass der alte Herr Neurath endlich das Feld räumt und der Palast mit neuen Bewohnern wieder lebendig wird. Aber ... Kurt Daluege ließ sich im Schloss in Dobříš nieder. Wie bitte? So ein unerheblicher Landsitz? Wieder nicht der Černín? Damit hatte er bei mir verspielt. Und jetzt kein Wort mehr von ihm.

Konstantin von Neurath zog schließlich aus der Wohnung aus, die in einen Lagerraum für Prothesen für deutsche Kriegsinvaliden umgewandelt wurde. Wisst ihr, ich diene gern. Ich nehme das als ehrenvollen Bestandteil meines Lebensgeschicks als Adliger und Diplomat. Aber diese künstlichen Gliedmaßen zu beherbergen, die unvermeidbar die Vorstellung verkrüppelter Körper hervorriefen ... das verlangte etwas Überwindung. Vor allem, da ich mit Befremden feststellen musste, dass die oberen Stockwerke nicht mehr unterhalten wurden. Ist Ihnen die Sorge um anvertrauten Besitz denn egal, meine Herren?

Das Kriegsende? Und das bedeutet, dass nicht mehr geputzt wird? Oder was?

Bis zum letzten Moment hielten sich die Deutschen aber. Wenigstens nach außen. Regelmäßig lösten sich die Soldaten an meinem Eingang ab, gestrafft, in Zweiergruppen, mit Helmen und Maschinenpistolen auf der Brust.

Und ich bemerkte etwas Seltsames. Es war, als ob der allgegenwärtig drohende Terror die Sehnsucht nach Freundlichkeit vervielfachte. Als ob der bittere Staub, aufgewirbelt vom Bombardement im Februar 1945, dazu zwang, an künftige Bauprojekte zu denken. Und als ob der Tod, der in den Wohnungen heimisch wurde, ähnlich wie die wegen des Fleisches auf den Balkonen der Prager Wohnungen gehaltenen Kaninchen, den Wunsch nach Liebe verstärkte.

Auch unsere Fallschirmspringer, diese mutigen Jungen, die ihr Leben einsetzten, verliebten und verlobten sich, sowohl bei der Ausbildung in England als auch bei ihren Missionen im Protektorat. Einen ähnlichen Drang verspürte auch ich. Im Gegensatz zu ihnen musste ich die Richtige nicht suchen. Es genügte, den Kopf zu heben, die Augen zu öffnen – mich umzuschauen und zu finden.

»Meine Teure!«

Ich vervielfältigte mein nächtliches Flüstern, mit dem Ziel, mich Loreta anzunähern, wenn schon nicht durch eine Treppe oder einen Korridor, dann wenigstens durch das Wort. Die Treppe am Ende der Rampe mit dem Parkplatz, die uns nicht ganz glücklich trennte, wurde zu einer Kaskade, über die die Ströme meiner Sätze flossen.

Nur blieb Loreta weiter in sich verschlossen, wie eine Perle in ihrer festen Schale.

»Teure! Liebe! Geliebte!«, fuhr ich immer stärkere Geschütze auf. »Nicht einmal Sie können doch für immer allein bleiben wollen!«

»Ich habe meine Pilger!«

»Ich meine jemanden, der Ihnen näher wäre als …«, und ich hielt gerade noch rechtzeitig ein, um nicht »dieses menschliche Geschmeiß« zu sagen. »Jemanden wie …«

»Ich bin doch von Freunden umgeben. Zu denen ich auch Sie zähle, meinen lieben Landsmann.«

»Auch Paläste haben ein Herz!«, platzte ich scheinbar zusammenhangslos heraus. Ich fing an, persönlich zu werden. Mir war das klar.

»Ja. Ich weiß, Sie sind ein Mann voller Energie, lieber Černín …«

Ich holte tief Luft und streckte die Schultern. Die Säulen, die sich in Kolossalordnung über meine Fassade ziehen, spannten sich an, als seien es Muskelbündel. Es krachte in meinem Gebälk, mein Dach schien sich um ein paar Zentimeter zu heben.

»Ein Mann voller Energie, Blut und Verlangen«, konstatierte Loreta. Und ich erfasste ihren Tonfall allzu treulich. Sie sagte es nicht bewundernd – sondern wundersam traurig. »Darin unterscheiden wir uns leider«, fügte sie hinzu.

»Aber meine Liebe ... Sie, mit Ihren Lidern ...«, wollte ich die Belagerung mit weiterem Beschuss fortführen.

»Ja, ich mit meinen Lidern. Darunter sind nämlich Augen. Und diese Augen können sehen.«

Ich unterließ Bemerkungen wie »natürlich«, und wartete schweren Herzens, was da kommen sollte.

»Gegenüber Ihrer Sinnlichkeit bekenne ich mich zu anderen Werten. Selbstverleugnung. Und Demut.«

»Wir sind doch nur einmal auf der Welt!«, rebellierte ich.

»Nun, eben. Ich könnte ihnen doch nicht in die Augen sehen.«

»Wem, ich bitte Sie? Ich bin sicher, dass der Schwarze Ochse zum Beispiel ...«

»Zum Beispiel der heiligen Kümmernis.«

Schaut einmal – ich habe nichts gegen Symbole. Ich wuchs in einer Ära der Adelswappen und Armeestandarten auf. Ich kannte die Bedeutung, die das Hutziehen auf eine bestimmte Weise hatte. Ich wusste, was eine Fechtposition aussagen konnte. Aber die Figur, von der Loreta sprach ... Dieses bärtige Wesen, das in einer Nebenkapelle des Kreuzgangs am Kreuz hängt, in einem grauen Kleid mit einem roten Streifen in der Mitte, geschmückt mit blauen Knöpfen ... Die heilige Kümmernis, die als seltsame Kuriosität den Touristen vorgeführt wird ...

»Diese ...?«, fast hätte ich lachend losgeprustet.

»Beleidigen Sie mich nicht. Sie wissen doch, dass ihr der Bart wuchs, um sie vor einer Eheschließung zu retten, zu der sie ihr Vater zwingen wollte. Mit einem Heiden. Üben Sie keinen Druck auf mich aus. Versuchen Sie nicht, mich damit zu beeinflussen, dass Sie sich unter Ihrem Niveau bewegen.«

Sie deklassierte mich völlig. Verfluchte weibliche Solidarität. Ich schaffte es, gegen die Preußen zu bestehen, die Prag belagerten (mit den Schweden ging das nicht mehr so berühmt aus, das ist wahr) – und jetzt besiegt mich so eine überaus seltsame Kreatur?

»Überhaupt, die Bedeutung, die Ihr Männer Details zumesst, wie zum Beispiel ein Härchen hier, ein Härchen dort, ist mir ganz und gar nicht recht.«

»Aber die hat einen Vollbart wie ein Förster!«, platzte ich unvorsichtig heraus. »Wissen Sie nicht, wie manche Pilgerinnen beten? Die, die gerade wegen der Kümmernis zu Ihnen kommen? Sie bitten inständig, sie möge sie von den Bärtchen, den Warzen und anderen Hautunreinheiten befreien! – Seid nicht Ihr Frauen die, die solche Angelegenheiten überbewerten?«

»Euretwegen – der Männer wegen!«, antwortete sie kalt.

Verzweifelt suchte ich, wo ich in diese Festung eindringen könnte. Ich wandte alle meine strategischen Fähigkeiten an – wenn die Hauptbefestigung nicht einnehmbar erscheint, muss man nach einem Schwachpunkt darin suchen – nach einer verwundbaren Mauer – eventuell untergraben, unterminieren ...

»Und wem können Sie noch nicht in die Augen schauen, Teuerste?«, fragte ich, um mich von der kugelfesten Kümmernis zurückzuziehen.

»Zum Beispiel der heiligen Agatha.«

Ich forschte ergebnislos in meinem Gedächtnis; an ein weiteres Mannweib in den Kreuzgängen konnte ich mich nicht erinnern.

»Die ließ sich, wie Sie sicher wissen, die Brüste abschneiden, um einer erzwungenen Heirat zu entgehen. Ihre Statue steht in meiner Kirche.«

Was habt Ihr Weiber bloß mit den Zwangsehen! Manche würden sonst was dafür geben, unter die Haube zu kommen – und hier stellt sich jemand auf den Kopf? Das habe ich natürlich nicht gesagt. Anstelle dessen erinnerte ich mich an viele Brüste, die ich sich wölben sah, die herausschauten oder sich wenigstens scheu ins Dekolleté drückten. An dieses Defilee wundervoller, geometrisch undefinierbarer Formen. An diese Rundungen, die sich mit nichts vergleichen lassen. Daran, wie der Atem sie hob, die Wärme, die sie ausstrahlten, und die Blicke der Herren, die hoffnungslos darin ertranken.

Nein, darüber konnte ich nicht sprechen.

Ich konnte keine Witzchen machen, die vertrackte Situation mit der Heiligen Kümmernis war mir eine Lehre.

Ich konnte auch nicht Loretas Brüste loben – hatte ich sie doch nie gesehen. Und ich konnte sie auch nicht bitten, sie mir endlich zu zeigen.

»Ich ... ich ...«, begann ich schüchtern, ohne zu wissen, wie der Satz enden sollte.

»Nur Mut, lieber Černín. Ich erkenne Sie ja gar nicht.«

»Ich ... hoffe nur, dass Sie nie in eine ähnliche Situation geraten!«, brachte ich endlich unter Einsatz der gesamten Courtoisie, derer ich fähig war, hervor.

»Endlich die Worte eines echten Kavaliers«, bemerkte Loreta ermunternd.

Aber mein Gehör ist geübt. Hörte ich in ihrem Lob einen Anflug von Bedauern, dass ich nicht fortfuhr, ihrer Liebreize zu rühmen? Auch wenn ich sie nie richtig sah? Hörte ich das wirklich? Oder nicht? Weiß Gott. Der Teufel soll sich bei diesen Weibern auskennen.

»Eine weitere Heilige in der Kirche Christi Geburt ist die heilige Apollonia«, fuhr Loreta honigsüß fort, obwohl ich mich schon recht erschüttert hinter meine Bastionen zurückzog.

»Was ist der geschehen?«, fragte ich vorsichtig.

»Die ließ sich lieber alle Zähne ausschlagen, als den rechten Glauben zu verleugnen.«

Meine Kiefer erstarrten, ich konnte kein Wort mehr hervorbringen.

»Bis heute ist sie Ziel der Pilger, die zu ihr kommen, um für Hilfe gegen Schmerzen im Gebiss zu beten«, fuhr Loreta in ihrem unbarmherzigen Beschuss fort.

Na, das ist mir eine Logik, dachte ich, sagte aber nichts. Sollten sie nicht lieber zu einem erfahrenen Bader beten, oder einem Schmied? Nein, diese Frage würde unser Gespräch auch nicht voranbringen.

»Und eine ähnliche Bereitschaft, sich für die höheren Ziele zu opfern, fehlt mir so ein bisschen bei Ihnen, lieber Černín.«

Ich stellte mir vor, wie ich im Namen eines höheren Ziels mit zahnlosen Kiefern klappere.

»Dabei ist das für uns Frauen ganz üblich.«

»Sie lassen sich die Zähne herausziehen?«, erschrak ich.

»Wir opfern uns. Für unsere Nächsten – und für die ganze Welt zugleich.«

Ich zog mich so eilig hinter meine Befestigungen zurück, dass hinter mir Staub aufwirbelte.

Du Heil der Kranken, kam mir ein Stück der Marienlitanei aus den Kreuzgängen in den Sinn. Es läutete in meinem Kopf Alarm wie das Glöckchen, mit dem die Lazarusse die barmherzigen Schwestern herbeiriefen.

Du Zuflucht der Sünder, ging es in der Litanei mit einer deutlich hörbaren ethischen Frage weiter, für wen ich Zuflucht wurde, und umsonst würde ich wohl einwenden, dass eine Reihe von Persönlichkeiten mit eigenwilligen ethischen Codes in mir wirkte.

Du Hilfe der Christen, fuhr der unerbittliche Gesang fort, dem ich wenigstens in diesem Punkt Konter bieten konnte, denn Heiden hatte ich nie behaust. Obwohl ... Der Stellvertretende Reichsprotektor ließ sich sicher nicht als musterhafter Christ hinstellen.

Du Königin der Patriarchen, klang die eindringliche Stimme und weckte die Frage, wie wohl so eine patriarchische Hierarchie aussah. Sicher ist einer der Patriarchen höhergestellt, und die unter ihm sind ihm untergeordnet. Ob wohl eine behördliche Struktur der Patriarchen, dargestellt in einem Organigramm, existierte? Beneš' Ministerium hatte eins, die Behörde von Reinhard Heydrich hatte eins ..., erleichtert verwickelte ich mich in fachliche Fragen, um nicht an ausgeschlagene Zähne und abgeschnittene Brüste denken zu müssen.

Du Königin der Engel, also diesen Vers überwand ich schnell, denn die Engelchen am Steingeländer vor der Loretokapelle riefen keinen besonders großen Respekt in mir hervor. Ihre künstlerische Qualität ist, nebenbei bemerkt, leider recht gering.

Du Königin der Propheten, hörte ich und musste anhalten. Dieses Motto deutete an, dass der Mensch so fähig sein kann, wie er will – selbst wenn er in die Zukunft schauen kann – sie – die Jungfrau Maria – Loreta – Santa casa – die Frau – wird ihm immer übergeordnet sein. Was für Karriereanforderungen gibt es wohl, dass einer den Titel Prophet bekommen kann?

Du Königin der Könige – erwartete ich die logische Entwicklung der Metaphern, zu der es aber nicht kam. Auch so war der Sinn dieser Worte klar. Wenn du ein Mann bist (und jeder Mann kann sich wie ein König fühlen, etwa nicht?), hier muss er sich unterordnen, das gab die Litanei bekannt. Erleichtert ließ ich hinter mir die Tore zufallen, die mich vor den Blicken von der anderen Seite des Loretoplatzes schützten.

VI. Becca possa

»Der Schwertarm zeigt nach oben und wird gestreckt, das Handgelenk nach außen gedreht und die Schwertspitze zielt auf das Gesicht des Gegners, das Handgelenk ist schön gestreckt; das ist becca possa. *Ich bin sicher, dass ihr eurem Schüler ratet, diese Position einzunehmen, wenn sich der Feind in* porta di ferro larga *stellt, oder* stretta, *oder* alta, *und ihm dann Schritt für Schritt, Position um Position zu folgen. Wenn dann der Gegner coda lunga e distesa einnimmt, muss er* becca possa *einnehmen«, sagt A. Marozzo. In dieser Position wird sich der Schüler bewegen, manchmal vortreten, manchmal zurück, mit der Waffe in der Hand und mit seinen Füßen den Linien folgen, die einen Kreis schneiden.*

Und dann begann er – der Karneval. Ich weiß nicht, warum die Tschechen historische Ereignisse jedes Mal so chaotisch angehen; wie ein Theaterensemble, das seinen Regisseur abgesetzt hat. Die Stadt tauchte damals zu Beginn des Monats Mai im Jahr 45 in eine seltsame Anspannung. Viele würden dieses Bild nicht von einem ruhigen, schläfrigen Frühlingstag unterscheiden können, aber ich wusste mein Teil. Dort unter den Dächern wurde fieberhaft etwas vorbereitet, über irgendetwas wurde geflüstert – so ähnlich wie in den Gängen des Janák-Anbaus.

Am 7. Mai verlangten zwei Vorkriegsmitarbeiter Einlass ins Ministerium, um entsprechend den Anweisungen der sich erneuernden tschechoslowakischen Behörden die Staatsflagge am Gebäude auszuhängen. Ungläubig hörte ich ihr genaues, etwas trockenes Amtsdeutsch. Den Soldaten am Eingang brachte das aus der Fassung, so dass er sie nicht abknallte, wozu er eigentlich jedes Recht gehabt hätte. Vom Eingang wurde nach oben telefoniert, bis der befehlshabende Offizier eintraf, der die beiden einfältigen Zivilisten natürlich festnehmen ließ und ihnen erklärte, sie würden verständlicherweise erschossen.

Meine Herren! So macht man das doch nicht! Einen Umsturz könnt ihr doch nicht durchführen, indem ihr euren Gegner höflich um Zusammenarbeit bittet!

Und wenn ihr das macht, müsst ihr eine zahlreiche Einheit hinter euch haben.

Hinter den beiden Verzweifelten gähnte aber nur der leere Parkplatz. Sie verschwanden irgendwo im Gebäude; ihren ganzen Mut brauchten sie jetzt dafür, sich aufrecht zu halten, während sie von den Soldaten abgeführt wurden. Ich bemerkte aber sehr wohl ihre in die Lippen gegrabenen Zähne. – Wie bitte? Was mit ihnen passiert ist? Interessiert euch wirklich das Geschick dieser unwichtigen Fußsoldaten, die sich eine Rolle suchten, die sie nicht ausfüllen konnten? Wussten sie denn nicht, dass sie kein Teil einer Behörde waren, die auf demselben Niveau wie der bislang noch funktionierende Apparat stand? Da hätte ja jeder von der Straße kommen können! – Ich kann eure zartbesaiteten Herzen beruhigen: Zur Hinrichtung kam es nicht mehr.

Und dann sah ich sie. Diese kostümierten Gestalten der neuen Burleske.

Postmeister schmückten ihre Mützen mit Trikoloren, taten so, als hätten sie Militäruniformen, und in denen gingen sie zu den deutschen Besatzern, um über das Niederlegen der Waffen zu verhandeln. Dazwischen wimmelte das Protektoratsheer herum, das plötzlich ohne Scheu an der Seite der Protektoratsgegner auftrat. Offiziere aus der ersten Republik tauchten in ihren versteckten Uniformen auf; sie sahen darin aus, als hätten sie sich nach langem Schlaf gestreckt, sich dann würdig aufgerichtet und wären losmarschiert – ihren geheimen Missionen nach, zu denen sie von den aufständischen Stäben eingeteilt worden waren. Ich sah sogar Teile von Legionärsuniformen, die ich von öffentlichen Feierlichkeiten her kannte. Hier ein Barrett, dort eine Bluse, dort wenigstens eine Hose. Offensichtlich ganz danach, was die zwanzig Jahre Einlagerung und sechs Jahre Verstecken überlebt hatte.

Und weiter eine ungeordnete Mischung von Zivilisten, die ihre Knarren unter dem Arm trugen, als seien es besonders lange Aktentaschen. Um sie herum wimmelten Pubertierende, die sich von ihren Vätern nicht zu Hause zurückhalten ließen. Die Jungen sahen ohne Waffen höchstens wie durchschnittliche Schießbudenbesucher aus, die am Stand die Ergebnisse anderer kiebitzen. Konnte ich die etwa ernst nehmen?

Dass die Situation möglicherweise angespannter ist, als ich dachte, fiel mir auf, als ich die Abfahrt des Reichsprotektors von Neurath beobachtete. Es war traurig anzusehen, wie schnell er in den Wagen stieg. Hätte er sich noch mehr beeilt, hätte es gewirkt, als wolle er fliehen. Seine berühmte Noblesse litt in diesem Moment ziemlich – und ich war nur allzu froh, dass die Öffentlichkeit nicht zuschaute. Der Wagen fuhr schnell an ... im selben Augenblick verschwanden vor den Palasttoren die Militärwachen ... und nur in Neuraths Arbeitszimmer blieben das unberührte zweite Frühstück, seine Galauniform und der Säbel zurück. Scheinbar wollte er diese Abzeichen seiner eigenen Würde mitnehmen, erkannte aber unter dem Eindruck der Ereignisse ganz realistisch, dass sie ihn überflüssig belasten würden.

Wieder wurde ein Zeichen von meiner Front gerissen, wieder nicht fachgerecht, umständlich und improvisiert, mit Bedauern musste ich feststellen, dass der Putz beschädigt wurde.

Dann wurde es über den Parkplatz zum Rand der Rampe getragen und von dort hinuntergeworfen, sodass es im Zickzack wie ein verwundeter Vogel herabflog und auf den Bürgersteig vor der Loreta krachte. Na, das war ja hilfreich. Weiß Gott, wie sich meine Liebe dieses »Signal« von mir auslegte ... Dieses eine Mal war ich ihr dankbar, dass sie im Schweigen verharrte.

Man hörte das trockene Prasseln von Schüssen. Zuerst einzelne, dann in einem nervösen Hämmern, als würde jemand auf einem Klavier ungestüm immer wieder den einen Ton wiederholen. Das klang phantasielos, das war keine Klaviertastatur, höchstens ein Telegrafenschlüssel mit seiner eintönigen Melodie. Wie undramatisch ... Ich ahnte, dass sich von Norden her etwas den ehemaligen Stadtmauern näherte. Ich stellte mir eine vorrückende Armee in geschlossenen Rechtecken mit Lanzenträgern in der Mitte und Musketieren in den äußeren Reihen vor.

Ich täuschte mich.

Die ersten Russen kamen ganz ungeordnet. Sie tauchten irgendwie zufällig in der Loretogasse auf, manche spazierten unter den Laubengängen und andere gingen mitten auf der Straße entlang, als wäre es ihnen egal, dass jemand sie beschießen könnte. Sie waren so willkürlich mit Mänteln und Waffen behängt, dass sie eher wie eine Truppe von Handwerkern mit ihrem Werkzeug wirkten. Für einen Augenblick erinnerten sie mich an die Kesselflicker, die seinerzeit aus der Slowakei kamen und demütig das Haus Zu Drahomíras Säule umgingen. Diesen Eindruck unterstützten auch ihre breiten, dörflichen Gesichter.

Plötzlich knallten Schüsse aus der Nähe und ich konnte mich nicht genug wundern, wie schnell sich die Szene wandelte. Der sowjetische Offizier an der Spitze dieser zerstreuten Einheit hatte es wohl noch nicht einmal geschafft, zu Boden zu sinken, als seine Soldaten sich schon blitzartig zu den nächsten Säulen oder wenigstens Bordsteinkanten retteten, sich dort hinduckten oder hinlegten. Sofort entbrannte ein wütender Schusswechsel, in den sich russische Schreie aus heiseren Kehlen mischten, in einer seltsamen, langgezogenen, melancholischen Kadenz.

Der Offizier lag an der Ecke gegenüber dem Schwarzen Ochsen, quer gegenüber von Drahomíras Säule, unweit des Ortes, wo die Fürstin in der Hölle versank. Wenn die Leute wüssten, dass die Szenerien längst vergangener Ereignisse sich ihre Energie erhalten, die sich über die Jahrhunderte nicht verändert ... aber konnte ich ihnen denn raten?

Ehrlich gesagt hatte ich hinsichtlich der russischen Taktik meine Zweifel. Mir schien, dass sie einfach in alle Fenster in Sichtweite schossen. Im Stillen dankte ich ihnen, dass sie wenigstens mich verschonten. Meine Meinung über sie verbesserte sich, als sie schnell Gruppen bildeten und in die Häuser eindrangen. Es war zu erkennen, dass sie das nicht zum ersten Mal taten. Sie traten die Türen ein und waren sofort drinnen, von wo ich Gebrüll und Schüsse hörte. Einige Augenblicke später stießen sie Deutsche auf die Straße, aber ohne Helme und Waffen, die Hände über den Kopf erhoben.

Ich sage euch, das war ein peinlicher Anblick. Wie gut, dass Reinhard das nicht erleben musste.

Andererseits, einen Menschen aus dem Fenster abzuknallen wie ein Schadtier ... aus dem Hinterhalt ... so begann man ein paar Jahrzehnte später in der Loretokapelle die Tauben zu schlachten. Mit dem Luftgewehr. Das hat einfach kein Niveau.

Die Gefangenen wurden um den Körper des Offiziers herum versammelt, dem auch aus der Entfernung die Auszeichnungen auf der Brust glitzerten. Mit gesenkten Köpfen schauten sie ihn an, als täte er ihnen leid – oder vielleicht wollten sie nur den Blicken ihrer Bezwinger ausweichen. Es erklangen ein paar weitere Befehle, ein paar russische Soldaten liefen wieder zu den Häusern. Erstaunt beobachtete ich diese unverständliche Aktion. Dann kamen sie mit unerwarteten Gefangenen zurück – Spitzhacken und Schaufeln.

Die Deutschen begannen, ein Grab zu schaufeln, schön gemächlich, als seien sie sich nicht sicher, ob es nicht für sie bestimmt war.

Durch die Loretogasse kamen indessen mehr und mehr Soldaten. Ich bemerkte schnell, dass jeder seine Uniform anders durchschwitzt und verschlissen hatte, sodass sie einen ungewöhnlich vielfältigen Anblick boten, obwohl sie gleichzeitig in einem einzigen schmutziggrünen Fluss verschwammen. Hier und dort schaute ein abgemagertes Pferd daraus hervor, auf dem ein operettenartiges Abbild von einem Kommandanten mit einer Uschanka auf dem Kopf saß. Manchmal gab es auch ein Tier ohne Reiter, das jemand an einem Stück Strick führte, als wollte er damit aufs Feld und es in den Pflug spannen. Diese Stallmeister wankten zivil neben dem Tier her. Überhaupt sahen viele Russen so aus, als hätte das Kriegsleben nicht ihren ursprünglichen Beruf unterdrücken können – die meisten sahen aus wie Bauern. Es gab hier größere Altersunterschiede als bei den Deutschen, denn

Opas im Rentenalter wurden von großen Jungen mit strohfarbenen Haaren und vorzeitig ausgefallenen Zähnen in breiten Mündern ergänzt, die verblüfft meine Fassade anstarrten.

Ich gebärdete mich – im Grunde freundlich.

Zur Ehre eines Fechters gehört es nämlich, den Sieger anzuerkennen.

Und da war natürlich auch schon der Schwarze Ochse wach. Die Kneipe öffnete die Türen und natürlich auch die Keller. Aus dem Hauptstrom der Soldaten löste sich ein Arm in Richtung der Tür – und kam bald wieder daraus hervor, mit erkennbar schaukelndem Schritt. Im Gasthaus wurde es immer lauter und am Ende herrschte dieser kneipentypische Lärm, in dem unterschiedliche Sprachen keine Rolle mehr spielen.

Die Deutschen gruben gegenüber vom Ochsen immer noch in diesem behäbigen Tempo das Grab.

Hier und da kam ein Soldat mit einem halben Liter in der Hand aus dem Ochsen und wollte weiter die Loretogasse hinuntergehen. Erst kam der Kellner noch herausgelaufen, zeigte auf das Bierglas und dann zurück zur Kneipentür. Der Soldat ließ sich nicht aus der Ruhe bringen, grinste, klopfte schließlich dem Kellner auf die Schulter und machte sich torkelnd in Stromrichtung auf. Der Kellner zuckte die Schultern, auf seinem Gesicht erschien ein halb verärgerter, halb belustigter Ausdruck, und er ging wieder hinein. Die nächsten Soldaten mit Biergläsern ließ er wahrscheinlich schon einfach gehen.

Das hatte der Ochse nun davon, dass er immer so voreilig war. Ich wartete würdevoll ab, welche Rolle mir zugedacht würde. Nicht einen Moment glaubte ich, dass ich zur Unterbringung der Mannschaft oder als Lazarett dienen sollte. Diese Zeiten hatte ich lange hinter mir. Ich war mir sicher, dass ich wieder das Außenministerium der Tschechoslowakischen Republik, erneuert in den Vorkriegsgrenzen, sein würde, so wie die immer mutigeren Forderungen im ausländischen Rundfunk lauteten. Sie müssten bald da sein ... die, die in die Eingangshalle eintreten, sich umsehen und zu schreien anfangen, weil die deutsche Schweinerei hier herausgebracht werden muss.

Leider wurde ich in meiner Hoffnung, die Übergabe des Palasts möge nach den Vorschriften ablaufen, getäuscht. Die höheren Beamten warteten nicht in der Halle, um das Gebäude den altneuen Herren zurückzugeben. Es wurden keine Übergabeprotokolle mit Inventarlisten vorbereitet ... ein bisschen enttäuschten mich diese Deutschen. Wohin hatte sie es wohl verschlagen? Lag ihnen denn nicht ein bisschen an mir?

Wisst ihr, Häuser haben ein speziell entwickeltes Gehör. Einen eintönigen, sich ständig wiederholenden Krach, wie zum Beispiel Straßenlärm, bemerken sie nach einer Zeit nicht mehr. Und dann gibt es etwas Außerordentliches – und schon merken wir auf.

In diesen schönen Maitagen, die voller Fliederduft aus den Gärten hinter den Bastionen waren, hörte ich so etwas. Splitterndes Glas. Glaubt mir, in den Jahrhunderten habe ich mit zerbrochenen Fenstern so meine Erfahrung gemacht. Ich wusste, dass eine Fensterscheibe nicht so herausfällt, wenn der Durchzug den Flügel gegen den Rahmen schlägt. Ich kannte auch sehr genau das Geräusch, das ein durchschossenes Fenster von sich gab. – Das wird vom Schuss übertönt, man hört erst danach das Splittern auf dem Bürgersteig.

Diesmal handelte es sich um etwas anderes. Als zersplitterten mindestens zwei Scheiben gleichzeitig. Und etwas Schweres plumpste dann auf die Erde. Vielleicht war auch etwas wie ein Schrei zu hören, aber menschlichen Äußerungen widme ich nur flüchtige Aufmerksamkeit.

Der Gesamteindruck war trotzdem ziemlich schrecklich. Woher kam dieser Krach nur?

Ziemlich ungeduldig wartete ich, wer als Erster in meinem Diensteingang erscheint. Meine Fensterscheiben hatten den Krieg ohne Schaden überlebt. Mir lag nichts daran, dass sie jetzt in den ersten Tagen der Freiheit litten. Ich erwartete eines dieser bekannten Gesichter aus der ersten Republik. Einen der Diplomaten, die damals Gesandte waren und immer wieder einmal in den Palast kamen, um sich während ihres Urlaubs mit dem Minister zu beraten. Ich dachte natürlich, dass er als Erster erscheinen könnte. Der, von dem ich wusste, dass er in der neuen Regierung genau diese Funktion innehaben würde. Der berühmte Sohn eines berühmten Vaters. Der lebende Beweis, dass die Tschechoslowakische Republik andauerte.

Jan Masaryk.

Zuerst kamen andere. Sie sahen sich eher forschend um, als wüssten sie nicht, was sie von mir zu erwarten hatten. Sie sahen nicht eben diplomatisch aus, die erinnerten mehr an die Sekretäre der Politiker, die zu Verhandlungen in den Palast kamen. Parteileute blickten anders in die Welt als Diplomaten. Schärfer, vorsichtiger und gieriger gleichzeitig. Diplomaten würden immerzu mit allen Freund sein – auch zu ihrem eigenen Schaden, würde ich sagen. Von Neurath trug diese Maske fast noch in der Dienstwohnung.

Anstelle des Ministers erschien der Staatssekretär Dr. Vladimír Clementis. Lächelnd, dezent, aber mit diesem geschliffenen politischen Blick, den ich sofort erkannte.

Ich verfolgte die Anfänge seines Wirkens im Palast. Selbstverständlich waren die der personellen Erneuerung des Ministeriums gewidmet. Die Wortverbindung, die ich am häufigsten in seinem Arbeitszimmer hörte, war »unsere Leute«.

Das weckte Erinnerungen an die Demokratie der ersten Republik. Um wen sonst als um unsere Leute sollte es auch gehen! Für unsere Leute machen wir das doch alles, oder?

Die Deutschen, die in dem kleinen Park gegenüber das Grab für den russischen Offizier aushoben, waren verschwunden, ohne dass ich es bemerkt hätte. Erwartet nichts Dramatisches. Weitere Gräber tauchten nicht auf. Bis heute ist da ein kleines Grabmal mit einem Metallzäunchen. Die Inschrift besagt, dass wir dem Genossen Beljakow danken, der bei der Befreiung Prags fiel. – Hat er nicht einmal Anspruch auf einen Vornamen? Das frage ich mich schon seit Jahrzehnten. – Ich erinnere mich an sein Gesicht, erloschen und nach dem Tode wächsern werdend. Ich erinnere mich an die Form seines Körpers auf dem Pflaster, an die Schweine, die mir seine Auszeichnungen in die Fenster warfen. Und ihr erinnert euch nicht an seinen Vornamen? Was sagt das aus, Verehrteste? Dass schon viel Zeit vergangen ist? Aber die Menschen nicht zu kennen, die ihr Leben für uns ließen ... Oder war etwa auch den Sowjets sein Vorname keiner Erwähnung wert? Nun gut.

Eine Atmosphäre der Erleichterung umgab uns, denn die Gefahr war vorbei, und irgendwie ergab sich, dass nur noch unsere Leute auf der Bühne waren.

Allmählich begriff ich aber, dass Vladimír Clementis andere Leute als unsere meinte. Besser gesagt, wählte er aus unseren nur die aus, die wirklich »unsere« waren. Verbandelt durch etwas, das ich zuerst nicht einschätzen konnte. Langsam wurde mir bewusst, dass die neuen Angestellten einen Blick hatten, in dem etwas lauerte, als sei die Arbeit im Ministerium nur ein Vorspiel. Wofür? Was wollten sie noch mehr, diese Narren? Erst später wurde mir klar, dass ihre Teilhabe am tschechoslowakischen Außendienst nicht übergreifend genug für sie war. Sie glaubten an eine gewisse breitere, entferntere Idee.

Wenn sie unter sich waren, sprachen sie sich als Genossen an.

Und sie erklärten mir auch den rätselhaften Schaden an den Fenstern aus den ersten Tagen nach der Befreiung. Ich musste mir das aus ein paar nebenbei hingeworfenen Bemerkungen zusammenreimen. Aber schließlich schaffte ich es.

»Ja, die Sowjets!«, hörte ich sie sagen, diese unsere Leute. Begeistert, auch ein bisschen furchtsam, schien es mir. »Die fackeln nicht lange! So wie im Krankenhaus Střešovice!«

Und wenn ihr Gegenüber – auch »unser Mann« – ein fragendes Gesicht machte (so wie ich es auch machen würde), fuhren sie fort:

»Die haben die Patienten geweckt ... und da auch ein paar Verräter gefunden. Und weißt du, haben einfach kurzen Prozess gemacht. Aus dem Bett gezerrt, Schwung geholt und hopp aus dem Fenster. Ohne die zu öffnen. So macht man das!«

Manchmal fragte jemand vorsichtig, wie man denn die Verräter erkannt habe. Da waren schließlich verwundete Deutsche, Tschechen und auch Russen, und alle im Pyjama.

»Die haben da so ihre Methoden«, war die Antwort mit bedeutungsvoll gehobenen Augenbrauen.

Unter den neu Eingestellten waren auch Kollegen, an die ich mich aus der ersten Republik erinnerte. Sie sahen sich forschend um, schien mir. In ihren Augen sah ich dieses schonungslos Lauernde nicht. Eher Befürchtungen.

Während in Clementis' Büro weit bis in die Nacht über die personelle Zusammensetzung des Ministeriums debattiert wurde, bemerkte ich unter denen, die wieder den Dienst antraten, einen unauffälligen Mann. Mich überraschte, dass er, nachdem er an der Pforte vorbei war, nicht in das Büro eines der höhergestellten Beamten ging, um die bestmögliche Stelle zu verlangen.

Er ging in den Gang nach rechts und die Treppen nach oben, zur Dienstwohnung. Ich begriff nicht, was er da suchte; der alte Herr Neurath war schon lange fort, und wie ich später erfuhr, war er mit einem bedauerlichen Gerichtsprozess konfrontiert. Die Zeiten, in denen Diplomaten der Justiz ausgeliefert sind, sind meiner Meinung nach nicht ganz in Ordnung.

Dieser unauffällige Typ trat in die Wohnung ein und blieb vor haufenweisen Prothesen stehen.

Die Unsicherheit der letzten Wochen führte dazu, dass die Deutschen leider völlig die Ordnung vernachlässigten. Die Haufen künstlicher Beine und Arme waren eingestürzt und durcheinander geraten. Es sah aus, als wären ihre unsichtbaren Besitzer gleichzeitig geflüchtet und hätten sich ergeben. Der Mann schüttelte den Kopf und machte sich endlich in die Büros der Höhergestellten auf. Er verlangte aber nicht nach einer Stelle, sondern nach Leuten. Wie ich überrascht und erfreut feststellte, ging es ihm darum, die Wohnung für den Herrn Minister auszuräumen. Mit einer gewissen Verwunderung stellte ich fest, dass »unsere Leute« nicht dasselbe wie Putzkräfte waren. Schließlich stellte er ein kleines Team zusammen und machte sich ans Aufräumen. Gemeinsam mit ihm erstarrte ich, als unter den Prothesen Ungeziefer auftauchte.

Dieser Verfall. Eine Schande.

Also war auch ich eine Art Veteran, ein Kriegsinvalide, versehrt durch die historischen Ereignisse. Ich musste mich vor mir selbst schämen. Die chemischen Mittel wirkten zum Glück perfekt. Und dann sah alles schon viel fröhlicher aus.

Vor dem Diensteingang tauchte immer wieder mein Mann, Herr Topinka, mit einem kleinen Lastwagen auf. Mit seinen Leuten lud er mal ein Schränkchen, mal eine Lampe, dann wieder ein paar Bilder ab. Gerührt erkannte ich Teile der ehemaligen Ausstattung. Ich verstand nur nicht, warum sie nicht alles auf einmal brachten – erst später kombinierte ich mir aus den Gesprächsfetzen, dass die Sachen bei zuverlässigen Leuten versteckt waren.

Ich überlegte, ob »zuverlässige« Leute dasselbe waren wie »unsere Leute«. Ich war mir nicht sicher. Die hartnäckige Anstrengung von Bohumil Topinka stand in eigenartigem Kontrast zu den Beratungen in der Kanzlei des Staatssekretärs Clementis, wo Wörter wie »Generallinie«, »Parteimeinung«, und sogar »sozialistische Diplomatie« benutzt wurden, unter denen ich mir nun überhaupt nichts vorstellen konnte.

Jan Masaryk hielt sich nach Kriegsende noch einige Monate in den Vereinigten Staaten von Amerika auf. Ich hätte erwartet, dass er da historische Verhandlungen führt, ähnlich wie sein Vater im Ersten Weltkrieg. Aus dem, was man in den Gängen über ihn sagte (und zwar nicht unbedingt über sein fachliches Profil, das Thema lassen wir, ja?), entnahm ich, dass er da wohl nicht einmal eine Mission hatte. Als ob er nicht nach Hause wollte, oder sich vielleicht in den Kopf gesetzt hatte, noch ein bisschen das Leben im Wohlstand zu genießen ... Der Tonfall der geflüsterten Informationen war zurück bei der Melodie, die ich aus der ersten Republik kannte. Der Terminus »westlicher Lebemann« war wieder da. Mit einem Unterschied. Jetzt sprach man auch in den höchsten Stellen in dieser Weise von Jan. Und ziemlich laut. Jedenfalls solange »unsere Leute« unter sich waren.

Dann erschien Jan Masaryk aber endlich im Diensteingang und alles sah wenigstens in den ersten Augenblicken so aus wie einst.

Er trat ein, und noch bevor ihn ein erwartungsfrohes Trüppchen aufhalten konnte, überflog er mit verschleiertem Blick meine Gewölbe. Es sah ein bisschen so aus, als könnte er nicht fokussieren – aber ich erkannte in diesem Moment seine traurigen Augen. Diese grundlose Wehmut, irgendwo innen versteckt und maskiert durch ein halb überraschtes, halb selbstironisches Lächeln.

Leider versagten die Ministerialbeamten in diesem historischen Moment. Es erwartete ihn keine Auswahl der Höchstgestellten, an deren Spitze der Staatssekretär Clementis stehen, sich dann von ihnen lösen und seinem Vorgesetzten ein paar Schritte entgegengehen müsste. Sie standen da in einem unordentlichen Häufchen herum und umringten ihn im Nu. Es ging drunter und drüber. Ohne protokollarische Ordnung, um genauer zu sein.

Anders als bei den Deutschen.

Ich bemerkte sofort, dass die Augen nicht ausnahmslos begeistert schauten. Die auf Jan Masaryk gerichteten

Blicke schienen in einigen Fällen eher forschend. Sie tasteten den perfekt gebügelten Kragen zwischen den Revers des Sakkos und vor allem die Perle in der Krawatte ab. Ich bemerkte, wie sie für einen Moment frostig wurden. Nun ja, Ware aus dem Westen. Die hatten da ein Leben, nicht so wie wir hier, schienen die Blicke zu sagen. Aber dann überwog die Begeisterung, die ihnen, als wäre es gegen ihren Willen, den Mund zu einem Lächeln verzog.

Jan Masaryk schüttelte ein bisschen auf gut Glück den Anwesenden die Hand und stockte dann, weil er begriff, was von ihm erwartet wurde. Eine Rede. Er trat ein kleines bisschen zurück, überlegte kurz und legte los. Seine leicht traurigen Augen nahmen jeden einzeln und alle zusammen auf.

»Wir bringen alles in Ordnung«, begann er selbstbewusst. »Ich weiß, was Sie hier erleiden mussten. Wir müssen uns alle an die Arbeit machen, damit diese Republik in ein paar Monaten wieder auf den Beinen steht. Es wird alles geben, genug Milch für die Kinder und überhaupt alles. Ich muss jetzt ein bisschen zu mir kommen. Wissen Sie, ich komme mir vor ... interessiert Sie das?« (Eifriges Nicken.) »Was soll ich Ihnen sagen. Ich bin heimgekehrt. Zur Mutter. Und jetzt lassen Sie mich schon gehen, damit ich nicht losheule.«

Ich hörte mir das gemeinsam mit den anderen an und das, wovon ich hier Zeuge wurde, berührte mich unangenehm. Hier in meiner Halle stand kein Fechter. Nein. Ein volkstümlicher Erzähler sentimentaler Geschichten, das ja. Auf einmal sah ich ihn ohne den Nimbus *unser Honza*, der den Deutschen in London so ordentlich einheizte, natürlich verbal. Alles war wieder da. Das protegierte Söhnchen, der Salonlöwe, der unfähig war, eine

Botschaft zu leiten, ein Liederjan, Sensibelchen, Schwächling ... was hatte ich hier nur bekommen? Dieser Mann sollte mein Herr sein?

Und wohin führten seine ersten Schritte? Nun, was denkt ihr? Wahrscheinlich werdet ihr genauso wie ich staunen!

Er schritt durch das Häufchen hindurch und wollte gerade nach links abbiegen, zum Treppenhaus, das in das Arbeitszimmer des Ministers im *piano nobile* führte. Plötzlich stockte er. Am Anfang des kurzen Flurs stand dort geduldig und ehrerbietig ein Mann. Im Gegensatz zu den anderen interessierte ihn nicht der Kragen des Ministers oder die Perle. (Unter uns gesagt, bei der Rückkehr in die verelendete Heimat hätte er sie vielleicht weglassen können. Auch wenn ich einen Sinn für Repräsentation habe, das wiederum schon.) Er hob nicht einmal den Kopf, aber der Minister erfasste ihn aus dem Augenwinkel und blieb sofort stehen. Die hinter ihm, die sich in der Zwischenzeit in Bewegung gesetzt hatten, um ihm den Weg zu zeigen, obwohl das offensichtlich nicht nötig war, stießen ihm fast in den Rücken.

»Topinka, Mann«, sprach ihn der Minister an, »da bin ich aber froh, dass Sie hier sind.«

Mein Held, der für die Rückkehr der versteckten Einrichtung in den Palast verantwortlich war, sagte: »Ihre Wohnung steht bereit, Herr Minister.«

»Ich schaue mir das an, gleich wenn ich mich mit den Jungs hier unterhalten habe.«

Der Kammerdiener nahm das Gesagte mit einer leichten Verbeugung zur Kenntnis, »die Jungs« machten in der Zwischenzeit ein kleines Schrittchen, sicher damit ihnen nichts von dem Gespräch entging. Der Minister beugte sich vertraulich zu Topinka hin und bemerkte: »Was sagen Sie zu der Situation? Es ist beschissen, Topinka, nicht wahr?«, und dabei machte er eine vielsagende Bewegung mit dem Kopf, die das ganze Ministerium einschloss, die Regierung und den Präsidentenpalast zusammen und sich sicher auch noch auf andere Institutionen beziehen ließ, zum Beispiel das Innenministerium.

Dieses Vokabular! Herrgott! Wenigstens verhielt sich der Adressat dieses unglaublichen Ausspruchs professionell.

Kammerherren beherrschen eine Reihe wohlnuancierter Arten, mit dem Kopf zu nicken. Diese können Zustimmung, reservierte Zustimmung oder auch höflich angedeutete Nichtzustimmung bedeuten. Topinkas Nicken bedeutete eindeutige Zustimmung. Zum Glück versuchte er nicht, mit einer noch größeren Vulgarität zu triumphieren, wofür die Tschechen eine Vorliebe haben. Der Fehler lag natürlich beim Minister. Nun gut, sie kannten sich noch aus dem Präsidentenbüro von Edvard Beneš, aber das ist doch wohl kein Grund, sich so anzubiedern?

Der Minister dankte ihm, indem er den Kopf schüttelte und traurig lächelte, dann ging er zur Treppe. »Die Jungs« folgten ihm verlegen.

Auf der Schwelle des Arbeitszimmers blieb er plötzlich stehen, so als müsste ihm der Minister Beneš entgegenkommen. Dann sah er sich forschend um.

»Es ist hier so, wie es unter dem Herrn Minister war, ja?«, vergewisserte er sich.

Der Staatssekretär Clementis nickte, auch wenn er das aus eigenem Ansehen nicht wissen konnte.

»Und wurde hier ordentlich sauber gemacht?«

»Von Grund auf«, versicherte ihm Clementis mit einem angedeuteten Lächeln, als würde ihn ein gerade gehörter Witz erheitern.

Es folgte eine Beratung über organisatorische Angelegenheiten des Ministeriums. »Die meisten Angestellten sind die aus der Vorkriegszeit?«, fragte der Minister. Obwohl er die Worte so hinwarf, als wäre nichts, erstarrten die Anwesenden.

»Es ist nicht leicht, Herr Minister«, lächelte Clementis etwas nachdrücklicher. »Unsere auswärtigen Dienste haben Verluste erlitten. Im Widerstand, in den ausländischen Armeen, Sie wissen ja – nicht alle sind aus dem Exil zurückgekehrt. Wir arbeiten aber intensiv an der Ergänzung.«

Clementis schwieg, um Masaryk höflich die Möglichkeit zu einer Reaktion zu bieten.

»Natürlich«, antwortete der Minister flüchtig.

Die Worte »unsere Leute« fielen jedenfalls nicht. Die Herren ließen auch die Anrede »Genosse« aus, auch wenn sie sie untereinander besonders lustvoll benutzten. Also wenn sie unter »unseren Leuten« waren. Ich hatte das Gefühl, dass der Moment, in dem Clementis kurz schwieg, nicht ohne Bedeutung war. Masaryk bekam die Gelegenheit, sich zu äußern, und wenn er sie nicht nutzte … ob das wohl bedeutete, dass es nicht unbedingt noch weitere geben müsste? Ich jedenfalls musste mich im Geiste zur Ordnung rufen, um nicht unnötig pessimistisch zu sein. Hier war ich schließlich nicht Zeuge eines Duells, sondern einer kollegialen Beratung.

»Wenn die Davenportka kommt, bringen Sie sie zu mir«, wies Jan Masaryk an, als wollte er das Thema wechseln. Der jüngste Anwesende erhob sich und ging, um den Befehl an das Sekretariat weiterzugeben.

Die Davenportka?

Ich kannte keine wichtige Person dieses Namens; aber natürlich konstituierte sich das diplomatische Korps in

Prag erst wieder, nach den Jahren, in denen eine Reihe Botschaften wegen des Kriegs geschlossen waren. Die Herren fuhren fort, laufende Angelegenheiten zu besprechen, die keinen Aufschub duldeten. Der Minister hörte ihnen zu, sah nur hin und wieder fragend, mit einer gewissen Portion Ungeduld, zur Tür. Auch ich saß wie auf Kohlen. Was für eine Entwürdigung wartete jetzt noch auf mich?

Endlich klopfte es leise und ein Sekretär trat ein.

»Frau Davenportová, Herr Minister.«

»Na, dann schicken Sie sie näher, Mensch.«

Die Blicke der anwesenden Herren trafen sich unwillkürlich.

Der Sekretär ließ eine Dame mit dunklen, gewellten Haaren ein, deren Lächeln beim Anblick Jan Masaryks bedingungslos breiter wurde.

»Jan!« Nein – eigentlich sagte sie »*Yan*« oder vielleicht eher »*Yaen*«. Auch ich merkte auf. Ich wusste sie nicht einzuordnen. Wie eine Botschafterin sah sie nicht aus – dieser Posten stand Frauen damals noch nicht zu. Und die Debatte über die Installierung von Frauen auf hohe diplomatische Posten heben wir uns für später auf, ja? In die heimische politische Brutstätte gehörte sie auch nicht, das erkannte ich allein schon an ihren Nylonstrümpfen, die damals Mangelware waren. Und noch eher an der entspannten, freundschaftlichen Körperhaltung. Jan Masaryk erhob sich augenblicklich und ging zu ihr.

»Marcia«, sagte er leise, irgendwie fragend. Sie umarmten sich. Die Herren kreuzten wieder die Blicke.

Jan Masaryk drehte sich plötzlich um und zeigte auf Marcia: »Gestatten Sie, dass ich Ihnen Frau Marcia Davenport vorstelle, eine berühmte amerikanische Schriftstellerin und große Freundin der Tschechoslowakei!«

Mir schien, dass das Wort »Freundin« in diesem Arbeitszimmer etwas seltsam klang, oder dass die Beamten auf jeden Fall über seine Bedeutung nachdachten.

»Ihre Romane sind in Amerika echte Bestseller!«, ereiferte sich Masaryk.

»*Yaen*«, versuchte ihn Marcia zu beruhigen. Ihr Gesicht hatte etwas Slawisches an sich, eine gewisse Zuvorkommenheit. Sie war ganz offensichtlich eine Dame – und sie hatte nicht diese Mauer in den Augen, die die Herrschaft von der Dienerschaft trennt. (Wenn ich an die Blicke der zarten Gazelle denke! Ich hätte so einiges zu erzählen! Die Lakaien schaute sie eigentlich überhaupt nicht an. Sie sah sie einfach nicht.)

»Kennen Sie ihr *Valley of Decision*?«

Nach einer Weile Schweigen nahm Clementis es auf sich zu antworten, was der Situation völlig entsprach, denn er war im Raum der Mann mit dem höchsten Posten. Gleich nach dem Minister. Ich bewunderte ihn, wie er das Wort ergriff, auch wenn ich sehen konnte, dass er zögerte, was er sagen sollte. Dieser Kerl gefiel mir.

»Die Arbeitsbelastung erlaubt mir leider nicht, mich der schönen Literatur zu widmen, Herr Minister. Vor allem nicht in diesen Zeiten des Umbruchs. – Außerdem, das Buch ist sicher nur in Englisch erschienen, nicht? Dann natürlich ...«

»Eine tschechische Übersetzung ist in Vorbereitung. Sie wird *Das Tal der Entscheidung* heißen. Lassen Sie sich das Buch nicht entgehen, in Amerika war es – wie würde man hier sagen – ein Reißer? Und außerdem hat das Buch ein markantes tschechisches Motiv, einige wichtige Personen dort sind Unsrige.« Mir schien, diese Information rief kein größeres Interesse bei den Herren hervor, sondern eher Argwohn. »Na ja, egal. Ich habe Marcia eine Besichtigung des Palastes versprochen. Ich denke, dass wir die Dinge grundsätzlich besprochen haben. Teilen Sie sich die Aufgaben ein, in einer halben Stunde haben Sie mich zurück und dann würde ich gern mit dir, Vlado, noch ein bisschen reden.«

Clementis verneigte sich im Sitzen. Zum letzten Mal tauschten die anwesenden Herren Blicke, diesmal schon sichtlich erstaunt. Die erste Beratung hatte nicht sehr lange gedauert.

Marcia Davenport bemerkte offenbar die Atmosphäre im Raum und wollte etwas einwenden, aber der Minister schob sie in den Vorsaal hinaus, wo schon der Kammerdiener Topinka wartete. Jan Masaryk fing sofort auf Englisch an: »Topinka hier ist ein ausgezeichneter Mann – wir kennen uns noch aus Vorkriegszeiten, als er bei Beneš diente – und jetzt macht er eine Führung für uns! Ich bin sehr gespannt, wie es bei mir zu Hause aussieht; sehen wir uns das doch gleich zum ersten Mal gemeinsam an.«

Topinka schritt ihnen voran wie ein echter Majordomus, der nur mithilfe seines empfindsamen Gehörs feststellte, ob die Herrschaft folgte.

Sie kamen an den Büros der Sekretäre vorbei und gelangten in den großen Saal. Topinka trat schweigend zur Seite. Jan und Marcia genossen die Lichtströme, die durch die Fensterbänder hereinflossen. Wenigstens schien es mir so, bis Masaryk sich schüttelte und ablehnend mit dem Kopf wackelte: »Mir ist das hier ein bisschen zu aufgeblasen!« Topinka verneigte sich, als wünschte auch er sich aufrichtig, den großen Saal zu verkleinern. Und dann ging es weiter in die Salons. Topinka sagte auf Aufforderung ein paar Worte darüber, wie die Erneuerung der Ausstattung verlief, was in seiner Darstellung die einfachste Sache der Welt zu sein schien. Ich hatte keine Ahnung, warum er nicht ein bisschen seine Verdienste hervorhob – oder wenigstens beschrieb, wie er die Sachen auf dem Lastwagen hergeschafft hatte.

Jan Masaryk schien auch so verstanden zu haben.

»Mensch, gut hast du das gemacht«, schüttelte er Topinka am Fuß der Treppe zur Dienstwohnung die Hand. »Weiter nehme ich die Davenportka allein mit. Das ist dort oben, ja? Also danke – und servus!«

Er ging auf die mit einem roten Teppich bedeckte Treppe zu, höflich zu seiner Begleiterin hingewandt, als wollte er sich versichern, ob sie ihm folgte. Dafür, dass er groß und recht beleibt war (was bei einer höheren Stellung ein natürlicher, würde ich sagen, optischer Vorteil ist), stieg er die Treppe sehr elastisch hoch. Seine Schritte waren genau gesetzt, fast tänzerisch, oder es zeigte sich in seinem Gang seine musikalische Neigung. Wie sehr sich das von dem Getrampel des Rudels unterschied, das hier nicht einmal drei Jahre später entlanglief!

Im Vorraum der Wohnung gingen beide schnellen Schritts zu den Fenstern, die nach Osten führten. Ich selbst schaue nie dort hinaus, weil ich sehr gut weiß, was ich da vor mir hätte. Sie. Loreta. Also die Fassade des Kreuzgangs, hinter der sie seit Hunderten von Jahren trotzig versteckt ist. Meinen Gästen gönne ich diesen Ausblick aber gern. Ich weiß, was für einen Eindruck er auf sie macht.

Sie traten ans Fenster, Marcia lehnte sich an Jans Schulter. Er umarmte sie, sie drehte ihm das Gesicht zu. Er drückte sie halb an sich.

»Mein liebstes Mädchen«, flüsterte er tschechisch, ohne das übersetzen zu müssen. Sie rissen sich voneinander los, als fürchteten sie, ertappt zu werden. Jan Masaryk ging zum Flügel, legte die Hand auf die Oberfläche, öffnete den Deckel aber nicht.

Er führte sie durch die Wohnung. Sie blieben im Schlafzimmer stehen, das bis jetzt noch nicht mit dem Konferenztischchen und den Sesseln aus dem Vorzimmer ausgestattet war. Die Einrichtung war, würde ich sagen, etwas logischer in der ganzen Wohnung verteilt.

»Hana Benešová ließ mir das hier nach dem Neurath malern«, sagte er widerwillig und schaute voller Abscheu auf die Decke mit den im 17. Jahrhundert gemalten, wunderschönen Blütenmustern, als wären die an irgendetwas schuld.

»Hoffentlich haben sie gut gelüftet«, fuhr er fort. »Ich spüre sie hier immer noch.«

»Was ist wohl hinter all diesen Türen?«, zeigte Marcia auf die Einbauschränke. Sie hatte das weibliche Gespür, ein Thema zu wechseln, wenn es nötig war.

Jan Masaryk zuckte die Achseln, sie sahen sich an und begannen beide auf der Stelle, die Schränke zu öffnen, und untersuchten auch die Flure in der weiträumigen Wohnung. Dabei lachten sie ausgelassen. Sie wurden ernst, als sie feststellten, welche Menge an Stauraum und Durchgängen sich hier verborgen hielt. Masaryk gab endlich vor, sich wie im Spiel in den Schränken zu verstecken; Marcia zog ihn am Arm heraus. Im Bad lachten sie nicht mehr – mit respektvoller Neugier betrachteten sie die Massagedusche.

Jan Masaryk drehte sich plötzlich zu Marcia um: »Und, wie kamst du dir vor?«

Sie verstand sofort.

»Als ich nach diesen Jahren aus dem Flugzeug heraus Prag wiedersah, musste ich weinen.«

»Ich habe auch geheult.«

Er nahm sie bei der Hand und führte sie aus dem Bad fort, sie gingen durch das Zimmer und kehrten in den Vorsaal zurück. Diesmal ging Jan direkt zum Flügel. Er öffnete den Deckel, setzte sich auf den Hocker und ließ die Finger über die Tasten gleiten. Marcia umarmte ihn leicht von hinten; jetzt konnte ich sehen, was für einen Gesichtsausdruck sie in Jans Gegenwart zeigte, wenn sie sich unbeobachtet fühlte.

Etwas anders verlief das abendliche Treffen mit der Schwester und früheren engen Mitarbeitern, das auch in der Wohnung des Herrn Ministers stattfand. Als man sich gesetzt hatte, recht förmlich, weil man sich über die Jahre der Okkupation entfremdet hatte, fiel das Licht aus. Sowohl die Zuverlässigkeit des Stromnetzes als auch die Produktion der Elektroenergie waren damals in Prag, sozusagen, schwankend. Man hörte, wie immer mehr Türen in den Wandschränken tastend geöffnet wurden.

Auch der Herr Minister stand auf (und ich begrüßte das. Natürlich konnte er nicht ahnen, wo Kerzen sein könnten, aber er ging mit gutem Beispiel voran, wie ein Offizier, der als Erster in die Bresche der Stadtmauern eindringt …), stieß gegen fremde Knie, prallte gegen irgendein Möbelstück und sagte: »Hier ist es dunkel wie im Arsch.«

»Aber Jeníček!«, sagte seine Schwester tadelnd, in einem ganz familiären Tonfall, der mir den Herrn Minister irgendwie von einer intimen Seite vorstellte, ganz anders als der populäre *Honza Masaryk* aus den Rundfunksendungen, der sich immer zu helfen wusste.

»Na und«, ließ sich der Angesprochene nicht irremachen. »Würde es Zuckerl heißen, würde ich sagen ›Hier ist es dunkel wie im Zuckerl!‹ Wenn man doch aber anders dazu sagt …«

Das kam wieder überraschend. Der Palastherr sollte sich doch wohl etwas anders ausdrücken. Außerdem überkam mich die Vorahnung, dass das lange nicht die einzige Situation dieser Art bleiben würde, leider.

Und der Überraschungen war noch nicht genug. Jan Masaryk hatte nämlich bemerkt, dass ein kleines Mädchen aus der Verwandtschaft Angst wegen der plötzlichen Dunkelheit hatte. Obwohl eine provisorische Beleuchtung organisiert wurde, greinte sie. Der große Mann beugte sich hinunter, organisierte sich um und faltete sich so, dass er auf dem Boden landete, wo er tat, als sei er eine Fliege. Sein Bauch hing bis zum Teppich und er wackelte mit dem Hintern, dass die Anzugschöße nur so flatterten. Der Gesamteindruck entsprach einer großen Hummel, betrunken vom Nektar der Frühlingsblüher … oder einer wirklich großen Fliege, allerdings gelähmt durch die erste Herbstkälte.

Das Mädchen lachte, aber die Gesichter der Erwachsenen blieben angespannt. Vielleicht nahmen sie den plötzlichen Einbruch der Dunkelheit als schlechtes Zeichen. Oder sie fanden den mächtigen Körper, der auf dem Teppich herumzappelte, nicht lustig.

Kurz, ich und der Herr Minister mussten sich aneinander gewöhnen – was von meiner Seite mit absoluter Korrektheit passierte. Und doch schätzte ich es, dass er sich in mir niederließ. Ich hatte wieder einen Herrn, der den Palast durch seine Anwesenheit in das verwandelte, was er seit jeher sein sollte – ein Herrensitz.

In die Botschaft seiner selbst.

Ich konnte seine Rituale verfolgen, und ich sage euch, an manchen fand ich sogar Gefallen. Es zeigte sich bald, dass Jan Masaryk gern viel Zeit ... im Bett verbrachte. Dorthin ließ er sich das Frühstück bringen, dort las er die Presse und empfing Referenten mit Materialien, die besprochen werden mussten. Erst nach diesem gemächlichen Tagesbeginn geruhte er sich zu erheben und sich in einem seiner Seidenpyjamas ins Bad zu begeben.

Ich mochte diese geruhsamen Momente am Morgen, der Minister pfiff vor sich hin, raschelte barfüßig über den Teppich, manchmal zischte es leise, wenn er im Aschenbecher einen Camel-Stummel ausdrückte.

Mir gefiel, dass der Herr Minister am Morgen nicht zur Arbeit eilte wie ein Lakai, der durch den Diensteingang rast und zu seinem Arbeitsplatz rennt – Jan Masaryk war im Gegenteil immer anwesend, und wenn er sich zurecht gemacht, einen seiner hochwertigen Anzüge angezogen hatte, fuhr er einfach mit dem Dienstaufzug in die erste Etage, ging an den Salons vorbei, durchquerte den großen Saal – und setzte sich in sein Arbeitszimmer.

Er fuhr hinunter! Stieg herab! Es war etwas Übernatürliches darin, etwas wirklich Imposantes, so als wenn ein Titan aus Reiners Fresko hinabstiege. Und es war auf jeden Fall repräsentativ.

Und diese Momente, wenn er sich im Vorsaal der Wohnung an den Flügel setzte und leise spielte! Einfach so, für mich! Diese Augenblicke, wenn wir beide miteinander allein waren – er und ich!

Das hatte seinen Zauber.

Leider bekam ich bald das Gefühl, dass meine Zuneigung, also der natürliche Respekt und die Loyalität, vermischt mit im Grunde persönlicheren Gefühlen, nicht erwidert wurden. Jan Masaryk schritt obenhin und nachlässig durch die Gänge, er bemerkte ihren Zauber nicht und im großen Saal senkte er immer den Kopf, als bedrücke ihn dieser großartige Raum. Und in der Wohnung ließ er einen Teil der Ausstattung ins Schlafzimmer und in das Vorzimmer tragen. Er nutzte das Esszimmer nicht, setzte keinen Fuß ins Arbeitszimmer. Im Vorzimmer ließ er sich ein Tischen und Sessel aufstellen, besprach sich entweder dort mit seinen Besuchern, oder empfing sie im Bett liegend. Das gefiel mir. Es sah aus wie – bei einem Großwesir! Oder auch seine beliebte Sitzhaltung – der Türkensitz! Sehr schön!

Aber der Gesamteindruck, den er hervorrief, wie er da in diesem Zimmer hockte, aus dem man nicht mehr weiter zurückweichen konnte, war gleichzeitig auch etwas beklemmend; als wäre die Wohnung das letzte Stückchen Festung, wohin sich der einzige verbliebene Verteidiger zurückgezogen hatte ...

Und wie oft musste ich mir von ihm anhören, dass es ihm nicht behagte, im Černín-Palast zu wohnen. Seine Klagen anhören, dass er am liebsten in einer Hütte wohnen würde, unter deren Fenstern ein Bach flösse. Herr Minister! Ist Ihnen nicht klar, welches Amt Sie bekleiden? Eine Hütte!

Blamieren Sie doch bitte weder mich noch sich selbst!

Versteht doch, ich musste das ja persönlich nehmen, denn diese Seufzer konnte ich nur als wenig taktvolle Anspielungen auf mein Badezimmer begreifen, das schließlich mit einer modernen Massagedusche ausgestattet war – weit über dem Durchschnittsniveau zeitgenössischen Wohnens. So eine Ausstattung ... und dem Herrn Minister reicht das nicht? Deprimierend.

Es versteht sich von selbst, dass der Herr Minister in häufigem Arbeitskontakt mit der Burg stand, wo jetzt erneut Präsident Beneš residierte. Ich genoss wieder einmal die Tatsache, dass der Palast höher als die Burg gelegen war. Der Herr Minister schritt also würdevoll zur Burg hinunter ... zuerst ging er wirklich gern zu Fuß. Aber bald zeigten sich die Tücken dieser etwas plebejischen Fortbewegungsart. Kaum erschien er nämlich auf dem Loretoplatz, umringte ihn ein Menschenauflauf. Und noch bevor er auf der Loretogasse angekommen war, ja, ja, da, wo früher die Drahomíra-Säule stand – war er gefangen. Jedermann wollte ihm die Hand drücken, ein paar Worte mit ihm wechseln, sein leicht trauriges Lächeln hervorlocken.

Der Herr Minister war unglaublich populär, das musste man ihm lassen. Beliebt zu sein bei »jedermann« finde ich zwar etwas zweifelhaft, aber ich musste es auch als Zeichen der Hochachtung verstehen. Trotzdem war ich erleichtert, als festgestellt wurde, dass der unmittelbare Kontakt mit dem Volk das ministeriale Programm allzu sehr belastete, weil ein mehrminütiger Spaziergang zur Burg sich in einen einstündigen (Straßen-)Empfang verwandelte. Also musste er ab sofort mit dem Auto fahren. Ich atmete auf.

Nicht für lange. Als er aus Strž bei Dobříš zurückkam, wo er das Grab des Schriftstellers Karel Čapek besuchte, bemerkte ich, dass an seiner Autotür ein Kreideschriftzug aufgetaucht war. Ich erstarrte. Eine Warnung? Eine Verleumdung! Eine Beleidigung??

Das Personal ging sich die Autotür anschauen. Ich konnte mich überzeugen, dass niemand schockiert war. Und weil das einfache Volk alles laut liest, konnte ich mir auch mehrfach anhören, was da stand.
WIR LIEBEN SIE.

Daran war etwas fast Unnatürliches, an dieser ganzen Beliebtheit. Sollten die Untergebenen nicht eher zur Herrschaft aufschauen? Auf jeden Fall grenzte das Beschmieren von Autotüren an die Beschädigung von Staatseigentum! Und die Haltung des Herrn Minister war ... eigenartig. Als er einstieg, fragte der Chauffeur ihn, ob er den Spruch abwischen solle.

»Lass nur«, warf der Minister hin und verweilte mit halb erfreutem, halb traurigem Blick auf den Buchstaben.

Ich staunte. Seine Beliebtheit erfreute ihn und war gleichzeitig eine Belastung. Vielleicht stellte er sich genauso wie ich die Frage, woher sie eigentlich kam. Konnten wirklich seine Rundfunkansprachen so eingeschlagen haben? Ich versuchte mich zu erinnern, worum es da ging, um den Grund für diese Vergötterung zu begreifen. Ich konnte mich nur an Momente entsinnen, in denen die deutschen Beamten darüber die Köpfe schüttelten.

Konnte in der Tat so eine gewöhnliche Mischung aus emotionalen Ergüssen, voller Heimweh und sozusagen grenzenlosem Verständnis für die, die zu Hause den Buckel krummmachten, so eine Wirkung haben? Nun ja, Jan Masaryk hatte ihnen niemals etwas vorgeworfen ... Ach, diese slawische Liebenswürdigkeit. Und die Toleranz, die in der Einstellung besteht, dass niemand von niemandem etwas will.

Ich sah, dass sich diese Herangehensweise im Umgang des Herrn Ministers mit seinem Kammerdiener und dem anderen Dienstpersonal bewährte. Er sprach sie mit »Jungs« an und seine Befehle in einem besonderen Tonfall aus – nicht als Anweisungen – er formulierte sie eher als Aufgaben, die erfüllt werden mussten, weil – das ergab sich einfach aus der Situation. Ja, der Herr hat Autorität, die von seiner Würde gestützt wird, aber ein bisschen mehr

Nachdruck würde nicht schaden. Wie der Humprecht Jan schreien konnte! Oder der Reinhard warnend meckern, wenn ihm etwas nicht recht war ... will sagen, die Stimme erheben.

Auf die Kammerdiener wirkte Masaryks Art jedenfalls ohne Ausnahme. Brachte ihnen doch der Herr Minister von jeder Auslandsreise kleine Geschenke mit und bedachte auch die Familienmitglieder. Er fragte nach ihren Frauen und den Kindern; mich überraschte, wie viele Details er im Gedächtnis behalten konnte.

Im Übrigen hatten auch die Besuche, die er empfing, häufig einen, sagen wir, nachbarschaftlichen Charakter. Im Vorzimmer wartete eine Ansammlung unterschiedlichster Leute, denen der diplomatische Glanz wirklich fehlte. Manche wohnten auf der Kleinseite, versuchten den Herrn Minister mit einem Gespinst lokaler Beziehungen einzuwickeln, und er schenkte ihnen mit Vergnügen Gehör. Ich überlegte, ob er vielleicht das Defizit seiner jahrelangen Abwesenheit wiedergutmachen wollte. Auf jeden Fall sah es in seinen Vorzimmern manchmal eher wie im Wartezimmer eines Landarztes aus. Oder wie im Büro eines Kleinstadtbürgermeisters, der gute Beziehungen zu allen pflegen musste, um wiedergewählt zu werden. Man musste aber anerkennen, dass der Herr Minister seinen betörenden menschlichen Zauber auch bei »unseren Leuten« erfolgreich anwendete, die seiner Art und Weise nur selten reserviert widerstehen konnten, und meistens verlor sich der halb angriffslustige, halb argwöhnische Blick aus ihren Augen.

Ich erinnerte mich wieder an die Vorbehalte gegen den Herrn Minister, die man sich früher während seines Wirkens in den Gesandtschaften in Washington und in London in den Gängen des Ministeriums zuflüsterte. Dass er bemüht war, jedem entgegenzukommen, und vor lauter kleinen Gefälligkeiten keine Zeit für grundsätzliche Dinge hatte. Gleichzeitig musste ich mir die Frage stellen, ob sich diese Taktik für den Herrn Minister von einem globalen Standpunkt her auszahlte. Anfangs sah es gewiss so aus. Er war von strahlend lächelnden Menschen umgeben, die sich gern von einem kernigen Witz aufheitern ließen.

Ich freute mich darauf, öfter seine Freundin Marcia Davenport zu sehen. Alte Erinnerungen an die zarte Gazelle kamen wieder hoch. Wie sie zwitscherte, wenn sie über die Baustelle lief und in ihrem allerliebsten Köpfchen Pläne über die Gartengestaltung spann! Humprecht Jan hörte ihr ernst zu und nickte mit dem Kopf, auch wenn ich ihm ansah, dass er sich das Seine zu ihren Ideen dachte.

Ich erwartete eine weitere fröhlich ausgelassene Frau, deren Wärme im Kontrast zur unveränderlichen Kälte einer gewissen ... anderen stand. Ja, natürlich der Loreta, die hinter der Fassade des Kreuzganges versteckt war.

Leider war mir diese Wonne nicht vergönnt. Frau Marcia erschien nur ein paarmal noch kurz im Palast. Bei einem ihrer Besuche zählten sie, durch wie viele Eingänge man in die Wohnung des Herrn Ministers kommen konnte. Als sie bei einer zweistelligen Zahl angelangt waren, wurden sie ernst, und ich spürte, dass sich die Atmosphäre gegen mich zu wenden begann. – Aber Verehrteste! In die Zimmer der Herrschaft muss es doch unterschiedliche Zugänge geben, damit die Dienerschaft nicht stört! Topinka kann so dem Herrn Minister ein Bad bereiten, ohne durch sein Zimmer in das Bad gehen zu müssen, wollte ich rufen.

Der Herr Minister begann Frau Marcia im Haus in der Loretogasse zu besuchen, wo sie sich in der Etage über der Wohnung seiner Schwester Alice niedergelassen hatte. Diesen paar Häusern hatte ich nie besondere Aufmerksamkeit geschenkt. Sie waren für mich irgendwie durch die Rüpeleien des Schwarzen Ochsen befleckt, weil sie auf derselben Straßenseite standen (wenn auch etwas weiter weg). Ich sah keinen Grund, warum ich an meiner Haltung etwas ändern sollte, und entließ deshalb den Herrn Minister ganz nach Belieben aus der Dienstsphäre des Palasts in seine private.

Mit Einzelheiten zu seiner Beziehung kann ich deshalb nicht dienen.

Und auch wenn ich nicht durch Loyalität und Diskretion gebunden wäre, hätte ich nichts zu erzählen.

Natürlich übertreibe ich.

Man musste nur schauen. Ich sah, wie gelöst Jan Masaryk in die Loretogasse hinausging und dass er diesen kurzen Spaziergang genoss. Er hielt sich anders, als wenn er auf demselben Weg in die Burg ging. Jetzt gönnte er sich eine Erholung. Jetzt war er nur er selbst. Ich glaube, er mochte diese Spaziergänge in den Herbsttagen noch mehr. Es wurde früher dunkel und das Risiko, dass ihn jemand erkennt und ihn begeistert zu begrüßen beginnt, war geringer. Vor dem Haus von Frau Marcia in der Biegung der Loretogasse, wohin ich gerade noch schauen konnte, neigte er immer leicht den Kopf und glitt schnell hinein. Freundlich entließ ich ihn aus meiner Sicht.

Frau Davenport war auf den ersten Blick von ganz anderem Format als die zarte Gazelle. Seriös, gebildet, sich ihres eigenen Werts bewusst ... aber diese weibliche Wärme gab es auch in ihr. Das spürte ich. Auch auf die Entfernung, über Hunderte Meter die Loretogasse entlang, durch die Doppelfenster in der zweiten Etage. Oder vielleicht erriet ich es aus der Art, wie Jan Masaryk von ihr fortging.

Er ging auf den anderen Bürgersteig, schaute sich kurz um. Er winkte ihr nicht. Aus der Neigung seines Kopfes, der Dringlichkeit seiner Haltung konnte man trotzdem eindeutig ablesen, was sie ihm bedeutete. Sie stand im Fenster, auch sie bewegungslos. Zwischen ihnen schimmerte ein unsichtbarer Lichtstrahl, so etwas wie die phosphoreszierende Spur, die das Leid hinterlässt. Bis heute habe ich in manchen Nächten das Gefühl, sie da zu sehen – wie ein Bündel Neonlinien zwischen dem Fenster und dem Bürgersteig.

Dann machte sich der Herr Minister auf zurück zum Palast, noch gelösteren Schrittes, als wenn er zu Frau Marcia hinging.

Und irgendwo hinter ihm schälte sich eine weitere Gestalt aus dem Dunkel. Sein Leibwächter, der ihm in gewissem Abstand folgte. Ich verstand seine Zurückhaltung. Ich gönnte dem Herrn Minister auch gern einen Moment allein.

Der Mann ging aufrecht, suchte die Straße aufmerksam mit den Augen ab. In seiner Körperhaltung las ich Anspannung, die Konzentration eines Fechters, der nicht weiß, welchen Ausfall sein Rivale unternehmen wird. Es passierte nie etwas, aber diese Aufmerksamkeit musste ich bewundern. Jan Masaryk wartete gewöhnlich im Diensteingang auf ihn.

»Hoch musst du dich nicht mehr mit mir schleppen, Clifton«, schlug er vor. Der Spitzname war einer vielbändigen Krimiserie entlehnt, die im tschechischen Stil die amerikanischen Krimis nachahmte und in Prag herausgegeben wurde, und war schon lange kein Scherz mehr. Ich sah an dem Wächter, dass er ihn ernst nahm, als eine Art

Beweis, dass er sich in jeder auch noch so brenzligen Situation zu helfen wusste. Und das auch in jenem letzten Herbst und Winter 1947 und dem unfreundlichen Frühling des Jahres 48 ...

»Mein Dienst endet erst an Ihrer Tür«, ließ er sich nicht abschütteln.

»Na, wenn du meinst.«

»Dafür gibt es Vorschriften, Herr Minister.«

»Ihr lasst mich auch keinen Augenblick in Ruhe.«

»Ich bringe Sie nur nach oben – zu Hause können Sie sich erholen.«

»Hm.«

Mit Interesse bemerkte ich die kurze freundschaftliche Emotion, die in dem Gespräch aufblitzte. Reinhard sprach anders mit seinen Untergebenen – wenn er sie überhaupt für wert hielt, mit ihnen zu reden. Ich konnte mich nicht entscheiden, ob mir diese Intimität gefiel. Schwächte sie nicht die Aufmerksamkeit des Leibwächters? Nahm sie dem Minister nicht die Autorität? Ich war mir nicht sicher.

Dieser Jan Masaryk ... ich wusste doch, was ich von ihm zu halten hatte. Warum beobachtete ich ihn so aufmerksam? Hoffte ich, dass er endlich anfangen würde, sich zu benehmen, wie es einem Mann seiner Stellung zukam? Nein. Mit irgendetwas reizte er mich. Provozierte, erstaunte und schockierte – das war, wenn mir bewusst wurde, dass ich selbst über einen seiner Scherze lächeln musste.

Das Duo legte den kurzen Weg zum Dienstaufzug zurück, mit dem Clifton den Herrn Minister nach oben in die Dienstwohnung brachte.

»Ich danke dir«, sagte Jan Masaryk vor der Wohnungstür, die immer offen war. Clifton verneigte sich knapp. Der Herr Minister ging hinein, sah sich aber nie die Renaissanceblumenmuster an der Decke an, als hätte er beschlossen, sie zu ignorieren, zog sich so schnell wie möglich seinen Seidenpyjama an, ging flüchtig durchs Badezimmer und glitt wohlig ins Bett. Er machte das Lämpchen über dem Kopf an und griff sich ein Buch vom Tischchen. Etwas später wühlte er sich unter die Decke. Ich behütete den Körper dieses hochgewachsenen und mächtigen Mannes, der aber im Vergleich mit den riesigen Fingern meiner Säulen relativ klein war, als ob ich ihn in der Handfläche hielt.

Und als ich das unsichtbare Band, das sich zwischen ihm und Frau Davenport spannte, beobachtete – wie die Saite eines gestimmten Cellos –, musste ich auch an andere Verbindungen denken. Andere Beziehungen. Ein ganzer Fächer von Saiten, der sich von mir über den Platz zog ... zum Gebäude gegenüber. Zwischen mir und der Loreta lag eine ganze Beziehungsharfe. Ich musste darauf spielen.

»Meine beiden Augen sind nicht blind!«, flüsterte ich dramatisch, als wir in dieser nächtlichen Stille die einleitenden Höflichkeiten ausgetauscht hatten.

»Was wollen Sie damit sagen, lieber Černín?«, fragte sie bedächtig.

»Gerade so wie mein Herr weiß auch ich die Anwesenheit einer wundervollen Frau zu würdigen.«

»Haltet ein, Černín!«

»Darf ich etwa nicht sagen, dass Sie ein Schmuckstück sind, meine Teure?«

»Denken Sie an meine Bestimmung, bitte. Erinnern Sie sich daran, woraus ich geboren wurde. Bedenken Sie, wohin ich strebe. Unsere Unterschiede kennen Sie doch. Ich kann nicht enttäuschen ...«

Ich durfte nicht zulassen, dass sich eine weitere Heilige gegen mich stellte – ich war nicht an weiteren Masochistinnen interessiert, die sich lieber verkrüppeln ließen, als etwas mit einem Kerl zu haben. Und vor allem hatte ich gegen die keine Chance.

»... Sie sollten Ihre Patronin nicht enttäuschen!«, versuchte ich einen Gegenangriff.

»Frau Benigna ist doch gerade ...«

»Ich meine Frau Eva Kolowratová. Die, die sich um den Bau der Christi-Geburt-Kirche verdient gemacht hat.« Oftmals sah ich sie auf der Baustelle, auch bei der Weihefeier, und ich schaute mir ihr Porträt an, als es vorsichtig in die Loreta gebracht wurde. Ich prägte es mir gut ein – das Gemälde, das in den heutigen Tagen vor der Schatzkammer hängt. Etwas schelmisch lächelt uns eine liebreizende Frau an, nicht mehr die Jüngste, aber ihre Anmut gewinnt dadurch nur – in ihren verspielten Augen kann ein Mensch lesen, dass sie über das Leben so einiges wusste. Ihre volleren Wangen sind verführerisch unter einer wundervollen, mit Tausenden Diamanten übersäten Robe versteckt – die ziehen eure Aufmerksamkeit auf sich, sollte zufälligerweise ihr Blick nicht ausreichen, um euch zu begeistern, gleichermaßen zu verwirren wie zu entflammen.

»Natürlich schätze ich Frau Ludmila Eva Františka«, begann Loreta, und an ihrem Tonfall konnte ich ganz klar erkennen, wie sehr ich sie überrascht hatte.

»Eine gottesfürchtige Frau mit Verdiensten, die ihre Erhabenheit vergrößern! Und doch konnte sie sich an schönen Kleidern erfreuen«, fuhr ich wie nebenbei fort.

»Ich achte doch auch auf meine Fassade, das können Sie mir nicht absprechen, lieber Černín.« Loreta klang entzückend pikiert, wundervoll weiblich. Natürlich konnte ich ihr nichts dergleichen absprechen und wollte es auch nicht. Allein die schneeweiße Verzierung ihrer Wände mit den alttestamentarischen Figuren im unteren Band und den heidnischen Sibyllen im oberen ...

»Natürlich nicht! Und Sie sind mit heidnischen Priesterinnen geschmückt, die für Emotionen stehen, wenn nicht geradezu Liebe ...«

»Sie übertreiben! Diese kleinen Luder sind da nur hingeraten, weil sie gemeinsam mit den Weisen die Geburt unseres Herrn vorhersagten. Wenn Sie wüssten, wie die in der Nacht zu schnattern anfangen können. Ich muss sie immerzu mäßigen. Und was für Liebe – das sind anständige Mädchen, wenn die sich gehen ließen, müssten sie aus dem Haus.«

»Kommen wir zu Frau Eva zurück. Über ihren Liebreiz sind wir uns doch sicher einig.«

»Das ja, aber ...«

»Ich will nur sagen, dass so ein Liebreiz immer einen Sinn hat. Er hat einen Bezug außerhalb von sich. Ähnlich wie wir zwei uns gegenüberstehen und uns in gewissem Sinne spiegeln ...«

»Aber ...«

»So ähnlich zielt die Schönheit von Frau Eva nach außen – auf die Augen ihrer Verehrer.«

»Černín! Zu einem Kavalier gehört galante Beredsamkeit, außerdem sind wir Landsleute, die die Schönheit des Wortes kennen, aber Sie haben heute ein recht loses ...«

»... Mundwerk? Aber woher denn. Wollen Sie etwa andeuten, ich würde mir das ausdenken? Wie hieß denn Frau Eva unverheiratet? Černínová doch. Ich spreche von etwas sehr Vertrautem. Und warum ist das Kleid auf dem Bild diamantenübersät?«

344

»Sie wissen doch, dass aus dieser außerordentlichen Zahl von Steinen die Prager Sonne angefertigt wurde; die Monstranz ist das wertvollste Stück meiner Schatzkammer.«

»Selbstverständlich. Nur leuchteten diese Diamanten ursprünglich auf einem Kleid. Und das war ein Hochzeitskleid. Frau Eva heiratete damals ihren zweiten, um gut 25 Jahre jüngeren Mann. Das nenne ich das Leben genießen.«

»Bestimmt hat ihre Frömmigkeit ihre Sünden aufgewogen«, flüsterte Loreta und ich konnte mir ihre schneeweißen Lider vorstellen, wie sie sich senkten. Dann auf einmal riss sie die Augen auf: »Sie wollen doch nicht auf den Altersunterschied zwischen uns anspielen? Sie wollen doch wohl nicht sagen, dass Sie mir gegenüber ein junger Bursche sind, und trotzdem nach dem Beispiel von Frau Eva eine Chance bekommen sollten?«

Verfluchte Weiber. Immer schaffen sie es, in einem rhetorischen Duell eine unerwartete Figur zu benutzen. Und höchstwahrscheinlich gegen die Regeln, scheint mir. Loreta unternahm einen weiteren Ausfall.

»Es schickt sich nicht, mit einer Dame über ihr Alter zu reden! Benehmen Sie sich, Černín!«

»Ich spreche von Lebensfreude, dem Bedürfnis nach Schönheit und auch dem Bedürfnis, diese Schönheit zu teilen. Und zu alledem spreche ich auch noch von Eurer großzügigen Patronin, um Himmels willen!«

»Ich bevorzuge die andere. Frau Benigna.«

Also, der Erwähnung dieser Dame versuchte ich die ganze Zeit auszuweichen. Auch sie hat ein Porträt, das heute vor dem Eingang zur Schatzkammer hängt. Ihr könnt sie euch dort anschauen. Dieses ausdruckslose

Gesicht, diese unscheinbaren, nichtssagenden Augen. Dieses rotunterlaufene Augenweiß, als hätte sie die Nacht im Gebet zugebracht, oder aus irgendwelchen unerklärlichen weiblichen Gründen durchweint. Ein Kleid mit absurden Blumen. Eine Robe, die nicht verdecken kann, dass sie auf der Brust kaum Inhalt hat. Dazu schlaffe, glanzlose Haare. Und dieser Gesichtsausdruck. Frau Benigna sagt auf dem Bild: Geht weg. Lasst mich allein. Ich will nichts hören.

»Frau Benigna war sicher eine ehrenwerte Dame, aber Diamanten ...«

»Frau Benigna Kateřina z Lobkowicz war meine Patronin, es ist ihr Verdienst, dass man mich zu bauen begann. Sie stand am Grundstein der Santa Casa. Die Diamanten von Frau Eva kamen auf die Monstranz, das ja. Dank Frau Benigna aber wurde ich geboren und bin selbst so eine große Monstranz geworden, ehrerbietig dem Antlitz unseres Herrn entgegengehoben.«

»Sehen Sie, auch Ihr Liebreiz ist an jemanden gerichtet. Auch Ihre Schönheit ist für jemandes Auge bestimmt.«

»Černín! Vergleichen Sie sich nicht mit dem höchsten Herrscher! Das ist Blasphemie! Denken Sie an die Vergänglichkeit! Denken Sie an die Ewigkeit!«

»Und Sie denken daran, dass es hier jemanden gibt, der Ihre erlesene Schönheit zu würdigen weiß; jemand, der Ihnen nah ist; und außerdem jemand, ohne den Sie allein bleiben würden.«

»Drohen Sie mir nicht. Schauen Sie in sich hinein. Bis in die Tiefe Ihrer Seele. Bis ganz nach unten. Was sehen Sie da?«

Ich ahnte eine Teufelei.

Loreta fuhr unerbittlich fort: »Ich habe unten die Grabkrypta mit Fresken an den Wänden, auf denen der

Tod als Gevatter mit der Sense gemalt ist. Auch unsere Zeit ist bemessen. Auch Paläste sterben, obwohl Sie das offenbar nicht glauben. Und ich will meine Zeit im demütigen Dienst am Herrn verbringen, und nicht in irgendwelchen Lustbarkeiten für Herren. Nein. Unterbrechen Sie mich nicht. Schauen Sie nur in sich selbst hinein. Was sehen Sie da?«

Da hatte sie mich. Natürlich hatte ich keine herrlich ausgemalte Krypta in meinem Fundament. Nur einen Kesselraum. Und darunter, unter den ganzen Wagenladungen von Steinen und Zisternen von Beton ...

»Aber die Legende über den Eingang zur Hölle ist doch nur ein Gerücht! Gerede!«

»Das aber unwillkürlich auf etwas Existierendes verweist. Auf das Böse. Zum Glück gibt es außer dem Bösen auch das Gute. Neben Ausschweifungen Angemessenheit. Neben Hochmut Demut. Neben Schamlosigkeit Anstand. Außer dem Pflegen eigener Ziele den Dienst an einer höheren, geistigen Idee. Ich habe meine Wahl getroffen, lieber Černín.«

Diese charmante Anrede hätte sie sich sparen können. Die erinnerte mich an eine Pirouette, die ein sich selbst bewundernder Fechter dreht, nachdem er seinen Gegner durchbohrt hat.

»Zu Ihren Diensten, meine Dame«, flüsterte ich, schwenkte mit einer Verbeugung nach bestem italienischem Vorbild den Hut und zog mich in mich zurück.

Sie hatte mich geschlagen, natürlich.

Sinnlos hinzuzufügen, dass auch ich meine Wahl getroffen hatte. Da konnte man nichts tun, als weiterzumachen. Weiter den Hof machen, Schwachstellen in der Verteidigung suchen, durch Gräben vorrücken, die gegen die Kugeln mit Strohgarben bedeckt waren, Pulvergänge graben und Minen legen. Den Kreuzgang, der uns trennte, einfallen lassen. Gevatter Tod mit der Sense war sicher in ihrem Keller eingeschlossen. Sollte sie denken, was sie wollte, wir hatten wenigstens noch ein paar Jahrhunderte für uns. Ich hatte nicht die Absicht aufzuhören. In meinen Kellern pulsierte der Kesselraum wie ein großes, glühendes Herz. Und schließlich hatte ich wieder meinen Herrn. Alle liebten ihn, was ich zwar nicht verstand, aber ich bemühte mich, diese Sentimentalitäten als eine Art von Respekt zu nehmen.

Bald bemerkte ich aber, dass die Bewunderung, die Jan Masaryk erntete, nicht absolut war. »Unsere Leute« im Ministerium wechselten umsichtige Blicke, wenn sie sein Programm vorbereiteten. Kaum hatte ich das bemerkt, brauchte ich nur noch ein paar Beobachtungen, um zu einem Schluss zu kommen.

Schließlich und endlich bin ich ein erfahrener Beamter, also erkenne ich auch, wenn die Untergebenen etwas erreichen wollen.

Es schien, dass sie sich aus ganzer Kraft bemühten, wichtige Verhandlungen für ihn zu verabreden – aber ich begriff, dass der Beweggrund ein ganz anderer war, als es schien. Der beliebte Minister war sehr gefragt und sein Apparat füllte ihm sein Programm mit Vergnügen. Das wäre so natürlich in Ordnung. Aber ich bemerkte auch, dass offenbar das Ziel war, Jan Masaryk mit Aktivitäten außerhalb des Ministeriums zu beschäftigen.

Er beschwerte sich bei Topinka, wenn er erschöpft nach Hause kam. »Ich habe es schwer. Sie befehlen und ich muss gehen. Dann komme ich irgendwohin, sage etwas, und schon wieder weisen sie mir die nächste Aufgabe zu. Und so geht das von morgens bis abends.«

»Die Menschen lieben Sie«, tröstete ihn der Kammerdiener. Ich spitzte die Ohren, aber ich hörte kein Anzeichen von einem Unterton in seiner Stimme. Dabei sollte er über dieses Unverständnis für die Arbeit des Ministers staunen ... Aber der Kammerdiener war nicht an der Programmerstellung beteiligt. Auch er erfüllte nur.

Und man riss sich um Jan Masaryk. Er sprach in Lidice, nahm an den Feierlichkeiten zur ersten freien Ernte teil, traf sich mit Vertretern der Sokol-Turnervereinigung und der Armee, erinnerte öffentlich an seinen Vater, besuchte Schulen, landwirtschaftliche Güter und Kirchen, und irgendwie zwischendurch empfing er ausländische Diplomaten.

Damals konnte ich sehen, wie sein rhetorisches Talent wirkte. Ich konnte das an den Gesichtsausdrücken der Gäste erkennen. Jan Masaryk sah sie freundlich mit seinen tiefen, dunklen Augen an, die Verständnis ausstrahlten. Manchmal zog er ein bisschen die Brauen hoch und der Anflug eines Lächelns zeigte sich auf seinen Lippen. Die Reaktion des Gastes nahm er mit der Genauigkeit des Fledermausradars wahr, das die zurückgeworfenen Wellen liest ... und begann sofort, seine Äußerungen dem anzupassen, was er aufgefangen hatte. Er brachte unter dem Schallboden verborgene Saiten zum Klingen, suchte die dazugehörigen Tasten, und begann sogleich mit der Improvisation. Auf das Ergebnis kam es nicht an – ein Gespräch mit Jan Masaryk war immer erfolgreich. Die Gäste gingen berauscht fort. Ich dachte, der Minister würden seinen Sekretären dann mitteilen, wie sie in der Angelegenheit, derentwegen die Gäste hier waren, vorgehen sollten. Aber das geschah nur hin und wieder. Allmählich begriff ich, dass für Jan Masaryk das Gespräch selbst wichtig war. Er war ein Musiker, der sich vom eigenen Spiel so hinreißen lassen konnte, dass die Welt um ihn herum aufhörte zu existieren.

Im Ministerium hatte er seinen »Vlado, auf den er sich verlassen konnte«. Ganz gewiss stimmte das. Wie ich es verstand, erwähnte er auch in den Regierungssitzungen manche Probleme nur flüchtig, mit ein paar Worten, wie in einer Rundfunkansprache ... und wandte sich an seinen Stellvertreter, der dann eine perfekte Analyse vortrug.

Er hatte keine Gelegenheit zu bemerken, wie sich Clementis' entgegenkommendes, angenehm lächelndes Gesicht veränderte, wenn er aus dem Arbeitszimmer des Ministers herauskam. Regelmäßig wurde es ernster, was man damit erklären konnte, dass er die übertragenen Aufgaben durchdachte. Kaum war er aber in seinem eigenen Arbeitszimmer und setzte sich an den Tisch, wurde der Ausdruck seltsam lauernd. Unverzüglich machte er sich an die Arbeit. Wie es schien, musste der »zuverlässige Vlado« die Anweisungen und Ansichten des Herrn Ministers mit »unseren Leuten« außerhalb vom Ministerium konsultieren. Er telefonierte mit ihnen, weil sie in anderen Behörden saßen, besonders im Innenministerium und in den Polizeidienststellen.

»Greife nie an, ohne dich gleichzeitig zu verteidigen; verteidige dich nie, ohne gleichzeitig anzugreifen«, sagte der unsterbliche Marozzo. Der unschlagbare Marozzo, der weiterlebt, weil es ihm gelang, die Vielfalt der Situationen in universell gültige Lehrsätze zu gießen ...

Jan Masaryk schaffte es nicht, diese Regel zu respektieren.

Es gibt nämlich noch schlimmere Situationen, als als Fechter auf einen tüchtigeren Gegner zu treffen – wirklich schlimm dran ist er, wenn er nicht einmal begreift, dass das Duell begonnen hat.

Und genau das geschah.

Wie es schien, nahmen »unsere Leute« die Beliebtheit Jan Masaryks etwas anders wahr als die anderen: Sie ließ sie nicht schlafen. Es wurden Beamte beauftragt, seine Reden anzuhören, wenn er im Rundfunk auftrat. Sie fertigten Abschriften an und analysierten sie genauso wie zu Protektoratszeiten. Die Ergebnisse stellten sie dann Clementis und anderen Höhergestellten vor.

»Wie bitte?«, fragte dann der Herr Staatssekretär. »Hat er das wirklich gesagt?«

»Ja«, bestätigten die Beamten.

»Aber das ist doch alles ziemlich nebulös.«

Das würdevolle Kopfnicken der Untergebenen deutete eine Spur von Scham an, als wären sie verantwortlich für alles, was der Herr Minister sagte. (So eine konsequente Loyalität gefiel mir natürlich. Ich bewunderte sie so, dass ich, das gebe ich zu, etwas außer Acht ließ, um was es damals eigentlich ging.)

»An diesen Sätzen kann man doch überhaupt nicht erkennen, was er darüber denkt.«

Wiederholtes Nicken. (Beherrschte der Herr Minister etwa doch fechterische Finten, die den Gegner aus der Ruhe bringen sollten?)

»Das muss ich direkt mit ihm besprechen, aber irgendwie unauffällig, damit er nicht mitbekommt, dass wir ihn beobachten. Schließlich muss ich mir nichts ausdenken. Es ist doch nur natürlich, dass ich mir die Ansprache meines Chefs angehört habe, im Übrigen des populärsten Ministers in der Regierung. Und dass sie mich interessiert«, überlegte Clementis laut.

Nicken.

Die weitere Entwicklung konnte ich aus dem Telefongespräch erraten, das der Stellvertreter mit einem von »unseren Leuten« irgendwo in einem anderen Ministerium oder vielleicht noch einer ganz anderen Behörde führte.

»Ich habe ihn mit dem, was er gesagt hat, konfrontiert«, beschrieb er. Für diese recht geheimen Gespräche, die sich vom gewöhnlichen angemessenen Rauschen der Diensttelefonate unterschieden, war charakteristisch, dass der Name Jan Masaryk nie fiel. Auch nicht seine Stellung. Es war einfach nur »er«. Es waren Topinka und die Leute um ihn herum, die konsequent vom »Herrn Minister« sprachen.

»Ich habe die Aufzeichnung benutzt, die Vašek gemacht hat.«

...

»Sei unbesorgt. Natürlich unauffällig. Ich habe ihn nur ungefähr zitiert.«

...

»Du verstehst mich nicht. Man muss sich aus einem anderen Grund nicht fürchten: Er erinnert sich einfach nicht. Er erinnert sich wirklich nicht an das, was er gesagt hat.«

...

»Nein, ganz sicher. Da geht es nicht um Vortäuschen. So raffiniert ist er nicht.«

...

»Nein, nein, Genosse. Eine Geisteskrankheit ist das auch nicht. So etwas würde uns jetzt gar nicht passen. Es handelt sich einfach um eine persönliche Marotte. Er ist ein so begnadeter Redner, dass ...«

...

»… ich meine das ernst. Unterbrich mich nicht. Ich habe ihn so oft beobachtet, wenn er Reden hielt. Der errät einfach innerhalb von Sekunden die Stimmung des Publikums. Durch irgendein Wunder schafft er das auch im Rundfunk. An Stichpunkte oder vorbereitete Texte hält er sich nur manchmal und annähernd. Dann fängt er an, diese Phrasen auszudenken …«

…

»… und die Leute glauben ihm jeden Mist.« (Für den immer professionellen Clementis war es untypisch, dass er einen expressiven Ausdruck benutzte – er musste in den Improvisationen des Ministers etwas sehen, womit er sich wirklich nicht zu helfen wusste.) »Sie haben das Gefühl, dass er ihnen aus dem Herzen spricht. Dass wir ihn mit vorbereiteten Unterlagen von uns beeinflussen könnten, davon kann nicht die Rede sein. Er verarbeitet alles auf seine Weise, und dann tauchen eben diese Argumente auf, gegen die man so schwer kämpfen kann – weil das eigentlich gar keine Argumente sind.«

…

»Ja, ja, wir wissen, dass dieser Mensch prowestlich orientiert ist. Aber mit unserer Ostpolitik scheint er sich abgefunden zu haben. Ich empfehle, ihn zu überwachen, zu versuchen, ihm unsere Ideen einzuimpfen, aber natürlich nicht gewaltsam. Seine allgemeine Beliebtheit ist einfach ein Fakt. Wir müssen lernen, damit zu arbeiten.«

…

»Da hast du mich nicht richtig verstanden, Genosse. Wenn jemand so vergöttert wird wie er, heißt nichts zu tun, die Situation zu respektieren. Hier geht es einfach um Taktik. Vorläufig.«

Ganz klug wurde ich aus diesem Gespräch nicht. Dass aber Jan Masaryk nicht von allen geliebt wurde, war offensichtlich.

Wie er an das Geschehen heranging, erfuhr ich aus dem Gerede, das sich in immer größerem Umfang in den Gängen verbreitete. Als die erste Verstaatlichung im Jahr 1945 vorbereitet wurde, hatte Jan Masaryk in den Regierungssitzungen seltsame Auftritte. Sobald sich ihm einer der kommunistischen Minister näherte, begann er auffällig den Füllfederhalter und andere Hilfsmittel in den Taschen zu verstecken. Wenn sie sich wunderten, erklärte er das mit der Angst, sie könnten die Schreibutensilien verstaatlichen.

Und so einem Auftreten zolle ich Beifall. Auch im Fechten kann man Humor zeigen. Durch eine leichte Finesse, eine angedeutete Attacke, die der Fechter letztlich nicht ausführt. Auch in der strikt eingehaltenen Höflichkeit kann etwas Fröhliches sein, oder eher Ironisches, etwas, was die Feindschaft erleichtert, deren kultivierte Form das Duell ist.

Die Kommentare über diese Witzchen Jan Masaryks unterschieden sich aber je nachdem, wer sie erzählte.

Die ehemaligen Angestellten des Außenministeriums, die gegen den Widerstand »unserer Leute« hierher zurückgekehrt waren, erzählten sie sich mit hochgezogenen Augenbrauen, als würden sie kennerisch eine besonders gelungene Finte kommentieren.

»Unsere Leute« sprachen mit verständnislosem Staunen davon. »Was glaubt dieser Kerl, wo er ist?«, wiederholten sie in unterschiedlichen Variationen. »Wofür hält der sich?« »Was glaubt er, wer er ist?« Auch eine etwas anders formulierte Frage hörte man: »Was glaubt er, wie lange wir uns das von ihm gefallen lassen?« Davon bekam man etwas Gänsehaut auf dem Rücken.

Dabei konnte ich mir gar nicht sicher sein, was Jan Masaryk wirklich dachte.

Seine lustigen Bemerkungen ergänzte er nämlich mit Aufforderungen wie: »Wenn schon verstaatlichen, dann aber tschechoslowakisch! Den Gesetzen entsprechend! Nehmt die entsprechenden Gesetze an, und dann verstaatlicht meinetwegen meine Köchin!«, ließ er sich in einer Rede hören.

Darüber musste ich die Schultern zucken. Hieß das etwa, dass Jan Masaryk gar nicht gegen die Verstaatlichung war? Dass er am Ende sogar damit einverstanden war? Aber was sollte das mit der Köchin? Er hatte doch gar keine! – Was würde wohl sein Kammerdiener Topinka sagen, wenn er verstaatlicht werden sollte? Oder bedeuteten diese Worte über die Köchin etwa ein schelmenhaft ausgedrücktes Nichteinverständnis? Ein abgemilderter Ausdruck des Widerstands? Ein vorgetäuschter Hieb?

Die Kollegen aus dem Ministerium, die nicht zu »unseren Leuten« gehörten, werteten das so – die anderen verstanden seine Worte im Gegenteil als Ausfall, und keinen vorgetäuschten.

(Als ich die Entrüstung dieser anderen sah, verlor ich meine Zweifel. Wisst ihr, ein Angriff, der den Feind täuschen soll, ja, der existiert natürlich ... nur gegen ein Rapier kann man nicht gut ein Pappschwert benutzen. Gegen eine Klinge kann man sich nicht mit einem witzigen Wort verteidigen. Gegen eine Spitze nicht mit einer scharfen Bemerkung angreifen. – Trotzdem musste ich dem Herrn Minister zugestehen, dass er mit dem Wort treffen konnte ...)

Die Verstaatlichung betraf auch den Besitz ausländischer Firmen, und danach war ich Zeuge vieler Treffen mit dem britischen Botschafter in Prag. Es war eine Freude zu sehen, wie Jan Masaryk strahlte. Sofort erinnerte ich mich an ihn in seiner besten Form – damals, als er vor dem Palast die ausländischen Gäste begleitete. Dieselben leicht selbstironischen, aber wirkungsvollen Gesten; das charmante, leicht traurige Lächeln; Witze, die mit der Sensibilität eines Mineurs in der Rede platziert wurden. Der Botschafter konnte dieser Herzlichkeit nicht widerstehen, wie auf den ersten Blick zu sehen war. Von Berufs wegen teilte er allerdings mit, dass die britische Regierung mit der Konfiszierung des Privateigentums nicht einverstanden war.

Dann konnte ich hören, wie Jan Masaryk jemandem am Telefon die britische Haltung erklärte.

»Sie verstehen das«, behauptete er selbstbewusst. »Der Botschafter ist mein Freund, er hat mir den Standpunkt entsprechend seinen Instruktionen mitgeteilt, aber du hättest die Herzlichkeit sehen sollen, mit der er mit mir verhandelt ...«

Ich überlegte, was für einen Plan Jan Masaryk hatte.

Und dann kam die Uran-Affäre. Ich hatte schon einige Erfahrung mit Erzen, da die böhmischen Länder es im Überfluss besaßen. Was ich nicht alles über das Silber aus dem Erzgebirge hörte! Diese Geschichten von plötzlichem Reichtum, und im Gegenteil schicksalhafter Verarmung, wenn ein Flöz nichts einbrachte! Die Lakaien erzählten sich regelmäßig von den Adern in der Erde, vor allem in unsicheren Zeiten. Und die Herrschaft auch, weniger leidenschaftlich, zurückhaltender – so, wie es reiche Leute tun, wenn sie sich über die Geldquellen unterhalten, die sich irgendwie unabhängig von den ererbten, angeheirateten oder erarbeiteten Mitteln auftaten (zum Beispiel aus dem Mandat des Herrschers bei einer diplomatischen oder militärischen Mission).

An das unterirdische Silber konnte scheinbar jeder herankommen, und das beunruhigte sie.

Ich hielt das Uran für irgendeine bescheidenere Variante des Silbers. Mich überraschte nicht, dass die Rote Armee nach dem Krieg die westböhmischen Erzlager nicht räumte und dass sie die tschechischen Fachleute nicht hineinließen. Meine Herren, wenn man irgendwo seine Soldaten hat ... dann hat man da auch das Sagen. Das ist doch völlig klar. Und wenn ihr die fremden Soldaten wieder loswerden wollt, müsst ihr ... das muss ich euch wohl nicht sagen, was nötig ist, oder? Zumindest muss man anfangen zu handeln.

Mir war das klar. Ob Jan Masaryk die Situation verstand, da war ich mir nicht so sicher. »Unsere Leute« in der staatlichen Verwaltung, vor allem der Ministerpräsident Zdeněk Fierlinger, bereiteten schon einen Vertrag über das Uran mit der Sowjetunion vor.

Das war ein eigenartiges Dokument, wie ich aus dem Stil schloss, in dem darüber geredet wurde. Übereilt, mit Andeutungen und Unterbrechungen. »Du weißt doch, wie die Linie ist!«, tönte es immer aufs Neue, falls jemand einen Einwand wagte.

Ich verstand nicht, ob es sich um die Linie des Bergwerks handelte, wo das Uran geschürft werden würde ..., oder die Linie des Grundwassers? Die Linie des Bezirks, wo die Schächte sein werden? (Erst als ich später das Wort »Parteilinie« hörte, begriff ich, worum es ging. »Partei« bezog sich zu jener Zeit schon gewöhnlich auf eine einzige Partei – die kommunistische. Zuerst wurde dieses Adjektiv aus Umsicht nicht benutzt – und später war es nicht mehr nötig, weil alle wussten, um welche Partei es ging. Die Anhänger anderer Parteien benutzten die Worte »demokratische Linie«. Was bedeutend weniger selbstsicher klang. Außerdem wurden nach 45 nur einige Parteien erneuert und die mussten Teil der Nationalen Front sein, die von den Kommunisten beeinflusst wurde. Also hatte diese demokratische Linie auch ihre, sagen wir, Grenzen.)

Zuerst konnte ich nicht glauben, was ich hörte. Wie bitte? Die Tschechoslowakei wird der Sowjetunion das Uran umsonst liefern? Das gesamte geförderte Uranerz? Und dieser Vertrag wird 20 Jahre gelten? Was war das denn für ein Vertrag? Das ähnelte meiner bescheidenen Meinung nach mehr einer Kapitulation. Auch wenn die Waffen niedergelegt werden, gibt es die Bedingung freien Abzugs ... hier gab es nichts dergleichen. Vergeblich zerbrach ich mir den Kopf, welches Interesse hier der tschechoslowakische Partner – also der Verhandlungspartner – hatte. Aber um Verhandlungen ging es hier natürlich nicht. Die Worte verlassen mich ... damals begann ich irgendwann zu begreifen, dass sie jetzt einfach andere Bedeutungen hatten als früher.

Ein Pflichtbestandteil aller Gespräche, die am besten persönlich oder telefonisch geführt wurden, ohne Mitschriften, war die Belehrung, dass die Presse nichts von der Sache erfahren durfte.

Und dann entnahm ich den aufgeregten Sätzen, den hochfahrenden Stimmen, dem abwartenden Schweigen, dass Jan Masaryk einen weiteren seiner Tricks vorgeführt hatte.

Auf der Sitzung der Generalversammlung der Vereinten Nationen in New York erklärte er über das tschechoslowakische Uran, er hoffe auf eine Nutzung zu friedlichen Zwecken, und zwar restlos. Er fügte noch hinzu, jeder könne kommen, um sich zu überzeugen, wie die tschechoslowakischen Lagerstätten ausgebeutet werden. So einen Wirbelsturm an wütenden Telefonaten und Telegrammen, die die untergeordneten Beamten halblaut buchstabierten, weil sie ihren Augen kaum trauen konnten, hatte ich noch nicht erlebt.

Jan Masaryk gab zu, dass wir dabei waren, Uran zu fördern und auszuführen, und ließ außerdem eine internationale Kontrolle dieses strategischen Rohstoffs zu! So tobten »unsere Leute«.

Aus den Antworten des Ministers sprach seine unschuldige Herzlichkeit, etwas unsicher geworden durch die Entwicklung der Ereignisse. Die sowjetische Delegation soll geklatscht haben, referierte er aus den Vereinigten Staaten. Atmosphäre, Aufrichtigkeit, gute Beziehungen … ich kannte die Formulierungen, mit denen er seine Texte spickte. Wie es schien, wirkten sie auf manche, als bedeuteten sie das Gegenteil von dem, was sie sollten.

»Was werden die Sowjets sagen?«, fragten sich »unsere Leute« gegenseitig. In einem respektvollen und ängstlichen Tonfall, wie ich ihn zuletzt hörte, als über die Gefahr gesprochen wurde, der Černín-Palast könnte bombardiert werden. Hält die Betonplatte im Dach? Das war damals der Unterton. Wo war diesmal die Betondecke? Stand überhaupt eine zur Verfügung?

Die sowjetische Regierung gab sich kühler als manche Tschechen. Im Grunde gab sie zu verstehen, dass der Vorfall sie nicht aufregte. Ich allerdings musste über das Vorgehen Jan Masaryks nachdenken. Was war sein Plan? Was wollte er erreichen? In was für fechterische Schrittkombinationen hatte er sich begeben?

Ich konnte zu keinem Schluss kommen, oder anders: Die einzelnen Figuren erkannte ich natürlich, aber zusammen ergaben sie keinen Sinn.

Allmählich musste ich die Frage zulassen, die ich im Verborgenen ahnte. Ich verdrängte sie, ignorierte sie, aber sie ließ sich nicht abwimmeln. Sie verlangte nach Aufmerksamkeit, indem sie still wartete.

Hatte Jan Masaryk überhaupt einen Plan? Und wenn er sich benahm, als hätte er keinen? Hieß das am Ende nicht, dass er keinen hatte?

Das wäre die schlimmste Situation, in die ein Fechter gelangen kann.

In den ministerialen Unterlagen tauchte damals die These von der Brücke auf, die die Tschechoslowakei sein sollte – eine Brücke zwischen dem Osten und dem Westen. Das Wort »Brücke« tauchte in Masaryks Reden sehr häufig auf. Es klang schön. So eindeutig. Und irgendwie beschwingt. Eine Brücke! Es erinnerte an die Traditionen tschechoslowakischer Architektur aus der ersten Republik, an den ganzen Funktionalismus, an die straff gespannten und dabei nüchternen Bögen aus Spannbeton. An die Autobahn Cheb–Užhorod, die vor dem Krieg begonnen wurde … dann die Autobahn Wien–Breslau, deren Bau unter den Deutschen anfing … fertiggebaut wurde weder die eine noch die andere. Eine der Brücken dieser deutschen Autobahn ragte angefangen irgendwo mitten in einem Teich auf. Eine Brücke aber braucht schlicht beide Ufer.

Nun also – eine Brücke.

Aber bei den Menschen, denen er vertraute, drückte sich Jan Masaryk etwas anders aus.

»Die Tschechoslowakei wird eine Brücke sein …«, begann er, aber dann bekam der Satz eine andere Richtung. »Und wir alle wissen, wozu so eine Brücke dient.«

Da spitzte ich als erfahrener Analytiker natürlich die Ohren. Für den Warentransport doch? Meinte er, die Tschechoslowakei würde durch den Verkehr besonders belastet? Wäre so etwas für ein Land, das sich vom Krieg erholte, nicht wohltuend? Dann konzentrierte ich mich auf Masaryks Gesichtsausdruck. Die hochgezogenen Augenbrauen, die ironisch vorgeschobene Unterlippe. Aha.

»Über die Brücke gehen Kühe, die bleiben gern da stehen und ihr wisst, was sie da machen.«

Und dann sprach er es noch deutlicher aus.

»Über die Brücke gehen Kühe, die bleiben da stehen und scheißen sie voll.«

Ich bin kein großer Freund von Vulgarismen, aber manchmal braucht man einen expressiven Ausdruck – wenn es nicht anders geht. Die Gesichter von Masaryks Sekretären und Kammerdienern zeigten mir, dass er den Nagel auf den Kopf getroffen hatte. So eine Brücke war etwas ganz anderes als ein verlässlicher Bau aus Spannbeton. Es war eine beschissene Brücke. Ich wartete darauf, dass Jan Masaryk diese Worte öffentlich benutzte. An seinen Vertrauten hatte er sie ausprobiert – und mit großem Erfolg, kann ich sagen.

Also ran, Meister, feuerte ich meinen Minister schweigend an. Zieh das gegen sie und mach den Ausfall! Jan Masaryk aber setzte diese forschen Worte nie in der Öffentlichkeit ein.

Interessiert betrachtete ich die Taktiken der neuen Ministeriumsmitarbeiter. In einer Reihe von Beispielen schienen sie mir sehr eingeschränkt … viele waren zum Beispiel sprachlich schlecht ausgestattet. Und damit meine ich nicht, dass sie keinen komplizierteren Satz auf Tschechisch zusammenbekamen. Ja, manche hatten Probleme mit den Fremdsprachenkenntnissen. Erstaunlicherweise wurde das als Vorzug genommen, obwohl ich nicht verstand, wozu so ein Unvermögen gut sein sollte.

Vielleicht begriff ich es etwas, als ich die Beschreibungen hörte, wie sich die tschechoslowakische Delegation auf der Friedenskonferenz in Paris präsentierte. Sie beklatschten stürmisch den sowjetischen Minister Molotow, der erklärte, die Vereinigten Staaten erpressten Mitteleuropa mit den angebotenen Krediten (gemeint war der Marshallplan, der von den Vereinigten Staaten damals der Tschechoslowakei angeboten wurde, wo noch Jahre nach dem Krieg ein Zuteilungssystem auf Karten bestand). Das war eine Argumentation, die mir in ihrem Wesen irgendwie widersprüchlich vorkam – wie kann man mit einem Darlehen erpressen? Aber bei Verhandlungen hatte ich mir angewöhnt, die Argumente der Diskutanten mit kühlem Kopf zu beurteilen. Der Auftritt der amerikanischen Vertreter soll auf unsere Delegierten überhaupt nicht gewirkt haben. »Konnte er ja auch nicht!«, lobten sich »unsere Leute« und ihre finstern Gesichter erhellten sich für einen Augenblick in einem spöttischen Lächeln. Bemerkenswert. – Also werden wir demnächst so verhandeln, dass ein Diplomat versuchen wird, sein Gegenüber nicht zu verstehen? Das kam mir vor, wie sich mit einem Knüppel in ein Duell zu stürzen, in dem der Gegner einen Degen hat. Und der Vorteil des Mannes mit dem Knüppel ist nur ein optischer, kann ich euch versichern.

Ich spitzte die Ohren, um festzustellen, ob mir etwas entgangen war. War das wirklich so ... platt abgelaufen? Keine witzige Bemerkung dabei? Keine zweideutigen Bonmots? Kein expressiver Ausdruck an der passenden Stelle?

Nichts.

Über den Minister fiel kein einziges Wort. Also war er bei den Auftritten der sowjetischen und amerikanischen Delegierten nicht dabei? Und wenn er da war, hatte er nicht eingegriffen? Seine Untergebenen nicht angeschrien – nun gut: Hatte ihnen keinen Zettel mit einem Fingerzeig geschickt, wie sie sich benehmen sollten – war nicht selbst mit einer Rede aufgetreten?

Ich schien ein Duell zu beobachten, das noch absurder war als ein Zusammentreffen von Knüppel und Degen: Der Gegner scheint bewaffnet zu sein. Und Jan Masaryk tritt mit leeren Händen gegen ihn an, die er auch noch an den Körper presst. Er führt die Tanzschritte aus und die vorgeschriebenen Figuren, tritt zurück und beugt sich vor, um sich auf den Ausfall vorzubereiten ... aber das alles sieht nur aus großer Ferne wie ein Duell aus. Und nur bis zu dem Moment, in dem die andere Seite angreift.

Mit der Zeit, die unablässig in Richtung der schicksalhaften Nacht vom 9. auf den 10. März 1948 floss, vertraute sich der Minister immer häufiger den Sekretären an. Ich kannte alle seine Positionen, die geistigen und die physischen. Er saß wie Buddha mit gekreuzten Beinen auf dem Sofa der Dienstwohnung. Er rollte sich unter der Decke auf dem Bett zusammen. Und manchmal sank er im

Büro der Sekretäre in den Sessel, um herauszusprudeln, was ihn bedrückte.

Immer noch flüchtete er ans Klavier, aber es war klar, dass er reden musste; er glitt immer nur kurz über die Tasten.

Und als sich die Vereinigten Staaten von Amerika aufrafften und den europäischen Staaten den Marshallplan für den Wiederaufbau anboten? Damit wäre ein erheblicher Zufluss an Finanzen, Technologien und Lebensmitteln verbunden gewesen, mit denen sich die Republik wieder auf die Beine hätte stellen können. Und nicht nur das. Sie wäre vorangeschritten! Losgelaufen! Ich bemerkte das Beben, das diese Nachricht hervorrief. In den Gängen des Palasts und des Anbaus begann es wieder zu flüstern, begeistert und auch misstrauisch. Der Staatssekretär Clementis nahm Telefongespräche an, beriet sich mit den hohen Beamten – nur nicht mit dem Minister. So wie Jan Masaryk in den Ministeriumsberatungen auftrat, war er sich der tschechoslowakischen Beteiligung am Marshallplan sicher.

Moment, Moment, sagte ich mir, wenn sich um unsere tschechoslowakische Braut gleich zwei reiche Bräutigame bewerben, muss man überlegen, welcher sich mehr lohnt.

(Ich bitte um Verzeihung für diese Formulierung, die euch etwas platt vorkommen mag. Vergesst aber nicht, dass ich aus einer Zeit stamme, in der Ehen laufend vereinbart wurden. Zum Nutzen der Sache, würde ich sagen. So eine große Familie, verbunden durch Macht- und Besitzinteressen, das hat doch etwas! Und das Gefühl stellt sich ein. Ein Gefühl entsteht immer. Auch in Ehen, die aus sogenannter Liebe geschlossen wurden, stellen sich Gefühle ein. Gewöhnlich ist es aber Enttäuschung. Verzeiht die Abschweifung.)

Jan Masaryk war von einer Mauer aus öffentlicher Begeisterung umgeben und Clementis verstand genauso gut wie andere, dass es keinen Sinn hatte, diese Mauer zu unterlaufen. Der Minister tat im Übrigen, was er konnte. Er empfing den sowjetischen Botschafter und besprach mit ihm den Marshallplan. Ich erinnere mich an die nichtssagenden Sätze dieses Herrn, der offensichtlich kein Mandat hatte, die tschechoslowakische Teilnahme zu genehmigen. Jan Masaryk legte sich seine vagen Antworten so aus, dass das Sowjetreich keine Einwände hatte. Ein Schauer lief mir den Rücken herunter, aber ich war dem Zauber des Ministers wohl auch etwas erlegen, das muss ich zugeben. Jan Masaryk war einfach ein emotionaler Mensch – der seine Gefühle professionell auf andere zu übertragen vermochte.

Dann fuhr er mit einer Delegation nach Moskau. An die Vorbereitungen erinnere ich mich nicht, sie fließen alle etwas mit den Anfangsphasen vieler anderer Auslandsreisen zusammen. Kurz, wir erwarteten kein besonderes Ergebnis.

An diesem Abend läutete aber in der Kanzlei im Erdgeschoss, wo immer einer der Ministeriumsmitarbeiter Nachtdienst hielt, das Telefon. Der Betreffende teilte eilig jemandem die Nummern hochrangiger Beamter des Ministeriums und anderer Ressorts mit. Als die Telefonwelle abebbte, blieb er am Tisch sitzen. Er hätte sich auf der Liege ausstrecken und etwas schlafen können, weil deutlich war, dass das Bedürfnis an Kontakten befriedigt war. Er saß aber weiter auf dem Stuhl und schaute vor sich hin.

Nach der Verhandlung der Delegation mit Stalin lehnte die Tschechoslowakei den Marshallplan ab.

Diesmal stöhnte der Sessel im Arbeitszimmer der Sekretäre unter Jan Masaryk auf. Er fiel hinein, als hätte es ihm die Beine weggehauen. Zuerst hatte ich Angst, er sei ohnmächtig geworden, aber dann sah ich, in welcher Anspannung er verharrte.

»Nach Moskau bin ich als Außenminister eines eigenständigen Staates gereist, zurück kam ich als Stalins Knecht«, sagte er nach längerem Schweigen. Die Sekretäre sahen ihn an. Es gereicht ihnen zur Ehre, dass sie sich diesmal nicht in falsche Beruhigungen flüchteten. Sie wussten es, er wusste es. Er war wirklich nicht bei allen beliebt. Das beweist auch ein weiterer kleiner Zwischenfall.

Ich habe selbstverständlich einen ungefähren Überblick über die Post, die über die Annahmestelle hereinkommt. Auf den ersten Blick kann man Routinesendungen erkennen, die Korrespondenz aus den Prager Botschaften und anderen Ministerien. Ich erkenne auch Briefe von Bürgern, die meist leicht speckigen Briefumschläge mit Fehlern in den Anreden, den Namen und Adressen. (Da könnte ich was erzählen. »Roletoplatz« war schon ganz normal. Die »Roleta« würde Augen machen. Ich schweige lieber.)

Aber dieses Päckchen konnte ich einfach nicht übersehen.

Die Adresse war mit seltsamen, plumpen Lettern beschrieben, als hätte der Schreiber versucht, Buchschrift nachzuahmen. Und was schickte er dem Herrn Minister da? »Parfüm«? Was war das für ein Unsinn? Jan Masaryk könnte in jede Parfümerie in Prag gehen und würde liebend gern und korrekt bedient werden, mit Betonung seiner gesellschaftlichen Stellung. – Das waren noch Zeiten! Aber über Parfüms und ihre Bedeutung für das gesellschaftliche Leben vielleicht ein anderes Mal …

Eventuell hätte Marcia Davenport ihm gern so etwas Delikates für den persönlichen Gebrauch besorgt. Oder jemand aus dem Ausland hätte es ihm geschickt. Seine Quelle für ausländische Zigaretten, die im Nachkriegselend der Tschechoslowakei nicht zu haben waren, versiegte auch nie.

Irgendetwas stimmte hier nicht.

Um einen Ausdruck zu benutzen, der zwar volkstümlich ist, die Sache aber gut umfasst: Etwas »stank« hier gewaltig. Pardon.

Ich war nicht der Einzige, der im September des Jahres 1947 dieses eigenartige Päckchen bemerkte. Während der Staatssekretär Clementis hinsichtlich seiner Privatkonsultationen mit anderen Ressorts etwas unorthodox handelte, hielt sich die niedere Beamtenschaft noch an bewährtes, im Übrigen auch angeordnetes Vorgehen, was man nicht genug loben kann.

Nicht eine Sendung erhielt der Herr Minister direkt in die Hände, es sei denn, sie wäre mit »zu Händen« gekennzeichnet, und auch wenn dieses »Parfüm« diesen Zusatz gehabt hätte, bezweifle ich, dass es die Mauern der behördlichen Wachsamkeit überwunden hätte.

Das Päckchen wurde gewogen, von allen Seiten angeschaut, zweifelnde Blicke trafen sich über ihm. Und die Polizei wurde gerufen. Im Inneren wurde dann ein Sprengstoff gefunden. Es handelte sich, kurz gesagt, um ein Höllengerät vom selben Typ, mit dem der Absender auch den Justizminister Prokop Drtina und den stellvertretenden Ministerpräsidenten Petr Zenkl beschenkte. Es folgte die gewohnte Amtskommunikation, Informationen wurden von unten nach oben gegeben, und umgekehrt wurden von oben nach unten keine Erkenntnisse weitergegeben (was leider nicht so ungewöhnlich ist). In den oberen Etagen bemerkte ich dann ein eigenartiges Beben. Wieder gab es rätselhafte Telefongespräche, während denen der Name Jan Masaryk nicht ausgesprochen wurde. Es erhob sich eine Aufregung, die aber in den Büros einiger hochrangiger Beamter auf eine Gegenwelle traf. Als ob Flut und Ebbe aufeinanderstießen.

Plötzlich ging es nicht mehr darum, den Vorfall schnell und ordentlich zu untersuchen. Man achtete vielmehr darauf, dass »unsere Leute« die Sache in der Hand hatten. Die Nervosität bezog sich jetzt auf die Vorstellung, die Fahndung könnte »unrichtig« abgeschlossen werden. Ich verstand das, handelte es sich doch um eine höchst politische und gesellschaftlich heikle Angelegenheit. Vom Standpunkt des folgerichtigen amtlichen Vorgehens aus konnte es also logisch erscheinen, dass die Untersuchung überhaupt nicht abgeschlossen wurde. Man muss schließlich keine voreiligen Schlüsse ziehen ... Ich will damit nicht sagen, dass der Name des Menschen, der das Höllengerät herstellte, nicht festgestellt wurde. Durch ein Zusammenspiel von Zufällen handelte es sich gerade um einen von »unseren Männern«. Der Tischler Jan Kopka aus Krčmaň fertigte die Schachtel auf Anweisung des Kreissekretariats der Kommunistischen Partei in Olomouc an; den Sprengstoff legte der kommunistische Abgeordnete Jaroslav Jura Sosnar in das Kästchen. Im März 1948 sollte eine öffentliche Verhandlung stattfinden, aber bis zu jener Schicksalsnacht vom 9. zum 10. März 1948 fand sie aus irgendeinem Grunde nicht statt, und dann wurde die Sache weggeschoben – in die Reihe der schnell alternden Skandale, von denen ein paar Monate später niemand mehr etwas weiß. Die verklagten und überführten Täter wurden in die Freiheit entlassen.

Ich will also nicht sagen, dass der Vorfall keine Aufregung, keine Nachforschungen und keine Erwartung eines Abschlusses hervorrief. Das nicht. Es gab nur einen einzigen Menschen, den diese unorthodoxe Situation nicht interessierte. Und das war Jan Masaryk, der einfach abwinkte.

(Im Übrigen wurde dieser Mordversuch im typisch tschechischen Bemühen, eine finstere Tatsache zu bagatellisieren, »Schachtelaffäre« oder auch »Schachtelattentat« genannt. Diese nette Bezeichnung hielt sich, obwohl die Untersuchungen in Krčmaň nebenbei auch drei Lager mit schweren Maschinengewehren, Gewehren und Granaten aufdeckten, die sich »unsere Leute« dort eingerichtet hatten.)

Bis jetzt habe ich keine Ahnung, ob der Herr Minister so sehr über der Sache stand, dass er dem Teufelsparfüm keine Bedeutung beimaß – oder ob er ahnte, dass es ein Anzeichen für die Kräfte war, die sich in Bewegung gesetzt hatten und denen man sowieso nicht trotzen konnte.

Das Brücken-Schlagwort verschwand von einem Tag auf den anderen aus den Unterlagen, wie es manchmal so mit ministerialen Thesen passiert. Ich glaube, Jan Masaryk war irgendwann zu dieser Zeit auf Besuch in den Vereinten Staaten, wo er an der UNO-Vollversammlung teilnahm, aber auch eine Reihe amerikanischer Freunde besuchte. Ich freute mich darauf, dass er bei der Beratung mit den obersten Beamten wieder ein paar bezaubernde Sätze darüber fallen lassen würde, wie er mit dem Präsidenten und dem Außenminister sprach, und ich könnte geschmeichelt erbeben, in welch großartiger Welt sich mein Herr bewegte.

Der Minister sagte aber praktisch gar nichts und beauftragte nur den Staatssekretär Clementis zu beschreiben, wie es um die tschechoslowakischen Beziehungen zu den Vereinigten Staaten stand.

Und dann kam er zu seinen Sekretären, um sich auszusprechen. Er sank in den Sessel, als versagten ihm die Beine den Dienst. Er lag halb, irgendwie schief, sodass es schien, er hätte einen Schlaganfall erlitten.

»Sie halten mich für einen Verräter, Jungs. Ich soll das Vermächtnis meines Vaters verraten haben. Für die Welt bin ich erledigt. Ich bin am Ende«, stieß er Sätze hervor, die aus markanten, wirkungsvollen Schlagworten bestand, das musste man ihm lassen. Allerdings nicht publizierbaren. Die Sekretäre begannen ihn zaghaft zu beschwichtigen. Jan Masaryk schaute sie mit eingefallenen, noch dunkleren Augen als sonst an, in denen der humorvolle Funke jetzt völlig fehlte. Es schien, als sähe er sie dabei nicht, oder als ob er aus tiefem Schlaf erwacht war und nicht wusste, wen er vor sich hatte.

Stille Ausrufe dieser Art nahmen im Sekretärsvorzimmer zu.

»Wir sind am Ende.«

»Wir haben verloren.«

»Es ist aus und vorbei mit uns.«

Ich verstand ihn nicht. Ich vertrat immer die These, dass kleine Staaten nur eine begrenzte Lebensdauer haben. Das Beste für sie ist, wenn sie Teil eines größeren Reichs werden. Ob nun freiwillig, oder gegen ihren Willen – die historische Logik verleiht ihrer Eingliederung in ein größeres Ganzes immer die Berechtigung. Meine Überzeugung geriet auch nicht ins Wanken, als ich sah, wie einfach vor dem Krieg das System der Bündnisverträge zerfiel, durch das sich die Tschechoslowakei schützte. Das war kein Reich.

Mit Interesse beobachtete ich, wie die Sowjetunion sie in ihre Interessensphäre hineinzog. Und warum auch nicht? Der Definition eines Reichs entsprach sie zweifellos.

Ich verstand auch nicht des Ministers Schlussfolgerungen und schüttelte vor allem den Kopf über seinen Defätismus. Es verliert der, der sich so fühlt. Am liebsten würde ich ihm einen Rippenstoß verpassen, damit er aufspringt und zu handeln beginnt. Solches Vorgehen ist aber Palästen und Sekretären verwehrt.

Jan Masaryk gewöhnte sich an, abends regelmäßig Marcia Davenport in jenem unauffälligen Haus in der Loretogasse zu besuchen. Der Schwarze Ochse begleitete seinen Fußweg, indem er provokativ irgendein volkstümliches Liedchen pfiff. Was bei Frau Marcia geschah, kann ich nicht berichten, ich weiß nur, dass der Herr Minister von ihr beruhigt, gelöst und man kann sagen gesund erschöpft zurückkehrte. Dann konnte ich zuschauen, wie er sich zur Nacht fertigmachte, ein Buch las und später unter die Decke kroch. Er schlief früh ein, schon gegen elf, und genoss den Schlaf. Wenn ihn der Kammerdiener weckte, sah er sich immer in der unklaren Hoffnung um, er möge ganz woanders sein.

Die Situation klärte sich aber nicht, im Gegenteil. Clementis' Telefonate ließen mich eine Einschätzung treffen, wer hier wirklich Entscheidungen fällte. Des Ministers Staatssekretär konsultierte sich häufiger mit dem

Ministerpräsidenten, dem Kommunisten Gottwald und dem sowjetischen Botschafter Sorin als mit seinem Vorgesetzten. Masaryk wiederum suchte Präsident Beneš auf, mit dem er schon in den Jahren der ersten Republik zusammenarbeitete und vor allem während des Kriegs in London. Wie es schien, bekam er aber keine klaren Anweisungen, von denen es in Clementis' Gesprächen nur so wimmelte, und auf die der Staatssekretär mit energischen, herzlichen, vertrauenerweckenden Worten reagierte: »Ich verstehe, Genosse.«

Masaryk sprach manchmal auch vor seinen Sekretären über Beneš. Gewöhnlich offen, so wie es seine Art war. Mit ausgelassenen Titeln, was ich zwar nicht höflich fand, aber, sagen wir, der angespannten Zeit entsprach.

»Beneš«, sagte er nur und versteckte das Gesicht in den Handflächen. Die Sekretäre schauten ernst zu. »Macht mir Sorgen.«

»Was plant der Herr Präsident?«, fragten sie. Sie wollten ihre Befürchtung, dass auch auf der Burg kein Plan existierte, nicht offen zeigen.

»Nicht wegen seiner Ansichten. Wegen seiner Gesundheit.«

»Das Unwohlsein war doch aber nur kurzzeitig …?«, ermunterten die Sekretäre ihn und sich selbst.

»War nur ein Symptom.«

Schweigen.

»Der Schlaganfall, den er offensichtlich durchgemacht hat, hat psychische Auswirkungen. Unentschlossenheit. Passivität, abwechselnd mit Aktivitätsanfällen. Nichts dergleichen können wir gerade eben jetzt gebrauchen, nicht wahr, Jungs.« Die Sekretäre nickten ernst.

»Nur dass ich *Papa* versprochen habe, dass ich Beneš helfe. Mein Platz ist hier, neben ihm.«

»Die tschechoslowakische Sache hat sich schon zweimal im Ausland entschieden«, schlug einer der Sekretäre vorsichtig vor. »Mit Ihrem Namen, Herr Minister ... auch wenn die Kommunisten die Macht übernehmen, die Masse des Volks geht nicht mit ihnen. Sie werden Führung brauchen. Wenn Sie aber hierbleiben, liefern Sie sich der kommunistischen Brutalität aus. Sie wissen, wozu die fähig sind. Diese Schachtelattentate ...«

»Nun ja, die Untersuchung ist abgeschlossen. Das Gericht beeilt sich nur nicht gerade mit der Entscheidung, scheint mir.«

»... wir wissen alle, wer Ihnen die Bombe geschickt hat. Vielleicht sollten Sie über eine Abreise nachdenken«, schoss der zweite Sekretär hervor, als wollte er sein vorheriges Schweigen wiedergutmachen.

»Danke. Du meinst es gut. Aber ich muss hierbleiben.«

Jan Masaryk ging immer abends zu Marcia Davenport, über den Tag schickte er Briefchen. Mit ein paar Zeilen oder auch nur einem Satz. Er schrieb sie bei sich im Bett, auf der Couch oder zwischen den Sitzungen in seinem Arbeitszimmer. Und dann bat er den Kammerdiener oder einen Sekretär, sie zuzustellen. Ich wusste nicht, was darinstand, aber ich erkannte immer, wenn der Herr Minister einen schreiben wollte.

Er beugte sich konzentriert nieder, schob leicht die Unterlippe vor, zog die Augenbrauen hoch, als wollte er einen Witz erzählen, und in seinem Gesicht erschien so etwas ... etwas wie ein Lächeln. Aber irgendwo von innen kommend. Aus größerer Tiefe als gewöhnlich. Der Schatten eines Lächelns? Das klingt etwas widersprüchlich. Der Abglanz eines Lächelns? Vielleicht eher eine Spiegelung ...

Und wenn er den Briefboten losgeschickt hatte, lehnte er sich gemütlich in den Sessel zurück. Er schaute wenigstens eine Zeit lang mit größerer Hoffnung als gewöhnlich drein. Manchmal stand er sogar auf und beobachtete, wie der beauftragte Mann die paar Hundert Meter die Loretogasse hinunterging. Er schickte ihn aus wie sein Heer, rückte ihn wie einen Bauern auf dem Schachbrett vor ... und beobachtete, wie sich still das Tor öffnete in dem letzten Haus, das man noch aus dem Černín-Palast sehen konnte.

Ich hätte gern mit diesem Haus einen näheren Kontakt angebahnt, aber es blieb unzugänglich. Zu weit entfernt. Wie ein geschlossenes Buch oder ein Klavier, an dem die Tasten mit dem Deckel verschlossen sind.

Der Strom der Briefe verstärkte sich in den ersten Monaten des Jahres 1948. Es schien, dass der Herr Minister ein Gefangener war, der Kassiber mit verabredeten Fluchtdetails schickte. Er blieb aber da, wo er war, und auch ich bewegte mich nicht fort.

Wisst ihr, mir gefielen die neuen Kollegen. Na gut, sie besaßen nicht die Kultiviertheit und den Schmiss der Diplomaten der ersten Republik, aber auch die mussten unser Handwerk erst erlernen. In Fellmütze und Fellmantel, im Panzerzug auf der Transsibirischen Magistrale dringst du nicht zu den höflichen Manieren vor. Ich schätzte das, wie diese neuen »unsere Leute« voller Optimismus waren. Mir schienen sie ganz entbrannt für ihre Arbeit. Und es wurden immer mehr.

Eine mächtige Organisation namens Aktionskomitee wurde erschaffen. Zuerst begriff ich nicht, was ihre Rolle sein sollte. Alle denkbaren Aspekte der Ministeriumstätigkeiten waren schließlich durch die zugehörigen Abteilungen abgedeckt. Nicht ein Staat auf der Welt schwebte im luftleeren Raum, jeder hatte seinen Referenten. Und um die Personalangelegenheiten kümmerte sich die Personalabteilung.

Eine Sache erspürte ich aber. Ungeachtet der unklaren Stellung in der Struktur des Ministeriums besaß das Aktionskomitee eine wichtige Eigenschaft. Besser gesagt eine Disposition. Und zwar – Macht.

Wie sonst könnte es Kündigungen und Einstellungen neuer Mitarbeiter anordnen?

Die Kollegen aus dem Aktionskomitee – ihre Gesichter verschwammen mir etwas in eins, gemeinsam hatten sie nur die angespannten Kaumuskeln, strenge Gesichtsausdrücke und eine gewisse Knappheit in der Sprache – hielten sich nicht mit den vorgeschriebenen Schritten zur Genehmigung von Dokumenten auf. Übrigens wusste ich nicht, wer ihr Vorgesetzter war. Der Staatssekretär Clementis? Vielleicht. Auch seine Rolle war aber nicht ganz klar. Er nahm Befehle vom Vorsitzenden der Kommunistischen Partei Gottwald entgegen und vom sowjetischen Botschafter – war er es aber, der dem Komitee Aufgaben erteilte? Vielleicht hatte auch das Komitee seine Räte und Berater … Ich staunte über die Vagheit, diese Nichtbeachtung amtlicher Vorgehensweisen. Ich spürte aber, dass diese Menschen Entscheidungen trafen, und das nötigte mir Respekt ab.

Eins hatte dieses Aktionskomitee mit Clementis gemeinsam. Mit dem Minister berieten sie sich nicht. Dem Minister teilten sie ihre Entscheidungen mit. Und mit dem steigenden Feuereifer »unserer Leute« sank die Laune des Ministers.

Ich erinnere mich an einen Spätvormittag, als der Sekretär Jan Masaryk einen Stapel Kündigungen brachte, die vom Aktionskomitee vorbereitet worden waren. Diese dicke Aktenmappe strahlte etwas Brennendes aus. Als hätte der Sekretär etwas gebracht, was entweder glühend heiß oder eiskalt war, sodass er es nicht mit den Händen festhalten konnte. Er musste das Paket in den Armen halten – und gleichzeitig bemühte er sich, es so weit wie möglich vom Körper wegzuhalten.

Als ich mir seine Bürde etwas näher ansah, hatte ich das Gefühl, einzelne Geschichten zu erspüren, wie sie um Aufmerksamkeit bitten. Wessen aber? Meine? Was konnte ich schon für jemanden tun? Schon jetzt zog sich hinter diesem Stapel die phosphoreszierende Spur des Leids hinterher, von der ich wusste, dass sie die Atmosphäre im Ministerschlafzimmer für Wochen verpesten würde – wenn nicht für immer.

Der Minister steckte im Bett; sowie er das Paket sah, machte er Anzeichen, sich noch mehr zu ducken und sich die Decke über den Kopf zu ziehen.

Der Sekretär musste nichts sagen.

Der Minister stöhnte auf. Gänsehaut lief mir den Rücken herunter. In diesem seltsamen Laut erwartete ich eine Spur Ironie, mit der er normalerweise seine scherzhaft übertriebenen Seufzer ausstieß. Aber die gab es da nicht.

Der Sekretär wartete auf einen Wink, wohin er die Akten legen sollte.

Jan Masaryk schwieg. Er sah nach oben, an die Decke mit der wunderschönen Malerei, und zum ersten Mal hatte ich das Gefühl, er schätzte sie. Er hing förmlich mit den Augen daran. Er krallte sich mit den Fingern in den Rand der Überdecke, bis sie weiß wurden.

Der Sekretär legte das Paket unnatürlich unbeholfen, als hätte ihn etwas gelähmt, auf den Bettrand. Er verneigte sich – auch das war ungewöhnlich, seine Leute verabschiedeten sich eigentlich ziviler von Jan Masaryk – und drehte sich hölzern um. Als das vorsichtige Türschließen verklungen war, drehte sich der Minister unter der Überdecke heftig um. Plötzlich war er auf der Seite, er sah wie einer der Kämpfer auf den Gobelins aus, der die natürliche Perspektive verloren hatte, trat wild mit dem Fuß aus – und das Paket flog einen Meter durch die Luft, bis es mit einem ekligen Schmatzer auf dem Boden landete.

Der Minister drehte sich gleich wieder auf den Rücken und lag still, als könnte ihn jemand bei etwas Unlauterem ertappen. Er schloss die Augen, vielleicht im Bemühen, Schlaf vorzutäuschen. Dann öffnete er sie wieder und tastete nach dem Buch, das er wie ein Schild vor sich hob. Aber er blätterte keine Seite um.

Schließlich kroch er aus dem Bett, ich sah, wie er sich bemühte, nicht auf das Paket zu schauen, und ging ins Vorzimmer. Von dort ging er in den Vorsaal. Auch wenn er groß gewachsen und mächtig war, bewegte er sich gewöhnlich mit angeborener Grazie. Jetzt ging er mit seltsamen, schnellen Humpelschritten, als täte ihm der Bauch weh. Er machte sich auf einen ziellosen Rundweg durch den Vorsaal, das Arbeitszimmer und das Esszimmer, bis er zurück im Zimmer war.

Er hob das Paket auf und warf es aufs Bett. Mit einem weiteren Aufstöhnen kletterte er hinterher. Er löste die Schnur in den Farben der Trikolore, mit der es zugebunden war, und warf sie hinter sich.

Dann begann er die einzelnen Schriftstücke in die Hand zu nehmen.

»Kenne ich ... kenne ich ... aus London ... aus Washington ... den kenne ich auch. Wie viele sind das eigentlich?

Ist das wichtig? Ich werde keine Statistik führen. Ich nicht«, brabbelte er in eigentümlich verschwommenem Tonfall, als wollte er jemanden von etwas überzeugen, was er selbst nicht glaubte. Für Jan Masaryk war das eine ganz untypische Leistung. Er sah aus wie ein professioneller Schauspieler, der sich mühte, einen Einfaltspinsel zu spielen, aber so sehr an große Rollen gewöhnt war, dass es ihm nicht gelang.

Dann langte er so heftig nach der Feder, dass ich zuerst dachte, er würde die Kündigungen durchstreichen.

Zu meinem Erstaunen machte er sich ans Unterschreiben. Nicht lange, und er schraubte vorsichtig den Füllfederhalter zu und griff sich den Stempel mit dem Faksimile seiner Unterschrift. In dieser Menge waren die eigenhändigen Unterschriften nicht zu schaffen. Bald gewann er an Tempo, es war zu sehen, dass er das bei der Erledigung der Postbücher praktizieren musste. Er pfiff sogar leise dabei, als gäbe es auch in dieser düsteren Tätigkeit eine Freude an gut erledigter Arbeit. Er unterschrieb eine einzige Kündigung nicht – die an den Kammerdiener Topinka adressierte. Er klappte das Stempelkissen zu, legte es auf dem Tischchen ab und legte den Stempel darauf. Er griff nach der Schnur, in der sich rote, blaue und weiße Fäden verwebten, die zum Binden internationaler Verträge benutzt wurden. Er schaute sie eine Weile an, als enthielte sie eine Mitteilung in Knotenschrift, obwohl sie ganz glatt war; er hielt sie nur fest. Müde stieß er das Bündel Kündigungen über die Bettkante, dass sie zu allen Seiten auseinanderflogen.

Die ganze Nacht lang versuchte ich in den Handlungsverlauf einzugreifen. Ich wirkte mit meiner geheimen Macht auf die Papiere ein, versuchte sie unters Bett zu schieben, sie in verschiedenen Zimmerecken zu verteilen. Ich sehnte mich danach, den Herrn Minister zu unterstützen, weil ich sah, dass er mit der Unterschrift innerlich nicht einverstanden war. Wenigstens ein paar dieser Kündigungen könnten verloren gehen, damit auf unserer Seite nicht so viele Männer verschwanden. Der Kammerdiener sammelte sie jedoch am Morgen alle gewissenhaft auf. Ich sah, wie er dabei versuchte, den Blick von den Namen abzuwenden, dann übergab er sie dem Sekretär des Ministers.

Und dann kam es zu diesem Ereignis mit der sowjetischen Flagge. Eigentlich wäre es keine ungewöhnliche Situation – im Palast wurde ständig verhandelt, wann welcher Salon für welche Beratung vorbereitet werden musste, wann der repräsentative Eingang für die hochgestellten Gäste geöffnet wurde und so weiter. Flaggen wurden regelmäßig aufgehängt: Zu Ehren des Besuchs, damit er beim Blick aus der Limousine, die über den Parkplatz zum Palast heranrollte, zufrieden seine Staatsflagge sehen konnte.

Beim Aussteigen konnte der Gast die Flagge schon nicht mehr sehen. Der Bogen des Balkons über dem Eingang war viel zu gewagt – oder vielleicht eher reizvoll – vorgewölbt. Er zog den Gast wie eine Theaterloge hinein – und schon war er drin.

Diesmal ging es aber um etwas anderes. Etwas, das der zuständige Direktor nicht lösen konnte. Was irgendwie informell, geflüstert zu den Sekretären des Ministers vordrang. Und was sie mithilfe ähnlicher, seltsamer Bemerkungen auch dem Herrn Minister vorlegten.

Um die tschechoslowakische Flagge konnte es nicht gehen. Die wurde jeden Tag in der Dämmerung gehisst und gegen Abend wieder eingeholt. Was sollte also mit unserer Flagge nicht in Ordnung sein?

»Wisst ihr euch damit wirklich nicht zu helfen? Mein Gott!«, seufzte Jan Masaryk und schob sich die Brille auf die Stirn.

Der Sekretär drückte mit hängenden Schultern und verlegenen Blicken offensichtlich sein Unvermögen aus, die richtige Entscheidung zu treffen. In seiner Haltung erkannte ich auch das amtliche Bedauern, dass der höchste Vorgesetzte mit Marginalien belästigt werden musste. Dieses Bedauern, das am besten klingt, wenn es größtenteils ehrlich ist.

»Schickt mir Šťastný!«

Der Kollege Šťastný war Spezialist für die protokollarische Ordnung, wozu auch die Beflaggung gehörte. Immer, wenn nicht klar war, wie man welche Flagge aushängen sollte, also wo die Oberseite und die Unterseite waren, oder links und rechts – wurde Šťastný gerufen. Er unterstrich seine Rolle damit, dass er lautlos, aber im Frack durch die Gänge des Ministeriums glitt; der Frack machte seine zierliche Figur unübersehbar. Aus dem Täschchen schaute gewöhnlich ein mit der Krawatte abgestimmtes Taschentuch heraus.

Herr Šťastný glitt mit einem Gesichtsausdruck ins Arbeitszimmer des Ministers, der dem des Sekretärs nicht nachstand.

Der Minister sah ihn überrascht an: »Mensch! Lassen Sie nicht mehr bei Kníže nähen?«

Und wirklich. Herr Šťastný hatte irgendeinen unförmigen Anzug unbestimmter Farbe an; keine Spur von Taschentüchlein, ausdrucksstarker Krawatte und Manschettenknöpfen. Im Vergleich zu seiner gewöhnlichen

Erscheinung sahen die Kleidungsstücke aus, wie in größter Not von seinem Neffen geborgt.

»Herr Minister, der *Dresscode* …«

Der Minister wartete halb schockiert, halb belustigt auf den Schluss des Satzes, der aber nicht kam.

»Die Kollegen sind heutzutage nämlich …«, versuchte es Šťastný anders.

Der Minister, schien es, wollte sich dieses kurze Vergnügen nicht dadurch nehmen lassen, dass er etwas sagte.

»Sie wissen doch, wie es jetzt läuft. Die westliche Mode ist irgendwie … nicht angesagt. Ein Diplomat sollte nicht … extravagant, wie sie sagen, gekleidet sein, um nicht losgelöst vom werktätigen Volk zu erscheinen!«

Jan Masaryk belohnte seine heroische Leistung mit einem Nicken. Natürlich hatte er auch bemerkt, dass ein Erkennungszeichen der neuen Menschen ihre schlecht sitzenden Anzüge waren, die unter den Sakkos unsichtbaren Hemdsärmel, zerknautschte Krawatten und eine irgendwie einheitliche Farbe aller Kleidung, die sich dadurch auszeichnete, dass man sie nicht beschreiben konnte.

»Die Zeiten haben sich geändert, nicht wahr, Šťastný?«

Herr Šťastný nickte eifrig mit dem Kopf, dass er das genau so meinte.

»Nun, dann zur Sache. Was für Schwierigkeiten haben wir denn mit der Fahne?«

»Wissen Sie, Herr Minister, es geht eher um eine Flagge. Eine Fahne ist für das dauerhafte Wehen bestimmt, während eine Flagge morgens gehisst und abends eingeholt wird!«

»Na und was hindert uns, eine am Mast hochzuziehen?«

»Hier handelt es sich nicht um einen einzeln stehenden Mast, sondern eine Flaggenstange als Bestandteil des

Gebäudes, und außerdem um eine Flagge und keine Fahne, bitte schön!«

»Also hängen wir die Flagge auf wie immer, oder?«

»Es geht ja nicht so sehr darum, dass wir nicht unsere Flagge aufhängen könnten. Die Heizer wissen genau, was sie zu tun haben. Immer in der Dämmerung gehen sie auf den Dachboden und dort ...«

»... ziehen sie sie auf den Mast, ich weiß.«

»... auf die Flaggenstange, bitte schön. Ich habe sie genau angelernt. Sie tragen sie in einem weiß ausgeschlagenen Korb nach oben, hissen sie zu zweit, damit sie nicht das Dach berührt, und machen das langsam, würdig. Runter kommt sie dann schneller, das ist erlaubt, weil es ganz passend ...«

»Nun quetschen Sie sich doch aus, Mann.«

»Es geht eigentlich nicht um die Fahne, Pardon, die Flagge.«

»Und worum geht es also?« Jan Masaryk legte die Brille auf dem Tisch ab. Er lehnte sich im Sessel vor, stützte sich mit den Ellbogen auf den Knien ab und faltete die Hände unterm Kinn.

»Die Schwierigkeit besteht darin, welche Flagge es sein soll«, presste Šťastný endlich hervor und es war offensichtlich, dass diese seine Worte ein Ausdruck persönlicher Tapferkeit waren.

»Aha«, ließ der Minister nicht erkennen, dass er auf die Art der Flagge besonders neugierig wäre.

»Es geht um die sowjetische Flagge«, fügte Šťastný in einem Anfall selbstmörderischen Muts hinzu. »Das Aktionskomitee drängt darauf, dass sie auf dem Dach gemeinsam mit unserer hängt. Die sowjetische Flagge hissen wir natürlich gern, aber an der Fassade, und dann auch nur während des Besuchs eines bedeutenden sowjetischen Gasts.«

Jan Masaryk schwieg.

»So ist die bisherige Praxis«, fügte Herr Šťastný mit vorsichtiger Erleichterung hinzu, als bedeutete Masaryks Schweigen, er sei nicht mit diesem verrückten Einfall einverstanden.

Es war zu sehen, dass Jan Masaryk nachdachte: »Nun, warum sollten wir sie eigentlich nicht dahin tun? Wenn unseren Freunden das Freude bereitet?«

»Herr Minister! Dort oben gehört nur unsere Flagge hin, schließlich sind wir ein eigenständiges Land ...«

Jan Masaryk verzog ironisch die Mundwinkel.

»Ich habe bis in alle Einzelheiten darüber nachgedacht«, fuhr der Kollege Šťastný fort. Man konnte ihm ansehen, wie er Mut sammelte und wie er sich darauf freute, die aufwieglerischen Worte endlich hinauszubekommen. »Es wird nur die Flagge eines souveränen Staats aufgehängt. Und die Sowjetunion ist eine Vereinigung einzelner Republiken, nicht wahr? Kann sie dann als souveräner Staat betrachtet werden?«

Jan Masaryk wurde munterer.

»Leider hat sie aber alle Anzeichen eines souveränen Staates«, wurde Herr Šťastný traurig. »Das Aufhängen der sowjetischen Flagge kann man aus diesem Grunde nicht ablehnen«, sprach er unglücklich zu Ende.

»Warum kommen Sie mir damit überhaupt unter die Augen«, schrie auf einmal Jan Masaryk los. »Warum denken Sie sich nicht einfach irgendeinen Grund aus, damit dieser sowjetische Fetzen da nicht aufgehängt werden muss?«

Herrn Šťastnýs Gesicht zeigte die Qualen, die ihm der Ausdruck »Fetzen« bereitete. Die waren offensichtlich schwerwiegender als der Schaden, den die Unzufriedenheit des Herrn Ministers mit seiner Arbeitsleistung bewirkte.

»Die Situation ist ganz klar, Herr Minister. Die Tschechoslowakei ist kein Bestandteil der Sowjetunion, das ist das grundlegende Argument, warum wir die sowjetische Flagge nicht aushängen. – Sie wissen doch aber, wer sie da sehen möchte. Und warum«, brachte der Protokollverantwortliche hervor.

»Sie helfen mir wohl nicht, Šťastnej.«

»Ich würde ja gern, aber …« Herr Šťastný sollte jetzt schweigen und warten, dass der Minister ihn verabschiedet, aber auf einmal fasste er sich und fing wieder an zu reden. »Herr Minister, Sie haben den Krieg in England verbracht. Wir, die wir hiergeblieben sind, erinnern uns an diese Flagge. Die, die da während des Protektorats wehte.«

In Jan Masaryks Gesicht war zu lesen, dass er sich andere Flaggen vorstellte.

»Und die war auch rot. Nur dass sie eine weiße Mitte hatte. Und das Hakenkreuz.« Herr Šťastný senkte den Kopf, als hätte er ein unanständiges Wort gesagt. Mit dieser ehrerbietigen Beamtengeste stand plötzlich sein Tonfall im Kontrast – ausdrucksstark, nicht verhandlungsbereit. Hass schwang darin mit.

»Ich verstehe«, sagte Jan Masaryk knapp. »Was schlagen Sie also vor, Mann?«, fügte er hinzu, obwohl Herr Šťastný nicht so aussah, als hätte er so etwas überhaupt vorgehabt.

»Vielleicht gäbe es hier eine Lösung«, sah Herr Šťastný Jan Masaryk in die Augen. »Unsere Flagge würden wir natürlich weiter auf dem Dach hissen. Zum Glück haben wir da zwei Flaggenstöcke. Und es existiert ein Ehrenplatz und ein weniger ehrenvoller. Die ehrenvolle Seite ist vom

Gebäude aus gesehen die rechte – für uns die linke. Wenn also diese *zweite* Flagge …«

»Sie wollen also mit dem Vertauschen der Flaggen Widerstand leisten?«, lachte Jan Masaryk auf. »Und erkennt das überhaupt jemand?«

Herr Šťastný zuckte wieder verlegen die Schultern, keine Spur mehr von dem energischen Ton.

»Es gäbe noch eine Möglichkeit … wirklich extrem ist die.« Herr Šťastný deutete an, sich dem Herrn Minister vertraulich zuzubeugen; der erschrak allem Anschein nach. »Deren Flagge auf Halbmast setzen. Das würden alle verstehen.« Wieder schwang dieser entschlossene, wenn auch etwas verzweifelte Ton mit.

»Ach was soll's«, entschloss sich auf einmal der Herr Minister, als wolle er das Gespräch schnell hinter sich haben. »Es sind unsere Brüder, unsere Befreier, nicht wahr? Unsere Verbündeten! Also machen wir ihnen doch die Freude!«

Herr Šťastný beobachtete den Minister unfroh. Der holte wieder Luft.

»Aber vor allem sind wir Diplomaten, was meinen Sie? Wir werden doch die sowjetische Flagge nicht einfach so hissen. Das wäre ja fast eine Entehrung, würde ich sagen. Da wird man auf ein bedeutendes Datum warten müssen. Den Jahrestag der Befreiung, den haben wir im Mai, oder vielleicht gleich den Jahrestag von diesem bolschewistischen Aufstand da bei denen, damals 1917 im Herbst … nein, das machen wir nicht im Mai. Und bis zu diesem Zeitpunkt kann eine Menge passieren«, schloss Jan Masaryk leichthin.

Herr Šťastný sah aus, als hätte er eine Herausforderung gehört.

»Auf mich können Sie zählen, Herr Minister«, erklärte er und neigte energisch den Kopf, als erwiese er der unsichtbaren Flagge Ehre.

»Schon gut, Mann. Das haben wir geklärt.«

»Die Fräcke halte ich im Schrank bereit, die Schuhe auf Schuhspannern, die Krawatten aufgehängt ... ich bin im Nu wie aus dem Ei gepellt«, brabbelte Herr Šťastný und seine Augen waren dabei von einem seherischen Nebel verhangen. »Und ich lasse mir etwas Spezielles nähen, wenn sich das hier alles gelöst hat«, versprach er noch.

»Sagen Sie den Sekretären, was wir verabredet haben«, bat ihn Jan Masaryk plötzlich ganz nüchtern.

Herr Šťastný sah ihn dienstfertig, aber auch fragend an.

»Sie sollen vor allem verbreiten, dass wir die sowjetische Flagge natürlich nicht einfach so aufhängen können.«

Der Herr Minister unternahm also gewisse Gegenangriffe, aber nicht solche, wie ich sie mir vorstellen würde.

Mit Staunen verfolgte ich, wie er sich in den Palastgängen auf einige der Beamten stürzte. Meistens sah ich solche Situationen doch eher vor dem Palast, wo die Vertreter der Öffentlichkeit begeistert auf ihn zusprangen. Jetzt war das irgendwie unnatürlich andersherum. Jan Masaryk tönte, scherzte, aber aus seinen Augen sprang dabei Trauer, oder besser gesagt Entsetzen. Ich begriff, dass er sich eigentlich bei denen entschuldigen wollte, denen er gekündigt hatte.

Es schien, dass die Kollegen die lärmenden Worte und die großartigen Gesten im Großen und Ganzen wohlwollend aufnahmen. Sie lächelten, ließen sich die Hand schütteln. Im Unterschied zu Jan Masaryk konnte ich sie aber beobachten, wenn sie sich von ihrem Vorgesetzten trennten – sich lösten würde wohl ein Fechter sagen ... dann zogen sie gewöhnlich den Kopf zwischen die Schultern und gingen langsam, nachdenklich fort, als hätte sie ein weiterer Schicksalsschlag getroffen. Ein weiteres Unrecht. Eine endgültige Enttäuschung. In diesem Fechtwettkampf, in diesen flüchtigen Begegnungen auf den Gängen hatte keine der Seiten eine Waffe, und deshalb verloren beide.

Wenn bei diesen Begegnungen ein weiterer Beamter auftauchte, bemühte er sich gewöhnlich, dieses seltsame Duo in weitem Bogen zu umgehen, mit gesenktem Kopf tat er so, als sähe er sie nicht.

Ich kann aber bezeugen, dass Jan Masaryk doch etwas für die entlassenen Kollegen zu tun versuchte. In seinem poltrigen, spontanen Stil nahm er sich den Leiter der Personalabteilung vor und es gelang ihm, in einer Reihe von Beispielen zu erwirken, dass sie noch eine Zeitlang das halbe Gehalt bekamen. Er begleitete den Leiter bis an die Schwelle seines Büros, klopfte ihm auf die Schulter und nahm ihn am Ellbogen, als wollte er ihm einen Gefallen tun ... und der Personalleiter nickte verstehend, mit dem Blick schon auf die Tür gerichtet, aus der er hinausschlüpfen wollte. Mit den Vertretern des Aktionskomitees traf sich der Minister nie.

Er kam aber zu dem Treffen im großen Saal, wohin alle Beschäftigten zusammengerufen worden waren. Ich schätzte sehr, dass er sich in diese Arena aufmachte. (Die sich im Übrigen im *piano nobile* befand – wenn Jan Masaryk sich äußern wollte, dann musste er das dort tun!) Und ich schätzte es nicht nur – ich spannte mich ganz und gar an, denn ich weiß ja, was ein Überraschungsangriff vermag.

Wenn man sich gegen mehrere Angreifer auf einmal verteidigen muss, kann man sich natürlich ergeben. Das ist logisch, so spart ihr eure Kräfte, spart euch eine Verletzung und vielleicht auch das Leben auf. Allerdings überantwortet ihr euch ihrer Gnade; über euer Leben entscheiden dann jene.

Es gibt jedoch noch einen anderen Weg.

Eine unerwartete Attacke dort, wo es scheinbar keine Chance auf einen Erfolg gibt. Die Überraschung wird auf eurer Seite sein, und die Überraschung ist eure Klinge und euer Schild.

Ich glaube nicht, dass der Herr Minister teilnehmen würde. Hinter den halb geöffneten kleinen Türen, die vom Gang in seiner Wohnung auf den Balkon unter der Decke des großen Saals führten, hörte er auf das Donnern unten. »Volksdemokratische Ordnung!«, wurde da unten immer wieder nachdrücklich gerufen. Der Nachdruck ließ erahnen, dass es um eine andere Ordnung als eine demokratische ging. Die Redner, unter denen sich am meisten ein Mann aus dem Aktionskomitee hervortat, setzten einen übertrieben herzlichen und gleichzeitig schneidigen Ton auf. Sie erinnerten mich an jemand ... das war nicht gerade eine angenehme Erinnerung ... da hatte ich es schon.

Nicht weit entfernt, über den Platz hinweg zwinkerte der Schwarze Ochse mir aus seiner Nische in der Häuserfront zu. Und diese Herren sprachen ein bisschen wie seine Kundschaft.

Als kämen sie benebelt aus der Kneipe und teilten mit überbordender Begeisterung der Welt ihre Ansichten mit. Aber diese Männer waren nüchtern, wie ich an ihrem energischen und festen Schritt und ihren Gesten erkennen konnte. Ihre Augen strahlten, aber nicht vom Alkohol. Und die Energie? Die erinnerte mich an den Tonfall, in dem vor nicht allzu langer Zeit hier andere Männer sprachen. Die vorherigen Herren des Černín-Palastes.

»Es sollte niemand denken, dass unsere Republik keine Volksrepublik wird, aus dem Volk und für das Volk!«

»Es soll nur niemand denken, wir wären nicht die treuesten Verbündeten der Sowjetunion!«

»Niemand sollte glauben, dass hier das Großkapital herrschen wird!«

Das Seltsame war, dass sie mit diesen Aufforderungen, wer was nicht glauben sollte, in Wahrheit sagten, was die Leute denken sollten.

Unter den versammelten Angestellten herrschte Stille. Es ließ sich nicht erkennen, ob eine höfliche, eine professionell diplomatische oder eine abweisende. Den Teilnehmern der Versammlung glänzten jedenfalls nicht die Augen. Die meisten schauten zu Boden.

Jan Masaryk schloss oben vorsichtig die Blechtüren – mir kam es vor, als bedeckte er sich mit einem Schild. Und jetzt macht er gleich einen Ausfall. Verteidige dich nie, ohne ...

Endlich.

Er lief rasch aus der Wohnung zum Aufzug ... auch wenn er eher humpelte. Seine Schultern hingen herunter, der Kopf dazwischen. Mimikry, freute ich mich. Ein vorgetäuschter Ausfall oder ein Schritt zur Seite können genauso wichtig sein wie ein echter Ausfall. Als er in der ersten Etage aus dem Aufzug trat und durch den Flur zum großen Saal ging, wurde er schneller. Nur ein wenig, aber das reichte, dass ich begann, mich auf die kommende Szene zu freuen. Kaum hatte er die hohe Tür geöffnet, drehten sich im Publikum eine Menge Köpfe zu ihm um. Als warteten auch die Kollegen, dass etwas passiert. Er ging durch die Angestellten hindurch zu den Rednern.

Der Vorsitzende des Aktionskomitees sah ihn, aber es schien nicht so, als ob ihn dieser Anblick aus der Ruhe brächte. Er unterbrach seine Rede, die sich sowieso auf der Stelle drehte, und rief: »Der Herr Minister ist gekommen, um uns zu begrüßen, Genossen! Begrüßen wir den Herrn Minister!«

Die Leute begannen zu klatschen, irgendwie verzögert, als wüssten sie nicht, ob ein Applaus passend war – beziehungsweise, ob es passend war, auf Aufforderung dieses Redners zu klatschen.

»Herr Minister, könnten Sie hier den Genossen ein paar Worte sagen? Vielleicht über Ihre Verhandlungen in Moskau. Oder vielleicht ...«

Jan Masaryk ergriff das Wort. Zuerst hatte ich das Gefühl, als würde etwas geschehen. Dasselbe Gefühl hatten offenbar auch die Leute im Saal, weil sie sich auf die Zehenspitzen stellten und die Hälse reckten. Als hörten sie nicht gut. Genau wie ich. Jan Masaryk, dieser geübte Redner, der die Zuhörer im Handumdrehen gewinnen konnte, sprach ungewöhnlich leise. Eigentlich verstand ich ihn gar nicht. Außer den letzten paar Worten: »... und seid nett zueinander.«

Er sagte das nüchtern, alltäglich, aber das war er. In diesen letzten Worten leuchtete sein Charisma auf. Seine Herzlichkeit, mit der er jeden erobern konnte.

Eine Weile Abwarten. Nein, mehr kam nicht. Die Anwesenden begannen zu klatschen, unorganisiert, zuerst nur ein paar Hände, dann gab es einen Beifallssturm. Auch begeisterte Rufe waren zu hören. Der Vorsitzende des Aktionskomitees zeigte verlegen lächelnd die Zähne und schaute zur Seite. Die Männer neben ihm verfolgten aus den Augenwinkeln die jubelnden Kollegen.

Das war der Moment.

Jetzt sollte Jan Masaryk die Hand heben und warten, bis der Saal ruhig ist.

Und es dann sagen.

Er hatte sie. Jetzt würden sie ihm folgen.

Der Herr Minister löste sich aber in einer halben Drehung, ohne Abschied, von der Gruppe der Redner. Langsam, als sähe ihn niemand, schwamm er durch die Wartenden. Es war immer noch Zeit, er konnte noch stehenbleiben ... aber er zog den Kopf zwischen die Schultern. Er machte sich zu der großen Tür auf, und obwohl er humpelte, war er recht schnell dort; die Tür öffnete sich, sie schloss sich und alles war vorbei.

Ich kam mir betrogen vor. Ich fühlte Überdruss und Scham – ich schämte mich für meinen Herrn, was mir bis jetzt noch nie passiert war. Und meine Bitterkeit war eine doppelte, weil mir in dem Moment bewusst wurde, wie ich mich von ihm habe hinters Licht führen lassen. Vielleicht hatte ich sogar schon angefangen zu glauben, dass ein einfaches, direktes Wort ein größeres Gewicht haben könnte als eine amtliche Zuschrift. Jan Masaryk hatte einen Degen in der Hand, er wollte nur nichts von ihm wissen. So kann man kein Duell führen, wenn einer der Duellanten vortäuscht, er sei unbewaffnet. Das ist eine Narretei, meine Herren.

Oben in seiner Wohnung unterschrieb der Minister weitere Kündigungen.

Abends im Bett las er immer häufiger die Bibel. Schwejk, den er immer bei der Hand hatte, ließ er diesmal liegen.

Und wenn er sich ans Klavier setzte, dann spielte er nur ein paar Töne. Mit einer Hand. Töne, die sich immer wiederholten.

Ich wusste, dass etwas passieren musste. Das war allen klar. Unter den Dächern dort unten in der Stadt herrschte schon nicht mehr nur die trügerische Ruhe, die für Prag so typisch war. Irgendetwas war in Vorbereitung. Das Flüstern floss aus den Gängen in die Arbeitszimmer über. Beratungen begannen verstohlenem Austausch von Klatsch zu ähneln; der gewöhnliche Austausch von Informationen in den Gängen wirkte jetzt wie eine Beratung.

Ehrlich gesagt wünschte ich mir, es solle sich entladen. So oder so.

Als ich sie hörte, musste ich mich gerademachen. Endlich kamen sie. Eine bewaffnete Macht. Die Armee kam, um die entfesselten Zivilisten zu zähmen, dessen war ich mir sicher. Sie kamen von oben herunter, vom Strahov-Tor. Im ersten Moment fiel mir ein, es könnte eine Okkupationsarmee sein, die das zu Ende brachte, womit sich die Tschechen keinen Rat wussten. So etwas wie Ottovalskýs Schweden 1648, die die Hoffnungen der tschechischen evangelischen Exulanten weckten.

Wie groß war meine Überraschung, als sie auf dem Loretoplatz auftauchten.

Was? Zivilisten? Und ohne Waffen?

Durch die Loretogasse zog von oben herunter ein Zug Studenten, die auf die Burg gingen, um Präsident Beneš ihre Unterstützung zuzusichern. Sie gingen schön in Achterreihen, da konnte man nichts sagen. Sie hielten sich so gut, dass ich in der ersten Reihe den Befehlshaber suchte. Es schien, sie hatten keinen. Auch keine Fahne. Keine Flagge. Ihre Entschlossenheit wog das auf. Ich sah die konzentrierten, jungen und trotzdem vertrauenswürdigen Gesichter, die der Burg zugewandt waren. Ich hoffte, dass sie eine Chance hatten. Der Präsident empfängt sie bestimmt. Und rafft sich endlich, endlich zu einer Aktion auf. Bevor sich die Unruhe unter den Dächern hervor auf die Straße wälzt.

Jan Masaryk trat in seinem Arbeitszimmer ans Fenster. Er sah von dort bis in die Loretogasse – bis zu dem Haus, in dem Frau Marcia lebte. Ganz plötzlich spürte ich ihn sich bewegen. Er bückte sich so heftig, dass er leicht mit der Stirn gegen das Fensterglas stieß.

Aus dem Haus am Ende der Straße lief eine Gestalt heraus, durch die kleine Tür, die sich aus dem Torflügel löste. Mir schien, als hätte ich einen Rock und Damenschuhe gesehen. Noch während sie versuchte, sich den schnell übergeworfenen Mantel anzuziehen, lief sie los in Richtung der Spitze des Zuges, zur Burg.

Jan Masaryk musste dasselbe wie ich gesehen haben.

Er sprang vom Fenster zurück, ging schnell zum Telefon, legte die Hand darauf. Dann machte er eine Bewegung, als wollte er zur Tür. Ich sah sein Zögern, ob er den Sekretär aus dem Vorsaal rufen sollte oder seinen Leibwächter, der dort wartete.

Eine weitere hastige, unvollendete Bewegung in Richtung Tür, als wolle er ohne Rücksicht auf irgendjemanden im Amt mit ihr abrechnen. Sie aufstoßen, an seinen überraschten Sekretären vorbei hinuntereilen und den Studenten hinterherlaufen.

Er wusste, was passieren würde.

Sie würden ihn sofort erkennen, so wie jeder in der damaligen Tschechoslowakei. Im Zug erhöben sich Rufe, die sich bis in die ersten Reihen fortpflanzten. Wahrscheinlich würden sie warten, damit er nach vorn laufen und sich an die Spitze stellen könnte.

Jan Masaryk, der die Studenten zum Präsidenten in die Burg führte. Diese Vorstellung gefiel ihm. Er überlegte, ob so ein Auftritt nicht das Herz des Präsidenten rühren könnte, Blut in die Adern treiben, die durch die Arteriosklerose schwach geworden waren und eng von den durchgemachten Schlaganfällen ... auf einmal hatte ich das Gefühl, Präsident Beneš sei schon zu krank, um sich entscheiden zu können. Er würde sich kaum plötzlich aufraffen, wo er schon Monate vorher in immer größerer Untätigkeit versunken war. Die plötzliche Aufregung könnte ihm schaden. Die Aktion würde er am ehesten als Druck empfinden, eine weitere Finte der Kommunisten, die sie erfanden, während sie sich dabei auf den Volkswillen beriefen.

Der Minister trat von der Tür zurück, ging wieder zum Tisch und setzte sich in den Sessel.

Er senkte den Kopf; ich erriet den Gedanken, der ihn zu beherrschen begann. Es ging nicht um den Präsidenten. Er selbst war es, der nicht aufwachen konnte und das tun, was zu tun war.

Aber was war das eigentlich?

Nach einer Weile stand er auf, ging gemächlich ans Fenster, vorsichtig, scheinbar gleichgültig. Er öffnete es, langsam, ruhig, als sei es Morgen und er wolle frische tschechische Luft hineinlassen. Er spürte den Kältehauch und den Rauch von den Kohlen, mit denen in den umliegenden Häusern geheizt wurde. Und dann hörte er es. Er stützte sich auf den Fensterrahmen und sah hinaus.

Bis zum Burgplatz konnte er nicht sehen, aber was er hörte, ließ keinen Zweifel zu. Er hörte aufgeregt protestierende Männerstimmen und dann entsetzte Schreie in einer höheren Tonlage, die von Mädchen stammen mussten. Und wohl auch dumpfe Geräusche, wie sie ein geschlagener Körper macht.

Er starrte ins Zwielicht dieses Februarnachmittags, versuchte das Haus am anderen Ende der Loretogasse besser zu sehen. Schien ihm das nur so, oder war ein Schatten im Rock dort hineingeglitten?

Und dann begannen von unten die Gestalten aufzutauchen. Zuerst schien ihm, dass es die zurückkehrenden Studenten waren. Also ist alles gut ausgegangen, dachte er erleichtert. Die Polizei hat sie einfach nicht hineingelassen.

Nur bemerkte er dann, dass manche flüchteten, während andere in geschlossener Formation vorrückten. Und dann sah er die Umrisse über ihren Schultern. Diese Reihen waren bewaffnet. Als sie sich dem Loretoplatz näherten, sah er rote Armbinden. Entsetzt beobachtete er die in Richtung Palast vorrückenden Volksmilizen. Er registrierte ihre dünnen und gebeugten, altburschenhaften, manchmal korpulenten und watschelnden onkelhaften Gestalten. Er unterschied leere, irgendwie müde Gesichtszüge, heruntergezogene Mundwinkel, schlecht rasierte Wangen, oder wenigstens konnte er sie sich vorstellen. Augen, die unter platten Mützen hervor misstrauisch und schlechtgelaunt hervorschauten. Langsam schleppten sie sich nach oben; nachdem sie die Studenten mit ihren Gewehrkolben auseinandergejagt hatten.

Er trat vom Fenster zurück.

Ich sah ihm an, dass ihn Entsetzen gepackt hatte. Hatten sie den Befehl, den Černín-Palast zu besetzen? Würden sie in ein paar Minuten hier bei ihm im Büro stehen? Ungeschickt lief er eine Weile an der Wand entlang, als gäbe es da einen Notausgang. Nein, er müsste durch das Büro der Sekretäre hinausgehen. Und dann – in den Janák-Anbau flüchten oder durch den großen Saal laufen? Wird der Hinterausgang noch offen sein? Und was, wenn sie da einen der ihren haben, so wie heute überall? Halten sie ihn fest und morgen erscheinen in allen Zeitungen Artikel darüber, wie der Außenminister Masaryk vor dem Volk flüchtete? Sollte er durch den Garten laufen und versuchen, über die Mauer zu klettern? Das ist doch unwürdig. Er stellte sich vor, was sein Vater getan hätte, und diese Vision lähmte ihn noch mehr.

Er wusste es.

Der wäre ihnen entgegengegangen und hätte sie mit ein paar Worten bezähmt.

Wieder trat er ans Fenster und sah hinaus, wie um zu sehen, ob man die Fassade hinunterklettern konnte, oder um zu sehen, ob von unten schon Gewehre auf ihn gerichtet waren. Auf dem Bürgersteig war niemand. Er sah zur Loretogasse und stellte erleichtert fest, dass die Milizionäre am Palast vorbei in Richtung Pohořelec zogen.

Noch bevor er das Fenster schloss, schaute er noch einmal die Loretogasse hinunter. Von der Burg kamen keine Schreie mehr. Vielleicht hatte er deshalb das Gefühl, eine weibliche Stimme gehört zu haben, die irgendwo da unten englisch aus dem Fenster schrie: »Schande! Bewaffnete Zivilisten! Schande! Schande!« Er glaubte, einen amerikanischen Akzent zu erkennen. Und dann hörte er das Fenster klirren, aus Protest zugeknallt. Vorsichtig zog er seinen eigenen Fensterflügel heran.

Bevor es ganz geschlossen war, hörte er weitere Rufe.

»Sind das die Waffen aus Krčmaň?«, rief einer der Studenten, die auf dem Bürgersteig stehengeblieben waren, höhnisch, und zeigte dabei auf die Gewehre der Milizionäre. Die warfen sich ohne Umschweife auf ihn, versetzten ihm aufs Geratewohl ein paar Faustschläge, packten ihn und schleppten ihn fort in Richtung Burg. Noch gab es die Möglichkeit, Befehle zu erteilen, einen Sekretär dorthin zu schicken ... und selbst hinzulaufen. Schließlich war man auf die Waffen in Krčmaň gestoßen, als die Schachtelaffäre untersucht wurde – jenes Höllengerät, das als Parfüm maskiert war. Jan Masaryk hatte für einen Augenblick das absurde Gefühl, dass der vorlaute Student ihn beschützte, ihn, der doch eigentlich von einer Leibwache und anderen verlässlichen Menschen umgeben war.

Er kehrte zu seinen Akten zurück, und dann, wie immer gegen Abend, machte er sich zu Frau Marcia auf.

Ich sah, wie er sich vor den Palasttüren duckte und nach allen Seiten umsah, als erwartete er einen Angriff. Der Parkplatz war aber leer. Dann machte er sich schnell in die Loretogasse auf. Als er an der Kapelle mit den Abbildungen der Gepfählten vorbeikam, bemerkte ich, dass er sich auf dieser Seite hielt und plötzlich war mir klar, dass er das immer tat. Nie sah ich ihn auf der gegenüberliegenden Straßenseite entlanggehen.

Dort war eine Einheit des Korps der Nationalen Sicherheit untergebracht worden. Deren Mitglieder sahen nicht aus wie früher die Polizisten oder Gendarmen – alle waren jung, hielten sich aufrecht, schauten forschend und beobachteten irgendwie drohend ihre Umgebung.

Jan Masaryk schlüpfte in das Haus von Marcia Davenport. Ich wusste, dass er sich zu etwas entschlossen hatte. Ich ahnte nur nicht, was kommen würde. Einen Moment lang dachte ich, er könnte mit ihrer Hilfe die auseinandergetriebenen Studenten ansprechen und sich an ihre Spitze stellen – darin liegt die Stärke von Offizieren, dass sie die demoralisierte, eingeschüchterte Truppe aufrichten können, ihre Reihen schließen, sie wieder unter einer Losung vereinigen und den Rückzug in einen Angriff verwandeln können! Man darf nur nicht aufhören, sich zu verteidigen! Niemals, nie!

Dann sah ich Jan Masaryk zurückkehren und wieder hielt er sich ängstlich an der gegenüberliegenden Wand.

Ich gebe zu, dass ich eine Aktion erwartete. Die Sekretäre zusammenrufen, Aufgaben verteilen, Briefe schreiben und die an verlässliche Menschen schicken. Ich vertraute darauf, dass es nicht zu einer langatmigen Beratung kommen würde, in denen sich seine Untergebenen so gern auslebten. Die Wände hatten Ohren und Jan Masaryk wusste das. Aber mit dem ergebenen Personal kann man auch in Andeutungen reden oder mit schriftlichen Mitteilungen. Ich stellte mir vor, wie sich solche Zettelchen, wie sie der Minister an Frau Marcia schickte, fliegend über Prag verteilten.

Jan Masaryk rief seine Sekretäre wirklich zusammen und gab ihnen wirklich eine Aufgabe, die jedoch etwas seltsam war – sie sollten feststellen, welcher der funktionierenden Öfen der größte war.

Verwundert beobachtete ich, wie die überraschten Sekretäre die Öfen abmaßen. Und dann sah ich, wie Jan Masaryk sich durch seine Arbeitspapiere wühlte. Er sah sie kaum an, warf sie nur schnell auf einen rasch wachsenden Haufen. Er zog aus der Schublade Briefe hervor, in denen ich die Antworten von Marcia Davenport auf seine Briefchen erkannte. Wie oft hatte er sie angeschaut, in den Händen geknetet, daran gerochen. Jetzt schüttete er sie auf den Papierhaufen. Und als der Sekretär in der Tür auftauchte, zeigte er schweigend mit den Augen darauf. Der Untergebene packte mit zitternden Händen die nicht zusammenhaltenden Papierstöße. Bald drang durch die geöffnete Tür ein Geruch von Verbranntem ins Arbeitszimmer. Jan Masaryk warf sogar noch ein Dollarbündel auf den Haufen – da zweifelte ich doch, ob das überlegt war, was er da tat.

Aber immer noch hielt ich mich an meine Hoffnung. Dass ich Vorbereitungen zum Angriff sah, nicht etwa das Verwischen von Spuren. Dass der Palast wieder eine Festung werden wird, von der aus es siegreich gegen die sklerotische, machtlose, gedemütigte Burg geht. Und weiter über die Kleinseite ...

Als Jan Masaryk die Schubladen geleert hatte, trat er atemlos von der ungewohnten Anstrengung wieder ans Fenster. Es überraschte mich nicht, dass er ans entgegengesetzte Ende der Loretogasse schaute. Er beobachtete die Fenster der Wohnung von Frau Marcia, hob dann aber den Kopf, als ob er schauen müsste, was weiter oben passierte, auf dem Dach ihrer Wohnung. Er schärfte den Blick, legte den Kopf zurück. Erwartete er etwa, dass sich dort eine Figur abzeichnete? Jemand, der um Hilfe rief? Oder vielleicht jemand, den man rufen könnte? Verspätet begriff ich, dass er eine Rauchsäule suchte.

Später erfuhr ich, dass Jan Masaryk wegen der Auflösung der Studentendemonstration beim Innenminister Václav Nosek intervenierte. Angeblich »scharf«. Das beruhigte mich nicht – er hätte sich an die Spitze der Studenten stellen sollen, alles andere waren nur Worte.

Einige Tage später kam einer seiner Untergebenen in sein Büro und bestätigte ihm, dass ein gewisses Flugzeug abgehoben hatte. Ich begriff nicht, worum es ging. Wenn der Außenminister eines anderen Staates abreisen sollte, würde ihn der Protokollchef begleiten; für niedere Beamte würde er sich natürlich nicht interessieren. Aber schon lange war keine offizielle Delegation mehr nach Prag gekommen.

»Ist sie wirklich weg?«, fragte Jan Masaryk irgendwie ungläubig.

Der Mann bejahte schweigend.

Und dann machte es sich Jan Masaryk im Sessel bequem und über sein Gesicht breitete sich ein halb glückseliges, halb spitzbübisches Lächeln aus, wie ich es lange nicht mehr an ihm gesehen hatte.

»Die Davenportka ist also auf und davon. Die hat es gut!«, freute er sich.

Ich kannte diesen ungestümen und gleichzeitig selbstironischen Tonfall, mit dem er andere in das Netz gemeinsamen Vergnügens und Verständnisses zog.

Der Mann verbeugte sich etwas überrascht, schweigend.

»Danke!«, sagte Jan Masaryk laut.

Und als der Mann fort war, wiederholte er für sich »Die Davenportka ist also auf und davon«, aber jetzt nachdenklich, fast traurig.

Ich maß dem kein Gewicht bei. Umsichtig hatte er sich seiner Schwachstelle entledigt – oder besser gesagt eingerichtet, dass seine Gefühlsbeziehung nicht zu dieser Schwachstelle wurde. Frau Marcia war jetzt außer Gefahr. Ja, die Offiziersgattinnen blieben immer in den Quartieren zurück, wenn es ins Feld ging! Sein Vorgehen billigte ich.

Ich erwartete, dass er sich jetzt den Safe öffnen ließe. Den, in dem er die Pistole hatte. Nachdem er das explosive

Parfüm erhalten hatte, wurden er und seine Sekretäre mit Waffen ausgestattet. Er lehnte es ab, sie auch nur zu berühren, und ließ sie wegsperren. Ich stellte mir vor, dass er sich jetzt mit seinen Sekretären in einen Kreis stellt, sie ihre Waffen vergleichen und sich instruieren, wie sie zu benutzen sind. Aber der Safe blieb verschlossen. Ich bemerkte im Gegenteil, wie er sich abends auf dem Bett immer öfter die Bibel vornahm. Ich versuchte, zu erkennen, welche Passagen er las – es gibt schließlich schöne Kriegsgeschichten darin, wo die Feinde wie reife Ähren niedergemäht werden – ach, zum Beispiel so ein Simson, dieser Schlächter mit dem Eselskieferknochen! Die Pistole ähnelt ihm entfernt in der Form ... ich erkannte aber nicht, wo er das Buch öffnete. Er half mir nicht. Nicht ein einziges Wort des Gelesenen sprach er laut aus.

Vielleicht wollte er dem Feind die Arbeit nicht zu leicht machen.

Manchmal in diesen Wochen wimmelte es in den Sekretärsvorzimmern von Arbeitern mit »Drähten«, wie ich sie nenne. Diese Aktion wurde offiziell »Reparatur der Installation« genannt, eigentlich nichts besonders Interessantes, aber irgendetwas an ihrem Benehmen fand ich auffällig. Ich war daran gewöhnt, Reparaturarbeiten zu sehen – bei der Übernahme des Gebäudes nach den Deutschen sah ich eine Menge ... und wusste, was passiert, wenn der Minister an den Arbeitern vorbeikam.

Sie grüßten ihn immer; manchmal mit unverhohlener Begeisterung.

»Oh, Herr Minister!« – das ginge ja noch, die Titulatur wäre erhalten, auch wenn das »oh« ... nun, es hörte sich in jedem Fall besser an als »oh, Exzellenz«!

Manche riefen spontan: »Servus, Herr Minister!«

Und dann konnte ich gewöhnlich sehen, wie Jan Masaryk zwar etwas müde, aber doch geschmeichelt lächelte und seine Hand sich an die rechte Augenbraue hob, um dann in einer lässigen Nachahmung des britischen Salutierens fröhlich zum Grüßenden vorzuschießen.

»Gutes Gelingen!«, antwortete er genussvoll.

Und manchmal erklang es von der Leiter, oder auch von den zu reparierenden Fußböden: »Schau mal, Honza Masaryk!«

Und auch dann schickte der Herr Minister den Arbeitern wenigstens ein Lächeln.

Bei der derzeitigen »Reparatur der Installation« senkten die Elektriker die Blicke, als bemühten sie sich, den Minister nicht zu sehen. Auch er glitt mit gesenktem Kopf an ihnen vorbei; seine Sekretäre beobachteten sie misstrauisch, schwiegen aber.

Die »Reparatur der Installation« in seiner Wohnung wurde in seiner Abwesenheit vorgenommen, »um ihn nicht zu stören«. Auch hier arbeiteten diese Männer hastig, mit finsteren Gesichtern. Wenn sie hereinkamen, sahen sie sich nicht einmal um, sondern knieten zur Arbeit nieder. Man würde erwarten, dass ein Handwerker wenigstens etwas Neugier zeigte, die auch mit Respekt zusammenhing, aber nichts dergleichen, sie benahmen sich, als würden sie die Räume lange kennen.

Wenigstens entstand damals eine schöne Legende, die gekonnt an die Gräfin in den brennenden Brotschuhen und den Palastherrn, der seine brennende Hand auf die Schuldverschreibung drückte, anknüpfte.

Einer der Handwerker soll nämlich verrückt geworden sein, angeblich irrte er durch die Gänge und schrie. »Ich hätte das nicht tun sollen! Ich hätte das nicht tun sollen!« Die Legende geht von der Überlegung aus, dass er aus einem Schuldgefühl heraus überschnappte, weil er im Arbeitszimmer des Ministers eine Abhöreinrichtung installiert hatte. – Ich kann bestätigen, dass ich mich an einen Mann, der Sätze in dieser Art rief, erinnere. – Aber worauf bezogen sie sich? Zur Arbeit eines Ministerialbeamten gehört schließlich höchste Sensibilität für die kleinsten Details, weil es bei der Komplexität und dem Umfang der ministerialen Agenden sehr leicht zu einem Fehler kommen kann! Unberechenbar sind auch die Karrierewege, wenn die richtige Entscheidung des einen Tages sich am nächsten Tag, nach einer plötzlichen Änderung der Personalstruktur, als katastrophal fehlerhaft herausstellen kann! Ich würde die Schreie des Mannes eher mit einem solchen tragischen Ereignis in Verbindung sehen. Und dass der Betroffene Elektriker war und kein Beamter? Vielleicht wurden auch die Elektriker von der hiesigen Detailbesessenheit erfasst, gekoppelt mit einem allgemeinen Relativismus …

Aber ich habe auch noch ein anderes Ereignis vor Augen. Einer der Sekretäre war gerade am Ende eines Telefongesprächs, nahm aber erstaunlicherweise nicht den Hörer vom Ohr. Angespannt hielt er ihn weiter fest. Als er ihn endlich ablegte, schaute er eine Weile vor sich hin ins Leere, dann sprach er den Kollegen an.

»Ich habe in diesem Hörer gehört, wie sich mein Gespräch wiederholte.«

Der Kollege schaute ihn erstaunt an. »Wie ein Echo?«

»Nein, das klackte da drin und das ganze Gespräch fing wieder von vorn an. Die zeichnen uns auf«, meinte der, der telefoniert hatte.

Ein paar Sekunden lang sahen sie sich an. Ich hatte das Gefühl, dass sich etwas bestätigt hatte, worauf sie schon lange warteten. Jan Masaryk ahnte offensichtlich etwas Ähnliches. Wenn seine Niedergeschlagenheit einem plötzlichen Zustrom von Energie wich, schrie er Beleidigungen über die anderen Politiker. Dabei hob er den Kopf zur Decke. Er fluchte seit jeher, aber auf diese seltsame Weise erleichterte es ihn immer sichtbar. Er war sich wohl der Anwesenheit unsichtbarer Zuhörer gewiss.

Herumzuschreien, dagegen habe ich nichts. (Mir tut es ein bisschen leid, dass die Zeiten des Kriegsgeschreis vorbei waren, gewöhnlich waren das religiöse Losungen, jede Armee hatte solche. Den Namen eines Heiligen aus diesen harzigen Kehlen zu hören, hatte etwas Spirituelles an sich. Und das, obwohl auch die Soldaten so schrien, die die Befestigungen in meinem Rücken stürmten und sich jeden Augenblick in mich hineinwälzen konnten, und Gott weiß, was dann gekommen wäre! Darin lag etwas – ja, Kultiviertes.)

Der Minister ließ nicht im fleißigen öffentlichen Auftreten nach, aber es war sichtbar, dass die Reaktionen sich änderten. Oder hatte sich etwa das Publikum geändert? Er kehrte verfinstert zurück, als könnte dieser ehemals brillante Redner nicht mehr die Stimmung des Publikums erahnen.

Manche seiner Formulierungen weiß ich heute noch, zum Beispiel aus der Neujahrsansprache im Jahr 1948, die aufgezeichnet wurde.

»Ich denke, dass wir dieses Jahr überleben«, begann er selbstbewusst, worin er sich natürlich täuschte. Aber auch so gefiel mir dieser Satz. Es lag Entschlossenheit darin und auch Risikobewusstsein; er drückte Skepsis aus und Hoffnung gleichermaßen.

Und dann kam es: »Ich wünsche Ihnen genug Milch für Ihre Kinder«, sagte Jan Masaryk bedächtig. Also ganz einfache, verständliche Worte, auf die sich alle einigen konnten. Schließlich sah ich doch, wie sie wirkten, schon als er das erste Mal durch den Diensteingang trat. Sie funktionierten immer gleich. Jan Masaryk zeigte sich hier väterlich, was alle Untertanen, will sagen Bürger, immer schätzen. Ein genialer Schachzug eines brillanten Redners. Er erriet die Stimmung im Saal, in den er nicht sehen konnte. Er sprach zu einem Publikum, das die gesamte Öffentlichkeit war. Und wünschte ihm das, was sich alle wünschen konnten. Zum wievielten Mal erlag ich nun dem Zauber seiner Worte und erwartete, dass nach den herzerwärmenden die weiteren folgten, die anderen?

Am 7. März 1948 nahm Jan Masaryk an der Parade auf dem Altstädter Ring teil, wo die Legionäre aus dem Kampf um Bachmatsch ausgezeichnet wurden und auch die Kämpfer der tschechoslowakischen Einheit in der Sowjetunion, die ihre Tapferkeit im Kampf um Sokolowo gezeigt hatten.

»Wenn du sein Gesicht gesehen hättest«, flüsterte der Sekretär, der den Minister auf die Aktion begleitet hatte, seinem Kollegen zu, obwohl sie allein im Raum waren. »Das war grau, die Augen aufgerissen, er sah aus – wie in seinen letzten Zügen.«

»Na ja, die Legionäre mit den Kämpfern der Svoboda-Armee zu verbinden, die sie erst aus den Gulags herausholen mussten, wo die Sowjets sie hineingesteckt hatten ...«

»Die haben ihre Haut genauso wie die Legionäre eingesetzt, das ist in Ordnung. – Nur, was sich der Chef dort anhören musste!«

»Hat ihn jemand auf der Tribüne mit giftigen Bemerkungen getroffen?«

»Im Gegenteil, sie haben es öffentlich gesagt! Dass sein Vater angeblich die gegenwärtige Entwicklung begrüßt hätte! Dass Tomáš Garrigue Masaryk sich eigentlich gewünscht hat, hier möge Kommunismus sein.«

»Und ... und er?«

»Was hätte er tun sollen? Er stand nur da, die Hände krampfhaft an der Hosennaht. Völlig starr. Mir kam das so vor, als hätte er sein eigenes Todesurteil angehört.«

»Also hat er sich nicht verteidigt?«

»Er schwieg. In diesem Moment hatte ich das Gefühl, dass das nicht mehr er ist. Als wäre da nur noch der Körper und er wäre schon fort.«

Der Minister kam aus dem Arbeitszimmer. Sonst warf er immer wenigstens ein paar Worte hin, wenigstens einen Gruß: »Servus, Jungs!« Oder er nickte ihnen zu, aber jetzt ging er schweigend vorbei. Ich begleitete ihn mit meinen Blicken. Und wirklich, er ging, als sei er irgendwo gestolpert und jetzt folgte der zwar langsame, kaum sichtbare, aber unaufhörliche Fall. Die Sekretäre senkten die Köpfe ganz wie die Handwerker bei der Reparatur der Installation. Dann hoben sie sie und sahen sich hinter dem Rücken des Ministers bestürzt an.

Ich war dabei, als Jan Masaryk jene Nachricht erhielt, die ein Vorzeichen für die schicksalhaften Ereignisse war. Gerade stand der Sekretär vor ihm, der eine fragende Geste machte, ob er gehen solle, aber der Minister bedeutete ihm mit dem Hörer am Ohr, er möge bleiben. Das spielte sich in einer Serie angedeuteter Gesten ab, weil der Herr Minister und seine Untergebenen an solche Situationen gewöhnt waren. Jan Masaryk verbarg nichts vor ihnen. Als ich sah, dass sich das Gespräch dahinzog und der Minister nicht antwortete, was für ihn untypisch war, erstarrte ich.

Auch der Sekretär blieb stehen – etwas gebeugt, als könnte er sich nicht entschließen, ob er sich setzen sollte oder sich gerademachen. Ich sah, dass sich ihm die Situation genauso ins Gedächtnis brannte wie mir. Der Herr Minister beendete das Gespräch ohne Gruß.

»Das sind Hornochsen«, sagte er nach einer Weile zum Sekretär.

Er bedeutete ihm, sich zu setzen, und beschrieb kurz die Situation. Zwölf nichtkommunistische Minister hatten aus Protest gegen den steigenden kommunistischen Einfluss im Innenministerium ihren Rücktritt eingereicht. Sie erwarteten, dass Präsident Beneš ihn nicht annehmen würde.

Wie ich es verstand, hatten die Demokraten sich also an ihren ersten Ausfall gewagt. Was nicht schlecht sein musste, selbst in einer Situation, in der die Gegner qualitativ in unterschiedliche Kategorien gehörten. Wenn einer von ihnen losschlägt – vielleicht auch der schwächere – ist er augenblicklich im Vorteil. Der andere muss irgendwie reagieren, wodurch er seine Deckung aufgibt, und muss dann aber unverzüglich ... aber da würde ich vorgreifen.

Präsident Beneš wird sicher den Rücktritt nicht annehmen.

Der Minister und der Sekretär sahen sich an. Ich konnte sehen, dass keiner der beiden sich darüber sicher war. Wenigstens zwei Fragen blieben in der Luft hängen. Jan Masaryk war der einzige nichtpolitische Minister der fünfundzwanzigköpfigen Regierung. Seine Haltung konnte deshalb darüber entscheiden, ob die Minister, die den Rücktritt eingereicht hatten, die Mehrheit bilden würden. Er könnte der Dreizehnte sein. Wird er auch den Rücktritt einreichen?

Die zweite Frage war, sagen wir, delikater. Aus dem seltsamen Telefongespräch und den abschließenden

»Hornochsen« war nicht zu erkennen, ob sie den Minister Jan Masaryk von ihrem Plan unterrichtet hatten.

Wie bitte? Der Außenminister Masaryk, Sohn von Tomáš Garrigue Masaryk und engster Mitarbeiter des Präsidenten Edvard Beneš (Pardon, ich verfalle etwas in die politische und journalistische Sprache, aber so wurde der Minister angesehen) soll nichts von dem Plan gewusst haben?

Die hatten ihm das nicht gesagt?

Die »Hornochsen« deuteten in diese Richtung und ihr versteht sicher, dass der Sekretär sich nicht wagte zu fragen. Oder aber ihr versteht es nicht – aber so war es. Meistens schaffe ich es, über den Dingen zu stehen, aber ich muss gestehen, dass ich recht ungeduldig auf seine Frage wartete und gleichzeitig mit ihm sympathisierte.

Nicht einmal ich wollte hören, dass die demokratischen Minister Jan Masaryk ausgelassen hatten.

Ein Warnzeichen der sich verändernden Situation war, dass der Minister eine neue Leibwache bekam. Anstelle von Clifton, der aussah wie aus einem britischen Detektivroman – intelligent, kultiviert, ironisch (ja sogar Pfeife paffte er) –, bekam er zwei Typen, denen unter den Lederjacken die Muskeln schwollen. Im Großen und Ganzen sah ich keinen Unterschied zwischen ihnen und den niederen Gestapobeamten, die auf wirksame Verhörmethoden spezialisiert waren, um es einmal so zu sagen. Als diese zwei sich zum ersten Mal im Vorsaal an den Minister anschlossen, sah ich, wie er zurückzuckte. Er musste dasselbe Gefühl haben wie ich – dass sie gekommen waren, um ihn zu verhaften. Und da brachte Jan Masaryk die Energie und den Einsatz auf. Er verlangte augenblicklich nach einem Telefonat mit dem Innenminister.

Er bestehe darauf, wie er unterstrich, dass ihm sein ständiger Begleiter zugeteilt würde.

In den nächsten Tagen hatte er manchmal Erfolg, manchmal nicht. Die Muskelmänner kamen und gingen. Mir schien, dass das Innenministerium nur auf seine Telefonate wartete, dass er ihr Gegner in irgendeinem Spiel war. Auf der anderen Seite schien es in den letzten Tagen Jan Masaryks so, dass sie nachgaben und ihm Clifton ließen. Als sei schon alles entschieden.

Am Dienstag, dem 9. März 1948, arbeitete der Herr Minister wie gewöhnlich. Am Morgen empfing er den General Hasal aus der Präsidentenkanzlei, dann widmete er sich der Post – wie langweilig sahen diese alltäglichen Erledigungen aus, und wie außergewöhnlich erschienen sie im Lichte der späteren Ereignisse! –, worauf er in die Villa von Edvard Beneš in Sezimovo Ústí fuhr.

Vorher nahm er noch eine Bitte entgegen, die ihm sein Sekretär übermittelte – die Sekretärin aus der Regierungskanzlei hatte angerufen, ob der Herr Minister morgen zur Regierungssitzung am 10. März etwas früher kommen könne. Es sei ein gemeinsames Fotografieren geplant. Vor der ersten Sitzung der neuen Regierung, ohne Nichtkommunisten. Weil Präsident Beneš die Demission der demokratischen Minister angenommen hatte.

»Ganz bestimmt. Da gehe ich nicht mehr hin«, murmelte Jan Masaryk.

Der Sekretär stand noch eine Weile da, ob der Herr Minister seine rätselhafte Antwort konkreter machen würde, aber dann gab er sich damit zufrieden. Einerseits war er an seine ironischen Bemerkungen gewöhnt und dann – die Sekretärin der Regierungskanzlei erwartete sicher keine Antwort. Sie ging davon aus, dass das Außenministerium die Information korrekt als Befehl verstanden hatte.

Als der Minister Masaryk zum Ausgang ging, traf er seinen persönlichen Arzt Dr. Oskar Klinger, der kam, um ihn zu untersuchen. Als er den Doktor sah, zögerte er, drehte sich um und bedeutete, ihm zu folgen.

Die Untersuchung verlief routinemäßig, ich war an Masaryks großen und etwas beleibten Körper gewöhnt (aber da hättet ihr Humprecht Jan sehen sollen, dagegen war Masaryk ein echter Athlet!). Schließlich sagte der Arzt: »Alles in Ordnung. Sieht gut aus!«

Jan Masaryk zog sich an, als würde ihm dieses Ergebnis nicht einmal Freude machen.

Schweigend fuhren sie zusammen mit dem Dienstaufzug hinunter. Der Arzt konnte sich plötzlich nicht zurückhalten und fragte: »Hast du das nötig, Jeník?«

Ich verstand seine Frage nicht richtig, aber klar war, dass in ihr auch alle anderen Dinge enthalten waren; also was Jan Masaryk in der gegebenen Situation tun wird – und tun kann.

»Weißt du, was für ein Unterschied zwischen uns besteht?«, antwortete der Minister mit einer Frage. »Du bist ein apolitischer Hornochse, ja und ich bin ein politischer Hornochse.« Es brauchte keine große Hellsichtigkeit, um zu erkennen, dass das »Hornochse« diesmal etwas anderes bedeutete als im Fall der zurückgetretenen Minister.

Die Kabine fuhr leise weiter, und erst als sie anhielt und beide Männer ausstiegen, wendete sich Jan Masaryk noch einmal dem Doktor zu: »Du bist ein guter Junge, ich danke dir und werde das nie vergessen.«

Mich selbst traf es, wie viel Wärme er in diese paar Worte legen konnte. In dieser Weise sollte er zu den Sekretären sprechen, ja sogar zu den leitenden Angestellten und den Leuten, die ihn noch vor zwei Jahren anhielten und ihm die Hand drückten, kaum dass er vor den Palast trat. Und ihnen dann sagen ... das, was er ihnen nie sagte.

Präsident Beneš empfing am 9. März in seiner Villa in Sezimovo Ústí den neuen polnischen Botschafter Józef Olszewski. Jan Masaryk nahm an dem Treffen teil. Es scheint mir unwahrscheinlich, dass er den Herrn Präsidenten nicht gefragt haben soll, wie er zur Regierungskrise stehe, oder genauer, was er zu tun gedenke. Wisst ihr, es gibt unterschiedliche Zeugenaussagen. Einmal heißt es, dass Jan Masaryk mit Edvard Beneš nach dem Mittagessen durch den Garten ging und vom Präsidenten einen Rat erbat, wie es weitergehen solle; Beneš, verärgert durch Masaryks Unselbstständigkeit und die eigene Machtlosigkeit, soll ihm den versagt haben. Eine andere Zeugenaussage lautet, dass für ein solches Treffen keine Zeit blieb.

Wie ich Jan Masaryk kenne, kann ich mir ausmalen, dass er seine Frage stellte. Vielleicht kurz, witzig, vielleicht in einem Moment, in dem sie warteten, dass der Botschafter Olszewski zu ihnen geführt wurde. – Profis sind immer etwas vorher da, wenn sie jemanden empfangen.

Es ist allerdings nicht sicher, ob Präsident Beneš genauso witzig und eindeutig antworten konnte.

Mit der Frage, ob er gesagt habe, wie Jan Masaryk vorgehen solle, verhält es sich nach meiner Meinung genauso unsicher wie mit der Frage, ob die abdankenden Minister Jan Masaryk vorher informiert hatten.

Wir wissen es nicht.

Aus dem Gespräch über den Rücktritt, besser gesagt aus Masaryks Schweigen und seiner Bemerkung über die »Hornochsen« kann ich mir ein Bild machen, aber ...

Aber die Frage bleibt. Sie hängt in der Luft, und obwohl sie nicht beantwortet ist, verliert sie nicht ihre Bedeutung.

Auf jeden Fall schlief der Minister im Wagen auf dem Weg von Sezimovo Ústí ein. Das erfuhr ich aus einem kurzen Gespräch des überraschten Clifton mit dem Sekretär des Ministers. Das war vorher noch nie passiert. Also ich weiß nicht, ob ein Mensch, der sich mit einer unbeantworteten Frage quält, einschläft, oder ob eher der schläft, der schon Klarheit hat, meinetwegen auch düstere.

Das müsst ihr euch beantworten, liebe Leser. Mir fehlt da etwas die Erfahrung. Wir Paläste schlafen nie, genauso wie man sagen kann, dass wir nie richtig wach sind. Dafür sind wir immer da.

Clifton gelang es, die paar Worte mit dem Sekretär zu wechseln, bevor Jan Masaryk aus dem Arbeitszimmer kam, wo er offensichtlich die Nachmittagspost durchgesehen hatte und nichts eine sofortige Entscheidung verlangte. Clifton zog sich mit einer Verbeugung in das Vorzimmer zurück und der Herr Minister ließ sich im Sessel nieder, der quietschend protestierte. Das Hinsetzen war wohl eher heftig passiert, wie ein Hinfallen.

Und dann besprach Jan Masaryk mit dem Sekretär die ganze Situation, fasste mögliche Lösungen und verschiedene Varianten zusammen, wie es weitergehen könnte. Ich sage gleich, dass ein bestimmter, im Gespräch benutzter Ausdruck mich so aus der Fassung brachte, dass ich das Gehörte nicht mehr Wort für Wort rekonstruieren kann. Jan Masaryk pflegte volkstümlich zu sprechen; in seiner Sprache tauchte aber plötzlich dieser Ausdruck auf. Ich versuche trotzdem das Gespräch wiederzugeben, als hätte ich es kurz mitstenographiert.

Soll er sich im ausländischen Widerstand engagieren? – Er kann doch nicht gegen die eigenen Leute kämpfen (das Wort »Volk«, das in seinen Reden so oft auftauchte, benutzte er nicht).

Soll er eine unpolitische Emigration wählen? – In seiner Stellung hat jede Handlung eine politische Bedeutung. (In diesem Moment hätte ich ihm gern applaudiert. Natürlich! Ein Fechter, auch wenn er reglos stehenbleibt, nimmt auf seine Art eine Position ein. Kämpft, solange der Kampf währt, selbst wenn man euch die Waffe aus der Hand schlägt. Dann bleibt noch der Dolch. Ihr habt den Dolch verloren? Nun gut, dann gibt's immer noch den Ringkampf. Und auch wenn ihr euch verteidigt, müsst ihr angreifen, erinnert ihr euch?)

Selbstmord? Würden die Menschen, nein, eigentlich sagte er Leute, seine Geste verstehen?

»Würden die Leute verstehen, wenn ich mich abmurkse?«

(Das war das Wort. – Ich verstand es damals nicht. Also, als ob er sich in das Rapier des Gegners stürzen wollte? Warum und wie? Was hätte das für eine Bedeutung? Er war doch ein Kerl wie ein Baum! Warum ließ er nicht den Safe öffnen und die Pistolen verteilen, der Eingang ins Sekretariat ließ sich verbarrikadieren, telefonieren konnte man immer noch, er könnte das Fenster öffnen und auf den Platz hinausschreien, auch Frau Marcia konnte schließlich die Stimme erheben … ich verstand ihn nicht. Im Übrigen ging es dem Sekretär genauso. Ich merkte, dass er sich bemühte, seine Ansicht zurückzuhalten, um den Herrn Minister nicht in eine Richtung zu drängen. Aber hatte er überhaupt eine Ansicht? Oder hatte sich die Sekretärsblindheit über ihn gelegt, die loyale

Faulheit, die Bereitwilligkeit, von vornherein mit allem einverstanden zu sein, für was der Chef sich auch entscheiden möge? Er nickte und schüttelte den Kopf an den Stellen, an denen es von ihm erwartet wurde. Selbstmord ganz sicher nicht. Emigration und Aufbau des Widerstands ganz sicher ja. Unpolitische Emigration ganz sicher ja. Aber schaut doch mal, die Möglichkeit des Widerstands im Inland ist uns ganz entfallen, nicht wahr? Die gab es in dem Konzept gar nicht ...)

Hätten sich die Herren umgeschaut, hätten sie die hohen Wände und die Tür gesehen, die geputzten Fenster in den gepflegten Rahmen, den Teppich, die Möbel ... kurz ein perfektes Bild von Sicherheit und einem gewissen Schutz, der absolut erschien. Nicht einer der beiden hatte erlebt, wie es war, als die Offiziere der Okkupationsarmee in der Eingangshalle erschienen. Sie hatten keine Vorstellung, wie leicht sich die Ordnung der Dinge komplett umdrehen konnte. Ich wollte ihnen ein Signal geben, sie aufmuntern. Ich spannte alle Kräfte an, aber mir war klar, dass die Zeit knapp war und ... Ich schaffte es nur, ein paar Blätter vom Tisch zu werfen. Jan Masaryk sah mit abwesendem Blick in die Richtung und der Sekretär sprang auf, um die Blätter aufzuheben.

»Haben wir etwa Durchzug? Da muss einer ja Angst haben, sich zu erkälten. Als würde diese Politik nicht reichen«, bemerkte der Herr Minister und schaffte es dabei, ironisch die Unterlippe vorzuschieben.

Der Sekretär erhob sich und ging die Fenster kontrollieren, ob sie fest geschlossen waren. Natürlich waren sie das. Ich kochte. Warum mussten sie so begriffsstutzig sein?

Recht konsterniert schaute ich zu, wie der Minister in seinem Programm fortfuhr.

Er empfing Pavel Kavan aus der Londoner Gesandtschaft, und als er ihn verabschiedete, bat er ihn, am Morgen noch vorbeizukommen, er wolle ihm einige Briefe nach London mitgeben. Diese amtliche Sachlichkeit, die immer erkennen ließ, dass sie wenigstens mit der Ewigkeit rechnete, stand in einem starken Kontrast zu dem unerwarteten Empfang von Stalins Emissär Walerian Sorin. Der war angeblich nach Prag gekommen, um die Lieferung sowjetischen Getreides zu beaufsichtigen (in Wahrheit, um den Umsturz zu überwachen). Sein Besuch verlief so seltsam … Der Sekretär begleitete Sorin im Aufzug nach oben und brachte ihn zum Herrn Minister, wo sofort auch der Kammerdiener erschien, um dem Gast eine Bewirtung anzubieten. Dann sollte der Kammerdiener das Gewünschte bringen und gemeinsam mit dem Sekretär warten, weil Sorin wieder hinausbegleitet und das Geschirr abgeräumt werden musste. So würde es normalerweise laufen. Sorin wechselte aber mit Jan Masaryk nur ein paar Sätze, und ging dann ohne ihm die Hand zu reichen wieder zum Aufzug.

Der Sekretär beobachtete ihn auf dem Weg nach unten, aber natürlich wagte er nicht, etwas zu fragen. Der Kammerdiener bemerkte, dass der Herr Minister blass war und dass seine Hände zitterten.

Was hatte sich zwischen ihnen abgespielt?

Ich weiß es nicht. Mich überraschte die Kürze ihres Gesprächs, aber die Sätze konnte ich nicht genau hören. Ich erinnere mich an ihre Kadenz, die Knappheit, die zu große Eindeutigkeit.

Meine Herren, so macht man keine Diplomatie.

So teilt man Drohungen mit. So stellt man eine Frage, auf die der Fragesteller die Antwort weiß. Das war kein

Duell – es begann ohne Ehrenbezeugungen, und fuhr mit einem plötzlichen Dolchstoß fort, würde ich sagen.

Sagte Sorin Masaryk, dass die Sowjets von seinen Fluchtplänen wussten? Deutete er ihm an, was passieren würde, falls er sie zu verwirklichen versuchte? Oder betraf ihr Gespräch etwas anderes? Ich weiß es nicht. Jahrzehnte versuche ich mich daran zu erinnern, aber das undeutliche Säuseln der Worte wird vom Erschrecken über das bleiche Gesicht des Herrn Minister übertrumpft. Es überraschte mich genauso wie den Kammerdiener. Und da war das Hauptsächliche schon passiert.

Wie sehr dieser Besuch, der kein Besuch war, mit der Ankunft des amerikanischen Botschafters Laurence A. Steinhardt, eines Freundes Masaryks, in Kontrast stand! Gleich auf der Schwelle wurden beide Hände gereicht, herzhaft und männlich gelärmt, vielleicht auch in etwas übertriebener Innigkeit, die alle Befürchtungen zurückdrängen sollte. Jan Masaryk lümmelte sich halb liegend auf das Sofa, Laurence Steinhardt legte im Sessel die Beine auf die Seite, als wäre er bei Verwandten zu Besuch …

Das Gespräch verfolgte ich nicht; wahrscheinlich, weil ich keinen Grund sah. Diese zwei versuchten schließlich immer, sich entgegenzukommen. Und ob der Botschafter dem Minister anbot, zu emigrieren? Es ist wahrscheinlich und er wäre nicht der Erste. Im Übrigen hatte er auch die entsprechenden Möglichkeiten, weil er über ein persönliches Flugzeug verfügte. Und ob sie übereinkamen? Wahrscheinlich ja. Diese beiden sicher. Ich bin überzeugt, dass der Botschafter so etwas anbot, schon allein deswegen, weil er ihm als Freund nicht empfehlen konnte, im Land zu bleiben.

Der Sekretär brachte Masaryk an jenem 9. März noch einen Stapel Bücher, Almanache und Fotografien, weil die

Öffentlichkeit sich seine Unterschrift wünschte. Er konnte sie kaum im Arm halten, so viele waren es. Er legte sie neben das Bett, zog das Programm für den nächsten Tag hervor, das der Minister überflog und ohne Änderungswünsche billigte.

Jan Masaryk machte sich dann seufzend, aber gleichzeitig fast freudig an die Arbeit. Nach einer Weile wurde er matt und legte die Publikationen zur Seite. Mir schien, dass ihn die Bücher mit den eigenen Reden – zum Beispiel »*Hier spricht London*« – auf einmal irgendwie reizten.

Der Kammerdiener brachte das Abendessen – ein halbes kaltes Hähnchen mit Brot und eine Flasche Pilsner Bier. Eine Stunde später kam er das Geschirr holen und servierte noch Mineralwasser. Der Minister versicherte ihm, er würde nichts mehr brauchen, und sagte ihm, wann er ihn am Morgen wecken solle.

Er zog seinen Pyjama an, dann begann er im Bett an der Rede zu den tschechoslowakisch-polnischen Beziehungen zu arbeiten, die er am nächsten Tag halten wollte. Er kam bis fast zur Hälfte.

Und dann?

Dann.

Danach begann das Rätsel. Ein leerer Fleck. Ein Aufzugschacht ohne Aufzug. Ein Sims unterm Fenster, der ein seltsames Gefälle entwickelte. Eine Rutschbahn, die auf den Innenhof führt, wo seit dieser Nacht eine gelb phosphoreszierende Stelle glüht. Nur führt keine Spur dorthin.

Ich bin hier, schon seit Menschengedenken – nun gut, seit den 60er Jahren des 17. Jahrhunderts, aber sicher versteht ihr, dass das im Vergleich zu euren Leben eine etwas andere Dimension ist. Ein anderer Kontext. Eine gänzlich andere Komplexität. Paläste schlafen niemals, aber sind auch niemals ganz wach. Manchmal erlebe ich Momente, in denen ich in mich hineintauche, träume … und es gehen ein paar Stunden vorbei oder ein paar Tage, wo ich zwar anwesend bin, aber irgendwie nicht bei mir. So vertieft in die eigenen Gedanken.

Ich gestehe, dass etwas Ähnliches auch in der Nacht vom 9. auf den 10. März 1948 ablief.

Keine Angst. Ich werde mich schon noch erinnern. Ich sehe Jan Masaryk, wie er mit den Kissen im Rücken den Schwejk zur Hand nimmt und ihn ungeöffnet zur Seite legt. Dann nimmt er die Bibel, blättert in ihr, bis er anfängt zu lesen, und plötzlich streckt er sich nach einem Stift aus. Er streicht sich Passagen an, liest das wieder. Er lässt die Bibel offen liegen, so als wolle er weiterlesen oder hätte die Seiten für jemand anderen aufgeschlagen.

Danach.

Ein gelber Fleck phosphoresziert auf dem Innenhof und stört meine Erinnerungen. Kein Weg führt zu ihm. Sobald ich mich auf die Fleckchen und kleinen Spuren in der Umgebung konzentriere, tanzen sie da auf einmal in einer großen Schar, wie Glühwürmchen, und behindern die Erinnerungen. Ich muss mich noch ein bisschen mehr konzentrieren. Widmet ihr mir noch eure geschätzte, geduldige Aufmerksamkeit? Gemeinsam werden wir sicher darauf kommen.

Nichts geht verloren. Nichts geht unter. Alles ist immer noch hier, das Vorherige im Gegenwärtigen enthalten. Es genügt, noch tiefer einzutauchen, noch konzentrierter, durch den Schacht hinabzusinken, durch den Brunnen, dessen Spiegel da unten gelb flimmert.

Es war früh am Morgen des 10. März. Noch herrschte Dunkelheit. Trotzdem fühlte ich etwas wie eine heftige Bewegung – eine plötzliche Gefühlswelle. Jemand erlebte gerade etwas, was ihn entweder begeisterte – oder zu Tode erschreckte.

Dieser Mann auf dem Innenhof richtete sich schnell wieder auf. Eben war er gemächlich an etwas herangetreten, was er für vom Dachboden gefallene Wäsche hielt. Erst aus der Nähe erkannte er, wen er da vor sich hatte. Auf dem Rücken lag da mit ausgebreiteten Armen und dem Kopf leicht zur Seite gedreht Jan Masaryk. Seltsam gebogen, als würde er eher eine Ballettposition als eine fechterische vorführen. (Auch wenn Fechten eine Art Tanz ist, das haben wir, denke ich, schon geklärt. Aber es lag eben keine Waffe neben ihm.) Er war im Pyjama, die Jacke hochgeschoben, sodass sie den zu großen und jetzt sichtbar schutzlosen Bauch des Ministers enthüllte.

Der Mann wich ein paar Schritte zurück, um langsam den Kopf zu heben. Er sah auf die Fassade in der Etage, wo die Ministerwohnung lag, suchte nach den Fenstern, forschend, vorsichtig, als könnte ihn von dort jemand beobachten. Die Fenster konnte er nicht sehen – daran hinderte ihn der Sims darunter, der war breit und gerade wie ein Schwert. Dann lief er in die Halle unter dem Festeingang und von dort in die Pforte.

Er kam mit dem Pförtner zurück und es folgte die gleiche Szene des Entsetzens. Sie liefen kurz ins Gebäude, kamen mit Decken zurück und bedeckten den Körper. In den nächsten Minuten erhoben sich da die Decken wie in einer Theatervorstellung – und zeigten immer das Gleiche.

Ich fühlte offensichtlich dasselbe wie sie. Schock – und gleichzeitig eine Frage. Was wird jetzt? Was wird mit uns, wenn …? Und so wie sie auch, machte ich mich an Routineaufgaben: Beobachten (fachlich ausgedrückt Monitoring) dessen, was dort vor meinen Augen ablief.

Die Leute, die in den Černín-Palast gefahren kamen, strahlten eine besondere Anspannung aus. Sie waren noch schlaftrunken, aber gleichzeitig hellwach wegen der neuen, unbekannten Aufgabe. Die Uniformierten übertrieben beim Eintreten etwas ihre Forschheit, die wohl ihre Unsicherheit übertünchen sollte. Ich hatte das Gefühl, sie ahnten nicht, warum sie im Palast waren. Denen in Zivil sah ich an, dass sie das Schlimmste erwarteten.

Sie gingen an der Pforte vorbei und durch die verglaste Halle vor dem Treppenhaus; bogen zum Hof ab, wurden langsamer und dann schneller. Sie schauten in der üblichen Reihenfolge – erst in das Gesicht Jan Masaryks und dann, gewöhnlich schamvoll oder entsetzt, auf den Körper.

Diese Szenen liefen still ab; es gab nicht einen Aufschrei, sei es vor Grauen oder Überraschung. Ich hörte keinen Kommentar, keinen Seufzer, kein Gebet.

Mir schien, dass alle etwas in der Art erwartet hatten, aber dass sie trotzdem von ihrem eigenen Entsetzen überrascht waren.

Als die Kriminalpolizei kam, war es wohl für alle eine Erleichterung. Die Detektive gaben der seltsamen Szene in dieser morgendlichen Dunkelheit irgendwie eine Ordnung – es schien, sie allein wüssten, was sie damit anfangen sollten. Sie ließen alle Lichter in den Gängen entlang des Hofes anmachen und auch die im Hof. Sie teilten sich auf, begannen den Körper zu untersuchen, eine Skizze vom Ort, wo er lag, anzufertigen, die Entfernungen von der Fassade aufzuzeichnen, einige eilten in die Wohnung des Ministers.

Sein Kammerdiener brachte sie mit dem Dienstaufzug nach oben, er zitterte dabei und beugte sich vor, weil sich die Tränen in seine Augen drängten.

»Verzeihung«, entschuldigte er sich. »Das Unglück hat uns alle furchtbar erschüttert.«

Die Kriminalisten schwiegen, schauten zu Boden und der Aufzug fuhr langsam, in irgendwie protokollarischem Tempo, das sich nicht beschleunigen ließ, nach oben.

Ihr Chef – ein gewisser Dr. jur. Jan Hora, wie ich später erfuhr – hielt sie im Vorsaal auf. Er wartete, bis der Kammerdiener, der Befehle aus den Gesichtern der Herren herauslesen konnte, ohne dass sie ausgesprochen werden mussten, wegschlurfte.

»Jungs«, sprach er sie an. Ich ahnte nicht, ob er sie mit dieser kameradschaftlichen Anrede auf seine Seite ziehen wollte. Jedenfalls erstarrten sie. »Wenn mal irgendwo geschwatzt wurde, sei's drum, wenn sich diesmal jemand verquatscht, ist es mit ihm aus.«

Ein Stimmengewirr erhob sich. (Also hatte er sie nicht gewonnen.) Was er wohl denkt? Dass sie ihre Arbeit nicht richtig machen? Sie wissen doch, wie wichtig und heikel dieser Fall ist. Schon allein SEINETWEGEN müssen sie ihn fehlerlos bewältigen … Ich sah Dr. jur. Hora an, dass vor seinem inneren Auge verschiedene Vorgesetzte vorbeidefilierten, die dieser Ausspruch betreffen könnte. Einer der Kriminalisten präzisierte es daher: Wegen Jan Masaryk.

Als ich sah, wie der Arzt, Dr. med. Josef Teplý, sich über den Körper beugte, spürte ich wieder, wie die Welle des Entsetzens nach oben stieg. Während seiner Arbeit musste er schon eine Reihe von Toten gesehen haben, und doch zitterten ihm die Hände und seine Beobachtungen diktierte er mit schwankender Stimme.

Endlich ließen sie Jan Masaryk auf eine Trage legen, mit der zwei Männer gebeugt, stolpernd zum Aufzug gingen. In dem Moment wurde mir klar, dass mein Herr eine unbewegliche Masse geworden war, die die Schritte der Träger wankend machte, und ich hatte das Gefühl von etwas, das sich nicht umkehren und nicht wieder richten ließ, oder sagen wir von Schicksalhaftigkeit.

Das war etwas anderes, als wenn ein im Duell getöteter Fechter fortgetragen wurde. Es unterschied sich auch davon, wie während der Belagerung Prags im Garten die erschlagenen Soldaten aufgesammelt wurden. Die wurden einfach unter den Armen gepackt oder an den Beinen und zum nächsten eilig ausgehobenen Massengrab geschleift. Daran war etwas – Natürliches.

Aber Jan Masaryk war kein Soldat.

Und leider auch kein Fechter. Sonst hätte er gewusst, dass, auch wenn du dich verteidigst, du …

Daran war etwas seltsam Unnatürliches, wie er seinen Weg durch den Gang zum Aufzug wiederholte, nur diesmal ohne Scherze, ohne flüchtiges Salutieren, ohne ironisches Lächeln. Sie stellten die Trage in den Aufzug, der schaukelte, als wäre der Körper des Ministers schwerer geworden. Sie brachten ihn hoch in seine Wohnung, legten ihn aber nicht aufs Bett, wie ich erwartet hatte. Sie stellten die Trage in den Gang zwischen den Zimmern, durch den morgens immer der Kammerdiener kam, um dem Herrn Minister sein Bad vorzubereiten und ihm dabei nicht die letzten paar Minuten Schlaf zu stehlen.

Dort besuchten ihn jetzt auch seine Sekretäre, die genauso verschlafen, entsetzt und gleichzeitig angespannt wie alle anderen im Palast ankamen.

Sie zogen die Decke vom Körper. Ich dachte zuerst, dass sie sich von Angesicht zu Angesicht verabschieden wollten, weil sie ihn so aufmerksam ansahen. Sie schauten in sein unverletztes Gesicht, in dem ein Ausdruck von

Ruhe mit dem Anflug eines flüchtigen, leicht ironischen Lächelns lag. Die Augenbrauen über den geschlossenen Augen schienen hochgezogen zu sein, wie Jan Masaryk es tat, wenn er einen Witz machen wollte. Aber sein Gesichtsausdruck interessierte sie nicht. Sie untersuchten seine Schläfen, hoben den Kopf an, um den Scheitel zu sehen. Dann sahen sie den Körper an. Sehr ausführlich. Sie vertieften sich in die abgerissenen Knöpfe an der Pyjamajacke, ihnen entgingen nicht die Abschürfungen auf dem Bauch des Ministers. Sie untersuchten seine Fingerspitzen, die schmutzig waren; und unter den Nägeln war Putz hängengeblieben. Sie bemerkten, dass die Pyjamahose kotbefleckt war. Als sie das feststellten, hoben sie die Köpfe und sahen sich kurz an. Es fiel kein Wort. Wieder beugten sie sich über die zersplitterten Fersen, aus denen Knochenstücke herausschauten. Sie betrachteten alles so aufmerksam, dass einem dabei die Brille in die Wunde fiel. Er hob sie vorsichtig auf, putzte sie ab, faltete das Taschentuch mehrfach und steckte es in die Tasche.

Ich begriff, was sie da taten. Sie untersuchten das Wie. Den fehlenden Weg zwischen der Dienstwohnung und der gelb phosphoreszierenden Pfütze des Leidens mit dem menschlichen Umriss unten im Hof.

Sie traten von der Trage zurück. An den Stellen, wo die Fersen des Herrn Ministers lagen, war sie blutdurchtränkt. Hölzern verneigten sie sich vor dem Körper, zogen die Decke wieder darüber.

Als sie ins Arbeitszimmer kamen, schauten sie sich an. »Wir müssen uns genau merken, was wir gesehen haben«, sagte einer. Der zweite nickte kurz, aber ernst. Eine Weile standen sie sich gegenüber. Sie schüttelten sich nicht die Hände, klopften sich nicht auf die Schulter und nahmen sich auch nicht am Ellbogen, nur an der Tür wollten sie sich gegenseitig vorlassen, ungeschickt und konfus.

Ich konnte mir schon nicht mehr alle merken, die da auftauchten. Die Kriminalisten gingen in die Dienstwohnung und begannen, das Schlafzimmer mit der aufgeschlagenen Bibel und den Zigarettenstummeln im Aschenbecher zu untersuchen. Besondere Aufmerksamkeit legten sie auf das Badezimmer, wo ein Kissen in der Wanne lag. Noch aufmerksamer betrachteten sie das geöffnete Fenster, sahen das Fensterbrett an, lehnten sich vorsichtig heraus und kamen dann wieder zum Bänkchen unter dem Fenster zurück, das in den Raum zurückgestoßen war.

Dr. Josef Teplý trat ins Schlafzimmer. Flüchtig betrachtete er die Unordnung, die herumgeworfenen Decken und die Sachen, die auf dem Fußboden lagen. Einer der Kriminalisten kam aus dem Bad. In schnellen, sachlichen Sätzen tauschten sie die bisherigen Erkenntnisse aus; es war klar, dass sie an solche Gespräche gewöhnt waren.

»Der Tod trat vor einigen Stunden aufgrund des Falls aus der Höhe ein«, sagte der Arzt.

»Fremdverschulden?«

»Am Körper habe ich keine Spuren gefunden. Aber die kleinen Wunden am Bauch ...«

»Wir untersuchen das Fenster im Bad. Dort ist er hinausgefallen. Er lag mehr oder weniger darunter.«

»Mehr oder weniger?«

»Nun, eine kleine Abweichung gibt es da. Vielleicht ist er beim Fallen irgendwie von der direkten Bahn abgewichen, weil er rotierte ...«

»Und die Lage unten?«

»Ja eben. Sie wissen selbst, dass die ziemlich ungewöhnlich ist.«

Beide sahen sich um, als wollten sie irgendeinen Beweis finden, der ihnen entgangen war. Forschend beobachteten sie die Umgebung, obwohl es schien, dass sich einige weitere Leute derselben Aufgabe widmeten. Eine Frau aus dem Team, die eher wie eine Ärztin aussah, legte konzentriert die Zigarettenstummel in eine Tüte.

»Könnten Sie mal etwas im Bad anschauen?«

Der Kriminalist führte den Arzt in den Raum, in dem es sofort eng wurde. Am Rahmen der Massagedusche hing der Bademantelgürtel, ungeschickt in etwas zusammengedreht, was wohl eine Schlinge sein sollte. Auf dem Fußboden lagen Rasierklingen und verstreute Tabletten. Die Männer tauschten zweifelnde Blicke.

»Natürlich lasse ich Ihnen feststellen, was das für Tabletten sind ...«

»Ich erwarte nichts Wesentliches. Wahrscheinlich geläufige Medikamente. Kommen Sie mal zum Fenster.«

Der Kriminalist wich dem Bänkchen aus, winkte den Arzt zu sich und zeigte auf das Fensterbrett, auf einen Fleck, der eine Stoffstruktur kopierte.

»Was meinen Sie, was das ist?«

Der Arzt stutzte, beugte sich darüber. Richtete sich auf und sah den Kriminalisten an. Beugte sich wieder herunter und roch etwas zögerlich daran.

»Das ist Kot.«

»Höchstwahrscheinlich saß er auf dem Fensterbrett und hat sich dabei eingekotet. Im Übrigen war auch auf den Hosen ...«

»Ich habe es gesehen.«

Es schien, dass sie immer abgehackter redeten, als wollten sie das Gespräch so schnell wie möglich hinter sich haben.

»Ein Selbstmörder soll sich einkoten?«, warf der Kriminalist schnell ein.

»Vor dem Sprung? Das habe ich noch nie erlebt. Wenn sie sich entschließen, haben sie keine Angst mehr, im Gegenteil, sie stoßen sich beim Sprung ordentlich ab ...«

»Und springen vornüber, nicht wahr?«

»Ja natürlich vornüber.«

»Wenn ich stören dürfte«, erklang eine gebrochene Stimme von der Tür, die Topinka gehörte. »Die Herren waren so freundlich, mich einzulassen. Ich will die Untersuchung nicht stören, aber dieses Fenster ...«

Der Kriminalist und der Arzt sahen sich an.

»... wurde nie geöffnet. Es ging auch fast nicht zu öffnen, weil das Schnappschloss nicht richtig funktionierte. Schauen Sie doch, wie viel Staub auf dem Rahmen ist.«

»Ihre Aussage nehmen wir zu Protokoll«, antwortete der Kriminalist mit einer leichten Verbeugung. Mir schien, dass er bemüht war, die Erregung in der Stimme zu verstecken. Gleich darauf schaute ein offensichtlich unsicherer Ermittler herein: »Die Staatssicherheit ist hier«, meldete er.

Im Schlafzimmer erwartete den Kriminalisten und den Arzt eine ähnliche Gruppe von Männern; ihre Trenchcoats, Hüte und Hemden waren fast identisch mit denen der Gruppe, die sich schon in der Wohnung eingerichtet hatte.

Die Ankunft der neuen Gruppe rief aber eine heftige Veränderung in der Atmosphäre hervor. Die schon in der Wohnung arbeitenden Polizisten beugten sich plötzlich mit noch größerem Eifer über ihre Aufgaben, als wollten sie so schnell wie möglich damit fertig werden. Gleichzeitig waren ihre Ohren in Erwartung des Gesprächs gespitzt, das nun zweifellos kommen musste.

»Im Auftrag des Ministers übernehmen wir die Ermittlungen«, teilte der Chef der Angekommenen mit.

»Aber …«

»Wir übernehmen Ihre bisherigen Ergebnisse und werden selbst weitermachen. Für Sie ist das hier zu Ende. Wir danken, Genossen.«

Der Kommandeur der Staatssicherheit versuchte den Eindruck zu vermitteln, es handele sich um eine gute Nachricht, die den Kriminalisten Arbeit ersparen würde. Sein Tonfall war aber ein bisschen zu optimistisch. Außerdem war nicht zu überhören, dass es kein Vorschlag, sondern ein Befehl war.

»Was, wenn Sie warten, bis wir den Tatort fertig untersucht haben?«, sagte schnell der leitende Kriminalist. »Schließlich beschäftigen wir uns ständig mit solchen Fällen und haben umfangreiche Erfahrungen.« Mit seinem Tonfall war irgendetwas nicht in Ordnung. »Ich will natürlich nicht Ihre Expertise anzweifeln«, fügt er etwas überflüssig hinzu.

»Es existiert kein ähnlicher Fall. Wir untersuchen hier den Selbstmord des Außenministers.«

Der Kriminalist schien antworten zu wollen, schwieg aber. Er drehte sich zu seinen Leuten um: »Wir sind fertig«, sagte er kurz. Beide Gruppen vermischten sich für einen Augenblick, dass es aussah, als gehörten sie zusammen.

»Hier die Kollegin ist Sachverständige für Papiererzeugnisse«, stellte der Kriminalist die Frau mit dem Aussehen einer Ärztin dem Kommandeur der Staatssicherheit vor. »Wollen Sie nicht wenigstens ihre Kenntnisse nutzen?« Der andere Mann schüttelte sofort den Kopf.

Dr. med. Ing. Emilie Kinská, die schon eine Weile die Zigarettenstummel betrachtet hatte, wartete, bis der

Staatssicherheitschef sie nicht mehr anschaute. Sie legte noch ein paar in getrennte Tütchen. Verstohlen stopfte sie sie in ihre Handtasche.

In den Raum trat ein Mann, dem man auf den ersten Blick seine Autorität ansah.

»Guten Tag, Herr Minister!«

»Guten Tag, Genosse Minister!«

Beide, der leitende Kriminalist und der Kommandeur der Stasileute, grüßten fast gleichzeitig, nur die Anrede unterschied sich ein wenig.

»Wo ist dieser Doktor?«, interessierte sich der Innenminister Václav Nosek sofort, als würde er in einem unterbrochenen Gespräch fortfahren. Der Polizeiarzt Teplý trat vor.

»Also was haben Sie herausgefunden?«

»Der Tod ist vor einigen Stunden eingetreten, offensichtlich durch den Fall aus der Höhe. Wir werden allerdings die Ergebnisse der Obduktion abwarten müssen.«

»Die Todesurkunde stellen Sie doch sofort aus. Und darin wird stehen, dass es Selbstmord war. Ist das klar?«

»Aber Herr Minister ...«

»Mensch, verkomplizieren Sie das nicht und schreiben Sie, was ich Ihnen sage.«

Ich weiß nicht, ob jemand anderes sie hörte. Der Chef der Kriminalisten fragte wieder den von der Staatssicherheit, ob sie wirklich für eine fachliche Ermittlung ausgerüstet seien, eingeschlossen die biologische Untersuchung.

»Sicher!«, ließ sich sein Nachfolger nicht verwirren. »Jungs, sichert die Beweisgegenstände. Láďa, du sammel vielleicht mal die Kippen ein. Na, nimm 'nen Beutel, und dann ein bisschen dalli ...«

Der Angesprochene nahm irgendeinen leeren Umschlag vom Tisch und begann die Aschenbecher abzulaufen.

Er schüttete alles da hinein. Die Kriminalisten sahen sich an und verließen den Raum, die Sachverständige für Papiererzeugnisse drückte ihre Handtasche an den Körper.

»Und als Todesursache schreiben wir da Schlaganfall hin«, beschloss der Innenminister Nosek. Der Arzt antwortete nicht, er folgte den Kriminalisten. Nosek sah sich um und wurde sich wohl bewusst, dass schon viel zu viele Leute den wahren Grund von Masaryks Tod kannten.

Es tauchten nämlich immer mehr Leute in der Wohnung auf. Manche in Uniform, andere in Zivil; ich sah, dass sie sich nicht kannten. Außerdem bemerkte ich, wie einer von ihnen kniend versuchte, Fußspuren auf dem Teppich auszumachen. Wisst ihr, beim Herrn Minister wurde jeden Tag gestaubsaugt, sodass gegen Abend in den sauberen, wie auftoupierten Fasern dunklere Schuhabdrücke zurückblieben. Natürlich stand der Mann gleich wieder enttäuscht auf – zu dem Zeitpunkt ließen sich die Abdrücke aus der Nacht nicht mehr von den anderen unterscheiden, die am Morgen dazukamen.

Ich fühlte mich ähnlich. Auch ich ließ meine Augen ratlos von einem zum andern schweifen, aber das war so ein Gewimmel, dass man sich nur schwer alle einprägen konnte. Dabei ahnte ich, dass es einmal wichtig sein würde. Mir drehte sich der Kopf, mir war ein bisschen übel, weil ich gleichzeitig nicht den Blick vom Körper des armen Herrn Ministers lösen konnte.

Meine Blicke wanderten umher, aber ich sah nur noch Splitter, Details. Zum Beispiel einen Mann in Zivil, der sich über die Akten beugte, die auf dem Bett des Ministers lagen. Dann bemerkte er den Stempel mit der Unterschrift Jan Masaryks, den er beim Signieren weniger wichtiger Dokumente benutzte. Der Mann streckte sich danach aus, schaute ihn an, dann ein schneller Blick um sich herum, und in die Tasche damit. Jetzt verstand ich gar nichts mehr. Läuft so etwa die Beweismittelsicherung ab? Wozu sollte ein einfacher Stempel dienen? Die Identität Jan Masaryks war ja wohl nicht anzuzweifeln, oder?

Ein weiterer Polizist entdeckte Fußspuren auf der Treppe, die vom Gang vor dem Bad auf den Dachboden führte. Von diesem Fund unterrichtete er sogleich seinen Chef – mit der Begierde des Anfängers, der seine eigenen Vorstellungen von überraschenden Entdeckungen hat, die ausgerechnet er macht. Die Abdrücke waren auf den staubigen Stufen gut zu sehen. Der Chef hörte ihm zu und ordnete an, er solle sich damit nicht beschäftigen. Vielleicht zu schnell, vielleicht zu zackig.

Ich versuchte noch, der abgehenden Kriminalistengruppe hinterherzuschauen. Sie gingen schweigend hinunter, mit angespannten Gesichtern. »Herr Doktor«, meldete sich die Frau, die die Zigarettenstummel untersucht hatte.

Ihr Vorgesetzter hob nur schweigend den Kopf.

»Ich habe mir die Zigarettenstummel im Aschenbecher auf dem Tisch angeschaut. Der Herr Minister rauchte Camel, der Schachtel nach zu urteilen, die da lag. Ich habe aber noch drei weitere Sorten gefunden. Jemand hat da auch Zigaretten sowjetischer Herstellung ausgedrückt. – Die Aschenbecher beim Herrn Minister werden jeden Tag geleert, nicht wahr?

»Zweifellos«, antwortete der Vorgesetzte und ich hörte in diesem einen Wort noch ein paar andere, unterdrückte Worte, vielleicht auch Sätze.

»Ich gehe davon aus, dass die Beweismittel, die wir gesichert haben, weiter aufgearbeitet werden ...«

»Ich glaube, daran kann uns niemand hindern«, antwortete er. Und ich hörte wieder ein unausgesprochenes Wort. Ich ahnte, es lautete »vorläufig«. Die Frau hob den Kopf, als hätte sie eine wundervolle Nachricht erhalten, die die düstere, wirre Atmosphäre dieses Morgens aufheiterte und das Chaos wieder in Ordnung verwandelte.

Auch der Staatssekretär Clementis erschien. Genauso wie den Minister Nosek interessierten ihn vor allem die Schriftsachen, und das sowohl in der Wohnung als auch im Arbeitszimmer Jan Masaryks, vor dem zu diesem Zeitpunkt schon ein Posten stand. Durch die Palastgänge wälzte sich eine Welle von Geflüster, das diesmal ausnahmslos entsetzt und traurig im Unterton klang. Mehr und mehr Mitarbeiter erschienen im Vorsaal der Wohnung, um Jan Masaryk noch einmal zu sehen. Manche schafften das, aber sowie die Staatssicherheit übernommen hatte, wurden alle ohne Ausnahme weggeschickt.

Natürlich wurde aus dem Palast und dem Anbau auch viel telefoniert. Daran erinnere ich mich deutlich, weil eine Reihe Gespräche, die ungefähr zur selben Zeit erfolgten, ein besonderes Summen hervorriefen. Nicht nur, dass ich mir den Kopf über den plötzlichen, überraschenden Tod zerbrach – das allein war schon genug –, zu der Anspannung, die mich überwältigte, kam auch noch eine steigende Welle an Telefonaten hinzu ... Ich ahnte, dass ich mich darauf konzentrieren sollte, aber ich schaffte es nicht. Ich wusste nicht, wie man die wichtigen Gespräche heraushören sollte, weil sich irgendwie alle um den Tod Jan Masaryks drehten.

Ich gebe zu, dass ich mich ganz erleichtert von dem Rauschen überfluten ließ. Ehrlich gesagt, wusste ich nicht, was ich mit der Situation anfangen sollte. Aber zum

Glück existiert eine diplomatische Methode, wie man mit etwas umgeht, für das man keine Erklärung hat und das nicht in die Linie passt, die vom Vorgesetzten vorgegeben wurde: So schnell wie möglich das entsprechende Phänomen vergessen.

Halb instinktiv versuchte ich das.

Wie ihr seht, gelang es mir nicht.

Ich verfolgte dann die Ermittlung, die zuerst unter dem Taktstock des Generalsekretärs Heidrich (sic) verlief. Sie fand im großen Saal statt. Das schmeichelte mir, weil es sichtbar machte, welche Bedeutung man ihm zumaß. Der Generalsekretär Heidrich vernahm die Personen aus dem nächsten Umfeld des Ministers. Was heißt vernahm ... eher unterhielt er sich freundschaftlich und kollegial mit ihnen. Seine Fragen riefen ausnahmslos entweder tränenreiche Ergüsse oder kurzgefasste Aussagen hervor, aus denen zu ersehen war, wie sich alle die Sekretäre und Kammerdiener versuchten zu beherrschen. Wir erfuhren vor allem, wie sehr sie den Herrn Minister liebten und wie sein Tod sie erschütterte. Die Mitschriften wurden ministerial angefertigt; am Tisch saß ein Kollege und schrieb sich Anmerkungen auf, aus denen erst später das Sitzungsprotokoll entstehen sollte. Ob es allen Erfordernissen eines Ermittlungsprotokolls entsprach, war nicht ersichtlich.

Es setzten sich drei Angehörige der Staatssicherheit in Zivil dazu. Ich erwartete von ihnen, dass wenigstens sie die richtige Polizeinote in die Ermittlung hineinbringen würden. Dass sie schärfer wären. Und dass sie eine Reihe von Ausfällen gegenüber den Verhörten unternahmen, vielleicht auch angetäuschte, wie es beim Fechten häufig gemacht wird. Es kam aber nichts. War es wirklich nur ihre Aufgabe, dabeizusitzen und sentimentale Reden über den geliebten Herrn Minister anzuhören? Oder sollten sie vielleicht durch ihre Anwesenheit die Leute warnen, ihre Worte abzuwägen?

Die paar Leute verloren sich ziemlich im großen Saal.

Bei den Nachmittagsverhören, die dann schon die Polizei führte, war zu sehen, dass alle ihre Zunge hüteten. Schließlich hatten sie nicht den väterlichen Staatssekretär vor sich, sondern unbekannte Kriminalisten. Auch fanden die Vernehmungen nicht mehr im größten Raum statt, sondern in einem der Salons. Sie ähnelten eher einer Arbeitsbesprechung ... die für die Beteiligten eine erhebliche Bedeutung haben konnte. Wieder hörte ich irgendwie vage, verschwommene, unvollständige Zeugenaussagen. Eine Ermittlung fand statt ... aber ich hatte ein eigenartiges Gefühl. Als fragten die Polizisten nur, was sie schon wussten. Das konnte auch eine absichtliche Taktik sein ... wenn sie dabei natürlich zu dem kämen, was sie bislang nicht ahnten.

Außerdem fragten sie eigentlich nicht. Sie forderten immer den Verhörten auf, loszulegen, der Betreffende fing an zu reden und dann kamen keine Fragen mehr. Sie ließen ihn einfach reden, als passten sie auf, dass der Monologfaden nicht riss. Und sie tolerierten, wenn die Personen um die Ereignisse der letzten Tage kreisten oder Situationen und Begebenheiten erwähnten, die mit dem Tod Jan Masaryks nichts zu tun hatten. Kurz und gut, geschwätzt wurde in großem Stil. Die Polizisten wechselten sich beim Aufzeichnen ab, widmeten dem aber wesentlich weniger Sorgfalt als die Ministerialbeamten. Wie diese Aufzeichnungen der Gespräche aussehen mochten, wollte ich mir lieber nicht vorstellen.

Und eine weitere Sache stimmte irgendwie nicht. Warum wurde eigentlich nicht ... befragt? Ich versuchte mir die Kollegen in Erinnerung zu rufen, die diese Nacht im Gebäude verbrachten.

Die Wachmänner wurden nicht verhört. Die Mitarbeiter der Fernschreiber- und Telegrafenzentrale, die im hinteren Trakt des Palastes positioniert waren und auch nachts arbeiteten, wurden nicht vernommen. Auch Pavel Straka, der in dieser Nacht diplomatischen Dienst hatte, wurde nicht vernommen. Er verbrachte die Nacht in dem entsprechenden Büro Nr. 7 im Erdgeschoss, wo er für den Fall am Telefon war, dass sich etwas Dringendes ereignete und die leitenden Mitarbeiter des Ministeriums informiert werden müssten. Ein außerordentliches Ereignis passierte zwar tatsächlich, aber direkt im Gebäude ... soll er davon nichts gewusst haben? Hatte er wirklich nichts bemerkt?

Im Gang der Ministerwohnung erschienen Männer, die die Trage nahmen. Einer der Sekretäre begleitete sie, sie fuhren mit dem Aufzug hinunter und gingen durch den Flur, aber nicht zum Festeingang oder zum Diensteingang, nein, weiter zum Hintereingang, durch den Hof. Der Körper war mit Decken zugedeckt, aber offensichtlich zweifelte keiner der Angestellten, die diese Prozession antrafen, worum es ging, weil alle respektvoll zur Seite traten und sich verneigten. Am Hinterausgang stand der Krankenwagen.

Den Sekretär, der mit ihm fortfuhr, sah ich zwei Stunden später wieder. Er war aschgrau und sah ganz so aus, als könnte er nicht mehr das übliche Gesicht machen. Auf seinen Kollegen im Arbeitszimmer der Sekretäre wirkte das eindeutig.

»Also was haben sie ihm angetan?«, rief er, als der Mann eintrat.

Der Ankömmling schüttelte nur den Kopf, dann sank er in den Sessel, in dem immer Jan Masaryk gesessen hatte. Diesmal quietschte er nicht. Als würde er mitteilen, dass er es ablehnt, ein Teil der Situation zu sein, und dass er nach Jan Masaryk niemanden mehr aufnehmen will.

»Die Todesursache war der Sturz aus der Höhe«, brachte der Sekretär heiser hervor. »Ich stand drei Meter vom Obduktionstisch entfernt. Ich sagte mir, ich müsse alles sehen und mir merken, später mit einem vertrauenswürdigen Pathologen besprechen, aber ...«

»Was?!«

»Alles lief offensichtlich korrekt ab, aber ... als sie ihm hinten am Kopf die Haut aufschnitten und sie übers Gesicht zogen ... bin ich ohnmächtig geworden. Ich bin erst wieder im Vorsaal zu mir gekommen.«

»Also warst du nicht bei der gesamten Obduktion dabei?«

»Keine Angst. Bestimmt haben sie alles gemacht, wie es sich gehört«, sagte der Sekretär mit einem seltsamen, unnatürlichen Lächeln. »Auf dem Rückweg ist mir plötzlich klar geworden, was wirklich passiert ist. Jan Masaryk ist gestorben und mit ihm ... alles ist verloren ... das ist das Ende der Republik, selbst wenn sie weiter existiert ...«

»Wir müssen ... müssen seine Schriften ordnen ... uns nach seinen letzten Anordnungen richten ... was sagte er? Wir sollen das Geld aus dem Tresor aufteilen«, versuchte der andere Sekretär der Situation die bewährte Dienstordnung aufzudrücken.

Der im Sessel hörte nicht auf, den Kopf zu schütteln, und der gestohlene Gesichtsausdruck wollte und wollte nicht zurückkommen.

Die Situation wurde alltäglicher, als man begann, das Begräbnis vorzubereiten. Es schien, dass die einzelnen Einheiten unter dem Schlag, den die Nachricht vom Tod des Ministers ihnen versetzte, zu vibrieren begannen, sich auflösten, verwirrt erbebten – während sie jetzt mit einer eindeutigen Aufgabe zusammenrückten und sich mit umso größerer Energie an die Arbeit machten. Als hätten sie in der Organisation des Begräbnisses eine Art gefunden, wie sie auf den Tod von Jan Masaryk reagieren konnten. Schließlich unterschieden sich diese Tätigkeiten nicht sehr von den Vorbereitungen von Besuchen hoher ausländischer Politiker. Mit dem Unterschied der Richtung ... der Festeingang wird diesmal geöffnet, damit jemand dort hinausgeht ...

Es war ersichtlich, dass sich eine breite Öffentlichkeit vom Minister verabschieden wollen würde. Die leitenden Ministerialbeamten trafen sich und nach der anfänglichen pietätvollen Verlegenheit gewann die Besprechung einen sachlichen Charakter. Der Vorschlag, den Sarg vor den Toren des Palasts aufzustellen, wurde abgelehnt (dann würden wir ja wie die Deutschen mit Heydrich aussehen), und auch der große Saal (da wiederum hielt Heydrich diese Rede). Fast hätten die Herren ihre Referenten gebeten, bei den tschechischen Gesandtschaften in Erfahrung zu bringen, wie das ihre Gaststaaten machten, wenn ein Außenminister starb – dann wurde ihnen aber bewusst, dass die Situation ganz allein in ihrer Entscheidung lag.

Schließlich einigten sie sich auf die Halle zwischen dem Festeingang und dem Treppenhaus zum großen Saal.

Das war unweit des Platzes, so dass die Besucher einfach hereinkommen – und leicht wieder gehen konnten.

Von beiden Seiten fiel dort vom Innenhof natürliches Licht herein, sodass man nicht mit künstlicher Beleuchtung herumhantieren musste.

»Und sie lässt sich gut lüften«, wie einer der Herren etwas zu enthusiastisch sagte. Die Blicke der anderen waren nicht ganz eindeutig, und dann machten sie sich schnell an die Verabredung, wer in welchen Intervallen die Ehrenwache halten solle.

Auch in den Arbeitszimmern der Sekretäre wurde beraten. Nach der anfänglichen Versiegelung der Akten aus dem Ministertisch – oder auch ihrer Rückführung in den Umlauf, insofern er es geschafft hatte, die zu unterschreiben – berieten die nächsten Untergebenen Jan Masaryks zwei übriggebliebene Fragen. Miteinander verbundene. Was passiert war – und warum.

»Habt ihr die Rede des Innenministers gelesen?«, fragte einer von ihnen am Morgen des 11. März. Er faltete die große Zeitung auf und begann zu zitieren: »›Jan Masaryk hatte keine Feinde im tschechoslowakischen Volk.‹ Was heißt das? Das sagt Nosek gleich im zweiten Satz.«

»Wir wissen doch alle, wie er den Kommunisten quer im Magen lag.«

»Und mit dieser ihrer Dialektik ... mir kommt es eher so vor, als behaupteten sie, er sei nicht IHR Feind gewesen.«

»Aber das sagen sie erst jetzt.«

»Genau. Seit dem Augenblick, als er auf dem Pflaster landete.«

»Dass TGM die gegenwärtige Entwicklung begrüßen würde, hätten sie auch erst nach seinem Tod hervorzaubern können.«

»Die Ermittlungen sind noch nicht abgeschlossen, und hier wird behauptet, dass Jan Masaryk sich umbrachte, weil er von seinen Freunden aus dem Westen kritisiert wurde.«

»Wir sollten uns auf unsere Version einigen.«

»Aber nicht einer von uns war hier.«

»Dann lies doch die Zeitung. Kannst du dir vorstellen, was sich am Ende durchsetzt? Vielleicht wird behauptet werden, er sei durchgedreht? Oder betrunken aus dem Fenster gefallen?«

Der zweite Sekretär schwieg betreten.

»Der Minister hat keinen Selbstmord aus Verzweiflung begangen«, fuhr sein Kollege fort.

»Wir wissen noch nicht, ob es Selbstmord war, oder nicht.«

»Einen Mord wird dieses Regime nie eingestehen.«

»Na, da hast du wohl recht.«

»Also bleibt Selbstmord. Aber wenn er sich aus Verzweiflung umgebracht hätte, wäre es das Eingeständnis einer Niederlage, oder etwa nicht? Das können wir doch nicht zulassen!« (Ich musste diesem jungen Mann gratulieren. Im Duell gibt es auch immer einen Sieger und einen Besiegten. Aber auch eine Niederlage lässt sich auf verschiedene Weise interpretieren … es ist etwas anderes, in einem ausgeglichenen, technisch perfekten Konflikt zu verlieren, wenn Millimeter entscheiden, auch das Maß der Anspannung in den Muskeln, die Schnelligkeit von Nervenzuckungen … verzeiht, da habe ich mich etwas hinreißen lassen.)

»Jan Masaryk wollte mit seinem Tod der Welt etwas mitteilen!«, fuhr der Sekretär fort.

»Dass du in diesem Regime nicht überlebst?«, seufzte der andere.

»Nein, er opferte sich … damit das Volk sehend wird!«, entwickelte der Sprecher seinen Gedanken. »Er gab das

Signal, wie ausweglos unsere Situation ist; und er als Träger seines Namens konnte sich nicht mit ihr aussöhnen!«

»Erinnerst du dich, was er sagte? ›Würden die Leute verstehen, wenn ich mich abmurkse?‹«

»Das war im Affekt gesagt. Jetzt geht es eigentlich nicht um ihn. Es geht um die Zukunft des Volkes. Wir müssen verabreden, wir, die wir ihm am nächsten standen, wie seine Botschaft ...«

In das Zimmer glitt die Sekretärin und reichte ihnen schweigend ein Blatt Papier. Sie drehte sich zur Tür, als wolle sie den Fragen ausweichen. Die Sekretäre beugten sich über das Blatt mit dem schwarzen Rahmen.

»Wie bitte? Eine Todesanzeige? Hätten die nicht wir vorbereiten müssen?«

»Die da oben haben sich beeilt ...«

»Hier bei uns im Ministerium?«

»Ich – weiß nicht.«

»Schau mal. Hier steht das Datum der Beerdigung – gleich am Samstag! Das ist schrecklich schnell, das schafft man doch nicht ... Und sie haben den Weg des Trauerzuges schon beschrieben! Unglaublich, das Datum ist der 10. März! Das muss jemand vorbereitet haben, der vorher vom Tod des Herrn Minister wusste!«

»Beruhige dich. Wenigstens wissen wir, woran wir sind. Den Herrn Minister haben wir der Traueranzeige zufolge bis zum Samstag im Palast. Alles muss vorbereitet werden und das werden schon wir machen müssen.«

»Wer sonst.«

»Mit den Kollegen vom Protokoll ... und oben.«

»Ich gehe anrufen ... damit die da oben uns nicht aus Versehen auslassen.«

Das Gespräch der Sekretäre verlief viel aufgeregter als die Beratung ihrer Vorgesetzten. Generalsekretär Heidrich kommentierte den Tod des Herrn Minister in jenem trockenen Tonfall, der weit von Emotionen entfernt war, und in dem Diplomaten über Ereignisse sprechen können, die sie in Wahrheit tief berühren. Dann wurde zur allgemeinen Erleichterung über die Logistik der Beisetzung gesprochen, ganz so, als könnte eine Abfolge einzelner, präzise gefasster Details den Tod tröstlich in den Amtskreislauf einordnen. Jemand bemerkte, dass eine Pressemitteilung herausgegeben werden müsse, und ein anderer unterstrich, dass die Genossen aus der Presseabteilung sie sicher vorbereiten werden. Sie sind mit der Regierungskanzlei, dem Zentralkomitee der Kommunistischen Partei und mit der Botschaft der Sowjetunion in Kontakt, also gibt es nichts zu befürchten. Alle erklärten sich schnell und erleichtert, wie es mir vorkam, einverstanden. Es fielen noch ein paar Worte, die zur Vorsicht aufriefen, damit der Tod des Herrn Ministers nicht missbraucht würde. Alle nickten – aber es wirkte eher so, als ließen sie die Köpfe hängen und überlegten je nach Parteizugehörigkeit, wie so ein Missbrauch wohl aussehen könnte.

Ich versuchte zu erraten, ob die Öffentlichkeit die Botschaft Jan Masaryks verstanden hatte. Aber dazu hatte ich nicht genug Gelegenheiten. Ein ungeordneter Aufzug in Mehrfachreihen wand sich wie eine durch das viel zu kalte Frühjahr langsam gewordene Schlange vom Kapuzinerkloster den Loretoplatz hoch, wand sich um die ehemalige Matthäuskapelle, um sich in einer Schleife am äußersten Rand des Parkplatzes entlang zum Prunkeingang zu richten. Ergeben warteten Männer, Frauen und Kinder, Familien, junge Menschen und Pensionäre. Viele mit Blumen, alle sahen erschüttert aus.

Bei der Matthäuskapelle wichen sie nicht der Stelle aus, an der Drahomíra in die Hölle fiel. Dieser Platz ist nun schon Jahrhunderte nicht gekennzeichnet. Ich sah, wie sie in die Pechpfütze traten, um das Unglück weiter in ihre Leben zu tragen, und ich konnte sie nicht warnen.

Ich überlegte, ob die Tschechen vielleicht irgendein Talent haben, sich ihre Niederlagen zu organisieren, um sie dann durch ihr Verhalten noch zu vervielfachen? – Nein, da hat wohl nur die damalige Atmosphäre auf mich gewirkt. So etwas wie Vorherbestimmung gibt es im Fechten nicht. Training, Zusammenspiel der Bewegungen, das Erlernen der Positionen und die Qualität der Waffe – nur diese Faktoren beeinflussen das Ergebnis.

Also noch einmal anders: Die Wartenden waren armselige, wehrlose Zivilisten.

Eine Frau drückte sich an die Fassade, umklammerte die Hände ihrer Kinder und rief verzweifelt: »Wir wollen unseren Honza sehen!« War das das Einzige, was sie sich wünschte? Mehr brachten die wirklich nicht fertig? Jetzt, jetzt gab es die Gelegenheit, sich zu verteidigen, wenn Jan Masaryk selbst es nicht schaffte; den Angriff abzuwehren, vor dem er kapituliert hatte. Jetzt konnte er nichts mehr verderben. Jetzt würde er keine Entlassungspapiere mehr unterschreiben. Jetzt würde er nicht mehr versuchen, um jeden Preis eine Übereinkunft zu finden. Jetzt konnten sie sich verteidigen – und gleichzeitig angreifen.

Oder war es so, dass die Tschechen im Grunde wollten, dass man schlecht mit ihnen umging, weil sich so ihre Weltsicht bestätigte? Vielleicht sind sie zufrieden, wenn die Dinge schlecht ausgehen, weil sie sich damit ihre Brummigkeit rechtfertigen? Vielleicht sind sie dankbar für Ungerechtigkeiten, weil das ihre Überzeugung bestätigt, dass alles unfair läuft? Und dann trauern sie lustvoll über erlittene Unbill – weil sich an Erfolgen zu erfreuen ihrem

Naturell widerspricht? Ach ihr Tschechen – ich lebe seit Jahrhunderten unter euch, aber noch immer verstehe ich euch nicht.

Am offenen Sarg, in dem Jan Masaryk ruhte – irgendwie seltsam offiziell, als würde er im Liegen eine Rede halten; obwohl er seine Reden improvisierte und mit Humor anreicherte –, kam es zu Tränenausbrüchen, oder wenigstens zu Schluchzern und schnellem, irgendwie beschämtem Trocknen feuchter Augen.

Die hohen Beamten, die am Katafalk aufgereiht waren, konnten ihre diplomatischen Fähigkeiten beweisen – nämlich überhaupt gar kein Gesicht zu machen. Das gelang ihnen wirklich gut.

Und ich, ich wartete, ob gerade hier etwas passiert, was die Worte des Sekretärs bestätigen würde. Ich weiß nicht, was genau ich erwartete. Dass Männer an den Sarg heranspringen, ihn sich auf die Schultern legen, die Loretogasse damit hinuntergehen und dann gleich die Dienststelle der Öffentlichen Sicherheit stürmen und sich da bewaffnen? (Ich habe sehr wohl bemerkt, dass die dortigen Burschen Bereitschaft hatten und einen jungen Mann ans Tor stellten, damit er Wache hielt – und den Černín-Palast im Auge behielt.)

Dass man von dort weiter zu den nächsten Behörden ziehen würde, zum Rundfunk, nach Sezimovo Ústí zu Präsident Beneš, wenn er schon die Burg verlassen hatte ... dass sich berufene Polizeieinheiten den Demonstrierenden zugesellen, dass das Heer sie verstärkt ... dass die Volksmilizen kapitulieren, und wenn nicht, dass sie teilweise überzeugt werden, die Waffen niederzulegen, teilweise unterworfen ... erwartete ich das wirklich? Aus heutiger Sicht scheint mir das unwahrscheinlich. Damals jagten allerdings die verschiedensten Gedanken durch meinen Kopf.

Nun also – es passierte nichts.

Vielleicht außer der Geste eines der Sekretäre, der ein Sträußchen Schneeglöckchen ans rechte Ohr des Ministers legte, dorthin, wo der Obduktionsschnitt begann. Und weil die Blumen schnell welkten, brachte nach einer Weile ein anderer ein neues Sträußchen. So wechselten sie sich ab im stillen Trotz gegen die Vergänglichkeit, Zerfall und Zersetzung, zur Ehre der Werte, die größer sind als wir ... was aber nicht dasselbe ist, wie sich mit einem Angehörigen der Öffentlichen Sicherheit um die Maschinenpistole zu streiten, das gebe ich zu.

Und dann hörte ich das Gemurmel.

Mehr und mehr Besucher waren von der Ruhe schockiert, die das Gesicht des Herrn Ministers ausstrahlte – oder noch eher davon, dass er keine sichtbaren Verletzungen hatte.

»Der soll aus dem Fenster gesprungen sein? Und dabei hat er sich nichts getan? Nicht einmal den Kopf aufgeschlagen?«, hörte ich in verschiedenen Variationen.

»Das sollen wir glauben?«, war regelmäßig die Schlussfolgerung.

Und dabei konnten sie noch nicht einmal sehen, dass der Minister mit schwarzen Fingern vom Staub des Fensterbretts im Sarg lag und mit Putz unter den Fingernägeln. Niemand hatte sie ihm gewaschen – irgendwie war dafür keine Zeit geblieben. Ja, der Herr Minister ging mit schmutzigen Händen von dieser Welt. Hier handelt es nicht um eine Metapher, nur um ein unglaublich trauriges Bild.

Immer mehr Menschen kamen und wenn es die Absicht der Organisatoren gewesen sein sollte, das Begräbnis so schnell wie möglich stattfinden zu lassen (am Samstag nach dem schicksalhaften Mittwochmorgen) und die Öffentlichkeit keine Zeit haben sollte, ihre Gefühle auszudrücken, so hatten sie dieses Ziel verfehlt. In der Nacht vom Freitag auf den Samstag musste der Palast geöffnet bleiben und die ganze Nacht über strömten die herein, die sich vor Jan Masaryk verneigen wollten. Emotionen zeigten sich – aber nur als Trauer, Verlustgefühl und Bedauern. Mehr nicht.

Am Begräbnis soll eine halbe Million Menschen teilgenommen haben. Das könnte ich glauben. Und ein paar Hunderttausende, das ist schon eine Macht, auch wenn wir die Mütter mit den Kindern mal rauslassen … Ich wüsste mit so einem Material etwas anzufangen, natürlich wenn mir die Befehlsgewalt übertragen würde. Leider schien dort niemand an der Spitze zu stehen.

Als der Samstagmorgen kam, sahen die Organisatoren ähnlich erschöpft aus wie nach Staatsbesuchen. Nur die gewohnte Erleichterung trat irgendwie nicht ein. Und Jan Masaryk verließ schließlich den Palast, um ins Nationalmuseum gebracht zu werden, wo er auf einem Katafalk ruhte. Es wurden Reden gehalten, Kränze und Blumen abgelegt. Von dort aus wurde er auf einer Geschützlafette langsam zurück auf die Burg gebracht. Er, der wirklich kein Soldat war. Irgendwie ironisch erinnerte das an des Ministers einstige Karriere beim Tross, aber nicht mehr. Diese Fechtpartie war schlecht ausgegangen und konnte auch keinen anderen Abschluss haben, wenn einer der Fechter es nicht einmal schaffte, das Rapier aufzuheben …

Der Sarg wurde von Soldaten mit Maschinenpistolen begleitet, aber mir war klar, dass sie sie nicht benutzen würden.

Ich beobachtete, wie der Trauerzug leise durch die Loretogasse hochkam. Das allgemeine Schweigen war sein ausdrucksstärkstes Merkmal. Trommelwirbel, mit dem sich die Öffentlichkeit von Reinhard Heydrich verabschiedete, Pechgeruch von Fackeln – das alles fehlte hier total und wurde auch durch nichts anderes ersetzt.

Verstand die Öffentlichkeit den Tod Jan Masaryks, wie es sein Sekretär hoffte?

Ich beobachtete die Anwesenden sehr sorgfältig.

Wenn ja, so zeigten sie es nicht.

Jan Masaryk wurde zum letzten Mal in den Palast getragen, von wo er nach einigen Bestattungsvorbereitungen, die in ihrer Langsamkeit, Gründlichkeit und Rätselhaftigkeit dem Erfüllen von Protokollerfordernissen glichen, wieder hinausgetragen wurde. Er verließ den Palast durch den Prunkeingang, aber da war niemand, der ihn an der Schwelle verabschiedet hätte, wie es Gastgeberpflicht ist. Seine engsten Mitarbeiter hatten seinen Sarg auf den Schultern, unter dem sie etwas schwankten. Daran war ihre unterschiedliche Größe schuld, die Ergriffenheit, das Körpergewicht des Herrn Minister ... und das verschreckte Durcheinander, das den Tod Jan Masaryks von Anfang bis Ende begleitete. Unter den Arkaden des Prunkeingangs standen Soldaten der Tschechoslowakischen Armee, die den Sarg auf der Lafette hierherbegleitet hatten. Ich sah, welch Schauder sie ergriff – beim Anblick des Sarges, der an ihnen vorbeigetragen wurde, nahmen manche Haltung an, andere schauten nur mit Tränen in den Augen – jetzt, wo sich schon jemand anderes um ihn kümmern musste. Der Unteroffizier salutierte, was ich gutheiße, aber dann sah ich, dass er die Ehre mit der – linken Hand bezeugte!

Der Sarg wurde auf den Leichenwagen gehoben und zum Friedhof nach Lány gebracht.

Die Sekretäre beugten sich in ihrem Büro so sorgfältig über die Zeitungen, als wäre dort eine Rede eines ausländischen Staatsmannes abgedruckt, die die Stellung der Tschechoslowakei beeinflussen könnte.

»Unser teurer Honza!«, rief einer von ihnen aus. »Dass dieser Gottwald ihn sich so aneignen muss!«

»Zeig mal ... Moment, das sieht doch ganz ehrlich und herzlich aus. Ich glaube, dass ihn Masaryks Tod wirklich überrascht hat. Und du weißt, was der Herr Minister sagte: Dass sie sich verstanden. – Wenn aber nicht die tschechischen Kommunisten dahinterstehen, dann ...?«

Und beide Sekretäre schauten hoch, als wäre ihnen erst jetzt bewusst geworden, dass sie jemand hören könnte. »Und Milada Horáková hat ihr Abgeordnetenmandat zurückgegeben«, sagte noch einer von ihnen, leise, ohne Kommentar, fast tonlos. Energisch raschelnd legten sie die Zeitungen zusammen und machten sich an die Arbeit. Noch immer kamen Briefe, die für den Herrn Minister bestimmt waren und bearbeitet werden mussten – auch wenn die Antworten jetzt Staatssekretär Clementis unterzeichnete. Der im Übrigen bald der neuen Außenminister wurde.

Ich musste an meine beiden Herren denken, die tragisch ums Leben kamen. Reinhard Heydrich und Jan Masaryk. Der eine rational, zackig, streng (vielleicht zu sehr) und autoritär – der andere musisch, verträumt, redselig und liebenswürdig, viel zu liebenswürdig. Beide musikalisch begabt, beide aktive Musiker. Was würden sie wohl spielen, wenn sie ein Duett wählen könnten? Das konnte natürlich nie passieren – eine andere Frage drängt sich aber auf: Warum endeten die beiden so grundsätzlich verschiedenen Herren so ähnlich? Was ist das für eine Macht, die dich hindert, deine Sache zu machen, ob du nun angreifst oder dich verteidigst? Was für eine schicksalhafte Gegebenheit herrschte hier? Heydrich verließ sich auf die Unterwerfungsbereitschaft der Tschechen, Masaryk im Gegenteil auf ihren Freigeist ... warum endeten sie eigentlich gleich? Was ist das für eine Macht, die sich hier denen in den Weg stellt, die etwas ändern wollen? Gibt es hier etwa irgendeinen Schacht, einen Schlot, in dem die Geschichte immer ins Trudeln kommt und dann im unkontrollierten Fall endet?

Die ehemaligen Sekretäre Jan Masaryks beschäftigten sich noch eine Weile mit der Bearbeitung seiner amtlichen Schriften, Manuskripte und anderer Materialien, die das TGM-Institut übernehmen sollte. Eines Tages erschien in ihrem Arbeitszimmer ein älterer Mann mit einem Aktenwagen und warf die sorgfältig geordneten und gebundenen Päckchen darauf. Der Art und Weise nach, wie er damit umging, schien er eher Makulatur in den Kesselraum zu bringen. Die Sekretäre fragten nicht, wohin er die Päckchen brachte. Ein paar Monate später hatten sie das Arbeitszimmer verlassen – und dann hörte ich nur noch von ihnen, wenn sich jemand von den Kollegen an sie erinnerte.

»Ja, der ist in der Botschaft in der Schweiz«, hörte ich über den, der es noch schaffte auszureisen. »Der ist wieder zurück«, hörte ich nach einer Zeit. Und dann nur noch: »Der arbeitet nicht mehr bei uns.« Aha. Der zweite emigrierte nach Großbritannien, wo er während des Krieges gelebt hatte.

Wenn der Name eines dritten erwähnt wurde, entstand Stille. Niemand wollte konkret werden, wer der Betreffende war. Erst später hörte ich, dass er im Prozess gegen Milada Horáková zu zwanzig Jahren wegen Hochverrats verurteilt worden war.

Wieder beobachtete ich, wie Leute in die Dienstwohnung kamen (auf andere Art als die Kammerdiener, die sich bemühten, dass der Herr Minister alles hatte, was er brauchte; oder die Putzfrauen, die schnell und sehr gründlich ihre Arbeit ausführten).

Es wurde auch aufgeräumt, aber gleichzeitig wurden die persönlichen Sachen von Jan Masaryk in Kisten gepackt. Manche hatte schon vorher die Staatssicherheit in Schachteln fortgetragen. Auf dem Fensterbrett gähnte bis jetzt ein leeres Rechteck, weil dort die Stelle herausgeschnitten worden war, wo sich Masaryks befleckte Pyjamahosen abgedrückt hatten.

Die Wohnung wirkte nach diesen Eingriffen halb optimistisch, halb trostlos. Es sah aus, als begänne etwas Neues; vielleicht.

Und dann begrüßte ich unerwartete Gäste. Einen eleganten Mann mit liebenswürdigem Lächeln, der seine nicht weniger kultivierte Gattin begleitete. Ich lebte auf. Vlado Clementis, frischgebackener Außenminister, traf in Begleitung seiner Ehefrau ein. Das konnte nichts anderes heißen, als dass … Erinnerungen an Humprecht Jan und seine zarte Gazelle begannen in meinem Kopf zu tanzen. Kamen etwa bessere Zeiten auf? Schließlich hatte Jan Masaryk mit seinem Junggesellenleben und seinem Bemühen, Frau Marcia weit von mir fernzuhalten – als ob ich beißen würde –, die Wohnung nicht gerade mit familiärer Wärme gefüllt.

Sollten hier etwa wieder Kinderfüße herumtrappeln? Und vorher kommen noch die Architekten, um Veränderungen zu entfesseln, die einem liebreizenden, wenn auch etwas verwirrten Köpfchen entsprangen? Und vielleicht werden das sogar meine Landsleute sein??

Die Eheleute Clementis sahen sich allerdings scheu in der Wohnung um.

»Weißt du, was angeblich dem Herrn des Černín-Palastes geschieht, wenn er dreimal unter seinem Dach schläft?«, fragte Frau Lída unversehens ihren Mann. Sie begleitete die Frage mit einem angedeuteten Lächeln, das mir seltsam vorkam. Mir schien, dass es andere Gefühle verbergen sollte, die irgendwo innen versteckt waren.

Clementis lachte ganz ungezwungen.

»Angeblich stirbt er«, antwortete sie sich selbst.

»Das sind nur Legenden … wir erleben schließlich von Grund auf neue Zeiten, in denen kein Platz ist für Aberglauben. Du glaubst so etwas doch wohl nicht? Jan Masaryk starb durch Selbstmord«, betonte er, als müsse er sich selbst überzeugen. »Also ist das ein völlig anderer Fall«, versicherte er seiner Gattin in seinem melodischen, verführerischen Slowakisch. (Findet ihr nicht auch, dass es dem Italienischen ähnelt? Ich ganz entschieden. Auf jeden Fall mehr als das Tschechische, das sich manchmal anhört, als würden Kartoffeln aus dem Eimer in den Trog geschüttet, damit das Mastschwein was zu fressen hat.)

»Von der Todesart ist in der Legende nicht die Rede, glaube ich«, piepste Frau Lída noch.

Ihr Mann zog sie zu sich heran, umarmte sie und führte sie in den Vorsaal, wo er ihr in einer schönen Geste das Prager Panorama vorstellte, so wie er es bei ausländischen Gästen geübt hatte. Das funktionierte immer und auch

Frau Lída war von dem Anblick überwältigt. In Clementis' Geste war auch noch etwas mehr, etwas wie Wohlwollen; ein Anflug von Besitzerstolz. Das alles gehört jetzt uns, wollte er vielleicht sagen. Mir schien, er verhielt sich eher wie ein Feldherr, der ein erobertes Gebiet vorstellte.

Und gestehen wir es uns ein, dass Frauen für erfolgreiche Heerführer immer eine Schwäche haben.

Frau Clementisová zuckte mit den Schultern und ließ sich in das Gespräch hineinziehen, wie die Räume gemütlicher gemacht werden könnten (diese Neigung der modernen Menschen, meine Räumlichkeiten für kalt zu halten, ermüdet mich ehrlich gesagt schon ein bisschen).

Die Eheleute Clementis lebten sich gut in der Dienstwohnung ein und verbrachten zwei ganze Jahre dort. Legenden enthalten gewöhnlich keine Fristen. Es gibt kein »nach Jahr und Tag« in den Palastlegenden.

Frau Lída baute die Wohnung natürlich um, plötzlich wurden alle Räume genutzt, es kamen Möbel dazu und im Esszimmer wurde schön getafelt. Es entstand eine freundliche, familiäre Atmosphäre, würde ich sagen. Nicht so auf der Höhe wie bei Humprecht Jan, das ist verständlich, aber es hatte etwas. Ich gönnte den Clementis ihr Glück, das so rührend mit den alten Palastmauern verbunden war. Gegen den Junggesellenstil von Jan Masaryk und seine spitzen Bemerkungen, wie er mich gegen eine Zwei-Zimmer-Wohnung mit Bad eintauschen würde (diese Betonung des Bads, als würde ihm nicht das Bad in der Dienstwohnung reichen, mit den großen Spiegeln, der Massagedusche, mit Wanne und Bidet!), war das für mich eine eindeutige Verbesserung.

Eine einzige Sache würde ich den Clementis vorwerfen ... Dieser Broček. Ach, dieser Broček. Ihr Hündchen, das nun wirklich recht unvollkommen die ersehnten Kinderfüße ersetzte. Wenigstens waren die Fußböden größtenteils mit Teppich belegt, so konnte es das Parkett nicht zerkratzen. Aber den Teppichfasern bekam sein Getrippel auch nicht.

Allerdings überdauerte in den Zimmern immer noch etwas aus der Zeit Jan Masaryks. Eine gewisse Melancholie, als ob die Wohnung sich noch nicht vom Verlust ihres Herrn erholt hätte. Noch immer hing eine Staubspur in der Luft, egal wie viel gesaugt und gelüftet wurde.

Frau Lída nahm diese Beklemmung stärker wahr als der Herr Minister. Im Bad sah sie absichtlich nicht zum Fenster, wo im Übrigen das fehlende Rechteck im Fensterbrett ersetzt und mit mehreren Schichten Lack bedeckt worden war, sodass die Fugen fast – fast! – nicht mehr zu sehen waren. Schließlich begann sie, nur das andere Badezimmer auf der gegenüberliegenden Seite zu benutzen, dessen Fenster auf den Loretoplatz hinausgingen. Der Herr Minister Clementis schien weniger empfindlich zu sein und ging mit einer Leichtigkeit durch die Wohnung, die ich seinen diplomatischen Erfahrungen zuschrieb. An nichts festhalten, mit niemandem besonders befreundet sein, offen sein für neue Verbindungen … ja, das erinnerte schon mehr an Fechtwettkämpfe als der etwas sehr individuelle Stil Jan Masaryks.

Die Leichtigkeit ließ allerdings allmählich nach. Der Herr Minister blieb immer länger und länger in seinem Arbeitszimmer. Er entschuldigte seine Abwesenheit in der Wohnung mit der Belastung, aber ich wusste sehr gut, wie ungenau seine Ausreden waren. Vorbei waren die Zeiten, als leidenschaftlich in die Regierungskanzlei telefoniert wurde und in die sowjetische Botschaft, als alle Entscheidungen in diesem dichten Beziehungsnetz entstanden; als mit energischem, männlichem Tonfall in die Telefone gesprochen wurde, zwischen Zügen an der Gott weiß wievielten filterlosen Zigarette. Der Minister Clementis beobachtete das Telefon jetzt schweigend, mit unausgesprochenen Befürchtungen. Genauso fragend sah er seine Sekretäre an, die ihn umso vehementer grüßten: »Guten Tag, Genosse Minister!« Wenn er durch den großen Saal zum Dienstaufzug ging, kam es mir so vor, als schrumpfte er. Er überwand diesen riesigen, will sagen imposanten Raum mit kleinen Schritten. Wie ein Kind, das sich auf dem Weg in den Keller fürchtet. Und dabei ist, bitte schön, der große Saal mit dem angrenzenden Korridor vollkommen übersichtlich.

Auch dieser Broček ließ irgendwie traurig den Kopf hängen.

Und dann ging der Herr Minister an einem Januarmorgen mit dem Hund Gassi, weil es Frau Lída nicht gut ging. Ich verfolgte ihn mit einem Auge, wie er aus der Hinterpforte trat und entlang der Gartenmauer ging. Zweifellos ging er in Richtung von Masaryks Aussichtspunkt – eine Reihe von Bäumen auf dem Kamm der Bastion mit einem bemerkenswerten Ausblick auf mich. Dort kam er nicht an. Ich sah ein Auto neben ihm bremsen. Heraus sprangen zwei Muskelprotze, die den Herrn Minister zwangen einzusteigen. Das lief sehr glatt ab, die einzige Schwierigkeit war der kläffende Broček, der schließlich an der Leine am Hals hochgehoben und in den Wagen geworfen wurde.

Wie ich später erfuhr, hatte man für den Herrn Minister die »Operation Grenzstein« benutzt. Das Auto brachte ihn hinter eine fiktive Grenze, wo ihn Männer in deutschen und amerikanischen Uniformen begrüßten. Der Herr Minister lehnte aber diese »Rettungsaktion« ab und bestand darauf, auf tschechoslowakisches Gebiet zurückgebracht zu werden. Der Wunsch wurde ihm erfüllt – er wurde im Schloss in Koloděje inhaftiert und des unerlaubten Grenzübertritts beschuldigt.

Aus der Dienstwohnung verschwand auch Frau Lída mit ihren persönlichen Dingen. Damals zeigte sich, wie wenig es ihnen gelungen war, die Atmosphäre der Wohnung zu verändern. Von einem Tag auf den anderen versank sie in der einstigen Melancholie, so wie damals, als der Minister mit den traurigen Augen dort weilte. Es schien aber, dass auch mehr freier Platz dazukam; wie ein gähnend leerer, stummer Vorwurf; als hätte man ein unsichtbares Herz herausgerissen.

Die Einrichtung litt in den nächsten Jahrzehnten, weil einzelne Stücke fortgebracht wurden, immer wenn man die Einrichtung anderer Räumlichkeiten ergänzen musste. »Holt euch das aus der Ministerwohnung – das ist doch kein Museum!«, hörte ich sehr oft. Die Zimmer verfielen langsam in den Zustand, in dem sie schon am Ende des Zweiten Weltkriegs waren. Nur das Prothesenlager fehlte da, obwohl die Zeit angespannt war und viele in ihrer Gesundheit bedrohte. Allerdings nicht an der Front, sondern auf den Richtplätzen, in den Lagern mit Zwangsarbeit und an den bewachten Grenzen.

Der Zustand der Dinge änderte sich zweifellos – es wurde nicht mehr über Eisenbetonbefestigungen der Grenzen gesprochen, die gegen den Angriff von außen gebaut werden sollten. Jetzt war das Thema ein Wachsystem, das Flucht von innen nach außen verhindern sollte … Und genauso veränderten sich auch die tschechoslowakische Außenpolitik und die Diplomatie.

Und Broček? Seid ihr wirklich so zartbesaitet bis sentimental? Nun gut. Ich beruhige euch gern. Der Hund Broček wurde heil zurückgebracht – zwar erst nach einer Reihe von Monaten – den Eltern von Frau Lída. Die war zu dieser Zeit auch schon im Gefängnis. Der elegante Herr Minister wurde gemeinsam mit Rudolf Slánský hingerichtet und verlor sich aus dem Gedächtnis so vollkommen, dass man heutzutage gar nicht mehr so richtig weiß, wer der Nachfolger von Jan Masaryk war. Zufrieden?

VII. Guardia di faccia

Diese Position zeichnet sich durch die zum Gegner gestreckte Hand aus, mit der Handfläche nach oben. Der Körper ist aufgerichtet, das Gewicht leicht nach vorn verschoben. Es ist eine sehr imposante und offensive Position. Mit der Spitze gegen das Gesicht des Gegners und dem ausgestreckten Arm bedroht ihr ihn ernstlich. Diese Position ist auch eine der Positionen, die für die Parade eines Angriffs genutzt wird. »Wenn dein Schüler die Position guardia di faccia *einnimmt, erklär ihm, dass er darin gleichzeitig angreifen und sich verteidigen kann. Wenn der Gegner gegen ihn die Hiebe* madritto tondo *oder* fendente dritto *nutzt, soll er im selben Augenblick gegen sein Gesicht vorstoßen«, rät A. Marozzo.*

Das Aktionskomitee des Außenministeriums gab zu Beginn seiner Tätigkeit eine Erklärung heraus, die niemanden im Zweifel darüber ließ, was für eine Macht es in seinen Händen konzentrierte. Es sprach darin für alle und zu allen und bemühte gleich im zweiten Satz die Feinde. Die Definition dieser geheimnisvollen, allgegenwärtigen Gegner wurde offengelassen, sodass jeder sofort begriff, was damit gemeint war.

Eine Menge Kollegen verschwand aus dem Ministerium. Und zwar auf eine ganz einfache Weise. Der Vorsitzende des Aktionskomitees lud sie vor, verlangte ihren Dienstausweis und befahl ihnen dann, das Gebäude zu verlassen. Einen größeren Verwaltungsaufwand brachten nur die Beurteilungsschreiben mit sich, die das Aktionskomitee an die anderen Institutionen sandte, wo die Entlassenen unterzukommen versuchten. Auch wenn die

Formulierungen ziemlich stereotyp waren: »hat keine positive Einstellung zur volksdemokratischen Ordnung«, »zeigt bourgeoise Haltungen«, »gehört zu den ehemaligen Leuten«.

Ich verstand den Unterschied zwischen »unseren« Leuten und »ehemaligen« Leuten – der war nicht zu übersehen.

Ich sah »unsere«, als sie die Arbeit antraten. Sie versammelten sich in der Halle, sahen sich unsicher um, die platten Mützen waren in die Augen gezogen und die Hände mit den angeschlagenen Knöcheln steckten in den Taschen abgetragener Mäntel. Ungeputzte Schuhe, neben denen weggeworfene Kippen landeten, ganz so wie sie es aus der Fabrik gewohnt waren. Sie warteten auf den Referenten, der sie, die Absolventen der Diplomatischen Arbeiterschule, nach oben in die Personalabteilung bringen und einstellen sollte.

Wisst ihr, sie gefielen mir. An ihrem gesellschaftlichen Auftreten gab es einiges zu verbessern – aber die Finessen der Etikette (so wie auch die Feinheiten des Fechtens) kann man endlos kultivieren. Sprachlich waren sie nicht besonders vielfältig ausgerüstet (häufig eher einfältig, würde man gern – zwar billig, aber treffend – scherzen). Dafür schrieben sie in steifen Druckbuchstaben in die Fragebogenrubrik, die nach der politischen Zugehörigkeit fragte: KSČ – Kommunistische Partei der Tschechoslowakei.

Und man konnte es in ihren Augen lesen. Feuereifer, Begeisterung. Diese Überzeugung, dass mit ihnen eine neue Epoche beginnt. Sie gefielen mir. Auch ich wollte etwas aufzubauen beginnen. Nach den Jahren der Erniedrigung, ja fast Versklavung, während der deutschen Okkupation, nach den Wirren der Nachkriegszeit mit den beängstigenden politischen Rangeleien gab es endlich Klarheit.

Die alten Ministeriumsmitarbeiter, die sich hier noch irgendwie gehalten hatten, sprachen im Flüsterton, ängstlich, von Kontinuität. Sie fürchteten um sie. Gleichzeitig wurde Kontinuität zu einem gefährlichen Wort.

Aber warum? Warum, Genossen?

Ich hatte sie vor Augen.

Ich wunderte mich über Jan Masaryk. Warum ertrug er so schwer die Vision, die am 7. März 1948 in der Rede auf dem Altstädter Ring ausgesprochen wurde – nämlich dass sein Vater den kommunistischen Umschwung gutgeheißen hätte. Tomáš Garrigue WAR schließlich für soziale Gleichheit, für christliche Gerechtigkeit und Humanität ... und von Gleichheit wurde jetzt ständig gesprochen.

Versteht doch, ich kannte die gewöhnlichen Leute. Heizer, Lageristen, Gärtner, Putzfrauen ... sie alle arbeiteten jahrzehntelang im Palast. Die Dienerschaft war sofort da, wenn die Herrschaft eingezogen war, eigentlich sogar noch etwas früher. Sollte eine wirkliche Gleichheit eintreten, müssten diese kleinen Leute sich auf das Niveau der Herren erheben. Was wohl, geben wir es zu, nicht durchführbar wäre. Es blieb also nur der umgekehrte Weg – die Herrschaft musste auf das Niveau der Diener gehen. – Was ist daran unklar? Mir erscheint das unerbittlich logisch.

Ich lernte neue Wörter, wie zum Beispiel »Arbeiterherkunft«. Der Inhalt schien mir irgendwie der Gegenpol zu einer adligen Herkunft zu sein. Als Arbeiter musste der Mensch auch geboren werden ... und warum sollten sich die Dinge nach Jahrhunderten nicht zum Vorteil des Volkes wenden und warum sollten es nicht die Arbeiter sein, die jetzt ihre Privilegien bekamen? Ihre Zahl übertraf die der Herren um ein Vielfaches, die erreichte Gerechtigkeit erschien mir demzufolge irgendwie gerechter. Drücke ich mich klar aus? Im Übrigen wurden es noch mehr Arbeiter, je mehr Beamte in die Produktion umgesetzt wurden, wodurch die Gerechtigkeit der neuen Ordnung noch größer wurde ... natürlich, das muss ich zugeben, gelang es nicht immer, aus den Arbeitern Beamte zu machen. Ich schämte mich, aber die diplomatische Arbeit unterschied sich auch weiterhin von der der Arbeiter.

Es kam zu kleineren Problemen.

Man kann nicht gerade sagen, dass es unsere neuen Diplomaten, die über ein zweifelsfreies Kaderprofil verfügten, im Ausland leicht gehabt hätten. Ihre Sprachkenntnisse (um es höflich auszudrücken) schränkten sie ein, was am Ende vielleicht sogar ganz gut war. Wenn sie sich nämlich verständlich ausdrücken konnten, verloren sie sich in glühenden Verteidigungen des kommunistischen Regimes und sie waren so prinzipientreu, dass Konflikte entstanden, die dann die älteren Kollegen ausbügeln mussten.

Ich erinnere mich, wie die Sekretäre erstaunt Telegramme über Beleidigungen lasen, zu denen es auf Empfängen kam; von Staatsfeiertagen, an denen die Feste zu Streits mutierten; vom Dolmetschen tschechoslowakischer Standpunkte, die sich schlecht erklären ließen.

Ich begriff, was für ein Vorteil das war, was mir zuerst Sorgen bereitet hatte. Die sprachliche Ausstattung der neuen Kollegen war nämlich weiß Gott nicht berühmt. Das Französische, das meinem geliebten Italienisch so ähnelt und einst zum diplomatischen Standard gehörte, hatte das Feld geräumt. »Das ist wohl französisch«, scherzten die neuen Kräfte verächtlich, wenn sie auf einen Text in einer ihnen unbekannten Sprache stießen. »Red' tschechisch und nicht französisch!«, forderten sie sich gegenseitig auf, wenn sich einer gegen die ungeschriebenen Regeln versündigte und einen komplizierteren Satz benutzte. In manchen Fällen war es also vielleicht sogar besser, dass die neuen Kader keine Sprachen beherrschten. Dadurch entstand allerdings eine unhaltbare Situation. Ein Diplomat muss sich wenigstens manchmal mit jemandem verständigen können.

Wir waren uns einig, dass man unsere Leute bilden musste.

Zu dieser Zeit wurde es aber komplizierter für mich, den Terminus »unsere Leute« zu verstehen. Der Minister Clementis war nicht der Einzige, der einfach aus heiterem Himmel unentschuldigt fehlte. Hatten sich etwa zwischen »unsere Leute« welche eingeschlichen, die gar nicht unsere waren? Oder hatten sie irgendeine seltsame Entwicklung durchgemacht, in der sie aufhörten, »unsere Leute« zu sein? In der Gegenrichtung gab es so eine Entwicklung nicht. »Ehemalige« Leute blieben ehemalige und konnten nicht unsere werden.

Ich lernte aber ein weiteres hilfreiches Wort: Linie. Wichtig waren nicht Überzeugungen, Gesetze und nicht einmal Ausgesprochenes, Versprochenes, Unterschriebenes … wichtig war die Linie. Die Linie erklärte alles. Ihre Vollkommenheit bestand darin, dass sie Standpunkte nicht erklären und verteidigen musste, etwas, woran die tschechoslowakische Diplomatie von ihrem Urbeginn an litt. Jetzt war es klar. Die höchsten Angestellten machten sich regelmäßig ins Zentralkomitee der Kommunistischen

Partei auf – und erfuhren, was und wie! Regelmäßig wurde die sowjetische Botschaft konsultiert – und es gab keine Zweifel mehr! Die Linie hatte außerdem den Reiz, dass sie nicht unveränderlich bleiben musste. Die Linie konnte sich winden wie eine Schlange, und wir ließen sie nicht aus den Augen.

Gestern Freund – heute Feind! So einfach war das! Nein, ich bedauerte die »ehemaligen« Leute nicht. Ihr kompliziertes und weichliches Gehabe war mir schon seit Jahrzehnten unangenehm, jetzt konnte ich mir das endlich eingestehen. Sie schafften es nicht, sich in jenen ruhmreichen Februartagen des Jahres 1948 den Kommunisten entgegenzustellen? Ihr Fehler. Ein Fechter, der nicht einmal seine Waffe hebt, hat seinen Kampf verloren!

Ist das so unverständlich?

Wie rein, wie begeistert die jungen Leute mit dem klaren Blick, dem glühenden Herzen und den schmutzigen Händen waren! Eine Weile noch hielten sich die Ölspuren auf ihren Fingerkuppen und in den Handflächen und die dunklen Ränder unter den Nägeln. Aber noch bevor sie sich eingearbeitet hatten, wurden ihre Hände weiß. Sie beugten sich über die Akten, deren Sätze sie zu durchdringen versuchten, und über die Lehrbücher, aus denen sie Wörter büffelten ... nein, der untrainierte Geist machte es ihnen nicht leicht. Der Sinn von Hindernissen ist aber, sie zu überwinden, *ponjatno, verstanden*? Ach was, das waren *molodzy, Prachtkerle*.

Glaubt nicht, ich würde mich vor der Untersuchung des Tods von Jan Masaryk drücken. Die war schließlich gleich zu Beginn durch die weisen Worte des Genossen Nosek abgeschlossen worden. Wer sonst als der Innenminister hatte alle Informationen, um unwiderlegbare Schlussfolgerungen auszusprechen? Auch Masaryks Tod musste man politisch verstehen – oder besser noch parteilich. Wem würde es in die Hände spielen, wenn da ein Zweifel bliebe? Den Feinden der Republik, die im Ausland ihren giftigen Geifer auf die Bemühungen um eine gerechtere Welt spuckten! Kriegsliebhabern, die einen weiteren Weltkonflikt entfachen wollten, um auf den Dollarsäcken sitzend ihre fetten Zigarren rauchen zu können! Verrätern, die aus dem Staat flohen, um unsere tapferen Grenzer zu bedrohen und in den Armen ausländischer Geheimdienste zu landen.

Deswegen war es gut, dass die Untersuchung so schnell abgeschlossen war. Eigentlich noch bevor sie begonnen hatte. Die Schachteln mit den Zigarettenstummeln, der Pyjama des Herrn Ministers, das Holztäfelchen vom Fensterbrett des Bads, das alles verschwand in Kisten irgendwo im Polizeiarchiv. Ich wollte nichts von ihnen wissen. Es ging schließlich weiter, einer lichten Zukunft entgegen!

Ich hatte zu dieser Zeit keinen Grund, mir den Kopf über die Ereignisse einer Märznacht im Jahr 48 zu zerbrechen. Im Lichte der Aufgaben, die auf uns warteten, schienen sie unwichtig. Wie naiv war der einstige Demokratiebegriff mit all den Besprechungen, verbalen und nonverbalen Noten, Demarchen und Konferenzen! Was wurde da schon entschieden? Zum Beispiel auf der Münchner?

Die Welt war jetzt viel verständlicher. Auf der einen Seite *vrag,* der Feind – auf der anderen *drug,* der Freund. Wir mussten uns verteidigen und es kann wohl niemanden überraschen, dass wir den verräterischen Umtrieben der ausländischen Spione das Bollwerk unserer eigenen Helden entgegenstellten.

Meine Herren, das waren Beratungen! Wenn besprochen wurde, wie unsere Kundschafter mit diplomatischer

Deckung ausgestattet werden sollten! Ich hatte wieder das Gefühl, ein militärischer Befehlshaber zu sein! Die Kompromisslosigkeit hätte sicher auch Reinhard Heydrich gefallen! Freund – Feind, und nichts dazwischen. So muss es sein. Der größte Freund war natürlich die Sowjetunion (das waren doch keine schlechten Jahre, als das Deutsche Reich einen Bündnisvertrag mit ihr hatte).

Ich verfolgte, wie unsere Ostorientierung auch die Art der Verhandlungen im Ministerium verwandelte. Wo waren all die Cognacs geblieben, mit denen sich die »ehemaligen« Leute bewirteten! Jetzt wurde auch die komplizierteste Verhandlung – schön auf Genossenart – durch ein Gläschen Wodka, *malenkij stakan vodki*, erleichtert. Wie durchschaubar die Welt wurde, durchsichtig wie der Schnaps in den Flaschen mit diesen unschönen Etiketten. Alles war klar. Die Parteilinie durchschnitt den leuchtenden Raum wie ein Degen, oder wenigstens wie ein Säbel. Oder wie eine Sichel?

Wisst ihr, ich konnte nur beipflichten, dass die Tschechoslowakei ein Teil des sozialistischen Blocks geworden war. Endlich entstand hier ein großzügiges Reich – verbunden durch gemeinsame Werte. Und dass die Sowjets über alle anderen Länder entschieden? Na und? Glaubt ihr etwa, in Österreich-Ungarn hätten die Österreicher und die Ungarn nicht eine stärkere Stimme gehabt als die anderen? Jemand musste doch an der Macht sein! Das heißt außerdem auch, dass es diese Macht hier irgendwo gab. In der ersten tschechoslowakischen Republik war ich mir da oft nicht sicher.

Und dass unser Land ein Satellit der Sowjetunion wurde? Was ist an dem Wort »Satellit« schlecht? Der Mond ist auch einer und trotzdem wird er seit Jahrhunderten von Dichtern besungen.

Die Situation in der Welt war allerdings nicht einfach. Am klaren Meinungshimmel tauchten Wölkchen auf. Zum Beispiel die Kubakrise. Die Vereinigten Staaten beschuldigten die Sowjetunion, auf Kuba Raketen stationiert zu haben, und drohten mit Revanche. Bei den gigantischen Möglichkeiten der Waffenarsenale sah das irgendwie nicht gut aus. Im Ministerium bemerkte ich eine erhöhte Unruhe, dramatische Beratungen, Papiergeraschel, kurze, abgehackte Charakteristiken des internationalen Kräfteverhältnisses, von denen es einem kalt den Rücken herunterlief. Zigaretten wurden erbarmungslos zugweise oder sogar kompanieweise im Aschenbecher ausgedrückt. Ja klar, die Tschechoslowakei folgte der Außenpolitik der Sowjetunion vollständig – aber wie würde die in Zukunft aussehen? Verstehen wir sie auch richtig? Werden wir die Genossen in Moskau bis ins kleinste Detail begreifen? Gelingt es uns, ihre weisen Entscheidungen in die Praxis zu überführen? Das war nicht einfach, meine Täubchen. Vor allem, als die Kollegen zu ahnen begannen, dass die sowjetischen Raketen wirklich auf Kuba waren. Diese Kenntnis – über die natürlich auch wieder nur Eingeweihte verfügten – führte zu einem gereizten Unterton in den Beratungen.

Auf die Öffentlichkeit beriefen sich schon unsere Vorgänger aus der ersten Republik, und wie ist das ausgegangen? Die Wahrheit muss abgewogen werden, weil sie wie eine starke Medizin ist, die einem Schwachen schaden könnte. Und über die Einnahme der Medizin entscheidet natürlich nur der Arzt ganz allein.

Ungefähr ab der Mitte der 60er Jahre begann ich trotzdem ein eigenartiges Beben wahrzunehmen. Die auf den Gängen im Palast und im Anbau flüsternd ausgetauschten Informationen bekamen eine überraschende Kadenz. Hinter den Sätzen tauchten dramatische Fragezeichen auf.

Wie bitte? Unrecht? Justizirrtümer?

Und gleich auf diese überraschenden Worte folgten Namen, die ich einst kannte. Auch der Name eines der damaligen Sekretäre Jan Masaryks. Wohin war Antonín Sum verschwunden? Wie schnell die zwölf Jahre vergangen sind, die er im Gefängnis verbrachte …

Gleichzeitig begann man über eine Erneuerung der Justiz zu sprechen und über einen neuerwachten Glauben an die Gerechtigkeit. Das konnte man letzten Endes als gutes Zeichen nehmen. Die Dinge kamen wieder etwas vorwärts. Die Fehler, ohne die kein großes Werk auskommt, sollten jetzt berichtigt werden.

Nur konnte ich mich nicht von den Erinnerungen an die jugendlichen Enthusiasten befreien, die damals direkt aus den Fabriken in das Ministerium gekommen waren. Die hatten sich doch ganz aufrichtig zu ihren Ideen bekannt! Was für ein kommunistischer Putsch soll denn das gewesen sein, das war doch eine gesamtnationale Begeisterung. Wo sind die denn geblieben? Manche wurden von Muskelmännern in zerknautschten Trenchs fortgebracht, aber alle bestimmt nicht. Ich bemerkte, dass in den 60er Jahren unter den Angestellten im Ministerium Typen zu überwiegen begannen, wie ich sie aus der Zeit der ersten Republik kannte. Die Wortgruppe »unsere Leute« wurde lange nicht mehr so rasant gebraucht wie früher; es schien, dass »unsere Leute« allmählich auch alle anderen umfassten – und sich dazwischen verloren.

Irgendetwas begann sich zu erheben, aus der Vergangenheit aufzutauchen. Vollständig bewusst wurde mir das, als ich an einem Vormittag eine bekannte Gestalt in der Loretogasse erblickte. Sie stand vor dem Haus, in das Jan Masaryk so oft hineingegangen war. Sie schaute nach oben. Nein, das ist doch nicht möglich ... aber doch. Diese Körperhaltung war nicht zu verwechseln. Marcia Davenport war gekommen, um sich das Haus anzusehen, in dem sie bis zum März 1948 gewohnt hatte.

Fast erwartete ich, Jan Masaryk aus der Tür kommen zu sehen. Was natürlich nicht passierte. Ich beruhigte mich – man durfte ja schon ein bisschen reisen; für Ausländer, besonders Amerikaner, bedeutete ein Besuch von Prag nicht mehr so ganz das Betreten von Feindesland.

Die vergangenen Jahrzehnte hatten Frau Marcia nicht besonders verändert, wenigstens aus der Ferne.

An der Neigung ihres Kopfes konnte ich ihre Anspannung ablesen. Emotionen, die ich ganz ohne Schwierigkeiten als Zorn erkannte.

Ich sah ihr einstiges Haus an – nun ja, die äußeren Fenster waren ausgerissen und das Haus war jetzt hässlich grau, weil sein buttergelber Putz von niemandem gepflegt wurde. Damit musste man aber rechnen. Die Häuser waren damals einfach so verwahrlost. Nicht einmal ich entging einer gewissen Vernachlässigung ... Alle mussten wir unser Opfer für die grandiosen revolutionären Anstrengungen bringen. Frau Marcia weigerte sich offensichtlich, das zu verstehen.

Ich wartete, dass sie sich zu mir umdrehen und die Loretogasse hochkommen würde. Ich wollte mich freundschaftlich vor ihr aufstellen, als Beweis dafür, dass manches doch überdauert. Mit einem Lächeln in den Mundwinkeln warten, bis sie mich bemerkt.

Dazu bekam ich jedoch keine Gelegenheit.

Frau Marcia warf einen letzten verärgerten Blick auf ihr Haus und verschwand.

Dann sah ich sie aus dem Augenwinkel wieder. Sie lief unter den Arkaden entlang (was Jan Masaryk nie tat), kam dorthin, wo der Parkplatz anfängt, und blieb stehen. Sie hielt sich abgewandt, als wagte sie nicht, mich anzusehen. Respekt gefällt mir, aber das schien mir etwas übertrieben.

Schließlich lebte sie auf, machte sich gerade ... aber nur, weil sie einen Schornsteinfeger kommen sah. Vielleicht hatte sie sich an den Aberglauben erinnert, dass er Glück bringt ... Nur überraschte mich, wie sie sich ihm entgegenwarf und ihm ohne Rücksicht darauf, dass sie sich schmutzig machen könnte, die Hand schüttelte.

Das Gesicht des Mannes verzog sich zu einem Lächeln – das zauberte eine Zahnreihe in das schmutzige Gesicht – und heraus floss fehlerfreies Englisch. Das erinnerte mich an die Momente, wenn der junge Masaryk die ausländischen Gäste seines Vaters auf den Loretoplatz begleitete. Na sicher, der Schornsteinfeger musste einer der »ehemaligen Leute« sein, wahrscheinlich ein Ministeriumsmitarbeiter, mit dem Frau Marcia damals bekannt war.

Und schon ging sie wegen der herausgerissenen Fenster und dem heruntergekommenen Zustand ihres früheren Wohnhauses auf ihn los. Sie klagte auch, dass die hübschen Aushänge über den Läden fehlten, die früher die Nerudagasse und den Úvoz schmückten. Der Schornsteinfeger nickte, aber ihm war anzusehen, dass er sie einfach nur reden ließ. Zweifellos kannte er den Zustand der meisten Häuser nur allzu gut.

Dann beugte er sich näher zu ihr und fragte sie leise etwas.

Frau Marcia fing sofort an zu reden, wohl noch lauter als vorher, was ich begrüßte. Der Schornsteinfeger sah sich vorsichtig um, womit er mich ein bisschen aus dem Konzept brachte, aber er beruhigte sich gleich: Auf dem Bürgersteig und dem Parkplatz war niemand zu sehen. Daher konnten wir beide uns jetzt ungestört Frau Davenports Worten widmen.

»… das glaube ich kein bisschen! Er, der in körperlichen Angelegenheiten so delikat war! Er soll so eine drastische Art gewählt haben, wenn er so viele dezente zur Auswahl gehabt hätte? Sie wissen doch auch, wie sehr er auf sein Äußeres achtete. Er soll den Pyjama angelassen haben? Er hätte sich doch vorstellen können, dass er halbnackt auf dem Hof seines Ministeriums enden würde! Der arme, arme …«

Und ich glaube, dass es weder mich noch den Schornsteinfeger überraschte, als sie »Jan« hinzufügte. Den Vornamen sprach sie mit amerikanischem Akzent aus, aber wenn sie geschwiegen hätte, hätten wir ihn uns leicht dazugedacht.

Aus der Richtung Pohořelec waren Schritte zu hören, der Schornsteinfeger deutete eine Verbeugung an, zeigte mit dem Kinn hinter ihre Schulter, von woher schnell ein Fußgänger kam, und entfernte sich mit eiligen Schritten.

Noch in dieser Nacht hallte ein unerwartetes Flüstern über den Loretoplatz.

»Černín!«

Das riss mich so völlig aus den Gedanken, dass ich eine Weile nicht wusste, wer da sprach. Der Schwarze Ochse würde mich informell ansprechen, etwa »Scheune« oder etwas Ähnliches; so stichelten wir. Drahomíras Säule wäre distanzierter. Der Kapuziner wiederum formaler.

»Lieber Černín!« Jetzt zweifelte ich nicht mehr.

»Ja, meine Teure?«, keuchte ich mit der Stimme eines Kriegers, den man beim Studium seiner Offensivpläne gestört hatte.

»Was werden Sie tun?«

»Teuerste, ich weiß nicht so genau ...«

»Sie haben sie doch gesehen.« (Ich hatte an diesem Tag eine Menge Frauen gesehen, aber natürlich ahnte ich, wen sie meinte. Ich seufzte, zögerte.)

»Frau Marcia«, schnitt mir Loreta den Rückzug ab. »Also was machen Sie damit? Was wird mit dem Tod Jan Masaryks?«

»Sie ... Sie haben miteinander gesprochen?«, fragte ich etwas naiv.

»Das ist ein sehr männlicher Zug, etwas komplett zu vergessen – oder wenigstens so zu tun. Sich das hartnäckig selbst einzureden. Ich habe in meinen Wänden ein Andenken an alles, was je passierte ... zum Beispiel die Spur von jenem Blitz, der einst wundersam die Wand der Santa Casa zerriss ... während Ihre Wände endlos repariert werden.«

»Ich erinnere mich an alles«, verteidigte ich mich wenig überzeugend.

»Es war nicht nötig, mit ihr zu sprechen. Ein Blick in ihr Gesicht genügte. Der Tod Jan Masaryks ist immer noch hier, lieber Černín. Und er bleibt hier bei uns, solange er nicht aufgeklärt ist. Frau Marcia hat uns nur daran erinnert. Sie hat nämlich nichts vergessen, im Unterschied zu anderen.«

»Ich auch nicht, aber ...«

»Fangen Sie nicht an, von anderen Prioritäten zu sprechen.«

Ich schluckte. Genau das hatte ich auf der Zunge. Wahrscheinlich hätte ich etwas von der Notwendigkeit der Stabilisierung der Behörde, der Festigung der Verbindungen mit den sozialistischen Bruderstaaten und der erhöhten Achtsamkeit gegenüber dem plutokratischen, will sagen kapitalistischen Ausland erzählt.

»Meine Möglichkeiten sind beschränkt.«

»Was haben Sie fabuliert, als Sie über Ihre Visionen sprachen! Haben Sie schon den Verbindungsgang vergessen? Sie wollten in die Baupläne eingreifen. Wir sollten sie gemeinsam formen ...«

»Dazu müssten solche Pläne existieren. Ich kann etwas beeinflussen, verschieben, das ja ... aber mit diesem Tod beschäftigt sich niemand.«

»Schaffen Sie es nicht einmal mehr, seinen Namen auszusprechen? Wissen Sie, wie Sie mir vorkommen? Wie ein Fechter – der mit einem Knüppel um sich schlägt!«

»Auch der Stockkampf gehört zu den anerkannten Disziplinen.«

»Ich sagte Knüppel. Knüppel! Verstehen Sie mich? *Mai capito?* Oder wollen Sie sich weiter dumm stellen? Sie, der Sie so ein Kavalier sind?«

»Warum so angriffslustig, Teuerste?«

In der Tiefe meiner Seele sehnte ich mich nach der Loreta mit den geschlossenen weißen Augenlidern, über deren zarte Wangen ich Oden dichten könnte. Jetzt durchbohrten mich ihre starrenden Augen.

»Warum? Weil ich eine Frau bin. Und weil ich gelesen habe, was Frau Marcia ins Gesicht geschrieben stand. Tun Sie nicht so, als hätten Sie ihren Gesichtsausdruck nicht bemerkt.«

»Sie war ordentlich wütend.«

»Sie war außer sich vor Wehmut.«

»Hört auf, euch anzubellen, ihr zwei«, tadelte uns eine heisere Trinkerstimme.

»Klappe, Ochsentreiber!«, fuhr Loreta ihn so scharf an, dass die zarte Gazelle sich geschämt und Jan Humprecht sich geschüttelt hätte. Eigentlich war ich dem Schwarzen Ochsen dankbar. Ich sah natürlich dasselbe in Frau Marcias Gesicht. Sie beschwerte sich über die ausgerissenen äußeren Fenster, über die verschwundenen Aushängeschilder in der Nerudagasse und auf dem Úvoz, aber im Grunde sprach sie über etwas ganz anderes. Für sie lag Jan Masaryk immer noch auf dem Hof des Černín-Palasts. Im Pyjama, die Handflächen nach oben, mit ernstem Gesicht, in dem sich ironische Überraschung festgesetzt hatte. Frau Marcia sah wohl die phosphoreszierenden gelben Spuren, die nach einem Unrecht bestehen bleiben, und offensichtlich konnte sie sie auch bei Tageslicht erkennen.

Und sie hatte recht. Es genügte, sich zu konzentrieren, und alles war da. Man konnte den Körper des großen, gut genährten, etwas älteren Mannes aufschlagen hören. Das Echo kehrte immer wieder zurück – es rotierte wie eine Art Geräuschkugelblitz zwischen den Innenhofwänden. Das Echo, das mit der fortlaufenden Zeit nicht schwächer wurde, sondern im Gegenteil stärker. Vor dem Palast standen immer noch Scharen in schwarzen Wintermänteln und verlangten Eintritt. Und auf der Treppe vor der Dienstwohnung trampelten immer noch die Füße in den schweren Schuhen, ich hörte verrauchte Stimmen, spürte den Geruch von Männerkörpern und ihren schnellergehenden Atem, weil das Treppensteigen in den zweiten Stock das Blut in Wallung brachte – und auch die Aufgabe, die sie vor sich hatten.

Loreta hatte recht. Es war immer noch da. Jetzt konnte ich nicht mehr so tun, als sähe ich nichts.

»Und wie ... wie lösen Sie solche Dinge? Die heilige Kümmernis, die heilige Agatha sind schließlich immer bei Ihnen. Und auch die Jungfrau Maria, die ihren Sohn dem Tod überlassen musste. Nur Leidensgeschichten. Wie können Sie mit den eigenen gelben Spuren leben?«

Ich musste nichts konkretisieren. Sie verstand mich perfekt.

»Sie alle starben aber versöhnt.«

Ich dachte nach.

Stellte mir die letzten Augenblicke Jan Masaryks vor. Der Körper im Pyjama, der sich nicht so leicht im Badfenster umdrehen konnte. Die erste Berührung mit dem Sims, wie sie die nackten Füße spürten. Diesen Sims spürte ich auf einmal fast brennend – ich war wie mit einer Schärpe mit ihm gegürtet, wie mit einem Bandelier. Er war ungewöhnlich wichtig – aber warum eigentlich? Der erste vorsichtige Schritt. Die paar Sekunden. Nein. Von Versöhnung konnte hier wirklich nicht die Rede sein. Der Fechter erkennt schließlich die Spannung in der Wadenmuskulatur und die Festigkeit der Fußsohlen von jemandem, der sich auf einen Kampf vorbereitet, egal, ob er sich verteidigen will – oder angreifen.

»Ich ... meine Teure ...«, begann ich.

»Überstürzen Sie nichts«, unterbrach sie mich, was ich würdigte, denn ich wusste selbst noch nicht, was ich sagen wollte. »Ich weiß, dass Ihre Möglichkeiten eingeschränkt sind«, half sie mir aus der toten Ecke heraus.

»Sobald eine neue Untersuchung aufgenommen wird, werde ich alles tun, was ich kann«, versprach ich. Von der anderen Seite des Platzes kam nur Stille. Wahrscheinlich war es nicht das, was die Loreta hören wollte. Ich überlegte, wie ich sie ansprechen könnte, was ich ihr sagen sollte, welchen Satz aus der Marienlitanei, die in ihrem Kreuzgang aufgemalt war, ich benutzen konnte. Die Worte waren wie erschüttert von unserer vorherigen Konversation – sie wirkten jämmerlich unzuverlässig. »Einstweilen bleibt die Selbstmordversion die gültige«, fasste ich etwas gedankenlos zusammen, und die Qualität des Schweigens von der anderen Seite sagte mir, dass Loreta gerade das bestimmt nicht hören wollte.

Es gab keine Untersuchung, wie wohl zu erwarten war. Frau Marcia fuhr ab und in Böhmen vergaß man sie. Wer weiß heute noch, dass sie den Roman *Das Tal der Entscheidung*, einen amerikanischen Bestseller, geschrieben hatte, der auch hier erfolgreich verkauft wurde? Und es gibt ein tschechisches Motiv darin, ja, ja, und kein unwichtiges. Schämt euch, ihr Ignoranten. Aber ich habe einen Vorteil. Wir Paläste vergessen nämlich absolut nichts.

Also wurde der Fall nicht wieder aufgenommen. Dann geschah aber etwas wirklich Unerwartetes ... An einem Spätnachmittag im Oktober 1967 bereitete ich mich langsam auf die innere Einkehr vor, wie ich es immer nach dem Ende der Arbeitszeit im Ministerium zu tun pflege, als ich einen seltsamen Laut hörte. Wie Regen, der aber bei konzentriertem Zuhören zu einem Lärm von Hunderten, ja Tausenden Stimmen anschwoll. Sie kamen näher und bei Pohořelec waren schon aufgebrachte Schallwellen daraus geworden. Auf den Loretoplatz fiel allmählich ein flackernder, irgendwie altmodischer Schein. Am Parkplatz vorbei zogen junge Menschen mit Kerzen. Manche trugen Essschüsseln, so ähnlich wie das Essgeschirr beim Militär, und trommelten darauf.

»Wir wollen Licht!«, riefen sie.

Was für eine zahme Losung gegen das würdevolle, aber eindeutige Schweigen der Studenten, die im Februar 1948 zur Burg zogen, um Präsident Beneš ihre Unterstützung zu zeigen.

Wir wollen Licht? Und das soll alles sein? Andererseits hörte ich schon seit Jahrzehnten zu, wenn kleinere Abweichungen von der Parteilinie besprochen wurden, und ich wusste, dass ein Wort in einem bestimmten Zusammenhang eine unerwartete Bedeutung haben konnte. Im Ministerium wurde die Sprache der Parteianweisungen, aber auch der Pressemitteilungen, der Sitzungsvorlagen und der diplomatischen Noten sehr umsichtig studiert.

Und die so erworbene Sensibilität sagte mir, dass ein Schlamassel drohte. Allein die Tatsache, dass sich ein offensichtlich spontaner, von niemandem organisierter Zug durch die Loretogasse zur Burg bewegte, roch wenigstens nach dem Straftatbestand öffentlicher Ruhestörung. Diese jungen Leute unterschieden sich so stark von ... sagen wir der Armee, dass mir das den Atem nahm.

»Wir wollen Licht!«

Was verlangten sie da? Ich konnte nicht glauben, dass es wirklich um die Qualität der Beleuchtung ging. Dann würden sie nicht mit diesem Nachdruck schreien. Meine Herren, das hier war eine subversive Handlung!

Mit einer gewissen Erleichterung hörte ich dann den lautstarken Einsatz, der dem Eingreifen der Volksmilizen damals im Februar 1948 ähnelte. Aufgewühlter, mit ausdrucksstärkeren Bässen (das Niederschlagen der Gummiknüppel und die Schreie junger Männer) und Höhen (das Kreischen der Mädchen). Sie kehrten ordentlich niedergeschlagen in ihre Wohnheime in Strahov zurück, und da wussten sie noch nicht einmal, was sie erwartete. Auch die folgenden Geräusche von den Lastwagen, die weitere Kontingente von Männern in schweren Stiefeln, Uniformen und mit Schlagstöcken brachten, konnte ich nicht überhören.

Was für akademische Freiheiten? Wer provoziert, muss mit der harten Antwort der Ordnungsmacht rechnen! Im Bereich der Straßenbahnendhaltestelle oberhalb von Pohořelec wurden die rückkehrenden Studenten umzingelt und verprügelt. Was hatten sie erwartet? Und dass die Ordnungskräfte auch über die Wohnheime herfielen? Na und? Und dass sie nicht zwischen den Protestteilnehmern und friedlichen Studenten unterschieden? Und wie sollten sie das in der Dunkelheit bewerkstelligen?

Wie es sich herausstellte, wurde den Studenten in den Wohnheimen tatsächlich wiederholt das Licht abgeschaltet, und sogar das warme Wasser und die Heizung. Aber konnten sie nicht gewisse wirtschaftliche Schwierigkeiten des Sozialismus begreifen? Er bemühte sich doch schon im zweiten Jahrzehnt, Wohlstand für alle zu bringen!

Schließlich waren das gebildete junge Leute.

Sie hätten damit rechnen können, dass ihr unsinniges, kindisches Geschrei »Wir wollen Licht!« dort vor der Prager Burg, dem Präsidentensitz, im breiteren politischen Kontext eine ganz andere Bedeutung bekam. Dass daraus eine Losung wird! Ein Ruf nach einer abstrakten, unsinnigen Freiheit!

Mich wunderte überhaupt nicht, dass das Zentralkomitee der Kommunistischen Partei die Niederschlagung der Demonstration genehmigte und erklärte, ihre Initiatoren würden bestraft. Diesen Standpunkt unterstützte ich voll und ganz. Wo kämen wir sonst hin? Ich konnte mir nicht helfen, für mich waren diese jungen Leute so etwas wie Soldaten – durch das Alter, die Gemeinschaftsunterbringung ... aber in der Welt der Soldaten wäre so ein Handeln einfach eine Rebellion.

(Nicht, dass ich mich besonders gern an die Zeiten erinnern würde, als in meinen Sälen die Soldaten mit dem herausgerissenen Parkett heizten, aber ... sie unternahmen keine selbstständigen Aktionen in den Straßen, mordeten und plünderten nicht. Damals im 18. Jahrhundert. Es passierte nichts, was dem Verhalten der Schweden am Ende des Dreißigjährigen Krieges ähneln würde. Und darum ging es!)

Aber es wurde gegen die klaren und weisen Worte des Zentralkomitees gemurrt. Das machte mich unruhig – wollten wir wirklich die grundlegenden Werte unserer Gesellschaft, zu denen Ruhe und Ordnung gehörten, in Zweifel ziehen? Die folgende Debatte über die »akademischen Freiheiten«, an denen in den Wohnheimen in Strahov auch Präsident Novotný teilnahm, endete verständlicherweise fruchtlos. Sie interessierte mich auch nicht besonders. Ich fühlte, wie die Sprache irgendwie nicht hinter der Entwicklung hinterherkam. Das bewiesen die Termini, die neu auftauchten. Und andere, die in den Hintergrund zurücktraten – das schöne Wort »Genosse« räumte das Feld für das altmodische, ehemalige, ich wage zu sagen bourgeoise »Herr«.

Es tauchten auch neue Wörter auf, zum Beispiel »Reformprozess«. Bisher kannte ich den Ausdruck »Prozess« in anderen Zusammenhängen – zum Beispiel als »Prozess gegen Verschwörer«, damit verbunden »gerechter Prozess« und »unerbittlicher Prozess«. In den letzten Jahren leider auch »Prozessrevision«. »Reformprozess« hörte sich irgendwie optimistisch an, wahrscheinlich, weil man sich nicht im Detail vorstellen konnte, was das bedeutete. Gleichzeitig widersprüchlich. Lag nicht zufällig in diesem Wort an sich ein unlösbarer Widerspruch? Eine Frage für Linguisten!

Und damals tauchte wieder Jan Masaryk auf, der in der Zwischenzeit, wage ich zu behaupten, ziemlich in Vergessenheit geraten war. Schließlich war der Name Tomáš Garrigue Masaryk am Ende der 40er Jahre erfolgreich von Straßen, Plätzen, aus Lehrbüchern und Kalendern verschwunden. Gefolgt vom Namen Jan Masaryk. Man erreichte einen Zustand, in dem der größte Teil der Schülerschaft dachte, der erste tschechoslowakische Präsident sei Klement Gottwald gewesen. Die Schüler hörten gar nicht, dass vor Präsident noch Arbeiter- stand. Ihre kleine Köpfe waren noch ganz mit dem vorhergehenden Adjektiv »erster« beschäftigt. Seht ihr, auch die Arbeit mit einem Adjektiv kann einem Ausfall mit dem Dolch ähneln und genauso gut wirken wie der gewöhnlichere Angriff mit dem Rapier.

Eines Tages versammelten sich die Ministerialreferenten, die mit der Analyse der Bundesrepublik Deutschland betraut waren, über einem Telegramm, das aus unserer Vertretung in Bonn stammte.

»Wie heißt dieser Artikel? ›Fünf Männer kamen nach Mitternacht‹?«

»Irgendein Rand hat das geschrieben. In der Botschaft kennen sie ihn nicht.«

»Na wie auch, wenn sie sich nur mit kommunistischen Journalisten treffen ...«

Sie flüsterten, als könnte sie jemand hören, und gleichzeitig konnten sie nicht verhindern, dass ihre Stimmen immer wieder vor Aufregung lauter wurden.

»Da steht geschrieben, dass ein Kommando bei Masaryk einbrach und ihn aus dem Fenster warf.«

»Ich glaube, dass wir eine Menge Dinge noch nicht wissen, Kollegen.«

»Willst du sagen, dass du das glaubst?«

»Ähm ... wir sollten darauf vorbereitet sein, dass verschiedene neue Informationen auftauchen könnten.«

»Desinformationen, oder?«

»Ja, das haben die Kollegen aus der Botschaft ja auch so beschrieben – ›ein Angriff der Boulevardpresse, gelenkt von revanchistischen Kreisen‹ ...«

»Hängt Masaryk etwa mit den Sudetendeutschen zusammen?«

»In einem breiteren Sinne natürlich – sie meinten das metaphorisch. Bestimmt will der Alte einen Standpunkt von uns. Wir schreiben, dass es sich um eine Provokation handelt, auf die wir nicht antworten werden. Was sollten wir auch sonst sagen?«

»Na, dass Masaryk Selbstmord beging!«

»Bloß nicht noch in Details verwickeln ...«

»Was für Details?«

»In welcher Position der Körper lag, warum er gerade aus dem Badezimmerfenster sprang, dass er keinen Abschiedsbrief hinterließ und so weiter.«

»Ich sehe, dass du das komplex siehst, Kollege.«

»Vor allem schaue ich in die Zukunft. Das ist erst der Anfang. Von solchen Artikeln wird es noch mehr geben. Da könnt ihr Gift drauf nehmen. Diese Demokratisierung wird nicht ohne Risiken sein, glaubt mir.«

Ich erinnerte mich wieder an seine Worte, als sich andere Referenten versammelten, weil sie die Anweisung hatten, einen Standpunkt zu einem an den Genossen Minister adressierten Brief auszuarbeiten.

»Wer hat diesen Unsinn geschrieben? Ivan Sviták? Und was will er eigentlich? Hmmm ... das ist aber ein Gelaber ... also er fordert eine Neuuntersuchung von Jan Masaryks Tod. Der soll ›rätselhaft‹ gewesen sein! – Wir sollten schweigen. Diesen Provokateur ignorieren und uns nicht in unfruchtbare Diskussionen hineinziehen lassen. Niemand kann uns zwingen zu antworten.«

»Die Anweisung ist eindeutig. Wir sollen einen Standpunkt erarbeiten.«

»Unser Standpunkt kann aber sein, dass wir keinen Standpunkt einnehmen. Oder wollen wir uns hier Journalisten reinholen? Und dann vielleicht auch noch Detektive? Versteht ihr, wohin das führen könnte? So eine Aktivität würde die Glaubwürdigkeit unserer Parteiführung bedrohen und im Ergebnis auch den internationalen Ruf der Tschechoslowakei.«

»Schreib das da hin.«

»Ja natürlich.«

»... auf den Brief empfehlen wir, nicht zu antworten«, las der Referent wohlgefällig sein Werk vor, »und nötigenfalls die vorbereitete Argumentation in dem Sinne zu nutzen, dass der Selbstmord Jan Masaryks ordnungsgemäß untersucht und abgeschlossen wurde und dass es notwendig ist, nicht das Auslösen ungesunder Emotionen zuzulassen, wofür zweifellos ausländische Geheimdienste verantwortlich sind. Wir können nicht gestatten, dass wir zu ihrem Spielball werden. Es existiert keine gesellschaftliche Nachfrage nach einer Neuaufnahme des Falls Masaryk bei uns, eines heutzutage vergessenen bourgeoisen Politikers. Eine neue Untersuchung würde im Grunde einen Zweifel an der Gesellschaftsordnung bedeuten und wäre ein verdeckter Angriff auf die volksdemokratische Ordnung.«

Der Referent lehnte sich zurück und streckte sich, dass es in seinem Rücken knackte. »Das stopft ihnen das Maul«, fügte er hinzu. »Hier lassen sie uns in Ruhe.«

Wieder einmal konnte ich mich überzeugen, wie trügerisch gewisse Prognosen sind – aber sicher war Prognostik nicht das Fachgebiet des Referenten –, denn kein ganzes Jahr später stand ein Spezialteam in der Eingangshalle. Man musste nicht besonders scharfsinnig sein, um in diesen konzentrierten, ruhigen Männern Kriminalisten zu erkennen. Ihr Auftreten war anders als in den vergangenen Jahren, als sie mit einem Passierschein dem Pförtner zuwinkten und wörtlich hineinliefen – ihr Fahrer machte draußen auf dem Parkplatz nicht einmal den Motor aus – und wenn sie wieder auftauchten, waren sie einer mehr.

Diese Herren hier neigten respektvoll die Köpfe in Richtung Pförtner.

Ich beobachtete die unterschiedliche Reaktion der Kollegen, die sich früher, wenn sie Herren von der Polizei trafen, mit gesenktem Kopf an die Seite gedrückt hatten. Jetzt beobachteten sie die Kriminalisten neugierig, manche lächelten sie sogar aufmunternd an. Die Ankunft eines Kriminalistenteams ähnelte jetzt nicht mehr einer berittenen Attacke, sondern eher einem Familienbesuch.

Der Referent, der sie abholen kam, schüttelte ihnen die Hand. Und dann gingen sie zur Wohnung Jan Masaryks. Ich merkte, dass ich lange diese Worte nicht mehr in der Kombination gehört hatte. Die Wohnung – Jan – Masaryks! Sie gingen hinein in den Raum, wo das Schlafzimmer war, an das jetzt nichts mehr erinnerte. Einen Augenblick lang blieben sie stehen, als erwarteten sie, ein durchwühltes Bett mit aufgeschlagener Bibel vorzufinden. Sie gingen ins

Badezimmer, traten ans Fenster, öffneten es. Für einen kaum merklichen Augenblick standen sie still. Dann machten sie sich an die Arbeit.

Ich drückte ihnen die Daumen – warum auch nicht. Ich drücke immer allen Profis die Daumen! Es war aber zu bemerken, dass ihre Arbeit eher der Arbeit von Historikern glich als der von Kriminalisten. Sie versuchten nämlich einen Tatort zu rekonstruieren, wie er vor zwanzig Jahren aussah. Die Räume blieben trotzdem leer. Sie ließen sich nur Tische und Stühle bringen; dieser Wunsch wurde ihnen prompt erfüllt, auch Kaffeekannen gesellten sich dazu.

Damals, genau damals, wurde mir bewusst, wie sich die Zeiten änderten. Ich konnte das am Arbeitseinsatz derjenigen erkennen, die die Tische brachten. Sie schimpften nicht über unsinnige Befehle und das komplizierte Möbelräumen; im Gegenteil überlegten sie selbst, wo sie die Tische hinstellen sollten. Als sie am festgelegten Platz standen, traten sie etwas zurück, als erwarteten sie, dass sich die Kriminalisten gleich darüberbeugen und mit einer bestätigten Theorie aufwarten würden. Der Moment des Schweigens zog sich so dahin, dass ich in ihrer Haltung etwas anderes als unrealistische Hoffnungen erkannte. Es war Respekt. Als würde sich der ehemalige Außenminister selbst an einen der Tische setzen. Genau so benahmen sich seine Kammerdiener und seine Sekretäre, wenn sie an ihn herantraten und nicht stören wollten. Wo kam das in den heutigen Menschen her? Weiß der Teufel.

Wieder hörte ich Theorien, wie sie sich nach dem Tod von Jan Masaryk im Flüsterton in den Gängen des Palasts (oder eher des Anbaus) verbreiteten.

Mord? Selbstmord? Oder vielleicht ein Unglücksfall?

Diese Herren gefielen mir. Mir schien, dass sie keine Möglichkeit von vornherein ausschlossen. Leider konnte ich ihre Arbeit mit den Zeugen nicht verfolgen. Im Jahr 1968 arbeitete niemand mehr im Ministerium, der zu den zwanzig Jahre alten Ereignissen etwas hätte sagen können.

Trotzdem weckten die Bemühungen der Kriminalisten unter den Angestellten eine spezifische Aufregung. Damals im Jahr 1948 überwogen skeptische Kommentare vom Typ: »Da wird man sowieso nichts rausfinden!« »Die verschleiern das!« »Wir werden nie erfahren, wie das wirklich war!«

Jetzt hörte ich im Gegenteil Seufzer vom Typ: »Hauptsache sie FINDEN NICHTS!«

Der angesprochene Kollege erstarrte, dachte nach, als würde er seine eigene Vergangenheit im Kopf abspulen, und platzte dann heraus: »Aber was denn auch?«

»Was weiß ich?«, regte sich flüsternd der Weissager schlechter Ereignisse auf. »Das ist immer noch die sozialistische Gesetzgebung. Nur dass wir uns dann alle nicht wundern!«

»Wenigstens wird ein für allemal geklärt, wie Masaryk starb, nicht?«, ließ der nicht locker, der wohl den Titel »Naivling« verdient hatte.

»Verstehst du das denn nicht? Gott weiß, was dabei noch alles so hochkommt! Und dann benutzt das jemand! Vielleicht auch gegen uns!«

»Aber keiner von uns hat 48 doch hier gearbeitet.«

»Die Medien vollbringen Wunder! Als ob das nicht reichen würde, was jetzt los ist! Nicht, dass wir vielleicht noch ein Pogrom bekommen!«

»Aber gegen wen?«

»Na, gegen uns doch! Bei einem brennt die Sicherung durch und die fallen hier ein und die Masse wird nicht unterscheiden, ob einer mehr oder weniger Kommunist ist! Für die sind wir alle Teil des Regimes!«

»Das scheint mir reichlich unwahrscheinlich.«

»Einverstanden. Eher kann man wohl erwarten, dass sie uns einsperren. Warum hat wohl Bedřich Pokorný, einer der Kriminalisten, die damals Masaryks Tod untersuchten, im Frühling Selbstmord begangen? Wenn das überhaupt Selbstmord war ... Er soll sich vor dem Erhängen noch die Pulsadern aufgeschnitten haben ...«

»Wir haben doch mit der ganzen Sache überhaupt nichts zu tun!«

»Das sind tiefere Zusammenhänge! Irgendjemand muss die Verantwortung tragen! Es muss einfach ein Opferlamm gefunden werden!«

Der Kollege bekannte sich also grundsätzlich zur Kontinuität des auswärtigen Dienstes, wozu ich ihm unter anderen Umständen gratulieren würde. Jedenfalls, zu Pogromen kam es nicht. Obwohl die Medien die Angelegenheit wirklich aufbliesen, wie jener Skeptiker voraussah. Das Fernsehen strahlte die Sendung *Hilfe für die Generalprokuratur* aus, worüber in den Gängen entsetztes Flüstern anhob. Man wusste, dass sich die Öffentlichkeit für den Tod Jan Masaryks zu interessieren begann und den Fernsehsender mit Hunderten von Briefen überschüttete, in denen Hypothesen vorgeschlagen, Zeugen angeführt und erklärt wurde, was passiert war.

Ein Mordmotiv könnte die Vermutung gewesen sein, dass der Minister emigrieren wollte.

Marcia Davenport, die Freundin des Ministers – »Davenportka«, die »es gut hatte«, sowie sie das Hoheitsgebiet der Tschechoslowakei verlassen hatte, bestätigte in ihrer Autobiographie *Too Strong for Fantasy*, dass Jan Masaryk wirklich eine Flucht plante. Sie zweifelte nicht daran, dass am 10. März 1948 auf dem Flughafen in Ruzyně ein Flugzeug bereitstand. Sein Passagier traf aber nie ein, und was den Piloten betraf, so »war sein Schicksal besiegelt«. Auch dieses Zeugnis spielte in der Kriminaluntersuchung eine Rolle und ich begann zu überlegen, ob ich mich an Anzeichen erinnern konnte, dass Jan Masaryk aus dem Land fliehen wollte. Sicher sprach er nicht offen über seine Pläne, aber ... vielleicht hatte ich etwas aufgeschnappt; es genügt, ins Gedächtnis einzutauchen wie in einen vollgelaufenen Steinbruch, sich mit Gewichten zu beschweren und aufzuhören, Tempo zu machen. Einfach erstarren, sich in sich kehren ... Nur überstürzten sich die Ereignisse in jenen aufgeregten Monaten des Jahres 1968 so, dass sie mir nicht die nötige Ruhe ließen.

Dass Jan Masaryk emigrieren wollte, führte auch sein Leibarzt Oskar Klinger an. Der Herr Minister soll ihn aufgefordert haben, ihn zu begleiten. An jenem 9. März empfahl er ihm, sein Gepäck vorzubereiten. Am Morgen des zehnten sollte Jan Masaryk Dr. Klinger anrufen, dass er eine Injektion bräuchte – allerdings war die Bedeutung dieser vorher abgesprochenen Worte eine ganz andere: Die Bestätigung, dass das Flugzeug bereitstand. Es sollte aus Jungfern-Breschan abfliegen, wo früher der Reichsprotektor Reinhard Heydrich seinen Sitz hatte. Wie das alles miteinander verbunden ist ... da soll einst eine Wiese gewesen sein, auf der ein Flugzeug landen konnte. Nun, der Herr Minister rief nicht mehr an. Als Dr. Klinger im Černín-Palast anrief, um die übliche tägliche Konsultation des Herrn Ministers zu verabreden, erfuhr er, dass Jan Masaryk nie mehr irgendwohin fahren würde. Der Arzt emigrierte allein.

Wie es schien, war das eine gute Entscheidung. Plötzlich begannen Informationen über das Schicksal derer aufzutauchen, die ich damals an Masaryks totem Körper gesehen hatte. Dr. med. Teplý starb bald darauf durch einen sonderbaren Selbstmord. Als schwerer Diabetiker soll er sich aus Versehen intravenös Phenol gespritzt haben. Hm. Er war nicht der Einzige, der eines plötzlichen Todes starb.

Und es gab auch eine Zeugenaussage, die einen Wandel in den bisherigen Andeutungen und nichtbelegten Ahnungen bedeutete. Es meldete sich Pavel Straka, der in jener Nacht mit dem Dienst dran war, bei dem sich die Ministeriumsmitarbeiter abwechselten. Nach einem vorgeschriebenen Plan musste immer einer von ihnen die Nacht im Büro Nummer 7 im Erdgeschoss verbringen. Dort gab es ein Telefon und eine Liste der leitenden Mitarbeiter. Falls etwas passierte, musste er diese informieren. Im Büro gab es auch eine Liege, damit derjenige schlafen konnte. Darauf bereitete sich Pavel Straka an jenem Abend gegen 22 Uhr vor, als er einen ungewöhnlichen Lärm hörte, als wäre eine ganze Autokolonne auf dem Loretoplatz vorgefahren, der zu dieser Zeit gewöhnlich schon ganz ruhig dalag. Er hörte die Schritte von mehreren Menschen im Vestibül. Als er versuchte, den Pförtner anzurufen, merkte er, dass das Telefon nicht funktionierte.

Er ging also an die Tür, stellte aber fest, dass ihn jemand von außen eingeschlossen hatte. Er löschte das Licht und hängte den Hut an die Türklinke, damit ihn niemand durch das Türschloss beobachten konnte.

Ich weiß nicht, was er dachte, was vor sich ging. Über diesen interessanten Punkt sprach er nie. Ich kann mir natürlich vorstellen, was einem durch den Kopf geht, wenn er die stillen Stunden nur in seiner eigenen Gesellschaft verbringt. Da habt ihr euch selbst als Ziel und Mittel eurer Überlegungen – nehmt teil an einer diplomatischen Verhandlung mit eurem Spiegelbild ... solange das Zimmer nicht ganz in Dunkelheit getaucht ist, die sich selbst genug ist.

Gegen zwei Uhr in der Frühe hörte er angeblich wieder Schritte im Vestibül und Motorenlärm. Die Telefone funktionierten plötzlich wieder und die Tür des Dienstzimmers war aufgeschlossen wie immer.

Als Pavel Straka den Pförtner aufsuchte, behauptete der nicht sehr überzeugend, es handelte sich um irgendeine Militärübung. Er zitterte sichtbar. Pavel Straka fragte ihn nach dem Grund – und der Pförtner zeigte nur zum inneren Hof, wo der Körper lag.

Pavel Straka war mit der Schauspielerin und Schriftstellerin Olga Scheinpflugová bekannt, der einstigen Freundin Karel Čapeks, die er am Morgen anrief. »Sie werden behaupten, es sei Selbstmord gewesen, aber glauben Sie ihnen nicht, das war Mord«, sagte er damals zu ihr.

Was ich dazu sage, fragt ihr? Diese Frage ist natürlich berechtigt. Wer sonst, wenn nicht ich, nicht wahr? Wann sonst, wenn nicht jetzt.

Ob ich bezeugen kann, dass jenes Telefonat wirklich stattfand? Und dass Pavel Straka damals wirklich in dem Dienstzimmer eingesperrt war (das er übrigens mit einem scheußlichen aus dem Russischen übernommenen Wort benannte)?

Nun, ehrlich und aufrichtig – ich erinnere mich nicht.

Am 10. März 1948 wurde um die Wette aus dem Palast telefoniert, wie ihr euch vorstellen könnt. Das Telefongespräch eines verschreckten untergeordneten Angestellten mit zitternder Stimme ... davon gab es eine Menge. Und den Mitarbeitern, die den Nachtdienst versahen, widmete ich nie meine Aufmerksamkeit. Soll sich einer um jeden Pferdewärter kümmern? Verzeiht. Ich konzentrierte mich auf den Herrn Minister. Aber auch in dem Fall kann ich mich nicht genau erinnern...

Pavel Straka verhörte am 10. März niemand, weil offensichtlich davon ausgegangen wurde, er habe den Dienst verschlafen. Erst im Jahr 1968 erschien seine Geschichte in den Zeitungen. Was häufig der Fall war, weil die Leute den Medien doch mehr vertrauten als den staatlichen Organen. Strakas Aussage musste überprüft werden. Olga Scheinpflugová bestätigte das Telefonat auch nach all diesen Jahren noch. Sie verabredete ein detaillierteres Gespräch mit den Journalisten, aber zwei Tage später war sie tot. Angeblich ein Infarkt. (Im Frühjahr 1968 starben im Übrigen einige, die zu Masaryks Ableben ermittelten – das angeblich Selbstmord war.)

Auch die Ermittlungsbehörden überprüften die Zeugenaussage. Die Kriminalisten fuhren zum Autor des Beitrags *Fünf Männer kamen nach Mitternacht*, der im Spiegel veröffentlich worden war. Es stellte sich heraus, dass das der Besitzer einer Literaturagentur in London war, der ehemalige tschechoslowakische Staatsbürger Rand, der, nebenbei gesagt, in der ersten Republik und nach dem Zweiten Weltkrieg viermal verurteilt wurde. (Nach dem Zweiten Weltkrieg aber anscheinend aus politischen Gründen. Und er war ein ehemaliger Soldat der tschechoslowakischen Auslandsarmee ... nichts, gar nichts ist in diesem Fall eindeutig!) Als er gefragt wurde, wodurch seine Behauptungen bewiesen werden können, redete er sich heraus, dass die endgültige Fassung des Artikels von der Redaktion stammte. Er versprach den Kriminalisten seine Quellen zu schicken, schickte aber nie etwas.

Die ehemaligen Sekretäre des Herrn Ministers behaupteten wiederum einhellig, Jan Masaryk habe demonstrativ Selbstmord verübt, um der demokratischen Sache nützlich zu sein.

Das gefiel mir nicht.

Ich sah, wie ein gänzlich anderes Schicksal von Jan Masaryk auftauchte, als der unglückliche Herr Minister durchlebt hatte. Wie es stärker wurde, aufblühte und die einstige Persönlichkeit überschattete. Schon damals, in dieser frohen Atmosphäre der politischen Lockerungen, die die Mehrheit der Bevölkerung mitriss und berührte, wollte ich mich in die Ermittlungen einbringen. Das verlangte nur eines – mich in mich selbst zu vertiefen. Ich musste jene Nacht vom 9. auf den 10. März 1948 von Tausenden anderen, ihr vorangegangenen Nächten unterscheiden – und von denen, die folgten. Mich konzentrieren, um die Geräusche der Schritte aus dem Gedächtnis zu fischen, die zum Schlafzimmer des Herrn Ministers gingen. Oder im Gegenteil die Stille wieder hervorrufen, die die ganze Nacht herrschte – bis zu dem Augenblick, als auf dem Hof dieser hohle, schmatzende Laut zu hören war, den ein aufprallender Körper von sich gibt. Der nötige Ruhemoment war mir nicht vergönnt.

In dieser Augustnacht hörte ich irgendwoher vom Himmel ein Brausen. Es wurde stärker, bis es ein einziges Getöse war. Über der Stadt mussten zahlreiche, riesige Flugzeuge unterwegs sein. Ich erstarrte; ich wartete, dass sich die Bombenschächte öffnen und mich mit ihrer explosiven Bescherung überschütten. Ich erinnere mich, wie ich spekulierte, ob die Betonplatte halten würde, die mir die Deutschen auf den Dachboden gebaut hatten. Konnte ich mich auf die Präzision der ehemaligen Herren verlassen? Diese neuen Werkstoffe aber auch! Wenn ich schätzen sollte, wie lange ich einem Beschuss aus Arkebusen widerstehen könnte, würde ich keinen Augenblick zögern! Aber eine Fliegerbombe habe ich nie explodieren sehen, nur die Rauchwolken von Vinohrady, der Neustadt und Smíchov bei dem irrtümlichen amerikanischen Luftangriff im Februar 1945!

Moment mal!

Wer sollte mich denn eigentlich bombardieren? Sollten etwa die Deutschen zurück sein? Das wohl kaum. Oder die Amerikaner? Warum sollten sie das tun, wenn die politische Entwicklung der letzten Monate uns doch dem Westen näherbrachte, wie die Zeitungen schrieben und wie sich die Referenten voller Grausen in den Gängen erzählten.

Also die Russen? Sollten sie endlich »dazwischengegangen« sein, wie es sich andere Kollegen zuflüsterten? Was für ein Unsinn!

Ich hatte mich getäuscht. Ich konnte nicht ahnen, dass bewaffnete Interventionen in der Gegenwart anders aussahen als früher. Gegen das Menschenmaterial werden wiederum Menschen eingesetzt. Die Flugzeuge waren Transportflugzeuge, und kaum wurde es hell, sah ich die kantigen Panzer aus Richtung Pohořelec langsam zur Burg vordringen. Ein paar von ihnen bogen zum Parkplatz vor dem Palast ab, sodass ich mir ihren eigenwilligen Schmuck anschauen konnte, nämlich weiße Streifen, die wohl die Längsachse bezeichnen sollten.

Das war eine schöne Richtschnur für so einen Nationalhelden der tschechischen Einfaltspinsel, wie zum Beispiel diesen peinlichen Bruncvík, der zu nicht mehr in der Lage war, als auf einem Pfeiler an der Karlsbrücke herumzustehen. Würde er antreten, könnte er mit seinem Zauberschwert ausholen und den Panzer in zwei Hälften entzweischlagen, genau an der weißen Linie entlang … nur kam leider kein solcher *Held*. Auch nicht die Reiter von Blaník. Der heilige Wenzel auf seinem Pferd unterhalb des Nationalmuseums bewegte sich nicht vom Fleck, starr grüßte er die ankommenden Heere mit seiner Lanze. Nicht einmal die tschechoslowakische Armee rückte aus den Kasernen aus.

Das verstand ich nicht.

Die Längsstreifen auf den Fahrzeugen der Invasoren sollten offensichtlich die Angreifer sichtbar von den Verteidigern trennen, so wie die Soldaten sich in alten Zeiten farbige Schleifen um den Arm banden, um die Mitstreiter von den Gegnern unterscheiden zu können. Uniformen gab es damals noch nicht. (Dafür waren das Zeiten, in denen ein Gemeiner die grundlegendsten Fechtfiguren beherrschen musste.) Den Sinn der weißen Streifen hatte ich also verstanden. Alles andere blieb mir im Dunkeln.

Wieder beobachtete ich ein Duell ohne Gegner.

Die Panzer auf dem Parkplatz wurden zuckend langsamer – ihre Chauffeure hatten offensichtlich keine Gott weiß wie tolle Ausbildung. Quietschend hielten sie an. Die geöffnete Luke schepperte quietschend auf das Dach des Vehikels. Es schien, dass diese ganze Armee ein bisschen geschmiert werden musste. Ein junger Leutnant tauchte auf, rief zwei verlegen dreinschauende große Jungen in Uniformen dazu, damit sie ihn begleiteten. Die anderen stellten sich breitbeinig neben die Fahrzeuge, hoben die Waffen und zielten auf die Fenster. Sie waren unsicher, welche sie eigentlich beobachten sollten, denn rund um den Loretoplatz gibt es eine Menge davon (und die meisten gehören natürlich mir, was ich eher der Ordnung halber erwähne).

Auch Geschützrohre hoben sich, wieder fürchterlich quietschend, und richteten sich blindlings auf die Fenster. Ein Rohr wendete sich sogar gegen die Loreta, sodass die Fahrzeuge praktisch den ganzen Sektor abdeckten. – Mir tat meine liebe Landsmännin leid, obwohl die Kälte, die sie mir über die Jahrhunderte entgegenbrachte, nicht einfach vergessen werden konnte. Aber ich hätte sowieso nichts tun können. Sollte ich vielleicht ein Fenster aufschlagen, die Soldaten mit dem Sonnenlicht blenden und mich beschießen lassen? Und was würde passieren? Was würde sich ändern? Warum sollte ich meine Fassade mit dem diamantartigen Bossenwerk und den Säulen, die sie in Kolossalordnung schneiden, dem Beschuss aussetzen? Ihretwegen?

Ich bemerkte, dass die Kollegen, die ihre Büros im historischen Palast hatten, an die Fenster traten und je nach Charakter entweder die Vorhänge zuzogen oder aus dem Raum flohen, beziehungsweise erst das eine und dann das andere taten.

Der Leutnant kam zum Diensteingang des Palasts und begann an der geschmiedeten runden Klinke zu rütteln. Er trat etwas von der Tür zurück, seine Hand fuhr zum Gürtelhalfter. Also wird doch geschossen, dachte ich und biss die Zähne zusammen. – In diesem Augenblick trat auf Zehenspitzen ein Kollege an ihn heran, der gerade zur Arbeit kam. Er räusperte sich, die Soldaten drehten ihre automatischen Waffen zu ihm, dann drehten sie sich wieder zurück, verwirrt, weil sie sowohl die Tür als auch den Neuankömmling im Visier behalten wollten. Der Kollege war zwar nicht aus der sowjetischen Abteilung, aber russisch konnten damals alle, das versteht sich von selbst. Er räusperte sich noch einmal, begrüßte den *Genossen Offizier*, machte sich entschuldigend etwas dünner und drückte sich an ihm vorbei, bezwang die Klinke und öffnete mit einer angedeuteten Verbeugung die Tür.

Der Offizier schaute stolz, ich sah, dass er nicht danken wollte, weil er sich nicht ganz sicher war, was die Situation bedeutete, und ob das eine Falle war ... aber dann zog sich gegen seinen Willen ein schönes breites Lächeln über sein Gesicht, in dem weiße Zähne aufblitzten. Darin stand die ganze menschliche Wärme, von der die Russen so viel zu geben haben. Ich habe oft beobachten können, wie es war, wenn sie auftauten! Sowie sie ihren Willen durchgesetzt hatten. *Molodzy!*

»*Gut, Towarischtsch!*«, sagte er schließlich. Ein Danke war das nicht direkt, aber die Atmosphäre am Eingang entspannte sich merklich.

Der Leutnant nickte einem seiner Männer zu, der mit vorgehaltener Maschinenpistole ins Gebäude lief. Der Offizier und der andere Soldat folgten sogleich.

Wisst ihr, sie gefielen mir. Mich freute, wie sie in der großen Eingangshalle stutzten, wie sie die Köpfe hoben und sich an den Wänden umschauten. So einen Respekt lasse ich mir gefallen. Ich hatte ein paar Sekunden, um ihre breiten, jugendlichen Gesichter zu betrachten – die waren halb entschlossen und halb kindlich gerührt. Das waren keine Salontaktiker, keine Tratschmäuler aus den Palastgängen, keine Strategen vorübergehender Personalallianzen und Feldherren kleiner Karrierekriege.

Ich hatte da Männer mit einer eindeutigen Mission vor mir, und solche faszinieren mich.

Neben der Pforte machte sich ein Polizist klein, der tat, als sei er nicht da. Als der Blick des Leutnants ihn erfasste, duckte er sich noch tiefer. Dann salutierte er zögernd. Der andere erwiderte seinen Gruß flüchtig. Dann wandte er sich an den Kollegen, der ihn eingelassen hatte und jetzt dienstfertig ein Stück abseits wartete.

»*Und was ist hier?*«, fragte er auf Russisch und beschrieb mit seiner Rechten einen achtlosen Kreis, der die Wände der Eingangshalle umfasste, aber offensichtlich den ganzen Palast meinte.

»*Hier ist das Ministerium für auswärtige Angelegenheiten der Tschechoslowakischen sozialistischen Republik*«, sagte der Kollege, auch er auf Russisch. »*Und warum sind Sie hier?*«, fragte er und fügte schnell an: »*dorogoj Towarischtsch*«. Ich fragte mich, ob der Leutnant den Zusatz nicht als hinterlistige Schmeichelei begreifen würde, aber offensichtlich war er härtere Bedingungen gewohnt, in denen ein gesprochenes Wort ein eindeutiges Gewicht hatte.

»*Um gegen die Konterrevolution zu kämpfen!*«

»*Hier gibt es keine Konterrevolution!*«, erklärte der Kollege fast entschuldigend, als bedauerte er, dem Soldaten nicht entgegenkommen zu können.

»*Choroscho. Trotzdem, wir werden euch verteidigen*«, antwortete der Leutnant.

Der Kollege zuckte mit den Schultern, stimmte zu und breitete halb dankbar, halb verlegen die Arme aus.

Der Leutnant entließ ihn mit einer schnellen Geste und kehrte mit seinen Soldaten zum Eingang zurück. Dann konnte ich mir anhören, wie in vielen Tonarten der immer selbe Satz aus den Kollegen herauspurzelte, wenn sie vor dem Diensteingang die Maschinengewehre im Anschlag sahen: »*Ja sdes rabotaju – ich arbeite hier!*« Mit Ausnahme derer, die an der Ecke umdrehten und Pohořelec umgingen, um zum Hintereingang zu gelangen. Dann gab es auch noch welche, die den Kopf zwischen die Schultern zogen, fließend die Richtung wechselten und die Loretogasse weiter zur Burg gingen. Mit etwas hölzernen Schritten und leicht steif, denn sie täuschten vor, mit dem Černín-Palast nichts zu tun zu haben.

Hier und dort hörte man aus der Stadt MP-Salven. Sieh an, also wird doch noch irgendwo gekämpft, sagte ich mir (schließlich hatten es die Prager geschafft, sich gegen die schwedische Okkupation im Jahr 1648 zu verteidigen, und ihre Freiwilligenabteilungen hatten auch Ausfälle gegen die preußischen Belagerer Prags im Jahr 1757 unternommen, also wusste ich, dass sie sich schlagen können) – aber die Schüsse wurden immer wieder von Stille abgelöst. Dann kam ein ungeordnetes Häuflein Studenten die tschechoslowakische Flagge schwenkend von Pohořelec herunter. Kaum sahen sie die Bewaffneten auf dem Parkplatz, versammelten sie sich um die Soldaten und begannen sie mit Fragen zu bestürmen.

Der Leutnant antwortete genauso wie am Diensteingang, die Soldaten schwiegen verbissen. Der Ausdruck »*kontrrewoljuzija*« rief noch größeres Erstaunen als drinnen hervor, die Studenten zeigten das aber offener als der distinguierte Herr Kollege. Sie zeigten mit den Armen rudernd auf alle Gebäude um den Platz herum, sodass sie den ganzen Sektor abdeckten wie vorher die Geschützläufe.

»Wo ist denn diese Konterrevolution?«, wollten sie wissen.

Das war wirklich ein ausgesprochen seltsames Bild – ein paar Panzer auf dem Parkplatz, umgeben von einem

Grüppchen junger Leute, und um sie herum der verschlafene Augustmorgen, ein bisschen trübe, ruhig und friedliebend.

Der Satz »*Wir werden euch verteidigen!*« rief dieses Mal eine lautstarke Protestwelle hervor.

Der Leutnant zeigte zum Soldatengrab gegenüber vom Schwarzen Ochsen und rief: »*Dort liegt Towarischtsch Beljakow begraben. Er starb bei der Befreiung Prags. Wir sind noch einmal hergekommen, um zu helfen, weil ihr Hilfe braucht!*«

Eine entrüstete Stimme rief: »Das ist doch kompletter Blödsinn! He, wir erklären ihm das mal ... wie sagt man auf Russisch Zusammenhang? Dass es da keinen Zusammenhang gibt? Weiß das jemand von euch?«

Ein anderer versuchte es auf Russisch: »Ja, damals wart ihr Befreier. Aber jetzt ...«, er zögerte und schwieg dann.

»*Zdes nikakoj swjasi!*«, erklärte eine Mädchenstimme, die sicher einer Klassenbesten gehörte. Sie sprach klar und unversöhnlich: Da gibt es keinen Zusammenhang!

Der Leutnant sagte fast entschuldigend: »*Ich habe den Befehl, hier zu sein!*«

Etwas in seiner Stimme, vielleicht dieser Anflug von Verlegenheit, ließ die Studenten stutzen. Auch sie sahen sich verlegen an und traten etwas von den Panzern zurück. Eine Weile herrschte Unsicherheit, wie es so bei Gruppen zu sein pflegt, die niemand befehligt, und schließlich gingen sie zur Loretogasse. Die Fahnen hielten sie jetzt gesenkt, als warteten sie erst auf die richtige Gelegenheit, wann sie sie benutzen könnten. Sie waren schon ein Stück in der Loretogasse Richtung Burg, und erst dann hörte ich, wie ihre Rufe wieder vorsichtig lauter wurden.

Die Zusammenarbeit mit den neuen Herren war, würde ich sagen, beispielhaft. Nach der einführenden Vorstellung hielten sie sich um das Gebäude herum auf, das sie, wie sie sagten, vor der Konterrevolution schützten (was auch immer das heißen sollte). Mir schien es meine Bedeutung zu erhöhen – anders konnte ich ihre respektvolle Bewachung auch nicht nehmen.

Oh, ich wusste, wie die Anwesenheit von Militär schmeckte! Schließlich waren in mir schon Offiziere und Gemeine einquartiert! Mich überraschte nicht, als sich aus dem kleinen Park, wo sie ihre Zelte aufgestellt hatten, der Gestank von Exkrementen auszubreiten begann. Das gehört eben zu einer Armee dazu.

Sie blieben nicht lange, leider. Am Sommerende zogen sie sich aus Prag zurück und an ihrer Stelle kamen wortkarge, finstere Arbeiter an, die die improvisierten Latrinen mit Kalk zuschütteten. Die weißen Flecken erinnerten an die weißen Streifen auf den Okkupationsfahrzeugen. Bis der Regen sie aufweichte und sie in die Erde einzogen.

Als die Soldaten verschwanden, begriff ich, dass uns keine unmittelbare Gefahr mehr drohte. Ich hörte dem Geflüster in den Ministeriumsgängen zu, besser gesagt, legte ich den Finger auf den Puls des Ministeriumskreislaufs und bemerkte einen veränderten Druck. Während ich vor dem Eintreffen der Armee und in den Wochen danach viele aufgeregte, für meinen Geschmack eindeutig zu laute Worte hörte, wurden die Gespräche jetzt ganz still. Dafür gewannen sie an Dringlichkeit, die mit Befürchtungen gesättigt war. Ich verfolgte aber auch die Beratungen der leitenden Mitarbeiter, und das beruhigte mich. Da kamen umsichtige Kollegen mit langjähriger Erfahrung zu Wort – nicht wie die Hitzköpfe, die ihre

Stellung als Diplomaten missbrauchten und töricht gegen die internationale Hilfe protestierten, die die Warschauer Vertragsstaaten mit der Sowjetunion an der Spitze der Tschechoslowakei gewährten. Diese Vögelchen blieben danach zum größten Teil im Ausland in der Emigration – und zeigten so einen unverzeihlichen Mangel an Loyalität, von der es nie genug geben kann, vor allem in so angespannten Zeiten. Im Gegenteil, es war nötig, die Reihen zu schließen, Hand anzulegen und eine ruhige Arbeitsatmosphäre herzustellen, ohne die die Glaubwürdigkeit der Diplomatie und des gesamten Staates gefährdet wäre.

Der allgemein beliebte erste Sekretär des Zentralkomitees der Kommunistischen Partei Dubček wurde mit dem Botschafterposten in Bulgarien geehrt, was ich als sehr schönen Kompromiss in dieser heiklen Situation empfand.

Im Gegensatz dazu begriff der Außenminister Jiří Hájek leider nicht, wie die Dinge standen. Bei einem führenden Vertreter der Diplomatie ist das wirklich traurig. Am 24. August 1968 trat er im UNO-Sicherheitsrat auf, wo er gegen den Truppeneinmarsch protestierte, den er »Okkupation« nannte. Dabei erlaubte er sich, die Existenz einer Einladung zu verneinen, auf der die Sowjetunion durch die Worte ihres Botschafters Malik mannhaft und überzeugend bestand. Der gesunde Menschenverstand siegte aber. Schon am 27. August bat die tschechoslowakische Mission, diese Frage von der Tagesordnung zu nehmen. Der Minister wurde schnell abberufen und ein neuer Minister erst zu Beginn des folgenden Jahrs ernannt. Einerseits musste man sehr verantwortungsbewusst auswählen – andererseits dem Gewählten zu verstehen geben, dass das Ministerium schließlich und endlich auch ohne ihn funktionieren konnte.

Ich litt nicht besonders darunter, weil ich gut verstand, dass der Minister Hájek sich von Emotionen mitreißen ließ, mit anderen Worten: Er handelte unprofessionell. Seine Abberufung empfand ich als gesundes Signal, das die Rationalität unserer Haltung bestätigte. Wie ich mich zu dem Problem stellen sollte, war mir klar – es genügte, sich die Rohre der Panzer anzuschauen, die sich auf meine Fenster richteten. Ich könnte wohl schwerlich eine uneinnehmbare Festung spielen. Auf den ersten Blick sah man die größere Durchschlagskraft als bei den Kanonen, die mich einst über die Befestigungswälle hinweg beschossen. Die Geschützmündungen waren nur ein paar Meter von meinen Mauern entfernt, stellt euch das bitte einmal vor. Wie sollte man sich im Übrigen gegen eine Belagerung verteidigen, wenn die Belagerer innerhalb der Wälle waren? Wer war wohl der zeitgenössische Arnošt Ottovalský, der sie hereinließ.

Über den Minister Hájek kann man anmerken, dass ihn wohl die frivole Atmosphäre in New York überwältigte. Dazu die Aufforderungen der westlichen Journalisten, die sich wie wild gebärdeten, und auch der Druck der westlichen Politiker, die nicht begriffen, dass der Truppeneinmarsch uns in der verlässlichen Struktur des sozialistischen Lagers hielt und die Tschechoslowakei kein verletzlicher Solitär wurde.

Die tschechoslowakische Regierung reiste auf nachdrückliche Aufforderung der sowjetischen Behörden zu einem Freundschaftsbesuch nach Moskau, wo besprochen wurde, wie die entstandene Situation verfestigt werden konnte. Ich begriff selbst, dass die Anwesenheit von

Militär auf unserem Gebiet amtlich richtig verankert werden musste, um so alle missgünstigen Verleumder ihrer Argumente zu berauben. Und so die zu hindern, die unsere aufgewühlte Jugend für unüberlegte Angriffe auf unsere Befreier missbrauchen wollten, was bedeuten würde, sich in Lebensgefahr zu begeben.

Das waren aufgeregte Zeiten und für die bewährten Methoden zur Vorbereitung politischer Verhandlungen blieb einfach keine Zeit. Und zu meiner Schande muss ich gestehen, dass es offensichtlich zu einer außerordentlichen Situation kam, weil die Regierungsdelegation nicht mit den vorbereiteten Unterlagen ausgestattet war und deswegen improvisieren musste. Das Tempo war damals viel, viel zu schnell.

Schließlich hatte auch der Minister Jiří Hájek im Sicherheitsrat aus eigenem Antrieb und Verantwortung gehandelt – und mit seinen zugespitzten Behauptungen hatten die Standpunkte des Ministeriums als solches nichts gemein, was ich gern unterstreichen würde.

In Moskau schafften es im Gegenteil unsere Vertreter, sich über ein zu formalisiertes Vorgehen zu erheben, ohne die standardisierten Einstellungen auszukommen und sich nicht mit übermäßiger Bürokratie aufzuhalten. In Moskau einigten sie sich schließlich – immerhin verhandelten da »unsere« mit »unseren« ...

Und im Oktober 1968 konnte ich stolz den Gastgeber für eine einzigartige Festlichkeit spielen, als im Palast die Vereinbarung über die vorläufige Stationierung der sowjetischen Truppen unterzeichnet wurde. Vor allem das Wort »vorläufig« erfüllte mich mit Stolz. Es zeigte deutlich, dass es überhaupt nicht um »Okkupation« ging, sondern um freundschaftliche Hilfe. Sonst hätte es das

Wort »vorläufig« in dem Vertrag gar nicht geben können! Was »vorläufig« heißt? Das flüsterten sich manche in den Gängen fragend zu, aber ich zuckte darüber nur zufrieden die Schultern. Aus meiner jahrhundertelangen Perspektive ging es um ein unwichtiges Detail. Die Vorläufigkeit ist natürlich nicht genau begrenzt. Wir wissen aber doch, was wir wollen: Stabilität – keinesfalls die Anarchie, in die uns die Hitzköpfe hineinziehen wollten.

Wie viele fremde Armeen schon auf unserem Gebiet waren, und am Ende sind sie immer wieder abgezogen! Mir tat es leid, dass ich den kleingläubigen Kollegen diese einfache historische Wahrheit nicht vermitteln konnte.

Und dann fühlte ich auch noch Scham, weil aus meiner Sicht eine Kleinigkeit die Vertragsunterzeichnung in den historischen Wänden des Palasts ein bisschen trübte: Der Vertrag wurde nicht vom Außenminister unterschrieben, sondern vom Ministerpräsidenten Oldřich Černík, der für einige Monate den Außenminister vertrat. Es wäre doch passend gewesen, wenn unter so einem wichtigen Dokument die Unterschrift des Herrn des Černín-Palasts prangte. (Sollte die Situation etwa bedeuten, dass das gesamte Ressort für das Benehmen des Ministers Hájek bestraft wurde? Das glaube ich nicht. Alle wussten zu dieser Zeit schon, dass er in New York ohne die Unterstützung der Zentrale handelte. Während der Vertrag über die Anwesenheit diese Legitimierung besaß – hatte ihn die Regierung, die noch bis zum August 1968 von allen Bürgern so lautstark ermuntert wurde, denn etwa nicht unterstützt?)

Ich sah die erwünschte Kontinuität.

Aber natürlich verstand ich auch, dass nach solchen historischen Umbruchsereignissen, in denen sich nicht alle mustergültig verhielten, gewisse Änderungen eintreten müssen.

Im Ministerium liefen genau wie überall sonst Überprüfungen ab, die vor allem in einer einfachen Frage bestanden: Ist der Mitarbeiter mit der internationalen Hilfe durch den Einmarsch der Bruderarmeen einverstanden? Selten einmal verdankten so viele Menschen einer solchen Kleinigkeit so viel! Es fanden sich solche, die nicht begriffen, dass ihnen eine hilfreiche Hand gereicht wurde, und auf ihren kindlichen Überzeugungen bestanden. Diese törichten Starrköpfe! In ihrer Ausbildung wurde ihnen doch sicher das Bewusstsein vermittelt, dass die Politik die Kunst des Möglichen ist? Und die Diplomatie, die die Politik verwirklicht, erst recht?

Sie taten mir nicht leid.

Ein paar Gesten, ein paar stolze Worte, und dann? Sie gingen erhobenen Hauptes aus dem Diensteingang, draußen auf dem Parkplatz holte sie aber die Wirklichkeit ein. Ich sah, wie sie dort in sich zusammensackten. Noch vor ein paar Augenblicken waren sie Diplomaten, und jetzt? Waren sie niemand mehr, niemand. Ein ehemaliger Diplomat bedeutet nichts. Und nach den Überprüfungen entstand keine Kategorie »ehemaliger Leute« wie im Jahr 48. Sie hatten keinen Namen. Sie gehörten nirgendwohin. Sie existierten einfach nicht.

Zum Glück fanden sich genügend vernünftige Kollegen, die gern die leer gewordenen Stellen besetzten. Ich schätzte ihren guten Willen und war froh, dass viele von ihnen sich auf der Karriereleiter verbesserten. Wir sollten doch in der Lage sein, fähige Leute zu unterstützen, oder nicht?

Nach dieser peinlichen Pause, in der das Außenministerium keinen Minister hatte, besetzte im Januar 1969 Ján

Marko den vakanten Posten. Aber schon nach zwei Jahren wurde Marko abberufen, und dann wurde für die nächsten zwanzig Jahre Bohuslav Chňoupek neuer Herr des Černín-Palasts – und dieser Titel stand ihm meines Erachtens wirklich zu.

Wisst ihr, er gefiel mir. Als ich ihn das erste Mal durch den Diensteingang treten sah, sagte ich mir: Das ist aber ein Kerl! Und wirklich, die gepflegte Frisur, das geschniegelte Äußere und der gut sitzende Anzug konnten nicht verbergen, dass hier einer eingetreten war, der ordentlich zupacken würde. Jemand, der Entscheidungen treffen konnte, auch wenn sie unpopulär waren. Und der auf ihrer Umsetzung bestand. Nach Humprecht Jan endlich wieder jemand, der auf den ersten Blick wie ein Fechter aussah.

Sein Ruf eilte ihm voraus. Er war Journalist mit mehrjähriger Erfahrung in der Sowjetunion. Im Jahr 1969 wirkte er im Tschechoslowakischen Rundfunk als Direktor und tat sich durch unbarmherziges Entfernen unzuverlässiger Elemente hervor, nachdem sich die Situation endlich beruhigt hatte.

Dazu waren die verworrenen Monate des Frühjahrs und des Sommers 1968 – bis zum unvergesslichen Augustdatum – gut. Da zeigte sich, wer wer war.

Werden die, die jetzt kommen, ausgestattet mit der unzweifelhaften Legitimität der Sieger in der Lage sein, die Spreu vom Weizen zu trennen? Ich bangte. Werden sie sich von den emotionalen Ergüssen befreien, die zu nichts führen und im Gegenteil die internationale brüderliche Waffenhilfe nötig machten? Als ich Bohuslav Chňoupek sah, war ich mir sicher, dass die Oberherrschaft über die Dinge in die richtigen Hände zurückgekehrt war. Gleich nach seinem Engagement im Rundfunk wurde er tschechoslowakischer Botschafter in Moskau. Und das war schon der wichtigste Posten, auf eine Art bedeutender als der des Außenministers der Tschechoslowakei, darüber werden wir nicht streiten. Glücklich ist das Land, das seine Außenpolitik nicht mühsam selbst formulieren muss, weil es Teil eines größeren Ganzen ist, das an seiner Stelle entscheidet!

Bohuslav Chňoupek war in Moskau erfolgreich und wurde endlich auch zum tschechoslowakischen Außenminister ernannt. Er kehrte in eine nun schon gesäuberte Behörde zurück. Die wichtigsten leitenden Mitarbeiter waren ausgetauscht worden, was ich natürlich ebenfalls begrüßte, und danach wurden die einfachen Mitarbeiter gesiebt. Aber kultiviert! Und natürlich mit Rücksicht auf die außerordentliche Situation. Es wurden Kommissionen eingesetzt, jeder Fall individuell verhandelt und mit jedem Mitarbeiter gesprochen, schon allein deswegen, um seine Einstellungen überprüfen zu können. Im Vergleich mit dem Wirken des Aktionskomitees nach dem Februar 1948 konnte ich auf den ersten Blick einen Fortschritt feststellen. Es wurde systematisch vorgegangen, korrekt und unparteiisch, genau nach den Parteidirektiven.

Die Situation normalisierte sich schnell. Ich konnte aufatmen. Endlich hatten wir Ruhe für die Arbeit.

Und so begann ein glücklicher Zeitraum von zwei Jahrzehnten, als Bohuslav Chňoupek aus seinem Büro die Außenpolitik der Tschechoslowakei leitete. Um deren Hauptausrichtung es keinen Zweifel gab – sie richtete sich nach der Sowjetunion. Ich war immer ein Verfechter des größeren Ganzen, also quittierte ich glücklich, dass wir wieder in einem sicheren Staatenbund verankert waren, der Respekt hervorrief und eine klare Zielrichtung hatte. Die Aufgabe des Außenministeriums war es, auf die Stimme der mächtigen Freunde aus dem Osten zu hören, die Nuancen in ihren Erklärungen zu analysieren und loyal bei der Verwirklichung ihrer, also unserer Politik zu helfen.

Die Richtung war klar – und deshalb war es möglich, sich der Perfektionierung der dienstlichen Vorgänge zu widmen. Zu Chňoupeks Zeiten bestand man wirklich beispielhaft auf den amtlichen Prozeduren. Für alles gab es bewährte Methoden und es entstanden keine anderen Dokumente als solche, die schon ihre Vorlage hatten. Jeder Anschlag eines Typenhebels der Schreibmaschine auf dem Papier war vorhersehbar und im Voraus erkennbar. Stabilität. Respekt. Zusammengefasst gesagt also Majestät, derer sich das Ministerium erfreute und mit ihm sein höchster Vertreter.

Mir imponierte, dass er sich selbst an der Amtsarbeit beteiligte.

Wenn ihm die vorbereiteten Unterlagen nicht gefielen – wie teuflisch der sich aufregen konnte. Er zerriss sie in Stücke, schmiss sie durchs Zimmer und der Direktor des entsprechenden Ressorts lag auf den Knien vor ihm und sammelte sie ein! Jawoll! Ich bedauerte, dass die Zeit der Rapiere und des veredelten Stahls und derer, die sie beherrschten, vorbei war! Ich konnte mir vorstellen, wie er mit einer energischen Bewegung eine gezackte Wunde in die Stirn des faulen Untergebenen geschnitten hätte, ein Zeichen seiner Schande! Oder sollte er etwa ein Duell mit ihm austragen? Nein, das wäre unter seinem Niveau gewesen. Es genügte eine angemessen erhobene Stimme, die wohlbedachte Invektive verbreitete, und Finger, die hochwertiges Papier zerfetzten!

Mir schienen die alten Zeiten zurückgekehrt zu sein, als die Gesellschaft eine eindeutige Struktur besaß und Veränderungen nicht vorgesehen waren.

Die Jahre liefen ruhig im Rhythmus der Staatsfeiertage dahin, die ich an den roten Transparenten erkennen konnte, die immer zur passenden Zeit meine Fassade schmückten. Es lebe die Große Sozialistische Oktoberrevolution! So lautete eins. Wir begrüßen den Jahrestag des Siegreichen Februars! So erinnerte uns ein weiteres. Auf ewig unverbrüchlich mit der Sowjetunion verbunden! Mit ihrer roten Farbe erinnerten diese Parolen an den althergebrachten Schmuck der Kardinalspaläste und ihre Botschaft war tatsächlich überirdisch! Für immer! Und ewig!

Sie gingen über die Existenz eines einzelnen Individuums hinaus, genau so, wie ich die Welt gewohnt war zu sehen.

Ja, der Černín-Palast und die Sowjetunion waren ewig, das war die Schlussfolgerung daraus.

Im Vergleich mit den Heydrich-Plakaten mit dem Buchstaben V musste ich ihnen eine ausdrucksstärkere Farbgebung und eine klarere Textbotschaft bescheinigen. Außerdem traute sich niemand, auf die zeitgenössischen Fahnen auch nur einen Buchstaben dazuzuschreiben, der den Sinn ändern würde. Ehrlich gesagt schien mir, dass die Leute sie meistens nicht einmal wahrnahmen. Zu ihrem eigenen Schaden gingen sie mit auf den Boden gerichteten Blicken vorbei, obwohl sie, wie ich es mir vorstellte, vor der Fassade immer den Blick heben und sich an der ausgesuchten geistigen Frucht hätten erfrischen können.

Ihr Schade.

Ich verstand nicht, warum sie mit in die Schultern gezogenen Köpfen herumliefen und mit angestrengten, irgendwie konstant bösen Gesichtern. Konnten sie sich denn nicht darüber freuen, in was für einer beständigen Zeit sie lebten? Braucht das menschliche Wesen etwa immer wieder neue Reize, anstatt zu genießen, wie alles immer gleicher wird?

Ich weiß es nicht.

Die Menschen drückten sich jedenfalls durch die Straßen und überwanden öffentliche Plätze schnellen Schrittes, vielleicht, um so geschwind wie möglich in ihren Behausungen zu sein. Und davon gab es offensichtlich immer mehr, was wohl nichts anderes als ein Zeichen von Prosperität sein konnte. Am Prager Horizont erhoben sich mächtige Wohnbauten, deren Wachstum ich mit gewisser Sorge beobachtete. Hatten sie etwa vor, meine Ausmaße zu übertreffen? Als ich aber die zahlreichen Fenster und die armselige äußere Ausschmückung betrachtete, beruhigte ich mich wieder. Sie erinnerten eher an Wirtschaftsgebäude und konnten sich mit einem Barockpalast nicht messen.

Wenn doch nur alle diesen herzerwärmenden Einheitsbrei genießen könnten!

Es gehörten allerdings auch Angelegenheiten dazu, die mich gar nicht erfreuten. Ich werde euch nicht vorgaukeln, dass alles in Ordnung war! Bei Reparaturen im Palast wurden oft Details vergessen. So wurden zum Beispiel neue Rohre nicht durch die Wand verlegt, sondern auf der Wand entlanggeführt. In den Gängen tauchten ganze Bündel davon auf, eingewickelt in silbrige Isolation verzweigten sie sich vom Fußboden bis zur Decke. Irgendwie immer schief, immer hässlich. Der großzügige Flur mit dem gepflegten Behördencharme verwandelte sich in einen Kesselraum. Nun gut, ich weiß, dass man sonst umfangreichere Baumaßnahmen hätte durchführen müssen. Aber ging das wirklich nicht anders, meine Herren?

Musste das, was innen sein sollte, nach außen hinausgestreckt werden?

Andererseits war auch etwas grenzenlos Optimistisches darin – das musste ich zugeben –, in dieser offenkundigen Überzeugung, dass wir nichts verstecken mussten. Warum sollten eigentlich die Heizungs- und die Wasserrohre und sogar die Abwasserrohre in den Wänden sein? Beleidigt euch etwa der Anblick dessen, was uns wärmt und was unseren Unrat wegleitet? Seid ihr vielleicht etwas verweichlicht? »Zerbrechlich wie Glas!«, sagten die erfahreneren Kollegen, die schon einige Auslandseinsätze hinter sich und so einiges erlebt hatten, über die Jüngeren.

Gleichzeitig konnte ich mich nicht des Gefühls erwehren, dass das irgendwie nicht so ganz in Ordnung war. Was kommt denn beim nächsten Mal? Diese Frage drängte sich schon auf, wenn man die Rohre sah. Worauf würde man dann keine Rücksicht nehmen? Und auf wen?

Muss Klassengerechtigkeit auch heißen, dass man niemanden zu der Arbeit zwingen kann, die er ausführen sollte? Ich respektiere ja die Volksdemokratie, aber könnte ein befreites Volk nicht auch arbeiten? Muss man wirklich ein Schild mit der Aufschrift RAUCHEN VERBOTEN so plump aus Kunststoff herstellen und einen Buchstabentyp benutzen, der vielleicht in einer Fabrik passend ist, aber keinesfalls in diplomatischen Diensträumen?

Außerdem schliefen unsere Feinde nicht. Die westliche Welt konspirierte ständig gegen den östlichen Block des Friedens und der Sicherheit. Das erfuhr ich bei den Beratungen und es ermöglichte mir, die unglücklichen Rohre als vorübergehend anzusehen. Schließlich hatten wir andere Prioritäten, redete ich mir selbst ein. Wir mussten reagieren. Die offene Konfrontation kam bislang nicht in Betracht, aber wir brauchten natürlich »unsere Leute« im Ausland. Und was hätte eine bessere Verteidigung sein können als eine diplomatische Deckung? Ich war Zeuge ihrer Verhandlungen, wohin man diesen oder jenen Kundschafter schicken sollte.

Und dass unsere Diplomaten in der vordersten Linie oft nicht so ganz Diplomaten waren ... nun ja, tut nicht so überrascht, das wurde immer so gemacht ... und alle machen das ... auch das Fechten kennt angedeutete Ausfälle, die von den eigentlichen ablenken sollen. – Eigentlich waren das ja Diplomaten, weil sie eine diplomatische Deckung hatten. Unter der aber führten sie die Arbeit von Kundschaftern aus. Die aus den 70er und 80er Jahren konnten an die Aktivitäten ihrer Vorgänger aus den 50er und 60er Jahren anknüpfen.

Ich war stolz auf diese Draufgänger, die ihr Leben für die Heimat einsetzten und sich in die feindliche Fremde aufmachten. Was für ein schöner neuer Inhalt für die ehrenwerte diplomatische Profession!

Mutiger Pfundskerl, du gabst Blau in die Friedensflügel dazu! So hieß es im Radio in einem Lied über einen von ihnen, und das konnte wohl nur einen Haufen Gips kaltlassen. Auch ohne diplomatische Deckung gelang diesem verehrten Kollegen unserer Kundschafter ein ordentliches Stück Arbeit. Ein wirklicher Held! Auch ich hüpfte in meinen Grundfesten, als ich diese Melodie hörte! Tradadaaaa!

Und Bohuslav Chňoupek bewies, dass er auch auf den Instrumenten der traditionellen Diplomatie spielen konnte. Der männliche, gesellige, einige Sprachen sprechende

Minister wurde sogar für westliche Botschafter ein Freund (bei denen aus dem Osten konnte man wohl annehmen, dass es selbstverständlich war). Bei herzlichen Gesprächen konnte er sie mit dem Gewicht seiner Persönlichkeit davon überzeugen, dass sie nicht auf die ausländische Lügenpropaganda hereinfallen sollten, die sich zum Beispiel auf die Einhaltung der Menschenrechte bezog. Schließlich hatte die Tschechoslowakei die üblichen internationalen Abkommen unterzeichnet und war ein Rechtsstaat – wie könnte es da zur Vernachlässigung, um nicht zu sagen Verletzung von Menschenrechten kommen?

Die Zeiten schienen sich beruhigt zu haben. Es war so eine Zeit, wie es sie zwischen zwei Kriegen gibt. In solchen Zeiten sollten die Musen singen, schöne Mädchen sollten in den Hainen zwischen Obstschalen tanzen – und vielleicht auch mit göttlichen Liebhabern – ganz so wie die Friedensperioden auf den Gobelins auf meinen Wänden dargestellt sind. Ich würde nicht sagen, dass damals, als der Minister Chňoupek Palastherr war, so eine Zeit war. Nicht so ganz, unglücklicherweise. Ich würde diese Zeit eher eine Phase der Stabilität nennen. Eine Ära des gesunden Menschenverstands. Eine Zeit der Nüchternheit. Ein Zeitraum der zur Erde geneigten Gesichter. Eine Epoche der nichtssagenden Blicke. Kurz gesagt: Die Leute, die am Palast vorbeigingen, sahen ein bisschen so aus, als hätten sie Zahnschmerzen.

Und ich kann nicht behaupten, meine italienische Natur hätte nicht gelitten.

Ein bisschen Aufregung würde ich schon noch begrüßen! Etwas Leichtigkeit! Lachen, launige Gesten, galante Anspielungen! Schließlich ist auch das Fechten eine Tanzart, ja sogar eine gewisse, sehr spezifische Art der

Liebe! Erinnert nicht der finale Stoß des Degens an ein *intercourse*?

Verzeiht, ich habe mich etwas hinreißen lassen.

Aber Stabilität ist das Wichtigste. Aus gelegentlichen Debatten der Kollegen begriff ich, dass es auch eine Handvoll Gescheiterter gab, für die Ruhe und Frieden nicht das Richtige waren. Konspirativ führten sie irgendwelche subversiven Aktivitäten aus, die ich nicht sonderlich aufregend fand – die Geschichte kannte genug Beispiele dieser Art! In den heutigen barmherzigen Zeiten werden sie aber nicht hinter den Wällen geviertelt und nicht auf Pfähle gespießt, sondern nur ins Gefängnis gesteckt. Ich dachte, dass alle dieses rücksichtsvolle Vorgehen schätzen müssten. Die meisten Bürger waren natürlich auf Seiten des Gesetzes und der Ordnung, was sich darin zeigte, dass sie sich unaufgeregt – mancher würde vielleicht sagen verbittert – durch die Straßen schoben.

Ich kann nicht sagen, dass nicht auch Details aufgetaucht wären, die nicht ins Konzept passten.

Als die Loreta damals wieder einmal nach Jahren sprach, traute ich meinen Ohren zuerst nicht. Durch die nächtliche Stille drangen ein paar leise Worte zu mir. Ich dachte, dass sich vielleicht unter der Parkplatzwand Verliebte etwas zuflüsterten, aber dann erkannte ich ihre Stimme. Diesen unvergesslichen Tonfall. Sofort tauchten wieder die zwei schneeweißen Lider vor mir auf – und sie hoben sich. Endlich.

»Liegt Ihnen etwas daran, Černín?«

»Woran, Teuerste?«, beeilte ich mich, meine Kavaliersrolle einzunehmen.

»Es existieren doch gewisse unabgeschlossene Angelegenheiten, die Ihnen am Herzen liegen sollten. Gerade Ihnen.«

»Welche denn? Ich würde sagen, es ist alles gelöst, und das für alle Zeiten!«, redete ich munter los. Nun, ich gebe zu, dass ich etwas übertrieb, aber das Vokabular der Losungen war mir ein bisschen unter die Haut gekrochen.

»Sehen Sie nicht, was auf der Parkplatzwand geschrieben steht?«

Ich musste gewisse Verrenkungen durchführen, um mir das dort einmal anzusehen. Wie ihr sicher verstehen werdet, konnte ich mich bei meiner riesigen Masse nicht so gut strecken und vorbeugen. Ich musste mich konzentrieren ... mich in die Position eines unabhängigen Beobachters versetzen ... und mich irgendwie von außen anschauen. Die nächtliche Stunde war dafür zum Glück passend. Ich konnte mich geistig aufrichten, und mich freute dabei die stille Unterstützung der Loreta, die ich als leichte Wellen duftender Wärme wahrnahm.

Die gelbe Steinwand sah solide aus. Sie kippte nicht und es gab auch sonst keine statischen Probleme, wie ich schon befürchtet hatte.

»Was meinen Sie, Teuerste?«

»Sehen Sie das nicht? Auf einem dieser Steine ... dieser großen Steine ...«

Die peinliche Angelegenheit mit den Felsblöcken, die wohl einst von den heidnischen Zauberern benutzt wurden ... Ich dachte, Loreta hätte sie schon lange vergessen, genauso wie ich. Der ausschließlich zivile Autoverkehr auf dem Parkplatz musste doch einen eindeutigen Einfluss haben. Die Zündung setzte den Motor in Gang, der arbeitete, wie er sollte, das Auto fuhr in die vom Lenkrad vorgegebene Richtung ... genauso wie die ganze Gesellschaft durch mechanisch ableitbare Gesetze gelenkt wurde ... also was für Mystik soll da hier sein? Aber ihr kennt ja die Frauen. Wenn sie etwas stört, vergessen sie es auch nach Jahren nicht.

»Vergessen Sie die Steine, Teuerste. Sie sind nicht im Entferntesten gegen Sie gerichtet.« Ob das früher Menhire waren oder irgendeine andere götzenanbetende Bagage – jetzt wurden sie sicher von der Stützwand des Parkplatzes umarmt. Dort hatten die Bauherren sie hingestellt und sie damit jeglicher Macht beraubt.

»Wissen Sie wirklich nicht, was auf dem großen Stein neben der Treppe steht?«

Ich stellte den Blick scharf. Ich sah ein paar undeutliche Kratzer, die mich an die gelblichen Spuren erinnerten, die an den Leidensorten zurückblieben. Dann konnte ich ein Kreuz erkennen. Und ein paar Buchstaben. JAN stand da.

»Meinen Sie dieses Einzelbeispiel von Vandalismus? Ich versuche auf den Wachdienst einzuwirken, damit sie mehr auf diese dunkle Ecke achten. Sie müssen sich nicht beunruhigen.«

»Haben Sie nicht gelesen, was da steht?«

»Aber ja – Jan. Der häufigste tschechische Name. Honza, mein Gott.« Aber da spürte ich schon die Warnsignale, die irgendwo unterhalb des Parkplatzes erwachten, irgendwo unter meinen Wänden, in meinen Fundamenten.

Honza, natürlich. Aber welcher Honza? Doch nicht …?

»Vielleicht liebt irgendein Mädchen einen Honza. Und hinterließ ihm da eine Nachricht. Wenn Černín auf dem Stein stehen würde, Teuerste, würde ich denken, dass vielleicht Sie mir etwas andeuten wollten …«, versuchte ich, die Oberhand zu behalten. Meine Position als unabhängiger Beobachter war dahin. Ich trudelte durch die Luft, wie ein vom Blitz getroffener Vogel.

»Bei Liebesbotschaften wird gewöhnlich kein Kreuz benutzt. Eher ein Herz, oder? Ein pfeildurchbohrtes Herz, sagen wir. Begreifen Sie wirklich nichts? Wo Sie doch so ein Liebhaber sind!«

Ich schluckte.

»Und so ein treffsicherer Schütze!«

Darauf musste ich reagieren.

»Vielleicht wollte sie ihm sagen, dass sie nichts mehr mit ihm zu tun haben will. Mit diesem Jeník.«

»Sie wissen doch, welchen Honza ich meine«, benutzte sie dickköpfig jene Form des Namens Jan, die uns in gefährliches Terrain zurückführte, zu unterdrückten Erinnerungen und unangenehmen Themen.

Ich schwieg.

»Genau diesen Honza«, fuhr sie fort, »dessentwegen jemand hier diese Inschrift immer wieder erneuert. Genau diesen Honza«, führte sie unerbittlich ihren Gedanken fort und kam damit dem Schluss näher, den ich befürchtete, »der unerklärlich gerade auf Ihrem Hof starb.«

»Das war Selbstmord«, piepste ich.

»Lieber Černín, was ist denn mit Ihnen passiert? Sind Sie gar nicht mehr der Kavalier, der einst meine Achtung besaß?«

(Hoho! – dachte ich mir.)

»Immer bereit, den Schwächeren zu Hilfe zu eilen; den Erniedrigten; den zu Unrecht Angegriffenen?«

»Sie können sich absolut auf mich verlassen!«, dröhnte ich genauso nachdrücklich wie unkonkret.

»Das dachte ich mir. Sie wissen gut, dass Jan Masaryk anders starb, als behauptet wird. Wer sonst, wenn nicht Sie, sollte sich daran erinnern? Nein, unterbrechen Sie mich nicht. Diese Inschrift beweist, dass die Menschen nicht vergessen haben und dass sie eine Erklärung verlangen.« (Eine Inschrift schien mir nicht gerade ein großes Verlangen zu sein, aber ich unterbrach sie lieber nicht. Ich wollte der Kavalier bleiben, der Mitgefühl mit den Schwächeren zeigte. Zum Beispiel mit den Frauen.) »Etwas ist in Bewegung geraten. Etwas ändert sich. Der Tod Jan Masaryks gehört zu den verdrängten Themen. Zu den unausgesprochenen Sätzen. Zu den Fragen, die sich auf die Lippen drängen. Und wem sollte mehr als Ihnen daran liegen, sie auszusprechen? Er war Ihr Herr!«

»Ich habe immer irgendeinen Herrn«, antwortete ich vorsichtig.

»Also bitte, Černín. Gestehen Sie sich Ihre Verantwortung ein. Wer sonst, wenn nicht Sie?«

Darauf hatte ich keine Antwort.

»Wann, wenn nicht jetzt?«

»Ich ... ich versuche, mich zu erinnern.«

»So gefallen Sie mir.«

»Ich werde Zeit brauchen. Mich bemühen, mich zu konzentrieren und so tief in die Vergangenheit einzutauchen, dass ich ... Wenn Sie das so interessiert, meine Teure ...«

»Sie, Sie sollten sich dafür interessieren!«

»Und sollte ich zufällig vergessen, an was ich mich eigentlich erinnern will ...«, baute ich mir einen Rückzugsweg.

»Ich werde es nicht vergessen. Ich habe diesen Stein genau vor Augen.«

Getreu der Erinnerung an den Stellvertretenden Reichsprotektor überlegte ich, ob ich eine Aufstellung bewaffneter Posten initiieren sollte, die sofort schießen würden. Ich musste an mich halten. So ging das heutzutage nicht. Die Zeiten waren anders. Ich könnte den Herren vom

Wachdienst ins Ohr flüstern, dass sie auch einmal an den unteren Rand des Parkplatzes gehen sollten. Ich könnte zum Beispiel damit argumentieren, dass gewisse Elemente dort alles verschmutzten. Dieses Vokabular hatte ich im kleinen Finger. Alle, die die Ordnung störten, waren »Elemente« und ihr Handeln wurde irgendwie aus hygienischen, nicht aus sachlichen Gründen kritisiert. Zum Beispiel so eine »Störung der öffentlichen Ordnung und Sicherheit«. Der Inhalt wurde nicht beachtet. Was für komplizierte Gründe konnten die Ruhestörer schon für ihre Eskapaden haben, nicht?

Dann überlegte ich mir das noch einmal. Ich hatte immer diese elfenbeinweißen Lider vor Augen, zart niedergeschlagen. Ich wollte nicht, dass sich so ein heftiger, für Unaufgeklärte vielleicht auch brutaler Zugriff vor ihnen abspielte.

Ich begann selbst aufzupassen. Ich ließ meinen Geist in den Nächten über dem Loretoplatz schweben. Allerdings sah ich nichts. Ich hörte nur leises Zischen von Spray. Dann löste sich ein dunkler Schatten von der Mauer und verschwand in Richtung Kapuzinerkloster. Und die erneuerte Inschrift leuchtete und provozierte durch ihre Einfachheit und Eindeutigkeit. So sehr ich mich auch beim nächsten Mal konzentrierte, ich bemerkte nur, dass der dunkle Schatten von der anderen Seite kam. Von der Loreta. Als wäre einer der Engel, die auf dem Geländer standen, heruntergesprungen und losgelaufen.

Du, meine Teure?

Nein, ich konnte auf ihre Bitte nicht in der Weise reagieren, dass ich sie zu verdächtigen begann. Ich musste mich, ob ich wollte oder nicht, auf den Jan aus der Inschrift konzentrieren. Auf diesen Honza. Nicht einmal ich zweifelte mehr, um wen es sich handelte. Und wer konnte etwas herausfinden? Wer, wenn nicht ich? Wann, wenn nicht jetzt?

Leider bewegten sich um die Loreta herum nicht nur Engelchen. Da gab es auch eine überaus seltsame Truppe von Wächtern, die in starkem Kontrast zu meinen gepflegten Beamten stand. Ein bärtiger Dichter, ein ehemaliger Partisanenarzt, ein Jurist, der seinen Beruf verschmähte, und andere Gestalten und Geschöpfe. Aus den Blicken, die sie mir manchmal zuwarfen, konnte ich ablesen, was sie dachten. Über mich. Aber auch über allgemeinere Angelegenheiten. Nicht nur über die architektonische Ordnung – über die Ordnung an sich. Übers System. – Aber es muss doch immer ein System geben, oder nicht?

Ich ahnte, dass bei den Nachtdiensten, wenn sie theoretisch die Schatzkammer und andere Kostbarkeiten meiner Liebsten bewachen sollten, sie alles andere als das taten. Im Übrigen schaute ich selbst, fleißig wie ich war, ein paar Mal in Loretas Fenster, als ich über dem Platz Wache hielt. Wer, wenn nicht ich.

Sie schrieben da Gedichte, lasen Bücher, studierten … kurz, sie richteten ihre Aufmerksamkeit auf alles – nur nicht auf ihre Arbeitsaufgaben.

Und wenn es nur das gewesen wäre!

Nicht nur, dass sich von der Loreta dunkle Schatten lösten, um die Inschrift auf dem Stein zu erneuern, diese Männer führten sogar noch weitere verdächtige Subjekte herbei! Sie lockten sie in unsere ruhige, geordnete Nachbarschaft! Und dann fanden in der Schatzkammer verdächtige Partys statt. Selbst hinter verschlossenen Fensterläden konnte ich die wilde Musik und das Gewieher der offensichtlich angetrunkenen Gesellschaft erahnen.

Irgendein bebrillter Harmonikaspieler mit Bart- und Haarwuchs wie ein Einsiedler marschierte da mit seinem Instrument herum, quetschte den Balg und brüllte mit seiner heiseren Stimme dazu wie ein Büffel. Eine weitere Person, die sich Musiker nannte (auf Grundlage des Saxophonblasens in irgendeiner seltsamen Kapelle) und sich durch wilde, vom Schädel abstehende Locken auszeichnete, hatte die Idee, die gläsernen Knollen, die die Decke in der Schatzkammer schmückten, zum Klingen zu bringen. Der Mann hämmerte begeistert darauf herum, das ergab chaotische Töne. Aber er behauptete zu musizieren. Schrecklich.

Meine Teure, sollten Sie Ihren Gästen nicht mehr Aufmerksamkeit schenken?

Das wäre eine logische Frage, aber ich konnte sie nicht gut stellen. Da entstünde der Eindruck, ich verdächtigte die Loreta der Erneuerung der rätselhaften Inschrift ... Aber dann konnte ich mich doch nicht zurückhalten.

»Sie sollten unbedingt an Ihr Sicherheitsprotokoll denken, meine Teure«, flüsterte ich in einer stillen Nacht in ihre Richtung. Das waren die richtigen Worte. Mit dem Sicherheitsprotokoll wurde im Ministerium alles Mögliche erklärt.

»Ich glaube nicht, dass ich irgendeine Vorschrift übertrete«, antwortete sie kalt.

»Wissen Sie, die Leute, die bei Ihnen arbeiten ...«

»Teurer Černín. Wenn Sie sehen könnten, wie oft sie träumen, überwältigt von der Anmut um sie herum ...«

Meiner Anmut – ergänzte ich im Stillen.

»... würden Sie begreifen, dass sie ganz auf meiner Seite sind. Manchmal bleiben sie auf einmal still stehen, bleiben mit dem Blick an einem Detail hängen und versinken in Gedanken, als würden sie beten. Ich denke, wenn der Mensch sich die Schönheit bewusst macht, handelt es sich um eine gewisse spirituelle Übung.«

»Die heutige Zeit ist atheistisch. Das sind alles Gottlose, einer wie der andere.«

»Wenn die Gläubigen fehlen, heißt das noch nicht, dass es Gott nicht gibt. Ein sensibles Herz findet ihn.«

»Hm, aber ... – bewachen sie Sie auch sorgsam?«

»Sie haben eine Waffe da, wenn Sie das meinen«, antwortete sie erstaunt.

»Eine Waffe. Aha. Eine einzige, wenn ich mich nicht irre?«

»Ja. Eine Pistole.«

»Und die bewahren sie wo auf?« Ich sah noch niemanden in die Dunkelheit zielen, hörte keine Aufforderung, stehenzubleiben, und auch keine Warnschüsse in die Luft. – Wo waren die Zeiten der gerufenen Parolen, auf die der Ankommende passend antworten musste! (Ach, da bin ich wohl ein bisschen ins Träumen geraten.)

»Verschlossen in der Schublade.«

»Sehen Sie, meine Teure? Was soll das für eine Verteidigung sein? Und was, wenn Sie von verschiedenen Seiten angegriffen werden? Wie sollen diese Zivilisten Sie beschützen? Schauen Sie einmal. Ich habe ein bisschen über das Problem nachgedacht. Getrieben von der Sorge um Ihre Sicherheit. Man muss Wachen sowohl an den Eingang stellen als auch an alle Stellen, wo Sie verletzlich sind.«

»Ich bin aber verletzlich ...«

»In Ihren Wänden könnten Schießscharten herausgebrochen werden. Das ist nicht schlimm, ich habe damit Erfahrung. Wir bauen Wälle, Bastionen, ja sogar Raveline, schieben Brustwehre vor, vielleicht vertiefen wir auch die Schutzgräben. Und es bleibt mein alter Plan gültig – unsere Gebiete zu verbinden. Dann werden Sie durch eine Mauer geschützt sein, meine Mauer …«

»Verletzlich bin ich in der Seele«, fügte Loreta still hinzu. »Nirgendwo anders.«

Diese Weiber, dachte ich bei mir.

Wieder drang der Klang ihrer Worte an mein Ohr – wieder ließ mich der Inhalt zögern. Was meinte sie eigentlich damit? Wollte sie sich vielleicht für ihren zu kühlen Tonfall entschuldigen? Mich für meine Sorge loben? Andeuten, dass sie über die Vorschläge nachdachte?

»Und Krieg spielen liegt ganz sicher nicht in meiner Absicht«, sprach sie weiter. Das hätte sie nicht tun sollen.

»Na, wenn Sie meinen, dass Ihr Geschwader da Sie beschützt …«, antwortete ich zweifelnd.

»Setzen Sie sie nicht herab. Wissen Sie, seit Jahrhunderten kommen Menschen zu mir. Und diese gehören dazu – zu denen, die bei mir Zuflucht, Schutz und geistige Anregung suchen. Sie sind meine Pilger.«

Na, da helfe dir Gott. Wenn dir so ein Häufchen verkrachter Existenzen ausreicht, mein liebes Mädchen … Kirchweihfeste gab es keine mehr. Da musste sie sich wohl einen Ersatz schaffen, überlegte ich fast mitleidig.

Die Kollegen in den Gängen des Palasts und des Anbaus schauten immer professionell konzentriert, ja sogar umsichtig. Es ging um Details. Um die ging es immer, aber zu Chňoupeks Zeiten ganz besonders. Wie ich schon sagte, bestimmte sich die Hauptlinie der tschechoslowakischen Außenpolitik anderswo, für mein Personal blieb also die pedantische Organisation des diplomatischen Betriebs übrig.

Und auch die Errichtung der Verteidigung.

Weil der Feind nie schläft. Ich bin stolz darauf, dass unsere Diplomaten sich in der vordersten Frontlinie befanden – in dem Kampf, der zwischen dem Lager des Friedens und des Fortschritts (zu dem wir gehörten, das muss ich wohl nicht unterstreichen) und den imperialistischen Kriegstreibern (das waren die anderen) geführt wurde. Die Karikaturen dickbäuchiger Kapitalisten mit Zigarren im Maul, die sich auf Geldsäcken wälzten, passten irgendwie nicht zu den schlanken, kultivierten Botschaftern aus dem Westen, wie ich sie sah, aber hinsichtlich ihrer Einstellungen war alles klar.

Diese ansehnlichen westlichen Lebemänner maskierten nur die Aggressivität der Regime, die sie vertraten. Aber unsere Diplomaten werden mit den westlichen Hetzern schon fertig, daran glaubte ich. Vor allem, wenn die Diplomaten Kundschafter waren! Wisst ihr, mir gefielen sie. Diese unauffälligen Kerle, die sich perfekt mit den Sicherheitsprozeduren der großen weiten Welt auskannten. Sie bewiesen ihre Qualitäten in einer Weise, die Ansprüche an ihre Integrität stellten, aber sie blieben unserer Seite treu. Wo wären wir ohne sie! Welche Machenschaften der ausländischen Ränkeschmiede ohne sie unentdeckt bleiben würden! Ich mochte ihre felsenfesten Blicke, die scharf geschnittenen Gesichtszüge und die Andeutung eines wissenden Lächelns im Mundwinkel.

Einmal in den 80er Jahren fiel mir auf, dass das selbstbewusste Lächeln etwas ins Schwanken geraten war. Ungefähr wie eine Gondel, wenn sie in die Wellen eines größeren Schiffs hineinfährt. Der kleine Bogen des Halblächelns verlief jetzt in einer etwas anderen, ein bisschen nervösen Kurve.

Etwas war im Gange. Wieder begann sich leidenschaftliches Geflüster in den Korridoren auszubreiten.

Wie ich es verstand – worauf ich stolz bin –, entsprang die Unsicherheit nicht in unserer Mitte. Nein, etwas war im Zentrum unseres Reichs im Gange. Dort, wo die Sonne auf- und nie unterging, wo es keine Vergangenheit gab, weil das Morgen dort schon Gestern bedeutete, wo man in der ewigen, ersehnten und eigentlich niemals kommenden Zukunft lebte – in der Sowjetunion.

Umbau? Als ich das Wort zum ersten Mal hörte, stutzte ich etwas. Wie ihr wisst, habe ich mit Umbauten so meine eigenen Erfahrungen, und manche waren nicht gerade positiv. In einem Winkel meiner Seele fiel mir ein, mir könnte vielleicht jemand wieder diese abscheulichen Toilettentürme einbauen wollen. Ich erwartete nicht, dass ein neuer Janák käme. Schließlich war ich doch fertiggestellt, fertig ausgeschmückt, fertiggebaut!

Ich beruhigte mich, als ich begriff, dass der Umbau nicht uns betraf. Das selbstbewusste Lächeln in den Mundwinkeln wurde wieder stärker, und nicht nur bei den Kundschaftern. Die Kollegen verloren ihre Angst vor dem Umbau auf einfache Weise – sie begannen das Wort zu benutzen, fügten es in die Unterlagen ein, sprachen es auf Beratungen aus, und auf diese Art befreiten sie es von allen gefährlichen Stacheln. Es war offensichtlich, dass sich bei uns nichts ändern würde.

Allein dieser Ausdruck! Manche sprachen ihn original aus: *perestroika*. Das ist mir vielleicht ein Wort. Das hört sich doch wie »pereat« an, aber das war wohl nicht so ganz das, was sie meinten. Nein, diese slawischen Sprachen gefielen mir nicht. Das italienische *reconstruzione* hört sich doch ganz anders an. Oder wenn schon »pere«, dann vielleicht Peregrination. Das hat doch Struktur, hört ihr das? Und auch Bedeutung. Aber wie hört sich denn »stroika« an? Streu, Sträucher? Aber da hab ich mich wohl etwas fortreißen lassen. Andererseits erkenne ich natürlich an, dass jedes Reich eine Zentralsprache braucht. – Allerdings begann ich zu ahnen, dass die Sprache sich hier gegen das Reich wendete ...

Oder dieser andere Ausdruck! *Glasnost!* Was soll denn das sein? Schmeiß die Gläser an die Wand? Solche gab es hier schon genug, meine Herren! Oder denken wir nur an Fensterglas. Da konnte man leicht hinausfallen! (Obwohl bei uns aus den Fenstern eher geworfen wurde. Und ich spiele damit nicht auf den Fall Jan Masaryk an, mit dem ihr einfach keine Ruhe geben wollt.)

Die Dinge muss man diplomatisch lösen – sie heimlich in den Gängen besprechen, in die Unterlagen einarbeiten und sachlich, ohne Emotionen in den Verhandlungen der dazu berechtigten Seiten vortragen. *Jasno?* Klar? Wem hilft es denn, wenn Einzelheiten aus dem Kontext gerissen, aufgebauscht und zu bestimmten Zwecken verwendet werden? Ich bin natürlich auch dafür, Fehler zuzugeben – aber zu viel Selbstkritik darf nicht unsere prinzipiellen Positionen schwächen. Die Hauptlinie war immer da und wir sind ihr immer noch treu, etwa nicht?

Und Michail Gorbatschow ... wisst ihr, ich hatte von Anfang an den Eindruck, er habe das nicht fest in den Händen. Was sich dann auch zeigte, wie wir alle wissen.

Der Außenminister Bohuslav Chňoupek wurde im Jahr 1988 abberufen und mit ihm endete die Zeit der Recken mit den zerrissenen Unterlagen, deren Fetzen sich dekorativ auf dem Fußboden verteilten. Die Zeit eindeutiger Machtbefugnisse, und wenn sie nicht immer ausformuliert waren – die Zeit der unumstrittenen Macht war vorbei. Der letzte Herr des Černín-Palastes wurde nun durch Jaromír Johanes ersetzt.

Wisst ihr, mir gefiel sein freundliches Lächeln von Anfang an nicht. Es wirkte entschuldigend, als käme es von einem Menschen, der sich bewusst war, dass er im Ministerbüro *anstelle von jemandem* war. Höchstwahrscheinlich war das auch so. Mit Unbehagen spürte ich, dass die Ära, in der »für alle Zeit« geplant wurde, irgendwie unauffällig zu Ende ging. An ihre Stelle kam jetzt eine vorläufige. Eine Übergangsphase. Das Getuschel auf den Gängen richtete sich immer häufiger in die Zukunft. Was passiert, wenn erst …?

Wenn erst was?

Was machen sie mit uns? – Aber wer? Die? Welche die? Vielleicht »die« im wohlgeborenen Moskau? Die hatten genug mit sich selbst zu tun, wie die Analysen unserer Spezialisten zeigten.

Wo kam die Angst her? Und worauf bezog sie sich? Was für eine heimtückische Wendung wollte die Geschichte da vollziehen? Ich blieb loyal wie immer – meinen Prinzipien gegenüber, das heißt den Prinzipien meiner Herren.

VIII. Coda lunga e alta

Dies ist eine Verteidigungsposition, insbesondere wenn ein Schutzmittel wie zum Beispiel ein Schild benutzt wird, der vor dem Körper gehalten wird. »Ich möchte, dass ihr wisst, dass diese Position passend und nützlich ist, wenn ihr Patiente bleibt; und deshalb sage ich, dass ihr eurem Schüler empfehlen solltet, er solle sie bei der Verteidigung gegen den Feind einnehmen, und ihr solltet ihm auch erklären, was er in dieser Position wagen kann, mit allen Vorzügen und Nachteilen«, empfiehlt A. Marozzo.

An diesem schicksalhaften Freitag erfuhr ich gar nichts. Über den Fluss kam aus der Richtung der Nationalstraße nichts hier auf dem Hradschin an. Keine Geräusche, keine Polizeisirenen, und noch weniger Schreie oder Schläge; man konnte weder den Kerzenschein noch andere Effekte sehen. Alles lief ganz intim ab, fast unbeobachtet. Für jemanden mit einem historischen Gedächtnis wie mich ist es schwer anzunehmen, dass sich die Geschichte auf ein paar zig Metern vor irgendeiner Kreuzung entscheiden konnte. Zwischen den Straßenbahngleisen. Unter Anwesenheit nur einiger Tausend Zivilisten und einiger Hundert Männer in Uniformen, bei denen nicht klar war, wer Akteur war und wer Statist ... Obwohl, auch im Zweikampf entscheiden Zentimeter, ja Millimeter – sobald die Spitze in den gegnerischen Körper dringt, und das muss nicht einmal besonders tief sein, ist es entschieden.

Also, ich bemerkte nichts. Auch in dem Raum im Erdgeschoss, in dem immer einer der Kollegen in der Nacht die diplomatische Wacht hielt, so wie in damals im

März 1948 Pavel Straka, herrschte Stille. Die Geschichte war in Bewegung geraten, aber wir erfuhren es mit Verspätung.

Erst der ungewöhnliche Lärm, der sich am Montag, dem 20. November 1989, in den Büros und den Gängen erhob, zeigte mir, dass etwas Außergewöhnliches geschah. Nervöse Finger öffneten die Seiten der wichtigsten Zeitung, *Rudé právo* – Rotes Recht –, die Augen suchten nach einem kleinen Rechteck mit der entsprechenden Information am unteren Seitenrand.

»Ausschreitungen in der Hauptstadt ... die Öffentliche Sicherheit griff ein ... Ruhe und Ordnung wiederhergestellt«, hörte ich, wie sie es sich gegenseitig vorlasen.

Irgendetwas in ihren Stimmen machte mich stutzig. Es war nicht die rechte Empörung darüber zu erkennen, dass ein Häufchen Usurpatoren wieder Wind säen wollte. Eher war Wut herauszuhören – seltsamerweise über die Nachricht, die ihnen aus irgendeinem Grunde unvollständig erschien. Und ich hörte auch einen Anflug von Angst heraus.

Das Geflüster in den Gängen fügte hinzu, was in der Nachricht fehlte: Gerüchte über Hunderte Verletzte und einen Toten.

Aber meine Herren! Am liebsten hätte ich sie angeschrien. Solche Situationen haben wir doch schon erlebt. Beispielsweise bei der Auflösung der Studentendemonstrationen im Oktober 1939, bei denen der Mediziner Jan Opletal eine Schusswunde erlitt, in deren Folge er starb. Der wurde vom Volksgedächtnis zum Märtyrer erwählt – während der Arbeiter Václav Sedláček, der direkt an Ort und Stelle erschossen wurde, ins Vergessen geriet – seht ihr, es gab sogar zwei Tote. Und hat das was geändert? Nein. Nun ja, die Hochschulen wurden geschlossen und der Reichsprotektor von Neurath ordnete die Hinrichtung der Studentenführer an, aber das Rad der Geschichte drehte sich einfach weiter ...

Im Übrigen gab es auch im August 1968 Tote – im Grunde nur aus Versehen von den Befreiern erschossen, aber gleichzeitig diente es zur Abschreckung. Bewirkte ihr Tod etwas? Rüttelte er die anderen zum Widerstand auf? Aber woher denn.

Wisst ihr, die geschichtlichen Ereignisse benötigen ein paar Blutstropfen. Ich verkneife mir so leicht verständliche Metaphern wie von Öl und Räderwerk. Ich selbst habe keine Uhr im Turm und auch nicht die Absicht, mich auf diese Weise vor der Loreta mit ihrem Glockenspiel zu verbeugen. Sagen wir trotzdem, dass dieses Blut so notwendig ist wie Öl, mit dem man Degen reinigt, damit sie nicht rosten. Oder anders – Blut braucht es bei einem Fechtkampf immer, weil erst das Blut entscheidet, wer Sieger und wer Verlierer ist.

Also, Blut ist in Ordnung. Aber es ist nicht normal, dass nur die Sieger bluten.

Die Ministeriumsleitung war von der unvollständigen Nachricht ähnlich nervös geworden wie die Kollegen auf den unteren Stufen, nur versuchten sie dem Ganzen etwas mehr Stabskultur angedeihen zu lassen. Der Minister beschloss unverzüglich, dass die sowjetische Botschaft und das Zentralkomitee der Kommunistischen Partei der Tschechoslowakei zu konsultieren seien. Was ein Routineschritt war.

Von den Informationen, die sie zurückbekamen, ließ sich das nicht mehr sagen.

»Wie? Sie haben keinen Standpunkt? Sie lehnen es ab, Stellung zu beziehen?«, wunderte sich der Minister am Telefon, als ihm einer der Direktoren das berichtete.
...
»Aha, also sie weigern sich nicht? Aber was haben sie denn gesagt?«
...
»Wirklich? Das kommt mir bei den Sowjets ungewöhnlich vor, dass sie so um den heißen Brei herumreden ... Was denken Sie, sollte ich den sowjetischen Botschafter zu mir bitten?«
...
»Sie haben doch direkt mit ihm gesprochen, das haben Sie wirklich gesagt. Was kann das Ihrer Meinung nach denn alles bedeuten?«
...
»Wie, sie lassen die Finger davon? Wollen Sie sagen, dass die uns damit allein lassen wollen?«
...
»Ich verstehe, dass Sie das mit Ihren eigenen Worten interpretieren, aber was haben die denn wirklich gesagt?«
...
»Unsere Angelegenheit? Wie kann denn das nur unsere Angelegenheit sein? Das betrifft doch auch die anderen sozialistischen Länder. Mindestens!«
...
»Ich weiß natürlich, dass es bei denen gewisse, hm, Veränderungen gab. Ich lese unsere Nachrichten. Ich verstehe nur nicht, worauf Sie hinaus wollen. Ich hoffe, Sie wollen mir nicht sagen, dass bei uns Studenten auf der Straße über Veränderungen entscheiden sollten?«
...

»Aber so etwas können die Sowjets doch nicht einmal denken!«

Der Direktor auf der anderen Seite machte sich an eine umfangreichere Erklärung, die den Minister zwar nicht mehr aufregte, aber auch nicht beruhigte. Im Zentralkomitee rief er selbst an, hörte sich irgendwelche Reden an, die offensichtlich nicht sehr viel Sinn ergaben, denn er ließ es bald sein, konkretisierende Nachfragen zu stellen. Und als er das Gespräch beendet hatte, saß er da und starrte vor sich hin. Er stand vom Tisch auf, trat ans Fenster und schaute so wie schon eine Reihe seiner Vorgänger auf den Parkplatz, in die Loretogasse und auf die Burgumrisse. Sein Schweigen umfasste zweifellos die Frage, was er tun sollte – gerichtet war sie an die Stadt unter ihm.

Hier oben, in dem Stadtviertel, das der größte Palast Prags dominierte, herrschte Ruhe. Keine Demonstrationen, keine Flugblätter, weil die Ordnung erhalten geblieben war. Darauf achtete ich. Die Kollegen waren so aufgeregt, dass ich ahnte, dass sich die Situation in der Stadt nicht beruhigte, ganz im Gegenteil. Die Nachrichten in den Zeitungen wurden umfangreicher. Einige Mitarbeiter wagten es, auf irgendwie hausbackene Art vervielfältigte Flugblätter mitzubringen, aus denen sie den anderen Informationen vorlasen, Behauptungen, Aufrufe. Ich kann Nuancen und Zwischentöne unterscheiden, schließlich bin ich ein Profi. Also wusste ich, was sich geändert hatte. Sie flüsterten sich die Neuigkeiten nicht mehr zu. Ich will nicht behaupten, dass sie rumbrüllten, aber etwas mehr Stimme war schon im Einsatz.

Als ich begriff, wo diese Bande von Amateuren ihren Sitz hatte, diese Gemeinschaft von wandernden Fechtern, die höchstens für ein paar kleine Münzen auf der Kirmes kämpfen könnten, staunte ich. Wie bitte, die Laterna magika?

Kann ein Ort nach einem illusionistischen Gerät benannt sein?

(Kennen wir, natürlich kennen wir es; wir wissen sehr gut, was das ist, noch aus den Zeiten, als die Laterna magica zur Unterhaltung der kleinen Černíns diente.)

Wenn ich könnte, würde ich den Kopf schütteln. Wollen wir hier etwa Theater spielen, oder was? Kann die LATERNA MAGIKA etwa ein Gegenspieler zum PALAST sein?

Dann hörte ich wieder geflüsterte Informationen, aber da spitzte ich die Ohren. In Momenten, in denen alle laut reden, ist es eine strategische Überlegung, denen zuzuhören, die leiser werden. Es waren die jungen, progressiven Kollegen, die etwas verabredeten, und sie benutzten diese Worte.

»Laterna magika.«

Und allmählich begriff ich.

Sie wollten dort hingehen, natürlich nach der Arbeitszeit, und »Kontakte knüpfen«. Daran wäre nichts Besonderes, Parlamentäre kennt jede Zeit. Sie knüpfen ein weißes Tuch an die Schwertspitze und gehen hinaus, den feindlichen Linien entgegen. Sie gehen leicht, schreiten frisch aus, denn sie müssen zu erkennen geben, dass sie an ihre Unantastbarkeit glauben. Manchmal wird auf sie geschossen, manchmal nicht.

Die Kollegen planten offensichtlich eine ähnliche Aktion und ich wartete so halb, wann sie ihre Taschentücher ausbreiten würden. Aber zu so etwas kam es nicht. Die verabredeten nicht einmal, welche Botschaft sie der anderen Seite überbringen sollten. Entsetzt und ungläubig musste ich mir eingestehen, dass sie ohne Auftrag, ohne

Wissen der Vorgesetzten mit dem Feind verhandeln wollten. Kurz gesagt, auf eigene Faust.

Ich gebe zu, dass so etwas passieren kann. Schließlich kann zwischen einem Helden und einem Verräter nur eine dünne Membrane sein, eine manchmal ganz durchlässige. Das hängt vom Resultat ab.

Als ich die Betreffenden am nächsten Tag auf dem Gang sah, sahen sie ganz ruhig und zufrieden aus. Ich schaute mir ihre zu Boden gerichteten steifen Amtsgesichter näher an und streifte gedanklich das normale Maß an Verstellung davon ab, und siehe da – sie strahlten vor Glück. Die Verbindung war also hergestellt. Ich verstand nur nicht, wer mit wem in Kontakt sein sollte. Und es freute mich auch nicht, dass das offensichtlich ohne Wissen der Vorgesetzten geschah. Allerdings musste ich auf der anderen Seite den Mut der Kollegen bewundern, die sich an so einen riskanten Ausfall wagten, bei dem sie alles verlieren konnten – oder etwas gewinnen, wovon sie aber wahrscheinlich keine konkretere Vorstellung hatten. Oder hatten sie eine? Sahen sie sich auf Direktorenposten, weil man die Mitarbeiter wieder nach ihren Haltungen durchsieben würde?

Ein paar Tage später strahlten ihre Gesichter nichts mehr aus. In die Laterna magika gingen sie auch weiterhin, aber die Verbindung schien sehr einseitig zu sein. Ihre Informationen wurden anscheinend angenommen, aber sie waren eben nur Informanten und nichts weiter. Ich glaube, dass sie nicht einmal Zeit hatten, ihre Enttäuschung ordentlich zu durchleben, weil die Geschichte sie überholte. Die hatte in diesen Tagen tatsächlich ein imposantes Tempo aufgenommen.

Die Dinge liefen aber nicht so glatt. Das begriff ich, als ich mir ein Gespräch von älteren, erfahreneren Kollegen anhörte. Sie sprachen energisch, lakonisch über die Entwicklung. »Václavík lässt keine Revolution zu«, meinte einer von ihnen. Weil eine Debatte über die Anzahl der Soldaten der Tschechoslowakischen Volksarmee folgte, begriff ich auch, um wen es sich handelte. Aus dem Ton schloss ich gleichzeitig, dass, was den Verteidigungsminister Milán Václavík anging, der Wunsch der Vater des Gedankens sein konnte.

Die Kollegen berichteten ganz sachlich von Panzern, die vor Prag auf ihren Einsatz warteten; von Jagdflugzeugen, die niedrig über die Demonstrationen auf der Letná-Ebene hinwegfliegen und so eine Massenpanik auslösen würden. Sie sprachen außerdem über den Kommandeur Zdeněk Zbytek mit seiner Panzerdivision, in den sie offensichtlich größere Hoffnungen legten als in Václavík. Ihre Stimmen klangen kalt, unbeteiligt, als analysierten sie die Situation in irgendeinem anderen Land. Echte Profis.

Nun, es verlangte etwas Mut und Zivilcourage, sich nach diesen düsteren Voraussagen der Demonstration anzuschließen. Ich blieb aber nicht abseits stehen. Ich machte der Geschichte den Weg frei und ließ die Demonstranten an mir vorbei in Richtung Letná-Ebene, wodurch ich mich auf die Seite der Sieger stellte. Wisst ihr, es ist keine Schande, seinen Standpunkt zu ändern. Und ich gesellte mich einfach der Seite zu, die noch schneller zu siegen begann, als sie sich selbst bewusst machte.

Nach und nach konnte ich mir ein klares Bild von den Ereignissen auf der Nationalstraße machen. Wie sich nach der Zeit der anfänglichen Desinformationen herausstellte, waren die Studenten unbewaffnet. Zuvor war behauptet worden, sie hätten Metallstangen und Pflastersteine gegen die Angehörigen der Öffentlichen Sicherheit benutzt. Meine Herren, überlegte ich mir da. Das macht man doch nicht. Militärisch jemanden angreifen, der nichts hat, womit er sich verteidigen könnte, das ist professionell ehrlos. Und Plexiglasschilde mit Gummiknüppeln sind gegen Gerüstrohre eine wirklich samtene Ausrüstung! Ich weiß, was Gerüstrohre sind – und wie oft ich einen Umbau erlebte, will sagen Rekonstruktion meiner Fassade ...

Das haben wir doch schon geklärt! Ein Zweikampf kann nur stattfinden, wenn beide Seiten bewaffnet sind ...

Also allein wegen dieser offenkundigen Verletzung der Regeln musste die ganze Angelegenheit untersucht werden. Nicht, dass verspätete Gerichtsprozesse etwas am Duellergebnis ändern könnten. Am Ergebnis war nicht zu rütteln. Aber die Ehre eines erfahrenen Fechters gestattete mir nicht, die ganze Sache einfach abzuhaken; und ich denke, dass eine Menge Leute so fühlten (inklusive einiger Kollegen).

Ich hatte nicht die Absicht, den Zweikampf von der Nationalstraße zu wiederholen, allmählich wurde mir aber klar, dass ich sogar ein Akteur in seiner Fortsetzung wurde; ich hatte mich zu der Schlacht dazugesellt, die man für die nächste Runde halten konnte.

Ich wiederhole, dass sowohl ein Zweikampf als auch eine Schlacht das Vorhandensein von Waffen auf beiden Seiten voraussetzen, ansonsten haben wir es nur mit einem bloßen Massaker zu tun ... Nun, es zeigte sich, dass die Studenten nicht bewaffnet waren.

Aber ich wurde Zeuge einer eigenartigen Erscheinung. Im Unterschied zu den Jahren 1968, 1948 und 1939 wanderten diese Nichtbewaffneten nicht ins Konzentrationslager, ins Gefängnis oder auch an die Wand, ja noch nicht einmal vor eine Untersuchungskommission. Sie wurden nicht zu den moralischen Siegern im Lager der Besiegten. Diesmal passierte etwas von Grund auf anderes. Sie verleugneten alle Grundsätze eines Waffengangs, indem sie sich mit leeren Händen in den Zweikampf warfen; und der überraschte Gegner begann zurückzuweichen.

Am 3. November wurde die neue Regierung ernannt, von zwanzig Ministern waren noch fünfzehn Kommunisten. Ich hielt nach meinem neuen Herrn Minister Ausschau, aber ich sollte keinen bekommen. Der schon gut bekannte, bisherige Minister Johanes kam in die Regierung. Die allgemein anerkannte Forderung der Zeit war aber, dass die Kommunistische Partei ihre konstitutionell festgelegte führende Rolle verlor. Wieder wurde demonstriert, wieder wurden immaterielle Degen gezogen – die Kräfteverhältnisse waren aber schon verändert. So deutlich, als wäre niemand auf der anderen Seite. Es wiederholte sich der Zweikampf mit dem unbewaffneten Fechter; diesmal aber fehlten die Waffen denen, die sie im Grunde haben sollten, weil sie nur die Waffenkammer hätten öffnen müssen ...

In der nächsten, am 10. Dezember ernannten Regierung waren von 21 Ministern nur noch zehn Kommunisten (von denen einige schnell ihre Legitimation zurückgaben). Diese Regierung rief schon eindeutig Begeisterung hervor – und auch in den Büros und den Gängen des Palasts war man eher beruhigt als aufgeregt. Schließlich war das nur eine neue Regierung – wenigstens drohte nicht mehr, dass die Menge in den Palast stürmt und anfängt, alle Akten auf den Platz zu werfen. Das hätte ein unverzeihliches Chaos hervorgerufen, mit dem sich dann nicht einmal mehr die Aktenabteilung zu helfen gewusst hätte.

Das Ganze wurde »Regierung der nationalen Verständigung« genannt. Ein schöner Terminus. So ein versöhnlicher, dachte ich. Aber wir wollen doch Revolution machen, oder nicht? »Verständigung« ist eine schöne Sache, aber die politische Macht gewinnst du so nicht. Mich jedenfalls sprach diese Losung nicht besonders an.

Im Übrigen landeten diese Initiativ-Kollegen, die regelmäßig in die Laterna magika gingen, auch nicht auf den Direktorenposten. Also hatte auch die »Verständigung« ihre Grenzen. Nichtsdestotrotz …

Wie wird er sein, fragte ich mich. Ich hatte natürlich eine gewisse Vorstellung, hatte ich doch eine ganze Reihe Revolutionäre aus der ganzen Welt gesehen. Sie starrten mich von den Fotos in ausländischen Zeitungen an, die die Botschaften in die Zentrale schickten. Und ich lernte die Herren Radikalen persönlich kennen, wenn sie zu Verhandlungen in den Palast kamen.

Am meisten blieben mir die Kubaner im Gedächtnis, damals in den 70er Jahren. Diese Haare! Diese Bärte! Die sahen eher wie Priester einer radikalen Sekte aus! (Die hätten es mir gegeben!) Und was für Kerle das waren! Wie sie sich in den Felduniformen hielten und wie sie die Konferenzräume mit ihren Zigarren vollduftenen … das war nicht umsonst. Ich glaube, ich erkannte in ihnen das Blut der spanischen Hidalgos, und das rief verständlicherweise Erinnerungen an Humprecht Jan und seine Familie wach. Kurz gesagt, betraten sie den Raum und ihre Autorität war nicht zu übersehen. So war das.

Und dass sie die klassenlose Gesellschaft ausriefen? Wisst ihr, ich habe schon so viele politische Losungen gehört … immer wieder kommt eine politische Mode, danach wieder eine andere … Ich bin vor allem ein Befürworter großer, mächtiger und stabiler Staatenbünde. Im selben Sinne, wie große Paläste kleineren Gebäuden übergeordnet sind. Kein Wunder, dass gerade Paläste Regierungsdienststellen werden. Das ist doch einfach natürlich, nicht wahr? Und ein Palast braucht seinen Herrn!

Deswegen war ich doppelt so neugierig auf den neuen Minister.

Nun, einen Bart hatte er. Aber nur so etwas wie einen Schnauzbart. Eine lange Haarsträhne fiel ihm in die Stirn, das war nicht schlecht, aber von einem Revolutionär war das in meiner Vorstellung weit entfernt. (Verglichen mit den Kubanern …) Außerdem – er gab keine Befehle. Er sah sich nicht argwöhnisch um, betrachtete die Ministeriumsmitarbeiter nicht von oben herab. Mir wurde eigentlich nur wegen der halblauten Fragen, mit denen sich seine Gruppe an ihn wandte, klar, wer das war.

Das war aber ein Antritt, das kann ich euch sagen! Sie standen fast entschuldigend an der Pforte herum, als warteten sie, ob sich ihrer überhaupt jemand annimmt. Und dieser Aufputz! Diese Pullover und Winterschuhe bis über die Knöchel und mit lächerlichen Reißverschlüssen an der Seite! Im besten Falle schlotternde Mäntel, im schlimmsten Sportjacken. Und diese seltsamen Schultertaschen … Kurz, das war ein Häufchen, sehr traurig anzusehen.

Verständlicherweise fanden sich Kollegen, die gerade jetzt unbedingt den Korridor entlanggehen mussten, der am Diensteingang vorbeiführte, um sich die neuen Herren anzusehen.

Ich glaube, sie fühlten dasselbe wie ich.

Ich hatte fast Mitleid mit ihnen.

(In den nächsten Tagen hörte ich ziemlich viele aufgeregte Gespräche in den Gängen und den Büros! Und alle hatten sie nur ein Thema – wann die Entlassungen beginnen würden. Die Optimisten, die behaupteten, auch im neuen Regime würde das Außenministerium Fachleute brauchen, waren bedenklich in der Unterzahl. Ein gewisser Kollege drückte die vorherrschende Meinung zwar vulgär, aber treffend aus. Er erklärte, im Ministerium würde »der Anschiss jetzt in jeder Ecke lauern«. Das verbitte ich mir, war meine erste Reaktion. Meine Ecken waren ganz in Ordnung. Ich lebte aber schon lange genug in Böhmen, um zu begreifen, worum es ging und warum er gerade in diesem Tonfall sprach. – Die Leute hatten einfach Angst.)

Als unordentliche kleine Herde ließen sich die neuen Herren in die Ministerbüros geleiten und ihr Anführer ging noch nicht einmal an der Spitze. Auf dem Weg unterhielten sie sich, blieben stehen, immerzu blieb jemand zurück und schaute sich das Interieur an. Ich glaube, dass die Kollegen, die sie begleiteten, in den Vorzimmern des *piano nobile* aufatmeten.

Und das erste Treffen des neuen Ministers mit dem alten?

Minister Johanes kam seinem Nachfolger entgegen. Kaum hatten sie sich die Hand gegeben, machte er eine vorsichtige Vierteldrehung und winkte zum Tisch. Dort lagen die Schlüssel bereit und die Übergabeprotokolle, weiter war da gar nichts auf der Tischplatte. Sie glänzte matt in der Dezembersonne, die in einem so spitzen Winkel hereindrang, dass sie die Aufgeräumtheit noch betonte. Eine genauso perfekte Ordnung – eher eigentlich Leere – herrschte in den Regalschränken entlang der Wände.

»Das habe ich Ihnen schön vorbereitet«, lächelte der Minister Johanes den Minister Jiří Dienstbier wie ein jüngerer Beamter einen höhergestellten Kollegen an.

Der Minister Dienstbier lächelte auch, aber irgendwie menschlich, er versuchte überhaupt nicht, die angebotene Demut dadurch zu bewerten, dass er in einer kühlen Geste Verständnis andeutete, oder dass er sich im Gegenteil ablehnend verhielt (wodurch seine Autorität nur gewachsen wäre).

»Na, dann kritzeln wir mal unsere Unterschrift aufs Protokoll, oder?«, fragte er den Minister Johanes.

»Ja, das müssen wir. Und ... Herr Minister ... was wird jetzt aus mir?«

Minister Dienstbier hob den Kopf vom Protokoll und sah sein Gefolge an, das bislang an der Tür herumstand.

»Nach dem Arbeitsgesetzbuch, oder?«, schlug einer von ihnen murmelnd vor.

»Nach dem Arbeitsgesetzbuch«, sagte Dienstbier zu Johanes.

»Und wo soll ich mich, bitte, hinsetzen?«

»Gibt es hier im Ministerium keinen ... hm, Betriebsleiter, der Ihnen ein Büro zuweist?«

»Die Behörde hat natürlich eine entsprechende Abteilung, aber der muss jemand die Anweisung geben.«

»Na gut, dann weise ich also an, dass Sie Ihr Plätzchen bekommen«, gab sich Dienstbier belustigt und drehte sich zu seinen Kumpanen um, als erwartete er, dass sie loslachten.

»Ich danke Ihnen für Ihre Entscheidung, aber Sie müssen sie den Untergebenen mitteilen.«

»Aha.«

»Vielleicht reicht ein ... Hinweis ans Sekretariat.«

»Hm ... können Sie das selbst ausrichten? In meinem Namen?«

»Aber natürlich, Herr Minister! Ich bin froh, dass wir uns verständigen konnten. Ich bringe Ihnen das unverzüglich zur Unterschrift. Und jetzt bitte ich Sie nach nebenan, wo schon die leitenden Ministeriumsangestellten warten.«

Der Minister Dienstbier setzte sich in die bezeichnete Richtung in Bewegung und ich musste anerkennen, dass das jetzt schon etwas anders aussah. Weniger zaudernd, auch gestreckt hatte er sich etwas. Ich wusste gut, was sich abspielte. Kaum hatte er die erste Entscheidung getroffen, begann sich seine Autorität aufzublasen und seine Macht an Gewicht zu gewinnen. Das wird am Ende noch, sagte ich mir erfreut. Mir kam es so vor, als hätte das nachlässig gekleidete Häufchen in seinem Rücken diese Veränderung bemerkt. Es war zu sehen, dass sie zögerten, ob die Einladung auch für sie galt.

»Kommt auch!«, winkte der Minister Dienstbier ihnen zu und schlüpfte wieder in seine alte Rolle. Sicher nur vorübergehend, wie ich mir fast sicher war.

Dort standen sie im Halbkreis. Sie schauten ernst, versuchten aber gleichzeitig entgegenkommend zu wirken. Mit uns könnt ihr euch einigen, wenn ihr seriös verhandelt, deuteten ihre Gesichter an. Wir garantieren Seriosität, weil wir Profis sind, ohne die ihr nicht auskommt, fügten sie präzisierend hinzu. Minister Johanes stellte sie Minister Dienstbier vor (es kam zu ein paar angedeuteten Verbeugungen und Händeschütteln) und huschte dann hinaus ins Sekretariat, sicher um sich die Zuweisung eines Büros zu organisieren. Der neue Minister beobachtete seine unmittelbaren Untergebenen mit einem halb freundlichen, halb tückischen Lächeln, das ich erst jetzt richtig einschätzen konnte. Ich sah nämlich, was es in den Direktoren für ein Grausen weckte, weil sie offensichtlich nicht wussten, wie sie es interpretieren sollten. Des Ministers Autorität stieg wieder um etwas an.

Der Stellvertreter wollte anfangen, die Struktur des Ministeriums zu erklären.

»Dann setzen wir uns doch dazu hin, nicht?«, schlug der neue Minister vor, alle nickten erleichtert und begaben sich zu den Stühlen am runden Tisch. Aus der Gruppe des Ministers schaffte es nicht jeder, sich zu setzen; diejenigen, die diese »Reise nach Jerusalem« verloren, mussten sich mit Plätzen an der Wand begnügen (aber es war ihr erster Zusammenstoß, das musste man anerkennen). Die Tür ging ein bisschen auf, und der Kopf der Sekretärin schaute hinein. »Käffchen, Herr Minister?«

»Klar, wir wollen doch hier nicht trocken sitzen. Und für die Herren auch.«

Die leitenden Beamten gaben mit keinem Augenzwinkern zu erkennen, dass die kleine höfliche Geste sie erfreute, aber natürlich begriffen sie, was sie bedeutete. Vorläufig wurde nicht hinausgeworfen. Sie wurden immer noch gebraucht. Es begann eine Beratung, die sich eigentlich nicht besonders von denen unterschied, die noch gestern in demselben Raum abgehalten wurden.

»Herr Minister, jemand sollte Protokoll führen«, schlug der Stellvertreter Dienstbier flüsternd vor.

»Ja?«

»Wir wussten nicht, wie sich die Situation entwickeln würde, deshalb haben wir keinen Sekretär hinzugebeten ...«

»Jirka, machst du das?«

Der Angesprochene begann in den Taschen seiner Jeans nach einem Stift zu fischen, bekam nachsichtig von einem der Direktoren einen Füllfederhalter geliehen und beugte sich unsicher über die Rückseite eines Flugblatts, das ihm einer seiner Gefährten gereicht hatte. Es war zu sehen, dass er recht zögerlich an das erste Protokoll seines Lebens ging. »Ich kann Ihnen später damit etwas helfen«, zwinkerte ihm verschwörerisch einer der Direktoren zu, womit er ein paar Spielpunkte gewann, wie er glaubte. Und dann nahm die Beratung ihren Verlauf.

Erfreut sah ich, dass die Kontinuität unseres auswärtigen Dienstes gewahrt bleiben würde, was das Ziel war, um das es uns bestimmt allen ging. Der neue Minister und seine Leute stellten fest, dass sie nicht gut alle Kollegen in der Zentrale entlassen und aus den Botschaften abziehen konnten, weil es niemanden gäbe, der sie ersetzen würde. Woher hätte man so viele neue Fachleute nehmen sollen? Aus den schnellen, genauen Antworten der Stellvertreter und Direktoren, aus den umgehend hergereichten Unterlagen erhielten sie bald den Eindruck, sie seien von lauter Experten umgeben. Es erschreckte sie etwas, diese perfekt funktionierenden Behördenabläufe zu beobachten. Und gleichzeitig faszinierte es sie, weil ihnen bewusst war, was für fremdartige Elemente sie dazwischen waren. (Was ich begrüße, weil erst, wenn sich ein Fechter seine Schwachstellen eingesteht, er sich erfolgreich verteidigen kann. Und erst dann kann er auch einen Ausfall wagen ...) Für sich selbst formulierten sie die Aufgabe so, dass jeder, der an einer Zusammenarbeit interessiert war und sich in der Vergangenheit nichts Grundsätzliches zu Schulden kommen ließ – wie zum Beispiel eine Arbeit als Agent –, weitermachen konnte. Es stellte sich heraus, dass praktisch alle mitarbeiten wollten.

Im Übrigen wäre ich zu den Kundschaftern nicht so streng gewesen. Es waren Fachleute wie alle anderen, und wer sagt, dass sie Schwierigkeiten mit der Loyalität dem neuen Regime gegenüber hätten? Außerdem ist ein Diplomat immer in einer Lage, in der er auf irgendeine, vielleicht nicht immer ganz saubere Art bestimmte Informationen feststellen muss ... Und der Unterschied, ob er sie bei einem scheinbar unverbindlichen Gespräch aus der Gegenseite herauskitzelt, oder ob er die durchdachten Methoden der Geheimdienste nutzt, muss gar nicht so groß sein. Ich hätte mir die Kundschafter ja gelassen. Aber jeder Herr des Černín hat natürlich das Recht, über das Personal zu entscheiden, das kann man ihm selbstverständlich nicht nehmen.

Der Minister Dienstbier und seine Leute bemühten sich vor allem, die Agenten zu identifizieren.

Und dabei stießen sie auf das erste Beispiel dafür, dass die Mechanismen des Außenministeriums nicht immer unter allen Bedingungen glatt laufen müssen. Es existierte nämlich keine Liste.

Das Ministerium ist in Abteilungen gegliedert – und hatten wir etwa eine Abteilung »Auslandsnachrichtendienst«, »Geheimdienste« oder »Diversion« oder wie auch immer man das nennen soll? Oder wenigstens eine Abteilung, die als Ausrede mit dem nichtssagenden Titel »Abteilung für besondere Angelegenheiten« benannt worden wäre? Nun? Hatten wir nicht! Es existierte also kein Gebilde, das die angeblichen Kundschafter verwaltete. Das ist doch wohl klar. Personalakten in der Personalabteilung, meint ihr? In denen konnten solche Wahrheiten nicht eingetragen werden, weil sie eben geheim waren. Das ist doch wohl auch klar.

Dem Minister Dienstbier und seinem Team kann man eine Sache nicht absprechen: Sie begriffen, wie das Behördensystem funktioniert. Auf der einen Seite ist es durch viele Regeln gebunden – besser gesagt, ist es darauf aufgebaut, ungefähr wie ein Skelett den menschlichen

Körper stützt –, auf der anderen Seite kann es sie abändern (leider fällt mir kein Vergleich mit dem menschlichen Körper ein. Vielleicht, wenn einem Menschen mehr und mehr Zähne anstelle der ausgefallenen wachsen würden ... über diese Anlage verfügen aber nur die Haie, nicht die Menschen).

Eine Sache sind also qualifizierte mündliche und schriftliche Erklärungen, die die Untergebenen in der entsprechenden Zeit ausarbeiten – und eine andere Sache ist der Willen des Herrn Ministers, mit dem er diese Texte ablehnt und neue nach seinen eigenen Vorstellungen verlangt.

Wille, Energie, Macht – ansonsten dienstliche Unterordnung –, das sind Blut und Lymphe des Ministerialkörpers!

Also nach einigen energischen Ablehnungen, die erst schriftlich und dann auch mündlich mitgeteilt wurden (die Kollegen verließen das Arbeitszimmer des Herrn Ministers mit blassen Gesichtern, aber in der Tiefe des Herzens erfreut durch die eindeutige Anordnung, denn am meisten fürchteten sie, wovor auch ich Angst hatte – ein Herrschaftsvakuum, das ihre Konkurrenten ausnutzen könnten), war die Liste auf der Welt. Im auswärtigen Dienst arbeiteten also 168 Geheimdienstmitarbeiter.

Mir schien das eine schöne Zahl zu sein. Unsere Interessen wurden gut geschützt! Vor wem? Na vor dem feindlichen, westlichen Lager, das in seinen destruktiven Ausfällen gegen das sozialistische Lager des Friedens und des Fortschritts nicht nachließ ... Verzeiht. Ich habe mich etwas hinreißen lassen. Der Herr Minister hatte eine andere Meinung als ich, was ich völlig respektiere ... sodass diese Leute nach und nach entlassen wurden.

Damit Vertreter verschiedener ausländischer Firmen aus ihnen werden konnten. Fehlten sie uns denn später nicht ein bisschen, als wir uns um die Unterstützung des Exports bemühten? – Na gut. Ich bin ja schon still.

Der neue Minister verweilte nicht sehr lange in seinem Büro. Kaum war die erste Beratung zu Ende, kehrte er dorthin zurück ... setzte sich aber nicht einmal hin. Er lief das Büro ab, als suche er etwas. Er nahm Witterung auf, als sei er sich nicht sicher, um was für einen Geruch es sich handelte. Er öffnete die Fenster. Das half offensichtlich nicht, denn er schloss sie wieder.

Schließlich lief er rasch hinaus, wo er einen kleineren Aufruhr unter den Sekretärinnen verursachte. Sie dachten, die Anspannung der Anfangsszenen läge hinter ihnen und sie könnten jetzt ungestört ihre ersten Eindrücke besprechen. Dass der Herr Minister anders als telefonisch mit ihnen kommunizieren würde, erwarteten sie nicht.

»Ist das das originale Büro Masaryks?«

»Entschuldigen Sie, wir wissen leider nicht, dass hier einmal ...«, wagte sich die Älteste unter dem zustimmenden Nicken der anderen.

»Er muss doch hier ein Büro gehabt haben, nicht?«

Wieder verlegenes Achselzucken.

»War er nicht eher in Lány? Wissen Sie, ich komme aus der Gegend von Kladno, und so ...«, beeilte sich eine andere Sekretärin zu erklären, warum sie etwas über Masaryk wusste.

»Ich meine Jan Masaryk. Den Außenminister.«

Klägliche Blicke und verstärktes Lächeln dienten als Mittel der Selbstverteidigung.

»Also noch einmal anders – ist das das ursprüngliche Büro des Außenministers? Wird seit dem Zweiten Weltkrieg immer dasselbe benutzt? – Stellen Sie mir das bitte fest.«

Ich musste lächeln. Die einfachsten Sachen stellt man im Palast manchmal am schwierigsten fest. Ich wusste natürlich, welchen von den Mitarbeitern sie fragen könnten, welcher von den arbeitenden Rentnern etwas wissen könnte, aber ich hatte nicht die Absicht, es dem neuen Minister leichter zu machen. So einen guten Eindruck hatte er auch wieder nicht auf mich gemacht.

Der Minister Dienstbier ging noch ein paar Runden in seinem Büro herum und steckte dann wieder den Kopf hinaus ins Sekretariat. Die nächste Aufgabe war nicht leichter – einen der Berater zu finden, von dem keine der Sekretärinnen wusste, wo er saß. Die Berater (in die sich der verlegene Haufen der Begleiter des Herrn Ministers verwandelt hatte) waren in diesem Moment natürlich bemüht, für sich Büros zu organisieren, und lernten den Behördenbetrieb am eigenen Leibe kennen. Eine Person zu finden, die bislang noch keine Dienstnummer, Büro und keine Telefondurchwahl hatte, war praktisch unmöglich. Bei gutem Willen gelingt aber alles. Und vor gutem Willen strotzten alle Angestellten nur so.

»Ich rieche hier immer noch den Chňoupek!«, riss der neue Minister die Arme hoch, als der Berater in sein Arbeitszimmer kam. Der Mann nickte verstehend. »Rauchen wir eine?«, schlug er vor.

Eine Weile saßen sie schweigend am Konferenztischchen und qualmten.

»Ist das besser?«, fragte er den Minister.

»Das geht einfach nicht weg. Weißt du nicht jemanden, der wissen könnte, wo das Originalarbeitszimmer von Jan Masaryk war?«

»Darf ich telefonieren?«

An den Schreibtisch des Ministers setzte sich also als Erster sein Berater und ich durfte mir Telefongespräche mit oppositionellen Historikern anhören, die zu nichts führten. Jeder bis auf den letzten dachte, der Herr Minister wollte ihnen mittels des Beraters den einen oder anderen Direktorenposten anbieten. Schließlich brachte man irgendwo aus dem Archiv einen Alten herbei, der den Herrn Minister in das Arbeitszimmer brachte, das Teil der Wohnung Jan Masaryks war. Jiří Dienstbier sah sich um, merkte auf – der hinreißende Blick auf die Loreta interessierte ihn gar nicht – nein, besser gesagt witterte er und lächelte dann zufrieden.

Ich konnte ihm nicht verraten, dass Jan Masaryk meistens in seiner Wohnung amtierte, und zwar im Bett.

Die Treppen zur Wohnung Jan Masaryks wurden wieder lebendig, denn es kam ein ständiger Strom von Direktoren, Referenten und Sekretärinnen. Der Aufzug war nämlich viel zu langsam. Es hatte etwas, wenn sie die langen Treppen bezwangen – ich fühlte, wie ihre Achtung vor dem Palast und seiner neuen Führung genauso stieg, wie ihnen das Herz wegen der ungewohnten Anstrengung schneller zu schlagen begann.

Wenn aber der Herr Minister im Material einen Fehler fand, kehrten sie mit wesentlich weniger Begeisterung nach unten zurück. – Sich mit jedem Papier bis auf den Dachboden schleppen müssen …, murrten sie vor sich hin.

Ich kann Dinge beeinflussen. Es genügt, wenn ich mich konzentriere, nachdenke, mich in mich selbst versenke … und dann kann ich einen dieser kleinen Schritte machen, die im Ergebnis die Weiche auf der Behördenstrecke umstellen. Meine wimmelnden Bewohner, meine Beamten versuchten etwas Ähnliches. Und wenn alle an einem Strang ziehen – was tatsächlich eine Ausnahme ist –, können sie auch etwas erreichen. Die sportlichen Leistungen auf der Treppe ins oberste Stockwerk stießen sowohl dem jungen, neu hinzukommenden Blut sauer auf, als auch den Veteranen.

Ich ergänze nur, dass jeder folgende Außenminister sein Arbeitszimmer dann wieder in dem ursprünglichen hatte, wo einst der Minister Chňoupek amtierte.

Nach einigen Wochen tauchte im Büro des Herrn Ministers der ehemalige Minister Johanes auf, der gewissenhaft ins Amt kam, um die ganze Arbeitszeit an dem Tisch abzusitzen, der ihm zugeteilt worden war. Ich wusste, dass ihn ein Gefühl anlockte, das ich damals regelmäßig von den Gesichtern der Kollegen ablesen konnte. Dass sich eigentlich nichts geändert hatte.

Natürlich hatten die Berater des Herrn Ministers ihre Pullover und Jeans abgelegt und sich mit Krawatten etwas feiner gemacht (die ersten bekamen sie bündelweise von einer gewissen Dame geschenkt, einer Kunstliebhaberin, die Jahrzehnte im Ausland verbracht hatte – sie waren von ihrem verstorbenen Ehemann übriggeblieben, einem Finanzexperten). Damit will ich nicht sagen, die Herren um den Herrn Minister herum seien nicht für ihre Funktionen bereit gewesen … aber wir mussten uns an sie gewöhnen und uns aneinander anpassen, das ist ja wohl verständlich. Der Kollege Johanes las die Krawatten an den Beraterhälsen genauso wie ich: Die gehören jetzt schon zu uns.

Der Minister Dienstbier bot dem Gast freundlich einen Sessel an und betrachtete ihn forschend. Das tückische, schlitzohrige Lächeln verließ seine Lippen nicht. Und ich muss sagen, dass es sich als recht wirksame Waffe in einer Welt erwies, in der bis jetzt amtliche Finsternis und Distanziertheit geherrscht hatten. Das Durchschlagende an diesem Ministerlächeln lag darin, dass seine Untergebenen es sich nicht interpretieren konnten.

»Ich wollte Ihnen danken, dass Sie sich des Ministeriums angenommen haben. Die Arbeit wurde nicht unterbrochen, auch wenn die Prioritäten … die ändern sich natürlich, aber ein Profi muss elastisch sein«, erklärte Herr Johanes. Er war noch ein bisschen atemlos vom Treppenaufstieg, arbeitete aber professionell an seinem Atemrhythmus, sodass es ihm gelang, ihn in einen Ausdruck eifrigen Respekts gegenüber dem Höchstgestellten zu verwandeln.

Der Minister beobachtete ihn lächelnd und schwieg.

»Ich bin zu Ihnen gekommen, weil ich gern einen Rat wollte, von Ihnen als meinem Vorgesetzten.«

Dem Minister Dienstbier war klar, dass der Kollege Johanes natürlich seinen unmittelbaren Vorgesetzten hatte; den Direktor der Abteilung, der er zugeordnet worden war, fasste aber den weisen Entschluss, nicht auf den Feinheiten der Hierarchie zu bestehen.

»Darüber, was mit mir wird.« Der Kollege Johanes wartete nicht auf das nächste beredte Schweigen und fuhr fort. »Ich habe mein Leben lang im diplomatischen Dienst gearbeitet, ich denke, ich habe mich bei der Übergabe des Ministeriums bewiesen« – seine Augen glitten über die Tischplatte, die bei weitem nicht mehr in dem unbefleckten Zustand war, in dem er sie verlassen hatte – »und weil Sie mit den führenden Stellen hier im Zentrum wahrscheinlich die Kollegen aus der neueren Generation betrauen wollen, um es einmal so zu sagen« – was klang, als verstehe und lobe er die genannte Herangehensweise –, »wäre es vielleicht am besten, wenn ich hinauskäme.«

»Sie wollen also ins Ausland.«

»Ja. Vor der Pensionierung. Auf irgendeinen Botschafterposten in irgendeinem nicht zu sehr exponierten Land. Ich habe hier einmal eine kleine Liste von Stellen mitgebracht, die frei werden ...«

»Herr Johanes, das können Sie doch nicht ernst meinen?«, wunderte sich der Herr Minister.

»Aber warum denn nicht? Ich knüpfe nur an Ihre eigenen Worte an, dass sie mit allen zusammenarbeiten, die keine schwerwiegenden Verfehlungen aufweisen. Und ich hatte mit dem Geheimdienst wirklich nichts zu tun. Meine bisherige Karriere kann den tschechoslowakischen Interessen im Ausland nur nutzen, natürlich nur, wenn ich nicht in einem der sozialistischen Staaten wäre, also der ehemals sozialistischen.« Die Worte über die Zusammenarbeit mit allen Mitarbeitern ohne größere Schandflecke waren zuletzt in der morgendlichen Leitungssitzung ausgesprochen worden und der Kollege Johanes hatte offensichtlich unverzüglich davon erfahren.

»Ich muss mir das durch den Kopf gehen lassen«, antwortete Minister Dienstbier.

Der Kollege Johanes begriff mit seinem in vielen behördlichen Verhandlungen herausgearbeiteten Gefühl richtig, dass die Audienz beendet war, und schon stand er auf den Beinen.

Als sich die Tür hinter ihm geschlossen hatte, verfiel der Minister in Nachdenken. Ich beobachtete ihn und konnte seine Gedanken lesen. Jetzt, als die Gesichtszüge nicht von der unnatürlich freundlichen Grimasse entstellt waren, ging das leicht.

»Und warum eigentlich nicht?«

In diesem Augenblick wusste ich mit Sicherheit, dass der Herr Minister einer von uns geworden war. (Nun gut, er hatte gewisse Marotten, die mir persönlich nicht ganz angenehm sein mussten. Zum großen Saal sagte er zum Beispiel »Mammutstall«. Das hätte er lassen sollen. Ich selbst stand jedoch über der Sache; lag nicht in diesem Wort auch ein Ausdruck von Respekt?)

Der Kollege Johanes fuhr als Botschaftsrat in die Vertretung nach Ankara, wo er sich aus amtlicher Sicht absolut bewährte.

So wie im Fall der Agenten zeigte der Herr Minister auch in einer anderen Angelegenheit seine Entschlossenheit – beim Abzug der Sowjetarmee aus der Tschechoslowakei. Wisst ihr, ich habe schon eine Reihe Okkupationen erlebt. Die Truppen kommen, was gewöhnlich nicht ohne ein paar Gewalttätigkeiten und Schaden am Besitz abgeht, sie besetzen requirierte Häuser und fangen an, verschiedenste natürliche Beziehungs- und Geschäftsfäden zu knüpfen, die die menschliche Gesellschaft zu einer Gemeinschaft machen. Es finden sich Typen, die mit der Armee Geschäftchen machen – und die wiederum hat immer etwas anzubieten und ist immer an bestimmten Waren interessiert, zum Beispiel an Alkohol –, es finden sich Mädchen, die die natürliche Bitte der Soldaten um etwas menschliche Wärme erhören. Ich würde das nicht dramatisieren. Eine Okkupationsarmee bedeutet außerdem, dass das Land sich unter dem Schutz einer bedeutenderen Macht befindet. Was ist so schlecht am Wort »Stabilität«? Ja, mir werden hier nationale Interessen entgegengehalten. Aber wie viel Böses ihre Durchsetzung schon angerichtet hat …

In jedem Fall verstand ich als loyaler Unterstützer der bestehenden Außenpolitik natürlich, dass der Abtransport der sowjetischen Armee Priorität hatte. Gemeinsam mit den entsprechenden Fachleuten sah ich aber auch die Risiken, die im Übrigen auch schon in den ersten Entwürfen des neuen Vertrags zwischen der Tschechoslowakei und der Sowjetunion über die Stationierung von Truppen angemerkt wurden.

Die diplomatische Sprache mag keine besonders radikalen Lösungen, die internationalen Beziehungen vertragen sie schlecht. Provokative Formulierungen würden zweifellos die tschechoslowakisch-sowjetischen Beziehungen schädigen. Wir mussten zur Kenntnis nehmen, dass ein Abtransport schwerwiegende logistische Probleme bedeutete, weil die Sowjetunion vor die Herausforderung gestellt wurde, wo sie Hunderttausende ihrer Leute unterbringen sollte. (Nicht durch eigene Schuld, gestatte ich mir zu betonen. Wie sollten sie sich auf so etwas ... Unvorstellbares vorbereiten?) Und schließlich, konnten wir uns wirklich sicher sein, dass die westlichen Mächte so eine grundlegende Veränderung im komplizierten Kräftegleichgewicht begrüßen werden? Dass sie mit der Schwächung des tschechoslowakischen militärpolitischen Systems und einer Störung des Gleichgewichts zwischen den Positionen des Warschauer Vertrags und dem Nordatlantikpakt einverstanden sein werden? Als wären die Stimmen in der Tschechoslowakei, die nach einem Ende des Warschauer Vertrags riefen, nicht schon beunruhigend genug! – Mit allen diesen Thesen war ich tief im Herzen einverstanden. Vielleicht waren die Kommentare zum ersten Vertragsentwurf nicht klar genug ausformuliert, aber ich wusste, wie die Kollegen dachten.

Der Vertragsentwurf entstand nur zurückhaltend und wurde dem Herrn Minister erst nach zahlreichen seiner Mahnungen vorgelegt. Er reagierte verhältnismäßig scharf. Er könne nicht verstehen, sagte er, dass im Entwurf die Rückführung nicht einmal erwähnt sei. Und er goss wieder einmal das heiße Blut seiner Autorität in die Amtsapparatsadern – oder besser gesagt tropfte er das kalte Öl der Entscheidung in das Getriebe der Amtswellen – und erreichte so die wiederholte Umarbeitung des Entwurfs, bis er die Form hatte, die er sich wünschte.

Auch wenn ich diesen Eigensinn bewundern konnte, in der Prioritätensetzung stimmten wir einfach nicht überein. Ich war auch nicht einverstanden mit seinem Bemühen, den Warschauer Vertrag aufzulösen. Glaubt mir, ein kleines Land muss immer Bestandteil eines größeren Blocks sein. Ihr habt Österreich-Ungarn zerschlagen, und was hat euch das eingebracht? Zieht ihr daraus wirklich keine Lehren? Aber das Wesen des auswärtigen Dienstes liegt in der Treue zu den gewählten Prioritäten und damals war es offensichtlich, dass die Auflösung des Warschauer Pakts direkt zum sowjetischen Truppenabzug dazugehörte. Ich kam nicht umhin, den Einsatz zu bemerken, ja die Begeisterung, die im Büro des Herrn Ministers und in den Arbeitszimmern seiner Berater sprühte, um entsprechend auf dem Weg zu den niederen Rängen abzunehmen. Trotzdem wurden die übertragenen Aufgaben erledigt. Der Amtsapparat arbeitete fehlerlos wie immer, sodass schließlich eine letzte Sitzung des Warschauer Vertrags in den großen Saal einberufen wurde, mit dem Ziel, ihn aufzulösen.

Ich konnte mich nicht gegen eine gewisse Nostalgie wehren. Was hatte sich nicht alles schon in diesem meinem

Raum, meiner Herzkammer und meinen beiden Lungenflügeln zugleich, abgespielt! Und jetzt sollte ein weiteres historisches Ereignis hier stattfinden; ja, historisch, weil ich mir seiner Bedeutung, wenn auch negativer Art, sicher war.

Mich störte der emotionale Tonfall, der in den Sätzen des Herrn Ministers und seines Teams zu hören war – so eine ausgefuchste Genugtuung, eine Art Siegesbewusstsein. Wer siegte über wen? David über Goliath? Lest euch dieses uralte Grundlagenmaterial bitte ganz durch, obwohl es unchristlich lang ist. Wie viele ähnliche Siege gibt es darin? Ja, sie können vorkommen, aber offensichtlich sind sie die Ausnahme, die die Regel bestätigt.

Darüber hinaus konnte ich nicht den Schatten loswerden, der in den Ecken der Gänge wuchs; der Schatten des Zweifels.

Die letzte Sitzung des Warschauer Vertrags? Das bedeutete, dass keine weitere mehr stattfinden würde? Ergab sich daraus zufällig nicht auch, dass die Außenpolitik dieses Landes irgendwohin an die Peripherie abwanderte und ich mit ihr?

Und dann hängten sie auch noch zur Erinnerung an diesen zweifelhaften Akt eine Gedenktafel auf! (Zwar erst nach zehn Jahren und gegen den berechtigten Widerstand der zuständigen Mitarbeiter, die behaupteten, es gäbe »Gedenktafelüberfluss«, aber schließlich wurde sie durchgesetzt!) Sie ist noch immer da, neben dem Prunkeingang. Eine kleine, geduckte, unsichere Tafel mit einem Schrifttyp, als hätte den ein Stallmeister ausgedacht. – Etwas Untergehendes zu feiern ist genauso, wie das zu bedauern; so sehe ich das.

Der Wechsel des politischen Systems begann in den Straßen und Plätzen, wie die zahlreichen Manifestationen im November und Dezember des Jahres 1989 belegten. Zuerst maß ich dem keine große Bedeutung bei, weil ich wusste, wie Politik professionell gemacht wurde – am Schreibtisch beim Schleifen der Formulierungen; durch Expertengespräche mit den Kollegen in den Konferenzräumen und in den Gängen; durch die Annahme einer ausgewogenen Entscheidung durch den entsprechenden höchsten Vorgesetzten.

Nichtsdestotrotz, als ich sah, wie diese unpolitischen, um nicht zu sagen amateurhaften Methoden zu greifen begannen, musste ich ihnen eine unerwartete Wirksamkeit zugestehen. Teilweise konnte ich die Ereignisse auch beobachten. Ich erinnere mich noch immer an die seltsame Studentendemonstration, die eines Dezemberabends aus der Loretogasse kommend hoch auf die Brandstätte – Pohořelec – ging.

Diese jungen Leute hatten irgendeine bizarre Kombination aus Sport- und Ausgehkleidung an. Diese lächerlichen Strickmützen mit den Skimustern sehe ich noch heute vor mir! Sie hielten sich in einer lebenden Kette an den Händen, sodass sie im ersten Augenblick an Blinde erinnerten, die in einer Reihe dem Ersten hinterherstolperten (der genauso blind sein konnte). Sie hatten wohl auch nur eine einzige tschechoslowakische Fahne, mit der sie auch noch von einer Seite auf die andere wedelten, als wenn ein Junge mit einem Knüppel auf Brennnesseln einschlagen würde. Der Anblick war, kurz gesagt, kläglich. Ihre Losungen konnte ich aber nicht überhören, auch wenn sie genuschelt und unkoordiniert klangen, wie sie sich so von vorn nach hinten durchpflanzten.

»Wir haben leere Hände!« (Na, da habt ihr ja was, womit ihr euch brüsten könnt.)

»Wir sind nicht wie die!« (Was bedeutet, ihr seid schwächer.)
»Wer, wenn nicht wir! Wann, wenn nicht jetzt!«
Erst diese dritte Losung interessierte mich irgendwie besonders. Plötzlich hatte ich keinen ironischen Kommentar mehr zur Hand. Sie begann in mir zu wirken, zu nagen, so wie Wasser aus einer geplatzten Dachrinne unter den Putz läuft und dort das Mauerwerk zerstört...
Gebührte mir nicht auch etwas, was nur ich allein ausführen konnte? Etwas, das auf mich wartete, und was ich die ganzen Jahre versuchte zu vergessen? Worin bestand diese Herausforderung? Natürlich hatte ich sie vor Augen. Gegenüber stand sie. Die unerreichbare, unbeschreibliche, immer wunderschöne und verschlossene Loreta. Wahrscheinlich war es an der Zeit, einen weiteren Versuch zu unternehmen, mich nicht mit einer Niederlage abzufinden. Aus dem bequemen – und also auch feigen? – Schweigen aufzuwachen.
Aber dann gab es da noch eine andere Angelegenheit. Irgendwo tief in mir abgelegt, so wie alte Möbel kunterbunt durcheinander in ungenutzten Räumen gelagert werden. Sie begann aufzutauchen, sich zu Wort zu melden, die Lider zu öffnen, Barrieren zu durchbrechen. Ich musste ein bisschen mit mir selbst kämpfen, weil ich die ganzen Jahre versucht hatte, sie zu vergessen. Was hatte sie ans Licht gerufen? Vielleicht, dass die Studenten nach »Demokratie« riefen? Die hatten wir doch hier mehrere Jahrzehnte, wenn auch eine »Volksdemokratie« ... Nein, das war das Bewusstsein offener Rechnungen, eines nicht unterschriebenen Protokolls, um es so auszudrücken. Und nicht nur das.
Wieder begann ich an den Tod Jan Masaryks zu denken. Die damals übereilt abgeschlossene Untersuchung ließ

mich nicht zweifeln. Sie musste so schnell wie möglich Ergebnisse bringen, so war das einfach. In der stürmischen Zeit mussten wir vom Fleck kommen und nicht den Feinden des Volkes Argumente liefern, mit denen sie es hätten aufhetzen können.

Ich musste trotzdem an die Nacht vom 9. auf den 10. März 1948 denken. Was war damals eigentlich passiert? Was hatte ich gesehen und was nicht? Hätte ich etwas tun können?

Und wieder hörte ich dieses Geflüster. Ähnlich wie ein Rascheln, so wie der Februarwind mit den schrumpeligen, mumifizierten Blättern an den Zweigen spielt. Die Worte, die ich aus der Ferne höre, wurden immer lauter.

»Lieber Černín!«, was eine Anrede ist, auf die ich gern reagiere.

»Wann wachen Sie endlich auf?« Also diese Aufforderung höre ich nie gern, aber gleichzeitig fühle ich, wie der Mut in mir den Kopf hebt und der Wunsch, etwas zu unternehmen. Ich werde wieder zum Kavalier! An meiner Seite hängt der Degen im Bandelier, und ich fürchte mich nicht, ihn zu ziehen. Wozu sonst sollte er dienen, als eine feindliche Klinge zu kreuzen?

»Ich bin bereit, Sie zu schützen, meine Teure«, schicke ich verschleierte Liebesappelle über die Straße.

»Um mich geht es nicht.« Die Loreta klingt etwas ungeduldig, ach verdammt. »Wann erklären Sie sich endlich?«

»Meine Beziehungen zu Ihnen stehen ja wohl außer Zweifel?«

»Davon spreche ich natürlich nicht. Seien Sie doch nicht so ein närrischer junger Mann, Černín.« (Das schmeichelte mir.) »Ich spreche vom Tod Jan Masaryks.« Aha.

Und da wird mir auch schon klar, dass die Sache endlich reif ist. Das ist schließlich eine normale Behördentaktik – verantwortungsbewusst die Akte ablegen, damit einem schicksalhaften Zufall der Raum geöffnet wird, der das Problem von allein erledigen kann. Würde man nicht so vorgehen, kollidierten die Wege des behördlichen Vorgehens und des natürlichen Laufs der Dinge miteinander und es würde Zeit, Geld und Kraft verschwendet. Also geht es um eine überlegte, empfehlenswerte und bewährte Haltung.

»Černín.«

Nicht mehr lieber? Nun gut. Damit kann ich leben. Ich gebe natürlich zu, dass sich hinsichtlich des Todes von Jan Masaryk nichts geklärt hatte. Nach der anfänglichen Ermittlung gab es noch eine am Ende der 60er Jahre, und auch die führte ins Nichts. Ich wunderte mich nicht – nach jener Augustnacht, als mich der Lärm der Frachtflugzeuge bis ins Mark erschütterte, starb sie irgendwie ganz von allein ab.

Jetzt gab es eine neue Gelegenheit. Ich holte Luft, streckte und reckte mich in den Schultern.

»Ich weiß davon und bin bereit, meine Teure.«

»Tatsächlich? Lieber Černín …«

»Sobald die Ermittler kommen, stelle ich mich ihnen vollständig zur Verfügung«, erklärte ich stolz, denn ich meinte mich auf diese Weise unter meine Würde zu begeben, das musste wohl jedem klar sein.

»Ich … ich dachte aber …«

»Was denn, meine Kleine?«

»Dass Sie sich der Ermittlung selbst annehmen. Ich stellte mir vor, wie Sie sich in Ihre Erinnerung vertiefen und …«

»Das schließt sich nicht aus. Das Recht ist aber eine Angelegenheit der Menschen. Wir Paläste haben keinen Zugang dazu.«

»Das meinen Sie doch nicht ernst.«

Und ich rief mir mit jämmerlicher Verspätung, die für einen Fechter schicksalhaft sein kann, die weiteren Epitheta der Litanei, aufgeschrieben in ihrem Kreuzgang, in Erinnerung. Adressiert an die Jungfrau Maria, übertragen auch auf ihren Tempel.

Du Spiegel der Gerechtigkeit. Du Thron der Weisheit.

Sie wartete nicht, bis ich mich erinnerte: »Die ganze Zeit dachte ich, dass gerade Sie ... dass Sie auf der Seite des Rechts stehen ... wer von uns ist denn größer? Wer ist mächtiger?«

»Ich kann den Wahrheitssuchern natürlich erheblich behilflich sein.«

Ich hörte mir ihre stumme Frage an, mit der sie Details verlangte.

»Sie wissen doch. Ich verschiebe eine Seite. Befördere eine Akte von unten in dem Stapel zur Erledigung nach oben. Schließe Türen auf, oder im Gegenteil zu.«

»Aber ... ich kenne natürlich all Ihre Praktiken, weil Sie sie schon Jahrhunderte an mir anzuwenden versuchen – aber Sie wissen doch selbst, dass sie einfach nirgendwohin führten!«

Das war ein Treffer in die Seite. Als wäre sie an mich herangetreten und hätte mir den Dolch unter den Arm gestoßen, dorthin, wo der Brustpanzer ausgeschnitten ist ...

Du Spiegel der Gerechtigkeit, stellte ich mir die Inschrift aus dem Kreuzgang vor.

»Ich ...«, begann ich mich zu verteidigen, aber ich fühlte, wie ich den Boden unter den Füßen verlor und von der Erde aus gegen weitere Hiebe verwirrt mit der Waffe winkte, »ich nahm an, dass wir Freunde sind. Wir verstehen uns doch wie kein anderer. Wir sind Verbündete, mehr noch, wir sind Zwillinge. Die nächsten Geschöpfe«, die Stimme brach mir. Als ich diese meine Hoffnung laut verkündete, klang es sehr zerbrechlich. Fast unwahrscheinlich.

»Gerade deshalb«, bot sie mir die Hand an, damit ich mich wieder erheben konnte.

»Sie schmeicheln mir, wenn Sie mich für einen Schild der Gerechtigkeit halten«, bemerkte ich. »Gott weiß, wie gern ich das wäre. Manchmal habe ich das Gefühl, dass wir Paläste nur eine Schale sind. Eine hohl klingende Kokosnussschale, in der Milch sein sollte. Die Halbkugel einer Laute, die nichts ist ohne Saiten. Eine Glocke, die ohne Klöppel nicht klingt.«

»Ich verstehe Sie sehr gut, Teuerster. Trotzdem müssen wir in uns forschen. Wir sind ja nicht einfach irgendwelche leeren Scheunen.«

(Die offensichtliche Anspielung an die unglücklichen Worte des Kaisers Leopold überstand ich, weil ich mit mir selbst zu tun hatte.)

»Sie kennen vielleicht das Gefühl, lieber Černín, wenn Sie in der Nacht nachdenken, sich in sich selbst versenken, und dann so etwas wie einen Luftzug spüren. So eine geheime Regung, oder eine Art Strom, der sich in Ihrem Inneren sammelt. Das kann ein Gedanke sein oder eine Sehnsucht ...«

»Oder ein Gefühl!«

»Das in jedem Falle. – Es ist etwas, was Sie möchten. An was Sie glauben. Und woran Ihnen etwas liegt.«

»*Precisamente*. Auf mich können Sie sich verlassen!«

»Da sehen Sie. Sie lassen sich doch Ihren Herrn nicht einfach so ermorden. Ich weiß, dass Sie nicht gut die Zeugen verhören können. Aber Sie können eine Sache tun. Zurückgehen. Sich so lange konzentrieren, bis Sie diese Nacht vom 9. auf den 10. März sehen können. Und sich genau erinnern, was damals passierte. Und dann finden Sie einen Weg, es den anderen mitzuteilen. Dann wird die Gelegenheit sein, Akten von unten nach oben zu verschieben. Sie sind doch keine Schale, die man von der Frucht geschält hat. Sie haben einen Schalldeckel und auch die Saiten. Und obwohl Ihre Wände aus schwerem Glockenmetall sind, haben Sie auch ein Herz.«

Ich forschte in mir nach. Ich war mir nicht so ganz sicher. Aber ich musste es versuchen – wie sonst könnte ich beweisen, was ich für die Loreta fühlte?

Du Königin aller Heiligen, sprach ich die Worte der Litanei nach. Ich fühlte sie neben mir, wie sie mit den Instrumenten ihres Martertodes wedelten wie mit Waffen ... Ich hatte Konkurrenten; umso mehr musste ich mich bemühen.

Du Königin der Bekenner. Ja, letzten Endes geht es darum, an was ich glaube.

Du Königin der Märtyrer. Und was ich über den Tod Jan Masaryks ahne.

Es ist wirklich an der Zeit zu beginnen.

Ich muss in mich hineintauchen. Ich kann nicht einmal sagen, dass ich mich wieder erinnern will – denn ich weiß eigentlich gar nicht, was es sein könnte. Ich muss mich in Schichten des Gedächtnisses bis ganz nach unten versenken, in die dunklen Schatten, in denen die Umrisse der Gestalten schwinden und die Taten an Gewicht verlieren. In dieser Nacht bleibe ich wach und werde nach und nach Tausende Gespräche, Schritte in den Gängen, laut in den Konferenzräumen ausgesprochene Worte und halblaut ausgesprochene in den Gängen durchsortieren. Ich werde mich konzentrieren, bis es in meinem Dachgebälk kracht; das Mauerwerk in den Wänden sich noch fester aufeinanderlegt. Vielleicht öffnet sich irgendwo ein Fensterflügel; die Türen bewegen sich in den Angeln. Papiere verschieben sich ein wenig auf dem Tisch, als würde sich ein Durchzug darauflegen.

Ich sinke immer tiefer.

Und dann spüre ich auf einmal die feuchte Luft dieser Märznacht, rauchgesättigt, weil damals noch mit Kohle geheizt wurde. Diese vertraute, halb stinkende, halb wohlriechende Luft der Prager Dunkelheit. Ich bemerke die Stille in den Gängen. Und dann gleich ein Geräusch. Ein Geräusch, das die Schuhe einer eilenden Männergruppe machen.

Sie hören sich anders an als die Halbschuhe der Sekretäre, die sichtbar dahineilen und sich damit das Bewusstsein ihrer eigenen Wichtigkeit bestätigen, oder aber die zögerlich näherkommenden Schuhe der Kollegen, die mit dem Herz in der Hose ihre Unterlagen bringen – vielleicht findet ihr Vorgesetzter ja doch einen Fehler.

Wieder höre ich diesen eiligen, nachdrücklichen Schritt – diese Kerle jagen entschlossen vorwärts und an den Füßen haben sie offensichtlich nicht das entsprechende, perfekt gepflegte Schuhwerk zum Ausgehen, sondern verschiedenartigste, zusammengewürfelte Treter, wobei auch schwere Botten nicht fehlen, wie man sie in der Fabrik trug.

Sie tauschen halblaute, bruchstückhafte Bemerkungen. Insgesamt wirken sie wie eine Gruppe Monteure, die zum Ort einer Störung eilt. Ich nehme ihre Nervosität wahr. Sie wirken, als hätten sie einen gefährlichen Defekt an der Gasleitung vor sich – oder eventuell eine Aufgabe, von der sie nicht wissen, ob sie sie auch bewältigen können.

Wieder rieche ich den Schweiß und die gerauchten Zigaretten.

Und ich bemerke auch die kalte Last, die sie unter der abgetragenen Kleidung begleitet.

Selbstverständlich kann ich Leute erkennen, die bewaffnet sind. Seit Kriegsende hatte sich aber etwas verändert. Damals wurden die Waffen stolz am Koppel getragen, über der Schulter oder über der Brust, manchmal stellten die Wachen sie ans Bein. Sie waren sichtbar – und sie sollten sichtbar sein.

Jetzt war die Zeit der nicht eingestandenen Waffen gekommen.

Die Zeit der Last am Körper, vielsagender Beulen unterm Arm und am Gürtel. Die Kleidungsqualität ging im Verlaufe des Krieges immer weiter bergab – und danach ging die Schussfahrt weiter. Das Verstecken von Waffen unter Sakkos und in Hosen ist der Eleganz nicht gerade förderlich.

Ich spüre einen Hauch von Vaseline, mit der die Waffen gepflegt werden, und wie immer bringt mir das zuerst Erleichterung, als hätte ich ein Ärztekonzil vor mir, auf dessen Fachkenntnisse ich mich verlassen kann.

Aber diese Männer hier sind sich ihrer Mission nicht besonders sicher. Sie beeilen sich, als wollten sie sie so schnell wie möglich hinter sich haben. Oder als ob sie fürchteten, es könne sie dabei jemand überraschen.

Von der Pforte gehen sie durch den Gang in die Ecke des Palasts – dahin, wo der Aufzug ist, der in Jan Masaryks

Wohnung führt. Ist dieser seltsame Besuch vielleicht zu ihm unterwegs? Ungewöhnlich, absolut gegen das Protokoll – und ungehörig. Meine Empörung über diese Dreistigkeit ersetzt ein anderes Gefühl – Angst. Die Männer benutzen den Aufzug nicht, sie gehen zur Treppe. Ein kurzer Augenblick der Erleichterung wird von einer Erkenntnis abgelöst, die immer drückender wird. Sie *können nicht* woanders hin gehen.

In der ersten Etage, im einstigen *piano nobile* des Adelssitzes würden sie nur in die Konferenzsalons kommen, die jetzt still und leer waren. Eventuell könnten sie zum Sekretariat des Herrn Ministers gehen, aber dahin wäre es näher, wenn sie sich im Erdgeschoss zur Treppe auf der gegenüberliegenden Seite wenden würden.

Und diese Männer sind weder Gemäldediebe noch Spione auf der Suche nach Geheimmaterialien. Sie haben keine Säcke, Stricke oder anderes Gerät dabei. Die einzigen Werkzeuge sind die, die sie unter der Kleidung mit ihren verschwitzten Körpern wärmen.

Der Gestank vom Tabakrauch und dem unglaublich beißenden, billigen Kölnischwasser wird auf der Treppe stärker.

Physisch sind sie auch nicht so ganz auf der Höhe, denn irgendjemandem fängt die Lunge an zu pfeifen. Vielleicht ist ihnen der Hals trocken geworden, wie es den Anfängern unter den Beamten passiert, wenn sie zum ersten Mal im *piano nobile* diesen Geruch nach Staub und Reinigungsmitteln wahrnehmen, den die Teppiche ausstrahlen. Auch die Treppe ist tatsächlich mit Teppichen bedeckt, die durch Messingstangen an den Stufen gehalten werden. Dann sind noch ein paar Bemerkungen zu hören; ich erkenne bloß, dass in einer slawischen Sprache gesprochen wird. Ob das Tschechisch ist, kann ich nicht feststellen. Ich weiß nur, dass sie sich der großen Glastür nähern, die sie als einzige noch von den zwei Treppenabsätzen trennt, hinter denen der Gang zur Ministerwohnung liegt. Noch habe ich einen Vorsprung. Die Palastaufgänge sind lang.

Ich versuche, mich auf die Schnappschlösser in der hohen Tür zu konzentrieren. Die gehören schließlich zu den Details, die ich beeinflussen kann. Ich bemühe mich, sie in der Fülle der Einzelheiten, die mein Ganzes bilden, aufzuspüren. Das geht nicht so schnell; wenn ich früher so etwas erreichen wollte, hatte ich eine ganze Nacht dafür. Trotzdem komme ich bis zum Türschnapper. Schon habe ich ihn vor mir, diesen kleinen, geölten, kalten Mechanismus. Ich greife ein – und höre ein Klicken.

Einen Augenblick später sind die Männer an der Tür.

Entsetzt verfolge ich, dass bei einem ein Schlüssel in den Händen auftaucht.

Wie bitte? War all meine Mühe umsonst?

Auch sie sind überrascht. Sie erwarteten keine unabgeschlossene Tür. Sollte ich etwa aus Versehen den Schnapper in die falsche Richtung geschoben haben? Ja natürlich, diese Tür ist ja gewöhnlich abgeschlossen. Ich habe keine Zeit zu bereuen; ich versuche immer noch den Schock zu verarbeiten, dass sie einen Schlüssel haben. Sie dringen durch die Tür. Der Schlüssel verschwindet wieder bei einem in der Tasche.

Ich muss mich konzentrieren. Muss versuchen, den Schnapper in der letzten Tür zu finden, die sie noch vom Schlafzimmer des Ministers trennt. Jan Masaryk schließt sich nämlich nie ein. Aber welche Tür ist es eigentlich? Ins Schlafzimmer gelangt man aus dem Vorzimmer, aber auch aus dem Arbeitszimmer, dem Esszimmer und hintenherum am Bad vorbei. Während ich versuche, zu diesen Riegeln vorzudringen – und mich überwältigt die Verzweiflung, weil es zu viele Ziele sind – überholen mich die Männer. Einen Augenblick habe ich nicht auf sie aufgepasst und schon sind sie auf Zehenspitzen über die Teppiche gekommen und sind an der Tür, die aus dem Vorzimmer ins Schlafzimmer führt.

Ich versuche den Riegel zu schieben, den ich noch nicht gefunden habe.

Dann bemerke ich eine Bewegung im Schlafzimmer. Raschelndes Bettzeug; Verdunklung in Bewegung; veränderliche Geometrie der Schatten. Ich begreife sofort, was vor sich geht. Der Herr Minister hat sich im Bett aufgesetzt. Meine Gedanken sind jetzt mit Vorstellungen beschäftigt, die mich vom Riegel ablenken; vor mir breiten sich die Trajektorien aus, über die Jan Masaryk sich aufmachen kann. Ähnlich überlegt wohl auch er, denn er rutscht aus dem Bett und bewegt sich zur entgegengesetzten Seite. Weg von der Eingangstür mit der Gruppe von Männern davor.

Ins Bad.

Es scheint, dass er sich schon lange überlegt hat, was er jetzt tun wird.

Er tritt ans Fenster und versucht, es zu öffnen. Ich weiß, was meine Pflicht ist, und im Nu leite ich meine Aufmerksamkeit von der Vorzimmertür ins Bad um. Dieses Fenster lässt sich nämlich schwer öffnen, deswegen bleibt es ständig geschlossen. Ich spüre den Druck von Jan Masaryks Armen, er ist schließlich ein sehr großer Mann, wenn auch durch seinen Bauch beschwert; es überrascht mich, welche Kraft er entwickelt. Ich helfe ihm, das Holz knackt und die Fensterflügel schwingen nach innen – wie Arme, die sich zu einer Umarmung ausbreiten.

Ich habe keine Zeit, darüber nachzudenken, was Jan Masaryk jetzt zu unternehmen gedenkt.

Die Wohnungstür fliegt nämlich auf und die Gruppe drängt herein. Es sind weder Räuber noch Spione. Ganz sicher nicht Räuber oder Spione alter Schule. Augenblicklich tasten sie nämlich nach dem Lichtschalter – sie wissen sehr gut, wo er sich befindet. Niemand stößt sich das Schienbein, niemand flucht und niemand macht Witze über ein Zuckerl. Trotzdem ist die Gruppe ständig zu hören, als läge ihnen jetzt vor allem daran, sich selbstbewusst zu geben. Jan Masaryk verliere ich einen Augenblick aus dem Blickfeld. Er rutscht irgendwie heraus, als sei er nicht mehr im Badezimmer. Als sei er nicht mehr im Palast. Das Grüppchen kommt bald zu demselben Schluss. Die Wohnung ist zwar weitläufig, aber ein paar entschlossene Personen haben sie flink abgesucht.

Schon könnten sie aufatmen – aber unter den Kesseln ihres Organismus wird mit Volldampf geheizt, die Kolben in ihren Herzen schlagen fieberhaft ihren Takt. Der Geruch nach Schweiß, Duftwässern und Vaseline ist noch stärker geworden. Sie atmen noch immer aus vollen Lungen, sie strahlen die Wärme von Menschenkörpern in Ekstase aus.

Wo ist Jan Masaryk? Wo schlägt sein Herz? Wo arbeitet seine Lunge?

Seine Hände und Füße sind wahrscheinlich ziemlich kalt geworden, denn das Blut wird wegen des verständlichen Stresses anderswo gebraucht. Der Rest des Körpers ist aber noch warm. Noch ist er aber am Leben. Er muss am Leben sein.

Wieder rufe ich mir den Sims unter den Fenstern der Ministerwohnung ins Bewusstsein – wie lang er ist, wie gerade er ist, wie unerbittlich er vorwärts läuft ... wie ein Festteppich für eine Delegation ... wie eine Abflugbahn für ein Flugzeug ... Warum muss ich daran denken?

Weiter komme ich nicht.

Plötzlich tauche ich an die Oberfläche des Gedächtnisses auf – wieder sehe ich den trüben Morgen vor mir, Jan Masaryk auf dem Innenhof liegend und alle die Gestalten, die zuerst entsetzt bei ihm stehen blieben, und sich dann über ihn beugten und ihn zu untersuchen begannen.

Was aber war in dieser Nacht passiert?

Ich weiß es nicht.

Ich versuche immer wieder in diese tiefste Schicht zu gelangen. Manchmal schaffe ich es bis zu dem Augenblick, in dem die Gruppe vor der großen Glastür auf dem Gang steht. Ein anderes Mal höre ich, wie sie in die Wohnung einfallen.

Weiter ist nichts.

Aus dem Tod von Jan Masaryk wird für mich etwas wie eine Entzündung. Ein Stückchen Haut, von einer Infektion heimgesucht, die nicht heilt. Ich kann nicht aufhören, an den Punkt zu denken, der juckt und schmerzt zugleich. Und taub wird. Es kribbelt wie bei dem Kollegen, dem bei konzentrierter Arbeit das Bein einschlief. Ich war so oft Zeuge von ähnlichen Dingen ... und niemals wäre ich auf die Idee gekommen, dass mir so etwas auch passieren könnte. Ich schaffe es nicht aufzustehen, kann mich nicht strecken, kann mich nicht warmlaufen.

Loretas Gesicht bleibt unverändert. Bis auf einmal.

Das Glockenspiel der Loreta fing an zu spielen. Ich hatte allerdings im Laufe der Jahrhunderte gelernt, es nicht zu beachten. Ich hörte es einfach nicht – jedenfalls wenn es das Marienlied spielte. Aber diesmal spielte es eine andere Melodie!

Da versuchte sich jemand an ein paar Tönen, als wüsste er nicht, welche Komposition er spielen sollte.

Augenblicklich war ich wach und schaute mit allen Fenstern nach unten. War endlich der Augenblick gekommen? Würden wir dort anknüpfen, wo wir aufgehört hatten? (Sofort war mir klar, dass ich genau darauf schon seit Jahren wartete.) Gab mir die Geliebte endlich ein Signal?

In meinem Kopf überschlugen sich die Ideen, wie ich antworten sollte. Die Sirene auf dem Dach konnte ich nicht gut benutzen; das wäre wie auf ein Sonett mit einem Behördenbrief zu antworten; auf eine Rose mit einer Kettensäge; auf ein erhobenes, Ehre erweisendes Rapier mit einer Geschützsalve.

Ich überlegte rasend schnell – und dieser jemand machte sich währenddessen an eine wilde, verwinkelte Melodie, die sich erhob und gleich wieder in den Abgrund der Tonleitern zurückfiel, die nach Gott weiß was für einem Schlüssel zusammengestellt waren.

Ja, unsere Beziehung war nicht gerade harmonisch. Ja, auch ich habe mich schuldig gemacht – durch Kälte, Unverständnis, Vergessen. Musste sie mir das aber so deutlich zeigen?

Ich war mir sicher, dass der Schwarze Ochse über mich lachte, während Drahomíras Säule – schwieg, schwieg wie immer, ohne dass man aus diesem Schweigen etwas entnehmen könnte.

Und dann tauchte in der Laterne des Loreto-Turms eine Figur auf. Sie war dünn, hatte lange, zerzauste schwarze Haare – und einen schwarzen Bart.

Rührung überkam mich. Ich verstand schon, was mir meine Liebe mitteilen wollte.

Diese unglaubliche Figur gegenüber konnte niemand anderes als die heilige Kümmernis aus dem Kreuzgang sein. Die römische Heilige, der mit Gottes Hilfe über Nacht ein Bart wuchs, bevor sie sich mit einem Heiden verheiraten ließ. (Die Hochzeit fand tatsächlich nicht statt, ihr Vater ließ sie dann leider kreuzigen. – Existierten denn damals keine Rasierklingen? Die Römer rasierten sich doch … nein, ich werde nicht wieder meiner schlechten Gewohnheit erliegen und die Dinge zu komplex sehen …)

JA. – Die Loreta war nicht aus eigenem Willen abweisend zu mir. Sie musste ihre eigentlichen Gefühle maskieren, weil sie mit jemand anderem verheiratet werden sollte! Mit einer besseren Partie, als ich es war, ein armer Palast!

Moment mal.

Irgendetwas stimmte hier nicht.

Wieso armer Palast? Ich war noch immer der größte Bau seiner Art in Prag. Und erst recht konnte es nicht um einen unüberwindbaren Widerspruch in der Religion gehen. Wir waren schließlich beide Katholiken. Und wer sollte sie auch verheiraten wollen? Sie hatte doch gar keine »Eltern«, Frau Benigna Kateřina z Lobkowicz war schon ein paar Jahrhunderte tot … Was ging hier vor?

Die behaarte Figur wankte noch eine Weile in der Laterne herum, grinste mich an – aber vielleicht auch die ganze Welt rundum – und zog sich nach unten zurück.

Erst dank eines Gesprächs zweier Kollegen im Büro begriff ich, worum es ging.

»Hast du diese Verhöhnung gehört, die das Glockenspiel da vorgebracht hat?«

»Nein, ich höre das gar nicht mehr.«

»Das hättest du nicht überhört. Weißt du, da ist doch jetzt dieser verrückte amerikanische Rocker in Prag. Dieser Zappa.«

»Der mit den vielen Haaren auf dem Kopf und im Gesicht?«

»Ja genau. Der. Der ist mit Havel befreundet. Dieser Kocáb hat den in die Loreta eingeladen und die haben den da einfach auf dem Glockenspiel spielen lassen. Dabei haben sie den noch gefilmt. Aber das war nichts.«

»Das ist doch klar, auf dem Glockenspiel spielen ist etwas anderes als auf die Gitarre einhauen.«

»Weißt du, dass damals Mozart in der Loreta auf der Orgel gespielt hat?«

»Echt?«

»Ja klar, ich musste einmal eine kubanische Delegation hinführen, als der Stellvertreter Sitzungen hatte, und wir irgendwie die Zeit totschlagen mussten. Das hat der Museumsführer gesagt.«

»Zuerst Mozart und dann so ein Ferkel. Ich verstehe sowieso nicht, dass sowas erlaubt wird ...«

»Ein bisschen Respekt vor dem Kulturerbe sollte erhalten bleiben, nicht wahr?«

»Uns werden wirklich Komödianten und Big-Beat-Leute regieren?«

»Alles Alkoholiker und Junkies, diese Havel-Kumpane.«

»Wir hatten die Sowjets und an deren Stelle kommen jetzt die Amerikaner? Da haben wir wohl ein totalitäres Regime gegens andere eingetauscht?«

»Dabei war nicht alles schlecht. Vor 89 lief das Ministerium wie am Schnürchen, da wurden die Vorschriften eingehalten ... erklär' das mal heute jemandem ...«

»Und es wird immer schlimmer ...«

»Manchmal habe ich das Gefühl, dass dieser Kasten hier verrückt geworden ist.«

»Du musst hier raus, das sag' ich dir doch schon die ganze Zeit. Wie wär's mit DC, hättest du dazu keine Lust?«

»Na ja, die Staaten. Aber wie soll man das einfädeln. Wenn ich doch vorher nur in der SU war und mein Englisch so lala ist ...?«

»Vielleicht irgendwas mit Kultur? Ein schönes Plätzchen zum Abducken. Eine ruhige Kugel schieben. Hey. Sei doch mal ein bisschen aktiv, bring mal was aufs Papier, zum Beispiel wie exzellent Zappa in der Loreta war, schick das rum, also in dem Sinne, dass du Kultur unterstützt. Das könnte auf diese Pullover-Dissidenten doch Eindruck machen.«

»Danke! Und was ist mit dir? Wie sieht 's denn mit Havanna aus?«

»Da drängelt sich, du weißt schon wer. Nur hat er früher, du weißt schon was gemacht. Und das könnte wiederum ich in Umlauf bringen.«

Ich hörte jetzt dem Gespräch nicht mehr zu, das in eine allzu vertraute Richtung abglitt, im Grunde unabhängig von der historischen und gesellschaftlichen Situation. – Wer bitte? Zappa? Die heilige Kümmernis war also ein Mann? – Ich hatte natürlich Erfahrung mit dem Barocktheater, in dem ein Knabe eine Mädchenrolle verkörpern konnte, aber diese Verwechslung verschlug mir den Atem. Die Loreta wollte mir also gar nichts kundtun? Wirklich nicht?

(Und da ahnte ich noch nicht einmal, was ich aus dem Gespräch zweier Wächter aus der Loreta erfahren sollte, die an mir vorbeigingen: Wie Zappa in der dortigen Kirche Christi Geburt beim Anblick der heiligen Agatha, die ihre abgeschlagenen Brüste trägt, strahlte: »Hey, diese Brüste! Die sehen wie Pudding aus!« Gott, was für ein Niveau!)

Eine bewährte Kampftaktik bewahrte mich vor dem Chaos und der Verzweiflung, die sich unter anderem im eigenmächtigen Festklemmen und Lösen von Schnappern im ganzen Palast zeigen würde. Wenn du dich nicht verteidigen kannst, greif an. Wieder versuchte ich, mich auf den Tod des unglücklichen Jan Masaryk zu konzentrieren.

Dabei half mir, dass bald nach dem samtenen Umbruch eine dritte Untersuchung begann. Es erschien ein schweigsames, etwas verlegen wirkendes Team, dessen Mitglieder sich das Fenster im Badezimmer öffnen ließen und mit zusammengekniffenen Lippen hinunterschauten. Sie führten ein paar vage Messungen durch (schon lange war alles abgemessen, eingetragen, bearbeitet). Und verschwanden wieder.

Obwohl, dass alles verarbeitet wäre ... sicher erinnert ihr euch, dass der Fall nach nur einer Stunde Untersuchung den Kriminalisten fort- und von der Staatssicherheit übernommen wurde. Die verhinderte nicht, dass vor dem Fotografieren mit dem Körper manipuliert werden konnte, die meisten Fotografien sind dann verloren gegangen, und die Entfernung des Körpers vom Gebäude wurde nicht festgehalten. Dokumente haben aber die heimtückische Angewohnheit, immer dann aufzutauchen, wenn keiner mehr mit ihnen rechnet. Ich habe so viele selbst ein bisschen verschoben, damit sie ans Licht kommen konnten ... Im Jahr 1968 tauchte so eine Skizze auf, die die Entfernung des Körpers vom Gebäude angab. Ein

Mitglied des Kriminalistenteams hatte sie im Jahr 1948 angefertigt und vor der Staatssicherheit versteckt.

Eine erste Untersuchung in den freien Zeiten wurde in den Jahren 1993–1996 durchgeführt, eine zweite in den Jahren 2001–2003.

Es wurden Nachforschungen angestellt und ich freute mich darauf, der Loreta darüber zu erzählen. Ich schilderte ihr die Gruppen ernster Männer, die im Hof unter dem Badfenster in einem respektvollen Halbkreis herumstanden. Ich beschrieb ihr die Köpfe, wie sie sich aus dem schicksalhaften Fenster beugten. Ich erwähnte einige besonders treffende, mit Respekt vor dem Ernst des Augenblicks ausgesprochene Anmerkungen. Mehr als solche Beobachtungen konnte ich aber nicht anbieten.

Die Schlussfolgerungen stellte mir niemand offiziell vor; will sagen, es gab keinen feierlichen Akt in einem der Salons; hier hätte auch das Foyer zwischen dem Prunkeingang und dem Treppenhaus gepasst, wo damals der Sarg mit den sterblichen Überresten Jan Masaryks stand.

Es gab also nichts Offizielles. Aber es genügte, genau hinzuhören – darin war ich immer gut –, und ich erfuhr, was geschehen sein soll.

Die Ausgangsversionen waren immer dieselben: Unglücksfall, Selbstmord, Mord. Als Schlussfolgerung der Untersuchung von 1948 stand »Selbstmord«. Die Untersuchung in den Jahren 1968–1969 endete mit dem Ergebnis »Selbstmord oder Unglücksfall, mit gleicher Wahrscheinlichkeit«, während »Mord« ausgeschlossen wurde. Die zwei Untersuchungen nach dem Jahr 89 brachten die Schlussfolgerungen »Unglücksfall – Tod durch Absturz vom Sims bei der Flucht vor den Verfolgern« und … »Mord«.

Nun gut, aber – wo ist der Mörder, meine Herren? So kann man doch nicht arbeiten. Wenn bei einem Duell ein Fechter tot ist und der andere irgendwie nicht existiert, kann das wohl nicht mit rechten Dingen zugehen. Für so eine Situation, und ich muss ständig auf diese Metaphern zurückgreifen, würde sich nicht einmal der unsterbliche Marozzo eine entsprechende Figur ausdenken können.

Ich begriff, dass es nötig war, wieder in meine Erinnerungen einzutauchen. Von der anderen Seite des Platzes begann jetzt ein seltsamer Ton zu kommen. Nicht in unseren nächtlichen Unterredungen, wenn sich die Loreta für den Fortgang der Arbeiten in einer Weise interessierte, die ganz einer gebildeten Dame entsprach.

Nein, das war etwas, was ich zuerst nicht identifizieren konnte. Mir bewusst machen. An mich heranlassen.

Bis ich begriff, dass das nichts mit der Melodie von Worten zu tun hatte. Oh, Worte können leise säuseln, als wenn ein Vorhang zusammengeschoben würde – oder die Luft wie eine geschliffene Klinge durchschneiden. Das hier war ein anderer Ton, irgendwo in der Untermalung, irgendwie verschleiert – ein Ton, der sich zwischen den Tonarten bewegte. Und dann hatte ich es. Eine der Glocken aus dem Glockenspiel klang irgendwie seltsam. Ja natürlich, jahrelang hatte ich das Läuten im Grunde nicht gehört, also war es ganz natürlich, eine Änderung zu überhören. (Ich konnte mich gleichzeitig nicht einer gewissen Genugtuung erwehren: Wer weiß, was für ein Hampelmann sie geweiht hatte, und was nützt dir das, du Klimperkasten.) Dann bezähmte ich mich. So ein Satz gehörte eher in den Wortschatz »unserer Leute« in den 50er Jahren. Und vor allem ist Schadenfreude keine Kavalierstugend.

»Teuerste, Sie sollten vielleicht einmal Ihren Glocken zuhören«, schlug ich der Loreta vorsichtig vor.

»Warum denn?« (Ich konnte nicht erkennen, ob sie mir mit dieser Konterfrage etwas andeuten wollte, oder nicht.)

»Es schadet vielleicht nicht, sich einmal die sehr vertraute Melodie in Erinnerung zu rufen ...«

»Ich höre sie schon lange nicht mehr«, gab sie versöhnlich zu. »Wenn Sie nicht an den Strom von Schmeicheleien von Ihrer Seite an meine Adresse denken ...«

»Diesmal nicht ...«

»... die alte Leier.«

»Und haben Sie es sich einmal ordentlich angehört, *cara mia*?«

»Ist es für galante Konversation nicht ein bisschen spät?«

»Die Nachtluft bekommt ihr wundervoll!«, setzte ich einen vielsagenden Hieb wie nach dem Fechterhandbuch ein.

»Ich schätze es, dass Sie nichts vor mir verbergen, was die Untersuchung des Todes von Jan Masaryk betrifft«, wechselte sie plötzlich das Thema. Oh je. Mein unglücklicher Minister. Das arme Mädchen schien ganz besessen von ihm zu sein, sodass sie die Umgebung ganz vergaß. Eingeschlossen einen gewissen feschen Kerl gegenüber.

»Ich sage Ihnen alles«, bestätigte ich gefühlvoll, obwohl ich nicht glaubte, in der Konversation so weiterzukommen.

»Aber trotzdem meine ich: Sollten Sie sich nicht mehr einsetzen?«

Die alte Leier, bemerkte ich, aber ich war klug genug, um zu schweigen.

Dafür kam die Loreta ins Reden: »Können Sie sich wirklich nicht mehr engagieren? Mischen Sie sich mehr in die Untersuchung ein, Sie können doch ein wichtiger Akteur darin sein! Sie sind doch direkt ein Kronzeuge!«

(»Kron-« gefiel mir, das Wort »Zeuge« schon weniger.)

»Seit jener Nacht ist so viel Zeit verflossen, dass ich mich nicht an Details erinnere ...«

»Jetzt reden Sie wie ein unzuverlässiger Zeuge.«

»Sie wissen doch, meine Teure, dass Sie sich immer auf meinen schützenden Arm ...«

»Um Gottes willen, Černín, seien Sie endlich still. Sehen Sie denn nicht, dass es nicht nur um Jan Masaryk geht? Ist Ihnen nie eingefallen, dass es um uns beide geht?«

Nein, ist es nicht.

Sie holte hörbar Luft: »Wie soll ich Sie denn achten, wenn Sie sich nicht einmal der eigenen Vergangenheit stellen können?«

Darauf wusste ich keine Antwort.

»Ich hatte oft das Gefühl«, fuhr sie fort, »dass ich mich zu sehr mit dieser Tragödie beschäftige. Ich habe mir regelrecht vorgeworfen, dass sie mich beherrscht. Anstatt meine Sinne auf die spirituellen Themen zu richten. Mir kam es vor, als würde ich auch Sie vernachlässigen.«

»Aber nein!«, musste ich sagen. Es schien keinen Eindruck auf sie zu machen.

»Nur wurde mir dann bewusst, dass dieser rätselhafte Tod der Schlüssel zu einem anderen Geheimnis ist. Zur versiegelten Kammer unserer Beziehung, teurer Freund.«

Teurer Freund! Hosanna! Ich wollte singen, was mich dazu brachte, ich gebe es zu, ihr nicht mehr zuzuhören.

»Ich kann nicht erkennen, auf wessen Seite Sie stehen. Wünschen Sie sich wirklich, dass Masaryks Ableben aufgeklärt wird? Oder sind Sie immer noch denen gegenüber loyal, denen nichts daran liegt? Und warum lehnen die es wohl ab, dass auf jene düsteren Ereignisse Licht fällt? Wir Tempel und Paläste sind doch Festungen – wir können mit Macht erobert werden, oder wenn jemand ... von innen dem Angreifer die Tür öffnet.«

Endlich wachte ich wieder auf, und das, was ich hörte, ähnelte überhaupt nicht dem erwarteten Ende des Fechtkampfs. Man konnte nicht synchronisiert am Ende eines unblutigen Duells die Spitzen senken und trotzdem einen klaren Sieger und einen Verlierer haben. Im gemeinsamen Anerkennen des Siegers durch beide Duellanten werden auf eine gewisse Art beide zu Siegern ... ich verstricke mich.

»Sie glauben doch nicht, Teuerste, dass ich diese Mörder hineingelassen habe?«

»Mörder? Sehen Sie? Sie wissen wirklich mehr, als Sie bereit sind zuzugeben!«

»Meine Teure, das war nur so ein rhetorischer ...«

»Und woher waren diese Mörder? Von draußen? Also aus der Sowjetunion? Oder waren es Tschechen?«

»Ich dachte, Sie würden die Sache aus einer breiteren Perspektive betrachten ...«

»Ich soll Sie über den internationalen politischen Kontext belehren? Černín! Kommen Sie doch zu sich!«

»Warum sollte es so wichtig sein, ob das Russen oder Tschechen waren?«

»Wir leben hier. Wenn es Tschechen waren, bedeutet das, dass ein Schatten der Schuld auch auf uns fällt. Dann haben wir es nicht geschafft, denen, die durch uns hindurchgegangen sind, unsere Gedanken beizubringen und sie für unsere Gefühle zu begeistern.«

»Aber wir haben uns doch an nichts beteiligt, meine Teure. Weder Sie noch ich. Ich war doch ...«

»Und wenn Sie nicht in der Lage sind, Ihre Vergangenheit anzunehmen ...«

»Beruhigen Sie sich. Wem würde es nützen, wenn wir uns immerfort damit beschäftigten, was war? Jan Masaryk ruht schon lange auf dem Friedhof ...«, versuchte ich, mich herauszureden.

»Wem es nützen würde? Haben Sie Marcia Davenport vergessen? Wenn Sie in der Lage sind, ihren traurigen Blick zu vergessen, der sich wegen der unbeantworteten Fragen verzehrte, ich jedenfalls nicht!«

Na ja, Weiber. Damenbündnisse. Verdammt, beklagte ich mich bei mir selbst.

Sie holte wieder Luft: »Černín, mit einem Wort, wenn Sie diese Sache nicht auflösen, ist es aus zwischen uns.«

Ich war sprachlos.

Wieder begann sie zu reden, diesmal in einem weicheren Tonfall, aber der Inhalt ihrer Sätze blieb der gleiche: »Ich will Sie nicht erpressen – unsere Unterredung ist schließlich kein Zweikampf –, nach langem Überlegen muss ich mir aber den wahren Stand der Dinge eingestehen. Solange Sie der eigenen Verantwortung ausweichen, kann ich Sie nicht achten. Und wenn ich Sie nicht achte, kann ich auch nicht ... nicht ...«

Und über den Platz drangen vernichtende Damenschluchzer an mein Ohr. Dieses »nicht« tröstete mich natürlich, weil es andeutete, dass hier etwas mehr als gegenseitiges Vertrauen herrschte, das zwar nett ist, aber zwischen einem Kavalier und einer Dame nur die Vorstufe zu höheren Beziehungsstadien bildet, um es einmal so zu sagen. (Manchmal fehlt übrigens das Vertrauen, und das schadet auch nicht.) Jetzt war aber nicht die Zeit, sich an kleinen Siegen zu erfreuen. Ich musste den Brand löschen, der in bitteren Tränen loderte. »Ich achte persönlich auf einen ordentlichen Verlauf der Untersuchungen!«, donnerte ich den unsichtbaren Feind an, sodass der Schwarze Ochse im Schlaf schnaubte, als wollte er einen zu lauten Betrunkenen beruhigen.

»Kein Zeugnis wird übergangen! Die Untersuchung soll unparteiisch ausgeführt werden, egal auf wen die Verantwortung fällt! Eine geregeltes Vorgehen führt zu unstrittigen Ergebnissen!«, schwor ich. Von der anderen Seite drang nur Stille zu mir, die bedeuten konnte, dass Loreta meinen Worten Glauben schenkte.

In jedem Fall konnte, nachdem wir mit dem Austausch von Sentiments aufgehört hatten und uns auf den konkreten Grund unseres Missverständnisses konzentrierten, festgestellt werden, dass eine von Loretas Glocken eine Abweichung in der Stimmung hatte. Eine so grundlegende, dass sie nicht repariert werden konnte. Sie musste durch eine neue Glocke ersetzt werden. Der seltsame, störende und vorwurfsvolle Ton verschwand aus der Melodie des Glockenspiels. Jetzt hörte es sich nicht mehr an, als wollte die Loreta mir etwas sagen, und nicht wusste wie. Es erreichten mich keine Signale mehr, die von einer Bangigkeit im Herzen sprachen. Ehrlich gesagt, schwieg sie ganz und gar.

Unerhört, sagte ich mir. Diese Frauentränen. Ich werde ihr die Untersuchungsergebnisse zu Füßen legen und alles wird wie früher.

Eins war mir klar. Jan Masaryk war wieder zu meinem Schicksal geworden. Besser gesagt, hatte er niemals aufgehört, das zu sein. Alle vorhergehenden und alle nachfolgenden Herren gingen irgendwie geordnet ab, nach den Gesetzen des Weltalls, einer behördlichen Entscheidung oder wenigstens der menschlichen Gerechtigkeit (schließlich ist auch das Ableben Richard Heydrichs perfekt in vielen Büchern verarbeitet, wodurch es seinen unerklärlichen Schrecken verlor). Jan Masaryk nicht. Mit diesem bedauernswerten Tod – peinlich aus militärischer, oder noch eher fechterischer Sicht – gelang ihm ein merkwürdiges Kunststück. Er blieb für immer und ewig auf dem Hofpflaster liegen.

Ich konnte die gelb phosphoreszierenden Spuren nicht mehr ignorieren, diese Sternenbahnen des Leidens. Sie waren immer hier. Sie führten vom Sims unterm Badfenster auf den Hof. Sie zogen sich über die Stufen zurück in die Wohnung, wohin sein Körper gebracht wurde. Und wieder nach unten. Sie bliesen sich im Nachtwind auf wie kleine Fahnen. Und dort, in der Halle hinter dem Prunkeingang, vor der Treppe zum großen Saal, wo sein Körper zum letzten Mal aufgebahrt war, dort blieb eine große Lache zurück, wie ein Krater von einem Meteoriteneinschlag; wie ein Eingang in eine Schwefelgrube; wie ein Schacht in die Hölle. Die Putzfrauen fuhren mit ihren Mopps genauso sorgfältig über diese Stelle wie über alle anderen, aber seine Leere konnten sie nicht verwischen.

Es ist wahr, dass die Herren, die begannen, den Tod Jan Masaryks zu untersuchen, keinen besonderen Eindruck auf mich machten, wie ich schon andeutete. Ich erwartete einen Wirbelsturm an Fragen; ich dachte, sie würden einen Salon okkupieren und darin einen Angestellten nach dem anderen vernehmen ... allerdings hatte ich mich um ein paar Jahrzehnte vertan. Niemand von den damaligen Angestellten arbeitete noch im Černín.

Das hatte ich mir nicht klargemacht – weil ich ja immer noch hier bin.

Ich erwartete, dass sie sich auf die Details stürzen würden, die Fußböden auseinandernehmen, in alle Ekken schauen und sich von außen ans Fenster hängen ... Die Untersuchungen nach dem Jahr 1989 liefen in einem ganz anderen Geiste ab als die vorherigen, das ist wahr. Ruhig, sachlich; als hätte sich das Hauptsächliche irgendwo außerhalb des Palastes abgespielt. Aber auch zu ruhig, wie mir schien. Sogar zu distanziert. Wo wollten sie den Fall denn lösen, wo, wenn nicht hier? Wann, wenn nicht jetzt? Wer sonst, wenn ...!

Mich überraschte außerdem, dass sie sich anstelle von brillant arbeitenden Gehirnen, dem scharfen Blick, der Einschätzung des Gegners und dem Koordinationsgefühl – kurz von allem, was ein Fechter unbedingt braucht – in immer größerem Maße auf die »Drähte« verließen. Auf Fotoapparate, Kameras, Rechner – einfach Geräte, die keinesfalls den aufregenden, nicht abschätzbaren Wirbel des tatsächlichen Lebens erfassen können.

Ich konnte nur zu einem Schluss kommen. Die Zeugen fehlten. Nur die konnten Licht ins Dunkel bringen. Aber alle waren längst tot.

Jetzt habe ich euch reingelegt. Alle natürlich nicht. Einer ist in Vergessenheit geraten.

Ich bin doch schließlich nicht verlorengegangen. Ich stand immer noch hier. Es brauchte nur Entschlossenheit, ich musste Zeit finden, aber schließlich war ich unwiderruflich bereit, mich in die Erinnerungen zu vertiefen und bis zu dieser Nacht vom 9. auf den 10. März 1948 hinabzusteigen.

Die fragwürdigen Ergebnisse der bisherigen Untersuchung verschwieg ich Loreta lieber.

Ich versenkte mich in mich, versuchte die Tausenden Nächte zu sortieren, wieder Zehntausende Gespräche anzuhören, Anmerkungen, Seufzer ... und zu verstehen, warum ich jene Nacht immer noch nicht scharf sah.

Nur selten kam ich so tief, dass ich ein klareres Bild sehen konnte. Meistens drang ich irgendwo in die 60er Jahre des 20. Jahrhunderts vor ... wieder lief die sowjetische Okkupation ab, der Widerstand dagegen und die anschließenden Überprüfungen ... tiefer schaffte ich es einfach nicht – oder ich fiel gleich bis in die Zeiten von Humprecht Jan durch. Und dann war es auf einmal Morgen, auf den Gängen erklangen Schritte – diese alltäglichen, leichten, behördlichen – und ich musste mich wieder meinem täglichen Tun widmen.

Die alten Geschichten sind natürlich nicht verlorengegangen. Dass die Vergangenheit verschwindet? Ist nur eine Illusion. Die Wahrheit ist so, dass alles, was passiert, hierbleibt; und so manches Mal hat sie ein stärkeres Gewicht, eine stärkere Energie als das, was jetzt vor sich geht. Nur kann es versteckt sein, verschüttet. Das Fundament ist nicht weniger wichtig als das Dach, obwohl es nicht zu sehen ist.

Ich versuchte, dorthin zu gelangen.

Manchmal blieb ich aber trotz aller Bemühungen in der Gegenwart stecken.

Es ist Nacht. So wie im März 1948, und auch ein halbes Jahrhundert später wacht im Büro Nr. 7 ein Mitarbeiter des diplomatischen Dienstes. Seine Aufgabe ist es, die hochgestellten Beamten des Ministeriums zu benachrichtigen, falls etwas Dringendes passiert. (Und außerdem wehrt er verzweifelte Anfragen von Eltern ab, deren Spross sich weiß Gott warum in irgendein afrikanisches Land aufgemacht hat, wo eine Revolution ausbrach, beziehungsweise sich irgendwo in Asien herumtreibt, wo

Horden religiöser Fanatiker wüten – anstatt zu Hause zu sitzen.)

Nun ja – wacht. Er hat ein Bett zur Verfügung, wo er ein Nickerchen machen kann. Allerdings mit gespitzten Ohren. Mit einem Auge halb offen.

Manchmal kann er aber nicht einschlafen. Dann bemächtigt sich seiner eine seltsame Unruhe. Er kommt aus dem Büro im Erdgeschoss und macht ein paar Schritte nach links, in Richtung des Janák-Anbaus, oder nach rechts, in den alten Palast.

Und in dem Moment spürt er es. Einen fast unmerklichen Zug am Boden, einen Hauch von Durchzug, der aber massiver ist als ein einfaches Lüftchen. Es ist, als ob vergangene Ereignisse sich wieder abspielten. Hinter den Ecken im Gang bereitet sich etwas vor, als würden sich dort Schatten bewegen und Geräusche von Schuhsohlen und Gesprächsfetzen zu hören sein. Er hat das Gefühl, dass gleich Jan Masaryk von irgendwoher auftaucht, mit seinem traurigen Lächeln zum Gruß nickt und verschwindet. Wenn er in sein Büro Nr. 7 zurückkehrt, immer noch von dieser seltsamen Unruhe getrieben, hört er den Lärm ankommender Fahrzeuge, und aus heiterem Himmel hat er das Gefühl, die Tür sei verschlossen und die Telefone funktionierten nicht mehr. Plötzlich begreift er, dass nichts wiedergutgemacht werden kann.

Er kommt sich seltsam entblößt vor – als sei viel zu viel freier Raum um ihn herum, der ihm die Kleidung auszieht und sich kalt an seine Haut legt.

Ihm fällt ein, dass vielleicht die Palastdisposition an diesem seltsamen Gefühl schuld sein könnte. Beide Innenhöfe sind mit Glastüren quer durch die Flügel verbunden, sodass man vom Seiteneingang in Richtung Pohořelec (neben dem das Büro Nr. 7 liegt) quer hindurchschauen kann bis zum großen Portal, das in den Garten führt. Am Tag kann man durch den ganzen Palast hindurch Herkules sehen, wie er dort mit seiner Keule ausholt. Jetzt ist es dunkel, aber der Beamte kann sich diesen Anblick vorstellen. Er erinnert sich auch, dass das Original der Statue unterhalb der Prunktreppe steht. Dort, wo einst der Katafalk mit Jan Masaryk aufgestellt war. Zwei identische Herkulesse mit Keulen, erstarrt auf Höhenpunkten, die keine Hundert Meter voneinander entfernt sind. Sie tanzen einen unbeweglichen Tanz der Identität und der Verschiedenheit. Jeder ist ersetzbar, jeden kann man doppeln … sagt jener Anblick. Von dieser parallelen Gleichheit und Verschiedenheit wird dem Beamten leicht übel.

Er sieht sich im nächtlichen Halbdunkel um. Die bekannte Tageslichtrealität des Palastes hat sich verändert. Das Gebäudeinnere ähnelt jetzt einem großen versunkenen Schiff, das in der Tiefe seine Ladung und auch die Passagiere verloren hat; einem Getreidesilo, dem der Verlust der Erdanziehung den Inhalt bis auf das letzte Körnchen ausgesaugt hat; einer Kirche, umgedreht auf dem Dachstuhl liegend, in der Gott den Boden unter den Füßen verlor.

Der Beamte geht schließlich schnell wieder in das erleuchtete Büro und freut sich fast auf das nächste Telefonat, wenn vielleicht jemand fragen wird, ob es in Südungarn genug Tankstellen gibt, weil dort ihr Sohn mit dem Auto durchfährt und als junger, unaufmerksamer Mensch manchmal vergisst zu tanken.

Wahrscheinlich schließt er hinter sich ab und lässt den Schlüssel zur Sicherheit stecken.

Die Zeit verfliegt unbemerkt. Während des Arbeitstages wird sie regelmäßig durch Serien von sich wiederholenden kleinen Gewohnheiten, kurzen Bewegungen, sich kopierenden Gesten kanalisiert. An den Wochenenden stockt sie. Ich mag Regelmäßigkeit. Sie erinnert mich an eine Fechtübung, bei der die Figuren immer wieder aufs Neue vorgeführt werden, als übte man einen Tanz ein. Bei uns Palästen ist das anders als bei den Menschen. Mit zunehmendem Alter sehen und hören wir immer schärfer, bemerken immer mehr. Aber mir liegt nichts mehr an Neuheiten. Ich habe schon alles gesehen. Und trotzdem tritt hier und da eine ein – und lässt mich wissen, welche Zeitportionen vergangen sind. In diesen Momenten habe ich das Gefühl, als würde mir der Abhang, auf dem ich stehe, ein kleines bisschen unter den Füßen wegrutschen. Ich vergewissere mich, dass ich fest auf meinem Fundament stehe, und mache mich wieder gerade.

Irgendwann nach der samtenen Revolution erschien im Ministerium so ein Kerl, der mir bekannt vorkam. Etwas kleiner, nach vorn gebeugt, schmales Gesicht ... agile Bewegungen, mit denen er Papiere zusammenlegte und zwischen den Büros hin und her lief ... etwas Sekretärhaftes in einem ältlichen, aber immer noch jungenhaften Körper. Natürlich. Jan Masaryks Sekretär. Antonín Sum.

Und wie sich herausstellte, weiterhin sein Sekretär.

Er begann ellenlange Eingaben auszuarbeiten, die er auf einer Maschine in engen Reihen abtippte, dann versuchte er sie dem Amtsumlauf aufzunötigen, und wenn er keinen Erfolg hatte, schob er sie den leitenden Mitarbeitern unter, oder sogar dem Herrn Minister.

Nicht ohne Erfolg. Er erreichte zum Beispiel, dass eine Erinnerungstafel für die in den 50er Jahren verfolgten Mitarbeiter bestellt wurde. Leider überlebte die Tafel nicht lange, da sie die ehrte, die die Ministeriumsmitarbeiter am Ende der 40er Jahre verfolgten.

Sums Hauptziel war aber die Ehrung des Andenkens von Jan Masaryk. Es gab verschiedene Vorschläge. Ein Denkmal für den Herrn Minister, verständlicherweise so hoch wie möglich, aufzustellen auf dem Parkplatz. Ich gebe zu, dass dieser Vorschlag keine große Begeisterung in mir weckte, und ich verstand die recht kühlen Reaktionen, die des Sekretärs Aktivitäten weckten. Mir ging es nicht etwa darum, dass kein Platz mehr zum Parken wäre – mir ging es um die symbolische Ebene. Wenn wir ein zu großes Denkmal aufstellen, tun wir damit kund, dass die Vergangenheit für uns wertvoller ist als die Gegenwart.

»Unser Rückspiegel darf nicht größer sein als die Frontscheibe!«, sagte einer der damaligen Politiker, indem er die eigenwillige Amtslyrik nutzte, die unglaublich eindringlich sein kann und mehr mitteilt, als vielleicht gewollt ist. Sofort erinnerte ich mich an andere Metaphern, zum Beispiel die von den »Herren im Hause«, die auch so ausgesucht und umfänglich zutreffend war. Im Übrigen schaute sie ähnlich verbissen und vehement in die Zukunft. In die Zukunft, die uns gehören wird.

Auch ich beteiligte mich freundschaftlich daran, den nimmermüden Sekretär zur Mäßigung zu bewegen.

Gestehen wir, dass manche seiner Bittschriften nie jemand las. Sie gingen einfach im Behördenkreislauf verloren. Das kommt vor.

Als er aber vorschlug, dem Ministerium eine Büste Jan Masaryks zu schenken, hatte er endlich Erfolg. Es gibt Geschenke, die man nicht ablehnen kann. Vor allem so eine »Büste«, die aus Prinzip kleiner ist als ein Denkmal. Außerdem zeigte sich, dass es nicht um ein Brustbild ging, sondern nur um den Kopf. Meinetwegen einverstanden, ohne Einwände. Es fanden sich welche, die höflich protestierten; an der Wand im Gang hing schließlich schon eine Kupferplatte, die an Jan Masaryk erinnerte – was machte es schon, dass sie mit der Zeit so verblasste, dass sie bloß noch eine wellige grüne Platte war, aus der nur ein paar unklare Buchstabenumrisse und die Brille hervorstachen, und das Ganze an ein Foto von einem Taucher in blaualgenverseuchter Talsperre erinnerte.

Die Kritiker des Vorschlags benutzten eine ganz kleine Waffe – einen Dolch, den man im Duell packen kann, sollte einem der Gegner das Schwert aus der Hand schlagen. Sie meinten, es gäbe eine »Übermasarykisierung«, und brachten diesen Ausdruck in Umlauf. Es ging um eine erprobte ministeriale Taktik, aber auch mir war klar, dass sie diesmal nicht greifen würde. Auf der Platte ist praktisch nichts zu sehen, sodass man ein Masaryk-Memorial eigentlich nicht mitzählen konnte – und außerdem, wie kann man etwas ablehnen, was der Schenker selbst bezahlt? Das sähe ja so aus, als hätten wir etwas gegen Jan Masaryk. Was zwar stimmen kann, las ich in den Gedanken der Übermasarykisten, aber es ist nicht die passende Zeit, so etwas zu sagen. Der Plan wurde also gebilligt.

Es entstand aber das Problem, wo der Kopf platziert werden sollte. Ihn auf einem aus der Wand ragenden Pult aufzustellen, kam den verantwortlichen Mitarbeitern unpassend vor. Einen Sockel mit einem Kopf darauf hatten wir hier schon einmal. Auch wenn er jetzt leer war, konnte er diesem neuen Zweck verständlicherweise nicht dienen. Ein ähnlicher Sockel irgendwo anders im Palast würde gleichfalls an den einstigen Hitlersockel im Speisesaal erinnern.

»Was wäre mit einem Untersatz?«, schlug jemand auf einer Beratung vor.

»Also dass er irgendwo auf einem Tisch steht?«

»Nein, größer. So etwas wie ein Pylon ...«

»Ein Pylon könnte aus Etatgründen ...«

»Ein kleiner Pylon. Eher nur ein Untersatz.«

Der Kopf Jan Masaryks wurde schließlich auf einer Pyramide platziert, wo er ein bisschen an die Köpfe der Fallschirmjäger erinnert, die in der Kirche des hl. Karl Borromäus (die ihr als St.-Cyrill-und-Method-Kirche kennt) starben; die Köpfe wurden auf Ständern aufgespießt und ihre Verwandten mussten daran vorübergehen, während die Gestapoleute ihre Reaktionen beobachteten ...

Er zieht aber keine unerwünschte Aufmerksamkeit auf sich. Im Übrigen steht er im Gang vor dem Hof, wohin der Minister gefallen war. Und da kommt nicht jeder Hergelaufene hin, sondern nur überprüfte Gäste. Der Kopf ist in einer solchen Höhe platziert, dass der Minister dem Besucher irgendwohin an die Brust schaut. Nicht in die Augen. Dieser Jan Masaryk ruft keine Fragen hervor, keine Vorwürfe und keine Entrüstung, und so soll es sein.

IX. Porta di ferro e stretta

In dieser Stellung wird das rechte Bein vorgestellt und die rechte Hand über das rechte Knie gehoben. Porta di ferro e stretta *ermöglicht eine Reihe verschiedener Hiebe und Ausfälle. Der Oberkörper ist aufgerichtet oder leicht nach vorn gebeugt, mit dem Gewicht auf beiden Beinen. A. Marozzo empfiehlt uns diese Stellung als eine gute Ausgangsposition.*

Die Herren treffen sich nicht mehr an dem Lackkasten, in dem sich das Radio versteckt. Nein, sie starren in einen unansehnlichen Kasten mit einem Bildschirm, auf dem bunte Bilderchen herumhüpfen. Die Aufnahmen von der vertrockneten Alten sind nicht so besonders guter Qualität, verraten aber ihre fröhliche Stimmung. Sie erzählt etwas, worüber sie sich selbst gut amüsiert. Es schadet nicht, dass sie in einer Sprache spricht, die ich ohne Probleme als Russisch erkenne – und falls sie zufällig jemand nicht verstehen sollte, was nicht der Fall sein wird, läuft unter ihren verschrumpelten, aber flinken Lippen die tschechische Übersetzung mit.

»Wenn sich Kundschafter treffen, unterhalten sie sich über ihre vergangenen Aktionen. Das ist einfach so. Sie müssen einfach prahlen – und vor wem sollten sie das tun, wenn nicht vor den eigenen Leuten?« Sie redet mit einem goldigen Verständnis für die menschlichen Schwächen. »Einmal sind wir so mit Oberst Belkin zusammengekommen und es stellte sich heraus, dass wir beide Ende der 40er Jahre in Prag waren. Beide unter einer anderen Identität, beide mit einer Mission. ›Ich habe aber Jan Masaryk nicht aus dem Fenster geworfen‹, witzele ich noch. Und

Belkin antwortet, dass er das sehr gut weiß – weil er das war, gemeinsam mit dem Hauptmann Bondarenko. Sie mussten sich ganz schön schinden, denn der Masaryk soll ›so ein strammes Onkelchen‹ gewesen sein.« Sie spricht weiter in diesem fröhlichen, herzlichen Tonfall, als erzählte sie ein Familienhistörchen. So eine freundliche Alte ist das.

Dafür bleiben die Herren an dem Empfänger starr zurück. Ihre Statuenhaftigkeit unterbricht der jüngste, der aufsteht und den Kasten ausschaltet.

»Also was machen wir?«, wirft einer der Beratungsteilnehmer hin, vermutlich der ranghöchste – seine Stellung berechtigt ihn, Lösungen von den anderen zu verlangen. Wie zu erwarten, fangen die in den mittleren Stellungen an zu reden. Der jugendliche Ausschalter schweigt respektvoll.

»Die Behörde für Dokumentation und Untersuchung der Verbrechen des Kommunismus hat sich mit der Bitte an die Russen gewandt, ob sie nicht die Agentin Jelisaweta Parschina vernehmen könnten. Sie bekamen nur die Antwort, sie müssten den Vatersnamen und den Wohnort wissen. Beides haben wir geliefert. Und dann ließen sie uns wissen, sie sei verstorben.«

»Hm, prüfen lässt sich das wohl nicht.«

»Sie haben eine Todesanzeige geschickt. Aber ...«

»Nun, ich weiß nicht, ob eine Todesanzeige wirklich bedeutet ... besonders in diesem Fall ...«

»Verständlich.«

»Hm.«

»Vielleicht sollten wir um Zugang zum Archiv bitten ...?«

»Auch das hat das Amt schon. Sie erfuhren nur, dass die Angelegenheit dem Gesetz über das Staatsgeheimnis der Russischen Föderation unterliegt, und das in Übereinstimmung mit gültigen internationalen Vereinbarungen.«

Im Büro wird es still. In den langen Jahrzehnten meiner diplomatischen Arbeit habe ich gelernt, verschiedene Arten der Stille zu unterscheiden. Beschämte, überraschte, umsichtige – und die Stille der sich nähernden Entscheidung. Die jetzige Stille gehörte in die letzte Kategorie.

»Sollten wir nicht dem Botschafter in Moskau die Aufgabe übertragen?«, fragt der jüngste Kollege, natürlich verfrüht und unpassend. »Dass er vielleicht bei den Russen interveniert ...«, führt er seinen Gedanken fort, natürlich umsonst.

»Ist dafür der passende Zeitpunkt?«, fragt einer der Dienstälteren in dem Moment, als es schien, als ob keiner den jungen Mann gehört hätte.

»Versteht doch, damit wir nicht umsonst eine Lanze brechen.«

»Um wegen einer Schlacht nicht den Krieg zu verlieren.«

»Aber ...« (Ich muss euch wohl nicht sagen, wer Urheber dieses fragenden Lautes war.)

»Also ist es nicht der passende Augenblick. Ich danke, meine Herren«, sagt der Entscheider. »Selbstverständlich werden wir die Situation weiter beobachten.«

»Verständlich.«

»Sicher.«

»Aber ... natürlich.«

Bei den Russen wurde also nicht interveniert, aber hier bei uns in Tschechien begannen nach dem Jahr 1989 verschiedene Bücher zu erscheinen. Die Memoiren von Marcia Davenport, respektive ihr Jan Masaryk gewidmeter Teil. Ein Buch von Claire Sterling. Ein paar Bücher von Antonín Sum. Das Buch der Herren Jedlička und

Kettner. Ein Buch von Pavel Kosatík und auch eins von Jan Havel, der in den 90er Jahren an der Untersuchung beteiligt war. Weiter ein Buch von Lubomír Boháč.

Unter den Kollegen fanden sich solche, die die Angelegenheit verfolgten, die die Bücher lasen und sich darüber unterhielten. So konnte ich meinen Horizont erweitern.

»Viele Leute, die mit dem Fall zu tun hatten, sind vorzeitig gestorben. Und wenn sie nicht gestorben sind, wurden sie eingelocht. Stell dir vor, dass auch die Sachverständige, die die Zigarettenstummel aus Masaryks Wohnung untersuchte, eingesperrt wurde.«

»Echt?«, die Antwort klang weniger begeistert, als ich erwartet hätte. Ich begriff, dass der zweite Kollege nicht so für die Sache brannte wie der Amateurhistoriker. Oder ich.

»Aber ja. Die hat zwölf Jahre bekommen, Mann. Das passte denen nicht in den Kram, dass sie im Aschenbecher verschiedene Zigarettensorten gefunden hatte, und dass es andere Marken waren, als er geraucht hatte. In dieser Nacht waren halt bei Masaryk mehrere Leute. Und die rauchten sowjetische Zigaretten.«

»Also ist das klar.« Diese Feststellung klang ein bisschen zu unterkühlt.

»Ja, sie hat die Proben sogar bei sich zu Hause versteckt, also bei ihrem Freund ...«

»Also ist sie eine Chance, dass man etwas klären könnte?« Jetzt endlich hörte ich in der zweiten Stimme etwas Interesse, das aber eigenartig angstgetränkt war.

»Sie haben sie und ihren Freund eingesperrt. – Ach ja, und ein paar Proben konnte sie noch in die Schweiz zur Expertise schicken.«

(Die Sachverständige hatte also wirklich mit der Untersuchung weitergemacht, wie sie es damals auf der Treppe vorhatte ...)

»Nun und?« (Ein vorsichtiger, betont gleichgültiger Tonfall.)

»Den Fall übernahm die Staatssicherheit. Über die Ergebnisse der Schweizer Untersuchung ist nichts bekannt. Bestimmt sind die Proben nicht erhalten.«

»Aha.« (Recht zufrieden.)

»Im Gefängnis rief sie dann die jüngeren Mitgefangenen zusammen und sagte ihnen, dass sie im Unterschied zu ihr noch erleben würden, ›dass die Sache platzt‹, und dass sie ihnen ihr Zeugnis anvertrauen will. Jan Masaryk sollen die Russen erschlagen haben, weil sie im Aschenbecher russische Zigaretten fand. Das ist ein Ding, was?«, gab der Amateurhistoriker keine Ruhe. Er musste seinem Kollegen, befürchtete ich, schon ordentlich auf die Nerven gehen. Sein Zuhörer zeigte das übrigens in einer bewährten Weise – er revanchierte sich weder mit höflichem Bejahen noch einer gleichgültigen Frage.

Er schwieg einfach.

Das bremste nicht den Höhenflug des leidenschaftlichen Lesers von Faktenliteratur; er machte weiter wie ein Flugzeug, das bereits auf der Startbahn rollte und sich an dem Punkt befand, wo es nichts anderes mehr tun konnte, als abzuheben ... Er begann über das Buch von Lubomír Boháč *Jak to nebylo* (Wie es nicht war) zu erzählen. Über diese späte Arbeit, die keine große Aufmerksamkeit mehr wecken konnte, weil die Zeiten, in denen die Öffentlichkeit alles verschlang, was mit dem Tod von Jan Masaryk zu tun hatte, lange vorbei waren.

Diesmal war zu erkennen, dass der Erzähler sich mit den Haupthelden dieser Geschichte besser identifizieren konnte als mit der unglücklichen Kennerin von Zigarettenerzeugnissen. Wir waren jetzt in einem anderen Gebäude. Natürlich nicht in einem Palast, sondern in einer von diesen »Schachteln«, wie ich zusammenfassend die Gebäude nenne, die das Prager Panorama seit den 20er Jahren des 20. Jahrhunderts zu verunkrauten begannen. Der Ort des Geschehens ist das Militärhistorische Institut am Fuße des Žižkov. (Wenn auch ungern, muss ich doch auch diesem Profanbau einen gewissen Status zuerkennen ... ausnahmsweise ... zum ersten und zum letzten Mal, ich schwöre!)

Also der Stabskapitän Stanislav Hovězák ist in seinem Büro in der Dienststelle und schläft. Man sollte ihn jedoch nicht verdächtigen, er würde die Arbeitsdisziplin verletzen. Der Stabskapitän Hovězák hält sich für einen der Republik ergebenen Soldaten, und außerdem dämmert es noch nicht einmal (am 10. März beginnt es erst nach sechs Uhr hell zu werden). Unser Mann wohnt nämlich in Brünn, er muss immer nach Prag fahren und schläft über Nacht auf der Arbeit. Er wird wach vom Krach im Nebenzimmer. Das ist das Büro von Oberstleutnant Vojtěch Kohout, in den 20er Jahren Soldat der Roten Armee, im Krieg Politkommissar in der Svoboda-Armee. Offensichtlich Mitglied des NKWD, wie man hörte. Es ist der 10. März 1948, fünf Uhr morgens.

Der Stabskapitän Hovězák schaut in die Nebentür und ihm fällt auf, dass der Chef zerknautscht und unausgeschlafen aussieht, als hätte er die ganze Nacht gezecht.

Dann hört er ein Knacken. Kohout hebt den Hörer ab und wählt aus dem Gedächtnis geschwind eine Nummer. Es folgt ein kurzes Gespräch: »Zdeněk! Also der Pérák hat sich ausgehüpft, er ist erledigt, Genosse!«

Als Kohout aus dem Büro verschwindet, geht Hovězák dort nachschauen. Der Raum ist natürlich leer, aber er sieht sich darin um, jetzt schon ganz wach, weil das Bedürfnis in ihm nagt, festzustellen, was eigentlich los ist. Ein unbestimmtes Angstgefühl presst ihm die Eingeweide zusammen. Er bemerkt, dass Kohout seine Uniformjacke auf den Kleiderständer geworfen hat. Der Verdacht beißt sich im Magen fest und von dort steigt eine heiße Welle zum Herzen. Irgendetwas ist passiert. Etwas, wovor sich Hovězák fürchtet, wenn er auch nicht genau weiß, was das ist.

Kommunisten. Russen. Verhaftungen. Das alles fliegt ihm geballt durch den Kopf. Und sofort fällt ihm ein, dass der Chef wohl auf der Toilette ist und dass er da noch eine Weile bleibt. Das sagt ihm seine Erfahrung.

Er schaut in die Tasche.

Dort sieht er einen dunklen, kantigen Gegenstand. Der erinnert an nichts, was Leute in den Taschen tragen. Ganz sicher ist es kein Zigarettenetui und auch keine Waffe. Hovězák schielt nach unten auf das dunkle Blättchen, das aus einer Futterfalte hervorschaut. Er weiß nicht warum, aber er ist sicher, dass die Lösung der ganzen Situation in diesem Objekt liegt. Er tastet hinein, in die kleine Höhle, die noch ein bisschen die Körperwärme des Chefs hält.

Auch das Ding ist nicht kalt. Schon als er es berührt, spürt er die Enttäuschung. Er muss kein erfahrener Beamter sein, um zu erkennen, was es ist. Er hat einen Stempel zwischen den Fingern. Er will ihn da liegenlassen, wo er ist, und sich ins Halbdunkel des Nachbarbüros zurückziehen. Aber die Finger schließen sich gegen seinen Willen um das Objekt. Der Stabskapitän Hovězák zieht den

Stempel heraus, dreht ihn um, um nachzusehen, was darauf steht.

Sofort fühlt er sich, als hätte ihn jemand mit einer Eisenstange geschlagen.

In der einen Hand hält er den Stempel am hellen Holzgriff … und die Finger der anderen Hand fahren über die Unterseite des Stempels, als müsste er sich versichern, dass seine Augen in Ordnung sind.

Auf der Unterseite des Stempels prangt die Unterschrift Jan Masaryks.

Stabskapitän Hovězák ist gleich klar, dass Kohout den Stempel gestohlen haben muss. Im Černín-Palast natürlich. Offensichtlich in Masaryks Arbeitszimmer. Stabskapitän Hovězák weiß zwar nicht, dass Jan Masaryk häufig im Schlafzimmer amtiert, aber auch die Vorstellung von einem Diebstahl im Arbeitszimmer beruhigt ihn nicht. Im Gegenteil. Er presst den Stempel noch fester in der linken Hand zusammen. Und dann steckt er ihn in seine Hosentasche. Er zieht sich in die Dunkelheit des Nebenzimmers zurück, wo er sich hinlegt und tut, als schliefe er.

Wer soll dieser Pérák sein, überlegt er. Wer Zdeněk ist, weiß er ganz sicher. Schließlich heißt der tschechoslowakische Premier in den ersten beiden Nachkriegsjahren und ehemalige Vorsitzende der Sozialdemokratie Zdeněk Fierlinger. Der, den sie im November 1947 vom Vorsitz ausschlossen, weil er, wie allgemein bekannt war, sich mit den Kommunisten ins Bett legte. Und Kohout und Fierlinger sind ein Herz und eine Seele, wie Hovězák dank zufällig abgehörter Telefonate weiß.

Er liegt auf der durchhängenden Militärliege mit dem nachgebenden Bezug gerade, als würde er strammstehen.

Die Hand hat er in der Tasche. Dort hält er den Stempel, der sich durch seine Wärme aufheizt. Ich bringe diesen Stempel dem Minister Masaryk wieder, schwört er sich. Er wartet ungeduldig, dass es endlich Tag wird. Er wird diese ganze Geschichte dem Hauptmann Sacher erzählen, seinem Kollegen und Freund, dem er hundertprozentig vertraut.

Die Arbeitszeit beginnt wie gewöhnlich und Stabskapitän Hovězák bemüht sich, die normalen Tätigkeiten so vorzutäuschen, dass Kohout nichts Ungewöhnliches bemerken kann. Sein Vorgesetzter benimmt sich weiter ungewöhnlich – obwohl sonst kaum einmal sein Mund stillsteht, ist er heute schweigsam. Hovězák kann nicht gleich zu Sacher laufen, weil er sich damit verraten könnte. Er täuscht Ruhe vor, maskiert sich mit normalen Bewegungen, überlegt. Nur dass dann Sacher in sein Büro einfällt. Er klopft auch sonst nicht, was nichts machen würde – schließlich sind sie Freunde – aber er hat Tränen in den Augen.

»Jan Masaryk ist tot! Er hat Selbstmord begangen! Ist aus dem Fenster gesprungen!«, bringt Hauptmann Josef Sacher heraus.

Stabskapitän Hovězák schaut seinem Freund in die Augen und die Bestürzung über diese Nachricht vervielfältigt sich durch einen weiteren Schrecken – seine Finger fahren in die Tasche und umschließen das kantige Objekt.

»Schließ die Tür«, befiehlt er dem Freund, der zwar verständnislos schaut, aber den Befehl ausführt. »Sie haben ihn umgebracht. Der Alte war in der Nacht da, ich habe den Beweis.« Die Finger fahren aus der Tasche heraus, sie sind um ein Metallviereck mit einem Holzrahmen und einem Griff geschlossen.

»Das … das können wir aber nicht für uns behalten«, liest Hauptmann Sacher seinem Freund die Gefühle aus dem Gesicht ab.

»Jetzt können wir das niemandem sagen. Wir würden allein gegen die alle stehen«, Stabskapitän Hovězák dreht leicht den Kopf und nickt zum Fenster, als würde die ganze Stadt den Kommunisten gehören. Dem ruhigen Tonfall kann man entnehmen, dass er seine Antwort während der Dämmerung am Morgen des 10. März 1948 durchdacht hat. Zuerst hatte er dieselbe Idee wie sein Freund; dann kam er aber zu einem anderen Schluss.

»Diese Tyrannei muss ja einmal zu Ende gehen, Standa«, sagt Hauptmann Sacher.

»Nur wann?«, fragt Stabskapitän Hovězák rhetorisch.

»Hoffentlich erleben wir das«, hofft Hauptmann Sacher. »Wenigstens einer von uns.«

»Komm, Pepa«, fordert ihn Stabskapitän Hovězák auf. Es scheint, er habe sich überlegt, was nun kommen soll – oder auch nicht, vielleicht hat ihn Hauptmann Sacher auf seiner Trajektorie düsterer Erwägungen eingeholt und jetzt überlegen und handeln sie parallel. Sie stellen sich an den Tisch, auf dem Fotografien der Präsidenten Masaryk und Beneš sind. Einer spricht vor und der andere wiederholt die Worte und Sätze. Es ist egal, wer sie ausdenkt, weil der andere sie ohne zu zögern ausspricht, ohne Protest und aus vollem Herzen.

»Wir, zwei Offiziere der Tschechoslowakischen Armee, Stabskapitän Hovězák und Hauptmann Josef Sacher, schwören, dass der, der das Ende dieser kommunistischen Schreckensherrschaft erlebt, dem tschechoslowakischen Volk die Wahrheit über den Mord an Jan Masaryk mitteilen und sie mit Masaryks historischem Stempel beweisen wird.«

Und weiter? Wird Oberstleutnant Kohout nicht nach dem Stempel suchen? Nein, wird er nicht, denn er müsste zugeben, dass er ihn hatte. Bald nach dem Tod Jan Masaryks wird er nichtsdestotrotz der Kopf des ganzen Militärhistorischen Instituts. Und kann leicht einrichten, dass sowohl Stabskapitän Hovězák als auch Hauptmann Sacher aus dem Institut und der Armee entlassen werden.

Stabskapitän Hovězák starb im Jahr 1977, aber Hauptmann Sacher erlebte den Umbruch und stellte sich gleich zu Beginn des Jahres 1990 beim Leiter des Historischen Instituts der Tschechoslowakischen Armee (wie es damals hieß) mit dem Stempel ein. Er beschrieb die Begebenheit sowohl in einem Zeitungsartikel als auch in einem Brief an Marcia Davenport. Den schloss er mit den Worten: »Die Wahrheit siegt und ich glaube, dass sie auch in diesem Fall siegen wird!«

Nun gut, in Ordnung. Dieser Schwur gefällt mir natürlich – er ist voller patriotischer Emotionen, das sind unsere besten Gefühle. Auf einen Verstorbenen zu schwören kommt mir zwar etwas märtyrerhaft vor – wo käme eine Armee hin mit einem toten Befehlshaber? Aber gut. Nur dann das Weitere … mit einem versteckten Stempel kämpfen … meine Herren! Und ihn ziehen, wenn der Kampf schon zu Ende ist … aber die Geschichte vom versteckten Stempel erfährt auch keine allgemeine Aufmerksamkeit.

Im Ministerialbüro, das unser Enthusiast, der für die Geschichte brennt, mit unserem bedachtsamen Kollegen teilt, hat sich in der Zwischenzeit die Atmosphäre recht verändert. Der Historiker ergötzt sich an der Erzählung über den Stempel, aber sein Zuhörer schüttelt skeptisch den Kopf. Seine Lippen verschließen sich, als wollte er das Minus-Zeichen vorführen, bevor er bedachte Worte herauslässt.

»Weißt du, ich glaube, dass man nicht übertreiben soll mit dem Herumgestocher in der Vergangenheit. Wir sollten die Toten ruhen lassen … und damals war eine andere Zeit, heute können wir sie nicht einmal ordentlich begreifen. Ungefähr so wie die Medien ständig die Leute aus dem Ministerium angreifen, die im Moskauer Institut für Internationale Beziehungen studiert haben. Warum lassen sie uns nicht in Ruhe? Das war damals schließlich die einzige Möglichkeit, Diplomat zu werden, und das war eine Spitzenhochschule. Du bist Historiker, nicht wahr? Nun, und ich wusste schon immer, dass ich Diplomat werden wollte. Also was hätte ich tun sollen? Mir kommt das unfair vor, dass mich jemand verunglimpft, weil ich mich um die bestmögliche Ausbildung bemüht habe. Schließlich und endlich habe ich das für dieses Volk getan!«

»Ich … ich verunglimpfe niemanden. Ich spreche über Jan Masaryk.«

»Diese Story hat allerdings ihren Kontext, das musst du doch sehen.«

»Ich wollte dir nur erzählen, was ich interessant fand … kollegial.«

»Klar, Kollegen, das sind wir. Sicher. Selbstverständlich.«

Es fanden sich auch solche, die sich auf bedauernswerte Details konzentrierten. Schon am Beginn meiner Erzählung habe ich angekündigt, dass das Wort »Arschloch« euch nicht aus der Ruhe bringen sollte. Es kommt ihm in diesem Fall eine nicht zu ersetzende Rolle zu. (Übrigens, und hier gestattet mir einen Einschub, lebe ich schon ein paar Jahrhunderte in Böhmen, und deshalb weiß ich gut, dass ein Text, den noch jemand anderes als nur der Autor lesen soll, Vulgäres enthalten muss. Der selige Rüpel Hašek! Der witzige Jazzer Škvorecký! Der elitäre Kundera, der über Scheiße meditierte! Der Bogan Hrabal, der einfach alle Arschloch nannte! Also jetzt ist der Augenblick: Arsch, Scheiße, Arsch. Reicht es?)

»Das lässt sich nicht wegdiskutieren«, höre ich einen Amateurkriminalisten in seinem Büro. Nach dem Obduktionsbericht war auf dem Fensterbrett Scheiße. Die ist da hingekommen, als sich Masaryk mit dem Arsch über das Fensterbrett schob.«

»Eingeschissen hat er sich«, räsoniert der Kollege grob.

»Und warum? Aus panischer Angst. Und das passiert Selbstmördern nicht – wenn sie sich entschließen zu springen, wird Adrenalin ausgestoßen und sie haben keine Angst mehr.« Der kollegiale Zuhörer muckst sich nicht mehr, wahrscheinlich ist er in Überlegungen versunken, ob die Hingabe des Erzählers mit irgendeiner bislang nicht zugegebenen Perversion zusammenhängt.

Verständlicherweise kommt keiner der beiden auf die Idee, diese Geschichte mit der Legende vom gepfählten Adligen in Verbindung zu bringen, der noch bis zur Beichte kroch. Auf den Pfahl wurde man dabei ... genau mit dem Arschloch gespießt. Niemand kommt darauf, nur ich ... und jetzt ihr. Niemand begreift, dass die Geschichten des Černín-Palastes schon geschehen sind und sich nur in gewisser Weise wiederholen. Die Löcher zur Hölle bleiben bestehen, auch wenn sie scheinbar mit Pflaster überdeckt wurden. All dieses zivilisierte Verhüllen, Einbetonieren, Schweigen hat nur ein Ergebnis – man weiß nicht mehr, wo diese Öffnungen sind. Aber die Regel, dass auf jemanden Jahre voll Unglück warten, wenn er darübergeht, die gilt weiterhin.

»Und das ist noch nicht alles. Er hatte noch … nun, am Penis hatte er noch Sperma.«

»Wie bitte? – Und das soll was heißen?«, versucht der Kollege diese Schau intimer Schrecken auf eine reale, sachliche Grundlage zu stellen. »Dass er sich da eine Frau hinbestellt hat?«

»Ein Samenerguss hängt nicht mit panischer Angst zusammen«, lässt sich der selbsternannte Fahnder nicht von seinem Weg abbringen, aber er weiß natürlich, dass Marcia Davenport nicht im Palast schlief. »Dafür ist es ein Nebeneffekt, wenn dich jemand würgt. Also wenn sie Masaryk zuerst mit dem Kissen erstickt haben, er dann wieder zu sich kam und versuchte, über den Sims zu entkommen …«

»Das ist aber ein Thema, so vor dem Mittagessen«, wehrt sich der Kollege und versucht aus allen Kräften, wieder eine sorglose Büroatmosphäre zu erreichen.

»Wäre es dir lieber, wenn ich damit beim Essen anfange?«

»Ganz sicher nicht.«

Die Bücher sind einfach da. Es gibt nicht wenige Informationen. Im Gegenteil, es sind so viele, dass es schwer ist, sich da etwas auszusuchen. Jeder kann die entsprechenden Schlussfolgerungen ziehen.

Nicht alle lassen sich aber von alten Geschichten beunruhigen, die, gestehen wir uns das ein, in der heutigen Amtspraxis nur wenig genutzt werden. Oder hat etwa jemand der Kollegen die Untersuchung des Todes von Jan

Masaryk auf seiner Agenda? Nein. Verständlicherweise kann man die Geschichte nicht ignorieren: Im Web des Außenministeriums gibt es also Passagen über die Vergangenheit der Behörde, wo die traurige Begebenheit kurz beschrieben ist. Und das war es. Es kommen neue Aufgaben. Es werden neue Prioritäten definiert. Die Mitarbeiter des Ministeriums vertrödeln keine Zeit damit, dass sie nur über die Vergangenheit diskutieren, sozusagen in sie hineintauchen würden – so einen Eindruck würde ich nicht gern erwecken!

Über den Tellern im Speisesaal, unter der Aufsicht des leeren Sockels, spielen sich andere heiße Diskussionen ab.

»So etwas würde ich meiner Frau auf keinen Fall anvertrauen!«, behauptet da jemand überzeugend. »So etwas gehört nicht in Frauenhände!«

Ich erkenne die kernige Meinung eines Fechters, oder eines Soldaten, über das schwache Geschlecht. Worüber wird wohl gesprochen? Über den Degen? Über den Säbel?

»Ich lasse sie nicht daran – und ich habe natürlich meine Technik.«

Die Mittafelnden hängen dem Redner an den Lippen; auch meine gespannte Aufmerksamkeit hat er.

»Ich beginne mit dem Ärmel.«

Was wie die Beschreibung eines Ausfalls klingen könnte, erwärmt mich sofort.

»Dann konzentriere ich mich aufs Vorderteil.«

Ha! Wunderbar! Nach einem angetäuschten Angriff auf den Arm kommt erst das richtige Ziel – der Brustkorb. Schon sind wir in Auslage. Und jetzt kommt unser Ausfall!

»Ich ziehe das Hemd mit dem Vorderteil auf das Bügelbrett und bügele es glatt. Dann drehe ich es. Und plätte die Hinterseite. Und dann drehe ich es weiter, so wie ein Ferkel gebraten wird.«

Die Spannung am Tisch steigt, dafür bin ich enttäuscht. Wie bitte? Wir konferieren hier übers Bügeln? Jan Humprecht wusste nicht einmal, dass so etwas existiert; Reinhard Heydrich zweifelte natürlich nicht daran, dass ihn jeden Morgen ein gebügeltes Hemd im Bad erwartete; und dass Jan Masaryk sich in einem freien Moment ans Bügeln machte ... Das Schlimmste ist, wie die anderen am Tisch kennerisch mit dem Kopf nicken.

»Ich drehe einfach dieses Hemd um das Bügelbrett.«

»Echt wie ein Ferkel«, lacht einer der Zuhörer und gibt mit der devoten Wiederholung dieser Metapher, die mir ungewöhnlich tumb vorkommt, zu erkennen, dass er fleißig zuhört. Es ist also offensichtlich, dass der Hemdenspezialist nicht nur über unzweifelhafte Fähigkeiten verfügt, sondern auch in vorgesetzter Position ist.

»Und was ist mit dem Kragen?«, fragt der jüngere Kollege in einem Tonfall, aus dem klar zu erkennen ist, dass er dem Redner auch Ehre erweisen will. Ein bisschen Höflichkeit den Dienstälteren gegenüber schadet nicht, da bin ich mit ihm einverstanden. Wir haben doch hier wohl noch immer ein paar Werte, bei denen wir übereinstimmen.

»Den breite ich von hinten her aus, bügele darüber, lege ihn zusammen«, schoss der Angesprochene heraus, als würde er militärische Befehle geben.

»Ich lass den Kragen immer aus«, meldet sich einer der anderen, der durch ehrfürchtiges Schweigen dem Bügelchampion Respekt zollen könnte, aber anstelle dessen ... siehe da.

»Dann haben Sie einen zerknautschten«, diktiert der Bügelfachmann ohne den leisesten Zweifel.

»Eben nicht«, entgegnet der Duellant sorglos, als ginge es um nichts (vielleicht gibt er damit zu verstehen, dass er sich der Unterstützung irgendeines höhergestellten Vorgesetzten sicher ist, von der wir nichts ahnen). »Beim Bügeln wird der Kragen hart und macht dann im Sakko schreckliche Sachen. Wenn man ihn aber lässt, erhält er sich ein bisschen Weichheit, Schmiegsamkeit und trägt sich besser«, lacht der Hemdenterrorist sorglos. Eine andere Erklärung, als dass ein mächtiger Chef seine schützende Hand über ihn hält, finde ich nicht.

»Wir sind aber nicht dazu da, um hier Bequemlichkeit zu genießen«, wehrt der Hemdenmeister seinen Angriff, der wohl höchstens mit dem Stilett geführt wurde, ab. Und hinsichtlich des Tonfalls wirkte es wie ein schwerer Reiterpallasch.

»Wissen Sie, wie ich die Falten loswerde, die im zusammengelegten Hemd entstehen?«, eilt ein weiterer Kollege mit einem Waffenstillstandsangebot zu Hilfe, in dem ich sowohl einen Hauch obligatorischen Respekts gegenüber dem Hemdenguru fühle, als auch freundschaftliche Hilfe für den Kragenhäretiker, der unter dem erlittenen Schlag zweifellos vor mentalen Schmerzen stöhnt. – Nein, sorglos greift er nach dem Salzstreuer und schüttelt ihn launig über dem Essen. – Was ist das für ein Mensch?

»Ich hänge das gebügelte Hemd auf einen Bügel«, postuliert der Hemdenarzt ohne Grenzen. »Ich meine auf der Dienstreise«, erklärt er bereitwillig. Und weil seine Erklärung schweigend zur Kenntnis genommen wird, fährt er fort. »Ich lasse mir ein bisschen warmes Wasser in die Wanne und hänge das Hemd darüber. Wenn der Dampf nach oben steigt, gleichen sich die Knicke prima aus.«

»In Hotels haben sie Bügelbretter«, schmettert der Mann, der seiner Frau das Bügeln nicht anvertrauen würde, den mutigen Ausfall ab. Es zeichnet sich hier ein Unterschied ab – zwischen dem höhergestellten Kollegen, der einen Anspruch auf Hotelunterbringung hat, und dem, der immer in irgendeiner so ganz spezifisch ungemütlichen Kurierwohnung landet. Dann könnte ich noch einen weiteren Unterschied definieren: Der Hemdendirektor vertraut der Ehefrau nicht das Bügeln an, und er lässt sie auch nicht das Auto fahren, und ihr Konto ist sicher ein gemeinsames (auf seinen Namen). Der junge Abenteurer hat wahrscheinlich eine Freundin, die seinen Krawattenstil etwas von oben herab betrachtet – und wenn sie ihm mal ein Hemd bügelt, dann nur, weil sie das will.

Seht – ein Generationenkonflikt! Die ältere erkennt die Werte an, erhält und kultiviert sie; die jüngere beachtet sie nicht. Es ist klar, auf wessen Seite mein Herz ist. Ich bedaure nur, dass ich die vom Herrn Direktor der Hemden- und Kragenabteilung vorgeschlagene Methode nicht gleich am Abend ausprobieren kann. Sollte ich mich Loreta anvertrauen? Ach nein, wenn ich an die wallenden Gewänder ihrer Heiligen und die Hippie-Kleidung der heiligen Kümmernis denke, ist mir das klar; ich würde wohl abblitzen. Ich will damit nicht sagen, dass die Frauen in der Loreta nicht auf sich achten. Zum Beispiel das Kleid der Frau Kolowratová ... nur: Eine Robe, bestickt mit 6222 Diamanten, kann man wohl auch kaum bügeln, oder?

Zurück zum Generationenkonflikt. Erfreut quittiere ich, dass der Hemdendirigent seinem Gegner den siegreichen Schlag versetzt. Dazu benutzt er eine wirksame Figur.

Er schaut ihn an und lässt seinen Blick länger auf ihm ruhen als üblich. Um eine Sekunde, zwei ..., vier ... wir können alle nicht mehr die verfließende Zeit zählen ... In diesem ernsten, aufmerksamen Gesicht zuckt kein Muskel. Er sagt nichts. Er schickt nur diese zwei Strahlen seines Blicks, die ohne Fragezeichen, ohne Ausrufezeichen seine Übermacht durchsetzen.

Und der junge Mann bohrt besiegt seinen Blick in den Reis.

So soll es sein.

Die Werte haben gesiegt. Wie gut, dass wir hier noch die dienstliche Subordination haben. Und dienstliches Seniorat, das wollen wir nicht vergessen!

Am Abend sage ich Loreta nichts.

Bestimmte Dinge ändern sich einfach nie, zum Beispiel die Beziehung zwischen Mann und Frau, sollen die Fortschrittler doch sagen, was sie wollen.

Die Zeit hatte wenigstens schon ein Zehntel vom neuen Jahrhundert weggenommen, als das Außenministerium begann, Tage der offenen Tür zu veranstalten. Die gehörten in den gleichen Ideensack wie die »Konzerte« von Rockgruppen im Palastgarten. Ehrlich gesagt, war ich zuerst kein großer Anhänger dieser Pläne. Die Sphäre der Diplomatie ist meines Erachtens höchst speziell, deshalb ist es schädigend, wenn sie zu sehr den Blicken der Gesellschaft ausgesetzt ist. Allein schon die Zusammenarbeit mit den Medien (die in der modernen Zeit natürlich unvermeidlich ist) führt uns häufig in verzwickte Situationen, wenn die Journalisten sich weigern, die Subtilität diplomatischer Äußerungen zu begreifen, und gewöhnlich fehlt ihnen auch der Kontext, dass sie dieselben korrekt interpretieren könnten. »Journalist und Diplomat können nie echte Freunde sein«, hörte ich in einer Schulung, und damit bin ich völlig einverstanden. Mozart können wir nicht gegen Zappa eintauschen. Eine Barockperücke ist nicht dasselbe wie eine zerzauste Mähne!

Mit den Konzerten der Big-Beat-Gruppen söhnte mich nur aus, dass dabei alkoholfreies Bier gezapft wurde, sodass die niederen Instinkte des Volkes gezügelt wurden. Es gab keine deftigen Auftritte (oder soll ich besser sagen Austritte). Im Übrigen waren die Toiletten im *piano nobile* weitsichtig geschlossen und für das Volk wurden im Garten mobile Toiletten aufgestellt, da sollen sie machen, was sie wollen, von mir aus Dudelsack spielen. Der Černín-Palast darf nicht mit dem Schwarzen Ochsen verwechselt werden!

Als der erste Tag der offenen Tür näher kam, zog ich mich in abwartendes Schweigen zurück. Aber kaum sah ich die Menschenschlange, die sich über den Parkplatz wand und geduldig auf den Einlass wartete, gab es einen Ruck in mir. Dieser Anblick rief eine Erinnerung an eine andere, ähnliche Situation hervor ... an eine Menge in Wintermänteln, die in der Märzkälte langsam über den Parkplatz vorrückte ... blitzartig sah ich in den Raum zwischen Prunkeingang und Treppenaufgang zum großen Saal, aber natürlich war er leer. Genauso wie die Wohnung oben. Die Außenminister wohnten nicht mehr im Palast und starben auch nicht darin.

Trotzdem.

Etwas aus der Zeit von vor 60 Jahren schien zurück zu sein.

Ich hörte auf die Reden der Beamten, die an den zugeteilten Punkten der Besichtigungstour standen und den Interessierten über die Palastgeschichte erzählten. Manche hatten sorgsam die Daten auswendig gelernt, andere erfanden mutig welche. Mich amüsierte, was ich über die während des Armeeaufenthaltes zerstörten Fresken im großen Saal hörte. (Es kam aus Kostengründen nie zu einer Ausschmückung dieses imposanten Raumes; leider.) Dann begann ich mich schon auf die Tage der offenen Tür zu freuen.

Dank ihrer erinnerte ich mich langsam wieder. Ich gelangte ziemlich weit in die Vergangenheit zurück ... bis an den Anfang. Und wie ich da so meinen Beamten zuhörte, die so intim über mich erzählten, als seien sie im Verlaufe der gedienten Jahre mein Bestandteil geworden ... erinnerte ich mich wirklich gründlich.

Wann war es eigentlich das erste Mal, dass ich mir meiner selbst bewusst wurde?

Wahrscheinlich zu einer Zeit, als meine Fundamente schon fertig waren. In eine Form gelegt ... vielleicht die Form eines fliegenden Vogels? – Das ist ungenau: In dem Falle würde ich in Richtung Burg zeigen, wohin es mich auf keinen Fall zieht. Und ich hatte ja auch hinsichtlich meiner Lage keine große Wahl. Meine Bauherren haben sich so leidlich mit dem abschüssigen, steil abfallenden Baugrund beholfen, der im Grunde für so einen Bau ganz unpassend war ... aber die Fundamente standen und darauf begannen sich die Mauern zu erheben. Bislang nicht hoch, aber es gab sie; und damals wurde mir mit einem gewissen Schrecken bewusst, dass ich bin. Das erste Gefühl war Peinlichkeit. Versteht doch, ich konnte nicht so gut erraten, wie es um mich stand. Vielleicht war ich unpassend gekleidet? War ich nicht dem Gespött ausgesetzt? Hatte ich nicht zu viel Wein getrunken und war umgefallen, bevor mich der Diener auffangen konnte? Nein. (Was wusste ich damals über Bedienstete?)

Das erste Gefühl war also ein Schreck. Oder eher noch Angst, fürchte ich. Verschiedene kugelförmige Objekte beugten sich über mir, die mit zwei in etwa symmetrischen Schlitzen versehen waren. Darin bewegten sich irgendwelche glänzenden, wackelnden Kügelchen. Etwas tiefer, unter einem mal bauchigen, mal spitzen Vorsprung mit zwei Öffnungen sah ich eine Spalte, die recht unregelmäßig mit kleinen weißen Quadern besetzt war. Manche waren weiß, manche gingen eher ins Braune bis Schwarze, und häufig gähnten Löcher dazwischen.

Dann öffnete sich dieser Spalt und es erklang ein grober, reißender Laut. Das lebte ja! Ich erbebte.

Das Gefühl für Ausgewogenheit, Struktur und Plan musste schon damals in mir gewesen sein, weil ich diese Hässlichkeit spürte.

Mein häufiges Gefühl, wenn ich mit Menschen Umgang pflege, leider Gottes.

Und gleichzeitig durchfuhr mich ein Schrecken: Wollen sie mir etwa wehtun? Der instinktive Verdruss vertiefte nur meine Angst. Neben einem dieser runden Objekte tauchte ein krallenartiges Gebilde auf, das ein kantiges Ding umklammerte. Es holte damit aus – ich wäre zurückgezuckt, hätte ich gekonnt – und dann schlug es mit einem nassen Klatsch auf mich ein. Ich erwartete Schmerz, durch meinen ganzen Körper liefen Empfindungen von Schreck und Verdruss, aber auf einmal spürte ich voller Wonne, dass sie mir nicht wehtaten, sondern im Gegenteil wohltaten. Ich war wieder ein bisschen größer. In der Wand, die sich aus dem Fundament erhob, war ein neuer Ziegel dazugekommen.

Außer Angst begannen mir auch andere Gefühle bewusst zu werden. Sie bemächtigten sich meiner vollständig, als die Arbeiter mithilfe eines besonderen Mechanismus meine erste Säule aufrichteten. Ich wuchs, schaute zwar furchtsam auf die umliegenden Gebäude, aber schon an der Großräumigkeit der Fundamente und der Höhe der Säulen konnte ich sehen, dass ich anders sein würde. Dass ich mich von dem Bürgerhaus oder einer Kirche unterscheiden werde. Ich werde größer sein. Und da, als ich von Säulen und Gerüsten nur so starrte, kam ich mir zum ersten Mal lebendig vor.

Plötzlich hatte ich einen Körper, wie die Arbeiter, die in der Rolle brutaler Geburtshelfer an mir arbeiteten. Noch sah er aus wie eine offene Handfläche. Mit in die Luft gestreckten Fingern, die dazu dienten, etwas zu ergreifen. Noch fehlte in meiner Handfläche die erste Etage mit dem *piano nobile*, das das Herz eines Barockpalastes ist; noch griff ich ins Leere. Dorthin wo sich der ehrwürdige Himmel wölbte. Seine Tiefen waren verblüffend, aber ich wusste schon damals, dass er nicht leer sein konnte. Er musste ein System enthalten, eine höhere Ordnung, eine geistige Wesenheit – und gerade die wollte ich berühren. Meine Säulen wuchsen in sogenannter Kolossalordnung, in der sie sich über alle Etagen der Fassade zogen. Ich reichte immer höher.

Die Ausführungen des Beamten, der am Tag der offenen Tür in der ehemaligen Wohnung Jan Masaryks platziert war, brachten mich mit einem Schlag aus den Erinnerungen auf die Erde zurück. Dort war der Höhepunkt der Besichtigung, dort war es am engsten, dort war das Interesse am größten und es fielen die meisten Fragen. Die Salons eine Etage tiefer weckten nicht so ein Interesse, aber dafür das Badezimmer! Dieses Badezimmer! Der Besuch des Badezimmers krönte die Wallfahrt durch den Palast, als gäbe es dort einen Wallfahrtsort, verbunden mit einer Märtyrergeschichte, eventuell mit ausgestellten sterblichen Überresten des Heiligen. Kurz und gut, die Loreta könnte neidisch auf mich sein!

In dieser Hochachtung und der hungrigen Neugier der Besucher kehrte etwas aus der Zeit der Černíns zurück, als die Kirche noch etwas bedeutete, und sogar das Geschrei der Soldaten beim Angriff einen religiösen Inhalt hatte. *Vivat Maria!* Zum Beispiel.

Humprecht Jan begab sich einst in seine private Kapelle, die im Erdgeschoss des Palastes war, in der am weitesten von den Wohnräumen entfernten Ecke. Er kam durch den Laubengang oder über den Hof, wägte langsam die Schritte ab und ich wusste, dass er diesen Weg nutzte, um sich zu sammeln. Aus dem stolzen Herrscher des größten Palastes in Prag verwandelte er sich in einen einfachen Sterblichen, der demütig in einem Raum niederkniete, der noch kleiner war als die Santa Casa di Loreto.

Ich will die Demut nicht messen und wiegen – ich will nicht sagen, wer geistig reiner ist – ich deute nur an, dass der Widerspruch zwischen dem Palast als Sitz der Macht und der der Santa Casa als Quelle der Wahrhaftigkeit nur ein scheinbarer sein kann. – Ich habe ihn nie betont. Versteht ihr? Ich habe mich daran nicht erfreut!

Aber jetzt bin ich schon wieder abgeschweift. Bei den Besichtigungen spitzte ich die Ohren. Manche Beamten wussten, dass sich aus der Originalausstattung der Wohnung Jan Masaryks nur das Standradio erhalten hatte – genau das, das im Krieg den Deutschen dazu diente, Masaryks Reden zu hören. Manche wussten es nicht, und dann richtete sich die Sehnsucht nach Authentizität auf das mutmaßliche Bett des Ministers, auf das sich manche Besucher setzten, um auszuprobieren, wie es sich dem Herrn Minister so schlief.

Das Bad war immer überfüllt, weil es für das Besucherinteresse zu klein war, und weil die Luft ganz verbraucht war, musste das Fenster geöffnet werden – das Fenster. Ich hörte auf das fahrige Gestammel des Beamten, der sich zwischen die Rippen der Massagedusche verzogen hatte, um sich ein bisschen Raum zu verteidigen (und dabei überlegte ich, ob jemanden der Anwesenden das Schicksal Jan Masaryks wirklich interessierte. Nicht nur eine pikante Kriminalgeschichte, eine Altprager Erzählung, eventuell als Teil einer Geschichtsstunde über die bösen Kommunisten und die guten Demokraten; oder als Beispiel für einen weiteren der Prager Fensterstürze, die die Tschechen so lieben, weil sie im Inneren ihrer Seele immer noch davon träumen, alle ihre Politiker aus dem Fenster zu werfen) – und dann passierte es.

Ich weiß eigentlich nicht, was der Grund war. Vielleicht bewegte der Wind den Fensterflügel, der quietschte, und dieser Laut erinnerte mich an etwas.

Ich sah die Szene wie von oben – in der Dusche steht ein älterer junger Mann. (Es ist interessant, dass der Ministeriumsdienst manche Beamte am Altern hindert. Vielleicht liegt es an der ständig untergeordneten Stellung, die sie irgendwie lebendig in der Rolle von Zwanzigern, höchstens Dreißigern mumifiziert. Denen in den übergeordneten Funktionen passiert genau das Gegenteil und sie sehen älter aus, wobei auch ihre ernsten, verantwortungsbewusst erstarrten Gesichtsausdrücke dazu beitragen, die konstant belegen, dass ihr Träger mindestens 50 Jahre alt ist.) Nun also, der Kollege erzählt über jene Nacht vom 9. auf den 10. März 1948, in dem überfüllten Raum dreht sich ihm leicht der Kopf, er schnappt ein bisschen nach Luft und immer wieder fällt ihm ein, ob er vielleicht gestern weniger Bier hätte trinken sollen … Er legt vier Todesvarianten des Herrn Ministers vor und aus irgendeiner Loyalität heraus, die sich aus der Vergangenheit bis in die Zukunft dehnt, will er nicht beantworten, welche er für die glaubwürdige hält.

Die Spannung im Raum ist auf dem Höhepunkt. Es geht nicht um geteilte Begeisterung, eher um ein kollektives Bewusstsein für die Last des Schicksals und die Endlichkeit des Lebens. Und auch um das Gefühl einer limitierten Erfolgschance für die Gerechtigkeit.

Wir standen an der Stelle einer Straftat, wo der Täter und das Opfer fehlten; als würden wir in ein leeres Grab schauen. Einer der Besucher quetschte sich zum Fenster durch und beugte sich übers Fensterbrett, das ausreichend breit und hoch genug über dem Fußboden war. Der Betreffende benahm sich trotzdem so, als könnte er hinausfallen.

Und dann sah ich ihn.

Den Herrn Minister.

Er setzte sich ruckartig im Bett auf.

(Vorher war es ihm endlich gelungen einzuschlafen; viel zu fest. Ich erkannte das daran, wie er sich lockerte und sich auf die Seite drehte. Er begrub dabei die Bettdecke unter sich, umarmte sie mit der Rechten. Ich hörte sogar seine Stimme, gedämpfte Wortfetzen. Die Sprache konnte ich nicht verwechseln; er sprach englisch und klar war auch der Tonfall, warm, irgendwo aus dem Herzen kommend. Die Worte wurden von Seufzern unterbrochen, der Körper drückte sich an die Decke …)

X. Guardia alta

Guardia alta *ist vor allem eine starke Angriffsposition, in der ihr bereit seid loszuschlagen, wenn der Gegner sich nähert. Aus dieser Stellung könnt ihr starke Hiebe nach unten ausführen. Aus ihr kann auch leicht ein Ausfall gegen die gegnerische Waffe unternommen werden, mit einem Schritt zurück, wenn er euren Körper angreift. Wie A. Marozzo sagt: »Wenn euer Schüler diese Stellung einnimmt, zeigt ihm, wie viele Hiebe er ausführen kann, aber erklärt ihm auch gründlich, dass* guardia alta *vor allem dem Angriff dient.«*

Er tastet um sich herum, die Brille findet er aber nicht. Er hört auf die Geräusche, über deren Ursprung es keinen Zweifel gibt: Er hört schwere Schritte, halblaute Bemerkungen und das Klicken der Schnappschlösser, als würden die Türen gleichzeitig geöffnet und geschlossen.

Er springt aus dem Bett, unwillkürlich nimmt er die Kissen mit. Sie sind sein Schild und seine Waffe. Er weicht in das Badezimmer zurück, den einzigen Ort, aus dem es einen Fluchtweg gibt. Die Kissen wirft er dort ab, weil ihm bewusst wird, wie unnütz sie sind. Kehrte er in seine Kindheit zurück, zu den Kissenschlachten mit seinem Bruder? Nein, er kann sich jetzt nicht von Erinnerungen durcheinanderbringen lassen, und auch nicht davon, dass er ohne Brille sogar die Dunkelheit undeutlich sieht.

(Der Erinnerungsstrom franst auseinander, einzelne Fasern überdecken sich und verhaken sich. Wie bitte? Die Kissen hat jemand anderes in das Bad gebracht, der damit versuchte, den Herrn Minister zu ersticken? Diese Möglichkeit sehe ich nicht und ich versuche eigentlich auch nicht, mich daran zu erinnern. Ich weiß gar nicht mehr, wo ich sie hörte, vielleicht hat ein Kollege sie erzählt – ein Amateurkriminalist.)

Er weiß, wo das Fenster ist, tastet nach der Klinke und reißt mit solcher Kraft daran, dass er auch das nichtfunktionierende Schloss überwältigt. Ihm kommt es so vor, als hätte das Schloss viel zu schnell nachgegeben, aber er hat keine Zeit, das zu erforschen. Gleich darauf klackt die Klinke an der Tür, die ins Vorzimmer führt, an das schon sein Schlafzimmer anschließt.

Er tritt auf das Bänkchen unter dem Fenster, setzt sich aufs Fensterbrett.

In der Wohnung geht das Licht an. Die Strahlen treffen ihn wie ein Schlag – nicht wie ein Faustschlag, eher wie ein paar unbarmherzige Polizeiohrfeigen. Ihm wird bewusst, in welchem Nachteil er sich befindet, weil er nur den Pyjama anhat. Warum war er nicht angekleidet ins Bett gegangen? Und vor allem: Warum hatte er nicht woanders als im Palast genächtigt? (Wenn, wenn er seine Wohnung doch wenigstens im *piano nobile* gehabt hätte. Er wäre dichter an den Pförtnern, er wäre tiefer, und nicht wie ein Tier in seinen Bau gejagt, der zwar unterm Dach und nicht unter der Erde ist, aber trotzdem nur einen Ausgang hat. Was ihm nicht einfällt … es fällt mir ein.)

Seine nackten Füße stehen noch immer auf dem Bänkchen; die Kälte, die er an den Fußsohlen spürt, verstärkt den Schrecken darüber, dass er entblößt ist; fast als wäre er nackt. Das Halblicht im Bad, das durch die Glastür hineindringt, bestätigt ihm noch einmal mehr, wie schlecht er sieht. Und Licht bedeutet auch, dass die Angreifer sich nicht fürchten, weil sie sich ihrer Sache sicher sind. Und dass die Zeit schnell weniger wird, weil mit derselben

Selbstverständlichkeit, mit der sie durch das Vorzimmer gingen, sie in das Badezimmer kommen werden. Er hört schon die näherkommenden Schritte ... und dann gibt mit einem absurden Gefühl der Erleichterung sein Darm nach.

Das macht ihn wach. Ein Mensch, der kotet, ist zweifellos noch am Leben. Ein funktionierendes Arschloch ist einer der Nachweise, dass sich auch andere Muskeln bewegen können. Jetzt bleibt nichts, als sich in Bewegung zu setzen.

Im nächsten Augenblick stößt er sich ab, dreht sich auf den Bauch, packt den Fensterrahmen, hängt sich hinaus in die Dunkelheit im Hof, und als er verzweifelt mit den Füßen nach dem Sims tastet, reibt er sich die Haut überm Bauchnabel am Metallfensterbrett auf. Der äußere Sims ist recht tief, ganze 107 Zentimeter unter dem Fensterrand. Er weiß, dass er da irgendwo sein muss; er hat ihn sich doch mehrmals angeschaut, um sich zu vergewissern, dass dieser Fluchtweg da wirklich existiert.

Endlich tritt er darauf. Damals war er noch nicht mit Blech bedeckt; die Oberfläche ist Putz, der die nackten Füße an einen sicheren Bürgersteig erinnert. Wenn er sich nach rechts aufmacht, kommt er nach ein paar Metern zu der Querwand über der Prunktreppe. Auf ihren Grat könnte er leicht klettern, aber weiter käme er nicht. Links erwartet ihn ein wesentlich längerer Weg, der aber dann in die verglaste Loggia des Wintergartens mündet. Zwischen ihrem steinernen Geländer und den Glasscheiben ist genug Platz, damit er sich da hinüberschwingen kann. Und hinter dem Glas beginnt schon der Gang.

Der Sims ist breit genug – er hat etwa 60 Zentimeter. (Unvorstellbar breit, würde ich sagen. Deswegen weckt er auch in allen Texten über Jan Masaryk eine ganz trügerische Vorstellung, weil jeder Leser sich ihn schmaler vorstellt. Im gegebenen Moment wirkt er wie eine verlässliche Aufforderung, dass sich ein Mann im Pyjama darauf in die Dunkelheit begeben soll. Der Sims ist so breit, dass er laufen könnte.)

Der Angreifer, der die Tür zum Bad aufbrach, bleibt stehen. Offensichtlich ist ihm eingefallen, dass Jan Masaryk wohl durch den inneren Gang zum Esszimmer verschwunden sein könnte. Ein Befehl fällt, schwere Schuhe laufen in diese Richtung.

Und selbst wenn er das Badezimmer durchsucht hätte, hätte er nur festgestellt, dass es leer ist. So groß ist es auch wieder nicht und man kann sich nicht darin verstecken.

Und hätte er aus dem Fenster geschaut, hätte er auch nichts gesehen. Jan Masaryk steht schon einen halben Meter weiter links, verdeckt durch die Palastmauer zwischen dem Badfenster und dem Schlafzimmerfenster. Er schiebt das linke Bein vor und folgt ihm mit dem rechten, als würde er einen Volkstanz tanzen. Dabei hält er sich an der Stuckleiste auf dem Putz fest. Ein unwirkliches Gefühl von Heiterkeit überkommt ihn. Begeisterung, dass sein unglaublicher Plan bis jetzt klappt. Auf einmal kommt er sich vor wie die Hauptperson in dem Clifton-Krimi, der noch auf dem Nachttisch liegt. Er ist keine bewachte Person mehr, sondern ein mutiger Detektiv, der sich kühn über die Fassade in Sicherheit begibt.

Er schafft es, die Wirkung des Schlafmittels zu vergessen, das er genommen hatte (eine weitere Sache, die er sich blitzschnell vorwarf). Bis eben drehte sich sein Kopf ein bisschen, aber jetzt fühlt er, dass der Kopf wunderbar leicht ist.

Er ist kein Politiker mehr, sondern ein Musiker. Er beginnt die Melodien der kalten Märzluft zu spielen – vor dem störenden Krach aus der Wohnung schützt ihn jetzt die Palastmauer. Er sendet Signale seines unglaublich empfindsamen inneren Radars gegen die Wand aus, von wo sie tröstend zurückgeworfen werden. Er selbst ist die Tastatur geworden, auf der seine Finger spielen. Zu seiner eigenen Freude beginnt er Melodien zu formen.

Dieses Gefühl kenne ich gut. Das sind die Emotionen eines Fechters, in dem die erste Erregungswelle die Zweifel vertrieben hat, ob er gegen den Rivalen gut genug ist. Er steht in seiner Position und er schafft es, sich nur auf seine Waffe zu konzentrieren. Ihr wird er dienen, mit ihr wird er tanzen und irgendwie nebenbei die Ausfälle abwehren.

Jan Masaryk schickt sich endlich an, sich zu verteidigen.

Versprechen gelten in diesem Augenblick nicht; das Zögern ist zu Ende; die Entscheidung wurde ihm von außen aufgezwungen, aber auch so nimmt er sie an.

Endlich hat er sich entschlossen. Endlich hat er ausgeholt. Er hat festen Boden unter den Füßen – einen breiten Sims mit einer Oberfläche aus rauem Sandstein, der sich ihm kalt und entschlossen gegen die Fußsohlen stemmt. Wie konnte ich das nur vergessen? Ich bin es, der ihn stützt – und trägt. Ich spüre diese Erregung wie am Beginn eines Duells in mir. Feuer schießt aus dem Papier und lodert auf. Jan Masaryk flüchtet über den Sims – nichts anderes kann jetzt kommen, als dass er sich an die Spitze des Widerstands stellt.

Der Sims, mein Sims. Er zieht sich vorwärts wie ein Sprungbrett. Er ist die Startbahn für ein Flugzeug, das sich schließlich in Bewegung setzte. Er ist ein Weg, der mit der Degenspitze angerissen ist – die auf den Gegner zielt. Er ist eine Linie von der Entscheidung zur Tat.

Ich biete mich den Füßen an, dass sie darauf ausschreiten können. Sie sollen gehen, sie sollen laufen. Ich dränge diese unsicheren Fußsohlen. Als könnte ich den Mann auf dem Sims an die Hand nehmen und ihn mit mir fortführen. Als könnte ich ihn freundschaftlich in den Rücken knuffen. Jetzt ist der Moment, in dem ich all meine Energie in ihn gieße.

Ich kann mir wieder alles vorstellen, und vor allem meine Hoffnung. Jan Masaryk hat sich entschlossen zu fliehen. Ein Schritt zur Seite ist manchmal der Vorbote eines Ausfalls. Ich weiß, dass er das wollte. Ich weiß es.

Dieser Augenblick rechtfertigt die Monate des vorherigen Zögerns. Die Jahre der Unsicherheit. Die ganzen Jahrhunderte meiner Existenz.

Der Mann auf dem Sims macht einen zögernden, ruckartigen Schritt. Einem Ausfall sieht das nicht sehr ähnlich. Die Finger fahren über die Fassade, die nackten Fußsohlen schiebt er über die Simsoberfläche. Das verwaschene Dunkel zuckt auf einmal. Es ist Jahre her, dass Jan Masaryk zu reiten aufhörte. Er geht nur auf kurze Spaziergänge, die reichen nicht, um die Form zu halten. Die Anspannung der letzten Monate spürt er auf einmal in den Muskeln und im Kopf. Die Dunkelheit kommt wieder ins Wogen. Als wäre er am Ende angelangt, noch bevor er ordentlich losgehen konnte. Es ist zu spät etwas nachzuholen, nichts kann mehr geändert werden. Der aufrechte, schwere Körper, den in seinem Fieber die nächtliche Märzluft kühlt, die durch die halbaufgeknöpfte Pyjamajacke dringt, gerät ins Wanken.

Jan Masaryk sucht das Gleichgewicht.

Er versucht es dort zu finden, wo es nicht ist.

Er macht sich nicht bewusst, dass das schmückende Stuckviereck in der Mitte leer ist, in die Wand vertieft. Er verliert den Kontakt zur Fassade. Er versucht, sich abzustützen – nur an der entgegengesetzten Seite.

Aus den Fenstern der Vorhalle vor der Wohnung schlagen Lichtgeschosse, dort klacken die Schalter, die Suche geht weiter.

Jan Masaryk merkt, dass er fällt, er streckt sich. Er möchte nicht mehr zur Fassade zurück – er sehnt sich danach, sich so abzustoßen, dass er sich wieder gerademachen kann und gerade aufkommt. So wie die Fallschirmspringer, auf die er sich im Krieg so verlassen hatte.

In dem Augenblick, in dem er durch die Luft fliegt, hört er keine Melodie mehr. Das Sausen der Luft in den Ohren und ein paar Herzschläge übertönen sie. Sie verklingen, noch bevor sie zusammen einen Akkord ergeben können.

Und was mache ich? Ich höre das Klappern der Fensterschlösser in den Fenstern der Wohnung, im Vorsaal und in der Loggia. Ich bemühe mich, sie zu lockern, damit mein Clifton auf dem Sims von außen in eins hineinklettern kann. Bei manchen wird mir bewusst, dass ich sie eigentlich verschließe. Heißt das, dass Jan Masaryk versuchte, sich einen Fluchtweg vorzubereiten? Und dass er die Glastür aus dem Wintergarten in die Loggia offen ließ? – Noch mehr Schlösser schnappen, als die Angreifer die Fenster öffnen, als ihnen klar wird, dass der Minister nicht dort ist. Dass er nicht drinnen ist. Sie lehnen sich hinaus, und erst als sich ihre Augen an die Dunkelheit gewöhnen, sehen sie unten etwas, was aussieht wie heruntergefallene Wäsche.

Es erklingen ein paar wütende Flüche, aus denen ich schadenfroh schließe, dass sie machtlos sind. Sie kommen sich auf eine gewisse Art betrogen vor. Ich kenne dieses Gefühl, meine Herren. Wisst ihr, gerade kostet ihr den bitteren Geschmack einer Niederlage. Die gehört natürlich zu einem Duell, aber sie ist besonders bitter, wenn ihr den Gegner unterschätzt habt. Was hier offensichtlich der Fall ist.

Vielleicht hatten sie eine andere Aufgabe als zu morden. Das heißt, dass sie für diese Aktion kein Lob zu erwarten haben. Vielleicht strömt ihnen wieder Schweiß über die Stirn – diesmal nicht dieser heiße, freudig erregte Schweiß des Jägers – sondern der kalte Schweiß des Verurteilten.

Dann kommen sie wieder zu sich und beginnen die Situation so zu lösen, dass sie versuchen, den Eindruck zu erwecken, sie hätten sie unter Kontrolle; das heißt, indem Befehle ausgegeben werden. Schweres Schuhwerk läuft die Treppe hinab. Andere Schuhe amtieren im Bad, wo aus Fläschchen geschüttelte Tabletten auf den Boden klappern. Auf die Klinke an der Badtür wird der Pyjamagürtel gehängt. Auf der Dusche hätte er sich wirklich besser ausgenommen; und eine der Aussagen platzierte ihn auch genau da … kurz, in der Eile greifen sie zu Lösungen, die ihre Schwächen haben. Der zukünftige Selbstmord Jan Masaryks wird gerade geboren. Schnell und flüchtig; es wird schon die Andeutung reichen, darauf passen wir schon auf. Viel sorgfältiger durchsuchen sie im Schlafzimmer die Papiere. Dabei zünden sie Streichhölzer an und stecken ihre Zigaretten an, was dem Klima im Raum wenigstens den Anschein von Normalität zurückgibt. Und zu den Camelkippen Jan Masaryks kommen auch Zigarettenstummel aus sowjetischer Produktion dazu. Im Gegensatz dazu verschwindet der Stempel mit der Unterschrift des Herrn Ministers. Er gelangt in die Tasche an einer tschechoslowakischen Armeeuniform mit Oberstleutnantsschulterklappen.

Was ich unterdessen tue? Ich versuche, das bittere Gefühl zu unterdrücken, dass ich versagt habe. Mein Sims war nicht breit genug, dafür ziemlich lang. In die Kehle, in die Augen tritt mir das Gift der Enttäuschung über mich selbst, das ich wieder Jahrzehnte versuchen werde zu vergessen.

Wie werden wir uns rechtfertigen? Höre ich Loretas Vorwürfe.

Auf dem Hof liegt in der Zwischenzeit der Körper eines Fechters mit ausgebreiteten Armen, in einer unwahrscheinlichen Figur, für die Marozzo keinen Namen hatte. Dem Mann fehlt außerdem eine Waffe, die Brille, Schuhe. Und er hat niemanden, mit dem er kämpfen könnte. Sein Gegner ist nur der kalte Märzhimmel.

Es geht nichts verloren, alles Ausgesprochene bleibt bestehen und kein Aufschrei verliert sich in der Stille. Sogar die Stille bleibt, wenn sie einen Inhalt in sich trägt. So einer Stille höre ich nun schon seit Jahrzehnten zu.

Die Legende täuscht sich nicht, denn die Legende ist immer richtig. Eine Metapher ist genauer als eine Beschreibung. Ein Scherz kann tödlich ernst sein. Plötzlich nehme ich die unsichtbare Rohrleitung wahr, die vom Černín-Palast zur Burg führt: von der Statue Edvard Beneš' zur Statue Tomáš Garrigue Masaryks. Alles funktioniert nach dem Prinzip kommunizierender Röhren, und wenn irgendwo etwas weggenommen wird, wird anderswo etwas dazugegeben. Die Menge an Wahrheit,

Mut und Gerechtigkeit ist konstant. Wenn irgendwo Flüssigkeit abgeschöpft wird, treibt sie unter Druck irgendwo anders hin.

Und so schrumpft und sinkt der arme Edvard Beneš in sich zusammen, auf seinem Quadersockel, dessen Seitenwände nach innen fallen; dagegen wird die Statue von TGM, die auf einem rundlichen Zylinder steht, immer größer und schiebt sich nach oben. Und während sich Edvard Beneš duckt und mit zusammengelegten Händen den Schoß bedeckt, zeigt TGM mit der Rechten eine eigenartige Geste. Er hebt sie an und presst die Finger zusammen ... sodass es beim Blick von hinten wirkt, als zöge er eine Pistole. Endlich. Endlich hat sich ein Kämpfer gefunden, wenigstens einer. Tomáš Garrigue Masaryk hebt die Waffe und gegen sich hat er die Burg, als sei es ein tschechisches Schicksal, endlos gegen die Autorität zu kämpfen, die eigentlich niemand anderem als dem tschechischen Volk gebührt.

Jan Masaryk blieb gerade auf halbem Weg zwischen der Burg und dem Palast stehen, denn die Fenster von Marcias Haus in der Loretogasse hatten seine traurigen Augen herbeigelockt.

Anmerkungen

Die Beschreibungen der Fechtpositionen entstammen Texten von William Wilson, dem Direktor der Tattershall School of Defence, USA (http://www.marozzo.org/marozzo/bolognese-guards.htm).

Für die deutschsprachige Ausgabe wurden folgende Quellen zitiert (angepasst an neue Rechtschreibung):

Lina Heydrich: Mein Leben mit Reinhard. Die persönliche Biographie. Hrsg. Heider Heydrich. Gilching: Druffel & Vowinckel-Verlag, 2012.

Miroslav Kárný, Jaroslava Milotová, Margita Kárná (Hrsg.): Deutsche Politik im »Protektorat Böhmen und Mähren« unter Reinhard Heydrich 1941–1942. Berlin: Metropol, 1997.

https://de.wikipedia.org/wiki/Lauretanische_Litanei.

www.wieser-verlag.com

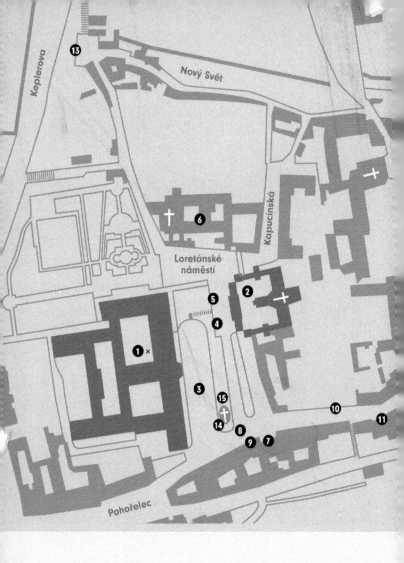

1 Černín-Palast
2 Prager Loreto, im Buch die Loreta
3 Parkplatz auf dem Loreto-Platz
4 Stein mit der Aufschrift Jan
5 Löwe mit gegen die Loreta vorgewölbten Lippen
6 Kapuzinerkloster
7 Gasthaus Zum Schwarzen Ochsen
8 Hier stand Drahomíras Säule
9 Haus Zu Drahomíras Säule
10 Kapelle der hl. Barbara